赋学讲演录（三编）

许结／讲述

蒋晓光／整理

北京大学出版社

PEKING UNIVERSITY PRESS

图书在版编目（CIP）数据

赋学讲演录.三编/许结讲述；蒋晓光整理.—北京：北京大学出版社，
2022.7
（名师大讲堂系列）
ISBN 978-7-301-33017-3

Ⅰ.①赋⋯　Ⅱ.①许⋯②蒋⋯　Ⅲ.①赋–文学研究–中国
Ⅳ.①I207.224

中国版本图书馆CIP数据核字（2022）第081602号

书　　　　名	赋学讲演录（三编）
	FUXUE JIANGYANLU（SAN BIAN）
著作责任者	许　结　讲述　蒋晓光　整理
责任编辑	张　晗　郑子欣
标准书号	ISBN 978-7-301-33017-3
出版发行	北京大学出版社
地　　　　址	北京市海淀区成府路205号　100871
网　　　　址	http://www.pup.cn 新浪微博：@北京大学出版社
电子信箱	pkuwsz@126.com
电　　　　话	邮购部010-62752015　发行部010-62750672　编辑部010-62752022
印　刷　者	三河市北燕印装有限公司
经　销　者	新华书店
	890毫米×1240毫米　16开本　26.5印张　332千字
	2022年7月第1版　2022年7月第1次印刷
定　　　　价	98.00元

目　录

弁 言

又一个赋学十讲整理完毕，以文本的形式呈现给读者，这应该是我为南京大学文学院"两古"专业博士讲授辞赋讲稿的终结篇了。虽然以后还会有关于辞赋零散讲座的新内容，但应该不会有这样不乏人为痕迹的系统性的工作了。一转眼，讲授赋学研究课程二十多年过去了，如做一小结，第一个十讲（赋源、赋体、赋用、赋集、赋史、赋话、汉赋、律赋、批评与方法、当代赋学）偏重知识基础，第二个十讲（赋韵、赋法、赋辞、赋艺、赋家、赋序、赋注、赋类、考赋、习赋）偏重专题论述，这第三个十讲，分别是辞赋讽谏、六义入赋、赋迹赋心、赋体丽则、曲终奏雅、古诗之流、不歌而诵、体物浏亮、祖骚宗汉、赋兼才学，显然更偏重赋论的范畴研究。

这十讲内容，由刘泽博士随堂录音，蒋晓光教授整理而成，最后由我本人审定。讲稿不同于论文，语言的随意性以及重复拖沓在所难免，望读者有得则得，有失则谅。十讲后的两个附录，分别是应喜马拉雅音频与凤凰书苑音频邀约讲述的，也是授课内容，故而附后。

特别要致谢北大出版社徐丹丽博士一如既往的帮助与支持，从2009年出版第一个十讲、2018年出版第二个十讲，到今天又要审读第三个十讲，案牍劳形，耗费心神，令人感念不已。

庚子仲春许结于金陵寓所

辞赋讽谏

新学期第一次讲课，照惯例，上十次，然后其他时间大家自己读书，做作业。老话讲，"年年岁岁花相似，岁岁年年人不同"。"人不同"了，那"花相似"，老一套，所以有时候花也想长得变一变，今年水分多一点，花就长得不同一点，如干旱则又不同一点。人咧，也想做些不同的事，比如说这个辞赋，我已经讲过好多年了，自己也没什么话可说了。当年开始讲的时候是十讲，分别是：赋源、赋体、赋用、赋集、赋史、赋话、汉赋、律赋、批评与方法、当代赋学。那是最早的十讲。讲了几轮过后，口干舌燥，乏味了，于是乎就想整理一下，有同学把它记录下来，整理了一本《赋学讲演录》，2009 年北大出版社出版的 [1]。书整理出版了，有一次张宏生老师说，你出了书之后再怎么讲？讲不起来了，麻烦了。所以教材不能轻易出，一出过后就没话讲了，要神秘一点好。这已经公之于众，不神秘了，没悬念了，不好讲了。

---

[1]　许结讲述，潘务正记录《赋学讲演录》，北京大学出版社 2009 年版。

正好 2009 年我在国外客座，于是动脑筋了，以后赋怎么讲？因为有了这本讲演录，读者翻翻就行了，这十讲也是最基本的知识，修习这门课程还是应该温习一下。于是当时另起炉灶，陆陆续续讲了个新十讲。新十讲的内容是：第一赋韵，第二赋法，第三赋辞，第四赋艺，第五赋家，第六赋序，第七赋注，第八赋类，第九考赋，第十习赋（就是赋的创作）。所谓"新"也是相对的，渐渐又"旧"了。这下讲到 2013 年，又觉得在重复自己，况且又有同学录音了，过后就由我的一位博士生整理，他是 2011 年毕业的，整理了就把录音稿发给我，在我电脑里大概放了两三年，没时间管，到了今年暑假，闲一点了，没事时在电脑里翻翻库存，发现这个放了好多年的文稿，赶紧把它整理了，就是这个新十讲，又交给北大出版社了，说明年出，因为今年没有出版计划[1]。

等到明年那个新十讲又出了，照本宣科也没意思了啊。不行啊，尽管新十讲还没印出来，但瞒不过自己。这也讲过几轮了，于是我就串起来讲，旧讲讲几讲，新讲讲几讲，跳来跳去讲。讲到比你们早一届的时候，干脆换一个办法了，我就拿我写的十篇论文讲十次。在上学期，就是去年，讲十篇论文之前，曾经在讲旧十讲、新十讲的时候，插着讲了今天要讲的这个赋学十说，或者说是新新十讲，讲过五讲。每一次讲，比如讲一次赋源，然后讲一个讽谏说，我讲二十分钟，让大家讨论。轮到你们这届，忽然感到时不我待了，大概再讲两三届，就要按停止键了，再不能讲了，因为要退休了。所以在这之前，就是这学期，把这个赋学新新十讲系统地讲一遍。说句老实话，

---

[1]　许结讲述，王思豪记录《赋学讲演录（二编）》，北京大学出版社 2018 年版。

讲赋源、赋体，讲汉赋、律赋，这些东西都是常识，大家还是要通过读书，了解一些基本的东西，然后再提出一些问题。那这次的十讲，实际上是十个问题，这十个问题都没有真正的相当有分量的文章来展示它，也就是说，在赋学研究领域还有很大的空间。我们边讲边讨论，这一次把这十讲全面讲述一遍，大家听后有不同意见，或者有更多的思考，就对这些赋学研究的重要范畴有了更深入的认知，也是我讲这十讲的主旨所在。

那么今天首先来讲第一讲，辞赋讽谏说。辞赋很有意思，华丽的文采，是一种美文。当年闻一多讲过，辞赋是以大为美，用词大，造句大，构篇大，意境也大，什么都大 [1]。汉大赋为一代文学之盛，以汉大赋为代表提出以大为美之说，是不是全面呢？当然也可以从各个角度来看。我觉得，如果欣赏诗歌，更多地是以小为美吧。比如杜甫讲，"毫发无遗憾"（《敬赠郑谏议十韵》）；杜甫又讲，"花蕊上蜂须"（《徐步》），连蜂的须子上都是花的蕊，多细，多美。但那好诗是小中见大，"吴楚东南坼，乾坤日夜浮"（《登岳阳楼》），一首小诗，你看气象多大。"万里悲秋常作客，百年多病独登台。艰难苦恨繁霜鬓，潦倒新停浊酒杯"（《登高》），整首小诗里面，多大的气象。还有宋代曾公亮写的"开窗放入大江来"（《宿甘露僧舍》），窗子一开，把大江放进来了，窗子是很小，但一开，那个境界极大。这是诗人的以小见大。如果我们理解赋仅仅是以大见大，往往大而无当，虚饰过美、虚而无征等一些批评也就接踵而来了，尤其是左思在写《三都赋》的时候，批评汉大赋虚而不实、假称珍怪

---

[1]　引自郑临川述评《闻一多论古典文学》，重庆出版社 1984 年版，第 65 页。

等等[1]，因为他只看到大的一面。实际上读赋和读诗可以反过来，读诗可以小中见大，读赋可以大中见小。在赋的极为宏大的叙事中，你可以发现细微的东西，它也是很细腻的。我们看赋的发展，整个赋史是一个宏大的书写；但是我讲赋学批评的开篇第一讲，倒是讽谏说，这是基于一个很有意思的现象——赋评家们一开始多是主张讽喻或者讽谏说。

首先，你要知道讽谏说的由来。这大家都很熟悉了，但是我们还要回头看一看。司马迁讲："《春秋》推见至隐，《易》本隐之以显，《大雅》言王公大人而德逮黎庶，《小雅》讥小己之得失，其流及上。所以言虽外殊，其合德一也。相如虽多虚辞滥说，然其要归引之节俭，此与《诗》之风谏何异！"《史记》窜入了扬雄的话："杨（扬）雄以为靡丽之赋，劝百风一，犹驰骋郑卫之声，曲终而奏雅，不已亏乎？"[2]可以参照《汉书·司马相如传》。两个对照一下，前面肯定是司马迁的话。"大汉文章两司马"，司马迁评司马相如，很有意思。值得注意的是，"虚辞滥说"是虚晃一枪，指宏大的书写；司马迁评语的关键价值所在，是讽谏。这就是讽谏说的由来。

从此以后，讽谏就变成了辞赋批评一个最重要的利器。成与否，败与否，得与否，失与否，全在于有没有讽谏。后来渐渐随着文本的发展，也开始淡化这个问题了，淡到最后，到了清代学者，比如陆次

---

[1]　左思《三都赋序》："相如赋《上林》，而引'卢橘夏熟'，杨（扬）雄赋《甘泉》，而陈'玉树青葱'，班固赋《西都》，而叹以'出比目'，张衡赋《西京》，而述'以游海若'。假称珍怪，以为润色。若斯之类，匪啻于兹。考之果木，则生非其壤；校之神物，则出非其所。于辞则易为藻饰，于义则虚而无征。"

[2]　司马迁《史记》卷一百一十七《司马相如列传》"太史公曰"，中华书局 1959 年版，第 3073 页。

云、袁枚，都讲赋代类书，赋就像类书一样，好多材料集起来；或者像志书、地方志，赋就是这样的东西。现在类书多了、志书多了，谁还写赋呢？不必要了，写赋查查材料，把它堆堆就是赋。然后马上就有人反驳了，怎么反驳呢？说得也有道理。南京的一个文人叫程先甲，晚清到民国间人，他写了篇《金陵赋》，在序里面说，如果把赋只当作类书、志书读，那赋何其为赋呢？它就失去了"诗人之旨"[1]。"诗人之旨"，关键就是司马迁的讽谏说。于是这就变成了研究辞赋必须跨越的门槛。

什么叫讽谏说？论赋为什么有讽谏说？扬雄少而好赋，却说赋是童子雕虫篆刻，壮夫不为，为什么呢？赋要讽，如果不讽，就是劝，劝百讽一[2]。这是接着司马迁的话来的，也是评汉赋，加上自己的自讽或者说自省。由此我们考虑讽谏说，就会出现几个问题，构成了对中国赋学批评，甚至对整个中国文学批评形成巨大影响力的聚焦点，这个聚焦点就是"依经立义"。中国文学到汉代，围绕先秦到汉代的一些从广义的文学现象到渐渐狭义的诗赋文学的批评，其中有一个大的思想，就是"依经立义"。因为文学与儒家的经典有关，所以要"依经立义"，这是讽谏说的一个基础。

首先看"依经立义"，跟经典有关，跟经学有关。汉代是经学的时

---

[1]　程先甲《金陵赋序》："议者谓古无志乘，爰尊京都；志乘既兴，兹制可废。蒙窃惑焉。……窃以为刘向言其域分，变之有涯者也；朱赣条其风俗，变之无涯者也。有涯者，志乘所详；无涯者，志乘所略。……爰奋藻以散怀，期无戾于古诗之旨。"

[2]　扬雄《法言·吾子》："或问：'吾子少而好赋。'曰：'然。童子雕虫篆刻。'俄而，曰：'壮夫不为也。'或曰：'赋可以讽乎？'曰：'讽乎！讽则已，不已，吾恐不免于劝也。'"有关扬雄在经学思维下的赋学批评，参见拙文《论扬雄赋学的建德观》，《文学遗产》2019 年第 5 期。

代，一切文本都跟经学有关。而经学在赋论的最初体现，就是司马迁的讽谏说。在经学思潮中，跟我们文学更接近的是《诗》学，就是《诗》三百篇。《诗》的经学化，反过来影响对赋家的批评，构成了赋是由《诗》而来的思路，所谓"赋者，古诗之流也"，这个"诗"就是《诗经》。后面我们专讲一题，就是"赋者，古诗之流"的说法，这与"依经立义"是相关的。

东汉时王逸整理《楚辞》，编撰了《楚辞章句》，一个最大的特点就是"依经立义"，即用经典的系统来评价屈原等楚人的作品，所以大家对它极为关注；而西汉时期一些零星的批评，大家就较为忽略。在这些零星批评中间——当然文献已经掉了很多了——司马迁的这句话我觉得是非常重要的，关键就是"与《诗》之风谏何异"，赋有《诗》的讽谏。司马相如写赋都有讽谏意识，我们读他的作品，不管是《子虚赋》还是《上林赋》，或者叫《天子游猎赋》，再如《大人赋》《哀二世赋》《长门赋》等，无论是在具体的文本写作中，还是在通篇的宏大书写中，以及在表达某种惆怅的情感中间，都有它内在的东西。相比之下，当今写赋，我说是"五有五无"，其中一项叫作"有颂无讽"，赋成了词汇的堆积，但是讽喻精神没有了。从明清以后的创作，大家形成擅长歌颂的惯例，这大概体现了当时专制社会的强化。帝国政治，一言谈，没有大家谈，"谀颂"变得司空见惯，写赋多是一片歌颂赞美之声，阿谀没了底线，清代的馆阁赋大多如此，龌龊得很，但也是无奈，只能如此吧。

正因为讽的精神后来丢失了，汉人赋创作从一开始就有这个"讽"字，才显得意义很大。程廷祚《诗论》说，"汉儒言诗，不过美刺二端"，还有"美"呢，也有"刺"。赋源于《诗》，有"美"有"刺"，那为什么西汉的时候，以司马迁为代表的批评这么重视一个"刺"呢？

有必要看看当时的《诗》学传统。我觉得司马迁评赋"依经立义"，还要注意一个传统，就是《鲁诗》说。司马迁是治《鲁诗》的，我们现在保留下来的就是司马迁的这个批评；也许有韩婴的批评，也许有辕固公的批评，但是他们没有讨论赋，所以我们也就没有办法看到持其他《诗》学思想的人对赋的批评。因此我们看西汉的辞赋批评，如果说"依经立义"，归属于《诗》学批评的话，大部分都是《鲁诗》说。要考虑这些问题，这是《鲁诗》的特点。《鲁诗》跟孔子有关，跟这个大的传统有关，所谓"洙泗之间"，属于洙水、泗水间的学问。一直到南宋的时候朱熹还讲，过去天地之中在洙泗之间，而今其在闽浙乎！因为他在福建、浙江教书，所以学术中心在闽浙了！同学们要知道，天地之中而今在哪里？你们要说："其在仙林乎！"要有这个志向，要学学朱熹，偶尔发点疯不坏事，但心里不要发疯，口头发几下疯不要紧。

《鲁诗》说，一个根本的精神就是"怨"，发愤著书。司马迁很多理论体现《鲁诗》说的特点，大家可以看到，他在《十二诸侯年表》序里面讲："周道缺，诗人本之衽席，《关雎》作。仁义陵迟，《鹿鸣》刺焉。"《小雅》出来了。这次 G20 表演节目的时候，朗诵"呦呦鹿鸣，食野之苹，我有嘉宾，鼓瑟吹笙"，忽略了"《鹿鸣》刺焉"，后来网络上马上就"刺"了。现在唯一的讽谏精神，只在网络上还有，这个很有意思，或许这个传统不灭，因为人类没灭。如果人类灭了，那就都灭了。既然人类没灭，这个道还是有的，只是以不同的方式表现出来。或者比较张狂地表现，或者比较隐晦地表现，或者比较正统地表现，或者比较旁支地表现，但是不可能没有表现。"《鹿鸣》刺焉"，这就是《鲁诗》说的特点。

我们讨论《鲁诗》说，正好可以结合我过去的一篇文章，带来给大家共同讨论一下，这是《文学遗产》发表的，名叫《西汉韦氏家学诗义考》[1]。读《史记》的时候，觉得文采飞扬，辞章犀利、精彩，文人喜欢；读《汉书》时，觉得学问深刻，厚积薄发，学者喜欢。大家要注意这个区别，读一些学术史，看一些敏锐的东西，汲取《史记》的东西很多，《汉书》抄《史记》，但又有所不同，读学术史的时候，还要多看看《汉书》。《汉书》很重要，《汉书》中间有一篇传非常重要，叫《韦贤传》，如果你治汉代的礼仪、礼义、礼学，了解西汉宣、元时期的"庙制"问题，《韦贤传》是必读的。韦氏是西汉时唯一的以作者身份展示一种诗歌传统的家族，写的是个人创作的非骚体的诗歌，即四言诗。比如韦孟《讽谏诗》，在汉初的时候，他写了一首诗叫作《讽谏诗》，还有一首《在邹诗》[2]。他的诗的名字就叫《讽谏诗》，属四言体，或谓《诗经》体。四言没有什么文采，所以魏晋以后文人都重五言诗，不重视四言，但是作为学术史，它还是极有价值的。韦孟创作《讽谏诗》之后，经历很多代，有个韦玄成，是韦贤的儿子，又写了首《自劾诗》，也是四言诗。这个家族诗的创作，大家很少注意，我就把它提出来，是说明韦氏的诗义丢失了。解释《诗经》诗义，他家有《诗经》韦氏学，可是掉了，没有了，于是这个韦氏《诗》学就通过诗歌创作表现出来，从中可以看出他们的《诗》学思想。

经过考论，韦孟《诗》学就是鲁学，从申培公而来，实际上韦孟和申培公的时代差不多。谈到申公说诗，汉武帝独尊儒术，对《诗》学也

---

[1] 拙撰《西汉韦氏家学诗义考》，《文学遗产》2012 年第 4 期。按，该文分三部分，分别是家学风徽与韦氏诗事、鲁学精义与韦氏诗学、四言雅体与韦氏诗统。

[2] 按，西汉韦氏诗的鲁学精义，出于地缘乡邦之情而崇礼德，故《汉书·韦贤传》记述韦诗本事，无不彰显"邹鲁"文化精神。如韦孟《在邹诗》末段云："微微老夫，咨既迁绝。洋洋仲尼，视我遗烈。济济邹鲁，礼义唯恭，诵习弦歌，于异他邦。"

是极其感兴趣的，但申公读《诗》，读的是鲁学，不重文辞重义理，哪晓得汉武帝这个人好文辞。你看司马相如写赋，在景帝的时候就写，结果呢，《史记·司马相如列传》写得很清楚了，"会景帝不好辞赋"，没有办法了。景帝不好辞赋，有什么办法呢？所以他就不写了。到了汉武帝好文辞，赋家才在宫廷兴盛起来了。因为好文辞，武帝听了申公的话不过瘾，没兴趣。汉武帝喜欢的《春秋》学是公羊学，喜欢的《诗》学更多地是《齐诗》学，因为他好大喜功，对那个"大九州"、"五德终始"、"大而化之"、谈天说地、天人之道、天人合一特别感兴趣，那时兴盛的董仲舒的公羊说，也跟齐学有关。当时和申培公同时的辕固公倡齐学。辕固公有一段死里逃生的经历，因为窦太后讨厌他。窦太后不是讨厌他是鲁学还是齐学的问题，讨厌的是儒家还是道家的问题。窦太后赞成黄老之学，反对他的儒生治国思想。汉武帝用了卫绾这些人做宰相，有儒生倾向，所以窦太后很讨厌。在景帝时，辕固公坚持他的儒家立场，批评道家是"家人"之学，于是窦太后把他弄到猪圈里面去和野猪打架，差一点把小命送掉了[1]。这是儒学和黄老之学之争。武帝上台亲政以后，也就是在建元六年（前135），窦太后去世以后，他才真正得到权力，于是罢黜百家，表彰六经，包括黄老也下去了。他选择了儒生，那辕固公这些人就被选择了。在儒家中间他又有所选择，刘师培讲过的，汉代学问无非齐、鲁两家。汉代《诗》学虽然是齐、鲁、韩，但齐、鲁更为重要。文学是齐、楚[2]。《诗》学的精神是齐、鲁，汉代早期这

---

[1] 《汉书·儒林传》："窦太后好《老子》书，召问固。固曰：'此家人言耳。'太后怒曰：'安得司空城旦书乎！'乃使固入圈击彘。"

[2] 刘勰《文心雕龙·时序》："唯齐楚两国，颇有文学：齐开庄衢之第，楚广兰台之宫，孟轲宾馆，荀卿宰邑；故稷下扇其清风，兰陵郁其茂俗；邹子以谈天飞誉，驺奭以雕龙驰响；屈平联藻于日月，宋玉交彩于风云。"

两家比较厉害。在武帝朝，更重齐学的思想，鲁学思想在武帝以后渐渐衰落，而鲁学的讽谏精神实际上在整个西汉，也就是说元、成或者宣、元之前，还占着极其重要地位。有关《鲁诗》的讽谏精神，我们可以对照王先谦《诗三家义集疏》，参看一下四家诗的说法，就可以看出《鲁诗》的讽谏是比较明显的。所以我说韦孟的诗和《鲁诗》的、赋家的讽，是极其相关的。

值得注意的是，司马迁谈到诗之讽谏的同时，还特别讲到"《春秋》推见至隐"，这里暗含了《春秋》学的批判精神。由此我们又要看到另一个问题，或者说又牵扯到另一个问题。在讲这个问题之前，我们把《鲁诗》学的几个精神给大家提示一下，其中有非常明显的几点。第一是《鲁诗》极重孝行、孝道、家族的孝心，所谓"圣朝以孝治天下"，大家都讲孝。当然《鲁诗》的孝行特别重要，这是它跟传统的庙祭有关的表现。三代传统都是庙祭，祭天以祭庙为主，祭庙以配天，祭天以配庙，比如文王庙、武王庙，是基于"五宗"，天子"五宗"的孝行就是国家统绪。我们的孝行是小孝，基于家庭，是奉祀我们一代一代的祖宗。皇室的孝行就不得了了，天子的孝行就是天子统绪，就是庙祭。庙祭的内涵，最重的是孝行。我们讲到孝的时候，讲到孝养啊、孝顺啊、孝敬啊，都跟这个《诗》学精神相关。《诗》学中，《鲁诗》是特别重视孝的。

那么《鲁诗》为什么重孝呢？是发扬了孔子论孝的精神。孔子说："今之孝者，是谓能养。至于犬马，皆能有养。不敬，何以别乎？"（《论语·为政》）[1] 所谓孝顺，孔子认为父母行为如有偏差，要婉言相

---

[1]　刘宝楠《论语正义》注引孟子曰："食而不爱，豕畜之；爱而不敬，兽畜之。"

谏，所以儒家特别推崇舜。舜的父亲瞽叟、兄弟象都很不好，但舜能同他们和睦相处。舜兼明君与孝子，在儒家思想中被提到了极高的地位，这也与孝行有关。落实到《诗》学，就是《鲁诗》的孝心，真诚之心。孔子讲孝顺，更重要的是孝敬。孝若不敬，跟养猪养狗一样。养猪养狗也是养，孝要敬，要敬畏啊，这是极其神圣的东西。孝道是我们的道德传统中间最神圣的东西，只有这种敬畏才有一定的纯粹的宗教性，如果这一点都没有，那就没有纯粹的宗教性了。因为中国古代整个没有宗教，至少是没有纯粹的宗教，都是政教，以政教代替宗教，这是自古以来的问题；在道德观念中的敬畏之心、敬爱之心，就构成了一种宗教的意味。我们看《大学篇》，"大学之道，在明明德，在亲民，在止于至善"，这"至善"是什么意思啊？其中就有宗教性。哪有东西是"至善"？从理性来说，有真善美，就有它的对立关系假恶丑，对吧？那么超越这个的就是宗教性。宗教性中间，这个敬极其重要。

由此我们回过头来看韦孟的诗，那就是对祖宗的敬畏，一代一代的传统是要敬畏的，有非常明显的敬畏之心。读《诗经》中的微言大义，就有敬畏之心。《鲁诗》在这方面进行了非常重要的讨论，极其看重这一点。于是我们就想到了张汤问董仲舒，祭天、祭地、祭郊，到底庙祭重要还是郊祭重要啊？究竟是祭祖宗重要还是祭天重要啊？董仲舒的回答是郊大于庙。他认为有关祭祀是"天子之礼，莫重于郊"[1]。汉武帝不仅打击了很多强敌，更多地打击与他同属于一个孝

---

[1] 详见董仲舒《春秋繁露·郊事对》答张汤问。董仲舒撰，苏舆义证《春秋繁露义证》，钟哲点校，中华书局1992年版，第414页。

道统绪的亲戚，削藩，把兄弟通通打掉，只有天子代表人民。汉武帝代表天，所以郊祭大于庙祭。当时齐学的思想受到了极大的重视，但是鲁学的精神还是体现在诗人之心和批评家的心中。所以孝行是我们讲讽谏说的一个重要的问题。

孝行里有一种敬畏之心，这是第一。讽谏说不是随便讲的，它依托的《鲁诗》学有很多重要的精神内涵，第二就是要惕戒、警惕，这是《鲁诗》特别重视的，警诫自己。尤其是汉大赋，描写的对象那么宏大，看得人眼花缭乱，在这个眼花缭乱中间，人们更应该警惕，问题多多。在强大的帝国政治面前，更应该警惕多多的问题，这才是敬畏啊。不断地警诫自己，做得怎么样。警诫皇帝，警诫侯王，不断地警诫。这就使我们想到《汉书·王式传》中的记载：王式是昌邑王刘贺的老师，刘贺当上皇帝后，因为行为淫乱，被霍光废掉，于是昌邑王身边的人都被抓了起来，还要杀掉，在审问王式的时候，有人问，你作为老师怎么没劝谏刘贺呢？王式回答说，我怎么不讽谏了？他原话是："臣以《诗》三百五篇朝夕授王，至于忠臣孝子之篇，未尝不为王反复诵之也；至于危亡失道之君，未尝不流涕为王深陈之也。臣以三百五篇谏，是以亡谏书。"[1] 审问他的人觉得有道理，就把他释放了。这是最著名的以三百篇为谏书的故事。

这就构成了六经致用观，所谓以《诗》为谏书、以《春秋》断狱、以《禹贡》治河等，汉儒的特点就来了。近代有位学者叫周予同，是二十世纪的经学大家，整理皮锡瑞的《经学历史》，在这本书的《序言》里面，他说应该剔除汉儒荒谬的东西，比如《禹贡》治河，到黄河发

---

[1]　班固《汉书·儒林传》，中华书局 1962 年版，第 3610 页。

大水的时候，站在河边把《禹贡》背一百遍，也不能平水患啊[1]。他这说法好荒诞，汉儒什么时候背一百遍？只是因为《禹贡》里面讲九派流通，所以说以《禹贡》治河，真到黄河发大水，就让那些懂通河之学的人去治河嘛，很简单的道理。大家想，王式以三百篇为谏书，那王式是治什么《诗》的呢？是《鲁诗》。你看一下清人唐晏的《两汉三国学案》和有关的《诗》学研究，一般都认为，王式的师承是《鲁诗》。

好了，我们再回到刚才讲的这个韦孟的《讽谏诗》。《讽谏诗》写什么？除了自谏，就是谏王，谏楚王戊。他在楚王戊身边做官的时候写的这首诗，劝楚王不要越制。这个楚王后来果然是乱七八糟的。楚王戊留下了一个大墓，狮子山汉墓，在徐州。汉代墓很不得了，海昏侯墓也出来了，《齐论语》也出来了，这是后话。总之我们讲这就是《鲁诗》系的问题，和我们今天讲的讽谏说是极其相关的，尤其这首《讽谏诗》，很有意思，韦孟是治鲁学的，又是在楚王面前有为而作，这就是我讲的讽谏。

还有，鲁学最重以礼治《诗》，叫礼用。我分析韦孟《讽谏诗》的时候，从三个方面去展开，一个叫孝行，一个叫惕戒，一个叫礼用。以礼作诗，以礼解《诗》，这就是孔子的传统。而鲁学论《诗》极重礼，《诗》的核心是合不合礼，这就是"发乎情"而"止乎礼义"，是一个非常重要的问题。于是我们看，所有的赋创作不都是这样吗？哪个不是"发乎情"、止于礼义啊？拼命地描写过后，再来个曲终奏雅，要"止

---

[1] 周予同《经学历史·序言》批评皮锡瑞赞赏汉儒"以《禹贡》治河，以《洪范》察变，以《春秋》决狱，以三百五篇当谏书"，质疑谓："试问假使黄河决口了，你就是将《禹贡》由首一字背诵到末一字，你能像灵咒似的使水患平息吗？"

乎礼义"。只是搞得过分以后,根本看不到奏什么雅了,写得太美了,大家都跟它发疯去了。你看这《登徒子好色赋》《高唐赋》《神女赋》,司马相如的《美人赋》,哪个不是先"发乎情"?发得不得了。"发情"很正常,尤其是年轻人,要"发乎情",要有革命的热情,工作的激情。问题是"止乎礼义",这是最重要的。那赋家都要"发乎情"啊,"发乎情"才能写出那么漂亮的东西啊,不然两句话就没有了,"光阴似箭,日月如梭",没有话讲了。我们写作文,整天就是"光阴似箭,日月如梭"。最近写《中国文学图像关系史·汉代卷》的后记,开头又用到了这两句话,"光阴似箭,日月如梭"。这句熟语又变成雅士所谓的俗语,熟悉的"熟"变成了庸俗的"俗",越变越庸俗。但是在回顾一段心路历程的时候,就没有什么话比这两句话更好了,没有能够取代它的。就像我们写那个鉴赏辞典的时候,上世纪八九十年代这一阶段,大家都编鉴赏辞典,找人写词条,从《唐诗鉴赏辞典》开始,一路写来,后来是大家你抄我,我抄你,抄得乱七八糟,有编辑部特别发了一个条例,其中一个条目是编辑约稿的时候常有的,就是不要总是写"情景交融"之类的话。但是还有比"情景交融"更好的话吗?没有了。这也是很有意思的现象。

那赋家也重礼呀,所以讲"赋文似礼",是清人讲的[1],虽然这句话也是空话,不一定正确,但是确实表明了赋像礼,一方面要编织,一经一纬,编织起来,还有赋家之心,讽喻、颂德,都和礼有关,这是值得思考的现象。大家可以看2016年第10期《中国社会科学》,我写了篇《从"礼法"到"技法"——赋体创作论的考述与省思》,

---

[1] 袁栋《书隐丛说》卷十一《诗赋仿六经》:"诗赋等文事略仿六经……赋体恭俭庄敬,似《礼》。"

两万多字，是点滴思想的汇集，也受到古人片言只语的启迪[1]。我们不要看古人话很少，好像没有意思，在点滴中，你要发散到学术史去，发散到各种交叉研究中去，就会发现问题。比如到现在都还没有人好好论一篇赋体讽谏说受《鲁诗》的影响，我只是在课堂上讲，因为论述起来文献要更多，要找很多旁证，我讲过后，下课就走了，我讲得对不对也不知道，但是肯定有点道理。这是我的一个提法，没有写出论文来。我讲的这篇《西汉韦氏家学诗义考》，是从韦孟讲到《鲁诗》说的问题，应该有一定的意义。

说了讽谏说与《诗》的关系，又要说另一个问题，就是将讽谏说跟《春秋》联系起来。孟子讲，"《春秋》，天子之事也"（《孟子·滕文公下》）。孔子修《春秋》，使"乱臣贼子惧"。为什么是"乱臣贼子惧"？因为是"天子之事"。实际上孔子都不能承担这个任务，但是无人承担，只能他承担，这是学术的僭越。敢问《春秋》是"天子之事"了，那么汉赋是什么？至少成为一代之胜的、以司马相如为代表的汉大赋，以及后来的京都赋，都是"天子之事"。郊祀赋、耕籍赋、畋猎赋等，都是有关天子各种礼节的描绘。所以我说汉赋最主要的书写就是天子礼在文学视域的展现。文学视域中间最重要的天子礼的书写，它来自什么？来自过去的雅颂传统。《雅》诗、《颂》诗，《大雅》嘛，《文王》嘛，《清庙》嘛。司马迁极重《诗》之"四始"是有道理的，《关雎》为《风》始，《鹿鸣》为《小雅》始，《文王》为《大雅》始，《清庙》为《颂》始。礼仪是最重要的。所以我想这些是可以考虑的问题。

---

[1] 详见拙撰《从"礼法"到"技法"——赋体创作论的考述与省思》，《中国社会科学》2016 年第 10 期。

既然《春秋》参与了这个学术传统的建构，我们谈《诗》的时候，似乎忽略了开始就讲的"《春秋》推见至隐"，这个"隐"的问题大了，于是乎我们就要联想到很多学者写的汉赋隐语说。汉赋跟"隐"有关，有人追溯到荀子的"五赋"就是"隐"，《云》《蚕》《箴》等等，开始写一个谜面，然后解读谜面，最后揭露谜底。有关赋体隐语说，已有很多的学者讨论了，像陶秋英啊、朱光潜啊，都主张隐语说[1]。大家都能说出一定的道理，要说某一观点最全面，也难讲，但确实不无道理。赋与隐语是有关联的。司马迁以"《春秋》推见至隐"讲赋的讽谏，和这个隐语说似乎有点关系，大家是否关注到了这一点？

赋家写作，对象是王，是天子，这个讽谏又不能明谏，要婉谏，或谓谲谏，后面我们可以列举一些材料。司马迁《太史公自序》讲述自己的经历，"观孔子之遗风"，他父亲拉着他的手说："幽、厉之后，王道缺，礼乐衰，孔子修旧起废，论《诗》《书》，作《春秋》，则学者至今则之。"然后司马迁又论《太史公书》："《诗》三百篇，大抵贤圣发愤之所为作也。"[2] 这都是有联系的。前面讲的《鲁诗》说，还可以看看陈乔枞的《鲁诗遗说考》，算比较重要的文献。然后再读《汉书》的《楚元王传》，结合起来，有点意思。当然治《鲁诗》的人和楚王的关系我还没考虑，因为好多和楚王有关系，汉代的赋与楚王有关系，而赋和楚也有关系，反过来用《鲁诗》批评赋，这里面还有一些潜在的联系。也许文献不足征，难以找到更多的材料，但确实有很多值得

---

[1]　参见陶秋英《汉赋之史的研究》，中华书局 1939 年出版（1986 年由浙江古籍出版社重版，更名《汉赋研究》）。朱光潜的论述详见氏撰《诗论》第二章《诗与谐隐》（生活·读书·新知三联书店 1984 年版）。

[2]　详见司马迁《史记》卷一百三十《太史公自序》。

思考的问题。

回到讽谏，大家看看《白虎通》的归类，说的是："人怀五常，故知谏有五。其一曰讽谏，二曰顺谏，三曰窥谏，四曰指谏，五曰陷谏。"就是仁、义、礼、智、信。"讽谏者，智也"，婉言相谏，谓之讽谏，所谓"智也，知祸患之萌，深睹其事，未彰而讽告焉，此智之性也"。[1] 再看《文选·甘泉赋序》："奏《甘泉赋》以风。"注："不敢正言谓之讽。"你跟领导讲话，要巧妙地慢慢讲，让他慢慢接受，不能顶着鼻子争，那就不礼貌了。跟天子更是这样，要婉言相谏。你看看汉武帝多喜欢司马相如的《子虚赋》啊，召见了他，司马相如不自吹，反而说那写的是诸侯之事，不好，我要奏《天子游猎赋》给你，然后"赋奏，天子以为郎"，可见武帝多高兴。但赋中暗含有讽啊，武帝好神仙，司马相如又上了《大人赋》，都是一种婉言相谏[2]。然后讽谏的问题就出现了，就是扬雄的批评话语指出的，所谓"讽则已，不已，吾恐不免于劝也"（《法言·吾子》），不仅没讽好，反而劝坏了。汉武帝就是一个典型，只看快活的，不看后面的讽。《大人赋》是讽他的，结果他看得飘飘有凌云之气。从此以后我们都说文章写得好叫凌云之笔，其实上当了，凌云是虚晃一枪，哪是凌云啊，实际上是以讽喻为精神的，这里面包含了一个"至隐"，就是《春秋》褒贬。

人说《春秋》大义，常以一字定褒贬，赋家之心也不容易，也要以一字定褒贬，这就是大中见小。好多地方是一句话就有褒贬，它用《诗经》哪一篇，用《礼》哪一句话，都是有针砭意思的。这种传统

---

[1]　《白虎通》卷五《谏诤·五谏》。详见班固撰，陈立疏证《白虎通疏证》，吴则虞点校，中华书局 1994 年版，第 235 页。

[2]　参见拙文《诵赋而惊汉主——司马相如与汉宫廷赋考述》，《四川师范大学学报》2008 年第 4 期。

又从赋诗言志而来。赋诗言志，要借鉴《诗经》的成话来表现自己的现状和情怀，甚至国家的意志。赋家把它用进来以后，言谈变成了文本，在文本中间你要知道它用什么典、用什么语、用什么话，这就是微言大义所在。所以读赋要细到这个程度，自然有所得，有所明白，否则就是看看热闹而已。

读赋家的作品，特别有意思的就是这个讽谏，叫作"知祸患之萌"。所以我说文学家也是特别了不起的，我们时常讲，读杜甫诗中的安史之乱比读唐史书写的安史之乱更重要，以致有人认为读唐史还不如读杜甫的诗。这么讲是因为诗人亲历了安史之乱，记录得更为真切。这是已然的见解。还有未然的见解，文人的未然的见解很厉害，它是"知祸患之萌"。德之初，好的就要把它发扬光大；祸之萌，就要把它灭于萌芽状态。这是最重要的。你一不小心，它就把你灭于萌芽状态，不能让它起来，一起来就后患无穷。这很有意思，文人的预见性，"知祸患之萌"。不然要文人做什么，要学者做什么，整天就混饭吃啊，拿工资啊，三室一厅啊，买个车啊。文人堕落了，作为也就可怜了。当然，某些事"如今不复敢尔"，也不全怪文人。洪迈在他的《容斋随笔》里面就讲过，唐人任意讥刺朝廷，"汉皇重色思倾国"，随便讲，调侃朝廷不要紧，到宋代的时候，文人"不敢尔"，宋人就不敢了 [1]。不是说宋人不知道讽的功用，知识分子如果连这点都不知道，他当什么知识分子呢，书也白读了，没有用啊。读书还是有用的，只是这个用，有时候不得已，被时代埋没了而已。

赋家有讽谏的思想与功用，才有真正的文学精神。司马迁评相如赋的一句话，能生发出很多很多了不起的东西。那这个讽谏是寄托

---

[1]　详见洪迈《容斋续笔》卷二《唐诗无讳避》。

于什么呢？寄托于赋之功用，我把它称为赋用论。汉代论赋全是赋用论。之所以讽谏说重要，就在于赋用，如果谈赋体、赋义，固然重要，但不是那么重要。汉代的时代文学就是重功用，哪个还跟你鉴赏啊，还跟你纯艺术啊？甚至可以说，中国古代从来就没有纯艺术的艺术，西学进来才渐渐开始有这些东西。古人都谈文以经世，"文章经国之大业，不朽之盛事"，都是文用，区别只是用得大一点、宽泛一点，还是用得细一点、质实一点。我们反对用得太质实，但汉人极其重质实，切切实实来用，所以讽谏说是赋用论的呈现。

我的想法是，古代赋学批评的开端就是赋用。到刘勰《文心雕龙》的时候，什么"铺采摛文""体物写志"啊，开始出现赋体论了，这叫明体，是由赋用转到赋体，六朝时候赋体论昌盛了。近代的林纾，就是林琴南，在他的《春觉斋论文》里面，继用纪昀的评语，说所谓"铺采摛文"就是立赋之体，是赋体，所谓"体物写志"就是写赋的宗旨，是赋用 [1]。林纾能翻译小仲马，还是有水平的，他连外文都不懂，却能翻译得那么好，意译为之，人家讲给他听，他就来译。他文采好，所以译出的作品还是蛮了不起的。

刘熙载也讲过，过去赋有两大用处，一个叫讽谏，一个叫言志。什么叫讽谏？"蒙诵""瞍赋"，"天子听政"，《国语》里面讲的，这就是讽谏传统 [2]。外交礼仪上说的赋诗言志，那就叫言志，行人之官就是外交官。所以讽谏和言志始终在赋体中间，开始都不是赋体中的，

[1] 林纾《春觉斋论文·流别论》："'赋者，铺也，铺采摛文，体物写志也。'一立赋之体，一达赋之旨。"

[2] 刘熙载《艺概·赋概》：赋"大抵有二：一以讽谏，《周语》'瞍赋蒙诵'是也；一以言志，《左传》赵孟曰'请皆赋以卒君贶，武亦以观七子之志'……是也"。按，"蒙"繁体写作"矇"。

后来进入了赋体，这是很有意思的说法。什么时候言志最明显呢？屈原他们，"贤人失志之赋作矣"，就言志了。到了大汉帝国的时候，又不仅仅有"贤人失志之赋"了，他们是官员啊，"言语侍从"啊，所以他们要为国立功啊，肩负着国家的使命啊，职能不同了。于是又回到了与"天子听政"相关的讽喻，这个值得注意。讽谏说和这个传统有关。"天子听政"，"蒙诵""瞍赋"，与后来写赋不是一回事，但是有它的文化传统和文脉流通。虽然体类不同，但是其间的文脉是断不掉的。所以做学问，自然地打通是比较好的。不一定治诗就是治诗，治赋就是治赋，这中间文脉相通啊，对吧？人同其情的事。这个涵括讽谏说的赋用论，也是值得进一步探讨的。

你看这一期《古典文学知识》，我现在开始写赋话了。年龄大了，对文献有点烦啊，就开始写赋话了，散朗快适。写正规论文引证很讨厌，许多期刊都要注明文献出自某版本、某页、某行，注得那么详细，浪费多少笔墨。连《论语》都要注版本，你说烦不烦。过去就打个括弧，《论语·为政》《学而》，也蛮好的。有时"严谨"得过分，也很头疼。写赋话不一样，类似学术随笔，信手写写，引文献也是在文后打个括弧，出一个简单的随文注。第一篇写的是《申年说猴赋》，2016 年第 3 期开始发，第二篇就是《赋训"富"小议》，赋可以训为"富贵"的"富"。大家注意，你们多听听赋还是有好处的，赋可以富。清人讲的，"赋者富也"[1]。这很好呀，不仅"铺

---

[1]　清人陆次云《北墅绪言》卷四《与友论作赋书》曾提出赋代"乘志"之说，颇为人所关注，而在此书信中涉及"赋""富"互训，人或罕觏。其书中云："足下又谓赋者，富也，宜以富丽为工。愚谓富于辞不若富于意也。缀难字以矜奇，砌类书以诩博，老生素习，竖子咸能。使人刺目不休、展卷欲卧者，其得谓之富乎？若夫其篇弥约，其意弥长，童而习之，终身味之而无尽者，其中之蕴藉深矣。孰富孰否，足下于焉可自识也。"

也"，还富啊。所以大家要注意，诗穷而后工，没有人讲赋穷而后工吧？赋就要富，你吃饱饱的，快快活活地观赏风景，走遍祖国山河大地，然后写大江大河赋，多开心啊。看到那一片荷花，看到那火树银花，看到那 G20，你就可以写赋了。诗就不同了，诗缘情，赋体物，赋是有物质性的，写诗只能做精神的富翁了。

话又说回来，《汉代赋用论的成立与变迁》谈到的首先还是功用。这篇文章很长，中间一段是重要的，就是"从《诗赋略后序》到《两都赋序》"[1]，因为继司马迁、扬雄之后的赋论，或者说跟他们相近时期的赋论，就是《七略》嘛，《汉书·艺文志·诗赋略》，那里面论赋的话讲得很警策又紧要，对吧？《诗赋略》的后序讲了很多内容，如果我们把其中的说法和班固《两都赋序》的说法做一比较，是有很多不同的，可以说前者是二刘遗意，就是刘向、刘歆的话，而《两都赋序》是班固的思想。这二者是不同的，不同得很厉害，我分析了一下，有三大不同：第一个，论述话语不同；第二个，治学背景不同；第三个，政教思想不同。

《诗赋略后序》[2] 文字的第一段是从"不歌而诵谓之赋"发论，到孔子曰"不学《诗》，无以言"，其中由引述《毛诗传》的"登高能赋"转向古代聘问之礼的行人"称《诗》以谕其志"，开启了古代赋论由"赋诗"到"作赋"的思路，这是第一段。第二段从"春秋之后"到论孙卿赋、屈原赋有"古诗之义"，说明战国时期赋体草创的历史背景与创作功用。然后第三段有两节文字：一节文字是战国宋玉、唐勒到汉代枚乘、司马相如、扬雄的赋，评价是"竞为侈丽闳衍之词，

---

[1]　详见拙撰《汉代赋用论的成立与变迁》，载《杭州师范大学学报》2016 年第 2 期。

[2]　详参本书第七讲，第 224—227 页。

没其风谕之义"；另一节引录扬雄《法言·吾子》中"诗人之赋丽以则"一段话，以批评赋家"没其风谕之义"，认同扬雄"孔门用赋"说。这应该跟刘歆有关，刘歆、扬雄两个是好朋友。这是其论述的大概。

我们再看《两都赋序》[1]，它就大不相同了。第一段首先就是"赋者，古诗之流"，引前人的陈说。然后以两扇法展开：一扇是"昔成康没而颂声寝，王泽竭而诗不作"，另一扇是"武宣之世乃崇礼官，考文章"，然后写献赋制度。第二段着重突出汉朝武、宣之世的瑞应，完全讲瑞兆，讲"言语侍从"如司马相如等人的赋创作，以及公卿大臣如孔臧等人的赋创作，就是汉廷的献赋制度。第三段从辞赋创作功用提出两点，即"或以抒下情而通讽谕，或以宣上德而尽忠孝"，讽或颂两分，然后说赋是"雅颂之亚"，以至延及"孝成之世……奏御者千有余篇"，"大汉之文章，炳焉与三代同风"，就是"大汉继周"思想。[2]

所以我们再看一下，从西汉到东汉的赋用论，就是由讽向颂转型，这是一个明显的界限。但是他们都用"雅"，值得注意的是赋跟雅、颂有相同处，东汉赋跟雅、颂更密切。如果说讽谏说起初更重《小雅》的话，那么后面更重的是《大雅》，如班固就认为赋是"雅颂之亚"，这是汉代赋用论的特点。于是我们就可以发现一个非常有趣的现象，通过赋用论的思想，司马迁评赋强调的是讽谏，或者说是由辞赋生发出的讽谏之讽；但是到了东汉班固的时代，更重的是从辞赋中间生发出"雅颂之亚"的思想；到了汉末的时候，批评辞赋又回到了讽。

---

[1] 详参本书第六讲，第187—188页。

[2] 有关论述，详见拙著《中国辞赋理论通史》第六章第五节《从〈诗赋略后序〉到〈两都赋序〉》，凤凰出版社2016年版，第243—249页。

衰世多讽，盛世多颂，对吧？这也是必然的。汉末又开始出现赋重讽的思想，这个讽跟司马迁的讽有所不同，而且影响了后代的赋论。司马迁的讽的载体是辞赋，辞赋有讽。到了汉末的时候，一谈讽，就抛弃辞赋，认为辞赋那种文章都没有讽，都是"谀颂"之作，是"谀文"。到了魏晋六朝的时候，你看那种批评就是这样了。它已经不同于司马迁在辞赋这个文本载体中生发出的讽，而是跳出了赋这一文学的轨道来看赋有没有讽，这个变化非常明显。正因此，我们回过头来看，司马迁通过评价司马相如赋来谈讽，有他的深意，有他的价值，是最直接的赋的批评。我把它摆在第一讲来讲，就是这个原因。这是非常重要的问题。

我们不妨看看西汉赋创作之讽，那就太多了，你看孔臧的《谏格虎赋》："于是，下国之君乃顿首，曰：'臣实不敏，习之日久矣，幸今承诲，请遂改之。'"自己改正自己，这就是惕戒。再看他的《蓼虫赋》："季夏既望，暑往凉还。逍遥讽诵，遂历东园。……安逸无心，如禽兽何。逸必致骄，骄必致亡。匪唯辛苦，乃丁大殃。"[1] 讽谏当道者，奢侈骄逸要遭大殃的。这都是西汉赋的特点。在《史记》的《司马相如列传》里面，就明确地讲："故空借此三人（按，子虚、乌有先生、无是公）为辞，以推天子诸侯之苑囿。其卒章归之于节俭，因以风谏。"这话是谁写的呢？根据刘知几《史通》讲，这主要是司马相如的自序[2]，所以司马相如写赋的时候，主观上就是要讽谏的。再看扬

---

[1]　引自费振刚、胡双宝、宗明华辑校《全汉赋》，北京大学出版社 1993 年版，第 115、122 页。

[2]　刘知几《史通》卷十六《杂说上》："马卿为《自叙传》，具在其集中。子长因录斯篇，即为列传，班氏仍旧，曾无改夺。"

雄的《核灵赋》："自今推古，至于元气始化，古不览今，名号迭毁，请以《诗》《春秋》言之。"[1]世道混乱，不讽行吗？我们还是回到《诗》和《春秋》。

为什么《诗》和《春秋》这么重要呢？讽义最重要。《鲁诗》最重讽，《春秋》是微言大义，以一字定褒贬，因为它是"天子之事"，反对诸侯僭越，所以要讽。这是国之大事，当然重要。在早期文学作品中，讽大量地存在，那么讽是做什么？赋家讽是做什么？它继承"诗人之旨"是做什么？不管西汉的讽还是东汉的颂，这个颂更多地是叫作"大汉继周"，大汉要继承周朝。这里又有一些复杂的问题，比如有个"五德终始"的问题，汉朝怎么继承周朝，对秦朝的水德如何处理，都在里面了。这是另外的学术史问题了，大家可以参阅相关的研究论著[2]。汉有火德之运，所以大汉就变成火德了。东汉继承的还是汉，王莽不算，汉后有汉，以此类推，大汉之前就是大周，秦可以忽略，"五德"就把它忽略掉了。有了这么个道理，里面就有丰富的内涵了。

由此看赋用，其中一个重要问题就是观德。德最重要，"大汉继周"，就是继周德，也就是"五德终始"的德。火德也好、土德也好、木德也好、金德也好、水德也好，都是德。这个德不仅仅是金、木、水、火、土，而且结合了仁、义、礼、智、信，和人伦道德、治国平天下的道理紧密地结合起来，方为真正的德。持政者是成德、明德，还是失德、败德，就成了重要的问题了。

---

[1] 引自扬雄著，张震泽校注《扬雄集校注》，上海古籍出版社1993年版，第135页。

[2] 可参见顾颉刚《秦汉的方士与儒生》中的有关论述，包括"五德终始说""三统说""封禅说""改制说"以及"郊祀""求仙"等一系列的问题。

汉人为这德，也就有了大量的论述方法。比如我们看汉赋有各种各样的讽谏方法，关键在看内在的德。就讽谏方法而论，我归纳了一下，如有启发式的，一段段讲，讲得昏头昏脑的，突然好了，就像吃感冒药，你吃着吃着老是不得好，吃了一个礼拜就好了，因为你不吃也好了，慢慢就好了，这叫启发式。一个叫驳论式、辩驳式，很好玩，这是赋家受诸子、《战国策》的影响，假设问对。如果说前面更多是正常的问对，比如孟子对梁惠王、苏秦那些人的问对都是正常的问对的话，那么汉赋都用假设问对，设两个人如子虚、乌有啊，子墨客卿、翰林主人啊，凭虚公子、安处先生啊，都用这个办法。后代就干脆用真名了，比如谢庄的《月赋》，他就干脆写曹植和王粲，借前人做假设问对了。这些假设问对，实际上就起一个作用，就是辩驳式讽谏，因为道理是越辩越明啊，《子虚》《上林》等等都是辩驳式。还有解嘲式，还有以颂为讽式，《大人赋》《甘泉赋》很典型，表面是颂，实际上就是讽。所以各种方式无非起一种讽谏作用。

那么这种讽谏作用是什么呢？是观德。一定要观德，没有观德是不行的，而这就牵扯到赋的源起问题。对这一点，我们一直讨论，很多很多讨论。从"赋"的本义来讲，赋税制度，分为军赋、牺赋、田赋；然后才是赋诗言志，动词的"赋"；再然后到创作，"贤人失志之赋"，文本的"赋"，是赋体。从"赋"字来讲，又可以往两方面延展。我们时常讲，"赋者，铺也"，对吧，"铺采摘文，体物写志"，那"赋"是有"铺"的意思。但它反义为训，它本义是"敛"，是收税，收完再分给大家。我们往往忽略了"敛"的意思。赋有"铺"有"藏"，我们做赋研究的时候，只重了"铺"，忽略了"藏"。藏起来，有东西可藏啊，腰缠万贯，所以叫"缠"啊，不是说腰"摆"万贯，那不行，要"缠"万贯，这就是赋的特点。我有位学生曾经写过一篇文章，叫《论汉大赋的敛藏》，我推荐到《南京大学学报》上发表了[1]。这是他多年前提交的作业，非常好，大家都重"铺"而忽略了"藏"，那么"藏"就有深意了。如果赋中的劝很多都是"铺"的话，那么讽就在"藏"里面，这是很有意思的现象，值得注意。

好，这与赋的传统有关，我总是讲中国文学的发展是一个大的传统，文学观德的同时总要娱乐。文学跟史学不同，跟政治学不同。政治学、史学都要观德，哪个不要道德好的人，不要歌颂好的德政？都要这样。所不同的是，文学是用娱乐的方式来表现思想的，所以必须要有娱戏、娱乐。

我常讲中国文学的发展就是从娱神到娱人，再到自娱。我们举个代表性的例证，《尚书·金縢》里记载周公当时献了个祝辞，叫"策祝"，那是娱神的。根据《书》里记载，他就是要代武王去死嘛。武王生病了，但武王不能倒啊，武王倒了周人如何打天下、保天下？小成王不就麻烦了嘛？结果武王还是走了，成王还托付给周公了。周公辅佐成王嘛，一直到汉武帝，还叫霍光辅佐他的那个小昭帝，也用这个模式。当武王病时，周公为他向神祈祷，祭拜神灵，摆了一大堆东西，就是祭品，好吃的、好用的、好玩的，送礼给神。送上礼，神才能享用，这些祭品叫"牺赋"。物要铺摆，就是"赋"，赋要体物，就是展示，是有关的。陆机说"赋体物而浏亮"，赋体物要明确，赋没有物是写不起来的，赋跟物质形态太有关系了。祭神的时候要摆物，摆物过后，神怎么理解呢？要有辞章嘛，于是乎他就跟神讲嘛，说服神呀，叫神要怎么样保佑武王，武王功德怎么了得啊，惊天地泣鬼神的功劳呀，你这个神灵要收人走啊，你就把我收走吧，只要保佑武王没事就

---

[1]　黄卓颖《论汉大赋的敛藏》，《南京大学学报》2013 年第 4 期。

行了。这种说辞或谓祝辞，絮絮叨叨不停地讲，这不就是媚神、娱神吗？让神快乐，才能起作用。所以周公讲，只要你保佑武王，这些东西全部归你，如果你做不到，对不起，这些东西我马上就砸掉了，一起摔毁，什么东西都不给你，你想吃，你闻气都闻不到。威胁他，胁诱，也是一种娱神、弄神的方法。到汉武帝的时代，大家看司马相如献赋给皇帝，不就是娱人嘛？娱的对象，就是汉武帝。再看苏东坡的时代，他写《赤壁赋》，娱哪个？娱自己，对吧？我写得快活，我写个东西娱自己，调侃一下，消释一下被谪贬的牢愁，就是自娱。文人化以后自娱特别重要，自娱自乐嘛，那纯粹文学才渐渐多起来，功用性才渐渐淡退，当然也有作用，但那种直接的外在的功用是渐渐少了，内在的自娱更多了，这是很有趣的现象。

　　你想，人家在宗庙献祭的时候，就要对神虔诚，他媚神做什么？要神保佑他。保佑好人，就是德啊。实际上周公的"策祝"之辞就是歌颂武王之德，祭神实际就是歌颂武王之德。都是这样子，后人如法炮制。我与一位学生写了篇关于《长杨赋》的文章 [1]，《长杨赋》最典型，我们研究《长杨赋》，把它当成一般的游猎赋显然不妥当，《长杨赋》更多地是议论，议论中间更多地是讨论汉德问题，以致东汉赋家写京都赋的时候，突出的就是汉德问题。《西都》和《东都赋》，《西京》和《东京赋》，两都、两京，为什么班、张都赞美东都呢？因为东都有汉德，西都败了嘛，对吧？是败德而失败，德失而失败，所以东都重建汉德，特别与汉明帝永平礼制有关，修礼以建德。不管是班固还是张衡，都歌颂汉明帝，那个时候的礼制是什么？就是德教。赋家描写，就是观德。

---

[1]　蒋晓光、许结《元成庙议与〈长杨赋〉的结构及影响》，《浙江大学学报》2011年第6期。

赋家观德，在批评的思路上有所不同。西汉更多是看祸福，这件事有祸还是福，然后再训诫，再改变，最后多半是天子茫然，或者天子幡然而悟，都是这样子，然后赋就要结束了。为什么？改造嘛，我错了嘛，改了就好了，终于回到人民的队伍中来了，不做孤家寡人了嘛。东汉就不同了，东汉赋描写重威仪，礼仪的威仪，然后"宣威"而"昭德"。普天之下，莫非王土，国内"宣威"，海外也"宣威"。朝元礼，就是元会礼，接见外宾的礼仪，在京都赋中有大量的描写，就是这个道理。虽然二者出发点不同，归根结底都是观德。

由讽谏到观德，都在赋用论中间展开，在当时也许是理所当然，有所作为，就有所书写；那后人就不是这样子了，后人不知道你所作所为，只是看你的文本而已，然后对照历史来省思你文本的价值。后代的摹写也好，批评也好，都是这样。那也就出现了文本自身的矛盾，就是我讲的"词章与经义"的矛盾[1]。一方面要"尚辞"，文学娱乐嘛，要把辞章展现出来嘛，一方面要有讽谏思想或者颂德思想，那就是经义。所以辞章和经义形成了冲突。

这个冲突，最突出地表现在扬雄身上。扬雄悔赋，懊悔写赋，太精彩了。扬雄是赋学创作的大家，也是赋学批评的大家。在他的《法言·吾子》中间，在《汉书·扬雄传》中间，有很多课题可以生发。他不仅讨论赋，还讨论了纺织业，还比喻女子姿色，还看到了化妆术、女孩子打扮，然后又讨论了人的品格，屈原的品格就像金玉一样，等等，这都是牵扯在一起的，这些东西都有意思。而且特别提出了"诗人之赋"与"辞人之赋"。他的赋学思想非常非常丰富，究其根本，又是从哪里来的呢？是从讽谏说来的。讽谏是核心，其他都是

---

[1]　参见拙文《词章与经义——有关赋学理论的一则思考》，《社会科学》2015 年第 5 期。

外表。

像前面说的，司马迁评相如赋的讽谏说极重要，重要在赋用，赋的功用，这是一个大的批评思想。倘追问讽谏说在汉代评论中的实践是怎么样的呢？纠缠于讽与劝的矛盾，最典型的就是扬雄了。你仔细看看《扬雄传》就知道了，他喜欢司马相如赋而为四赋，《甘泉赋》《河东赋》《羽猎赋》《长杨赋》。他不像司马相如，司马相如写的时候是逐层逐层地写，写到一定的时候，好像一个回旋，那里头有曲终奏雅。有小曲终奏雅，有大曲终奏雅。大家一定要注意，不是一定要到最后奏雅，有时候在一段之后，如写一段游猎过后，赋就来一个小曲终奏雅，然后接着写歌舞，歌舞以后他又来一遍。大家读的时候要注意这些关节，分清自然的段落，曲终奏雅是不断出现的，赋家是通过创作的文本来表现他的一种讽的思想。到了扬雄的时候，就不同了。扬雄赋里面要表现这个思想，同样要模仿司马相如赋，不同的是他迫不及待地把这个讽挂在嘴上了。他的四赋每一个赋序，不管是外序还是内序，都是"以风""以劝"，哪怕里面不讽，他也讲我在讽。这到底是什么呢？自我的心理安慰，还是给同仁的一个暗示？不知道。总而言之，他就把讽都挂在嘴上，表现出所有的赋的创作都是要讽，尤其是大赋创作，小赋或许抒发一下情怀，但大赋创作一定要讽。他把讽摆在突出又显要的地方，这就构成了"讽"和"谏"的问题，到底是婉谏还是直谏，这又成为赋学批评中间的问题了。有的婉谏，大赋习惯婉谏；到了汉末的赵壹《刺世疾邪赋》，就是直谏，甚至不仅是"谏"了，直接就是批评了，直接揭露批判了，达到否定的高度了。但观德的思想，还是一脉相承的。其间的区别，也是赋变迁中的问题，值得注意，值得讨论。

正因为这个讽，《诗》之讽与赋的讽，又可联想到另一个问题，那就是孔子讲的，"《诗》可以兴，可以观，可以群，可以怨"，兴、观、群、怨。那么赋怎么样？赋应该是都有的，兴、观、群、怨也跟《诗》一样，等同"诗人之旨"。但在兴、观、群、怨之间，我觉得赋最重要的就是"观"。赋的这个"观"，如果要写文章来阐发的话，可以写《赋可以观》，这个"观"字很重要，还没人认真写一篇《赋可以观》。诗当然"可以观"，赋"可以观"更重要，观"盛德之形容"。班固评司马相如的时候就说："多识博物，有可观采。"[1] 写赋需要博物，赋家要有渊博的知识，这在最后一讲要说，就是赋兼才学。因为渊博，所以才"有可观采"。"观"重要，物态的"观采"只是表面的"观"，更重要的是透过这外在的现象看其本质，就是内在的"观"，也就是观德。观德就是合德而颂，失德而讽。

赋"可以观"是个非常重要的问题。赋的"观"跟讽的关系，跟颂的关系，经常会纠缠，会有矛盾，而且还很明显。赋要观辞，要观德。观辞就看到了"虚辞滥说"，好似废话连篇。我们观物总要把它看得非常显明，可以言简而意赅地表现，但赋不能。大赋要铺陈辞章，要藻采，就是"铺采摘文"，它就必然营构许多虚辞，往往会掩盖了它内在的东西。这就构成了两个命题，一个是"虚辞滥说"，一个是曲终奏雅。对此后人讲得很多，也是较为精彩的，比如明朝人谭元春，他论诗的时候说："一句之灵，能回一篇之运。"这句话很有意思，后来刘熙载在《赋概》中用这句话来论赋："谭友夏论诗，谓'一篇之朴，以养一句之灵；一句之灵，能回一篇之朴'。此说每为谈艺者所诃，然

---

[1] 班固《汉书·叙传》评司马相如赋："文艳用寡，子虚乌有，寓言淫丽，托风终始，多识博物，有可观采，蔚为辞宗，赋颂之首。"

征之于古，未尝不合。……赋家用此法尤多。"[1] 赋的铺陈，最终要归于雅正，往往就以一句看一篇，特别是文人化以后，文人都喜欢斗巧嘛，有警句了嘛，有字眼了嘛，这也影响到赋。陆机写《文赋》，观点就大不同于汉人，他说："立片言而居要，乃一篇之警策。"对吧，片言居要，一篇警策，一句话在文章的关键处，是"一篇之警策"。片言居要，就是"一句之灵"，灵动的一句话，可以成就一篇的精彩。但考究其渊源，不就是我们说赋寓含的讽谏之意或曲终奏雅嘛，这和汉人的讽谏说还是有关的。只不过汉人的做派和想法更加宏整，而后人更加技术化一些，技术化就是斗巧嘛。过去人讲故事，说王勃写《滕王阁序》的时候，主人很不高兴的，因为他很年轻呀，小年轻能写出什么好东西，开始他写什么"豫章故郡，洪都新府"，主人讲这有什么意思，"豫章"就是"洪都"，"洪都"就是"豫章"，等于废话。接着写"星分翼轸，地接衡庐"，那是星野与地域的分野问题。"襟三江而带五湖，控蛮荆而引瓯越。物华天宝，龙光射牛斗之墟；人杰地灵，徐孺下陈蕃之榻"，一般吧一般，只能说一般。等到"一句之灵"出现了："落霞与孤鹜齐飞，秋水共长天一色。"主人拍案了，这就精彩了。真是"一句之灵"，"回一篇之朴"啊。

文章到了文人化、技术化过后，有了大的变化，汉儒整篇的诗学精神也好，经学情怀也好，道德内涵也好，发展到唐宋以后，已经不便在一篇中展示，往往在一句中展示。比如唐代科举考试的闱场律赋，后人的评点就是这样，说这赋好得不得了，如评裴度的某篇赋，

---

[1] 刘熙载《艺概》，上海古籍出版社 1978 年版，第 100 页。

说从中可看到他后来建功立业的征兆[1]。又说某人赋里这句话真不得了，能做宰相，后来果然做了宰相。一句话就看出你有没有宰相的气势、宰相的胸襟，后人评价范仲淹赋就是这样的[2]。这也是"观"，"观"的视野有不同，过去观一个通篇，一个宏大的气象，后来观一些细微的、技术的东西。这技法中间有礼法，礼法中间也内含了技法，二者的交汇慢慢形成了所谓的辞赋的经典化。这种经典化到清人最典型，树立汉赋的经典，树立唐赋的经典，树立时赋的经典（就是当时创作的经典）、馆阁赋的经典，都与这些问题相关，这里头有丰富的内涵。我说这叫以讽建德，文学创作的时候也像思想家一样，其以讽建德，思路就是以反彰正，文学的力量就在于以反彰正。比如老子，是典型的处处以反彰正，"大象无形"，"大音希声"，都是以反彰正。老子用大量的否定词，他真的厌世吗？他也不是厌世之人，对吧？他是要通过否定来彰显那个内在的、更重要的、正面的东西。而赋家用这种方式来创作，就是我说的以讽建德。批评你做不到，你不乐意；树立起你，标榜你，你就乐意做了。这又受到儒家思想的极大的影响。因为赋家大部分都是儒家，我们前面讲过的，简宗梧先生做了一个分析，汉代凡是有赋创作又撰有子书的，基本上都是儒家，只有淮南王除外[3]，汉赋多半是儒家的文学化。如贾谊是赋家，《汉书·艺文志》著录了他的《新书》，就在儒家类，这里面有他的王道观念，儒家的王道

---

[1]　赵璘《因话录》:（裴度）"贞元中作《铸剑戟为农器赋》，其首云：'皇帝嗣位之十三载，寰海镜清，方隅砥平。……'……晋公以文儒作相，竟立殊勋，为章武佐命，观其辞赋气概，岂得无异日之事乎?"

[2]　郑起潜《声律关键》评范仲淹《金在镕赋》"傥令分别妍蚩，愿为轩鉴；如使削平祸乱，请就干将"句，以为"知其出将入相"。

[3]　参见拙著《赋学讲演录（二编）》第二讲《赋法》。

观念，就是"天子听政"的王道观念。所以讽谏说跟这个王道观念是紧密结合起来的。

讽谏在赋中的经典化，本身就构成了王道与俳优的矛盾。赋家倡导王道说，为什么啊？赋家具有王道精神啊。但是赋家身份是什么？俳优嘛，就是枚皋讲的"俳优畜之"，文人如同俳优，统治者手中的玩偶。这就构成了一个巨大的矛盾，这个矛盾已经溢出赋家的范围了，比如李白也是如此，杜甫也是如此。杜甫要"致君尧舜上，再使风俗淳"（《奉赠韦左丞丈二十二韵》），李白也说"我辈岂是蓬蒿人"（《南陵别儿童入京》），一定要建功立业，结果一下子建错了功，跟了永王璘，倒霉了。建功立业要看怎么建，看运气好不好，跟没跟对人，文人是这样，赋家也是这样。诸子衰歇了，没有诸子思想怎么办？通过文学的表现，赋家最早通过文学的表现来阐发他们各自的诸子精神。没有自己的精神，就仿效屈子嘛，屈原被称为屈子，就是因为有子学的精神[1]，如果赋家忽略了这种精神，也就失去了存在意义。

赋家的思想构建与王政有关，就是王道。王道在于德，德教，"远人不服，则修文德以来之"（《论语·季氏》）。但是大家要注意，这在思想中又产生了另一种矛盾和冲突，因为汉赋形成的时代，正是霸道形成的时代，是武、宣之世，到元帝的时候才用纯儒嘛，所以宣帝责怪太子（就是后来的汉元帝），说汉家自有制度，岂可用纯儒乎？[2]不能用纯儒，要用德法精神，有德还要有法，法家思想，外儒内法，这才是汉家的制度。正因此，我们要注意汉赋中间的描绘，尤其是游

---

[1]　可参见王国维《屈子文学之精神》。

[2]　详见班固《汉书》卷九《元帝纪》。

猎题材的描绘，那就不仅是文德了，更重要的是武德。武德精神在赋中的体现是很重要的，就像军队的武乐充斥于赋中，很剽悍的，很雄壮的。赋"体国经野"，要有力量，健壮而雄伟。

因此，赋家讲求的王道，不仅包括了文德，还包括了武德。这是赋家的特点，他跟纯儒是不同的。他受这个大时代的激励，才能写出这个时代的文章，正因为有汉大赋这些大文章，再加上大史学的书写，如司马迁的文，而后"大汉之文章"才能"炳焉与三代同风"，有这种精神嘛。"大汉继周"，继的是什么啊？包括汉赋继周诗，继承周朝《诗》的传统，所以赋盛而诗衰，对吧？汉代的文人，诗谈不上，只有一些乐府歌诗还可以，文人创作的诗基本上没有什么东西可谈，班固《咏史》，质木无文，但汉代有一代之文学——汉赋。所以"大汉继周"，从文学史来讲就是汉赋继周诗，这里有文德精神，有武德精神，有王道精神，有霸道精神。王霸之道的融织，形成华丽而雄壮的文章，才是赋家的思想。

但是赋家的深层地位又是文人，或者是诸侯王豢养的，或者是朝廷的御用文人，为天子所利用，必然又是俳优之流啊。这就产生了巨大的矛盾，这种矛盾有时候没有办法表现。赋肯定要描写一些壮丽的形象，天子游猎气象，充分展示出来，皇帝才会高兴，才能叫"尚书给笔札"，要不然纸笔都不给你，不给你笔你写什么写，写了才能赐为郎，给你官做，才有禄可干。干禄，赋家要吃饭，还要吃好一点的饭，当然，赋家又不是为了吃饭，逢迎一通，凑合为文，敷衍了事，而是要有所建树，这就要看汉赋创作的内在含义。

汉赋内在的含义通过什么来表现？有时候不是通过物象展示来表现，当然也可以通过物象展示来表现；也不是通过自己的语言来表现，当然也可以用自己的语言来表现，但要含蓄中见精彩；赋的精彩在于引经与用经，它的很多思想是通过引经和用经实现的。我曾经有一位博士生就写汉赋用《诗》的这个传统。引经和用经，更重要的是怎么用，如果说东汉过后引经比较多的话，西汉更多地是用经，活用。

这些年写了不少有关辞赋的文章，有一篇文章我还是蛮得意的，是跟我一位学生合写的，叫《汉赋用经考》，在某年写的记不得了，发表在 2011 年的《文史》上面，有五万多字，刊登在那一期的第一篇 [1]。自己得意的稿子投去，怎么会不用？我们桐城过去一个人叫史尚宽，当过民国考试院秘书长。他是东京帝国大学毕业的，学法律的，兄弟两个，后来胡汉民把他招回国做了大官，做到了考试院秘书长。有一次选举大法官，参选者是要竞选的，大法官那个地位很高，他手下管四个部，可指挥四个部长，其中一个部长跟他讲，啊呀秘书长，你要出去活动活动啊。我们桐城人好玩，傲得不得了，他听后说，我活动什么，选我是他们的本分，不选我是他们无知。哈哈哈！这多么精彩。当时我父亲坐在边上，后来老跟我们讲这个话。虽然史尚宽最后落选了，但这话给人鼓励很大，我也借此鼓励学生，投稿怕什么，用我的稿子是他们的本分，不用是他们无知。但你们不要用无知对无知，你写得不好也不行。你写得很自负，投过去，他不用也不行，即使盲审的时候个别人不同意，你也可以跟他"狡辩"嘛，说他不懂。我年轻时乱读书，读到赫胥黎演讲稿，说他那天要去皇家科学院讲演《天演论》，就是进化论，上台前就吓得要死，你想台下坐的皇家院士一大堆。他怕自己站不住，就在演讲的头一天去请教演讲家法拉利，问明天怎么演讲，说自己有点害怕。他当时很年轻。结果法

---

[1]　许结、王思豪《汉赋用经考》，《文史》2011 年第 2 期。

拉利就给他一句话：他们一无所知。你们以后应聘要试讲，不妨记住这个故事，当然不能自以为是，要狂而不妄，自己要做准备，同时要想，听课的也没什么了不起。这个很重要，这叫底气。

话说远了，汉赋引经、用经是一个非常重要的问题，它表面看好像跟文学没关系，但实际上增添了文学的内涵，赋的内涵。赋家在文中什么地方用经，用什么经，引什么经，都有讲究的。比如引《诗经》，引《甘棠》或者引《鹿鸣》，你要知道它的背景，这里头就可以做学问了。从广义来讲，要注意《诗》的本义；从狭义来讲，这个赋家是什么学术传统的，引《齐诗》，引《鲁诗》，还是其他什么，你要追溯根源，他的家学，他的师承，他的一些深层遭遇，从这里面演绎出去，就能找到很多问题，哪怕一个小问题，也是有意义的。

比如刘歆创作的《遂初赋》，他要立《左传》于学官，得罪了大司空师丹，有一批博士弟子攻击他，结果他就被外放了，外放过程中写了这个《遂初赋》，是最早的一篇述行赋。刘歆在赋中引经用典，引得最多的是什么？《左传》嘛，因为他是治《左氏》学的，他的父亲刘向治《穀梁》学[1]。这里就大有文章可做了。我们如果谈到赋引经的时候认为只是掉书袋，就忽略了这里面的两层意思。一层意思是赋用经跟整个赋体建构的思想内涵相关，就是它的主旨，立赋之旨。表面上好像引经跟文学没什么关系，你要考虑赋旨，就有可思考的了，这是第一点。那第二层意思大家更应该注意了，注意什么？就是这个文学作品或者说是刘歆的《遂初赋》对《左传》学的贡献。我们研究的文学作品，其实对学术史也是有贡献的，不能说文学作品对学术史没贡献。治史学的人有时看不起我们这些文人，好像我们都是讲大

---

[1] 　详见班固《汉书》卷三十六《楚元王传》。

话和讲空话的，他们才是实实在在的，他们拿个瓦片在考古，才是实实在在的，我们描写个瓦片就不行。实际上我们也有贡献，为什么呢？我们已经形成了文本，我们本身就是一种历史文本，这个文本有价值。当时写《汉赋用经考》的时候，我们就是这个想法，不仅要了解汉赋是怎么用经的，比如怎么用《诗经》，我们还要使大家知道，汉赋用了经，赋家在赋创作中的某种解读跟当时社会的对接，对《诗经》学是有影响的，对不对？赋用《诗》成了《诗经》学的一部分。我们看一看明清学者疏解《诗经》就晓得了，研究《诗经》学的人，他不一定非要搞《齐诗》如何、《毛诗》如何、郑玄如何、郑众如何、王肃如何、孔颖达如何，不一定是这个了；他反而说扬雄如何、张衡如何，对吧？他注《诗》，却引证张衡《东京赋》这一文本，看赋里面怎么讲的，然后李善怎么注的、五臣怎么注的，他引用了好多赋的文本、诗歌的文本，这是文学与经学的交融。就像一些诗论家，或宋以后的诗话作者，把《诗经》跟诗话对接起来，把《诗经》跟杜甫诗对接起来，以诗证《诗》，因为传统是一致的。这无须割裂，不要他是经学、我是文学，没有这个道理。《诗经》学跟赋也能对接，后人注《诗》大量地引诗、引赋。我是桐城人，喜欢研究桐城派，中国社科院的王达敏先生，研究桐城派有名气，有次和我谈了一个小时，他说我是"内功"。我曾想做一做桐城的经学，略做整理，试写了一篇《徐璈〈诗经广诂〉考论》，在《安徽大学学报》发表了 [1]。我有个窍门，写什么地方的人，就给什么地方发表，比如写浙江章太炎，就给《浙江学刊》去发 [2]。徐璈的《诗经》学属于今文学派，研究的是三家诗，其中就

---

[1]　详见拙撰《徐璈〈诗经广诂〉考论》，《安徽大学学报》2014 年第 4 期。

[2]　指的是拙文《章太炎文学批评观述略》，《浙江学刊》2007 年第 6 期。

引证了不少赋的作品。

我前面讲了，赋文繁缛，有了赋代类书说，程先甲又说赋与类书不同，要"无戾于古诗之旨"，这才是最重要的，这就是讽谏说。我们又发现，古人讲赋代类书给我们很大启发，就能写出文章了。那反过来说，程先甲说类书荒唐、无知，失去"诗人之旨"，这文章又出来了。写文章要多面思考，有时要逆向思维。当年傅璇琮先生要我编写《中国古典散文基础文库·抒情小赋卷》，程千帆先生说选到苏东坡为止，以后没什么有价值的作品。后来我就想，程先生这个大家讲了过后，那不是后面的都没人问津了吗？好，我逆向思维，反过来理解，于是选到苏东坡只是全帙一半，宋以后选了一半，成了这本书的特色。比如清代选了蒲松龄《酒人赋》，写酒鬼，喝醉了发酒疯，无药可治，只能拿根棍棒对他屁股一打，好了。蒲松龄是教训世人浑噩，那小赋写得很精彩啊，是讽世，是讽谏传统，是一把利刃。可以说，讽谏对整个辞赋批评而言是把利刃，可渐渐淡褪了，因为"风者讽也"的"风"渐渐变成风、雅、颂的那个"风"，跟那个"风"同义了，汇入了六义说。六义入赋，下次课再讨论。

这学期讲的是赋论范畴，都是问题，大家不妨思考思考。赋的有关知识，可参考前面的两个十讲，当然更重要的是读原著，如《文选》中的赋篇。好，今天就到这里。

六义入赋

今天我们讲第二讲，六义入赋。上堂课我说过，这学期课全是带着问题，十讲就是十个问题。有关辞赋研究的基础知识，有一批书可以阅读、参考，比如《文选》里的赋篇总要认真阅读的，一些赋集、赋话，对了解辞赋历史与创作是有用的。今天讲六义入赋，也是一个很有趣的问题，我就介绍我的几点想法，供大家学习时参考、思考。

大约是这几点：第一是作为《诗》之六义的考源及功用，第二是六义入赋的批评途径和变迁，第三个问题是从辞赋创作看六义的运用，第四个问题就是尊体批评。赋在六义中的地位，有一个时间的序列的发展，又是辞赋创作和理论的一个很重要的问题。大家都知道汉人没讲这个话，汉人不过讲赋之讽谏，对吧？讲赋是"古诗之流"，讲赋属"不歌而诵"，讲"诗人之赋""辞人之赋"，讲"宣上德"与"抒下情"，没有讲六义的赋。也就是说在汉代，六义应该没有进入真正的赋域。在赋学批评史上，最鲜明的一个标志就是《文心雕龙·诠赋》。大家可以先看一下《文心雕龙·诠赋》的开篇，你看开头几句，把这个"六义"摆到最前面了，"诗有六义，其二曰赋"，然后"赋者，铺也；

铺采摛文，体物写志也"，然后"昔邵公称公卿献诗，师箴瞍赋"，就是《国语·周语》中"天子听政"那段话，然后再说"传云：登高能赋，可为大夫"，再说"诗序则同义，传说则异体，总其归涂，实相枝干"，然后再来一个"刘向明不歌而颂，班固称古诗之流也"。[1] 哇，这一小节话，含量太多啊，我想讲的好几讲全给它搞进去了。古人是真了不起，几句话就把什么东西都涵盖进去了，你要在里头慢慢地揣摩；但古人也糟糕，讲几句他就不再讲了，不晓得他是什么意思，一笼统就把许多问题擦到一起去了，这是古人的聪明和讨巧。

我们现在研究，无非是要找出一些问题，写论文就是这样，一个具有引领性，一个具有集成性，这才比较有成就。引领性就是人家没讨论过的问题，你在读书的时候发现了，把它拎出来讨论；人家都讨论过的问题，那你就要掌握更多的资料，加以综汇来讨论。所以两种学问都很重要。我们写硕士论文也好，写博士论文也好，首先都是研究综述嘛，这就是综汇，然后再提出自己的问题。提出问题很不容易，刘知几《史通》讲才、学、识，才华大家都差不多，学是要积累的，这识见就需要在积累中间慢慢产生，就是读书读出问题来，悟出道理来。你看刘勰这段话，里面这么多问题，也有很多人讨论了，但他是怎么样把这么多东西综汇到一起来，这又暗藏了一个六义入赋的途径问题。

---

[1] 语载刘勰《文心雕龙·诠赋》。按，六义，指《诗》之风、雅、颂、赋、比、兴，参见《周礼》与《毛诗序》。"铺"，郑玄注《周礼·春官·大师》："赋之言铺，直铺陈今之政教善恶。""师箴瞍赋"，《国语·周语》："邵公曰：……天子听政，使公卿至于列士献诗……师箴，瞍赋，蒙诵。""登高能赋"，《毛诗·鄘风·定之方中》传："故建邦能命龟，田能施命，作器能铭，使能造命，升高能赋……"即"九能"说。刘向、班固之说，指《诗赋略》与《两都赋序》。

我说过，我们首先就要看作为《诗》之六义的考源及功用，然后才是入赋问题。先看从"六诗"到"六义"，这点大家都熟悉，属于《诗》的讨论，《诗》后来到汉代叫作《诗经》，讨论《诗经》，成了《诗经》学。这一期的《文学遗产》，我看到有篇讲二十世纪以来有关六义的讨论，有关风、雅、颂、赋、比、兴的讨论[1]。当然，应该是已经超出了古代的《诗》的功用，提升到诗体的研究了吧。这种研究不限于诗用，而在于诗体，但其范围仍是讨论《诗经》。因为六义问题，毫无疑问，最主流的批评是在《诗经》研究领域来讨论风、雅、颂、赋、比、兴。研究要突破，大家知道，一些东西不能让它壁垒森严，万事万物都是在发展中融会、变迁着。在融会变迁中间，比如在你选择论文题目的时候，一些交叉点就很有意思了，那么诗赋关系毫无疑问是极早的一个大问题，《诗》之六义也必然要进入赋域，看看众多对赋的讨论，对六义问题的讨论还是比较少的，但却是有必要探讨的。

尽管我们讲入赋，但也脱离不了诗域。首先就是"六诗"，是《春官》里面讲的，大家可以看一看，"六诗"，"风、赋、比、兴、雅、颂"[2]。当然有人对这个顺序有讨论，过去是叫作"风、赋、比、兴、雅、颂"，《毛诗序》也这么排列[3]，后来是惯用"风、雅、颂、赋、比、兴"[4]。这有专门的研究，属于诗域的专门的研究，有各种说法，大家可以参考。郑玄注《周礼》，也不过是注这个《春官·大师》执掌：

---

[1] 鲁洪生《民国时期的赋、比、兴研究》，《文学遗产》2016 年第 5 期。

[2] 《周礼·春官》："（大师掌）教六诗：曰风，曰赋，曰比，曰兴，曰雅，曰颂。"

[3] 《毛诗序》："诗有六义焉：一曰风，二曰赋，三曰比，四曰兴，五曰雅，六曰颂。"

[4] 陈启源《毛诗稽古编》卷二十五《总诂举要》："风、雅、颂之名，其来古矣。不独《大叙》言之也，见《周礼》大师之职，又见《乐记》师乙答子贡之言，又见《荀子·儒效》篇，历历可据也。"

"风，言贤圣治道之遗化也。赋之言铺，直铺陈今之政教善恶。比，见今之失，不敢斥言，取比类以言之。兴，见今之美，嫌于媚谀，取善事以喻劝之。雅，正也，言今之正者，以为后世法。颂之言诵也，容也，诵今之德，广以美之。"清人阮元有篇《释颂》，做了一个非常详细的论述，"释"，解释，"颂"，"容也"[1]。近代学者刘师培也对这个问题做了很多讨论，这是个案的讨论，但要把它与总体的研究结合起来考虑。到了《毛诗序》的时候，它就变成了"六义"，这是从《周礼》到《毛诗序》，从"六诗"到"六义"，都属于诗域。

值得注意的是，从诗赋传统来看，诗与赋都属于一种文学性的创造，都尚文辞，重文辞的功用，对吧？诗也好，赋也好，都要呈现出文辞的魅力。为什么尚文辞？其功用如何？在早期，文辞或者说诗赋跟《周礼》中记载的《春官》有关系。一直到后来，诗赋考试还是春官执掌，"满城桃李属春官"（刘禹锡《宣上人远寄和礼部王侍郎放榜后诗，因而继和》），春官就是礼部嘛，属于尚书省的礼部。唐代人考试要"投卷"，投到尚书省礼部，所以叫"纳省卷"，加上"投卷"也要人推荐，又有了"投行卷"，跟考试有关，跟士子也就是读书人的前程有关，春季考试，又与春天有关。考源的话，春官由"大宗伯"执掌，这又与文辞、诗赋有哪些关联呢？比如春官所掌有"大祝"的祝辞，祝辞与赋是有渊源关系的。我是这么认为的，早期的祭神用的祝祷之辞也讲究铺陈啊，先秦最早的擅长铺陈的文章，我觉得就是祝辞。"大祝掌六祝之辞"，大量的祝辞都由春官执掌。大祝之外还有"大师"，也是春官，大师掌六诗，这直接联系到我们说的六义了。大师

---

[1]　许慎《说文解字》释"颂"作"貌"，段玉裁注："古作颂貌，今作容貌……六诗，一曰颂，《周礼》注云：颂之言诵也，容也，诵今之德广以美之。"

之外还有"大司乐"，也隶属春官。我们讲讽谏也好，讲歌颂也好，都是诗教传统，这个诗教传统，其本质就是乐教，礼乐制度嘛，只是后来我们把这个乐丢失了，只剩了文辞。《诗》的文辞在，也就构成了对诗教的重视。到汉代的时候，立五经博士，《乐经》不立博士，因为"亡佚"了，《诗经》的地位之所以高，兼有《乐经》的意义，这也与《春官》中的大司乐执掌有"乐德""乐语"等有关。孔子讲过"郑声淫"，是论乐，跟《诗·郑风》不完全一回事，但是其间相关的联系，学界也有很多讨论。

在《周礼·春官》中还有瞽蒙，也与诗赋有关，就是《国语·周语》里面记载的"蒙颂""瞍赋"，"天子听政"云云。瞽蒙是什么执掌？也是春官，隶属春官之大宗伯，这算是归类吧，或者是当时就这样，或者是后人把它归类的吧。尽管《周礼》文本在历史上疑问多多，该典究竟形成于何时，有争议，但是这种归类本身是根据文献的归类，哪怕把它的时限延续到汉人整理，还是有它的文献价值。为什么把与诗、赋相关的全部归类在春官呢？当与文学的传统或制度有关，也跟这个诗教传统有关。而赋尚文辞，跟祝辞、大祝有关，所以在原本意义上，其间确实是有一定联系的。虽然中国古代在汉以前没有那么明显的自觉的批评，但在发展过程中的这种联系，应该是有考源意识的。

好，我们注意到了六义毫无疑问是与赋有渊源的，到汉代以后，才从文体的意义上慢慢入赋。这就有几个问题值得注意了，一个是《毛诗序》对赋、比、兴的探讨，尤其到东汉以后，对比、兴的探讨越来越多。说句老实话，如果谈六义入赋的话，风、雅、颂比较好讲：赋兼风、雅、颂，赋形成一种体以后，风就是讽，雅就是正，颂就是颂美。班固讲"或以抒下情而通讽谕，或以宣上德而尽忠孝……抑亦雅颂之亚也"（《两都赋序》），对吧？那雅、颂跟风都在里面。

根据后人的研究，赋先是作为《诗》的一种方法，后来形成了一种文体，那比、兴也是方法，没有形成文体[1]。也有学者讨论，三百篇里面就有比诗、有兴诗，把它们视为一种诗体。这是一种说法，能不能成立，可以讨论。但从习惯来看，我们现在谁在写比体啊？谁在写兴体啊？好像没有吧？你看我还在写赋体，我写《栖霞山赋》，我没有写《栖霞山比》《栖霞山兴》，没有。所以从六义入赋的内涵看，比兴入赋尤其对赋体的艺术变迁有意义。比兴什么时候渐渐入赋？在东汉以后开始入赋。从六义总体来看，入赋的途径是什么？那就要看汉人对《诗经》的解释，尤其是两郑，郑众、郑玄，郑玄的解释当然地位更高了，他们的解释是对《毛诗》的解释，正好对接上汉人的"赋者，古诗之流"说，班固在"古诗之流"前加上了"或曰"，应该也是前人讲的，汉人把它确立为一种批评的标准，或者说一个主旨。赋是"古诗之流"，这个"诗"是《诗》三百，而不是普通泛泛而谈的诗人之"诗"或歌诗之"诗"，跟乐府歌诗是不同的，他讲的"诗"就是《诗》三百。《史记》也好，《汉书》也好，有人做了详细的统计，很清楚的，这个"诗"，全然归于《诗》三百[2]。

《诗》三百篇，汉人论述已经讲六义了，既然说赋是"古诗之流"，必然也有它内在的联系。我前面讲了，汉人论赋的主旨是赋用论，都是功用，还没有形成赋体的观念。那么在汉代，六义即使跟赋有关

---

[1]　清康熙帝《御制历代赋汇序》："赋者，六义之一也。风、雅、颂、兴、赋、比六者，而赋居兴、比之中，盖其敷陈事理，抒写物情，兴、比不得并焉，故赋之于诗，功尤为独多。由是以来，兴、比不能单行，而赋遂继诗之后，卓然自见于世。"按，对此后有详述。

[2]　详见陈韵竹《论赋之缘起》，文津出版社 2015 年版。

系，也是一种功用而已。功用的问题，大家都可以用，随便一个东西我们都可以用，但形成一个"体"，你就要注意了，它就是一个固定的、有它各方面内涵的、更有它固定本质的东西。而"用"比较随意，什么东西都可以用。于是这赋什么时候与六义有"体"的意义上的对接，或者说赋与六义的对接到什么时候发生了向"体"的演变呢？那就是魏晋时期，文体论兴起，赋体也就兴起了。考虑赋作为一种体，一种写作形式，它又作为"古诗之流"，作为赋用观影响下的赋，如何把它转为古诗就是赋体或赋体源自诗体的意义，这样一个转变从何而来呢？当然在承接这个诗体的同时，赋体又具有它本身的发展，赋创作的变迁就是汉人将其从"蕞尔小邦"变为"蔚然大国"，完成了赋的"体"。其中六义入赋起到重要的作用。

但在这个作用中间，我们讲了，论赋用必然要涉及"古诗之流""不歌而诵"等，我们在后面都要讲到，那么从现有文献看，如何将六义入赋由"用"变为"体"，关节点在皇甫士安，就是皇甫谧为左思《三都赋》写的那个序，才正式把六义引入赋体。怎么引入他也不讲，那你可以通过旁证材料慢慢讨论，也可以讨论六义入赋的初始状况，或者它的批评内涵。这里还要关注一个问题，就是魏晋赋跟汉赋是大不相同的，汉赋主要是宫廷的，赋家是"言语侍从"嘛，他写东西不要别人夸奖，皇帝喜欢就行了，对吧？而到了魏晋时候，自东汉以来宫廷"言语侍从"地位就衰落了，衰落到魏晋时候，赋成了士族的文学。除了作为一般的文人文学，它主要是士族文学，与门阀制度相关的士族文学。他们写赋需要士族来赏识，重点已经不是皇帝赏识，而是士族赏识了，包括士族间的吹捧、评点，显得很重要。大家看看《晋书》中的记载、《世说新语》里面的记载，哪个作品不要有地位的人来点拨、评赏、提携？左思写《三都赋》，人们争相传抄，"洛阳纸贵"就成了一个最典型的故事[1]。为什么士族要看重这个呢？因为他们觉得赋在当时是极其重要的一种文体，是一种明德的文体，是一种述德的文体，赋可以讽、可以颂，这就重要了。当时有位袁宏，写了篇《东征赋》纪功，闹得陶、桓两家的后人都要与他论理，争着要在赋中表彰自己的祖先，桓温是要为他父亲桓彝在赋中争一席之地，责怪写赋的人：为什么不写我的父亲呢？为什么不写我的祖宗啊？陶范甚至表示：你不写我父亲，就拿刀杀你。天啦，"临以白刃"[2]，很恐怖的。你看赋的地位多高啊，现在写个赋没人管了，写赋有人"临以白刃"，虽然恐怖，但也很得意啊。我们写东西"无声无臭"，是最难过的啊。我这个人很少遭人骂的，因为你要我就给，你要分数，我给你分数嘛，所以到我这一组答辩的同学都高兴得很，说我好说话，这也把声誉搞坏了，比较柔弱、怜悯，对吧？我私下想，同学不就想要点好成绩吗？这比贪官贪财要好得多，而且同学们又不是不努力。你们大概没怎么骂我吧？现在博士生要考核，又把我们推到风口浪尖，这考核搞到最后就像医患矛盾啊，给分数就决定你们晋升不晋升啊，能不能三年毕业四年毕业，这太烦了。好在我很快就要退出历史舞台，至少

---

[1]　相关记述详见《晋书·左思传》。

[2]　刘义庆《世说新语·文学》："袁宏始作《东征赋》，都不道陶公。胡奴诱之狭室中，临以白刃，曰：'先公勋业如是！君作《东征赋》，云何相忽略？'宏窘蹙无计，便答：'我大道公，何以云无？'因诵曰：'精金百炼，在割能断。功则治人，职思靖乱。长沙之勋，为史所赞。'"陶公，指陶侃，胡奴，侃子陶范。又，刘孝标注引《续晋阳秋》："宏为大司马记室参军，后为《东征赋》，悉称过江诸名望。时桓温在南州，宏语云云：'我决不及桓宣城。'时伏滔在温府，与宏善，苦谏之，宏笑而不答。滔密以启温，温甚忿，以宏一时文宗，又闻此赋有声，不欲令人显闻。后游青山饮酌，既归，公命宏同载，众为危惧。行数里，问宏曰：'闻君作《东征赋》，多称先贤，何故不及家君？'宏答曰：'尊公称谓，自非下官所敢专，故未呈启，不敢显之耳。'温乃云：'君欲何辞？'宏即答云：'风鉴散朗，或搜或引。身虽可亡，道不可陨。则宣城之节，信为允也。'温泫然而止。"

少被人骂。

魏晋人把赋的价值推得那么高，写了赋要人吹捧，左思地位不高嘛，所以他叹息"郁郁涧底松，离离山上苗。以彼径寸茎，荫此百尺条"（《咏史》）。有一年春节，我站在高楼的窗口看长江，信口说"江流因地势，气数变衣冠"，后凑成一首咏怀诗，乖乖，这两句写了以后，张宏生老师说这是左思的笔法啊，这两句诗挺好的。江流因地势嘛，它在下游又不能怪那个水；气数变衣冠啊，气数到了你有什么办法？古人也是的呀，他们写东西是需要人吹捧的，左思地位低，有皇甫谧吹捧，他的赋才显赫起来了。包括谢安、王羲之都曾经吹捧过人，人家扇子卖不掉，只要谢安一扇，就畅销了，这是一种态度，结果很势利哟。

可是我们再看皇甫谧的这篇应酬的题序《三都赋序》，内容却很丰富，对诗与赋的关系更起到了一种历史的推动作用。他先说，"古人称不歌而颂谓之赋，然则赋也者，所以因物造端，敷弘体理"，有点论赋体的味道了，又说"欲人不能加也"，然后一大段，什么"故孔子采万国之风，正雅颂之名，集而谓之《诗》。诗人之作，杂有赋体"，这"诗人之作，杂有赋体"了，"铺"就进入了，过后又讲"子夏序《诗》曰"，就是所谓《毛诗序》，"一曰风，二曰赋。故知赋者，古诗之流也"。[1]是他第一次把"古诗之流"合为六义了。这里讲得明明白白，"一曰风，二曰赋，故知赋者，古诗之流也"。这是目前最早的把六义引入赋体的文献，六义堂而皇之地入赋，变成了"诗人之作，杂有赋体"。

于是乎刘勰在《文心雕龙·诠赋》中把这些内容都融会到一起去了。刘勰首先把六义与赋体摆到最前面，开篇就说。写东西要开篇警

---

[1] 引自萧统《文选》卷四十五皇甫士安《三都赋序》"玄晏先生曰"。

策嘛，也就是发端警策，你的观点明不明，第一句就要给人看到你到底想讲的是什么。首句很重要，我们研究古人文章，不妨考虑一下它的首句，研究它的首字或者第一个词，这也蛮好玩的。刘勰开篇就把六义摆到前面去了，"诗有六义，其二曰赋"，然后直接是"赋者，铺也"，这是六义的赋，然后"铺"，然后又来《国语》的"瞍赋"，然后再来《毛传》的"登高能赋"，所谓"九能"，其中的"一能"就叫作"登高能赋"。

我们再看刘勰，他把那个"九能"之一的"登高能赋"也插进去了，又把"不歌而颂""古诗之流"融会到一块。融会过后他想做什么呢？是想提出或提升什么？六义，六义入赋。那么六义入赋是做什么呢？赋不仅仅是功用了，已经是赋体了。这是从皇甫谧的《三都赋序》的线索发展而来的，如果皇甫谧算是西晋时的话，这种六义入赋说是比较早的。更重要的是刘勰的说法不是凭空而来，而是慢慢形成的。我们读《文心雕龙》，会看到它具有一定的集成性质，甚至于每一篇都有集成的性质。以《诠赋》为例，从中我们既能看到皇甫谧的影子，也能看到挚虞的影子，又能找到陆机的影子，还能追踪到汉人的影子，汇集了很多人的说法，所以它是一个集成的东西。现在保留下来了，刘勰就变成一个大家了，也许他就是把人家的东西抄抄来的，保留下来他就不得了了，别人的东西一起丢失了，被抄的东西都没有了。我曾研究过张衡，写了本《张衡评传》[1]，写的过程中，我就想张衡有那么吓人的成就吗？"数术穷天地，制作侔造化"，我觉得他就是主编，挂个名。历史有时候也荒谬的，不要以为历史就是真实的，有时候也荒谬的。

---

[1]　拙撰《张衡评传》(《中国思想家评传丛书》之一)，南京大学出版社 1999 年版。

刘勰综合别人的说法，堪称某种论述的综合体。不管怎么样，现在保留下来的这段话里头内容极多，极有价值。比如现在一说赋体的"铺"，人们就引述刘勰的"铺采摛文"，其实在他之前的挚虞就有了类似的说法。尤其是挚虞提出的"古诗之赋"与"今之赋"的区别，黄侃认为就是刘勰论赋体"丽词雅义"的先导[1]。挚虞在刘勰之前，他是皇甫谧的学生嘛，刘勰取法他的说法也很自然[2]。从"古诗之赋"到赋的"铺"，也形成赋的一个特征了，然后刘勰讲"体物言志""铺采摛文""体国经野，义尚光大"等等，都是从这个意向发展来的，这也使六义入赋成为赋论史上一个值得重视的问题。

六义从批评的意义进入赋体，跟赋体论结合起来，六义的价值似乎在赋域提高了。但不是六义跟赋体结合以后，这六义之赋就是赋体论了，不，赋用论还一直存在。大家一定要注意，历史是一个动态的变迁，有时候你要看到它的"源头活水"[3]，你要知道这个渊源，但是你觉得一直在活水中间站不稳脚啊，漂了，所以这时候怎么样呢？"云门三语"中的"截断众流"比较重要，有时候你就得把它截断来研究这一段。做学问有时候就是要截断众流啊，截断众流，就可以讨论魏晋时期的赋体论，讨论六义入赋和赋体论的关系。不是说赋体论出现，赋用论就终结了，它没有终结，一直存在，反反复复，有时候

---

[1]　黄侃《文心雕龙札记·诠赋第八》认为，"以虞所论为最明畅综切，可以与舍人之说互证"，刘勰所说"丽词雅义，符采相胜，风归丽则，辞翦美稗"之义，"盖与仲治（洽）同其意旨"。按，挚虞字仲洽。

[2]　有关刘勰赋论取法前贤，详见拙文《刘勰赋论及其赋学史意义》，载《社会科学研究》2016年第2期。

[3]　朱熹《观书有感》："半亩方塘一鉴开，天光云影共徘徊。问渠那得清如许，为有源头活水来。"

变化。六义进入赋体，形成了赋学批评的这样一个理论现象，也是值得关注而又蛮有意思的一个问题。

六义入赋，自然包括比兴入赋，那么比兴入赋在这个赋体批评体系中，或在这个六义入赋的途径和变迁中，如何充分体现出来？比如东汉，比兴在创作中运用渐多，东汉赋家采用比兴确实是越来越多。我有位学生，他对比兴颇有研究，也有些体悟。他很善于收集文献，更善于综汇文献做出自己的思考与判断。他本科是南大的，学年论文写了一篇文章，我是指导教师，觉得写得还可以，后来发表在《古代文学理论研究》上。当时大概该生知道我是编委，就叫我帮他推荐。他才大三吧，写的是学年论文，虽然写得不错，我还是批评了他一通，意思是这么小年纪就晓得来找我推荐了，以后怎么办？我的经验是开始不能找人推荐，先要闯啊，我发论文的经历就是一路闯过来的，从来没人帮我推荐过。当年看到别人在《中国社会科学》发文章，我也想发表试试，1988 年第 1 期就登了我的一篇长文[1]，那时我还在系图书室当资料员，我根本没找人推荐，人家也没嫌弃我人微言轻，其他期刊当然也一样，发文章非常爽快，因为我是一路"杀"过去的。你们要学一点这种闯劲，无所依傍，一往无前。要什么推荐呀？结果是我没推荐，他自己投去，该刊编辑觉得好，就刊发了。这就不同了，说明是他的文章质量很好，被录用的。到了写毕业论文，他又找我指导，这次是研究宋诗相关的问题，论文成稿后也是宋诗的研究，一个本科生，文章写得非常好，写了三万多字，很厚重，也有新义，这次我主动要推荐，叫他精简一下，寄给《文学遗产》，结果被一位匿名评审人否决了。我觉得不应该啊，更重要的是责编很负责，也觉得

---

[1]　指的是拙文《论扬雄与东汉文学思潮》，《中国社会科学》1988 年第 1 期。

文章很好，当时还有"起诉"制度，于是由主编定夺，再次评审，一篇本科论文，能刊登在《文学遗产》上[1]，也算不错的学术起点了。后来他考上硕士，仍选我指导，硕士论文的选题叫《比兴古义考》，专论比兴问题，写得也蛮扎实的。记得有一天，我在校园里遇上他和女朋友在湖边漫步，我问他们，谁是比、谁是兴啊？后来他们结婚了，邀请我参加婚礼，我就谈了他治学发文的故事，还说了当时校园的偶遇，问谁是比、谁是兴，现在才弄明白，原来是比中有兴、兴中有比。

从研究来讲，比兴常是一个整体，但分析起来，还是有各自渊源及形态的。后来他那篇《比兴古义考》在杂志上刊发了[2]。这篇文章论比兴，关键在"古义"，是考源。这个比兴的"古义"究竟是什么呢？其中一些问题，他当时跟我讨论很久，有的我说不能完全确定，有的是非常有道理的。比如上古时代就有师保制度，是职能、职守或职掌，都是"用"，而比兴和师保制度就有着渊承关系，甚至后来在诗歌领域和赋的领域都有其影响或作用。周朝的教育官就有"师氏""保氏"，相近的称呼也有相同的教育功能，有保傅，或者叫傅保，比如后来的太子少保、太子太傅等等，都与早期的保傅制度有着历史的联系。现在我们讨论到保傅制度或师保职掌与赋家的关系，可谓另辟蹊径，很有意思，而从六义入赋的范围来看，又是比兴入赋的问题。

首先解读比兴。《周礼》里面关于师氏是做什么的，有"师氏掌以

---

[1]　黄若舜《"游戏"与"规范"：谈论中的宋代诗学》，《文学遗产》2014 年第 3 期。

[2]　黄若舜《"比兴"古义与"师保"制度渊源关系考论》，《古典文献研究》2021 年第 3 期。

嫩诏王。以三德教国子"，保氏"掌谏王恶，而养国子以道"。大家可以看，师氏的职责是"美"，"嫩"就是"美"。保氏执掌什么呢？谏王之恶，不好的东西，"而养国子以道"，以"道"来改正他的错误。正好一个师氏，一个保氏，前者含有"宣上德"义，后者含有"述下情"义，这在《诗》里面就是"美"与"刺"，在赋里面也有明显的体现。喻德主"兴"，谏恶主"比"，从某种意义上来讲，比兴二者和师保的教育思想有着渊承的关系。我们再对照《礼记》，《礼记》在《文王世子篇》里面也讲到了"师也者，教之以事而喻诸德者也"[1]，"喻诸德"，这是诗的作用；再看"保也者，慎其身以辅翼之，而归诸道者也"，要慎重地辅翼这个王。我们前面说过汉代的王式，昌邑王的老师，人家批评他为什么不"谏王"，他怎么讲的？以三百篇为谏。这种思想进入赋域后，其间有着内在的联系。如果说比兴入赋就一定是这样的，也不一定。但是你必须要考源，做学问就要考源，所谓"考镜源流"，才"辨章学术"嘛。我觉得这些思考是有意义的。比如《诗》怎么处理呢？怎么使美言来"诏王"呢？那就"取善事以喻劝之"，取好的事情、善事来喻示，对吧？兴嘛。那怎么才谏王恶呢？就是"取比类以言之"，比嘛，用一些反面教材教导你，接受历史兴亡的教训呀。所以师氏主兴，保氏主比，比兴的功用是赋家秉承师保制度的传统遗义[2]。对师保的实际功用，《大戴礼记·保傅》又说，"帝入太学，承师问道，退习而端于太傅，太傅罚其不则而达其不及，则德智长而理道得"，重

---

[1] 孙希旦《礼记集解》，沈啸寰、王星贤点校，中华书局 1989 年版，第 563 页。

[2] 《大戴礼记·保傅》载："昔者周成王幼，在襁褓之中。召公为太保，周公为太傅，太公为太师。"《礼记·文王世子》载："大傅在前，少傅在后，入则有保，出则有师。"陈梦家《西周铜器断代（二）》考源云："师保之保最早是以女子担任的保姆，渐发展而为王室公子的师傅，至周初而为执王国大权的三公。"（《考古学报》1955 年第 10 期，第 98 页）

在教导；至于实际操作，就是"媺（美）诏王"（"以三德教国子"，"取善事以喻劝之"）与"掌谏王恶"（"养国子以道"，"取比类以言之"）。

如果继续讨论这个话题，就牵扯到赋家的问题了。这是我在新十讲，也就是《赋学讲演录（二编）》里面早就讲过的问题，就是赋家那一课所讲的。赋家是做什么的？我们讨论这个问题的时候，先了解我以前讲过汉赋形成的三大制度，一个是京都制度，一个是内官制度（就是中官制度），一个是乐府制度。汉赋之所以兴盛，跟这三大制度切切相关。牵扯到赋家本身，也就是中官制度，就是内官，皇帝身边的嘛。这大家可以看《汉书·朱买臣传》，看钱穆《秦汉史》对《朱买臣传》的解释。外官作为博士，内官竞为辞赋，就是善为辞赋、善为言辞的那帮人，是战国游说之客的变种。虽然赋家地位不及保傅显赫，然作为宫廷"言语侍从"且多任职郎官，其职责是"一种无职务、无官署、无员额的官名……与皇帝接近……任务是护卫、陪从、随时建议，备顾问及差遣"[1]，则与师保乃天子"四邻"之任相似。尤其是师保之职中的"以媺诏王"与"掌谏王恶"，复与赋家"宣上德"以"尽忠孝"、"抒下情"以"通讽谕"相同。作为太傅身份的周公，其《无逸》训辞的"美"（颂德）与"刺"（戒淫）作为文本引入赋体，包括扬雄的《长杨赋》、班固的《两都赋》、张衡的《二京赋》，并完成其"讽·颂"模式，于赋家自有兴儒术与尽职守的双重意蕴[2]。

---

[1] 瞿蜕园《历代官制概述》，引自黄本骥编《历代职官表》，上海古籍出版社1980年版，第3页。

[2] 对此，可详见拙文《无逸图·赋：对一个文学传统的探寻》，《华中师范大学学报》2020年第1期。

到了大一统帝国之后，游说之客没用了，早期还有在诸侯王国的，比如淮南王啊，楚王啊，尤其是梁孝王，梁孝王兔园的故事嘛，与赋关系密切。我与郭维森先生在上个世纪九十年代写作《中国辞赋发展史》的时候，对汉初诸侯王那一段的辞赋创作，我们用了一个形象的题目叫作"战国纵横的残梦"[1]。残梦，残留下来的梦幻，还是纵横家余风。我们准备写《中国辞赋发展史》的时候，马积高先生的《赋史》已经出版了[2]，我们就要改变写法啊，改变就要更多地提出问题啊，也要在题目上面下点功夫啊，想点子写啊。这本书从出版到今天是二十多年了。我近几年写的《中国辞赋理论通史》也出版了[3]，从创作史到理论史，是报答郭先生当时邀我合作的好意与恩惠啊。是郭先生把我"拖"进了赋学的研究领域，不是"引"进去。他当年领的是教育部项目，拖了很久很久，那个项目完成不了，后来找我，郭先生说你研究赋也写了不少文章，就来参加吧。那段时间我正在研究《老子》，我说不行，我最近正在忙着写《老子诗学宇宙》。忙完以后，就开始忙辞赋了。郭先生放手让我写唐以后的部分，一做就把它做起来了。因为我这个人是欢喜做事的，做得好不好不知道，做得成不成肯定成，写什么都能成，不就是编文字嘛，那不很简单嘛，文字游戏，好玩得很。这一"拖"进去就是二十多年，就变成了辞赋研究领域的人，然后就变成"骨干"了，然后就变成"大师"了，然后变成"泰斗"了，最终会变成"阿斗"，老了，被捧着玩玩。这都是故事了，回想起来还很有意思。

---

[1] 详见郭维森、许结《中国辞赋发展史》，江苏教育出版社 1996 年版。

[2] 马积高《赋史》，上海古籍出版社 1987 年版。

[3] 指拙撰《中国辞赋理论通史》，凤凰出版社 2016 年版。

大家要知道，保傅制度都是内廷侍臣，在先秦时候就是侍臣，《尚书大传》里面讲"四辅"，或者叫作"四邻"，疑、丞、辅、弼。《礼记·文王世子》里面讲"大傅在前，少傅在后，入则有保，出则有师"。王者幼小的时候要抚养啊，这就是知识分子的作用了，早期的这些文人，尤其是宫廷文人，基本上都是内臣出身的。他们不是当省长的料，省长是主管官，他们是当谋臣的料，出谋划策，辅佐别人。你看，司马相如是赋家，汉武帝给他做了郎官，也是内臣，除了出谋划策，就是献赋，他献了《大人赋》，汉武帝读后，飘飘有凌云之气，快活嘛，高兴嘛。为什么高兴？因为是身边的人写给他嘛，媚他也好，谏他也好；作为内臣，得宠也好，俳优也好，玩偶也好，也许是文人的宿命吧。最有意思的是自己还乐不可支，知识分子整天做梦，做什么梦呢？想当皇帝的老师，"致君尧舜"嘛。知识分子要有担当，要指导政治，比如我们讲的保傅制度，教导小皇帝，太子太傅、少傅这些人都有这种志向。有了这种志向就要实施，可是一般只适合皇帝小的时候，皇帝大了过后，他不听你的了，你就无用了，往往就感到失落。

我们回到这个赋家来看，保傅是内臣，跟赋家一样，赋家基本上都是郎官，我专门有文章讨论过了，郎官就是皇帝走廊边上的侍卫，有的也兼武职，郎官可加衔为中郎将[1]。司马相如是加中郎将到巴蜀去的。近辅天子的保傅，和赋家有相同的地方，都有一定的道德修养和学问。汉代赋家作为郎官，基本上是兼职，没有专职的。但是这些人很重要，身居宫廷，权力的核心，尤其侍奉于皇帝身边，你可以说

---

[1]　详见拙撰《汉赋与礼学》，收载拙著《赋体文学的文化阐释》，中华书局 2005 年版，第 23—36 页。

他有地位，因为他是近臣，也可以说他没地位，因为他是俳优，于是处身更难了。跟在皇帝身边，你就不太能讲直话，有时要小心，一逆龙鳞就完蛋了。皇帝就像那个小狗小猫，要顺着摸，你倒过来摸，马上就咬你，不客气的，麻烦得很。所以古人很夸张地形容，叫龙嘛，龙鳞不能逆，一逆就成杀鱼了，逆龙鳞不就是杀鱼嘛，他疼啊，他难过啊，你要慢慢地，这个鳞片要掉了，把它轻轻搞掉，然后精致地往上一贴，他就高兴了，对吧？要这样。所以，赋家献的赋也多是假设之辞。我们说过，《尚书》祝辞里面，比如周公保武王的讲话，多是虚构问答之辞。可以说周公保武王的讲话开启了虚构问答之端，而辞赋都是假设之辞。顾炎武就讲过，"古人为赋，多假设之词"。祝辞娱媚神灵，辞赋娱媚大人，这是相同的。

赋往往是讽颂相间，既讽又颂，这也是有传统的。你看《左传·襄公十四年》里面讲，"天生民而立之君，使司牧之"，牧民，对吧？"勿使失性"，不要"失性"，把他变成狗不好，变成疯狗那就完蛋了。教育的功用是把人培养成好人，把皇帝教导成明君，如果变成周厉王就麻烦了。人不能"失性"，特别是皇帝，一"失性"，一乱发指示，就完蛋了。所以《左传》作者接着说，"有君而为之贰，使师保之，勿使过度"。《易经》里面也讲，"无有师保，如临父母"，看到师保就像看到父母一样，有一种畏惧之心。一般人要有畏惧之心，皇帝也要有畏惧之心。要使他畏惧，就要规谏，规谏也要有技巧，傅保的技巧很重要，要培训的，糊里糊涂是不行的。我们读贾谊《新书》中的《容经》，里面讲了很多讽谏方法，如何行礼如仪，如何强求礼仪的"容"，该怎么做。比如他说："人主太浅则知暗，太博则业厌，二者异同败，其伤必至。故师傅之道，既美且施，又慎其齐，适疾徐，任多少，造而勿趣，稍而勿苦，省其所省，而堪其所堪，故力不劳而身大盛，此全人之化也。"[1] 快慢要适度，多少要掌握，要使他前进又不过分，要激励他又不要使他太苦，对吧？他厌倦了，把你也杀掉怎么办？你还怎么规谏？这是极讲究的。要有讽有颂，这跟赋家一样，赋家就是有讽有颂，其中的比兴和师保制度有关。

师保和赋家都会用一种方法，就是以先王来规劝当世君王。君王最大，我怎么压他？我只是他的内臣，没办法，只能讲你老子、你爷爷、你太爷爷，对吧？我跟汉武帝讲刘邦，我不讲项羽就好了，讲刘邦呀，高祖嘛，你得捧着。中国讲传统，文化如此，政治如此，帝制更如此，"法先王"，特别是当朝的祖宗，他继承这个统绪呀，他敢不孝吗？不孝就没他了。一个人想要颠覆他所存在的序列，几乎是不可能的，因为他本身就是这个序列中的棋子。杜甫说"怅望千秋一洒泪，萧条异代不同时"（《咏怀古迹》），时代变了，道理还是相通的。有什么变化？没什么变化，都是这样，中国古代是专制制度，从来不变，变不掉的。

在这制度的轮转与碾压下，赋家怎么规劝君王呢？就是借先王之神灵，用的也是中国常见的"法先王"理论。简宗梧先生研究赋家，说赋家基本上都是儒家，就内含这个道理。法家"法后王"，儒家"法先王"，"法先王"恰是傅保制度的特点。我们为什么讲尧舜呢？连毛泽东诗也讲"六亿神州尽舜尧"（《送瘟神》），和现实比较，尧舜不是落后得要死嘛，你看韩非子讲的，那些人都是穷得要死、苦得要死，对吧？所以尧要让位给舜，叫禅让，不让就活不下去了，会累死的。道家的说法不同，说王位没人坐，所以才让，清高呀；墨家说，

---

[1] 贾谊《新书》卷六《容经》，引自程荣纂辑《汉魏丛书》本，吉林大学出版社 1992年影明万历新安程氏刊本，第 485 页。

是让贤；但儒家把禅让行为捧得极高，是德行，是民本，于是树立"先圣"尧舜或者三皇五帝这样的道德高标[1]。各个朝代又有它自己的高标，一个个的道德高标。在唐代，李世民是个治理国家的高标，贞观之治呀。但也有人骂他，章太炎就骂他，什么杀兄、奸弟媳，骂得一塌糊涂。那是后人对着历史骂，但实际上呢，任何朝代都要树立这个高标的。讲先王之德，先王当然也有眚，但是他不讲嘛，只讲他的德。如果老讲先王之眚就站不住脚了，先王还不能动，先王一动，你自己这个根基也就不牢了。史学家的记载如此，赋家的写作也是这样的。汉代扬雄写《长杨赋》的时候，明明写的是汉成帝，他却讲到文帝之德，倡俭德，以先王之俭德讽喻今王之奢华。到张衡的时候，赋中写的是和帝、安帝的时候了，但是张衡写的主要是明帝之德，汉明帝刘庄的道德，这里包括了明帝永平礼制的内涵。用先王之德以喻后王，成为赋家常用的一种笔法。

大家再看《国语·楚语》里面讲的，"知先王之务用明德于民"，伪古文《尚书·伊训》讲的，伊尹"明言烈祖之成德以训于王"，不仅是鼓励你啊，还教训你啊。《尚书·无逸》就是最典型的，周公教成王，没有丝毫的逢迎。汉人也很少献媚，不像明清时期，文人多无耻，逢王尽捧，极尽诡谀之能事，越捧越高，过去不是这样子的，过去都捧先王来教育后王。《尚书·无逸》记载周公的几段话，告诫成王为政之

---

[1] 所谓禅让，史称"唐虞让国"，旧说甚多，如按先秦学派划分，有四种最显明：一是《尚书·尧典》《墨子·尚贤》所载，如《尧典》记述四岳举舜，尧说"我其试哉"，是墨家学派的"尚贤"观；二是《论语·尧曰》《孟子·万章上》《荀子·成相》所载，如《孟子》所述"天下诸侯朝觐者，不之尧之子而之舜"等，是儒家学派的"民本"观；三是《庄子·让王》"尧让天下于许由"等，是道家学派的轻禄贱位观；四是《韩非子·五蠹》所称让国"是去监门之养，而离臣虏之劳"，则属法家学派的观点。

要，不仅讲本朝，连旧朝殷商的好的君主也讲了，这就是我们讲的"传统文化"嘛。在历述殷商的几个明君之后，就接着讲到周朝的太王、王季、文王的功绩，包括为人与持政，歌颂他们是为了教育今王[1]。后来汉武帝晚年叫霍光看"周公负成王"图，就是要他仿效周公，辅佐昭帝嘛。周公也是保傅的身份，所以《无逸》记述他赞美先王以规谏成王之举。

再看赋家，比如扬雄的《长杨赋》就最典型，他列叙汉代的高祖、圣文、圣武的功德，教育的是成帝[2]。成帝整天沉醉于酒色之中，赋家很恼火，很担忧，扬雄几篇赋都有讽，但不敢直谏，于是婉讽，看起来似"美"，结果自己晚年又懊悔了，心想怎么这样讽，这种讽有什么用啊，还是捧昏了皇帝。不过，将他的《长杨赋》和《无逸》比读，那模式一模一样，然后再看京都赋，也是这样一类模式。形

---

[1] 试列《无逸》主要内容于次：(1)周公曰："呜呼！君子所其无逸。先知稼穑之艰难。……"(2)周公曰："呜呼！我闻曰：昔在殷王中宗（大戊）……其在高宗（武丁）……其在祖甲（太甲）……自时厥后，立王生则逸。生则逸，不知稼穑之艰难。不闻小人之劳，惟耽乐之从。……"(3)周公曰："呜呼！厥亦惟我周。大王（公亶父）、王季（季历），克自抑畏。文王（姬昌）卑服，即康功、田功……不敢盘于游田。……"(4)周公曰："呜呼！继自今嗣王，则其无淫于观（非常观）、于逸（逸豫）、于游（游荡）、于田（田猎）。……无若殷王受之迷乱，酗于酒德哉！"(5)周公曰："呜呼！我闻曰：古之人犹胥训告，胥保惠，胥教诲。……"(6)周公曰："呜呼！自殷王中宗，及高宗，及祖甲，及我周文王，兹四人迪哲。……"(7)周公曰："呜呼！嗣王其监于兹。"括号中是笔者所加按语。

[2] 试列《长杨赋》的主要内容分段排列如次：(1)《序》：上将大夸胡人以多禽兽……（田猎）雄从至射熊馆，还，上《长杨赋》，聊因笔墨之成文章……以风（讽）。(2)子墨客卿问于翰林主人曰："盖闻圣主之养民也，仁沾而恩洽……穷览极观……扰于农民……娱乐之游……乾豆之事……"(3)（翰林）主人曰："昔有强秦……群黎为之不康……"(4)"……上帝眷顾高祖……展民之所诎，振民之所乏，规亿载，恢帝业，七年之间，而天下密如也。逮至圣文……恶丽靡而不近，斥芬芳而不御，抑止丝竹晏衍之乐，憎闻郑卫幼眇之声，是以玉衡正而太阶平也。其后熏鬻作虐……于是圣武勃怒……使海内澹然，永亡边城之灾，金革之患。"(5)"今朝廷纯仁（成帝）……"括号中是笔者所加按语。

式决定于内容，在这种模式中有深邃的内涵。这里面包括了赋义与赋作的关系。

过去进行祭祀活动和外交活动的时候，都要赋物、赋辞，祝辞要赋辞啊，赋物的时候要媚神啊，媚神不就要奉献宝贝，你献宝要说明，不就是赋辞吗？春秋时候的邦国外交酬酢，要赋诗言志，赋诗言志既是外交的礼仪，也是一种骋辞方式呀，这个"赋"也与后来的赋体有渊承关系 [1]。春秋时期外交赋诗言志，有个惯例，就是首先问先君。两国使臣到一起，或者两国君主到一起的时候，都首先问先君如何。先问先君，因为是宗法制度，家天下。你现在担任这个职务，你是了不起啊，但是你凭什么得来的？是受先君荫庇得来的啊，是太祖创业垂统。没有太祖哪来你这个成帝啊，哀帝啊，没有的，所以要问先君。然后再问你土地怎么样啊，子民怎样啊，富庶何如啊，先问家（先君），再问国（人民），重家族，重祖宗，这也构成了一个模式，这个模式很有意思，我想叫"托古改制"吧，办事都要托古。这些与赋创作结合起来，自然牵涉到六义之比兴与保傅制度，这里头有很多很多的内容，但两个字很关键，一个是"美"（颂），一个是"刺"（讽），而从制度史的意义将保傅、内官、赋家联系起来，通过其间的变迁加以类比、分析，还是有一定学术价值的。写文章要沉淀，要思考，要开新，对一些考源的问题要采集文献，再用排除法，不对你就排除，总能走出一个相对有道理的途径，争取通过这个途径得到相对有道理的结论，这就是写论文的窍门。所以回到前面说的那篇硕士论文《比兴古义考》，既是比兴的研究，也对六义入赋有启

---

[1]　有关论述详参蒋晓光、许结《宾祭之礼与赋体文本的构建及演变》，《中国社会科学》2014 年第 5 期。

迪。个中问题甚多，还可以继续思考、探讨。

说到比兴入赋，应该关注六义之说和赋体的诗源论到魏晋以后就交融起来了，诗与赋的渊源就交融起来了。汉人以诗为用，功用论作为赋的渊源，到了魏晋以后，已经有了"体"的意识。"赋者，铺也"，善于文辞，但是必然有讽颂之意、六义之意在里面，这就构成了赋的体用观。问题是赋体论改变了赋用论，把诗赋连为一体之后，又牵扯出我想讲的另一个问题，就是六义入赋在魏晋以后的批评途径及其变迁。

这个批评途径，有三部书值得大家关注。为什么说关注三部书？书那么多，知识那么广，都需要你慢慢看，慢慢理解，但治学你要抓重点，重点书往往标志了历史发展的关捩点。记得当年我写《汉代文学思想史》的时候，是上个世纪八十年代，因为受到罗宗强先生《隋唐五代文学思想史》的影响，他的书是 1986 年出版的，我的书是 1990 年出版的[1]，是当时写文学思想的第二本。我当时想写三段文学思想史：汉、宋、清。为什么选汉、宋、清呢？因为大家都喜欢讲魏晋的文学自觉，都喜欢梦回大唐，都喜欢晚明的情色与性灵，津津乐道，而把历史学问比较深厚的几个时代丢失了，汉代留给了经学家，宋代留给了史学家，清代留给了考据家，文学的思想呢？有了这个想法，就想起了汉代，就讨论起汉代文学，就有了《汉代文学思想史》的编撰。这本书出版后就寄给了罗宗强先生。当时他在准备写魏晋南北朝时期的思想史。他开始写了隋唐五代，后来接着写魏晋南北朝。相比而言，我更喜欢前一本。魏晋南北朝那本思想史，《文心雕龙》就写了二十万字，其实他早先写的《玄学与魏晋士人心态》要有意思得多。我寄《汉代

---

[1]　拙著《汉代文学思想史》，1990 年南京大学出版社出版，2010 年人民文学出版社收入"中国断代专题文学史丛刊"再版，2019 年人民文学出版社二次印刷。

文学思想史》给他，他回赠了一本书，就是《玄学与魏晋士人心态》。赠书换书，蛮好的。我把《汉代文学思想史》寄给傅璇琮先生，他就换给我一本《唐代科举与文学》。写了汉代以后，宋代文学思想研究立了国家社科基金项目，反而没写出来，后来用几篇文章勉强结了项。《宋代文学思想史》有人写了，也出版了，《清代文学思想史》我好像还没看到，可能内容太多，不易整理归纳。清代文学里面有很多了不起的东西，但垃圾也太多了，你要删除那么多垃圾，累得要死。你不读怎么晓得那是垃圾啊？乱七八糟的东西全都拿手抓抓，再洗手去。不抓哪需要洗手呢，很难的。刚才我讲每个时代都有一些著作成为时代的节点，比如罗宗强先生写的《隋唐五代文学思想史》，是第一部文学思想史论著，具有里程碑意义。不是说这些书就没问题，我读罗先生书时，就感觉到孔颖达《五经正义》没提，似乎缺了一章，这虽是经学，但有文学的思想呀，比如解释《诗》之六义，而《毛诗正义》中也有不少文学思想内涵啊。文学与经学固然有分工，但也应注意会通。

那我讲的三部书，在六义入赋的批评历程中非常重要，是哪三部呢？一个是孔颖达的《毛诗正义》，一个是朱熹的《诗集传》，一个是祝尧的《古赋辩体》。你把这三部书对读一下，把其中有关六义的解释对读一下，你就可以看到六义入赋不仅有由赋用到赋体的理论意义，还有以其批评指导赋家创作的意义。

这三部书非常重要。从郑玄注诗，到皇甫谧、刘勰，六义之赋已经进入文体了，那还是比较宽泛的进入。到了孔颖达的时候，他正式提出六义的所谓"异体""异辞"，就构成了后来讨论的问题：六义到底是六用，还是六体，还是三体三用？而三体三用说毫无疑问占了巨大的批评空间。这扩大批评空间的三体三用，就是所谓的风、雅、颂者，"异体"也，赋、比、兴者，"异辞"也[1]，这个说法影响极大。一些现象出现过后，又会产生学术回流。大家一定要注意，某种研究发展到一定时候，突然产生了学术的回流，这回流是什么呢？就是人们把当年《西京杂记》记录的，司马相如讲的"一经一纬，一宫一商，此赋之迹也"，"赋家之心，苞括宇宙"这些话，又回流进了赋学研究，把它和六义结合起来了。这一点在清人的言说中极多[2]。

很有意思啊，也很复杂，这是学术的回流。"异辞""异体"又跟赋心、赋迹对应起来了，赋心、赋迹的问题又讨论起来了，刚才讲的，明清的时候这种讨论就越来越多了。东西多嘛，明清时候的人辨识得比较仔细，所以这个"异辞""异体"说出现了，又形成了一种衍生系统。孔颖达说"风、雅、颂者，诗篇之异体；赋、比、兴者，诗文之异辞"，"赋、比、兴是诗之所用，风、雅、颂是诗之成形"，就是"体"。这话也许不是他最先讲的，早些时也有类似的话，但系统地提出是他的贡献。因为是注疏，或许用到前人观点，我们考证一下"异体""异辞"是从哪里开始，不又是一个小课题了吗？你逮到一句话，就能考一考嘛。

到了朱熹的时候，《诗集传》明确了"三经""三纬"说的内涵。《朱子语类》记述学生问何谓诗之六义，三经是什么，等等，可见六义成

---

[1]　《毛诗正义》孔颖达疏："风、雅、颂者，诗篇之异体；赋、比、兴者，诗文之异辞耳。……赋、比、兴是诗之所用，风、雅、颂是诗之成形，用彼三事成此三事。"

[2]　如程恩泽《六义赋居一赋》云："纬以纂组，饰以铅黛；贯以明珠，节以杂佩。……博趣于申公鲁齐，探妙于韩婴外内。稽之周室，考之汉代。是则撷六义之精，而传其美姿者也。"赵镛《六义赋居一赋》："然而义为辞辔，辞为义轮。义析之而有六，辞万变而皆循。风雅颂为经，体殊别而不相杂；赋比兴为纬，用参错而还相因。佺色揣称，兼资乎比兴；指事征理，必在于敷陈。以宣士德于退陬，则颛蒙共喻；以抒下情于黼座，则幽隐毕伸。"

了师生问答的重要话题，也是朱子教学的重要内容[1]。在《诗集传》中，朱熹讲赋是"敷陈其事而直言之者也"，什么比、什么兴是在每一首诗里面讲的。元代刘瑾《诗传通释》遵循《诗集传》的方式，讲三经是风、雅、颂，是作诗的"骨子"，赋、比、兴是里面横穿着的，诗中都有赋、比、兴，故为三纬。于是"三经""三纬"说，风、雅、颂为三经，赋、比、兴为三纬，成了诸多说法中最主流的意识。

我时常讲，一个学术受到的影响也许不是来源于它的本位，而是来自他山之石。祝尧《古赋辩体》是最早的一篇赋的辩体理论的总集，也加上了大量的批评。他是元朝人，当然受到宋人的影响，如对宋代的接受，重点或在晁补之、洪兴祖、朱熹的楚辞研究。有时候接受某种具体的思维模式之后，一想这么回事嘛，哇，豁然开朗了。祝尧辞赋的辩体理论的构建，更多地受《诗集传》的影响，受《诗》学而非赋学的影响。他完全按朱熹逐诗分析六义或以六义解每首诗的方法解赋。你们先看材料：

> 殊不知古诗之体，六义错综，昔人以风、雅、颂为三经，以赋、比、兴为三纬，经其诗之正乎？纬其诗之葩乎？经之以正，纬之以葩，诗之全体始见，而吟咏情性之作，有非复叙事、明理、赞德之文矣，诗之所以异于文者以此。赋之源出于诗，则为赋者固当以诗为体，而不当以文为体。后代以来，人多不知经纬之相因，正葩之相须，吟咏无所因而发，情性无所缘而见，问其

[1]　《朱子语类》："三经是赋、比、兴，是做诗底骨子，无诗不有，才无，则不成诗。盖不是赋，便是比；不是比，便是兴。如《风》《雅》《颂》，却是里面横串底，都有赋、比、兴，故谓之三纬。"

所赋，则曰：'赋者，铺也。'如以铺而已矣，吾恐其赋特一铺叙之文尔。何名曰赋？是故为赋者不知赋之体而反为文，为文者不拘文之体而反为赋，赋家高古之体不复见于赋，而其支流轶出，赋之本义乃有见于他文者。

这段话是他以六义解赋的主构。你看，"诗之所以异于文者以此"，把诗撇开来了。"赋之源出于诗"，他又把"赋"从赋体论推回到赋源论。"如以铺而已矣，吾恐其赋特一铺叙之文尔。"如果"赋"只是"铺"，那就是铺叙之文而已，《过秦论》肯定就是赋了嘛："秦孝公据崤函之固，拥雍州之地，君臣固守，以窥周室，有席卷天下，包举宇内，囊括四海之意，并吞八荒之心。"乖乖，都是"铺"啊，这如果是赋，赋体又如何界定呢？祝尧这里讲的三经三纬，又把赋源、赋用、赋体融合起来。

　　最有意思的是，朱熹《诗集传》把《诗》三百篇逐首按六义标准评说，就是"赋也""比也""兴也""赋而比""赋而兴"等等，有时候六义俱全，说这首诗既有赋，又有比，又有兴，还有风、雅、颂；我们再看祝尧的《古赋辩体》，他评《甘泉赋》，或者是"赋也"，或者是"取天地百神等物以为比"，评《长门赋》，他说"有风、兴之义"，赋、比、兴，每一篇都落实到这个方法，这是很有意思的一个现象。不过我总觉得一篇大赋，哪能搞得清啊？这个比，忽然又兴了，忽然又铺起来了，忽然又颂起来了，颂中又有讽，你中有我、我中有你，这个很麻烦。但他这么做，是把六义入赋理论化的一种批评思路，是值得关注的。所以我讲这三部书正构成了这样的特点，《毛诗正义》《诗集传》与《古赋辩体》这三部书中所述，是自魏晋以后六义入赋的一个重要途径，到清人又将其与赋迹赋心说结合起来，我们可从中看到赋创作与批评的六义运用的系列与构成。

根据刚才讲的这几点，又可以连带考虑一个问题，是关于六义与讽谏的关系问题。说起讽，汉人比较"曲"，所以西汉赋特别重讽，在六义中间特别重风，风则讽也，只是汉人言讽是比较婉曲的。那为什么后来赋的地位越来越高？是什么使赋在六义中的地位越来越高呢？这要与政治制度史联系起来考虑。政治制度的变迁，经过汉晋以后，欧亚交流增多，渐入梁启超所讲的亚洲之中国的黄金时代，特别是进入了唐代吧，政治开明多了，这个时候直谏的也比较多了，人们对艺术的追求也更广泛，比兴能提高作品的艺术水准，文学创作比辞多了，兴辞也多，赋法直言的东西也越来越多了。在说讽谏的时候，我提到洪迈在《容斋随笔》里面讲唐人敢于直谏吧？《连昌宫词》啊，《长恨歌》啊，敢于批评当世王者。杜甫一些诗，如果写在今天，可能要被屏蔽吧，不能那么乱写，哪能写这个样子？"盗贼本王臣"（《有感》），还得了吗？这也太胆大了，嗯，唐人照讲，无所谓，所以洪迈讲当今人"不敢尔"，讲宋人不敢嘛。其实宋人也敢呀，宋人批评王政也还是比较厉害的。如果我们说讽谏在六义中间的体现，那么汉，尤其西汉更重讽，宋人就更重赋了，就是直陈比较多。从文化史来看，汉、宋两代学问也不大相同，汉代有时候要人命的官是什么官？是天官，天官很讨厌，他观星象，比较迷信，皇帝经常要咨询天官最近天象怎么样，人事怎么样，什么事违不违背天意，严子陵一脚架在汉光武肚子上，星官就来叩阙报告，说什么客星犯帝座啊，天象通人事，这么具体，这么厉害。所以读《汉书》的《天文志》和《五行志》，你再读一读《晋书》的《天文志》，情形就大不相同了。唐人编史，多是记录一件件的事情，这叫"知史务"，汉人写的史呢，如班固的《汉书》，里面那么多术数学，神秘得很。那神秘的东西很多也是科学的东西，神秘的东西丢失，科学也随着丢失了，因为神学跟科学往往是一体的，不是说神学掩盖了科学，有时却是神学发展了科学、推动了科学。为什么汉代天文学这么发达？天文科技那么发达？因为它决定于神学，决定于政治。天呈灾异，政治昏晦，总不能整皇帝吧，皇帝犯错会下"罪己诏"，不要你管的，到宋代才出现一个包公"打龙袍"的故事，你不能打他的人，只能打他的龙袍。汉代没办法，有事大臣代罪，周公有代武王受过的事，带了个坏头，到汉代就不客气了，辅政的人都可以死，一有坏事，大臣就自杀。天官讲，那是大司农的事情，大司农被砍掉了，说大司寇有问题，也就把他砍掉了。这个天官特别厉害。那么到了宋代怎么样呢？那就是言官嘛，去年我写了篇关于宋代考经、考赋都是"取人以言"的文章，为什么呢？这是一个很久远的传统，偏偏是宋人提出来了[1]。宋代言官直谏，朝廷规定不杀士大夫，所以他就敢直谏，为人说话都比较直率。由此看赋在六义之间的发展，以及六义中间赋地位的提高，可能跟这整个政治制度史也是有些关系的。

当然，我还可以在文学的历史中间去寻找它的脉络。概括地说，考源六义怎么进入赋创作，很显然是从汉代的赋用渐渐到魏晋时期的赋体，才真正进入赋域。现存最早的六义进入赋域的文献就是皇甫谧的《三都赋序》，最明显地把它推至高标的就是刘勰的《诠赋》，后世的经注家与赋注家，合力将此批评当成一种公理意识进行阐发与运用。比如《文选》李善注，就把六义入赋这个观点公式化。到唐宋以后，六义的问题就变成一个很自然的问题了，大家再不多讨论了。

但是在变迁中间又出现了一个问题啊，那就是到底赋体该尊不该

---

[1]　详见拙撰《论考赋"取人以言"的批评意义》，《文学遗产》2015 年第 1 期。

尊的问题了。对这个问题，我时常在想，尊体批评与六义的关系，还应关注赋体自身的发展与变迁，比如赋的主体创作，由散体大赋渐渐走向了骈赋，走向了律赋。就其功用来看，由早期的或者讲是"嫩诏王""谏王恶"也好，或者是"美""刺"也好，都是跟王者密切相关的，也就是宫廷文学的一种体现。魏晋南北朝更多地出现了世家、士族。作为汉代贵游性质的延伸，赋一直是在上层、中上层走的，很少往下层走，这是一个非常明显的特点。但是赋的贵游性质与赋家在朝廷的地位相关，在其地位衰落后，从东汉以后，赋开始游离朝廷中心了，向更广泛的赋家创作演变。当然，赋始终没有完全真正地离开过朝廷。因为即使在那个等级严格的门阀制度下，也还有一些"幸进"的方法。除了士族九品中正制外，受宠于皇帝，就是"幸进"；或者通过军功，底层人也能做大官。其中的"幸进"，就是比较有文采的，或者在某些方面有特别技艺的人，通过这个做官，比如朝廷献赋之风一直存在。到唐代，杜甫也"献三大礼赋"，这是做官的一个快捷渠道。你想，考试多难啊，一层层地考，我不如献篇赋给皇帝，皇帝一下子就赐个翰林学士。但往往有时候玩落空了，李白、杜甫都是玩落空了，没有功名，是后人把他们捧起来的，当时都是比较失落的人啊，也是可怜人，哪晓得变成伟人了。塞翁失马，顺其自然，不用着急，大家都不着急，五百年后再说，对吧？一千年后再说，不知道谁是谁呢。

赋是宫廷的文学，到魏晋后渐次文人化、在野化，很有意思的现象。赋又怎么大面积地回归朝廷呢？科举考赋嘛，唐宋科举闱场考赋。科举是考察人的，那必然是朝廷的事了。但因为在闱场试赋，自然离皇帝比较远些，举子要一直到殿试才能见到皇帝，所以说普遍的"诗赋取士"制度就在某种程度上回归朝廷了。回归朝廷的赋属于考试程文，因考试所需，自然变得琐碎了，也技术化了。汉大赋"体

"国经野"的胸襟抱负，在考赋中都是通过一个句子、一个字来评估，怎么用动词、怎么用名词、用哪部经典，是这样子的。赋变得形而下了，或者讲没出息了，讽谏精神也丢失了，只是在个中求协韵、寻趣味。学者不甘心呀，怎么拯救赋呢？

从唐代开始，很多人反对考赋。赋是辞章之学，考它于国家无用，考得人意志都消磨了 [1]。古人不仅有轻赋现象，也有轻诗现象，宋代的二程子，大程子（程颢）还作点诗，小程子（程颐）就坚决不作诗了，他说不能作，一作就把人作得浇薄了。中国人重德，重行，再重言，言也是致用之言，所以学做君子，学做圣贤，何事诗赋为？上个世纪南大网有个小百合 BBS，有人说我上课是"大众情人"，我当时又不上网，有人告诉我，惭愧得很，好脸红啊，于是作首小诗自嘲，也是解嘲，其中有一句"可怜废学偏修学"，指我上小学三年级文化课就没读书了嘛，小学一年级也是乱七八糟读的，是个民办学校，没得板凳，我六岁读书，应该七岁读，只能上民办学校，自己弄来三块板钉个凳子，我坐那儿读书，读书 a、o，还没有 o 呢，凳子就塌了，散了架，再拎起来锤两下。然后到三年级就"文化革命"了，基本上没读书。所以说"可怜废学偏修学"啊。后一句"却做情人不圣人"，学做圣贤嘛，做不到圣人做贤人，哪晓得变成"许晴（情）"了。如果就这样发展下去，可能会写出好诗来，但要赶快刹止呀，要返回圣人，怎么能作诗呢？即使作，顶多也是"闲来无事不从容，睡觉东窗日已红。万物静观皆自得，四时佳兴与人同。道通天地有形外，思入风云变态中。富贵不淫贫贱乐，男儿到此是豪雄"（程颢《秋日偶成》）。

---

[1]　有关考赋问题及其得失意义，详参拙文《科举与辞赋：经典的树立与偏离》，《南京大学学报》2008 年第 6 期。

不过写这种诗，人家又没兴趣读，点击率也没有了。我要学儒家，我要平正，我怎么能写这种东西？我怎么写得出《红高粱》？我怎么写得出《白鹿原》？中儒家毒太深，"儒冠多误身"（杜甫《奉赠韦左丞丈二十二韵》），写不出稗言小说，也拿不到什么文学奖了。古人也觉得赋误身呀，变成考试工具了，堕落了，怎么拯救它呢？六义又来拯救它，怎么个拯救法？由谁来拯救呢？

一个白居易的《赋赋》，一个苏东坡的《复改科赋》，两篇赋很有意思，都为科举考赋说话[1]。白居易的《赋赋》那就最典型了，他说"四始尽在，六义无遗"，说考诗赋也很了不起啊，"六义""四始"都在其中。所谓《关雎》为《风》始，《鹿鸣》为《小雅》始呀。这次我们在杭州开的 G20 峰会，演出节目就朗诵"呦呦鹿鸣，食野之苹"，可是他们没有想到汉儒讲过，《鹿鸣》是"刺"啊，是讽刺诗，这个可能总导演张艺谋不清楚，只看到了"我有嘉宾，鼓瑟吹笙"，哪晓得《鹿鸣》是《小雅》的首篇，是讽刺世道的呢[2]。这"刺"，等于给他一剑。后来网络上出现一大堆"刺"的东西，批评铺排场面、好大喜功，倒是得《鹿鸣》之真义了。白居易特别提出了"六义""四始"，是想拯救赋，也是为考试赋辩护。当然，辩护是没用的，考赋的局限必然导致赋学走下坡路，总是注意声病韵律，能有什么大气文章？没办法，改卷子就是看你出不出韵，改卷官他是讨便宜，容易改嘛。你说意境怎么好，哪评得出来？我就看你的错别字，就看你引错东西，

[1] 有关白居易、苏轼的两篇赋，我专作小文叙述，详见《白、苏作赋赞考赋》（解之赋话之十三），《古典文学知识》2018 年第 3 期。

[2] 四始：风、小雅、大雅、颂。陈奂《诗毛氏传疏》："《关雎》，《风》始；《鹿鸣》，《小雅》始；《文王》，《大雅》始；《清庙》，《颂》始。"唐晏《两汉三国学案》卷五："《诗》家自子夏以来所传之大义，如《关雎》《鹿鸣》，皆为刺诗。"

捉硬伤。所以答辩论文最怕硬伤，软伤他没有什么办法，你这么讲，我这么讲，你有什么办法？那硬伤逮到没办法，一翻，这个错字、那个错字，逮一、逮二、逮三，变成雕虫小技了。其实有点硬伤也不失为大学者啊，王国维就没硬伤吗？宋代大学者欧阳修、李迪也押错韵的[1]，所以不能因一点硬伤，把一个大学者毁掉了。到了元代考古赋，然后明代不考赋，但还是有一些地方考，这都是科举考试的问题了，大家参读相关文献就行了。

到了清代，赋又呈复兴趋势，出了一些重要典籍，比如《历代赋汇》，集前代之大成。这部书很重要，陈元龙上的表，康熙写的序，都很重要。康熙的序，首先就是为赋正名，"赋者，六义之一也。风、雅、颂、兴、赋、比六者，而赋居兴、比之中，盖其敷陈事理，抒写物情，兴、比不得并焉，故赋之于诗，功尤为独多"[2]，赋的功劳最大，继《诗》三百篇之后，就是赋，为一代文学。真正的专职文学人士的写作是从赋开始的，楚骚汉赋才开始有属于某人的作品，所以康熙说"兴、比不能单行，而赋遂继诗之后，卓然自见于世"。康熙皇帝这么强调赋，当然跟他当时恢复博学宏词科考赋以及翰林院考赋有关，也是制度的产物。但是皇帝这一号召，影响大了，大家纷纷然而起，一时赋的批评也就围绕着这个思想而来了。我总想，在赋的创作领域，也可以说赋的发展过程中，有几个帝王是极其重要的，包括汉武帝、康熙皇帝，当然他们对诗也有很重要的影响，另如唐太宗、唐

---

[1]　魏泰《东轩笔录》卷十二："欧阳文忠公年十七，随州取解，以落官韵而不收。"叶梦得《石林燕语》卷八："李文定公在场屋有盛名，景德二年预省试……以赋落韵而黜。"

[2]　详见许结主编《历代赋汇（校订本）》，凤凰出版社 2018 年版，卷首《御制历代赋汇序》。

玄宗对诗的重要性，都是有的。有人说"赋者，古诗之流也，诗有风、雅、颂三体，为赋亦然"，他们越研究越复杂了，就是说诗有风、雅、颂，赋也有风、雅、颂，于是说京都类、典礼类的赋是赋中之风、赋中之雅什么的。清人把古人的东西搞得更周密了，这与皇帝的提倡和馆阁赋的兴盛有关。

在赋学批评中，六义入赋还有一种创作现象，比如唐代李益写了一篇《诗有六义赋》，这是在赋史上看到的用赋体来写六义的第一篇，他谈"诗有六义"，讲的内容是诗域，从创作来看他是赋体写作，从批评观来看他谈的是诗体。但是渐渐发展到清代，像《六义赋居一赋》这样的作品大量出现，写的特别多。而这个"居一"是形容最了不起的一种，就是康熙皇帝讲的，赋是诗之后最了不起的，六义中间就它独立成体，而且影响这么大。清末人编的《赋海大观》，收录了很多清人写的有关六义的赋作[1]。

我们再看一本赋话吧，林联桂的《见星庐赋话》。这本赋话有一定价值，此前赋话多是抄人东西，七抄八抄，比如李调元的《雨村赋话》，基本上百分之八十都是抄人的，其中的"旧话"自然是辑录文献，连"新话"也是抄人的，没多大价值。林联桂的赋话不同，他是专门研究清代馆阁赋的，这本赋话前面两卷是旧的，后面几卷有专门的批评指向，主要谈所谓的时赋，清代人称当朝的馆阁律赋叫时赋。一般人写书都要写序，前有序，后有跋，有头有尾，所以我们读人家著作的时候都要先看序，然后再看一下跋，所谓后记，这是最有意思的。后记不能轻易地写，要写好一点，精彩一点。

---

[1] 参见拙作《〈赋海大观〉"文学类"的赋学批评》，《中国文学研究》第 22 辑，复旦大学出版社 2013 年版。

你看林联桂在赋话卷八中忽然说，"余作赋话，拟作一序以弁其首"，就是写个赋话的序放在书前，他接着说，"然赋之源流派别，近人之赋言之详矣"，又说"即以近人言赋之篇作拙集赋话之序，可也"，他的意思是讲，移植近人写的赋来做我赋话的序就可以了。于是他全篇引录了清代一位叫潘锡恩的翰林官的赋，所谓"潘学使锡恩《六义赋居一赋》"云云，好长的一篇赋，他全部引录下来了，他认为读这篇赋就知道整个赋史的流变了，把这篇赋作为他赋话的"代序"就行了。引完这篇赋，他小结讲，"斯篇摹古属词，而赋家历代之变大致具于此矣"。一方面，这篇赋从汉代一直谈到清代，几乎是一个简本赋史，另一方面，又可见"六义赋居一"这个命题在当时的流行和地位。林联桂引完这篇赋后还不过瘾，又来了一段，说"然简古浑括，高隽雄奇，又不若程太史恩泽之作，为尤胜也"，刚才是潘锡恩，这又一个程恩泽的赋，都是名人，程恩泽的赋又怎么样呢？也是《六义赋居一赋》，都是六义，讲赋在其中的重要性。于是又全赋抄录："赋者铺也，铺采摘文，体理联翩。诗有六义，二以赋诠。……总四始而兼包，恒意悦而情抒。且夫方貌拟心，若拒若迎，环譬托讽，横生侧生。兴隐于比，故述传正其名；比隐于赋，故诸篇揭其精。莫多于赋，附物以切情；莫显于赋，抗辞以扬声……"不能读了，一读要读到五点了，下课时也读不完。林联桂抄完这篇赋后，又说"移此赋作古今赋序可也"。[1] 前面那个赋可以做他的赋话的序，这篇赋可以做古今赋序啊。

两篇赋都叫作《六义赋居一赋》，为什么？其中包含了一个重要的

---

[1] 详见林联桂撰，何新文、余斯大、踪凡校证《见星庐赋话校证》卷八，上海古籍出版社 2013 年版，第 108—111 页。

批评观，就是认为赋独立于诗、形成赋体的时候，六义起了极大的功用。赋堕落成为考试文字，学者又用六义来拯救它，如白居易的《赋赋》。在赋体已经极其衰败的清代，堪称不复拯救的时候，皇帝又振臂一呼，说赋功劳最大，于是又一大批赋作蜂拥而出，《赋赋》啊，《六义赋居一赋》啊，等等。这是一个什么现象呢？就是我们讲的清人特别重尊体。由于魏晋明体以后，必然出现"破体"，唐代"破体"为文，大量地"破体"，赋不成赋，诗不成诗，这是好还是坏呢？好啊，杜甫诗不成诗就是诗圣嘛，对吧？他拗就拗起来了，结果"破体"。然后到宋元以降重辨体，出现了辨体思潮，祝尧的《古赋辩体》、吴讷的《文章辨体》、徐师曾的《文体明辨》、许学夷的《诗源辩体》等等。辨体是为了什么？为了尊体。其间又附带出现了一个赋学中的批评问题，有"尊体"就有"禁体"，清人尊体的时期又强调禁体，所以我曾经写过一篇文章叫《清代赋论"禁体"说》[1]。禁体强调的不是什么能为，关键是什么不能为。什么忌小说语、忌诗文语、忌语录语、忌词曲语、忌什么语呀，一串一串的，许多禁忌。禁忌的出现，说明禁体还是从反面尊体，尊体又是为了正体，不走歪路，弘扬六义入赋恰是从正面来尊体。

今天我把六义入赋做了些说明与解读，也不一定对，你们再思考吧。

---

[1] 拙撰《清代赋论"禁体"说》，《江淮论坛》2011 年第 5 期。

赋迹赋心

今天第三讲，谈谈赋迹赋心说，这是一个老话题，纠缠心中很长时间了。我想从四个方面先做一些介绍：一个是"盛览问作赋"的公案，一个是赋迹、赋心的说解，一个是心迹说的接受历程，一个是成就赋圣的一则经典文献。

这段故事是怎么回事呢？首先看看这一则文献。这大家都熟悉，就是《西京杂记》，记载了很多西京的故事，这里头关于赋的记述也有很多，其中第四十三则"百日成赋"，先述"司马相如为《上林》《子虚》赋，意思萧散"，做赋家辛苦啊，扬雄写赋，梦中肠子都流出来了，太辛苦了，张衡写《二京赋》写了十年嘛。现在写篇文章，谁会花上十年的工夫了？可见写赋多辛苦。接着记述，"不复与外事相关，控引天地，错综古今，忽然如睡，焕然而兴"，癫狂的状态，"几百日而后成"，几百天算短的了。"其友人盛览，字长通，羊牁名士，尝问以作赋"，后面这几句话厉害了："相如曰：合綦组以成文，列锦绣而为质，一经一纬，一宫一商，此赋之迹也。赋家之心，苞括宇宙，总览人物。斯乃得之于内，不可得而传。"几句话，非常精彩。最后记述："览乃作《合组歌》《列锦赋》而退，终身不复敢言作赋之心矣。"[1]
过去人是小心啊，盛览一听说赋这么难写，吓退了，终身不敢作赋。
现在的人吓不退，你越吓他写得越多，偏要写，写得比你还要多。下
笔千言，倚马可待，现在的人写赋快得不得了，网络上铺天盖地都是。

汉代作品少，类书还没出来，写赋要调查，比较辛苦，现在我
们写赋可以查书了。写一个地方的赋，我先去查地方志，很简单，比
如写《栖霞山赋》，查《摄山志》，写《清水岩赋》，查《安溪县志》，
写之前先把几种方志看看，了解情况，然后有条件的可以实地考察，
没条件就纸上谈兵[2]。你看，盛览听司马相如一说，吓得不敢写了，
当然这是《西京杂记》说的。如果这段话确实是西京时期司马相如讲
的话，那它在中国文学批评上的地位之高，就惊人啦。不要讲赋学批
评，就说文学批评，在这之前有多少这样的文学化的说法啊？在这之
前，无非就是孔子论《诗》，以政教思想为重，很少从艺术来讲。而这
是文学创作论，精彩得很。你看说得多好，赋迹、赋心。"一经一纬"，
视觉；"一宫一商"，听觉。这是"赋之迹"。至于赋家的心，已经能"苞
括宇宙，总览人物"，对应汉大赋创作，确实很像。

这段话在古代很少人深究，怀疑其真伪的也不多，基本上就这么
沿用下来。而我跟这一则文献的接触，有两件事情值得一提，其中涉
及这则文献的真伪与价值。有些问题没有定论，但可以思考，也可以
供大家讨论。

1990 年，山东大学召开第一届国际赋学研讨会，邀请南大两人，

---

[1] 引见署葛洪撰《西京杂记》，《古小说丛刊》本，中华书局 1985 年版，第 12 页。
[2] 拙撰《栖霞山赋》与《清水岩赋》，见载《赋学讲演录（二编）》附录二《讲述人辞
赋创作选辑》，北京大学出版社 2018 年版。

一个资历深的，是周勋初先生，一个资历浅的，是我。当时我是会上最年轻的，陪周先生去。中国学术史上有一个分水岭，那就是1990年。1990年以前，大陆几乎没有开国际学术会议，至少古典文学界是这样的，1990年过后都开国际会了。这是个非常奇怪的现象，也没有谁研究今天学术史上这个奇怪的现象，因为1989年一场那么大的风波，照讲把西方堵绝了，偏偏第二年，就是1990年，一下放开了，全是国际会议。那一年，南大召开了中国唐代文学学会第五届年会暨国际学术讨论会，你们可以去查一下，这个现象，我一直耿耿于心，但是没有很好的结论。那年十月份山东大学就召开首届国际赋学术研讨会了，周先生主要研究唐诗，他的楚辞研究《九歌新考》非常著名，对赋也有一些研究，比如早先在《古典文学知识》上发表过论述赋体的小文章《释"赋"》，现在要去参会，要提交论文。有天他打电话给我说，许结，查一些赋方面的论文，我看看现在研究的状况。那个时候认真啊，哗哗哗，我就复印了一大堆当时刊物上发表的赋学论文送去。周先生一看，说"不灵光，不灵光"，意思是写得都不好。周先生喜欢讲"不灵光"，还有很多四字句的口头语，比如说某事不能理解，就说"莫名其妙"。我们有次到徐州师大做学术交流，那时我是教研室主任，周先生看人家盛情招待，他走上云龙湖边一家餐厅的台阶时，就对我说，许结啊，我们是不是"受之有愧"啊。"受之有愧"，四个字。我说不要紧，张宏生老师和他们很熟，他们经常在他主编的《文学评论丛刊》发表文章。周先生听后立即说那"心安理得"，马上就心安理得了。既然我复印的那些文章都没有什么参考价值，周先生肯定就把那些扔了，他自己写。大家就是大家，一出手就是一篇《司马相如赋论质疑》。就在那次赋学会上，周先生提交了这篇论文，这也应该是真正把这个问题拿出来质疑的第一篇论文，后来经过修改与整理，收入《周勋初文集》[1]。该文的结论是这则文献不是司马相如的，而应该是六朝时期的，文中对一些词语与思想做了充分的考论。

时间一晃，到了 2014 年，贵州瓮安县邀请我去，那个地方重建了猴场古镇，遵义会议之前，中共中央在那个地方开了个重要会议，就是猴场会议，初步形成了以毛泽东为核心的军事指挥中枢。猴场那个地方现在叫草塘，地方政府安排我们去参观，去写赋，还搞了一个辞赋大赛，我的赋嘛当然写了，我一般不参加此类比赛，得不到奖也无所谓，人家不知道，如果是公布出来得了什么三等奖，就难看啦。钟振振老师对我说，不要紧，反正有识货的人，会知道好歹的，三等就三等嘛。他常参加比赛，有一等，有二等，无所谓。不参加比赛，那就做评委吧，结果要我们评委也每人写一篇《瓮安赋》，我不敢写大的，就写那个古镇，写了一篇《草塘古邑赋》交差，后来地方上发表，题目改成了《瓮安赋》，实际上就是《草塘古邑赋》。他们说这个地方是盛览的家乡，司马相如在这里论赋，这里应该是辞赋的故乡。这引出了个大话题，再加上这个县的文联极重视辞赋创作，写赋的人不少，于是请中国赋学会为他们授个牌子，就是"辞赋之乡"，当时是我递牌，瓮安县委书记接牌。我干过两件与辞赋相关的授牌的事，一个是给洛阳市授了一个"辞赋之都"，市委秘书长接牌的，另一个就是"辞赋之乡"。一"都"一"乡"，两块牌子，一个在河南洛阳，一个在贵州瓮安。

盛览家乡在瓮安，依据的是民间传说，后来我同贵州治赋学者讲，应该做些研究，如果真考清楚了盛览是瓮安的，以及司马相如真

---

[1]　周勋初《司马相如赋论质疑》，《文史哲》1990 年第 5 期。又见周勋初《〈西京杂记〉中的司马相如赋论质疑》，《周勋初文集》第 3 卷，江苏古籍出版社 2000 年版，第 302—311 页。

与他有此问对的话，要写一篇论文啊，因此他们与我约好第二年在瓮安开一个学术性的讨论会，然后邀了海内外很多人去。我说最好你们写篇有关这则问对的文章，后来由于文献不足征，还是没人写，没办法，我就自己写了一篇论文提交会议。没有新文献发现，有关盛览的记述又都是明人的言说，多靠不住；就是对这则文献本身，我不敢讲是司马相如的，又不敢讲不是司马相如的。于是写了篇《论"盛览问作赋"的文学史意义》。本来写这文是应付会议的，正巧《华中师范大学学报》向我约稿，就寄去了，2014 年发表的 [1]。我先前也不知这个学报在高校学报中的地位，后来学生告知，才知道它在学报中排名极前、地位极高呢。当时学报的编辑很热情，他在约稿信中说有次与主编车过桐城，说到我是桐城人，好感动。他们希望我写篇大稿子，说我当年为《文学评论》写过一篇有关"二十世纪赋学研究的回顾与瞻望"的文章 [2]，希望我为他们写一篇"二十一世纪赋学研究的瞻望"，要宏观，要大题目。我说可以啊，要大量收集材料，叫我学生写，和我合写，他名字在前，我名字在后，行不行？他说按惯例不行，只能一人署名，要是两个人，算对你特殊，你的名字也得在前。我说我名在前，人家没用啊，名字放第二，学生不能算一篇 C刊，这事就作罢了。恰好有了这篇小题目的稿子，不知能不能用，就给了该刊，哪晓得他们也是匿名评审啊，一个评审专家说，这样一个老问题，写得这么精彩，赶快发表，否则就给更好的杂志拿去了。不晓得是哪个评的，编辑把这个评审结果发给我一看，哟，还有这种人，给我这么高的评价！在文章中，我不提这则文献是不是司马

———————————

[1]　拙撰《论"盛览问作赋"的文学史意义》，《华中师范大学学报》2014 年第 2 期。

[2]　拙撰《二十世纪赋学研究的回顾与瞻望》，《文学评论》1998 年第 6 期。

相如的，反正就是《西京杂记》"相如曰"这段话，这不会错的。引号"相如曰"，全这么用的，我只是讨论这段话在文学史上的意义，说这是文学史上存在的极有意义的一段话。

我的这篇文章在赋学研究方面，或许可以说有一定意义，但想不到的是，这篇文章发表后，瓮安地方居然做了个雕塑"盛览问赋"，叫我去揭幕，可历史上讲盛览是云南人，没讲是贵州人，明朝的《云南通志》也是如此，但地方人士说过去云贵在一起，当时这里也属云南。我文章中写了一句话，叫作"历史上首次纯文学问对"，他们认为很重要，就在那个雕塑的边上刻了这行字。这在中国文学史上不得了，因为前世只有孔子向老子问礼，此前文学史上的问对在哪里呢？没有啊，《法言·吾子》只是通过文本的书写自问自答，没有具体的人。我觉得以前没这样的问对，这倒真是有意思的现象。

我讲这两件旧事，一个1990年周先生考论《西京杂记》这则文献不是司马相如的赋论，一个2014年我为了瓮安"辞赋之乡"写"盛览问作赋"的文学史意义，因为与"相如曰"这则文献有关，自然牵出了一些具有学术性的问题，提出来供大家研判与思考。

"相如曰"这个文本，出现了多方面的商榷，一个是对《西京杂记》这个书的商榷，一个是对"相如曰"这段话的商榷。两种商榷，或者说是两重质疑。第一个，对《西京杂记》的质疑，这个书是葛洪编的，还是旧题刘歆编的，又或是唐人伪造的？都有说法，莫衷一是。余嘉锡的《四库提要辨证》认为该书是葛洪编的 [1]。也有学者认为可一直

---

[1]　余嘉锡《四库提要辨证》卷十七《子部八·小说家类一》："葛洪序中所言刘歆《汉书》之事，必不可信，盖依托古人以自取重耳。……其书题为葛洪者本不伪，而洪之依托刘歆则伪耳。"

推迟到唐代，但是不管怎么讲，或刘歆，或葛洪，或其他人编的。共识较大的是葛洪，比如徐公持的《魏晋文学史》就排除他说，确定是葛洪所编[1]。据此推测，《西京杂记》成书最迟也在唐代，下限也只能是唐代，不能延到宋代，按照这样一个界限来看，在中国文学史上这样的问对，它还算是第一次，我们从文学史的发展来看，在这么个时段中间，它还是有价值的。《西京杂记》这本书的质疑点不少，好多是伪文献，但这里面应该也记录了一些西京的文献。只是它有时用了一些杂书、小说家言，比如《汉武故事》，不能完全当作史实来用它。这是一个方面的质疑。

第二个方面就是对这一段话的质疑。《西京杂记》可能是把后人的事情移到司马相如身上，编造了这个故事，对吗？这是可能的。但也可能是它记录了前人的东西、西京的旧事啊，为什么不可能呢？它所载西京旧事，和《汉书》记载、《史记》记载也有相同处。周先生是通过文本来考论的，"相如曰"文本中有几个比较重要的关键词，一个是"锦绣"，就是"合綦组以成文，列锦绣而为质"这两句话，这是对于文学的经纬问题的讨论，好像汉代很少类似的提法。第二个就是"宇宙"的问题，汉以前讲"宇宙"的文献，比较早的有《尸子》，尸佼是相传先秦时候的诸子之一，但尸佼书又成问题，是不是后人假托的，也有争论。《尸子》里面讲，"天地四方曰宇，往古来今曰宙"，但不是"宇宙"合词，"宇"则空间，"宙"则时间，很少作为一个概念使用。通过这些词语做些整理与考论，还是蛮有意义的。依据文本进行考论，最近我有一位学生又作了一篇专论，文章题目叫《论"赋心""赋迹"

---

[1]　徐公持《魏晋文学史》："此书，学界已断定原是葛洪本人所撰，其'刘歆所记''洪家世有''先人所传'云云，皆是假托之辞。"（人民文学出版社 1999 年版，第 507 页）

理论的复奏与变奏》。这篇文章应该是在他读博士期间就开始写的，听我说了些，于是补益文献，尽情发挥，虽与我的思路差不多，但确实写出了水平，写出了新义，一直到毕业后才修改好发表，应该是刊发在《文史哲》杂志吧[1]。他的文章在考证文献的真实性方面，同意周先生的意见，认为"相如曰"这则文献是晋代的，葛洪的时代，但从文学史的意义上，他讨论赋心、赋迹的理论及其复奏、变奏问题，又与骈赋、骈文的信息相通，以为"相如曰"的论述受到陆机《文赋》思想的影响，与刘勰《文心雕龙·诠赋》的说法也很相近了，与刚才讲的"綦组""锦绣""宇宙"等等，达成了一定的时代共识。

当然，也有人认为这则文献是西汉的，是赋作为一代文学昌盛时期的产物的体现，甚至认为这种话只有司马相如才能讲出，不能写大赋的作家怎么能说出这么有水平的话，司马相如就是这段话的作者，而且他的创作就是这样的实践，可以通过他的创作实践来印证其理论。持这种想法的包括周先生的学生程章灿老师，他认为应该就是司马相如说的话。他有没有写文章，我不太清楚，但后来还是有人写了文章，继续讨论这个问题。当时有一耳食之言，某位朋友告诉我，霍松林先生不同意周先生的说法，他说"宇宙"怎么不能用啊，看看《庄子》就行了嘛。当然传言不可靠，但作为一则文坛趣事，还是值得一提的。

从肯定这则文献方面理解的人，又从两个面向来讨论，一是认为《西京杂记》所记应该有汉人遗意，不一定就全是伪造的，这是从书本身来讲的。二是从词语来讲，说先秦典籍中间也有类似的词，比如一个先秦佚籍叫《李克书》，有佚文，真假嘛当然也有争论，但它最初

---

[1]　王思豪《论"赋心""赋迹"理论的复奏与变奏》，《文史哲》2014年第1期。

的文本在刘向《说苑》里面就有了，那也是西汉的了，其中有的话与扬雄《法言》里面的话也有点类似。至于"锦绣""綦组"类的话，自战国到汉代实常见，比如《韩非子》[1]，《汉书·景帝纪》诏语中也有"雕文刻镂"[2]，说这害农事、伤女红，因为耕织是最大的要事，为政之本，正如古人常讲的"农事伤则饥之本也，女红害则寒之原也"。可见"相如曰"这则文献中的"锦绣""綦组"词语在先秦两汉常见。过去的人没有电脑，周先生他们研究的时候都是做卡片，多辛苦啊，后来电脑忽然出来了，这些东西就检索嘛，一检索"锦绣"，一大串"锦绣"来了，对吧？只要进到古籍库里，都能检索来，这考据家资料的搜集现在已经是太厉害了。当然，调出资料后，你有判断，现在学问主要在判断了。何新文先生等三人合作的《中国赋论史》[3]，在汉代赋论中就这则文献的问题也做了专门讨论，结论是这段话大体还是西汉的东西。

　　当然，所论词语也是有选择的，这里讨论"锦绣"啊、"綦组"啊、"宇宙"啊，还不够，还可以讨论这段文字中的"赋家"。"赋家之心"，西汉人会讲"赋家"吗？没有这种话啊，写赋的人只说"赋颂之徒"，是贬义，没有讲"赋家"。"赋颂之徒"，这些家伙都是做这种低微小事的，跟当时经学家相比，就只能是"赋颂之徒"嘛，没有说是"赋家"。说"家"，就是儒家、道家，是流派性的"家"，是家数、家学，不是

---

[1]　《韩非子·诡使》："仓廪之所以实者，耕农之本务也；而綦组锦绣，刻画为末作者富。"

[2]　《汉书·景帝纪》后元二年夏四月诏："雕文刻镂，伤农事者也；锦绣纂组，害女红者也。"颜师古注引应劭曰："纂，今五采属绦是也。组者，今绶纷绦是也。"

[3]　详见何新文、苏瑞隆、彭安湘《中国赋论史》第一章《汉代赋论的兴起》，人民出版社 2012 年版，第 15、16 页。

具体的哪个作者，是一种类和总称。诗有齐、鲁、韩等等这些家，在《艺文志》里面是这样讲的，《艺文志》没讲过"赋家"，"赋家"这个词似乎是在以后的研究中渐渐出现的。大家讨论"赋家"这个词语时，都认为出现得较迟，这又是"相如曰"话语是西汉文献的一个反证。所以说研究是反反复复，本身就是一种变奏，我们的考论也在变奏。我给大家简单介绍这么一个公案，这是值得注意的一个现象，它被摆在历史的活动筏上，漂浮在那里。

如果"相如曰"是早期的言说，为什么像《史记》等汉史没有记载，没人关注？但你说它不受关注就是假的，也很难讲，唐宋时人都没有特别关注这段文字，那时《西京杂记》早就为人熟知了，但没人理"相如曰"这则文献，这又是怎么回事？出现了历史的一大段空白，没有人引"相如曰"这段话，也没有人再讲赋迹、赋心这个话。可是历史的真伪不能掩盖这段话本身的赋学批评价值，这段话讲得太精彩了，尤其是从创作论来讲，太精彩了，当时就没人讲，这是为什么？至少《西京杂记》出来了之后，唐人、宋人可以用，但是也没有讨论，这又值得思考了。历史往往有一大段一大段的空白，也许很多文献掉了，但司马相如没掉呀，《汉书》保留了他的赋，《文选》保留了他的赋，他的东西就一直存在嘛。不像王充《论衡》失落了好多年后，一直到蔡邕才发现。也不像韩愈文章的成就，一直到欧阳修才发现。司马相如什么人？在当朝就被《史记》专辟列传，享有何等的地位！司马相如不需要被发现，而"相如曰"却没被发现，到唐宋时代都不谈什么赋迹、赋心问题，这陈芝麻烂谷子什么时候翻出来了，成为一则重要的赋论，又值得思考了。

究竟什么时候把这个东西翻出来了，还确认了司马相如跟盛览的师徒关系？明朝。明朝忽起复古之风，这些复古的东西大量出现在弘治、万历以后，比如大量的选本，多是模仿《文选》的，对吧？什么《续文选》《广文选》等大量出现了 [1]。明朝的复古派不得了，不知道他们复了多少古，又造了多少古？我们搞不清。在复古思潮下，"古"有市场啦，就复古、泥古、造古了。就像现在的"清华简"，真伪难辨。有了"清华简"，接着又来了"安大简""北大简"，都出来了，南大还没有简，要命啊，立不住脚了。现代是无简不为古，无古不为学呀。这安大搞了个简，不得了，改变了许多古学，吓死人，话语权给他们拿去了。你不搞一点简没得话语权，靠纸本不行了，现在要简了，要"深挖洞"才行。明朝人好复古，在旧纸堆中翻东西，这"相如曰"也被旧事重提，成了显豁的话语了。

　　先说这个"盛览问作赋"的本事，明代的一些史志与类书出现了相关的记述，比如最典型的是万历时期的《云南通志》，还有谢肇淛的《滇略》，冯甦的《滇考》，都跟云南有关。《云南通志》里面讲盛览的故事，说他是云南人 [2]，贵州人又说他们瓮安是盛览的故乡，也搞不清楚了。这里面还有个历史问题，就是明朝对云贵的大开发。我到过贵州，当地有大量的屯堡，屯堡就像我们军垦农场一样。有一个地方全是南京人，南京话比我们地道得多，研究明代南京方言的，应该到这里做田野调查才是，这里有明朝南京方言的活化石。就像北方有一个地方聚集了各色人等，后来那地方就成了一个活的语言博物馆，对吧？当年朱元璋大量移民，他一挥手，一大批人就走了，作为一个

[1]　详参拙文《明代的选学与赋论》，《南京师大学报》2013 年第 3 期。

[2]　《云南通志》卷十五《艺文志第十之二》："汉《赋心》四卷。"卷十一《人物志第七》"盛览"条下注："字长通，楪榆人。学于司马相如，所著有《赋心》四卷。有司马相如答书云……"按，此全引《西京杂记》"相如曰"为"答书"。

大帝国的统治者，威风得很。他有一个想法，就是要调解民族矛盾，于是把汉人迁过去，调和、参融，他不管你个人的家庭或命运，什么背井离乡、骨肉分离等等，不管的，全国一盘棋，你一点抗拒力都没有。当时有两件事，常被后人复述，一个是南京的官话，到了北京变成了普通话，这是语言学讨论的问题；一个就是云贵地方去了大量移民，这也使明朝的学者开始更多地关注云贵了。

一切历史都是人书写的，人在历史中起了主导作用。对云贵的关注增多的原因，我有个设想，没有考证，贵州这一带文化由边鄙落后到被人们特别关注，王阳明恐怕在其中起了作用。王阳明是个大将军，卓有战功，又是一位大学者，影响极大，他在贵州很长时间，居住在一个很小的阳明洞里，参悟人生。我到贵阳，最喜欢的喝茶的地方就是阳明祠，朋友又带我去了郊外的阳明洞，那洞由几个小山洞构成，他在那个地方读书的时期，是成就学问的重要阶段，而阳明学对整个明代学术的影响，尤其对中晚明学术的影响太大了。阳明学影响大的时候，又正是大量学者关注云贵的时期，这里面是不是有联系？文献不足征，不敢臆测，只能想象了。

正因为中晚明时期关注云贵的文献特别多，于是"相如曰"这件事及其所涵内容又被捡起来，变成一时的显学。而记述这方面内容最多的文献，就是志书与类书，如《云南通志》《滇略》等。还有一些笔记类文献，如《蜀中广记》《天中记》等等，都有相关的记载。这是引述《西京杂记》"相如曰"的第一个方面的文献，也是最重要的一方面。

第二方面的文献，就是文学总集。明人编了大量的文学总集，既然编文学总集，就要汇集前人之全部，也就要寻找前人之缺漏，对吧？你能在前人的基础上补上几篇，那就了不得啦。结果是，盛览的文章补进去了；卓文君的文章也补进去了，就是那篇《司马相如诔》，写给她丈夫的，当然也不晓得是她丈夫还是情人，搞不清，因为我总觉得卓文君好像不是他的原配。你看《史记·司马相如列传》，最后记载相如死后，武帝派所忠去问有无遗文，"问其妻"，结果"其妻"什么都不知道，说东西都在这里，你拿去看吧，她根本不清楚写的是什么。所忠拿去献给汉武帝，一看才知道是《封禅文》[1]。如果"其妻"是卓文君，卓文君是大才女，能不识字？所以"其妻"应该不会是卓文君。照此推想，卓文君或许在相如身边是过眼烟云，一个红颜知己而已。卓文君写纪念司马相如的文章，也是传说，没有实论，是明朝人把这传说坐实了，把这篇诔文编入了文集。这种文学总集的编撰，混进了很多的伪文献。还有，古人欢喜伪造，国家是托古改制，个人是托古寄意，尤其是在专制帝国下，想说的话不能说，不伪造怎么办？写了会砍头，那就伪造古人写的，实际上是讽喻时事。这在古代有很多例证，使用文献时一不小心，就上当了。在文学领域里，我时常讲研究误读史有价值，研究造假史也有价值，都有历史的原因与时代的价值。有些人造假，或说是家传的，或说是在哪里发现的，因为古代丢失的东西太多了，你看汉代武、宣之世献赋上千篇，现在剩几篇？所以一在楚简、汉简中发现几句像赋的东西，就不得了啦，又要开辟文学研究新时代了。明朝好多文献不可靠，人说明代学术空疏，就有这个道理。它喜欢复古、造古，所编大量文学总集固然有其

---

[1] 司马迁《史记·司马相如列传》："相如既病免，家居茂陵。天子曰：'司马相如病甚，可往从悉取其书，若不然，后失之矣。'使所忠往，而相如已死，家无书。问其妻，对曰：'长卿固未尝有书也。时时著书，人又取去，即空居。长卿未死时，为一卷书，曰有使者来求书，奏之。无他书。'其遗札书言封禅事。"

价值，但也是泥沙俱下，真伪难辨，于是传说中的盛览也有作品留下了，出现了《列锦赋》这些东西，不晓得哪个编的，莫名其妙。只要古书中有一句，就演绎出一篇文章，甚至一本书了。你人有多大胆，就田有多高产吗？有些时候学术界就有造古"大跃进"，现在遍地出简，藏的简有的根本不知来历，也有点明人之风。

第三方面的文献就是文人的散论，一些笔记、诗话里面提到的相关内容。比如有一个詹景凤，在他所著《詹氏性理小辨》的《摘藻》篇里，就有一段话涉及"相如曰"[1]，已然确信无疑。明人编辑文集，也有大家，张溥的《汉魏六朝百三家集》中《司马文园集》里，就有司马相如的《答盛览问》，将其视为独立的文章[2]。在文集的题辞里，张溥论相如文章，重点就是摹写"相如曰"的话语，特别提到"他人之赋，赋才也，长卿，赋心也"，你看他说"赋心"比"赋才"更高，所以"得之于内，不可以传，彼曾与盛长通言之，歌合组，赋列锦，均未喻耳"[3]，盛长通都不能懂，证明司马相如是天才呀。在某个领域有一二天才，可以超越历史五百年，"五百年必有王者兴，其间必有名世者"。有时候天才真是不可及，爱因斯坦的相对论，到现在还没有人超越，对吧？科技能超越这么多时间，不得了呀，有时超越一天都不容易，但毕竟有超群的天才。明朝人认为司马相如就是文学界的这

---

[1] 詹景凤《詹氏性理小辨》卷三十七《人道辨适自篇二·摘藻中》："扬雄习而不及，固是天限。即彼所习，原自不如一解相如之言，曰：'合綦组以成文……'子云唯不知求之于内，是以其赋饶佳，终似外面构合而成，与长卿所撰，便有天人之辨。"

[2] 严可均《铁桥漫稿·司马长卿集叙》有谓"新辑者又有张溥本，增多《答盛览问》《报卓文君》"。

[3] 引自张溥著，殷孟伦注《汉魏六朝百三家集题辞注》，人民文学出版社1960年版，第4页。

样的人，至少是赋学界的这种人，是天才。"相如曰"也成了天才的话语。

　　明人引赋迹、赋心的时候，他们也不讨论真伪或归属，只把它当成司马相如的赋论。明代的大学者也是这样的，引述时毫不怀疑是司马相如的话语。比如最典型的就是王世贞在《艺苑卮言》中的这段话，大家都熟悉。生僻材料找到可以做学问，熟悉材料也能做学问，甚至更多地应该做熟悉材料的学问，大家才有饭吃，做生僻的学问就有小众饭吃。有做生僻学问的人，确实不简单，但有的成了考据癖，整天找生冷稀见的材料，甚至找孤本，找到后密藏于箧，生怕被人知道，这是"专利"，好写论文呀。有时找到孤本后，又发现其他图书馆有，根本不是孤本，这种事情也很多，蛮有趣的。我一位学生在哈佛燕京图书馆里发现了一本《汉赋钞》，像孤本，激动得很，结果仔细观摩，觉得像是图书馆自己搞的封面，是不知名的东西加上封面、写上"汉赋钞"三字的手抄本，也不晓得怎么乱七八糟抄下来的，也许练练字而已。比如我手抄几篇汉赋，练练字，然后加个封面叫《汉赋钞》，就是我编的，如果抄错几个字，这又不得了了，千年后这个异文就值得考证，对不对？不抄错好，抄错更好，这个学问就大了。这本《汉赋钞》应该是他们图书馆做的事，我在南京图书馆看书，经常发现图书馆人做这种事，有时还加错了封面，其实根本不是这么回事。话说远了。文人散论可看王世贞说的这段话，"作赋之法已尽长卿数语"，指的就是赋迹与赋心，在他看来，刘勰《文心雕龙·诠赋》都无所谓，最好的就是长卿这几句话，而且他还加以推述，什么"大抵须包蓄千古之材，牢笼宇宙之态。其变幻之极，如沧溟开晦，绚烂之至，如霞锦照灼，然后徐而约之，使指有所在"，演绎赋心说，大加发挥，"赋家不患无意，患在无蓄；不患无蓄，患在无以运之"。[1] 也不是他一个人如此，明清时代的人都这么用，没说"相如曰"这句话是假的。

另外一位明代的大学者杨慎，他的《赤牍清裁》里也有相关记述，到了清初有一个叫储大文的人，他的《存研楼文集》中有篇《作赋》，又把《西京杂记》和桓谭《新论》里面讲扬雄的东西，以及杨慎所辑佚的话，都汇杂在一起。比如扬雄对桓谭讲"长卿赋不似从人间来，其神化所至邪"，赋像神化一样的，这就出现了赋神说，对吧？明人把赋神说与赋迹、赋心汇杂到一起。于是储大文在《作赋》中引了一大堆相关材料，说司马相如赋迹赋心说"此摧艺至言，功侔神化，未可以《西京杂记》为赝书而遂轻之也"[2]，就是说不要因为《西京杂记》本身有真伪问题，而轻忽了司马相如这句话。它的存在价值、文学史意义是毫无疑问的，只是它本身被这么多人反复地引用，就有价值了。有意思，唐宋时没人引用，到明朝人纷纷引用，清承明后，理所当然也在抄，没人说假，即使假也有价值，关键在这是"摧艺至言"，是赋史上重要的批评话语，这赋迹赋心说成了一个非常大的问题了。

这就回到前面讲的话，为什么重赋迹赋心说？包括王世贞、胡应麟等人都这么谈，到后来刘熙载也有诸多相关论述，为什么会这么重视？那就要考虑辞赋创作的变迁，和围绕辞赋创作变迁的一些理论批评。这些理论批评更多地是由创作论开始的。早期的赋及其批评，我已讲过，赋重什么？赋用。然后渐渐重赋体，赋体形成的时

---

[1]　王世贞著，罗仲鼎校注《艺苑卮言校注》，齐鲁书社1992年版，第31页。

[2]　储大文《存研楼文集》卷十六《杂文·作赋》引录《西京杂记》"相如曰"、桓谭《新论》"子云善为赋"、杨慎《赤牍清裁》辑佚语，阐述其义："未可以《西京杂记》为赝书而遂轻之也。……此胥宜微绎之：以为'服习众神'之权舆，而后所谓'包括宇宙，总览人物'……赋家悉得之于内之不可得而传也，于是乎始传。"

候，"一经一纬"当然属于赋体的内容了，与刘勰《文心雕龙》的"立赋之大体"也就是"丽词雅义"相近了。陆机、刘勰都讲赋体，或者是"赋体物而浏亮"，或者是"体物写志"，都是赋体论了。那么赋体论究竟应该是怎样呢？魏晋时期人也很少有更细致的分析，刘勰《文心雕龙》也就讲那么几句，大赋应该如何，小赋怎么样，"随物赋形"是小赋，大赋是"体国经野"，讲得也很空，没教你大赋怎么写，怎么"体国经野"，对吧？"体国经野""体物写志"是赋体，那么怎么"体国经野"、怎么"体物写志"，就是创作论，是赋法了。创作论的兴起，标志着赋法的出现与成熟，大家都重视赋的法则，怎么创作？赋迹、赋心作为一种理论兴起，尤其被评论家特别关注、反复言说，可能跟赋法理论的兴起有关。

赋法尤其表现在赋迹方面，"一经一纬""一宫一商"，表现的都是写赋的方法。讨论赋的写法，尤其是讨论楚汉赋的写法，唐宋以前较少，到了元朝的时候，有个人叫陈绎曾，他在《文筌》中列举了一系列的赋法，包括"楚赋法""汉赋法""唐赋法"，都是谈"法"的 [1]。试问为什么谈"法"了？这是否与司马相如赋迹赋心说被重视相关？为什么大家开始关注"汉赋法"，或者称之"古赋法"？这又与唐宋两朝长期的律赋考试有关。经过唐宋时期考赋制度的实施，这一时段的创作主流以律赋为主。虽然在文学史价值层面上或者赋史价值层面上，人们不太重视闱场律赋，还是把文人的一些创作视为主干，

---

[1]　如陈绎曾论《汉赋法》："汉赋之法，以事物为实，以理辅之。先将题目中合说事物，一一依次铺陈，时默在心，便立间架，构意绪，收材料，措文辞，布置得所，则间架明朗；思索巧妙，则意绪深稳；博览慎择，则材料详备；锻炼圆洁，则文辞典雅。"按，此将前人的汉赋"感物"与"体物"加以技法化。

但是从整个制度史来看，这是偏颇的。因为这个时代主要的导向都是这样，就像我们现在的研究者走向学术界的时候，基本上都是博士出身，从写博士论文开始，对吧？你们有了某种规范化的东西，这种规范化也决定了你们的研究模式。比如确立题目后，先综述一通，梳理一遍研究现状，然后再分几个问题讨论。这是学术路数，也是今天写论文的技法。

赋进入闱场以后，在这个漫长的时间段里，虽然有一二学者写得自由洒脱，非常好，比如苏东坡，但闱场赋的基本路数是科举考试，大量的诗赋都被科举考试规范了。过去考赋怎么样考呢？更重的是赋法，对吧？怎么才精彩？怎么写得好？怎么破题？怎么对仗？怎么押韵？怎么押险韵？不少韵真不好押，结果他偏偏押出来了，他得意，考官也欣赏。我们今天写近体诗要协韵，要知道一东、二冬，对吧？七阳、八庚韵字多，写起来就方便，顺口溜都好写了，基本上不出韵，有时候不小心也会出韵，比如十五删，韵字少，不好押，还有十三元，读起来一点不顺口，俗称"该死十三元"，押起来累，不如随口唱。用七阳、一先，这个比较容易押，韵宽嘛，韵窄才难哟。还有押平声韵、押仄声韵，押入声韵更好，斩钉截铁，多过瘾。这名堂越来越多了，这就是技法了。律赋要押韵，尤其是闱场考律赋，还有"官韵"，有时要依次押，出韵就是"声病"，会落榜的。律赋强求技法，那古赋怎么办？写赋还是"体国经野，义尚光大"，好把握呀。于是就反转过来，复古派的人又开始借助律赋这种科举考试的赋法，转而来思考古赋也有法，律赋法不就是从古赋法渊承而来的嘛，不能数典忘祖。宋元以后赋家都好为辨体，溯源就出现了"祖骚宗汉"，骚就是祖，汉就是宗，祖宗嘛。祖宗是祖宗，子孙是子孙，子孙写赋要学祖宗，古赋还是要写的，何况元朝考的闱场赋还来了个"变律为古"？

怎么弄出古赋体？学习呀，扬雄说读千赋就能写赋，后人没时间读千赋，就靠技法，开始分析赋法了。这个赋法很有意思，我有一次在台湾讲汉赋，特别讲到汉大赋写作与鉴赏的大中见小，这就是赋法。汉人肯定没考虑什么大中见小，他们讲究的是气象，汪洋宏肆地铺写就是了。汪洋宏肆不仅仅是"大"，这里头怎么汪洋，怎么宏肆，这个就是"小"了。赋家修辞，如何夸张，如何错综，方法是很细微的，某一句话用了什么典故，为什么用这个典故？他为什么用《诗经》这个话，为什么用《鲁诗》说？他为什么用《齐诗》说？细致得很。我们做学问，谈创作论，就要关心赋法了，要分析得很仔细。但就作家而言，只有能不经意地把经典挥洒自如地表现出来，才是好作家。要不经意，太经意了就叫作掉书袋，看得累，令人烦，你想好不容易作点诗快活一下，结果还掉书袋，累得很。有人掉书袋掉得好，掉得自然融化，所以我说经学语言的赋语化要自然而然。经学的赋语化，就是把"他者"融入"自我"，这里面有很多细微的东西，理当通于赋法[1]。论"法"就不能数典忘祖，我们总要找一个经典做依据，于是找孔子的话做依据，找孟子的话做依据，在五经中找话头做依据。

复古派好不容易找到司马相如这段话，作为批评的经典依据，多好啊。汉人就有这么一句了不起的话，有赋迹，有赋心，这就是赋法啊，了不起，这句话被逮到，就不能轻易放了。你要知道，在古代文学批评中找一句纯粹文学理论的话多难。因为中国古代文学没有什么理论，都是杂文学批评。当年张伯伟老师找我帮他弄《中华大典》中的《文学理论分典》，这是程千帆先生交代要编的，其中"骚赋论部"是我帮着整理的。我们开始设计了一个自以为全面而宏大的方案，就像盖大楼房一

---

[1]　参见许结、王思豪《汉赋用〈诗〉的文学传统》，《中国社会科学》2011 年第 4 期。

样，设立了体系论、本原论、创作论等，创作论又有几个部分，其中包括技法论、风格论，搞一大堆论，结果自己遭苦，找不到材料。比如其中一个"知音"问题，相当于现在的接受美学，多好啊，有中国特色的接受美学，我们把这放入鉴赏论。"知音"嘛，钟子期死，伯牙不复鼓琴，所谓"志在高山""志在流水"，西方文论中也很少见，太精彩了。《文心雕龙》有《知音》篇，于是找啊找，找来找去就这一篇，虽然在历代文论中找了好几条，也是抄来抄去，都是抄刘勰的。结果"知音"这一类别只能去掉，把少量文献放入技法论算了。通过这项工作，我们发现古代文论里本原论多，从天地洪荒说起，从《易经》的阴阳说起，从太极而来，说得天花乱坠，内容很多，但也很单一。然后就是技法论多，这方面资料最多，尤其是唐宋以后，字法、句法、篇法，应有尽有，都是比较低层次的写作法。所以编了这个《文学理论分典》过后，反而觉得中国古代文学没有什么理论，顶多算批评。有段时间我们找程先生，说这《文学理论分典》可以不搞了，因为没有什么理论，程先生说怎么没有理论，技法也是理论，正因为人家不注意，搞出来才有价值。结果我们又找啊找，凑了几百万字，两大本 [1]，完成了，也得到了一些经验和教训。

　　由此看来，好容易有司马相如这段话语，真是如获至宝。有时想，如果带着现代的理论思想活在古代，多写一点文学的理论话题，该多好。司马相如这段话不管真伪，明朝人在复古思潮下要"祖骚宗汉"，建立辞赋的骚汉体系和精神，尤其在技术论方面，在赋法论方面，对赋迹说的接受也就毫无疑问了。随便说说无所谓，但要真正研

---

[1]　详见任继愈总编，程千帆、张伯伟主编《中华大典·文学典·文学理论分典》，江苏古籍出版社 2008 年版。按，其中"文论部""骚赋论部"由我主编。

究，就得认真地捋一捋，这里头还有很多东西值得思考。

在赋学批评史上，赋法论的出现与昌明，从某种意义上是赋体创作论的一种示范，示范也就成了一种典范了。赋迹如此，赋心也一样，被后人奉为典范。赋心是怎么来的？从"天地之心""道心"延展而来。也就是说，"相如曰"中的赋心说出现虽早，但明人关注这则文献及其中的赋心说，从某种程度上讲，显然受到了宋人"道心"说的影响。宋儒特别重视《伪古文尚书》中的"人心惟危，道心惟微"，对吧？特别重视这个"道心"。宋儒文章学讲得不多，但是从道德论来谈文章的话语很多。从道德论谈文章，所以就承载"道心"，再由"道心"转向"文心"，这里面包含了明人重赋心而导引出司马相如"成圣"之路的开辟，这一点我在后面要讲到。就"道心"讲，《易经》阴阳理论、孔子的礼教思想都是"道心"。到《文心雕龙》的时候出现了"文心"，"文心"也是从"原道"开始，还是比较宽泛。到了唐宋时代，尤其宋代又开始对"道心"更加关注。明清时候文章学又兴起了，"文心"复现，其中的历史波折也值得考虑。这波折中又内含了更加明确的从赋体转向赋法、从文体转向文法的趋向。

继唐宋科举考文以后，有关文法的撰述多起来了，一直到我们桐城的姚永朴著《文学研究法》，有二十五讲，也可以说是二十五法。他继刘勰《文心雕龙》过后，接踵而为，以旧文法撰新教材，有创意。姚永朴有一本《史学研究法》、一本《文学研究法》，都是民国早期的大学教材。凤凰出版社约我做《文学研究法》的导读，觉得我是桐城人，做导读没人有我合适[1]。很明显，姚永朴的书是仿照《文心雕龙》的，但他又不同于《文心雕龙》，他采用了大量的桐城义法评文，特别

---

[1]　姚永朴著，许结讲评《文学研究法》，凤凰出版社 2009 年版。

是姚鼐的文学批评观，对此，我的讲评有批语。在梳理姚著传统的过程中，我非常明确地感受到宋元以后文法是越来越重要，而赋法也随之越来越重要，赋迹赋心说越来越受到重视，也是围绕这个发展趋势而来的，其中又暗含了心迹说的接受历程。问题是为什么唐宋时期不接受，没有人谈？为什么明朝人突然谈起来，特别是明中期以后？这应该与复古思潮有关吧？明人对这个问题的接受，也呈现于文本，所以要回到文本，看明朝人写这些话的时代，考量他们对文学的认识，再进行一些有的放矢的分析，应该能做出一些有趣的课题。

好了，从心迹说的整个接受历程来看，我要回到前面说过的那篇文章，就是《论"盛览问作赋"的文学史意义》。文章想石破天惊，怎么办？就说是"历史上首次纯文学问对"。瓮安地方的人高兴了，我自己又觉得以后若将此文收入文集，心中有点忐忑了。写文章有时候像写书法一样，最好是用中锋，但偶尔也要写点偏锋，偏锋也见功夫，文章有时候也要写点偏锋，找个小题目"杀"进去，即使不能完全立住脚，也不错，能启发人的东西还是值得写的。不过我还是比较谨慎，我说盛览问赋是"历史上首次纯文学问对"，强调"纯文学"，因为文学问对很广泛，比如扬雄《法言·吾子》中就有通过文本书写自问自答的假设问对；作为"纯文学"问对，即使这则文献的真实性延至唐代，也还是说得过去的。值得注意的是，明清时人推尊这则问对，主旨是用律法救古，以古法救律，这与赋体的变迁切切相关。有关古赋和律赋的关系，我很早以前就写过专文讨论。记得是 1996 年冬天应台北政治大学邀请，参加第三届国际辞赋学学术研讨会，我提交的会议论文就是《古律之辨与赋体之争——论后期赋学嬗变之理论轨迹》，提出后期赋学史的主线就是古赋与律赋的冲突和交融问题。赋的体类很复杂，后来归纳为古与律，就像古文和时文一样。这篇文章没有在公开的杂志上发表，只收入当时的会议论文集，后来又收入我的一本赋学论文集，就是2001年出版的那本《中国赋学历史与批评》[1]。这篇文章虽然在当时考虑得不太成熟，可引起了我对整个赋学史的构想，对我个人后来的研究影响很大。我研究赋这么多年，写的论文很多，有垃圾，也有可圈可点的。其中有几篇并不成熟，是我当时觉得比较有想法的，且开启了我后来的赋研究，《古律之辨与赋体之争》就是一篇。还有一篇是1988年初发表的《〈汉赋研究〉得失探》，评论龚克昌先生和陶秋英先生同名的两部《汉赋研究》的得失[2]。我当年很穷，买了书读后，总想写点东西，或者说混点稿费，好再买书，不是写书评，就是写评论。又如读了马积高先生的《赋史》，马上就写了个《〈赋史〉异议》，当年在《读书》上面发表的[3]，收到稿酬后，又买书。读一本书，写一篇文，能又买一批书。穷啊，"穷则思变"，就促进了好多文章出现，对不对？你们也要有促进，激发研究的兴趣。《〈汉赋研究〉得失探》可算是我最早的一篇建构汉赋学理论的文章，到现在还好多人引，因为这也是最早提出汉赋学理论建构的文章。后来简宗梧先生在一篇文章中特别提到此文，说有"深刻的自省能力，以及建构系统而完整理论体系的理想"[4]。从上世纪在台湾开会时写《古律之辨与赋体之争》这篇文章开始，一直到今天我撰写《中

---

[1]　该文先收录《第三届国际辞赋学学术研讨会论文集》，台北政治大学文学院1996年编印，后收入拙著《中国赋学历史与批评》，江苏教育出版社2001年版。

[2]　拙撰《〈汉赋研究〉得失探——兼谈汉赋研究中几个理论问题》，《南京大学学报》1988年第1期。

[3]　拙撰《〈赋史〉异议》，《读书》1988年第6期。

[4]　简宗梧《1991~1995中外赋学研究述评》，载《辞赋文学论集》，江苏教育出版社1999年版，第780页。

国辞赋理论通史》，形成了我研究赋创作史与理论史的思路。我重视的是辞赋自身发展的规律，采取长时段划分，不完全局限于一朝一代的研究，而是分成三大时段：唐以前是以楚辞、汉赋为中心的赋论；到了宋以后是以古赋与律赋为中心的讨论；从晚清到今天是以遗产与学科为中心的讨论，赋已经作为文学遗产，进入当代学科建设之中。古代文学学科中包括诗赋研究，辞赋研究是其中一个方向，对吧？围绕学科的建设，你们哪个是真爱辞赋而写辞赋论文的？主要是为了写论文而写论文，对不？写诗的论文也可以，写赋的论文也可以，看看老师研究赋，好了，就一起去做赋，顺理成章，因为做赋也能拿博士学位。二十世纪一个大的建设就是学科的建设，这个决定了学问的发展，赋的致用性又显现了。我把赋论分成三大段，就是在早期的那篇论文中。

回到心迹说的问题，赋要回归于礼，赋回归于礼的时候，不能再像过去那样仅仅关注礼事、礼仪、礼义，还要关注它是如何像礼一样经纬交织的，其中有技术化成分。传说司马相如的这段话被后世反复地推崇，就因为它具有赋法的意义，而且有一定的技术化。大家一定要注意，研究文学，道是很重要的，技也很重要，一切学问都要兼融道与技。当然也有时代的差异，有时重道，有时重技，早期比较重道，后来渐渐重技，但是技也融化在道之中，道也融会在技之内。所以我在讨论道技问题的时候，专门写过一篇文化史方面的文章，就谈到这个问题，这是很有意思的一个现象。

因为技法的流行，才有了技术化对心迹说的推崇，尤其是对辞赋创作技术的推崇。这又牵扯到前面讲的六义入赋的问题了，赋迹、赋心又与六义入赋的批评交融起来，那就是"一经一纬"跟"三经三纬"的关系。"心""迹"就是经纬关系，"一经一纬"本身是谈赋迹，但是这里头"心"与"迹"又是一个对应关系。我们讲六义的时候，谈到了有关"三经三纬"的问题，后来在明清学者的讨论中间，常常把六义说跟司马相如赋迹赋心说融织到一起去。二者其实是没有什么关系的，但是它嫁接上去，这就有趣了。如何嫁接，嫁接的过程，嫁接中间的误读，都是值得思考的。

对这样一个问题，这样一个很有意思的现象，我们不妨看几则相关的赋学批评的话语。先看晚明的李鸿，他编了本《赋苑》，就说了相关的话。如果说刘勰编撰《文心雕龙》的时候，在《诠赋》中把六义和"登高能赋""不歌而颂""古诗之流"融合起来的话，那你看明人又在融合什么呢？他们也讲"登高能赋"，也讲"感物造端"，然后就是把"赋家之心"融进来了。这一融织与《文心雕龙》的融织不同，更具有指导创作的意味，就是突出"相如曰"的话语。比如李鸿在《赋苑·凡例》中引述《西京杂记》"赋家之心，苞括宇宙，总览人物，斯乃得之于内，不可得而传"一节文字，复谓："长卿而下，赋家所推，岂不以子云为祭酒。而子云自巽晚乃叹曰：'诗人之赋丽以则，词人之赋丽以淫。'"[1]你看，都融在一起了。

到了清初康熙敕修《御定子史精华》，在"文学部"有了"赋迹赋心"条，专门列了一个条目。一些东西要经典化，无过于辞典了。经典化具有标杆的意义，我们有问题就查辞典，辞典具有知识的真理性。比如当年唐诗的经典化，一个象征就是《唐诗鉴赏辞典》的编纂，你不要看它好像只是赏析，可是造成了经典化呀，其中选的都是经典篇章，其分析也成为对经典的经典评价，比如《春江花月夜》被近代学者经典化了，变成唐诗顶峰上的顶峰，篇目及其分析都经典化了。奇

---

[1]　引自李鸿《赋苑》卷首，《四库全书存目丛书》本，齐鲁书社1997年影印明万历刻本。

怪的是，在经典化过后，经典化的载体又常被人看不起，后来类似的辞典越来越多，辞典成了你抄我、我抄你的玩意，没有创见，不知道搞了多少，赚了多少钱，渐渐也就衰落下去了。所以当代文学辞典的命运，是伴随着改革开放的学术研究史，由兴盛而后渐渐衰落的。我也不晓得帮人家写了多少辞典词条，开始写不上，也不要我写，我哪有资格书写经典呀，都是名人写，然后渐渐找不到人写，我们就在里面写了。我还记得我为朋友编的辞典写了好多词条，有些书到现在都没出来，几十年了，一分钱没拿到。有次某主编编辞典，我负责写曹植的诗，写了好多篇，结果好像也没出版出来。我代人做过这件事，也害了不少人，其中记忆最深的是帮郭维森先生搞一部文学大辞典的汉代卷，好像是上世纪八十年代的事，我帮助邀约了好多朋友写，写了给我，一大摞，现在有的作者人都不在了，东西还堆在家里。有位朋友写《淮南子》条目，什么篇名条、词语条等等，一部《淮南子》写十几万字，白写了，一分钱也没给他。这书后来根本出不来了，真对不起人。好在时间长了，他忘了，我也忘了，见面又像没事似的。这类事很多，都是为了经典，做的事也够"经典"的了。在康熙的时候，皇帝敕修，算超级主编，代表国家意志，就把这"赋迹赋心"纳入辞典的词条了，这能不经典吗？

围绕康熙皇帝对赋的重视，包括将"相如曰"的内容经典化，清代赋论家又掀起关注这则文献的热潮。康熙二十五年，王修玉编纂《历朝赋楷》，所谓"赋楷"，就是一个楷式，历史上用"赋则""赋楷"者很多，取扬雄"诗人之赋丽以则"，有的赋集也就用"赋则"这个词为题来编纂。古人有些讨论问题的话、谈创作的话，后来被一些选家所用，就把它经典化了。比如王修玉在《历朝赋楷》的《选例》中，复合两位古人的话，将其奉为经典，就是："昔司马长卿论赋云：'合綦组以成文，列锦绣而为质。'扬子云云：'诗人之赋丽以则，辞人之赋丽以淫。'味二子之言，则赋之体裁自宜奥博渊丽，方称大家。"[1]这是从赋迹一端来讲。

我们再看纳兰性德的赋论，就是纳兰容若，我们知道他是词家，但是他的赋论写得也很有意思，他有一篇专门谈赋的文章叫《赋论》，我们选择几句话看看。他说"其可传者"，什么可传？因为司马相如说赋迹可以传，赋心不可传，于是乎纳兰性德就专门来讨论赋心，他怎么讲呢？说"其可传者，侈丽闳衍之词；而不可传者，其赋之心也"，为什么不能传？他又反过来讲，"若能原本经术，以上溯其所为不传之赋之心，则所可传者出矣"。[2]写赋也要有仁人之心，那种爱民之心。何为仁？子曰"爱人"。因为有这种仁厚之心，这种与国与民相契合的"仁心"，归其本，就是"天地之心"，也是"道心"，也是"文心"，也是"赋心"，更是"诗心"。怎么传？心心相印，对不对？心要传什么？不能说我心跳你也跳起来，不可能的，只是一个心心相印就行了，"心有灵犀一点通"，对吧？那又有什么不能传呢？为什么不能传了？能传啊。这是将赋心回归"古诗之流"，可以说是借"相如曰"对赋心说的新解与发挥。

我们再看陆葇的《历朝赋格》，该赋集是与王修玉的书同一年出版刻印的，都是康熙二十五年，他说："故所为子虚大人，能使人主读之，有凌云之思也。……然必贯之以人事，合之以时宜。渊阂恺恻，一以风雅为宗。而其旨则衷于六经之正，岂非天地间不朽至文乎？"[3]

---

[1] 王修玉《历朝赋楷》卷首，清康熙二十五年文盛致和堂刻本。

[2] 纳兰性德《通志堂集》卷十四《赋论》，上海古籍出版社1979年影康熙刻本，第553页。

[3] 陆葇评选，曹三才、沈季友辑校《历朝赋格》，清康熙二十五年刊本。

这也是将相如的赋与经义连接，强调其思想性与经典性。程廷祚《骚赋论》也把几段文字拼接到一起，什么"登高能赋""铺陈""赋家之用"等等，然后引述长卿"苞括宇宙，总览人物"等等，也是融织到一起讲。路德《重刊〈赋则〉序》，"古以赋为六诗之一"，"一经一纬，一宫一商，酌奇玩华，弥见真粹"，"诗人之赋丽以则也。无则不可以为诗，作赋何独不然哉"，[1] 也是把各种说法融织在一起，赋迹的说法理所当然在其中，已有赋论的公理意识了。

从祝尧到刘熙载，都试图用楚骚的精神把赋回归抒情的传统。中国文学的抒情传统，到二十世纪初叶更为风行，《诗》中对《风》诗的重视，或谓《风》诗的崛起，就是抒情传统的高扬。这种抒情性在赋域也在高扬，晚清的时候开始高扬。如何高扬这种抒情传统呢？赋心说成了文学抒情传统中的话语了。赋迹是辞章，能看见的东西都能模仿，看不见的东西才高深。所以有些文章也不宜写多，写少一点，人家认为你高深，写多了就会看出你肤浅，都是两面刃。写得多，可以说你很勤苦，了不起，也可以说太多太滥，乱七八糟，写得太多了不好；写得少，甚至没什么文章发表，有人说你懒，不写东西，反过来又可以说不屑于写，学问都在肚子里，少则精嘛。因为赋心是内在的，不便于传，更神秘，又在不可传与可传之间，就是刚才讲的心心相印，是一种情感，人同其情。就像人家评《古诗十九首》，那种情从哪里来？大家都会感到它是至情。赋不也是这样吗？你看刘熙载说的："诗为赋心，赋为诗体。""司马相如《答盛览问赋书》有'赋迹''赋心'之说。迹，其所；心，其能也。心、迹本非截然为二。览闻其言，乃终身不敢言作赋之心，抑何固哉！且言'赋心'，不起于相

---

[1]　路德《重刊〈赋则〉序》（代），《柽华馆文集》，清光绪七年解梁刻本。

如，自《楚辞·招魂》'同心赋些'，已发端矣。"其实"相如曰"与《楚辞》的"同心赋些"根本不是一回事。他又说"赋家之心，其小无内，其大无垠"，所以汉大赋见其小，这话让人很受启发，很有意思。"故能随其所值，赋像班形。所谓'惟其有之，是以似之'也。"[1] 赋迹、赋心传统，他又把赋心拉回到诗心。如此反反复复，各说各的，其中不乏将赋心落到实处且带有抒情性的传统意义。

明清以来对"相如曰"的重视，从心迹说的接受历程来看，既是一次纯文学的问对于后世的昭示，又是后人用律法济补古法的借用，或者说用古法救律法的一种创作论上的展现或示范。赋的"一经一纬"和《诗》的"三经三纬"又有互相关系，这种关系在学者的研究中，有时不是那么明确地对应，而是让它很浑融地回归诗的传统、抒情的传统，就是"诗为赋心，赋为诗体"。这是一种回归，但这个回归显然较前面那种讨论有更深刻的地方，有相当多的内涵。所以一个学者的深刻往往不在于他本身的深刻，而是他经历的历史给予他的深刻，这种历史是非常了不起的。我们有时候话讲得不比古人差，因为古人没有我们这么漫长的历史可以回顾，对吧？所以动辄就讲现在人站在历史的制高点上，由此来看，我们要是讲不过古人的话，也非常惭愧。古人就是一两句话，到今天还这样光辉照人，也是了不起的。"相如曰"或许是伪文献，就司马相如来讲是伪文献，但它是光辉照人的，对整个赋史起到极大的作用，这是不可忽略的。

从历史的视野看，赋迹赋心说还承负了一个重要的理论功用，就是《西京杂记》所记的这段话，变成了相如之所以被奉为赋圣的一则重要的材料。当年在学校写作文，想发端警策，要引领袖的话，就是

---

[1] 刘熙载《艺概》，上海古籍出版社 1978 年版，第 86、94、99 页。

把语录放在文首，于是背诵了很多语录经典，比如列宁的一句话，"没有革命的理论，就没有革命的运动"。没有理论的支撑，成不了一种自觉的批评，这种自觉性是要有理论的。司马相如创作了那么些赋，现在保留较完整的有六篇吧，都是非常精彩的，大赋有《子虚》《上林》，游仙赋如《大人》，讽谏有《哀秦二世》，"发乎情"而"止乎礼"的如《美人赋》，还有表达幽怨之情的《长门赋》，多精彩，这些创作都成了赋史上的经典。

在文学史上，要把一个人捧为大家，如果他没有理论做陪衬，或者说没有理论的支撑的话，恐怕很难成为大家，尤其是"成圣"。一手创作，一手理论，则近乎大家。在汉赋领域，有创作，又有自觉的理论的大家，扬雄就是。虽然他很多理论是反对自己的创作，在"悔赋"，自贬"雕虫篆刻"，但是他有理论，所以堪称大家。当然"成圣"要求更高，如杜甫有大量的创作，创作中又有论诗诗，这就可贵了。司马迁有理论，他的赋创作水平不敢讲，流传的就一篇《悲士不遇赋》，也没有什么情采。他们在赋创作上都没法跟司马相如比。就汉代的文献来看，司马相如缺失了一点，就是没有赋论，那么后人就把"相如曰"这一段话作为理论，补足了他，成就了他的赋圣地位。因有这个想法，有一年我到四川开学术会，就以此写了一篇文章，名叫《司马相如"赋圣"说》，开完会就将文章交给四川师范大学的学报发表了[1]。我经常是在哪儿开会，就把"智慧"丢在哪里，文章交给地方的学报或社科刊物去发表。这很方便，不需要再投稿，开完会就让编辑先生拿走。记得十多年前，在无锡的江南大学开一个有关钱穆的会，我提交的论文是研究钱穆文学批评的，会开完稿子就被《江南大

---

[1]　指拙文《司马相如"赋圣"说》，《四川师范大学学报》2014 年第 2 期。

学学报》拿去，也很快刊发了[1]。

有关赋迹、赋心与司马相如成为赋圣之关联，我在这里做一简单介绍，既想说明这一问题，也顺便讨论一下这个耳熟能详的文献为何还能有新的生发，这里也内含了一点为文之道。在《司马相如"赋圣"说》这篇文章的第一个部分，我就是从文献材料来考述司马相如赋"成圣"之路，他是怎么成为赋中之"圣"的？大家都知道孔子是大圣人，孟子是"亚圣"，对不？这早就有了定论。继后，杜甫是"诗圣"，顾恺之是"画圣"，司马相如是"赋圣"，今天有人说聂卫平是"棋圣"，反正这都是了不得的人，"大而化之之谓圣"，至高境界呀。杜甫成为"诗圣"是宋人追奉的，如江西诗派倡"一祖三宗"，杜甫是老祖，被称为"诗圣"了。司马相如被称为"赋圣"，这封号也迟不了多少，也是到宋朝才有的，时间跟杜甫差不多，但不是文学批评家给他的"赋圣"，是经学家林光朝称他为"赋之圣者"，文学的"赋圣"封号是明朝才明确的。所以我们首先要考察司马相如成为赋圣的道路。

谈到赋圣，先当注意"成圣"路上的一些前提，比如班固早在《汉书·叙传》里面就讲叙述撰写《司马相如传》的意义，提出了"辞宗"说[2]。他没讲到"赋圣"，但说相如辞章特别好。当然，辞章是文辞，与赋体不是一回事，辞是创作的词，赋是创作的体，这是不同的。可是辞赋是一种修辞艺术，"辞宗"的名称，显然是在创作的意义上赞美相如赋写得好，"辞宗"不等于"赋圣"。随着历史的发展，对司马相如的评价发生了一些变化，比如到了魏晋的时候，人们开始在经学方

---

[1]　指拙撰《钱穆文学批评观述略》，《江南大学学报》2005 年第 6 期。论文的要点由会议主办方摘要以《典雅的文学观》刊载于《社会科学报》2005 年 11 月 10 日第 6 版。

[2]　班固《汉书·叙传下》："文艳用寡，子虚乌有，寓言淫丽，托风终始，多识博物，有可观采，蔚为辞宗，赋颂之首。"

面推崇他，把他归入汉代的经学家，给予肯定。因为汉代学术以经学为主，将他归于经学，视为经学家，实际上是试图使之超越"尚辞"的文人或者说"俳优"，进入主流社会或学术主流，从而抬高他的地位。相如传下什么经学的东西？他有围绕经学的小学著作《凡将篇》，小学也归于经学嘛，也就有了经学基础，这种对其经学的提倡潜隐着对其地位的提升，对后来赋圣说的形成是有影响的，虽然不是文学层面，但影响很大。

由经学回到文章，在司马相如渐渐成为赋圣的道路上，南宋时候林光朝的说法成为一关捩点。林光朝也是重经学的学者，《宋元学案》将他的学案称为《艾轩学案》。林光朝撰有《艾轩集》，既重学术，也谈文学，在《艾轩集》中的一则策文中，他由学术而文学，有涉及司马相如的一段话："道之污隆，存乎其人；文章之高下，存乎其时。唐虞三代至周而治极矣，故其文为独盛也。战国之诡激，魏晋之浮夸，南北五季之颓败凋弱，其间号为继周者，易秦而汉，易隋而唐。汉至武、宣之世，始议文章；唐自元和以后，渐复古雅。虽贾谊、陈子昂之徒，一时特起，初若有意于发挥古文，润色当代，而其风流酝藉亦无传焉者，以其独立而未盛故也。班固赋《西都》，具述公卿侍从之臣若司马相如、刘向、董仲舒、萧望之之徒，皆以文章称之，至其叙武帝以来，则又列仲舒于儒雅，而以司马相如为文章。……文章、儒雅，若同然而实异者。……唐自元和之后，作者可数，屈、马希世之文也，学而似之者谁欤？"[1]这段话有几点值得注意，一是以道术衡文章，以道统领文统；二是赞颂汉、唐盛世文章，追奉三代古雅；三是汉代武、宣之

---

[1]　引自林光朝《艾轩集》，《景印文渊阁四库全书》，台湾商务印书馆1986年版，第1142册，第588页。

世，分儒雅、文章二途，相如为文章的代表。这里面包含了宗经是"成圣"的基础，而对文章的容受，又是以后赋圣之说形成的由来。

什么叫"圣"？解释很多，比如"通一伎"者谓之"圣"，指在某一方面做得非常好。你们也要做些专精的工作，现在的宣传说要培养大师，同学们最好还是先做专家，某一方面做好，你就有在这个领域里面说话的资格，所以古人叫"凡一事精通亦得谓之圣"，这是一条重要的经验。林光朝"屈、马"并称，强调的是什么？还是经学思维。意味着相如赋之所以能够"成圣"，在于它有讽谏的功能。这是"仁心"，是"道心"，是决定能够"成圣"的第一条，也就是司马迁论赋所持的讽谏论。第二条是班固讲的"辞宗"。相如赋既有讽谏，又有辞采，除此两条，还有一个更重要的创作论的问题，就是司马相如有一个最得意的东西，变成所有文人都追求的东西，那就是"凌云赋""凌云笔"，这成了榜样，成了后世文人追慕的境界，成了经典化的文学书写。文人要得意，就得"凌云"，"凌云赋"就是相如写的《大人赋》，汉武帝读后"飘飘有凌云之气"。"凌云"有高不可攀的成就之意，这一赋坛故事也成了赋圣称号形成的一个重要的原因。

这些都是很重要的问题，但是没有文学批评的理论参与其间。那什么时候才有文学理论参与其间，完成赋圣之路？是明朝，真正在文章学意义上提出赋圣一说的是王世贞，他在《艺苑卮言》中说："屈氏之骚，骚之圣也。长卿之赋，赋之圣也。"讲得非常清楚。后来当然也有其他说法，有人把宋玉变成赋圣 [1]，但持论者甚少，批评的主流倾

---

[1]　如明人单思恭《甜雪斋文集》质疑相如"赋圣"说，认为："后人服膺长卿者，专拾字句以为师承，而屈、宋益邈矣。故径为之说曰：屈氏之响，续于宋玉，而绝于长卿，非过也。……屈氏神，宋玉圣，长卿工，而六朝之有别调者巧。"

向仍以屈原为"骚圣"，司马相如为"赋圣"。明朝人从文章学的意义上奠定了司马相如的赋史地位，确立了赋圣说。相比之下，宋人是从经义的思想谈到了文章之圣，只是提到，没有任何的论证，而明朝经过大量的论证才确立了赋体创作意义上的赋圣理论。

既然在赋论的意义上提出了赋圣说，我们又应关注赋史在几个方面的转变，司马相如"成圣"所蕴含的赋史的转变，在几点上体现非常明显。一是从经义到文章，谈司马相如更多地是谈文章，结合我前面讲的赋法、文章法，大家一定要注意这个问题，唐宋人评司马相如就开始从重经义慢慢往重文章转变，到明朝基本转变到重文章。二是由诗赋到骚赋的转变，就是"崇屈"与"尊马"。明人反复讲"崇屈""尊马"，就是"祖骚""宗汉"，"骚"以屈原为代表，"汉"以司马相如为代表，构成了这么一个模式，这才是赋圣说的关键。三是由时文变为古体，这是非常重要的，是司马相如赋被复古派学者推崇的原因。元、明时代的这类批评，可以祝尧、王世贞为代表，其实到清代仍是这样。时文与古文是在不断变迁中建构的，汉赋在汉朝就是时文，献给皇帝，讽谏也好，娱乐也好，都是时文。时过境迁，与魏晋比，与唐宋比，与明清比，与当时的时文比较，它又变成古文了。中国是个复古的国度，中国人好讲复古，"古"往往就是不可及了。我们的同学有种很悲哀的说法，总是夸老师学问好、不可及，而老师又讲我的老师学问好、不可及，那就完了，没有发展了。中国的学问往往就是这个样子，即使蜕变，也是在复古中蜕变。复古思想是始终存在的，一切创作开始都是时文，然后便被奉为古文，就成为榜样，被尊奉了，赋域也是一样。元、明人倡导"祖骚宗汉"是复古，其实早在魏晋的时候，就提出了"古之赋"如何、"今之赋"如何，开始讨论古今的问题了。唐宋以后谈古人赋如何、闱场赋如何、考试的应用赋如何，又开始古今之辨，闱场考的是律赋，所以又出现了古律之辨。历史是层积起来的，这些一代一代的时文都变成了古文，到了清人眼中，说唐代的时赋（即律赋）也是古赋了，这是相对于清朝当代的时赋而言的，于是又有了古雅与清新的区别。其实都是一样，五十步跟百步而已。什么"古"啊，年代久了就是"古"，就有了丰富的历史内涵。所以赋圣名号的出现，就是把这种时文渐变为古文，是复古思想的表现，相如被推尊为榜样而已。

由此再看构成赋圣说的内涵，我把它归结成四点。第一个是经赋论，赋跟经是紧密结合起来的。第二个是"宗汉"观，因为司马相如代表了汉赋的特点，有了"宗汉"才有了赋圣说，才有了在文章学、辞赋创作层面的赋圣思想。第三个是代胜说，就是一代有一代文学之胜，代胜说直接影响了司马相如赋圣说的确立。代胜说是从金元以后发生的，一直延展到近现代，确立了一代有一代文学之胜的文学史观，作为汉代写赋的代表人物，司马相如成为赋圣实属历史的必然。由此联想，我们今天怎么创造一代之胜的文学呢？现在一代之胜是什么呢？网络段子。编造网络段子，有很多高手，我看他们创作的就是一代文学之胜。有的编得太精彩了，没有任何文学作品能够像网络段子那么快捷地打动人，使我莫名其妙地大笑起来。第四个就是示范性，赋圣一定要有示范性。赋圣的创作和理论可示范，才能规范创作。我们可以效仿，赋圣才能产生榜样的力量，司马相如赋在汉代就有扬雄效仿了，效仿人家都成了大赋家，何况被效仿的对象，所以相如成为赋圣是有前因后果的。

这就回到了我们今天所说的主题，明朝人真正提出文章学意义的赋圣说的时候，有一个东西插进来了，就是赋迹赋心说。有了这一理论的支撑，使司马相如成了文学领域、辞赋领域的圣人。这一则文献在赋史上，在司马相如的接受史上，所起到的巨大作用及贡献是不可轻估的。我们把《西京杂记》"相如曰"这一段话作为成就赋圣的重要文献，它的真假或发生在什么时代已经不重要了，而作为活态的赋论历史的构建，我们既要关注"相如曰"本身的批评意义，更应该关注后人接受时的批评意义。要深入其间，这里面有复杂的历史内涵，大家可以通过不同的视角认知与探寻，甚至商榷与批判。比如对这则文献的接受，唐宋为什么空缺？明朝为什么忽然对此产生了兴趣？这些问题都值得思考，并落到实处进行讨论。能否写出有新义的文章，就看你掌握的资料，做学问无非是以资料的多少为前提，以思想的发越为引导，没有思想的发越是不行的，所以大家做学问之前要静坐一下，材料多了，要消化一下。宋人读书与教学，有一个最好的窍门就是静坐，要涵养一下，头脑中的东西就纷至沓来，不期然而然地来了，有了灵感，才能触类旁通。读书要静，不要太匆忙，但积累是前提，积累多了不生发，又会把自己淹埋了。

好，今天就讲到这里。

赋体丽则

今天讲一讲赋体的"丽则"说，就是有关扬雄《法言·吾子》中说的"诗人之赋丽以则，辞人之赋丽以淫"的问题。真正的大赋是在西汉奠定的，西汉时期两大赋家极其重要，一个是司马相如，一个是扬雄。《汉书·扬雄传》里面引述扬雄自叙就讲，他的赋模拟司马相如的赋，爱其"弘丽"，所以才作四赋，所谓《甘泉》《河东》《校猎》《长杨》，这四篇赋是模拟司马相如创作的 [1]。扬雄是处于两汉之际交变期的大家，他去世后，西汉很快就灭亡，也可以说是西汉末年的一个大家。从某种意义上，司马相如的赋创作属于开创时期，扬雄则是一种继承和变革，所以要读汉赋的话，扬雄是不可忽略的一家。他的赋有的秉承司马相如赋的特点，有的又开启了东汉赋的风格，比如最典型的《长杨赋》，全赋以议论构篇，直接影响到东汉时期京都赋的构篇，班固《两都赋》、张衡《二京赋》的构篇基本依循《长杨》。

---

[1]　《汉书·扬雄传》："蜀有司马相如，作赋甚弘丽温雅，雄心壮之，每作赋，常拟之以为式。"又传"赞"曰："辞莫丽于相如，作四赋，皆斟酌其本，相与放依而驰骋云。"

也因此，扬雄在创作上是非常有体验的。

司马相如跟扬雄做一比较，两人赋创作都很重要，而扬雄的赋论尤其值得重视。他在中国赋学史上是较早的一位自己创作赋，又对赋文体进行批评与反省者，他对赋的批评有了一定的自觉性，所以说他是一个充满矛盾的人，也是非常了不起的人。记得我早年就喜欢研究一些历史交变期的人物，比如西汉后期的扬雄，东汉后期的蔡邕。对这类人，质疑的声音较多，历史的疑点恰是学术研究的视点，所以我比较喜欢。上个世纪八十年代，我陆续写了一批研究扬雄的文章 [1]，后来应南京大学中国思想家研究中心邀约写评传，我本来想写《扬雄评传》，也做了一些资料准备工作，后听说该传已有人领去了，于是作罢。再后来因为《张衡评传》撰稿人因什么困难毁约，研究中心就"出口转内销"（当时约稿先请外校人写，没人写了转给本校教师承担），让我来写，该评传就是《中国思想家评传丛书》的一种。写罢张衡，哪晓得写《扬雄评传》的人也毁约了，写不出来，"内销"又来找我，我说一套丛书顶多写一本，不能"再二"了。结果由我推荐，请南京师范大学的王青老师写了，我把有关材料都转给了他，对此事他还在《扬雄评传》的后记中颇有感谢之词。我当时对扬雄的研究兴趣算是比较浓厚的，所以才首选扬雄。

在汉代，扬雄的赋论应该是最多的，其中一个经典话题就是"诗人之赋"和"辞人之赋"。辞人赋谓之"丽淫"，诗人赋谓之"丽则"，

---

[1]　例如拙撰《〈剧秦美新〉非"谀文"辨》（《学术月刊》1985 年第 6 期）、《论扬雄融合儒道对其文论的影响》（《学术月刊》1986 年第 4 期）、《论扬雄与东汉文学思潮》（《中国社会科学》1988 年第 1 期）、《儒道兼综·玄境神游——扬雄〈太玄赋〉简析》（《古典文学知识》1988 年第 4 期）、《马扬文学思想同异论》（《南京大学学报》1989 年第 1 期）。

其"丽则"构成了中国文学的一大传统。这一思想虽然已经超出赋域，但它发生时无疑是针对赋而言的。也因此，我曾说在整个中国文学批评史上，早期对文人创作的批评，赋家是有开创之功的。扬雄赋论中的"丽则"，渐渐拓展为整个文学批评中的"丽则"，甚至演变为对人的行为的评价，这是一个值得注意的现象。

在讲述"丽则"之前，我们了解一下扬雄讲这话的背景。这则文献大家非常熟悉了，文学史、文学批评史都必然要接触到这个课题或者说话语。这则文献见载《法言·吾子》，在同篇中，他叙述了自己早年"好赋"，到中年以后就不"好赋"了，而且"悔赋"，懊悔写赋，他的赋学批评都与他的"悔赋"有关。他自己讲"少而好赋"，谁知道创作赋之后，给他带来了很多困惑与矛盾，他的人生也不顺畅，有十年时间官职不迁，牢骚满腹。遇到王莽篡汉这个事变，他还因此写了一篇《剧秦美新》，又做了官，后来被朱熹称为"莽大夫"，苏东坡也批评他，他身上好像有了洗不尽的历史污点[1]。他处在那样一个时代，就像当年的历史学家周一良、哲学史家汤一介等人成了"文革"期间"梁效"班子的成员，他们处在那个时代，也有很多的无奈，稍微意志不坚定一点，或者不甘于平静一点，就容易被裹进去。大家一定要知道，做个好人不容易，要时代好；时代不好，本来很好的人有时也会变坏人的。所以我们要感谢时代，使你做个好人，也使得坏人没有土壤。如果在制造坏人的国家机器的运转下，批量生产坏人，人性恶得以泛滥，那就可怕了。当然，这还要看你处世的自观性。扬雄处在他那个时代，被封什么"大夫"，也是可以理解的，人家还封侯

---

[1] 按，最初批评扬雄仕莽的是班固《汉书·扬雄传赞》："及莽篡位，谈说之士用符命称功德获封爵者甚众，雄复不侯，以耆老久次转为大夫，恬于势利乃如是。"

呢？可以理解不一定是为他开脱，凭什么给他开脱？别人也有坚守的，对吧？你为什么不坚守呢？历史对任何人都是平等的，自然由个人的作为决定其命运。扬雄对写赋的悔恨，是学术史意义上的一种反省，那是不是他就完全地悔恨了、觉悟了，我看也未见得，他对赋还是有相当多的肯定的。

扬雄"悔赋"以后，从创作转向治学，开始效法孔子的《论语》而作《法言》，效仿《易经》和《老子》而作《太玄》，特别是精心于《太玄》，构建了汉代《易》学之外的另一种象数哲学系统。《易经》是太极生两仪、两仪生四象、四象生八卦。《太玄》用《易经》的本体与方法，但是象数采用《老子》的"道生一，一生二，二生三，三生万物"模式。《易经》采用的"数"是六十四卦，《太玄》采用的数是八十一家，这构成了不同的象数系统，在汉代象数哲学昌明的时期是独标一格的。也因为这部《太玄》，扬雄被视为僭越，历史上留下的骂名也不少，就连同时代的刘歆也说这本书"吾恐后人用覆酱瓿也"[1]，意思是没人要看，又生僻，又奇怪，谁看你这东西。有人认为他是想做圣人，圣人著经，他自己也著经，桓谭就把《太玄》叫作《太玄经》，争议很大。但反过来看，他也很了不起，人家只敢为经作传，孔子作《春秋》都有"罪我"的恐慌，他不怕，自行造经了。在强大的帝制社会，要学做孔子、学为圣人，制造一套体系真不容易。有的学者讲，中国学术的原创在先秦，后都是因承、解释罢了。不同的是，西方学者制造的体系性的东西在不断地出现，新发明、新创造更多，于是有人把

----

[1] 《汉书·扬雄传》："侯芭常从雄居，受其《太玄》《法言》焉。刘歆亦尝观之，谓雄曰：'空自苦！今学者有禄利，然尚不能明《易》，又如《玄》何？吾恐后人用覆酱瓿也。'雄笑而不应。"

西方的近代比拟为中国的先秦两汉时代 [1]。甚至可以说，不了解现在西方的学术，也不能很好地论证中国古典学术。在古代，扬雄算一个另类，勇于反省，勇于创造。

在辞赋创作领域，对扬雄的评价也有差异或争议。比如他的《甘泉赋》，有人认为是讽喻，走司马相如、司马迁的路子，讽喻当时汉成帝的一些作为，也有人说是逢迎。到清代的时候，扬州学派的黄承吉专门写了一本很奇怪的书，叫《梦陔堂文说》，我研究扬雄的时候根本没注意这个书，王青老师写《扬雄评传》也没引这本书，后来因为蒋寅老师研究清代诗歌散文的时候接触到这本书，提了一下，引起我们的关注，哪晓得一看，简直像现在写的博士论文，一个个题目，十几篇，全是批评扬雄的，几乎是关于扬雄的专论。黄承吉在学术史上属于扬州学派，但其论文却很少这一学派的会通精神，一立论就非常偏激，扬雄说什么赋是"雕虫篆刻""壮夫不为"，他就说扬雄是终身"雕虫"，根本称不上"壮夫"，对《甘泉赋》的创作动机更是一贬再贬，骂他诌媚逢迎，全赋都是吹捧赵飞燕、合德姊妹的，他笔下的"西王母"就是赵飞燕等等 [2]，写得有鼻有眼的。《甘泉赋》是扬雄比较重要的一篇赋作，刘勰《诠赋》论及扬雄，特别提及"子云《甘泉》，构深玮之风"，对该赋的评价与争论，很值得思考。对《甘泉赋》的创作主旨，或说是逢迎，或说是诌媚，但作者本人却明确地说是"风"，就是讽谏。

---

[1]　吴汝纶《天演论序》："六艺尚已，晚周以来，诸子各自名家……汉之士争以撰著相高，其尤者，《太史公书》继《春秋》而作，人治以著；扬子《太玄》拟《易》为之，天行以阐。……独近世所传西人书，率皆一干而众枝，有合于汉氏之撰著。"

[2]　详见黄承吉《梦陔堂文说》，清道光二十三年刻本。按，黄氏不仅认为《甘泉赋》是逢迎成帝之作，其他赋亦然，其书《论扬雄〈河东〉〈校猎〉〈长杨〉及〈逐贫〉〈太玄〉诸赋第七》以为："雄特设其辞而预为成帝饰非也，预为成帝拒谏，所谓言伪而辩以逢君者也。"

扬雄是个有争议的人，他的赋论批评本身也是有争议的，比如"悔赋"，写赋该不该悔？当他"悔赋"的时候，却书写出对赋的卓越见识，这给我们一个启示，人人都有牢骚，人人都有批判的眼光，你要想做个好学者，必须要有批判的眼光，要有一种逆向思维，求同固然重要，辨异尤其要紧。你和别人有不同的想法，说明你独立思考了，你发牢骚，你要批判，不是坏事，是好事，但批判别人要有自己的建树，你发牢骚要有警言，屈原发牢骚才有了《离骚》，这才有价值。扬雄的可贵恐怕在这一点，他悔恨，他发牢骚，他在诗与辞、讽与劝、"丽"与"则"之间徘徊，但是他毕竟提出了很多理论，其中"丽则"说最为典型。毫无疑问，他的说法有积极的进步意义。这不仅仅是在发牢骚，他在"悔赋"过程中对赋论、对赋的创作提出那么多的见解，是值得我们关注的。这也是一个学者很重要的素质。

大家可以看他有关"丽则"的这段话。《法言·吾子》载："或问：'景差、唐勒、宋玉、枚乘之赋也，益乎？'曰：'必也淫。''淫、则奈何？'曰：'诗人之赋丽以则，辞人之赋丽以淫。如孔氏之门用赋也，则贾谊升堂，相如入室矣。如其不用何？'"[1]这就是赋体"丽则"说的重要话语。"丽则"说带出来的另一个赋论问题，就是"诗人之赋"和"辞人之赋"的提出与区分。在中国历史上或者赋论史上，这两条线索基本上一直存在，比如楚骚进入赋域，有待从批评理论上把楚骚独立。到魏晋以后楚骚开始独立，变成骚体，尤其到《七录》《文选》编纂的时代，骚成为一种独立的文体，即骚与赋并列。但学者多将楚辞视为赋的源头之一，所以到唐宋以后渐渐又将楚骚归于赋域。楚骚回归赋域，到了宋元之际，尤其是祝尧的《古赋辩体》，继承扬雄的"诗

---

[1]　扬雄撰，汪荣宝义疏《法言义疏》，陈仲夫点校，中华书局 1987 年版，第 49—50 页。

人之赋"与"辞人之赋"，又加上"骚人之赋"[1]，以区分继承《诗》三百篇的赋、汉人骈辞大赋之流裔与楚辞及其传承，以为三大系列。这样，在赋论史上，就有了"诗人之赋""辞人之赋""骚人之赋"的区分，但究其根本，还在于"诗人之赋"与"辞人之赋"在树立"丽则"标准后的矛盾与冲突，祝尧说的"骚人之赋"恰介乎其间，是对这一问题的认知与调适。

"尚辞"与重《诗》之间，我们前面已经讲过，在于辞章和经义的矛盾，批评"辞人之赋"过度淫浮，推重"诗人之赋"的雅正，这个思想发展到班固的时候，他在《两都赋序》中说赋是"雅颂之亚"，特别重雅正的问题。六义之雅颂入赋，尤其是雅，应当和这一发展趋势相关。赋论家对赋体淫浮之气或虚辞滥说的批评，随着赋家创作数量的增多，是越来越突出的，这又必然联系到我们前面讲过的孔子批评的"郑声淫"。孔子说《诗》、乐的话很多，其中有两句较为重要，一个是"思无邪"，一个就是"郑声淫"，"淫"指过度。文学的创造都有教化跟娱乐的功用，它的文本传递出丰富的内涵，这个内涵从《诗》到赋的发展，其精神实质始终包含着诗教传统的发展，诗教传统的发展实际上又暗含了乐教传统的变迁，因为《乐经》掉了，很多乐义体现在《诗经》中间，所以《诗经》的很多篇章也起着乐教的功用。汉儒特别重《诗经》，这也同对乐教的重视切切相关，落实到当时的政教制度，又与汉武帝时立乐府而汉赋兴盛有关。乐制本身有"正"有

---

[1]　祝尧《古赋辩体》卷三《两汉体上》论述"骚人赋"云："诗人所赋，因以吟咏情性也。骚人所赋，有古诗之义者，亦以其发乎情也。……然其丽而可观，虽若出于辞，而实出于情；其则而可法，虽若出于理，而实出于辞。有情有辞，则读之者有兴起之妙趣；有辞有理，则读之者有歌咏之遗音。"

"淫"，比如我们前面讲过的"郑卫之声"，引申到《诗经》中的郑、卫之诗，没有约制、过度描写的情爱，违背了"发乎情，止乎礼义"的准则，对吧？"氓之蚩蚩，抱布贸丝。匪来贸丝，来即我谋"，私定终身，这是《卫风》。"青青子衿，悠悠我心。纵我不往，子宁不嗣音？""子惠思我，褰裳涉溱。子不我思，岂无他人？狂童之狂也且！"这是《郑风》，过分啊！一个男孩搞得女孩心烦意乱，女孩说我不好意思找你，你怎么就不找我，你不找我，你要懊悔啊！你看这部分描写多过分，这里头有什么呢？实际上是早期的社祭，祭祀禖神。进入赋域以后，这种实际的奔放自由的情爱，通过礼教的批判，慢慢转化、淡化成人神交往，如宋玉《高唐》《神女》两赋的描写，不犯错误了，我跟神交没什么关系，可笑。这也成了一个创作模式，后来到《登徒子好色赋》中，章华大夫走在桑树林中间，看到美女，"目欲其颜，心顾其义"，对吧？这就是"发乎情，止乎礼义"，道德干预进入。

道德干预进入后，这种矛盾也就在汉赋中充分地表现出来。汉赋要归于雅正，又要通讽喻，这是道德的干预；而赋文本身要给人娱乐嘛，让皇帝高兴，所以它当然有很多情爱的、虚夸的物态物象的描写，像这样一些描写也是赋体的必然，而当这种描写过度，就失去了礼义。所谓"郑声淫"，《郑风》的"淫奔"在汉赋文本中有两方面体现：一方面就是摹写原来的桑林文学，极尽艳情描写之能事；一方面是用极度夸张的手法和言辞描绘美丽舞女的舞姿，看得人心慌意乱的，文学娱乐效果达到了，可是乐教精神又丢失了。

正因为赋体的内在矛盾，扬雄在描写或批评时，既要诠释赋体创作本身的东西，又要更多地用道德和教化来干预，所以雅正与淫佚之间的矛盾冲突，表现到他自己的赋论，就构成了"诗人之赋""辞人之赋"的两分法。"诗人之赋"是什么？有这种体吗？很难讲，这就产生了争论，"诗人之赋"应该是赋诗言志，是吧？或者是《诗》，这就越发模糊了。缘此，他这里又偷换了概念，所谓"贾谊升堂""相如入室"，以当代作家印证"诗人之赋"，使《诗》的精神在汉赋作家中潜隐而存在。这样一来，汉赋作品又开始剥离，其中有正有邪，有"则"有"淫"，对吧？而且是在"丽"的前提下有"则"有"淫"，这是非常复杂的一种观念，但他确实是在讨论这个问题。

有趣的是，在扬雄之前，也有赋家"悔赋"，比如枚皋，他曾自述赋的游戏特征，也包含赋中淫佚的成分，所以他批评自己为赋不如相如，又自悔作赋类倡优，这在《汉书·枚皋传》中有明确的记载[1]。在该传中，不仅说到"为赋乃俳，见视如倡"，俳倡就是倡乐嘛，要搞笑，要娱乐，自然"淫"嘛；还谈到汉赋创作的另一问题，就是成语"枚速马迟"，枚皋写赋极快，司马相如写赋却慢得很。枚与马，实际上是两种创作方式：一个是应酬，很快应对，写的赋多是小赋或者诙谐赋，所以作品很多；一个是慢慢写，构画"经国之大业"，《史记》载"尚书给笔札"，写好赋再呈给皇上，赋写得富丽堂皇，要雅正，又要弘丽光大，就像相如的赋，数量自然不多。枚皋是"上有所感，辄使赋之"，敏捷应酬故作品多；相如的赋是体物大赋，故"善为文而迟"，作品不多，影响却大。从引述的汉史来看，如果说枚皋的"自悔类倡"，还是以应酬赋为主的话，那么到扬雄的时代，他区

---

[1]　《汉书》卷五十一《贾邹枚路传》："皋字少孺。乘在梁时，取皋母为小妻。乘之东归也，皋母不肯随乘，乘怒，分皋数千钱，留与母居。……上书北阙，自陈枚乘之子。上得之大喜，召入见待诏，皋因赋殿中。诏使赋平乐馆，善之。拜为郎，使匈奴。皋不通经术，诙笑类俳倡，为赋颂，好嫚戏，以故得媟黩贵幸。……上有所感，辄使赋之。为文疾，受诏辄成，故所赋者多。司马相如善为文而迟，故所作少而善于皋。皋赋辞中自言为赋不如相如，又言为赋乃俳，见视如倡，自悔类倡也。……凡可读者百二十篇，其尤嫚戏不可读者尚数十篇。"

分"丽则"和"丽淫"的时候，就不仅仅针对那种应酬的小赋，而是包括了一大批骋辞体物的大赋，体物大赋本身也被裹进"自悔"的范围内了。由此可看出枚皋的"自悔"跟扬雄的"悔赋"不太相同，虽然都是对写赋的悔恨或懊悔，但是其中的内涵已经发生了变化。枚皋的"悔赋"更多地是对自己生存状态的叹息，扬雄的"悔赋"更多地是对辞赋创作的思考，后者已站在一定的历史高度，这是我们应该注意的。

在扬雄之前，对赋的"丽则"也有类似的强调，比如《汉书·王褒传》引述了一段汉宣帝论赋语，就很是典型。汉宣帝刘询重经学，但也不偏废赋，在评赋时说得非常明确："辞赋大者与古诗同义，小者辩丽可喜。……贤于倡优博弈远矣。"[1]他从经义论赋，提高一层，辞赋与《诗》的传统相同，即"古诗之流"；等而下之，辞赋的辞章也是"辩丽可喜"啊，写赋总比博弈好吧。应该说这对扬雄的"丽则"说有一定的先导意义。

我们了解和认知扬雄的辞赋"丽则"说，就要读他的《法言》中关于文艺的批评，不仅仅是文学的批评。其中应该关注扬雄论乐、论色和论辞的相关话语，这几个方面都值得作为其论赋的参照。讨论文体的某种批评概念，要是局限于这个概念，你是展不开的，要拓展开来，对提出相关批评概念的人的整个学术背景以及其他的一些论述，都要做一定的考量，包括接受这个理论的人的背景以及他们思想的变迁，也要做一个面比较广的考量，这就是理论的辐射性质。

---

[1]　《汉书》卷六十四下《严朱吾丘主父徐严终王贾传》："上令褒与张子侨等并待诏……辄为歌颂……议者多以为淫靡不急，上曰：'……辞赋大者与古诗同义，小者辩丽可喜。……今世俗犹皆以此虞说耳目，辞赋比之，尚有仁义风谕，鸟兽草木多闻之观，贤于倡优博弈远矣。'顷之，擢褒为谏大夫。"

扬雄在《法言》中论乐、论色和论辞，都是与"丽则"相关联的。扬雄的论乐，强调的是中正之雅乐，反对的是"郑卫之声"，所谓淫乐；倡导的是"中正则雅"，反对的是"多哇则郑"，这就是他论乐的基本点。再来看他论色，色有"女色"、有"书色"。中国人最有意思，中国古代学者基本上都是男人，所以他们一谈色就谈女色，心中喜欢女色，又偏偏要忌女色。由女色引申到书的"淫辞"，文字也变得有"色"了。扬雄讨论的"色"首先是女色，他说"女恶华丹之乱窈窕也"，天生丽质才好，对吧？就像苏东坡讲的话，"欲把西湖比西子，淡妆浓抹总相宜"，不要化妆那么多，不要把鼻子隆起来，胖胖的何必要把脂肪抽掉，单眼皮何必非要开成双眼皮，不要！天生丽质，你为什么要人为破坏？那叫作"华丹"过分。过去化妆还好，现在还要做手术，人造美女，自然失真。扬雄说"华丹之乱窈窕"是受《诗经》的影响，"窈窕淑女，君子好逑"是《周南·关雎》的名句，因为"窈窕"被树立为一个经典，被孔子赞美，被圣人首肯，《诗经》变成了"《诗》正而葩"（韩愈讲的），也就变成了一种美丽的经典了。如果它不是经典的话，我们可以说"窈窕"是不是也很魅惑啊？"窈窕"也可以很魅惑的，对吧？但是扬雄这里是作为一个经典来借用的，所以他讲不要以"华丹""乱窈窕"，"窈窕"比较正则，这就是"丽则"。并不反对"丽"，但是"丽"要合乎"则"，过分就不好了，就"丽淫"了。所以扬雄接着说"书恶淫辞之淈法度也"，书写文字，不要用过多的词汇坏了法度，这就是他对文章的评价。

由论乐、论色再到论辞，就是讨论写文的辞章问题。要知道，一切诗赋都是辞章之学，都要牵扯到"辞"。既然扬雄论"辞"且直接与赋有关，那我们就看看他是怎么说的。他假托问与答："或问：'君子尚辞乎？'答曰：'君子事之为尚。事胜辞则伉，辞胜事则赋，事、辞称则经。足言足容，德之藻矣！'"[1]里面牵扯到一个很重要的问题，"君子事之为尚"，为人行文都重一个"事"字，"事、辞称"很重要。我们时常要考虑文学是做什么，研究文学做什么，其实这与各行业一样，都有一个"事"在里面，我们做事就要做事业，对吧？记得2009年我在韩国客座，暑假回来，因为还要去，居家时间很短，其间听说卞孝萱先生病了，于是约张伯伟老师一道赶到鼓楼医院探望，卞先生的状况很好，但是他在不长的时间内，却不断地悲从中来，一会儿说笑，一会儿拉着我们的手掉眼泪，悲泣而言。我们劝他说您身体这么好，中气那么足，很快就会康复的，他听后高兴了不一小会儿，又哭泣地说：我不行了，我不能跟你们做同事了啊。"同事"二字，是卞先生客气，但却很震撼，同事同"事"，同心同德的人才是同事，为一个目标、一个理想而进的才是同事。他反复说"不能做同事"这句话，我当时就感觉到某种不祥的预兆。谁知我假期过后回韩国不久，就得到卞先生出院后突发心脏疾病的讣讯。在纪念卞先生的一次会议上，我的发言就从这"事"字谈起，并赋诗一首[2]。

---

[1]　详见《法言·吾子》。按，前述同篇论乐与论色的原话是："或问：'交五声、十二律也，或雅，或郑，何也？'曰：'中正则雅，多哇则郑。'请问'本'。曰：'黄钟以生之，中正以平之，确乎，郑、卫不能入也。'""或曰：'女有色，书亦有色乎？'曰：'有。女恶华丹之乱窈窕也，书恶淫辞之淈法度也。'"

[2]　拙撰《欣闻召开卞孝萱先生学术研讨会感赋短句并序》："己丑秋，卞孝萱先生遽归道山日，余客寓海东，未能参加悼别仪式，思之怅怅。忆昔先生八十寿诞，余赠长句贺云：'平生好学慕高仪，每读华章百世师。六代兴亡存史册，中唐风雨说传奇。多情应识广陵曲，感遇还亲白下诗。四面书香桃李盛，仁人自寿与人宜。'当时先生对颔联专赞不已，以为与己学术研究甚洽。今先生鹤驾远行，又逾一岁，适逢嘉会，感念先生硕学盛德，情不自禁，因成短句，以寄怀思于浩瀚天宇，苍茫鸿蒙云尔。庚寅秋解之谨记。"附诗云："有会怀先哲，尝思硕德馨。文宗姚惜抱，（先生为桐城文学研究会顾问）学重阮挐经。（先生扬州人，时赞阮元学术之会通）如沐春风序，（先生曾为小著《中国文化制度述略》题序，谆谆教诲，如沐春风）笑谈座右铭。（先生任《中华大典·文学典·文学理论分典》评审，笑谈批评，当奉座右）何须桃李盛，桧柏自冬青。（先生书斋名曰：冬青书屋）"

卞先生讲跟我是同事，这"事"里面有很大的学问，文学作品不表现"事"做什么？都有个"事"在里面。

扬雄以"君子事之为尚"来谈"事"与"辞"、"赋"与"经"的关系，是有深意的。这就牵扯到一个问题，就是我前面讲过的，汉赋创作与批评跟经学之礼的关联。一切文学都跟礼有关。孔子说"郁郁乎文哉，吾从周"（《论语·八佾》），从周礼，"文"就是礼。后人讲赋体"似礼"，指的是赋文经纬写法像礼的次序，但就批评言，又需更全面。比如我们讲礼，首先就是礼事，有了"事"才产生"仪"，就是礼仪，从中归纳出道理，就是礼义。赋要表现礼的话，首先是礼事，皇帝到甘泉做什么，到长杨做什么，天子游猎做什么，这都是"事"嘛，这就是礼事。礼事在进行的时候必然有很多的动作、很多的需求、很多的展示，即使过度的展示也是需要的。我们都讲文章要会写，要美丽，就要展示作家的才华，每个人都有才华，有的郁积胸中，有的擅于表达。过去说有位考童子科的人，等考官发试题，这位小童子才华按捺不住了，就催促考官快出题，说我肚子里的文章要漫出来了。我曾经带过一个作家班，其中有位女生，她特别欢喜董仲舒，很奇怪，作家班哦，不晓得怎么喜欢董仲舒，有一次还在老校区的时候，我遇见她在校门口张望，我随口问了一声你做什么事？她说，老师啊，整天看不到一个有学问的人，我肚子里学问不知道怎么表现，多得难受。一个女孩子，很喜欢董仲舒，认为董仲舒过后就数她，董仲舒是"三年不窥园"，她也讲"三年不窥园"，所以走到南园门口逛逛，又不晓得躲到哪里去做学问。有人说她是神经病，但是我看她是大学生，不是神经病，她可能确实有很多东西要宣泄出来，要表现出来，也许等待机会，等待感悟，她可能也没想过，表现出来有什么用？表现不出来又怎么样？如果她喜欢写赋就好了，赋需要骋辞，表现才华。赋家面对很多的礼事，他就需要考虑构篇呀，要用一种结构来营建。你们的学问也要通过结构来营建，你没有能力去结构，面对的只是一批松散的物件，所以我们讲构建或者建构，对吧？你不能很好地构建，面对再多精彩，也是七宝楼台、拆下不成片段了。这很重要的。

礼事的建构通常呈现于礼仪，赋家将这礼仪串联起来，展现出来，又构成了一种"体国经野，义尚光大"的宏大书写，比如京都赋中多种天子礼仪的呈现，就是最典型的书写。如何表现这些礼仪，赋家在书写的时候，他也不可能全是干货、实货。全是干实之货，只有物件的堆积，是做不起来学问的。就像那些礼仪，是礼事的编排，一段一段的，一节一节的，如何将其有机而美妙地钩连起来，就要些虚的东西，比如需要虚辞，需要夸张，才能使赋写得"蔚似雕画"嘛。画家绘制，要调色，干粉要拿水来调和，慢慢调，调干了也不好，调稀了也不好。也像做面条，粉和水揉得正好，才能拉面。于是看赋家调笔作文，描写各种仪式的时候，就有很多虚夸的东西流露出来了。有人批评过分啊，过度啊，虚辞滥说啊，因为大家关注了礼事的另一面，就是礼义，礼仪的描绘与礼义的实质发生了冲突，就构成了赋的二元与矛盾，其实"仪"与"义"二者都归于"事"。

礼义在赋中的呈现是实质性的，要有一种讽喻或者颂扬，是非常直接、非常明显的。而礼仪需要的是铺排、表现，这就构成了一种矛盾和冲突[1]。由于赋跟礼的关系明显，所以扬雄才讲"事、辞称则经"，是以经义衡赋的理想化境界。孔子也说过"质胜文则野，文胜质则史，文质彬彬，然后君子"（《论语·雍也》），扬雄的话语差不多

---

[1]　对此，可参见拙文《词章与经义——有关赋学理论的一则思考》，《社会科学》2015年第 5 期。

算是对此的一种延续，但是扬雄将这种观点落实到一种文体，落实到写赋的时候，就有新的意思了，也就值得讨论了。扬雄的理论主旨在"辞人之赋"和"诗人之赋"，他是对应"诗人之赋"提出了"丽则"这一个批评观念，后人又将其落实到对赋体创作的指导，从而成为赋论史上重要的批评范畴。作为理论的源头，我想扬雄的说法中包含了以礼乐制度、礼乐思想或者诗教精神来衡量赋的一种想法。其实扬雄就很困惑，他写赋铺张扬厉，而论学极重礼节，又用礼来衡赋，所以就产生了矛盾。他论礼与文关系的话语很多，如说"实无华则野，华无实则贾。华实副则礼"，这是讲礼，礼就一纵一横，经纬交错就是礼，倘若结合《西京杂记》"相如曰"一段中所论赋迹，就是"一经一纬，一宫一商"，礼与赋也就很相像了。只是汉大赋重礼在经纬结构，表现于宏观的书写，到唐宋以后的赋也讲法度，那经纬宫商则往往体现于一个句法、一个音律、一个字眼了。

我说唐宋以后，或者魏晋以后，有关文学的讨论就很琐碎了。秦汉时代的人是"粗"，不够精致，是"大"，不好零碎，所以到了明人复古的时候，就有了"文必秦汉""诗必盛唐"的说法，也不无道理！这使我又想起了卞先生，有一次在校园里遇见卞孝萱先生，他忽然对我说：老许啊，你研究汉赋好，"文必秦汉"啊。卞先生对年轻人多喊"老"，这突然恭维我一下，很好玩。"文必秦汉"是明代复古派的想法，但具体的成语，应是清人王鸿绪提出以解释明人思想的 [1]。为什么要文准秦汉？秦汉文厚重，多以礼为文，到唐宋以后，以技为文，特别

---

[1]　《明史·李梦阳传》载王鸿绪评李梦阳："倡言文必秦汉，诗必盛唐，非是者弗道。"按，明末袁宏道《叙小修诗》批驳明代复古派云："文则必欲准于秦汉，诗则必欲准于盛唐，剿袭模拟，影响步趋。"

重技术，人争"巧"而失其"朴"，计于"小"而丢掉"大"，这是值得思考的一方面。而以技为文时代来临的时候，为文为赋如何走向"丽则"呢？这又是另一方面的问题，其中有很多的矛盾、冲突、协调等等。扬雄在谈"丽则"的时候，他自己早期也是好"丽文"的，然后渐渐走向了"丽则"。

我们还应该关注与扬雄同一时期或者略年轻的一个学者，就是桓谭。桓谭的赋论几乎被人们忽略了，因为他的《新论》也是残缺，后来在类书里辑出来的。可是我们读《文心雕龙》，就发现里面的文艺批评引桓谭的东西特别多，从《文心雕龙》里能辑录好多桓谭的赋论文献 [1]。桓谭与扬雄是好朋友，他跟扬雄学作赋，扬雄告诉他，读千赋自能为赋 [2]。怎么写？你多读就是了。你读一千篇赋再来谈赋。现在你们要找我学赋，我回答也是多读呀。我本来不敢写赋，现在敢写了，为什么？扬雄说读千赋则善赋，我点校《历代赋汇》，一下子就读了四千多篇赋，按道理至少可以写四篇赋吧！很有意思，现在经常有来电来函找我写赋，有一天突然四川文联的人打电话来，是从我们学校找到我的电话号码，说要请我写篇赋，他在电话中讲，我们巴中那个地方是革命老区，有一个风景区想写个赋，能不能帮写一下。我说巴中是不是南江县，他说对，我说去年刚刚去了光雾山，正好我一位学生何易展带我去，逛了光雾山，当时没人接待我，现在过了一年多了，忽然有人说请我去玩，名为考察，因为要写个赋。我说不要玩了，我电脑里头好多照片，也有很多感受，就抽时间帮你们写。就是

---

[1]　详见孙少华《桓谭"不及丽文"与两汉之际文风的转变》，《南京大学学报》2012年第5期。

[2]　桓谭《新论·道赋》："扬子云工于赋，王君大习兵器，余欲从二子学。子云曰：'能读千赋，则善赋。'君大曰：'能观千剑，则晓剑。'谚曰：'伏习象神，巧者不过习者之门。'"

今天立在该景区门口巨石上的《光雾山赋》。

桓谭学赋与扬雄的回答是很著名的。桓谭还讲了很多东西，比如他认为扬雄是大才，但不晓音，对音律不通，对当时的流行音乐不懂。你想这个扬雄少好博丽之文，中年以后"悔赋"，弄什么《太玄》，还搞古文字，越搞越木讷，所以不通音律，更不喜欢流行音乐。桓谭恐怕是才子型的，能歌善舞，他自诩"余颇离雅操，而更为新弄"，说我不喜欢雅乐，更多地是"新弄"。雅乐有些历史化的模式，"新弄"有点时代的创造吧。不要小看"新弄"，"新弄"是有时代特征的，更有现实的意义，所以针对扬雄的批评，他很不以为然。桓谭引扬雄的话："子云曰：事浅易善，深者难识。卿不好雅颂，而悦郑声，宜也。"你看扬雄批评他，流行歌曲哪个都会哼，你唱一个经典的试试，比如用美声唱一段，没有天资，没有培养，没有长期的练习，根本玩不起来。那美声唱法要用腹部丹田之气，还要通过人的背后转出来，那一声唱出来，是余音绕梁，三日不绝。所以说"事浅易善，深者难识"，一般人不好雅颂是正常的，而欢喜"新弄"就自然了。

在《新论》里面，桓谭还用殿上的五彩屏风来比喻"五音"。这则文献因为上课时引录，觉得与图像有关，在修改相关文稿时，就加到我们编撰的《中国文学图像关系史》的《汉代卷》里面了。在早期文论中寻找文图理论所得较少，汉代的文图理论确实比较单薄，到魏晋以后才渐渐多起来，所以我对桓谭的这段话更加关注了。他把"五音"，就是宫商角徵羽，用五色屏风来比喻，"五音"跟"五色"对起来，而且他讲了屏风所展示的画面感，就是图像化了 [1]。我当时引用

---

[1]　关于汉代的文图关系，参见拙文《汉代文学与图像关系叙论》，《社会科学》2017年第2期。按，《中国文学图像关系史》由赵宪章主编。

桓谭的话作为汉代文图理论的资料，后来赵宪章老师说你们《汉代卷》能发现这么多问题，充实了早期的文图理论史，是不容易的。桓谭以五色屏风喻"五音"，就转入了谈"丽文"，所谓的"丽文"和"新声"是他特别爱好的。所以刘勰在《文心雕龙·通变》里面，引桓君山也就是桓谭的话："桓君山云：'予见新进丽文，美而无采；及见刘、扬言辞，常辄有得。'"这话妙得很，扬雄讲桓谭只会"新声""新弄"，不通雅颂，认为这是比较肤浅的。扬雄比桓谭年龄大一些，大概可以教育他。但桓谭讲当时人写新的"丽文"，只是美，但是没有"采"，没有风采，所以还赞美了刘向和扬雄他们的言辞。赞美扬雄的文章，这里面就有点复杂了，至少是很有意思的。如果对应桓谭"丽文"寻找一个参照论述，就是扬雄的"丽则"说。如果我们把桓谭的"新声""丽文"说，和扬雄的"丽淫""丽则"说对应起来，放置于那个特定的时代，做些思考和讨论，也是有意义的。

桓谭本人好"新声"、好"新弄"，也落实在行动上。每个人的文学表现和他的性格都要跟现实联系，都与"事"有关，不仅是礼事，而且要做事。我们可以读《后汉书·宋弘传》中的记载，一个叫宋弘的人发现桓谭非常有才能，就把桓谭推荐给皇帝做官了，你想，被推荐给皇帝做官，必定是有才华的，没才，谁推荐？有才华是好事，但是人如果有才华要学会敛，要学会养，就像当年司马相如因《子虚赋》被杨得意推荐给汉武帝，相如一见皇帝面就说自己的赋只写了"诸侯之事"，不算好，先谦虚一下，才收纵自如。桓谭被推荐后，就得意忘形，拼命地"骋才"，终日用他的"新声"来娱戏皇帝，让皇帝开心得不得了，他自己变成了李延年之流。这样误导君心，荒于政事。就像宋代的高俅会踢球一样，重技而失道，宋徽宗也不问民生，只顾玩球了，这能好吗？宋弘见此情形，发现桓谭把皇帝搞得不务正业了，懊悔推荐他了，有一天把桓谭找来痛骂一顿，叫他谢罪，保证以后再不如此这般，桓谭也就改过自新了。这个故事也说明，桓谭是个好"新声"的人，而他又与扬雄关系密切，从桓谭对"新声"与"丽文"的态度以及他与扬雄观点的异同，看扬雄"丽则"说的提出与内涵，都是值得重新省思的。我这里特别提出这一点，是想说明其中的内在钩连，这是一个方面。

从另一个方面来看，"丽则"说的内涵是什么？简单地说就是"风人之旨"。他说的"则"固然有雅颂的含义，但是扬雄作赋一直推崇"风人之旨"，就是《诗》的"风"、赋的"讽"。那么这"风人之旨"怎么样？我们又要来看一看讽与劝的问题。

对此，扬雄在赋论中提出一个问题，就是"孔门用赋"，孔门怎么用赋？可以有两种用法。一个是孔子对诗教的批评，构成了后来赋诗言志的传统，特别是春秋末到战国初，正好是孔子的时代，那是赋诗言志的极盛时期，战国中后期外交聘问，渐渐不再有赋诗言志的情况了。所以扬雄讲"孔门用赋"，这中间除了孔子讲的《诗》"思无邪""兴观群怨"等等批评影响到后世的赋创作思想外，还有就是"用赋"的实例，如《史记·孔子世家》记载的，孔子在会诸侯的时候，"会齐侯夹谷，为坛位，土阶三等，以会遇之礼相见，揖让而登……孔子趋而进，历阶而登"，这跟《左传·僖公二十三年》"公子赋《河水》，公赋《六月》……公降一级而辞焉"是一个意思[1]，都是赋诗之礼，尽管孔子

[1]　有关春秋赋诗言志与后世赋创作的关系，详见拙文《从"行人之官"看赋之源起暨外交文化内涵》，原载《南京师范大学文学院学报》2003 年第 4 期，后收入拙著《赋体文学的文化阐释》，中华书局 2005 年版，第 65—78 页。按，刘师培提出"诗赋之学，亦出行人之官"，并列举《左传》所载赋诗言志例类型，详见刘师培《论文杂记》十四，人民文学出版社 1959 年版，第 126、127 页。

赋诗只有这么一条材料，也值得关注。这就跟《汉书·艺文志》讲的一样，"春秋之后，周道浸坏，聘问歌咏不行于列国"等等，这个要联系起来考虑，就是古人所说的"九能"中的"登高能赋"，"登"什么"高"？就是登坛，登上行聘问之礼的高坛，这个章太炎已经讲得很清楚，就在他的《国故论衡》里[1]，而《汉书·艺文志》就有了这一说法，这是一个非常大的传统。

"孔门用赋"另一用法，是《韩诗外传》里面的一则记载，就是孔子游景山的故事："孔子游于景山之上，子路、子贡、颜渊从。孔子曰：'君子登高必赋，小子愿者何？言其愿，丘将启汝。'""登高能赋"有这么一段记载，说明"赋"是一种创作，是否类似后来赋这一种文体呢？这又引起了学界的些许争论和各种说法[2]。所以从多角度来看，"孔门用赋"是有一定根源与道理的，至少赋诗言志是言之凿凿的，"诗言志"的传统也构成了自孔门以来论诗和批评的特征。如果这样一个传统构成影响了诗赋"丽则"的说法，自然也就有了远承孔子论赋，近取汉赋批评，然后又构成"诗人之赋"这么个范本的意义，所以扬雄觉得贾谊和司马相如的一些作品就有这样的内涵，一个"升堂"，一个"入室"，符合这个标准，进入了这传统的序列。

这样一个传统在开始的时候，或许有很多创作的内涵和批评，当它传承下去之后，也许更多地是一种理论范畴的沿袭，这就值得注意了，到后来你要把它与创作对应起来讲，就非常困难了，大家都是这样讲，习以为常，往往就变成一个公理式的言说，这种言说也就变成

---

[1]　章太炎《国故论衡·辨诗》："《毛诗传》曰：'登高能赋，可以为大夫。'登高孰谓？谓坛堂之上，揖让之时。赋者孰谓？谓微言相感，歌诗必类。是故'九能'有赋无诗，明其互见。"

[2]　参见钱志熙《赋体起源考——关于"升高能赋""瞍赋"的具体所指》，《北京大学学报》2006 年第 3 期。

了一种传统。我这里举了三个最典型的言说，大家可以看一看。

一个是刘勰《文心雕龙》的《诠赋》篇，毫无疑问，他谈到"立赋之大体"，就是"丽则"说的一个更为丰满和形象的表述。你看他如何写的："原夫登高之旨，盖睹物兴情。情以物兴，故义必明雅；物以情观，故词必巧丽。丽词雅义，符采相胜，如组织之品朱紫，画绘之著玄黄，文虽新而有质，色虽糅而有本，此立赋之大体也。"其中"丽词雅义"是摹写或诠释"丽则"，或者说是"丽则"的一种翻版，只是他围绕其主旨的解释更为丰富。好，我们接着看他的《物色》篇："是以诗人感物，联类不穷。……及《离骚》代兴，触类而长，物貌难尽，故重沓舒状，于是嵯峨之类聚，葳蕤之群积矣。及长卿之徒，诡势瑰声，模山范水，字必鱼贯，所谓诗人丽则而约言，辞人丽淫而繁句也。"诗人是"丽则"的，《离骚》为了"模山范水"，又要表达惆怅的情怀，确实用了香草、美人之类的大量的物态来表现，所以有点繁辞了。那么到了汉赋"模山范水"的时候，就是"字必鱼贯"，一写一大串，植物一大串、动物一大串，动物又分兽类、禽类还有水族，所以它就必然有"丽淫"的趋向了。

另一个是元朝杨维桢的《丽则遗音》，你看杨维桢把自己的赋集取名叫《丽则遗音》，重的就是"丽则"，其取法于扬雄的赋论是显然的。只是他不仅取其赋创作的风格，而且将其与皇朝的设科制度结合起来了。刘勰《文心雕龙·诠赋》中对战国荀宋、汉赋十家以及魏晋之首做了一些论述，是作家的批评。所不同的是，杨维桢的"丽则"与制度联系起来了，在元朝中叶，国家的科举制度要考赋，但是不像宋、金时期考律赋，而是改考古赋，于是这个考试赋的"古"就有了"丽则"的意思。杨维桢创作的赋主要是古体赋，他把自己创作的辞赋汇集称为《丽则遗音》，把扬雄的"丽则"思想引入他自己的创作空间。这种融合科举制度与创作空间的"丽则",特别是他"求今科文于古"的思想,在其赋集序中有比较清晰的说明[1],还批评了一些前人赋作。

到了明朝,徐师曾在《文体明辨序说》中谈"丽则"问题,可能是批评史上最详细的了。他对"丽则"的解说,已经与六义说融会在一起,这我们在前面第二讲"六义入赋"已有介绍。我们对每个问题的讨论,都要在诸多问题的关联性中把它抽绎出来,独立出来,才能进行很好的探讨。但是抽绎出来,你又不能不关注到那种关联体,这就是做学问的一种困惑和方法。中间必须要把它抽出来,但是又必须要联系进去,不联系进去看不到全面,不抽绎出来无法设论。如果胡子眉毛一把抓,叫我怎么说?说不清楚,所以我只得把这一系列的问题分成一讲一讲地讲,今天讲到这第四讲"丽则"说,自然又与赋的六义说牵连在一起了。

我们看徐师曾在《文体明辨序说》里面怎么讲的:"诗有六义,其二曰赋。所谓'赋者,敷陈其事而直言之'也。"常识性地说了一通,然后又引《汉书·艺文志》中一段话,再引入"丽则",所谓"皆以吟咏性情,各从义类。故情形于辞,则丽而可观;辞合于理,则则而可法"。他讲得很清楚了,"情形于辞"就"可观",情没有辞怎么表现?有情说不出来,无用,但仅有辞没有情更不行,赋也要有情,诗更要有情了。比如"云想衣裳花想容"(李白《清平调》其一),比如"今夜鄜州月,闺中只独看。遥怜小儿女,未解忆长安。香雾云鬟湿,清

---

[1] 杨维桢《丽则遗音序》:"皇朝设科取赋,以古为名,故求今科文于古者,盖无出于赋矣。然赋之古者岂易言哉!扬子云曰:'诗人之赋丽以则,词人之赋丽以淫。'子云知古赋矣。至其所自为赋,又蹈词人之淫而乖风雅之则,何也?岂非赋之古者,自景差、唐勒、宋玉、枚乘、司马相如以来,违则为已远,刿其下者乎。"

辉玉臂寒。何时倚虚幌，双照泪痕干"（杜甫《月夜》），要这样写，文字才能凝情而发意，这是写情高手啊，假托外物，什么"云"呀，"花"呀，又以彼衬此，从对方的感受写出自己的真情。写情高手不一定非要"啊、哦，情啊，情已经受不了，我要为情而死"，这个不需要。诗赋精彩的描绘，要情辞合度，就是"丽而可观"，同时辞要合理，就是"辞合于理"，才能"则而可法"，这"则"就是"丽则"，这样的作品才能"使读之者有兴起之妙趣，有咏歌之遗音"，这也就论证了徐师曾引述扬雄话语的意义："扬雄所谓'诗人之赋丽以则'者是已。——此赋之本义也。"明朝人特别关注扬雄的"丽则"说，到这里是一个概念性的讨论，接着徐师曾就按《汉书·艺文志·诗赋略后序》的那种说法，讲"丽则"开始背离了，因为"丽则"就是"诗人之旨"或者"风人之旨"，春秋以后怎么样？"春秋之后，聘问咏歌不行于列国，学诗之士逸在布衣，而贤士失志之赋作矣，即前所列楚辞是也。"到了楚辞，也是"发乎情"了，也了不起，也"丽而可观"，也"则而可法"，"至今而观，楚辞亦发乎情，而用以为讽，实兼六义而时出之，辞虽太丽，而义尚可则，故朱子不敢直以'词人之赋'目之"，屈原的赋还是"诗人之赋"，"而雄之言如此，则已过矣"，因为扬雄讲"诗人之赋"的时候兼涉楚辞，一些批评与班固的相关论述接近，我们在汉代文学批评中可以看到。也因此，徐师曾觉得扬雄的说法不太完备，于是又接受朱子的说法，认为屈原是属于"诗人之赋"，这是元明时期"祖骚"的赋情观。然后接着再讲，"两汉而下，作者继起"，怎么样呢？"辞人之赋"也就越来越多了，你看徐师曾这样说："至于班固，辞理俱失。若是者何？凡以不发乎情耳。然《上林》《甘泉》，极其铺张，而终归于讽谏，而风之义未泯。《两都》等赋，极其眩曜，终折以法度，而雅颂之义未泯，《长门》《自悼》等赋，缘情发义，托物兴词，咸有和平从容之意，而比兴之义未泯。故虽词人之赋，而君子犹有取焉，以其为古赋之流也。"[1] 这段话讲得很有意思，他又把扬雄的话往前提升一点，认为《离骚》或者楚辞还是"诗人之赋"，而汉人的赋不少就属于"辞人之赋"了，但"辞人之赋"中间的六义还没泯灭，这里面又有"宗汉"的批评观，所以他也给予了一定的肯定，合起来就是我们后面要讲到的"祖骚宗汉"说。"祖骚宗汉"的批评观是这样的，骚近乎《诗》，了不得，汉赋近乎骚，也了不得，只是骚比《诗》增了些辞情，赋比骚更增了些辞藻。汉赋虽然多是"辞人之赋"，但还有六义在，还有"风人之旨"在，也就有"比兴之义"在，有"雅颂之义"在，具有一定的肯定价值。这个论述是把六义和"丽则"联系起来的，究其根本，还在对"丽则"的新解读。

继元明诸家论"丽则"，同类的讨论就多了，作为"风人之旨"的"丽则"说，仍是值得注意的一个现象。"丽则"衡赋常构成一些不均匀性，虽然跟六义结合，但仍有不均匀性，这不是一是一、二是二能讨论的，好多现象出现不均匀性，比如一方面讲"虚辞"不是讽喻，一方面又讨论怎么曲终奏雅，这也是由"丽则"说延伸而来的一些有趣的创作现象。你读汉赋，往往是曲终奏雅，但从其描写来看，又是"虚辞滥说"，在"虚辞"中又不断地曲终奏雅，有小曲终奏雅，有大曲终奏雅，在终篇的时候总结。那曲终奏雅肯定是符合"丽则"标准的，至于一篇赋中，孰为"丽淫"，孰为"丽则"，又是论说纷纭。所以这个概念本身不是太明确，但批评家总想明确，而且落实到创作中间去，于是借用各类批评术语或范畴融入"丽则"，这又造成更多的不确定，人们的讨论也由此而生，渐渐众口难调。如果古代的东西特别明确，而且明确

---

[1]　徐师曾著，罗根泽校点《文体明辨序说》，人民文学出版社1962年版，第100—101页。

了过后，你觉得没有值得怀疑的了，那也就没有讨论了。也正因为它含量丰富，落实到实际的创作中又纷繁复杂，自然能引起我们费些口舌、进行探寻的兴趣。

我曾讲过，辞赋是修辞的艺术，与辞章有极大关联。古人或许偏重思想性强的教化功能，有时却忽略了它本身是通过辞章来表现这种教化的形式。文学作品跟其他作品不同，绘画有绘画的表现方法，文字有文字的表现方法，文字中间经史怎么表现、诗赋怎么表现，它都有各自的方法，这种"体"的不同的展示，也就有了特定的内涵。"丽则"说如何表现于某一篇辞赋，与其辞章的关系非常重要，我们再从辞章学来看"丽则"，也许同样有意义。

我们要从辞章来看这一点，又会牵涉到赋源的问题，就是赋的渊源。赋有它的文字的渊源，"赋"字的本义的渊源；有它的思想教化传统的渊源；有这种文体慢慢形成的渊源。赋体形成的渊源是不是一个，很难讲，应该是多元的。后人又把它分成几类渊源，《诗》的渊源、骚的渊源、纵横散文的渊源等等[1]，仁者见仁，智者见智，很难把它梳理得一目了然。各执一词者多，达成共识者少。仅从辞章来看，由辞章谈"丽则"，这又必然牵扯到赋的文本创作或者发生的渊源。

文本创作的渊源，一个基本的东西就是用辞，不都用辞章来构篇的吗？赋体怎么构篇？"铺采摛文"，比其他文体铺得更厉害些，还押韵，又属于韵文类。用这几个标准来看赋，赋有它的标准，正宗是大赋，当然小赋不同，抒情赋、骚体赋又有所不同，它都要定出一种标准，比如宋代文赋什么标准，我们要定它几个标准出来，有相对

---

[1]　马积高《赋史》采取三分法，即"由楚歌演变而来"的"骚体赋"、"由诸子问答体和游士的说辞演变而来"的"文赋"、"由《诗》三百篇演变而来"的"诗体赋"。

的标准，这样就比较好说了。早年我曾经给文赋定了三条标准，写在一篇文章中，我讲欧阳修的《秋声赋》、苏轼的《赤壁赋》，定了三条标准[1]。这也得到了学界的回应，比如简宗梧先生在讨论宋文赋的时候，就以我这三个标准为标准[2]，再多几个人以这标准为标准，这就成了标准。我这个人从来不骄傲的，有一次骄傲起来了，因为有一位南大作家班的同学是我邻居，她跑来找我借文学史类的书籍，我说你要看什么书你就拿，她说最近要写这方面的作业，任课的孙立尧老师给他们布置的作业题是，回答宋代文赋的创作，好像是要回答概念的标准。我说那好办，于是我把这篇文章给她，说你把这篇文章里面的这三条标准抄去交作业就行了，如果孙老师怀疑，你就说是我说的。这就是"权威"了，"权威"的话就是"经典"了，真好玩。

一种文体或一种文类的形成，都与辞章怎么表现有关，任何文章的变化都与此相关，这"丽则"概念的形成，也内含了辞章的表达与功用。前两天在专业博士生考核的时候，有一位同学回答考官的某问题，竟引述说许老师讲，中国文学从娱神到娱人、再到自娱的发展道路。用我的话来搪塞，也很有趣。这是我在课堂上讲的，指较早的辞章比较多的是祝辞，毫无疑问，祝辞就是娱神的，对吧？《尚书》里面有"六祝之辞"，祝辞也要铺陈辞采，因为祭神必须要赋物，赋物以供奉神灵，赋物时还要说明赋物的意思，我供奉的物品是做什么的，我为什么要供奉你，这就需要赋辞了，也就是常说的陈辞。陈辞非常

---

[1]　指拙撰《论宋赋的历史承变与文化品格》，《社会科学战线》1995年第3期。按，所述文赋三条标准是："以文为赋，擅长议论的审美特征，平易晓畅、不事雕琢的审美风格和损悲自达、尚理造境的审美趣味。"

[2]　详见简宗梧《赋与骈文》第六章《宋代辞赋与骈文·宋人以文为赋》，台湾书店1998年版，第209页。

讲究技巧，要有理有节，有情有义，为的是感动神灵，这很重要的。除了祝辞，还有讼辞，就是告状，也要擅长言辞呀。讼辞同样要有理有节，说服对方，就像现在律师一样的，你必须要会讲。古人说"圣人之情见乎辞"，具有多方面的视域，然其陈辞是一致的。因此，这个"辞"就很重要了。陈辞如果过度，就是"淫"，陈辞合乎法度，就是"则"，指雅正。而祝辞的陈说本身，就有着媚神或娱神的趣味。而由娱神到娱人，汉人的大赋就起到这样的作用，他要娱人、媚人，媚什么？他当然想借描写表达自己的思想，但首先要人接受呀。赋家写赋做什么？比如相如写《大人赋》做什么？写《天子游猎赋》做什么？他有一个创作标准，有合乎时代的精神，他赋中也有司马迁讲的"《诗》之风谏"，但他首先要读赋者接受，他作赋的阅读者是汉武帝，他要使赋有可读性、有趣味性，有勾人魂魄的力量，不是干巴巴的、一条条的训辞，而是超级用辞的文学描写，要铺张扬厉，甚至有荒诞的过度的描绘，结果汉武帝看了极度高兴，才给他做官，自己也飘飘凌云了。因为要娱媚人，又要训诫人，就产生了"丽则"和"丽淫"的矛盾。所以说从辞章学来看，这种矛盾是必然的，而从思想史来看，这又是令人困惑的。

由祝辞到辞赋，再发展到"丽辞"，桓谭讲"丽文"，对吧？实际上就是"丽辞"。这个"丽辞"随着时代的发展，讲究"丽"字，形成藻采与对偶等技巧，这就是刘勰《文心雕龙·丽辞》所说的内涵了，这就是骈文。骈文与散文对垒，产生了骈散之争。到了中唐古文运动，接踵而来的宋代古文倡导者，针对骈俪文字提出"文起八代之衰"，指的是古文，是雅正之文，关键在"原道"呀。为什么呢？骈文是"丽辞"，强求对偶，以辞害意，所以遭到古文派的反对。但从辞章学来讲，从汉赋到六朝骈文包括骈赋，是文辞的一个发展过程。文辞讲究两两相对，刚柔相济，真是很美的，有时一句话变成两句话来讲，四个字分成六个字来写，增加虚词，自有一种艺术鉴赏美。韩愈批评骈文，重在指斥空洞无物，难以"明道"。

刘勰撰《文心雕龙·丽辞》的时候，正是骈文发展到南朝的成熟期，继此之后，骈文本身也有诸多变化，如从唐四六到宋四六文的变化，但其尚"丽辞"的创作，却成了批评家指斥"丽淫"的对象，也是辞赋创作反思"丽淫"的一大指向。有关"丽辞"，我想起 2015 年骈文学会在南京大学召开年会，我本不研究骈文，曹虹老师邀约我参会，还安排大会发言，这就必须要写论文了。本来想写个发言稿，后来居然也写成一篇文章了，反正三句不离本行，还是谈赋吧，但又要结合骈文，于是就写了《丽辞》篇的读后感，抽出其中"言对"与"事对"的问题，写成《辞赋骈句"事对"小议》一文，敷衍过去了。会后曹老师把我的文章送到韩国的《中国散文研究集刊》发表，后来又觉得急就章不成熟，就把"小议"改成了"说解"，加了一番工，给了《文学遗产》，不久就收到用稿通知。既然是会议论文，就会出论文集，因为《文学遗产》要用，也只能缺席这次的论文集了 [1]。

回到这个话题，《丽辞》篇所述与"丽则"思想也有关。我们先看看《文心雕龙·丽辞》有关骈文的论述，特别是"丽辞"偶对的这段话："自扬、马、张、蔡，崇盛丽辞，如宋画吴冶，刻形镂法，丽句与深采并流，偶意共逸韵俱发。至魏晋群才，析句弥密，联字合趣，剖毫析厘。然契机者入巧，浮假者无功。故丽辞之体，凡有四对：言对为易，事对为难，反对为优，正对为劣。言对者，双比空辞

---

[1]　按，拙撰《辞赋骈句"事对"小议》，载韩国"中国散文学会"《中国散文研究集刊》第 5 辑，2015 年版。后改为《赋体骈句"事对"说解》，载《文学遗产》2017 年第 1 期。

者也；事对者，并举人验者也；反对者，理殊趣合者也；正对者，事异义同者也。长卿《上林赋》云：'修容乎《礼》园，翱翔乎《书》圃。'此言对之类也。宋玉《神女赋》云：'毛嫱鄣袂，不足程式；西施掩面，比之无色。'此事对之类也。仲宣《登楼》云：'钟仪幽而楚奏，庄舄显而越吟。'此反对之类也。孟阳《七哀》云：'汉祖想枌榆，光武思白水。'此正对之类也。凡偶辞胸臆，言对所以为易也；征人之学，事对所以为难也；幽显同志，反对所以为优也；并贵共心，正对所以为劣也。又以事对，各有反正，指类而求，万条自昭然矣。"[1]

在这里面，刘勰提出了"言对为易"和"事对为难"，实与"丽则"说有一事实上的内在联系，于是可以依据"事对"问题做些考述。我们看刘勰说的"丽辞"四种对法，其例证主要是赋，四个例证三者为赋，除了"正对"一例，其他都是谈赋。这就牵扯到体类问题和风格问题。从体类来看，赋是要"体物浏亮"，赋是要"感物造端"，要大量事物的描绘，所以赋是以"事对"为主的。但是一篇赋中过多"事对"，就显得太质实，因此"言对"在赋走向骈化的道路上也起到重要的作用，比如引经，往往采取"言对"，"言对""空辞"，容易警策。我们写文章喜欢用些警句，而警句又多半是空话，华美的警句实际上没有多少内容，但是它美，如果内容太多，太质实了，文字就不一定美，所以相比之下"事对"较难。但是，大家要知道，赋写作用典比较多，用事典更多，就汉赋而言，西汉赋"言对"较多，到东汉赋采

[1] 刘勰著，范文澜注《文心雕龙注》，人民文学出版社1958年版，第588—589页。按，范氏注该篇云："此云丽辞，犹言骈俪之辞耳。"

取历史化的书写，用事典就更多了[1]。加上语言逐渐偶化，"事对"也就与日俱增。结果越对仗，越滞重，越掉书袋，其中好多的内容比对都是历史故事或者经典故事等，所以比较厚重的同时又比较滞重，很难写得好。

除了体类，可以再看赋创作的风格的问题。以庾信创作为例，我曾转录三条批评。第一条批评是王若虚《滹南遗老集·文辨》说的，他指出庾信《哀江南赋》"堆垛故实，以寓时事，虽记闻为富，笔力亦壮，而荒芜不雅，了无足观。如'崩于巨鹿之沙，碎于长平之瓦'，此何等语；至云'申包胥之顿地，碎之以首'，尤不成文也"[2]，意思指庾赋用事典太多而流于陈腐，这是说明"事对为难"的一个证据。第二条是祝尧《古赋辩体》评论三国体、六朝体赋的时候，又批评庾信的《枯树赋》："观此赋固有可采处，然喜成段对，用故事以为奇赡，殊不知乃为事所用，其间意脉多不贯串。夫诗人之多识，岂以多为博哉？"[3] "诗人之赋"是要一种情怀，"辞人之赋"多故事、好堆砌，祝尧批评庾赋"事对"不得叙法。第三条我引了钱锺书一段话，这段话在他的《管锥编》中，一方面赞述庾信"以赋为最"，且"藻丰词缛""仗气振奇"，一方面又引明人姚旅《露书》卷五评庾氏《三月三日华林园马射赋》的话："曰'千乘雷动，万骑云腾'，曰'选朱汗之马，开黄金之埒'，曰'鸣鞭则汗赭，入埒则尘红'，曰'马似浮云向埒'，一事屡见。"全是马，又"至如'驺虞九节'，后曰'诗歌九节'……则不

　　[1]　详见拙文《论东汉赋的历史化倾向》，《文史哲》2016年第3期。

　　[2]　引自王若虚《滹南遗老集》卷三十四《文辨》，《四部丛刊初编》影印旧钞本。

　　[3]　引自祝尧《古赋辩体》卷六《三国六朝体下》，《景印文渊阁四库全书》，台湾商务印书馆1986年版，第1366册，第799页。

胜重犯矣"。[1] 这里借姚旅论庾赋"一事屡见"的弊病，批评作赋的冗杂之弊。这些"事对"都与"丽辞"有关，而用事冗杂，自然有违"丽则"的标准。

"丽辞"落实到事物，事物如何能达到"丽"而"则"的标准？在赋创作中，事物堆砌得太多，就会违背了"则"，也就是法度。如果仅仅是"空辞"，比如"言对"，那很美，但是它是"丽"而不"则"；要是用事，用多了同样是过度，也违反了"丽则"。古人对这个问题进行了很多的讨论，接受的方式更是纷繁复杂了。在提法上不一定有"则"才是"丽则"说，比如"楷"，楷式，实际上就是"则"，后人或用"赋楷"这个词来编书，如王修玉的《历朝赋楷》，其编纂思想显然是受到扬雄"丽则"的影响。比如王修玉在《历朝赋楷》开篇的《凡例》中，就引扬雄的"诗人之赋丽以则"为准则、为标榜，这也是他选赋、谈赋、评赋的标准。对照赋集中所选的赋，至少是他认为的符合"丽则"标准的赋，显然衡之于扬雄的原论以及历代的批评。当然，一个词语用久了、用多了，有时候大家都来用，就有些随意性了，我认为我这个就是"丽则"，你那个就是"丽淫"，结果选的这些赋篇中间，有的可能是古人认为"丽淫"的，他把它当"丽则"选了，这些很难讲的，在不同时代有所不同，各家讨论也标新立异。

到了跟骈赋对应的时候，古赋受到复古中人的推崇，又加上与律赋对应的文人创作的新文赋的出现，这是不是又构成"丽淫""丽则"的冲突？由于考试用赋与相对自由的文人创作赋又有所不同，闱场赋

---

[1]　引自钱锺书《管锥编》二五七《全后周文卷八》，中华书局 1986 年版，第 1516—1517 页。

完全是应付考试，需要很多的规范，而文人赋创作是有感而发，自由挥洒，其中构成的"丽淫""丽则"的冲突又不限于"体"，而决定于赋作本身。比如有的闱场赋特别注重雅正、警策，被视为"丽则"，有的文人赋为了炫耀、吸引眼球，反而被批评是辞藻之"丽淫"，当然辞藻美而恰当，或者适度，仍有批评家以"丽则"称之。以"体"为视点，简单处理"淫"与"则"的也多，比如到了清代，有人把古赋跟律赋对应或者比较，说古赋就是"丽则赋"，时赋就是"丽淫赋"，时代越后，讨论越多，探讨的对象也发生了很大的变化，但是"丽则"的这一批评标准，却一直被后代尊奉和追求。就像我们写校训一样，人人都讲我们要实事求是，要务真求实，对不？我们谈赋也一样，人人都讲我的赋是"丽则"，没有人说我编个赋集叫作《丽淫集》，对吧？如果我们编校训，偏偏要假想、空想、天马行空，没有人敢这样搞，南大校训叫"诚朴雄伟，励学敦行"，气象恢宏。仙林校区的校舍是红色的墙，灰色勾缝线，有人调侃这就是"灰红"（恢宏）。当然都是正色的好话，是"丽则"而不"丽淫"。

辞赋理论重"丽则"，也成为一种批评惯性，比如说从王修玉的《历朝赋楷》提倡"丽则"之后，鲍桂星编的一本书就叫《赋则》。当然不止他一本，有好多《赋则》，明朝也有《赋则》。这个"则"字，已构成辞赋创作的一种规范，赋重"则"好像比诗重"则"更多，后世《赋则》的编辑，理论源头当然在扬雄的批评话语。你看鲍桂星的《赋则》，是赋集兼赋话的体制，在这书的序里，他从"先大夫"怎么样谈起，接着说如何跟吴澹泉先生学习诗赋，而吴澹泉的学问又是从刘大櫆来的，鲍桂星后来又受学于姚鼐，所以他也是我们桐城的弟子之一，这是他讲的师承。而这本书的赋学渊源，明说是受王修玉的影响，借用《赋楷》而为《赋则》。在《赋则》中，他有很多论赋之语值得注意，比如说"赋者，古诗之流，诸子中文之丽者皆赋类也"，他干脆说反正子书中的"丽文"就是赋啊，属赋类啊，又说"'骚''七'又异其名耳"，骚、七也是赋类，只是名目不同而已，这明显是从姚鼐《古文辞类纂》之辞赋类的编纂观点来的，持广义的赋类观。他又说："昔人谓'赋家之心，苞括宇宙'，致乃得之于内，岂苟为磬欬已哉！然研炼都京至于十年，一季则知名山盛业，非风檐寸晷可同日言矣。"[1] 虽然没有直接引用扬雄的"丽则"说，实际上就是"丽则"思想的一种新解读。鲍桂星对赋的具体评点很多，他选了很多赋，都有评点，而他的评点完全用桐城古文法。《赋则》是比较典型的用桐城古文法来评点赋的一个赋集。关于这一点，我单独写过一篇文章，在《南京大学学报》上发表的，其中强调的一点就是用文法或者说用古文法批评辞赋，这有些类似桐城的方东树《昭昧詹言》用古文法评诗。当然，辞赋也是古文嘛，但是用古文法批评辞赋的时候，其中显然与骈赋、骈文有些对立。于是可看到《赋则》中包含的思想，又是从韩愈的《原道》思想而来，这构成了一种古文跟时文对应中的"丽则"思想，只是转入赋域，回到了赋的"丽则"观[2]。

从上面说的可以看到，"丽则"思想影响了古文跟时文的批评，然后又回到赋创作。通过"丽则"思想的接受和发展，文学创作始终存在的一个矛盾又在赋域中体现，那就是文学创作必然要有"丽辞"，没有"丽辞"没人欣赏。但是在发展的过程中，在批评的领域中，在"丽则"思想的强化中，又往往丢失了"丽"，特别强调一个"则"。在批评中，"则"的地位就越来越高，丢失了"丽"；在

---

[1]　王冠辑《赋话广聚》收录道光二年刻本《赋则》，北京图书馆出版社 2006 年版。

[2]　详见拙文《鲍桂星〈赋则〉考论》，《南京大学学报》2010 年第 5 期。

创作中，"丽"又必然伴随着文学的变迁在发展。曹丕讲"诗赋欲丽"，这个"丽"毫无疑问是诗赋的一个特点，但是在后来的批评中间，就始终在强调"则"的东西，包括杨维桢、王修玉、鲍桂星这些人，都以"则"为最高标准，这也是我们讲赋学批评值得思考的问题。

"丽"渐渐地被一些评论淹而不闻，虽然人们写的"丽文"非常美，但是把"则"提得特别高，可能是因为我们教化传统的强大，典雅、典则成为一种文学批评的固化模式。这里还可以提出一个有趣的现象，就是王世贞《艺苑卮言》的一则引述。王世贞在《艺苑卮言》里面引录了很多赋论，比如"相如曰"的赋迹赋心说，就受到他极度的推尊，我前面已经讲过了。王世贞是赋论"宗汉"的代表，从李梦阳到王世贞都主张"唐无赋"，如果说祝尧还更多地"祖骚"的话，那么到了明人，更多地是"宗汉"。在"宗汉"的赋论中，"丽则"思想自然更为重要了。但是王世贞《艺苑卮言》引的是一句什么话呢？是这样的："扬子云曰，诗人之赋典以则，词人之赋丽以淫。"[1] 以"典则"对应"丽淫"，用"典则"而非"丽则"，到底哪个不对？后来查查《法言》，没找到"典以则"的本子。但据我的印象，过去有人讨论过的，后来我又找不到这篇文章了。为什么是"典以则"？如果说对仗的话，这样更好。如果是"丽以则"，又来一个"丽以淫"，通不通啊？"典则""丽淫"多好啊！到底是"典则"还是"丽则"，我在课堂上提出过，我的一位博士生对此有兴趣，于是做了一番考论，作为课堂作业，做

---

[1]　按，《艺苑卮言》的诸版本，如明刊八卷本、十二卷本、十六卷本，皆为"典以则"，王世贞《弇州四部稿》中的引录亦如此。

得很详细，也有赋学史的价值 [1]。

从古意来看，"丽"也通"典"，"典"是典范、规则，"丽""典"，古文字是有相通处的。"丽"，两个人的辞谓之丽，我们看《尚书·多方》里面讲，"厥图帝之命，不克开于民之丽"，"丽"指狱辞，告状的讼辞。"丽"指两人对簿公堂嘛，这里头又有一个"典"的含义，所以孙星衍注引《周礼》说"丽者，丽于狱也"，《尚书·吕刑》里面讲，"惟时苗民匪察于狱之丽"。《多方》的"丽"，杨筠如在《尚书核诂》里面说，"丽"，"郑注施也" [2]，施行的"施"。"丽"既是法则，又是刑律。根据很多人对《尚书·吕刑》的解释，"典"与"则"相通，所以这个"丽"就跟"则""典"又相通了。同样，"丽则"本身又有它的合理性，比如《汉书·东方朔传》里面讲，汉文帝之时，"以道德为丽，以仁义为准"，"丽"与"准"对文，取法则的意思，"民之丽"，民之则。所以"丽则"也是合理的，王世贞引作"典"，意思相通，从文字本义来看，"典则""丽淫"，适合些，好像好一点，大体不差，小异可辨。况且"典"字本身就是指书简，"五帝之书皆谓之典"，如《尧典》《舜典》等等，那就是经义根本意义的"典"。

我们还可以就赋体"丽则"论，对应一些其他批评文献来看，比如《隋书·文学传》，主旨是要会通南北文学，批评南朝的"淫丽"，这中间有很多文字批评"大同"以后怎么样，批评庾信、徐陵的文章，很严厉的。其中还有这么一句话值得注意："梁自大同之后，雅道沦缺，渐乖典则，争驰新巧。""典则"这个词是早就存在的，在《隋书·文

---

[1]　按，这篇作业后经修改成文，正式发表了。详见程维《从王世贞对扬雄赋论的"误"引看明中期的赋学复古》，载《中南大学学报》2014 年第 6 期。

[2]　杨筠如《尚书核诂》，陕西人民出版社 1959 年版，第 256 页。

学传》里面就讲了，批评的是大雅之道沦缺了，文学违背了"典则"之道，所以争驰"新巧"什么的，以及批评南朝文学是"简文、湘东，启其淫放"，就是"丽以淫"呀 [1]。这只是一个小个案，也没人专门论述过，所以大家有兴趣的话，可以对这个问题再做一些讨论。

通过今天的讲述，我们可以看到"丽"与"则"的问题，虽然它有很多的内在矛盾，但是我们通过几个方面提出其中的内涵，比如"风人之旨"的内涵，以及从辞章来看"丽则"说，包括古文跟骈文的关系，有用之文跟"丽辞"的关系，再看它在赋学批评中间的演变，在大视野中看小问题，也许更有意义些。因"丽则"引出的诸多问题，特别是赋体的"丽辞"描绘，最后都要来个曲终奏雅，曲终奏雅跟乐教是明显有关的，那么跟书写方法也就有关了。所以我们下一讲就要讲到汉赋的曲终奏雅问题。

今天就讲到这里。

---

[1]　按，《隋书·文学传》承接的是李谔《上隋高祖革文华书》的思想，其中主要论述是："魏之三祖，更尚文词，忽君人之大道，好雕虫之小艺。下之从上，有同影响，竞骋文华，遂成风俗。江左齐梁，其弊弥甚，贵贱贤愚，唯务吟咏。遂复遗理存异，寻虚逐微，竞一韵之奇，争一字之巧。连篇累牍，不出月露之形，积案盈箱，唯是风云之状。"

曲终奏雅

在扬雄论赋的言谈中，与上次所讲"丽则"相关的一个赋创作现象，叫作"曲终奏雅"。这好像很小的问题，但牵扯层面很广，什么叫"奏雅"？各有各的说法，西汉赋欢喜最后来个讽谏，叫"奏雅"，后来东汉赋好颂扬，未必不是"奏雅"。或者先铺张不讲主旨，最后点题了，也可以说"奏雅"，所以说这个问题就是一个小题目，但是应用于文学创作却极广泛。而作为一种理论的批评，它发源于赋论，在赋创作中尤其有特色。今天就谈一谈以汉赋为研究对象的曲终奏雅。

奏雅当与讽谏说有关，有一次《文史知识》搞一个"楚汉传奇"专辑，来信约我提供一篇汉代文学的文章，希望写汉赋方面的。一约一应，就写篇小文，叫作《说汉赋的"曲终奏雅"》[1]。好像是 2013年初的事，文写得比较浅显，《文史知识》嘛，不可能太深，以介绍知识为主，这是我比较系统介绍汉赋"曲终奏雅"知识的文章。

---

[1]　详见拙文《说汉赋的"曲终奏雅"》，《文史知识》2013 年第 4 期。

有关"曲终奏雅"的最初文献，就是《史记·司马相如列传》末尾的话，标明为扬雄说的。扬雄是西汉末年的人，所以今本《史记》中那几句话是后人窜进去，也就是说"太史公曰"的"与《诗》之风谏何异"是司马迁的，后面引录的"杨（扬）雄以为"就不是原始文献了，所以引录这个文献，还是以《汉书》为好。《汉书》中引录的这一段话，同《史记·司马相如列传》的引录是差不多的内容，就是："扬雄以为靡丽之赋，劝百而风一，犹骋郑卫之声，曲终而奏雅，不已戏乎！"他批评当代的赋家，虽然有曲终奏雅的思想或采用这样的方法，但结果仍是劝百讽一，不能达到赋的讽谏效果。这是"曲终奏雅"文献的源头，其中牵扯到很多问题，论其初衷或者关键，应该是在讽谏。从扬雄的说法来讲，他自己创作都是主张讽谏，他作赋在序中无不标明"风"，从讽谏说这个方面来讲，是和司马迁的赋论思想一脉相承的。

因为这一批评命题来自讽谏说，是扬雄批评相如赋特别是《大人赋》没有达到曲终奏雅的效果，既然想曲终奏雅，肯定是承认曲终奏雅，但效果不行，这是他的批评的一个重要论点。除了在《法言·吾子》里，扬雄讲到"诗人之赋""辞人之赋"等，《汉书》里面"曲终而奏雅""劝百而讽一"的话语，应是他论赋的又一个焦点问题。聚焦这个问题，又有点反讽的意味。扬雄他好赋，模拟司马相如的赋，后来又反悔了，所以他批评相如赋的曲终奏雅没什么效果，我们同样可以看后代人如何评论扬雄赋，后人评他的赋，也用这个话来批评他，比如宋代一个学者讲扬雄的赋是"曲终奏雅"，结果还是落入失"讽"而"劝"[1]。类似的批评很多，成了你评人、人评你来衡赋

---

[1]　指宋人林骃《古今源流至论·后集》卷六《谏诤》评扬雄赋："曲终奏雅，不免于劝。"

的批评模式。

由《汉书》的《扬雄传》对照《司马相如传》的"扬雄以为"这段话，应当是扬雄讲的。《扬雄传》是他的自序[1]，包括他讲他创作赋的过程，可以对读，学问是对读的。对读以后你可以看，他无不以讽为主，他的主观意图都是讽，比如"奏《甘泉赋》以风"，"上《河东赋》以劝"，"因《校猎赋》以风"，"上《长杨赋》"，都是讽。他创作辞赋的目的全是讽，结果又被人批评"曲终奏雅，不免于劝"，这里面包含了赋体"虚辞"与讽谏的矛盾，就是一方面是"虚辞滥说"，一方面主观意图要讽谏，这就构成了一个矛盾。这种矛盾形成的理论术语，就变成了后世文学批评长期沿用的一种论述。

曲终奏雅作为一种论述，由此形成固化的理论术语，但在历史的承继中并不完全固定。有的时候是泛言，比如作褒义，《四库全书总目》在一本《教坊记》的提要中说，"其风旨有足取者。虽谓曲终奏雅，亦无不可"，《教坊记》虽然是记述歌伎的东西，市井的内容，但曲终奏雅，也有可取啊。这是泛泛而谈。或者取贬义，比如范处义《诗补传》讲《大雅·常武》："卒章乃陈警戒之言，故其言易入也。后之为辞赋者，或窃取其义，而学者以曲终奏雅、劝百讽一讥之，是不知其得古诗人之遗意也。"《大雅·常武》有微言大义、戒惕之心，后代赋家经常用这种方法引述其义。如果从文本上以赋对应《诗》的话，赋更应该对应《颂》和《雅》，尤其是长篇的《颂》和《雅》，与《风》诗反而不尽相同了。所以说赋，尤其是汉大赋，是《颂》《雅》的传统，《雅》与《颂》在赋中体现得比较多，其创作内涵也多是宫廷的。赋创作取用《雅》《颂》是很明显的，但是用得不地道，所以扬雄就批评

---

[1] 按，班固《汉书》卷八十七下《扬雄传》："赞曰：雄之自序云尔。"

赋家的作为，这形成了批评传统，也就不局限于扬雄一人的话语了。也就是说，这些赋家没有深刻体会诗人的遗意，批评家才产生这些批评辞赋的论点。这是泛论。还有专论，比如论一个人的学术，"庶几曲终奏雅之意尤善"，朱熹讲的[1]。这是对文章的表彰，是个案，也是专论。有的以此论学，或者论史，比如谷应泰《明史纪事本末》里面讲燕王起兵勤王，来打建文帝，写到燕王起兵这一段，他忽然来了句"曲终奏雅，逆取顺守"[2]，论史，也是专论。再看论文，比如四库馆臣评宋代姚勉《雪坡集》中的《贺丞相贾秋壑启》，"然启末多进规之语，犹曲终奏雅之意"，论文，也不限于辞赋了。也有论诗词创作的，有一个叫陈世崇的人，在他的《随隐漫录》卷二里评人家的词，说"含情托讽，所谓曲终奏雅者耶"，取讽谏之义。诗词有讽，史家有讽，文章家也有讽，无论泛论或者专论都有。所谓"始谈艺文，终于政术，正犹曲终奏雅，神融意畅"，这是娄坚《学古绪言》的一段话[3]，说明曲终奏雅语义中的政教内涵。这很有意思，就是说，不管论词也好、论诗也好、论赋也好、论史也好、论经也好，都有一个很重要的问题，谈的是艺文，终归于政术。这里面又有一个强大的经学传统、政教传统，在起着重要的作用。这些来自不同言说渠道的片言只语，说明曲终奏雅已不限于赋域，它是由赋域展开、涉及很多方面的批评命题。

　　我们说曲终奏雅是个由赋域向外辐射的问题，大家可以从各个角度来思考它的内涵和意义，这很有意思。但是从专论赋到泛论文，有两个问题就出现了，因为曲终奏雅这一赋论的专题是针对司马相如，

---

[1]　按，这是朱熹《晦庵集》卷四十《答何叔京》文中的话。

[2]　详见谷应泰《明史纪事本末》卷十六《燕王起兵》。

[3]　详见娄坚《学古绪言》卷二十《尊经阁夜话述》。

就是相如赋，对吧？是就一个相如赋开创曲终奏雅呢，还是赋家都喜欢曲终奏雅，尤其是大赋家？应该说后者是对的。这是第一个问题。第二个问题则是用曲终奏雅的方法讽谏，结果导致劝百讽一，为什么赋家还是乐此不疲？

曲终奏雅的批评始于针对相如赋，但从创作实际来看，并不专属于相如一人，而是一种广泛的辞赋创作的传统。这样的例证很多，就不一一列举了。我们看看枚乘的《七发》吧。这是篇略早于相如创作的类似的大赋，如果《梁王兔园赋》也是枚乘的作品，其方法也是曲终奏雅，当然《七发》的作者署名枚乘，更可靠。《七发》由"客曰"发端，分叙听琴、饮食、车马、游观、田猎、观涛、奏方术之士，极尽铺排描写之能事，终以"奏方术之士"明其功效："于是太子据几而起，曰：'涣乎若一听圣人辩士之言。'涩然汗出，霍然病已。"汗一出就好了。是不是就是曲终奏雅的模式？有些类似。

像曲终奏雅这种模式，我们可以对应司马相如的创作。在汉大赋写作中，司马相如是典范。司马相如赋作，当然是《子虚》《上林》最重要。他赋中的曲终奏雅，有的读者容易觉察，后人把它理解为最后点题，但在相如等的汉大赋创作实践中不完全是这样，赋的写作会有不断的小点题，奏雅是反复的，就是说一篇大赋也许是一个大的布局，它中间有一个个小的片段，对吧？就像乐章一样，一个个乐章，一个个片段，经常在一个乐章或一段描写之后来一个奏雅，到最后大结局时来一个大奏雅。要细读，蛮有意思的。你看司马相如在《子虚》《上林》赋中的摹写，由"楚使子虚使于齐"开篇，以子虚对齐王问展开，其中包括描述范围、地形、物产、校猎、美色、装饰等等，然后导向对方的醒悟。齐王醒悟的时候，子虚就说"于是齐王无以应仆也"，理亏了，没法应对质疑，此处顿挫，为奏雅。又逗引起齐臣乌有先生的反击，然后亡是公出来了，针对楚臣子虚、齐臣乌有先生有关云梦之泽与东海之滨的夸饰，展示天子上林苑的壮丽，极尽描绘之能事，同样是描写如范围、水势、山势、泛览、装饰、物产、校猎、酒乐以及崇儒、听政等等，最终归于醒悟，又奏雅。特别是天子游猎那一段，非常精彩。其实，赋在被认为是淫靡之辞的那些地方，才是真正精彩的描写。当然我们现在从艺术审美的眼光来看，觉得它精彩，但古代赋家不是这样的，他总是最后要虚写。比如相如描写天子游猎的场景、过程之后，曲终奏雅了，不是一句话，有时候一两句话点到为止，这里是一大段话："若夫终日驰骋，劳神苦形，罢车马之用，抚士卒之精，费府库之财，而无德厚之恩。务在独乐，不顾众庶，忘国家之政，贪雉兔之获，则仁者不繇也。从此观之，齐楚之事，岂不哀哉！……夫以诸侯之细，而乐万乘之侈，仆恐百姓被其尤也。"这表面上以天子游猎之壮丽压制诸侯之嚣张，然其用心则在讽喻"万乘之侈"，谲谏圣意，正是曲终奏雅之法。在齐、楚的小曲终奏雅之后，赋家假借亡是公之口又拓开一层，以天子自悟结束。所谓天子醒悟，感到这游猎是"大奢侈"呀，"于是酒中乐酣，天子芒然而思"，[1] 自省自悟，就是奏雅了。

司马相如写得比较含蓄，有的写得比较直白，像张衡赋写得就比较直白。尤其那个《思玄赋》，其中描写游仙，到处游，但又不同于《离骚》的游，不同于相如《大人赋》的游。张衡是科学家，他的游能够落到实处，把游与星宿联系，游历星际间，因为他通天文学呀，可以按轨道来游，不是像屈原神游昆仑，都是幻想，像穆天子西行一样往昆仑山跑。张衡是按轨道来的，什么"开阳"，什么"封

---

[1] 司马相如赋作内容文字，引自萧统编，李善注《文选》，中华书局 1977 年版。

狼"等等，都是星宿名称，你们可以看我的《张衡评传》，我在这本传记中写《思玄赋》那一段蛮得意的，因为很好玩[1]。席泽宗是天文学家，他说《思玄赋》中神游一段是最早的一首科学幻想诗。张衡比较重天体运行的状况，对星宿比较了解而已。但赋要夸张的，这篇赋写天际神游也需要夸张描绘，所以他游了半天，还是回到人间诵诗书了，读圣贤书，这也是曲终奏雅。张衡《思玄赋》描写游也极夸饰，游回来后奏雅，就非常地直白，什么"收畴昔之逸豫兮，卷淫放之遐心。修初服之娑娑兮，长余佩之参参。文章焕以粲烂兮，美纷绋以从风。御六艺之珍驾兮，游道德之平林"[2]。相如写得比较含蓄，拿《思玄赋》和《子虚》《上林》赋比，或者说和《天子游猎赋》比的话，相如赋的奏雅有时不着痕迹，从鉴赏的意义说，更美丽些。

除了大赋，有些小赋的描写，其曲终奏雅更明显。最典型的是宋玉的《登徒子好色赋》，开始就乱描写，拌嘴，吵架，说登徒子在楚王面前揭宋玉的短，因为宋玉长得漂亮，容易好色，不能重用，楚王就问宋玉，宋玉讲我怎么好色啊，登徒子才好色，又是胡扯一通，说登徒子如何好色，妻子那么丑，又有痔疮，又生疥疮，他还爱得要命，生了五个孩子，好色如此！这完全是倡优之辞，都是调侃，调侃过后，讲到他自己怎么坚贞，说东邻有美女，爬墙偷窥他三年，他心都不为之动。你心不动、眼不见，如何知道她偷窥你三年？见鬼，哪会有人窥他三年，还把人窥老了，发疯了真是，都是开玩笑，都是调侃。赋的最后是章华大夫出来了，他偏偏要到桑林去游，对吧？看到

---

[1] 详参拙撰《张衡评传》，南京大学出版社1999年版，第310、311页。又，拙撰《张衡〈思玄赋〉解读——兼论汉晋言志赋之承变》，《社会科学战线》1998年第6期。

[2] 引见张衡著，张震泽校注《张衡诗文集校注》，上海古籍出版社1986年版，第237页。

那么多采桑的美女，又选其中最美的盯着看，好色得很，这是原欲，妙在赋家笔锋一收，来了个"扬诗守礼"，曲终奏雅，正符合古礼所称的"发乎情，止乎礼义"[1]。这很好玩的，个人意识的原欲，集体意识的礼义，最后回到了集体的意识、社会的公德，曲终奏雅，非常明显。仿效《登徒子好色赋》，司马相如也写过一篇《美人赋》，据《西京杂记》上讲，他是因为太好卓文君的"色"了，得了消渴疾，结果自己发狠，再也不贪恋美色，于是写了这篇赋自戒[2]。自戒是一种说法，实际上这是对一种创作模式的摹写，是对郑卫之声创作模式的摹写。赋写主人公到某个地方，见到一女人，这女人见面就脱衣，用柔滑如脂的肌肤来诱惑他，受不了了，结果来个翻然而悟，写得是比较笨拙了，当然也搞笑，这种曲终奏雅就显得简单而直白了[3]。大赋的奏雅婉曲深邃得多，扬雄所讲的曲终奏雅更重《天子游猎赋》那样的奏雅，不是写个简单的像《登徒子好色赋》《美人赋》这样的，他重的是天子的礼节。在赋家描写天子礼节的时候，这种曲终奏雅也非常明显地出现了，应该说是值得关注的一个现象。

曲终奏雅与讽谏相关，这就牵扯到一个问题，就是前面讲过的赋的根源，与俳优有关，跟隐语有关。最典型的就是荀卿赋，荀子《赋篇》都是类隐语的，先写出个谜面，然后描写谜的内容，《礼》《云》《蚕》《箴》等，就描写什么叫礼？什么是叫云？什么叫蚕？什么叫

---

[1]　宋玉《登徒子好色赋》中有关章华大夫一节文字："臣……从容郑卫溱洧之间。是时向春之末，迎夏之阳，鸧鹒喈喈，群女出桑，此郊之姝。华色含光，体美容冶，不待饰装。臣观其丽者……目欲其颜，心顾其义，扬诗守礼，终不过差。"

[2]　《西京杂记》卷二："长卿素有消渴疾，及还成都，悦文君之色，遂以发痼疾。乃作《美人赋》，欲以自刺，而终不能改，卒以此疾至死。"

[3]　参见拙文《〈美人赋〉与"文园病"》，《古典文学知识》2017年第4期。

箴？描写文字为主要部分，如果没有描写就不称其为赋，或者就不称其为文，顶多是两句小格言而已。所以荀子"五赋"都是先写谜面，再加描绘，最后用一句话点题，就是解谜，点出谜底。这最后点破谜底，也类似曲终奏雅了。所以从文学来看，曲终奏雅是赋写作的一个特点，但是有文法写作的共同的意义，就是那种谲谏之风。为什么汉代兴起了谲谏之风，特别是在赋中呈现这谲谏？与帝国政治的强大有关，与帝王至上的权威性有关，但其风气则自古而然，在刘向《说苑》中就载述了大量的谲谏故事，先秦有类似的说辞，比如《战国策》里面就很多，所谓欲擒故纵，最后点题，从诙谐的文字游戏归于雅正的主旨。我们举个例子，《冯谖客孟尝君》就是个典型。冯谖做孟尝君的门客，来了后不做事，要鱼吃，嫌"食无鱼"，给他鱼吃，仍然消极怠工，要求又来了，说"出无车"，出行没有车，好，给你车，还不做事，说没有能力成家。谁知这个冯谖成了家还不做事，于是孟尝君把人人怕的讨债的事叫他去做，他老兄倒好，到那里把地契全送给了人家，把债券一起烧了，还美其名曰"市义"，损失钱财买回了"义"，这下把孟尝君气得要死，也没开除他，只是叹息"先生休矣"，你拉倒吧，歇歇吧。可这冯谖是大才，他审时度势，有眼光，觉得内部要乱，后来果然出问题了，孟尝君跑到他"市义"的地方避难，人家是郊迎三十里，高规格接待。那么多情节跌宕的描写，不过是曲调的音响或变奏，最后"市义"的结果，却是整篇故事的曲终奏雅。

这种情况很多，《史记·滑稽列传》里记述比如淳于髡、优孟的故事，也是典型。淳于髡就是谲谏而罢齐王的长夜之饮，因他的机智，寓庄于谐，被史家视为滑稽之徒。他采用的是谲谏之法，先用夸张的语言大赞长夜之饮好啊，夸饰到极点，再话锋一转，曲终奏雅了。我想现在就缺少这种俳优之徒，社会需要一点讽谏的精神，既幽默，又有效果。优孟更是典型了，楚王爱马，要用大夫之礼葬马，优孟说，大夫之礼算什么，要用人君礼葬之。这么夸张，楚王自己都受不了啦，自然也觉悟了。吹捧有时是谲谏，大家一起吹捧，也可能都是在讽喻。

汉赋与俳优的关系，已有人讨论过，文章早就有写的了[1]。我想这里面不仅有创作的渊源问题，也存在着某种批评的观念。因为赋是描写物态的，事象特别多。任何人的享受都包括物态和事象，不可能餐风饮露，不食人间烟火，一个人如果餐风饮露，你还要讽谏他做什么？没意思啦。无非就是享受太多，物欲太多，事象太多，贪多务得，细大不捐，害人伤己，才需要劝谏。赋家从创作上来看，就是有些贪多务得。赋的描写，与写诗、写词不同，唯恐物象不多，情事不杂，他是韩信将兵，多多益善，特别是大赋，没有"物"怎么"体"？没有"采"怎么"铺"？于是"铺"多了，又迷失了方向，找不到正确的归宿，浪费了许多辞藻，荒废自己的心智，导君于恶，催人以淫，即使赋中含谲谏，曲终也奏雅，还是难以逆挽狂澜。

不过，赋体就讲求铺，大赋要铺，小赋也要铺。如果你认为无可铺之物，或有物而不能铺，就无法写赋。铺写不成，也就没有了曲终奏雅。当年我写《栖霞山赋》，好在栖霞山的文化渊深，历史悠久，你别看它山小，在通都大邑的南京，况且还是"江南佳丽地，金陵帝王州"（谢朓《入朝曲》），有那么多的文人游历，那么多的名人题咏，还有自南朝以来的佛寺，三论宗的祖庭，这就好铺写了嘛。这里还有"三宝"，《明征君碑》、舍利塔和千佛岩大势至菩萨，写进去是很有历

---

[1]　冯沅君《汉赋与古优》首次提出"汉赋乃是'优语'的支流"，文载《中原》1934年第2期。按，任二北《优语集·总说》也同意此说，认为汉赋源于优语。

史闪光点的。班固《汉书》评相如赋，认为"多识博物"，才"有可观采"。体物之"物"不仅是历史的文化物，还要有自然景观的物态描写呀。比较起来，栖霞山有历史、有文化，但自然景象，除了秋栖霞的枫叶，确实乏善可陈。该山有三座峰，实际上就是三个土丘，但写赋得铺啊，如何写？如何铺？于是我先写"东峰有龙起之势"，指龙峰；继写"西峰有虎啸之威"，写虎峰，然后转笔突出中峰"凤翔"，夸张铺描，所谓"最是中峰奇崛，如凤翔于层巅。崒嵲以挺其阜，穿窿而藏其秀，临天开而鸟瞰，似卧云以流连。或如孤峰迸笋，或如眉横螺青，或如云构星离，或如攒崿启莲"，与实际观感大不相同，不乏想象的地方，若说是"淫辞"，也是可以的，但在赋的这段结束处，却点破"秋栖霞"的枫叶和游览胜地的价值，即"万壑枫红，霜醉丹霞神韵；九乡水绕，欢迓南北群贤"，[1] 也算曲终奏雅了。

又如我写《光雾山赋》，这光雾山是四川巴中的名山，也是观枫叶的好地方，甚至被称为亚洲之最。我去游览过两次，一次是写赋前，一次是赋刻石立碑后。这座山真是很漂亮，云雾缭绕，就像进入仙境。特别是后山的香炉峰，景色奇崛，身历其境，有些妙不可言的感觉，好像真不太好描写。还有十八月潭景区，具体潭景色相各异，却便于描绘。但这仅是自然风光，缺少文化积淀，于是我就开始查资料，查地志啊，《巴中志》《南江县志》，都找不到这座山的有价值的记载，所谓文化，全是民间传说，连个古代有名诗人的题咏也没有。没有办法，这篇赋就以写景为主。由于该山没什么有价值的文化内涵，所以也只能铺写景致了。而传说"光雾"之"光"，是因为秦皇修建阿房宫，砍伐尽了山上的木材，所以成了"光山"，就是杜牧《阿房宫赋》开篇说的"蜀山兀，

---

[1]　引自许结文，言恭达书《栖霞山赋》，2016 年金陵刻经处线装书本。

阿房出"。我觉得这种解释比较衰飒，所以在赋的开始段给"光雾"新的定义："光者硕大，呈刚健笃实之志；雾若绡縠，隐风鬟窈窕之仙"，然后才"铺采摛文"，写得自己都迷糊糊而不敢相信时，赶快煞住，来了句"方当盛世善颂，舆志更辟，蜀山青，巴水碧，骋壮游于壮丽，品芳菲于芳龄。抽思赋韵，惟德是馨"，曲终奏雅，歌颂新时代嘛。

由文献的引申可达致一些理论的思考，我在若干年前写了篇从赋体演变谈曲终奏雅书写方式的文稿，当时一位老朋友正帮《湖北大学学报》约我的稿子，恰好有这篇文章在手，就投寄过去，很快就发表了。这篇论文特点在落实于赋体谈曲终奏雅，并联想到另一赋作方法，就是发端警策，此文就叫作《从"曲终奏雅"到"发端警策"——论献、考制度对赋体嬗变之影响》[1]。这篇文章还是有点想法，至少抓住这两个赋论中间常见的东西，一个叫发端警策，一个叫曲终奏雅，我把它们归于一个属献赋，一个属考赋，形成了两个传统。中国古代的文学都与制度切切相关，跟政治切切相关，尤其和帝国制度切切相关，而赋的关系尤为密切。我前面讲过，汉大赋多半是天子礼仪的描写，所以相关的就是，这些赋有着特定的表现方法。大家都知道献赋是要皇帝慢慢地欣赏，赋家是要花时间写的，有时几个月，有时几年，甚至写十年，司马相如就是由"尚书给笔札"，他写好赋后再奏呈天子，天子读后一高兴，就给他做官了。写赋要像写剧本一样，你慢慢地写，写过后就往上献，是局部地献还是一次性地献，我没有

---

[1] 拙撰《从"曲终奏雅"到"发端警策"——论献、考制度对赋体嬗变之影响》，《湖北大学学报》2012年第6期。按，该文分四部分论述：一、围绕两则论赋文献的思考；二、辞与律：限制性赋体的两翼；三、献赋、考赋的用经方式；四、文制中的赋体承续与变移。

考证，也许先献一批，然后再献一批，阶段性成果，源源不绝嘛。大赋要慢慢写，写过后把它献上去，献上的赋要内容丰富，描绘生动，要辞藻华丽，要有可读性、娱乐性，让读者皇帝高兴。赋家有自己的创作心志，讽也好，颂也好，曲终点破，方能奏雅。

到唐宋时代闱场考赋就不同了，考赋没有那么多时间让你慢慢想，慢慢写，所谓"三条烛烬，烧残举子之心；八韵赋成，惊破侍郎之胆"[1]。八韵赋的写作，只有燃三条烛的时间，唐代是夜试，三条烛燃尽，你就要写完。闱场考赋属于程文，没有工夫让你慢慢地盘旋，慢慢地曲折，慢慢地游历，慢慢地铺陈，就三五百个字，是小赋，与大赋的写法自不相同。所以我说以汉大赋为代表的铺陈赋，更多地喜欢采取曲终奏雅方式表达思想；唐宋以后科举的闱场赋以及在其影响下的一些文人的小赋创作，要明确主旨，更重的是发端警策。

对此古代有两则典范的文献，聚焦在两个人，一个是司马相如，就是《汉书》引扬雄评相如赋"曲终而奏雅"；另一个是中唐时期李程，他有篇得意的闱场赋叫《日五色赋》，发端就"德动天鉴，祥开日华"八个字，何等警策？我最近闲时撰写"解之赋话"专栏，在《古典文学知识》上连载，其中有则赋话就是写李程赋开篇这八个字。"德动天鉴，祥开日华"，是皇帝的圣德，天都为之动，祥云把太阳托起来了，那多美，对不对？李程写了赋，开始并没有中第，后来因为杨于陵为他争取，尤其是这八字的警策亮眼，他才中了状元。这个故事有多种

---

[1] 李调元《雨村赋话》卷九引《偶隽》："唐制，举人试日，日暮许烧烛三条。德宗朝，主文权德舆帘下戏云：'三条烛烬，烧残举子之心。'举子遂答云：'八韵赋成，惊破侍郎之胆。'"

版本记述，从《唐摭言》《北梦琐言》等笔记记录以后，历代论赋文献反复转录，就把这件事经典化了[1]。这个李程故事变成了经典，如果不是考试赋，不可能是经典，谁在乎赋的开头这八个字呢？而李程自己也自负得很，你看故事的后续是，多少年后宏词科又考这个题目了，浩虚舟擅长写八韵赋，他是这科的考生。文人好胜，李程想，他写的赋要超过我怎么办？比如现在忽然又有人写《栖霞山赋》，我心里就紧张了，对吧？刻个碑比我那篇赋碑要大，我就惨了。好在政府不会花那么多钱了，刻一个就行了，我这赋碑是"里程碑"了。当时李程就紧张了，马上要查，看看这个考生会不会写得比我好。结果他查到考卷，刚刚读个开头，就说"李程在里"啊，李程就是李程，浩虚舟没有超越他，很得意。李程为什么得意？就这八个字，发端警策。所以我写的这篇赋话名就是《"李程故事"的被经典化》[2]。

我们把司马相如跟李程这两个故事做个对应，来看献赋与考赋的特点，这正是汉大赋与唐宋闱场赋不同的地方。其中有个重要的关键点在于，大赋是"取辞"，最重的是修辞的艺术，曲终奏雅关键在"取辞"，如果没有"辞"，你怎么需要奏雅呢？过分地挥洒辞章，会有"虚辞滥说"之讥，自汉人开始，就不断地批评汉大赋"虚辞滥说"。

---

[1] 比较详细者如李调元《雨村赋话》将《唐摭言》所记两则与《北梦琐言》所记一则混合起来加以转述："唐李程《日五色赋》起句云：'德动天鉴，祥开日华。'杨于陵深赏之。已而榜落。于陵携赋谒主司曰：'今场中有此赋，何以待之？'主司曰：'非状元不可。'于陵曰：'苟如此，已遗贤矣。'亟命取所纳卷对之，擢第一。……李缪公后为河南尹，闻浩虚舟应宏词，复试此题。颇虑浩虚舟逾己，专驰一介取本。既至，启缄尚有忧色，及赌（睹）浩破题云：'丽日焜煌，中含瑞光。'喜曰：'李程在里。'至末韵'侵晚水以芒动，俯寒山而秀发'，大哈曰：'李程赋且在，瑞日何为到夜秀发？'虚舟亦八韵中作手，起结数语，不逮李公远甚，固应擅美一时。"

[2] 详见拙撰《"李程故事"的被经典化》，《古典文学知识》2016 年第 5 期。

不管是"虚辞"还是"实辞",赋家取的是"辞",所以汉大赋的曲终奏雅实与"取辞"相关。闱场考试赋也重"取辞",辞章是赋家所必备的,但不能"虚辞滥说",考场上不允许你"虚辞滥说"的。那考试赋重什么呢?重"取题"呀,"取题"或"认题"最要紧。"取辞"与"取题",二者大不相同。考赋发端警策叫善"擒题",后来的八股文也如此,这是考试程文的共性,赋也不例外。

那赋家为什么奏雅?什么叫"雅"?政教思想。政教思想在汉代以后就成了经义,是赓续孔子儒家思想的经学思想,融织于赋文,是对经义的撷取。经义思想怎么表现在赋中?献赋与考赋择取方式不同,犹如曲终奏雅和发端警策之大不相同。创作大赋,也就是所献之赋,其中的经义思想是编织进去的,慢慢融织,引经成为他们的癖好,当然与策论引述经义不同,策论是直白地引,辞赋是比较含蓄地引,是用赋家的话来表达,我们把这称为赋语化,就是用赋家的话来说经义的理。赋家写赋,常用的是《易经》《诗经》《春秋》里面的话,但有时不太容易觉察到,因为采用的是融织经典的方式。所以读汉大赋真要有一点学问,你现在读有注的赋就好多了,如果没人注的话,你真读不出来,不清楚用的什么典。有时用的不一定是经语,但意思完全用了,就是"取义"。再看考试赋,要发端警策,点破经题,不是融织经典,它的经义思想关键在点破,这是考试赋的特点。特别是中唐以后,考赋更多地是用经义题,这赋也成了解释经典的经义体。相比较之下,献赋与考赋还有一个大不同的问题出现了,献赋,包括那些汉大赋,是宫廷文学侍从的创作,他们献赋的时候,面对是皇帝,重的是什么?是隐曲讥讽,一定要隐曲,就是谲谏,对吧?而考赋的人都是闱场中的一般士子,是考生,面对的是考官,为邀获青睐,赢得高分,这类闱场小赋几乎都是称颂,直接歌颂,不能隐晦,改卷官没时间体味你的隐曲心理。到了清代的翰林院考赋，更是这样子，一概歌颂，连以往赋家曲终奏雅的讽都没有了，全变成歌颂，简单化谀辞。曲终奏雅从中国古代赋论的发端期就出现了，但从赋史的创作来看，曲终奏雅又可以跟发端警策作为一个对应，在某种意义上都是一种写作方式，二者都是要汲取经义，都是要表现思想，但写作方法是不太相同的。

　　这就回到我说的另一个问题，曲终奏雅的创作内涵。实际上这首先是一个具有普遍性意义的课题，其普遍性意义非常明显，赋只是把它纳入了我们现在认为的文学史的范畴来谈曲终奏雅，而这个课题也是从这个范畴生发出来的。如果用这个课题来衡量文章学或者文字、文辞，那普遍意义就凸显了。从某种意义上讲，曲终奏雅就是中国人言说方式的一种表现，这里头我想有很多方面可以考虑，比如祝辞都是这样，颂辞也都是这样，祝、颂之辞是早期曲终奏雅的典型文本。我前面讲过，要媚神，要铺陈词语，因为他先要供物、献物，然后再祝辞。后代的赋家也是这样，向皇帝进言、上奏，很少是开门见山的，都是慢慢进言，徐徐道来，最后点破题目[1]。纵横家也是这个情况。赋在很多的表现方法或用词方面，都受到战国纵横说辞

---

　　[1]　以扬雄仿相如作"四赋"的曲终奏雅为例："天阃决兮地垠开，八荒协兮万国谐。登长平兮雷鼓礚，天声起兮勇士厉，云飞扬兮雨滂沛，于胥德兮丽万世。"（《甘泉赋》）"敦众神使式道兮，奋六经以摅颂。隃於穆之缉熙兮，过《清庙》之雍雍；轶五帝之遐迹兮，蹑三皇之高踪。既发轫于平盈兮，谁谓路远而不能从。"（《河东赋》）（子墨客卿听翰林主人最后一段有关"朝廷纯仁，遵道显义"的言说后，再拜稽首曰）"大哉体乎！允非小子之所能及也。乃今日发蒙，廓然已昭矣。"（《长杨赋》）"乃祗庄雍穆之徒，立君臣之节，崇贤圣之业，未皇苑囿之丽，游猎之靡也。因回轸还衡，背阿房，反未央。"（《校猎赋》）按，这是四篇赋的收束语，对照赋文之铺陈描绘，无不曲终奏雅。如《校猎赋》以秦之"阿房"与汉之"未央"二宫相比，隐喻"亡秦"教训，正起着收拾淫放、归于雅正之效。

的影响，所谓"出乎纵横之诡俗"，在这个问题上也是明显的。纵横家说辞与兵法的描写也相近，都是图穷匕首见，兵法叫作最后雷霆一击，后来禅宗也讲究这一套话语，雷霆一击，寸铁杀人嘛。曲终奏雅是不是由这种功用、这种普遍的意义，也具有了文章法则中的某些共性的东西？

顺着辞赋创作的轨迹延续下去，我们看到诗歌创作的类似现象也特别多，有的写得比较精妙，最后一句点题，有豹尾的感觉，有的写得不太好，比如魏晋时期的玄言诗，描写自然的景物很多，最后往往束以议论，理气太重，被称为玄言的尾巴。很多评论家都批评玄言诗，所谓"溺乎玄风"[1]，但从某种意义理解，这玄言尾巴焉能不是一种曲终奏雅呢？魏晋学术重"三玄"，老庄复兴，有的是以老庄思想入诗，不能很好地融织，最后贴附玄言，所以被视为"尾巴"。玄言诗并不是没有山水情境，他们也谈山水，也谈物象，描写得很美，但最后都要弄个玄言的尾巴，一直到谢灵运诗都还有这种痕迹。

曲终奏雅有一种普遍的意义，从先秦时代的祝颂之辞就有，传承下来，为什么在汉代的时候集中反映，并通过汉赋突出呈现这一理论术语？应与帝国政治的形成有关，可以说这就是大一统帝国进谏方式的表现。过去三代封建，专制没有那么厉害，从封邦建国制到宗法君主制，是秦汉时代的一个大变革，也是中国政治格局的一个大变革。在秦汉王朝宗法君主制形成后，人臣当然也有直谏、抗谏，但基本上就采取了曲谏的方式了，这是强大帝国催生的谏言方式。你直谏，皇帝不理你，甚至莫名其妙把你杀掉，怎么办？你话还没讲清楚呢，这

---

[1] 刘勰《文心雕龙·明诗》："江左篇制，溺乎玄风，嗤笑徇务之志，崇盛亡机之谈；袁孙已下，虽各有雕采，而辞趣一揆，莫与争雄，所以景纯仙篇，挺拔而为俊矣。"

命就没有了。从隐语、俳词到辞赋，人臣进言要先让皇帝快活，慢慢书写，偶为点破，促其悔悟，这是"君道"下无可奈何的"臣道"，是这个道理在文学创作中的映射。

在我们说的汉赋作家之外，也有类似的有趣现象，比如汉初的叔孙通，他好儒服，汉王也就是后来的汉高祖很讨厌他的装饰，他就穿上短服取悦汉王，受到重用后，渐渐地做出了"起朝仪"这样的大事。叫他推荐人才，他晓得汉王欢喜那些打流混事的流氓，一开始都推荐乌七八糟的人给汉王，有强盗，有壮士，等汉王得了天下之后，这些人不能做事，整天闹事，闹得汉王都烦了，叔孙通又告诫汉王打天下是一回事，治国坐天下又是一回事，他这时推荐的人才都是儒士，让文雅之士给你治国了[1]。这是典型的先取悦对方，然后再有所作为的"臣道"。落实到文章方面，最典型的是董仲舒上汉武帝的对天人策，他的策文总是先夸天地之仁心，宏观地扯一通，扯到天、扯到地，然后再徐徐道来，以"谴告"之法谈灾异，寓教训。只是他以高庙火灾作"谴告"的对象，得罪了皇帝，一生不被重用罢了[2]。汉人谈灾异不容易，弄不好就"灾异"上身，"谴告"更不容易，弄不好把自己"告"倒了。但也是婉言，先泛言其他，然后再归正意。还有被称为"滑稽之雄"的东方朔，也是个典型例证。东方朔喜欢自嘲，寓庄意于谐语，往往在自嘲过后，来一点讽喻现实的东西。古代人臣像这样的自贬、自嘲、以反彰正的取意方法很多，东方朔式的解嘲，不仅影响了汉代的扬雄、班固、张衡等，而且形成了东方朔《答客难》类的戏谑文章，一直影响到唐代的韩愈。韩愈的《进学解》也十分有趣，自己发牢骚，

---

[1]　详见《汉书》卷四十三《郦陆朱刘叔孙传》有关叔孙通的传记。

[2]　详见《汉书》卷五十六《董仲舒传》的相关记载及对策文本。

不讲自己发牢骚，说弟子为他鸣不平，还为弟子编写了一通非常有理有据的争辩，然后采用自嘲、自贬的方式来对弟子问，把弟子的同情责怪一通[1]，"士不遇"的情怀是由自嘲而宣泄出来的。

这种以自嘲来嘲他的方法，是与赋家的谲谏传统相似的，它的形成更多地催生于大一统专制，或者说大帝国专制的压制造成了这种固化模式。也因此，谭嗣同《仁学》讲两千年来的学问都是"荀学"，指讲"君统""君道"，两千年来的政治都是"秦政"，指的是宗法君主制度。继此之后，几乎没有什么大的变化。中国古代政权一直在不断地变，但其统治模式却没有任何变化。婉言相谏，成了围绕"君道"的"臣道"思维，落实到文学，落实到汉赋，作家生存处境自然是一方面"倡优畜之"，一方面又纳为侍从、近幸，其创作之应对，也就处在这样的矛盾之中。

当然，汉大赋是讲究功用的，它的文辞本身就是为国家造势嘛，一个国家没有一代之文学是非常遗憾的，因为人有一定文气，文辞伴随人类文明的发展而来，我们如果都不文的话，那就不是文明人了嘛，所以人文是很重要的。我们现在讲文史不分家，其实历史系的人有时觉得我们中文系的人，文得有些过度，我们又反觉得他们"质木无文"，缺少情趣和光彩。有一次纪念卞孝萱先生的学术会上，有文学、历史专业的人参加，我的发言很华丽，又很动情，于是历史系的胡阿祥教授就对他的学生说："听见了吧，这就是中文系教授的发言。"

---

[1] 韩愈《进学解》中自嘲语："今先生学虽勤而不繇其统，言虽多而不要其中，文虽奇而不济于用，行虽修而不显于众。犹且月费俸钱，岁靡廪粟；子不知耕，妇不知织；乘马从徒，安坐而食。踵常途之促促，窥陈编以盗窃。然而圣主不加诛，宰臣不见斥，兹非其幸欤？动而得谤，名亦随之。投闲置散，乃分之宜。若夫商财贿之有亡，计班资之崇庳，忘己量之所称，指前人之瑕疵，是所谓诘匠氏之不以杙为楹，而訾医师以昌阳引年，欲进其豨苓也。"

他的话也不知是赞美还是讽喻，或者两方面兼有吧。当然了，中文系是应多文，就像过去翰林院的人必须是有文采的。你们写论文，固然需考证，但也不必与历史系学生一样；要写出你的特色，一看就是中文系的博士生写的，文采斐然，这很重要！文学是艺术，是人生的艺术。

文学在汉代大帝国的时候，具有涂饰和讽喻的功能，一方面涂饰太平气象，一方面讽喻现实，表达自己的思想。文这东西很怪，贬之者说它能文过饰非，美之者说它是人文精神，就你看往哪方面走，其实两方面都存在，这也造成评文的人在观念与方法上的矛盾和冲突。汉赋的描写，我们通过文学视域来看，那种讽谏精神在丰缛的辞藻间时隐时现，因为不好直接去表达，所以往往就采取曲终奏雅的方法。这种例证特别多，例如在司马相如进谏汉武帝游猎之前，孔臧的《谏格虎赋》，写了个打老虎的什么赋，降龙伏虎，最后写到那诸侯王的悔悟，就是"下国之君乃顿首曰"那一段[1]，算是曲终奏雅了。王褒《洞箫赋》写得太美了，写得跟《七发》可以比美。因为在中国历史上赋能够医病，至少能医精神病，《七发》是个典型，楚太子疾是赋医好的；汉太子，后来的汉元帝，闷闷不乐、萎靡不振，我想就是忧郁症，也是王褒《洞箫赋》给治好的。赋如果能到这个程度，使用面就广了，中文系也就红起来了。但是赋治病也有方法，这《洞箫赋》描写乐声美到了极点，最后还是归于"乐不淫兮"，是曲终奏雅。扬雄《校猎赋》的结尾是"背阿房，反未央"，劝诫不能像秦始皇建造阿房

---

[1]　孔臧《谏格虎赋》今存文字的最后记述是："于是，下国之君乃顿首曰：'臣实不敏，习之日久矣，幸今承海，请遂改之。'"该赋见载《孔丛子》卷七，有《子汇》本、《指海》本、《汉魏丛书》本、《四部丛刊》本等。

宫那样腐败，惩戒现实，防止奢侈之风，也是曲终奏雅。我前面说写《光雾山赋》时，为什么叫"光雾"，搞不清啊，有三种说法，有道教的说法，有常年雾蒙蒙的说法，还有一种说法就是《阿房宫赋》"蜀山兀，阿房出"，因为山离秦川很近，为在咸阳建阿房宫，把四川的树一起砍跑了，这就是"蜀山兀"的来源，其教训却是扬雄赋所说的"背阿房"。"雾"与"兀"同音，光雾山变成了"光兀山"，光秃秃的山。"蜀山兀，阿房出"是杜牧说的，至于跟光雾山有没有关系，无法考证，而我身处新时代的康庄大道，赋中反用杜牧的话，叫作"蜀山青，巴水碧"，虽然没有用典，但咏的是今事，则有另一种价值。大家一定要注意赋家的"胸中云梦"，赋为什么难写？就这个道理，隐写古人的文字，也是一种用典方法。如果你能隐写名人的话语，行家一看，就知道有内涵，跟一般的大众化写法是不同的，这就叫作学者之赋。学者之赋是很重要的，你们以后假如要写诗赋，最好要写成学者之诗、学者之赋，学者之赋不是掉书袋，高境界就像文人赋一样，但要在文人赋里面看到学者的内涵，这很重要的。所以扬雄讲"背阿房"，杜牧讲"蜀山兀"，都含有"过秦"的内容，而我的"蜀山青"是反义而用，赋予新时代内涵，但直接或间接地引用历史典故是一致的。因此，曲终奏雅也不仅是赋末的一句话，而是具有丰富内涵与寓意的思想话语。

除此之外，我们还要考虑一个问题，这曲终奏雅可能又跟乐制有关，与音乐有关。我刚才讲赋宏大的描写像一大曲，曲有煞尾，大家知道"《关雎》之乱"，子曰："师挚之始，《关雎》之乱，洋洋乎盈耳哉！"[1]孔子这个话是名言，"乱"就是结束，这直接影响到辞赋，赋

---

[1] 《论语·泰伯》语。按，刘宝楠《论语正义》："始者，乐之始。乱者，乐之终。《乐记》曰：'始奏以文，复乱以武。'又曰：'再始以著往，复乱以饬归。'皆以始、乱对举，其义可见。"

家文末多有"乱曰"，楚辞、汉赋都有"乱曰"，或者叫"辞曰"，或者叫"赞曰"，我们现在都不大用"乱"了，因为现在天下大治，你老写"乱曰"，不好，他从本义来理解，他说是乱，说你存心不好，有什么办法，对吧？所以我都尽量不写"乱曰"，要写的话，我就来个"赞曰"，看到"赞曰"很好，他高兴一点，一看到"乱曰"就不高兴。孔子说的师挚是鲁太师，"始"就是乐曲的开端，"乱"就是乐曲的终了，赋一直保留了这个痕迹，规格是前有序、后有乱。序有内序、有外序，有的赋尽管不写序，实际上往往有序，叫内序，然后在开始铺陈描写的时候，或假托哪一个人讲话、哪一个人物论辩的时候，才真正进入赋的内容，所以叫作前有序。刘勰《文心雕龙·诠赋》说，"乱以理篇，写送文势"[1]，乱要"理篇"了，篇章太大了之后，你要把它整理起来，给它一个义理，曲终奏雅与这个是不是有关系？我想恐怕是有些关系的，"乱"就是曲终。最后为什么要奏雅？那么"雅"字的问题也值得注意了，当然可以考论，说法很多，首先"雅"就是乐器嘛，雅这个乐器是做什么呢？是"节舞"，调节它的音乐，有节奏地舞蹈。"节舞"，这个"节"又有一点点收束的意思。如果开始的时候你就"节舞"，恐怕不行，开始要鼓舞，对吧？鼓舞起来才能激发气氛，就像山西大鼓一样，大爷大妈才开始跳起来，就"节舞"，那不行，要鼓舞。这一下移到了广场舞，结果闹得人睡不着觉，城管来啦，要管理一下，他就"节舞"了。这是开玩笑的。乐要平和，要中正，称之为"雅"，曲终奏雅，跟乐器有关，所以《礼

---

[1] 范文澜《文心雕龙注》引王逸《离骚注》："乱，理也。所以发理词指，总撮其要也。极意陈词，文彩纷华，后结括一言以明所趣之意也。"桂馥《札朴》："骚赋篇末皆有乱词。乱者犹《关雎》之乱。"

记·乐记》里面讲"讯疾以雅"，用这个乐器来结束舞曲。一直奔放哪受得了，要有节制。大赋也是这样，一直铺写下去，你根本观览不了，审美疲劳，于是它是一段段的，一节节的，最后来个大结，所以《礼记·乐记》说"讯疾以雅"，郑玄注"雅亦乐器名也"，孔颖达疏："舞者讯疾，奏此雅器以节之。"[1] 这些话讲得也蛮有道理。你们太迅疾了嘛，"郑声淫"，过度了，孔子批评的在此，赞美太师挚合度、雅正。这些对乐的有关讨论，对我们了解赋体的创作，应该还是有点意义的。

　　当然，我们现在读的赋只是文本，也不知道它怎么通乐，怎么诵读。现在的仿古诵读，都是臆想的模仿，普通话诵读更不伦不类。楚声到隋朝时就绝了，但吟诵楚辞的人还很多，算是再创造吧。现在的人喜欢一些仿古的东西，但有点搞不清，怎么才能搞清楚？考古嘛。考古考什么？考乐器。没有乐器，你怎么知道它声音长短？这是用科学来衡量，必须有物，才能恢复它的声，就像编钟发掘出来了，就能恢复相应的音乐了。如果没有了"器"，没有实物，只是一点纸本的记载，靠那片言只语，是没办法很好地来恢复它的乐调的。也正因此，我觉得除了文本，再结合音乐的功用和乐教传统是很重要的。曲终奏雅不仅是乐器的问题，首先有器，雅是器，然后考虑乐，就是声音，再为之明义理，这就构成了物、声、理的结构。物，物态，是器，乐器；声，声乐，功用是乐，是声音，感动我们的是声音；理，就是义，要雅正，正乐，雅就是正，训诂学家说"雅者，正也"。曲终奏雅

---

[1]　《礼记·乐记》："魏文侯问于子夏……子夏对曰：'今夫古乐，进旅退旅，和正以广，弦匏笙簧，会守拊鼓。始奏以文，复乱以武，治乱以相，讯疾以雅。君子于是语，于是道古。修身及家，平均天下。此古乐之发也。'"

就要归于理、归于正，但要反转过来考虑声、考虑器，这是个循环的思路，也是有机的整体。这如何同赋创作结合起来，怎么与赋这种文本结合起来，是需要拓展思路的。

所以我说汉大赋有点像乐府大曲。研究汉赋的时候，我们是不是可以对应乐府大曲？那些长篇的乐府诗是汉代的歌诗，大曲可以和大赋配合起来看，抒情小赋跟相和歌辞差不多了，对吧？在同一时代产生的各类文体要配合起来看，那些法曲，那些大曲，那些长篇乐府歌诗，文多而音长，像楚辞长篇、汉赋长篇，煞尾处要有个乱，这是共同的。你看汉乐府歌诗《艳歌罗敷行》，前有"艳"，后有"趋""乱"，止于"乱"，这乐曲有规矩，也就是文体的结构，其中有从乐音通乐教的道理。

我刚才讲的刘勰《文心雕龙·诠赋》中有"乱以理篇，写送文势"，对吧？《文心雕龙》很了不起，看似简单，几句话没讲清楚，但实际上里头很有内涵。我总觉得古人讲话很简约，其实够用了，他的话在当时人家都能懂，也知道是怎么回事，常识呀。而隔得时间久了，我们与那个时代隔膜，已经不太了解了，现在连古人吃饭也要考证，困难重重了，这个困难不在于问题本身困难，而在于我们与历史的远隔，历史的迷障把我们挡住。所以我才感受到古人比如刘勰说的几句话是非常重要、非常有意思的。那些话不说清楚，才是古人的风格，现在把东西讲得太清楚，就怀疑是伪造了。最近网传简书中发现了孔子的遗言，我的天，是伪造的吧？而且还造得那么完备，又翻译成现代白话文，好像真是那么个理。我看也不晓得是哪个搞来的，也搞不清到底是古人编造的还是现在的人瞎造的，我们又看不到这些实物，看到我也不懂。没有一定的古文字基础，简文是看不明白的。银雀山出土的《御赋》竹简，我在当地博物馆看了，如果不看旁边的解读文字，我也认不清。这些简帛文字，它的存在是一回事，它存在于什么年代是一回事，它在什么地方发现的又是一回事，至于如何解读，当然又是一回事。孔子遗言出来了，能改写历史吗？孔子遗言有什么用？没有什么用处的，最有用的遗言，是自己老人家的财产分配遗言！当然这不需要学者研究，法院解读就行了，这是最现实的。

刘勰《文心雕龙》里说的话，其实牵涉到辞赋创作与乐制的关系，有关这一点我曾经写过文章，这里就不多讲了。前面说汉赋与汉乐府有关联，在《文心雕龙·时序》中，刘勰说"逮孝武崇儒，润色鸿业，礼乐争辉，辞藻竞骛"，意指汉武帝好礼乐，所以文辞才大兴。顺着这个思路，到了明末清初有位费经虞，就明确讲"天子留心乐府，而赋兴焉"[1]，如果没有乐府，辞赋不会那么大规模地兴盛的。

赋与乐教的关系是明确，因为乐经的丧失造成乐教传统实用功能的衰落，我们于是以赋为"古诗之流"，是诗教传统，也就是乐教传统，这是我们后面要讲到的"古诗之流"说。古人所谓"礼乐刑政"，称为"四政"，礼乐是最重要的，礼以治人，乐以通心，礼的作用是约束人，乐的作用是感动人，这二者都特别重要。作为文学作品，感动人更重要，乐的功能更重要，所以我想从乐来看赋，既有技术的层面，也有理论的层面。从乐府制度来看，乐对赋的影响也是多方面的，比如有宗教功能，有优乐功能，有娱戏功能。乐教本身就有一定的

---

[1] 费经虞撰，费密补《雅伦》卷四《赋》："孝武升平日久，国家隆盛，天子留心乐府，而赋兴焉。"按，此话由《汉书·礼乐志》"至武帝定郊祀之礼……乃立乐府……以李延年为协律都尉，多举司马相如等数十人造为诗赋"而来。所以费氏复谓："赋别为体，断自汉代。……相如诸赋当时皆以入歌者也。"

宗教功能，在这里值得注意的是敬的问题。一个人为人为事要讲敬，文学家创作也要有一种敬，这种敬可以是敬天、敬地，敬祖、敬宗，也可以是敬爱、敬畏之心，这是赋家创作应有的，与乐教也是切切相关的。古代的乐教通于宗教，具有一定的宗教思想，这种宗教思想中的敬又与礼通合起来，影响了文学的创作。如果说早期的《雅》《颂》，更多统合的是宗庙礼义，与庙祭关系密切，那么汉赋中的敬，则与汉武帝时"定郊祀之礼"的郊祭关系密切，有了敬天礼地的更加广泛的意义。

中国古代缺失纯粹的宗教，实用思想极为明显，宗教的内涵都落实到礼仪的层面，比如祭祖，周人祭祖，祭后稷，祭几代圣王，构建传统，形成了一种仪式。所以从某种意义上讲，中国更多的是仪式化的宗教，缺少那种纯粹性的宗教。有缺失就有补益，这就是我时常讲的，用道德的观念相应地取代宗教的作用，变成一种道德理念，于是中国人的敬畏变成了一种道德的敬畏，处处呈现对道德的敬畏之心。在这种礼仪祭祀中，如果说周诗更多地是对过去殷周宗庙的祭祀，那么汉赋更多地是对天地大礼的祭祀，其中的游猎礼也好，籍田礼也好，朝会礼也好，都是天子的大礼。汉大赋的作者在汪洋宏肆与纵横捭阖的描绘间，都表现出对天地的敬畏，我把它归结到一个字：德。比如说讲求雅正，"雅"在什么地方？"正"在什么地方？其中有宗教意味的"德"出现了。

德是我们的人文特征，它在实际功用上足以取代宗教的意义，在古代，法是他律，礼是他律，即使宗教的神也是他律，唯德是自律，为中国文化所信奉，这与文学家的创作切切相关，不能忽略。《礼记·大学》中有一段极为浅近的话，就是我们耳熟能详的"大学之道，在明明德，在亲民，在止于至善"，什么叫"至善"？"善"指真善美，其对应关系的存在则是假恶丑，"至善"具有超越这种对应范畴的意义，具有一定的宗教意味，归其根本，就是"明德"之"德"。只有"德"，才谈得上高风亮节、高山仰止。这里有宗教意味，并不代表就是宗教，而是一种崇尚道德的敬，这种敬在雅正中间突出表现出来，成为有德还是无德的衡量标准。《诗经》中的《雅》《颂》，多是歌颂宗庙的祖先，颂的就是德嘛，不可能歌颂他吃多少、穿多少、贪多少，对吧？关键是描写他如何有德。然后还影响到他们的女人，汉人评《关雎》，说是"后妃之德"，这或许是误读，如果按《风》诗的爱情观来看，明明小鸟互相勾引，他非要说成"后妃之德"。这德是立人之本，立国之本，其中暗含了对各王朝合理性的一种宗教意味的认同，这在乐府歌诗中，在汉赋创作中，甚至在君臣间的诏、奏文中，都有着极为明确的体现。

所以赋家的描写，我们从文本来看，是歌颂有德，批评失德。奢侈与节俭是相对的，问题不在于你花费多少财物，关键在你花在哪里，花得对不对；也不在于你圈了多大的园地，关键在你的园囿是用来做什么事的。孟子说齐宣王的园囿、周文王的园囿就大不相同，对吧？文王之园囿，再大也无所谓，它能包容万物，成为百姓的乐园 [1]。《西京杂记》"相如曰"有"赋家之心，苞括宇宙"的说法，怎么能"苞括宇宙"？怎么能"总览人物"？这里有宗教的意味在，有一种德在里面，是不是与曲终奏雅的核心思想有关，值得考虑。这里面不仅有人

---

[1]　《孟子·梁惠王下》："齐宣王问曰：'文王之囿，方七十里，有诸？'孟子对曰：'于传有之。'曰：'若是其大乎？'曰：'民犹以为小也。'曰：'寡人之囿，方四十里，民犹以为大，何也？'曰：'文王之囿，方七十里，刍荛者往焉，雉兔者往焉，与民同之，民以为小，不亦宜乎？'"

文的精神，而且有一种宗教的内涵。在汉代的乐府制度中，就有大量的宗教歌谣创作，尤其是与天子礼仪相关的宗教歌曲。当然，赋家的表现除了宗教的内涵之外，还有优乐的功能，"乐"就是感荡人心，感荡人心就必然有优乐的功能，这也就造成了曲终奏雅往往劝百讽一，形成矛盾与冲突。但这种优乐功能是很重要的，乐府需要大量的作乐人员，如李延年为协律都尉，《汉书》还说"外有上林乐府"，就是扩大乐府的功用，在某种意义上替代太乐的功用，这又与汉武帝时期内官的强大有关，也是武帝的帝王之心扩张的结果。对此，有很多学者曾做考证。乐府的优乐功用是双面刃，你想这个乐本身通过优的表现就非常美，美到最后它还是要表达其有德的思想。对应于赋创作，就是以德作为曲终的雅奏。

赋要体物，德也与物相关。你如果失德的话，是一餐饭也是不该给吃的，你要有德的话，十餐饭又何尝多了？赋家要铺陈物象，没问题，只是在铺物中要寄托德教思想。倘能行德，物是越多越好；倘无德行，物象的描写就成了"虚辞滥说"。这才是核心的问题。优乐的功能，又必然含有娱戏的成分，供人娱乐嘛。所以比较而言，如果说一些诏令奏疏类的文章就是上传下达的应用文，其曲终奏雅也许是直白的言说，那么汉赋作为一种文学，而且是具有音乐感的文学，铺陈辞采的文学，其曲终奏雅显然委婉得多，需要读者更好地把握和审视。注意，赋一定要合韵的，在中国赋史上只有少数不押韵的，基本上都押韵。赋与骈文的一个不同，就是赋押韵，骈文不押韵。赋是押韵的音乐，是有乐感的鉴赏物。而乐感加娱戏，让人读得舒服、畅快才是，使你舒服地接受一顿教化，使你畅快地感觉道德的高尚和完美。当然，娱戏与政教很难调协，以致赋创作本身就有内在的矛盾，娱戏、优乐如果过度地搞笑，就失去了雅正。宗教的内涵常与政治关联，德教传统也可能变成一种媚神的欺骗，就像汉武帝那么信方士一样，信神到了迷恋乃至迷狂的程度，最后荒政，失德。所以任何事都是双面刃，落实到赋创作，自然给赋家带来了不堪之重，也给他的文本带来了多番的挑剔，曲终奏雅作为一种调协的方法，既非常重要，又流于形式。比如说乐府的功能跟汉赋的曲终奏雅配合起来，如何达到真正有德呢？就要"象德"[1]，所以我们动辄就讲，好的东西要"象德"。"象德"起到什么作用？要"辍淫"，"淫"是要不得的，这就变成赋创作的一个根本的问题，如果没有这些想法，要曲终奏雅做什么？

过去子夏论乐，是针对魏文侯好新声而倦雅乐，新声有点像今天的流行音乐，在歌厅里吼叫，或声调靡靡，过分了就是"淫声"。人闲下来都喜欢听听淫声，谁喜欢庄严肃穆的雅乐啊？有一年我到中央党校学习，去延安，学校用车把我们载到黄河壶口瀑布，要教学实习，于是要大家一起在瀑布边的大石碑旁，几十个人黄河大合唱。我们站那个地方，一个个挂牌子在那大合唱，我又不会唱，也得张口似唱，这算是雅乐，要有敬畏心的。可是黄河瀑布声音那么大，人的唱声根本听不见，听不见归听不见，"雅"还是要"奏"的。我说过，人休息的时候，当然欢喜听一些靡靡之音，而不是高亢激昂的音乐，皇帝需要文人或乐师，是要与无聊阴毒的政治有个调协，使人生从中短暂地解脱，得到娱乐，文人就要知道自己的定位。当他确认了自己的定位后，有时也很惆怅，原来就是取乐于人的，这有什么意义？儒家经世致用，治国平天下的思想又从中作怪了。我们时常讲，不要发牢骚，

---

[1]　《史记·乐书》："乐者，所以象德也；礼者，所以闭淫也。是故先王有大事，必有礼以哀之，有大福，必有礼以乐之；哀乐之分，皆以礼终。"

别与理科比，我们进入科学的时代，你要活在唐朝不就好了吗？你生在这个时代了，你肯定就落伍了，没办法，我们等科学发展到一定程度，自相毁灭，走向崩溃，人们又回到桃花源的温馨时代，中文地位就提高了。扬雄作赋又"悔赋"，不仅仅是对他创作文本的反悔，也是对自身地位的反悔，谁不想"致君尧舜上，再使风俗淳"（杜甫《奉赠韦左丞丈二十二韵》），可怜的杜甫都是这样，一生穷愁潦倒，他还整天要讲大话，有什么用？文人格局在这里，如果你真把自己定位好了，也蛮快活的，吟诗作赋，自得其乐，这就是一种小文人心态，也就舒坦了。你要做大文人，要有政治抱负的，像屈原，像李白，也只有投江跳水的命，何苦呢。这是说笑了。不过我们看那些赋家的曲终奏雅，不是不深刻，不是没有思想内涵，但也是一种无奈的自嘲，真是一种无奈的自嘲。所以今天要讲的这些，正是在赋家创作的无奈中，体悟其中的赋论思想。

最后再讲一下我在《说汉赋的"曲终奏雅"》中提出的三个问题，供大家参考。我说汉人是以《诗》为中心的经学语境论赋，所以对赋体艺术必然有所遮蔽。但是，以《诗》学为中心的经学语境，对赋体的缘起和功用确是有启迪作用的，其中就关涉到曲终奏雅产生的背景。

从文化史的大视野来思考，曲终奏雅产生的背景，我用了三个方面的阐释，一个叫献赋辞，一个叫陈礼乐，一个叫明《诗》志。第一个问题就是献赋辞，这实际具有赋体擅长骈辞的创作论意义，但这个"辞"又有着古老的祭祝之辞、聘问之辞和赋物、赋辞的传统，这个传统一直保持下来。我前面讲过的最突出的是《尚书·金縢》记载的，周公旦要代周武王发受过，采取"策祝"的祝神形式，劝神，娱神，最后威胁神灵："呜呼！无坠天之降宝命，我先王亦永有依归。今我即命于元龟，尔之许我，我其以璧与珪，归俟尔命；尔不许我，我乃屏璧与珪。"[1] 献辞是为了说服神灵，说明陈辞的道理，最终是要达到陈辞的目的，为了能够完成这一程序，持祝者是不惮辞费，反复推说，当这种言说落实到文本，就类似赋家的反复铺陈，最后点破其目的。到战国楚地，屈原改造了楚祝而为《九歌》之辞，其中有着大量的情境描写，收束处又多是如"时不可兮骤得，聊逍遥兮容与"类的话，以阐明主题与心志。我们从广义来看，赋家的曲终奏雅不就是在文章最后写出自己的主题、心志吗？荀卿的"五赋"更是这样了，以隐语的形式展开，最后揭秘。这都与骈辞相关。赋本身是一个修辞的艺术，在中国历史上最讲究修辞的文本，辞章十分重要，你要词汇不够，就不要写赋，写得枯燥空洞，还有什么写头？老实说，你要写一篇古雅的赋，必备大量的古典词语，多读古赋，多摹写古赋，掌握其中的词汇，就是一种方法。多读赋，多摹写，不是完全地抄写，其中包括模仿、积蓄、创造。我写山岳赋，古代那么多山岳赋，写得那么好，很多词汇都在里面，你要晓得什么是"曲而高"，什么叫"平而广"，什么叫"陡峭"，一个词都不能用错了，"更端"词你也不能用错，古人都讲得很清楚的，一些赋谱里面有介绍，在什么情况下用什么词来"更端"，你掌握了过后，写起赋来当然方便了。所以词汇量一定要大，否则写不好就成了余秋雨的"古典"文章了。他为钟山风景区写碑文，好像叫《钟山风景碑》，结果招来网友一片嘘声。他写《文化苦旅》，一点异议也没有，非常好；用那么贫乏的语言写古典文，谈

---

[1] 按，《尚书·金縢》这段祝辞的全文是："祝曰：惟尔元孙，某遘厉虐疾。若尔三王，是有丕子之责于天，以旦代某之身。予仁若考，能多材多艺，能事鬼神。乃元孙不若旦多材多艺，不能事鬼神，乃命于帝庭，敷佑四方。用能定尔子孙于下地，四方之民，罔不祗畏。呜呼！无坠天之降宝命，我先王亦永有依归。今我即命于元龟，尔之许我，我其以璧与珪，归俟尔命；尔不许我，我乃屏璧与珪。"

何容易，那不叫制造笑点，是不自量力。各人有各人的才能，你发挥你的才能就行了，何必卖弄古雅，反取其侮。

第二个方面是陈礼乐。曲终奏雅跟陈礼乐的传统有关，我前面谈到辞赋与乐制的关系，乐又落实到礼，以及乐器、乐声、乐理等等，均已说明这二者的关系是非常重要的。特别是在乐的方面，一则赋跟乐府制度关联，一则赋的"不歌而诵"的性质，实际上也是声诗乐语的一种变迁。就汉代而言，其中有两大内涵，一是制度，汉廷赋家多职郎官，与乐府员相类，都属内官系统，是侍从皇帝行礼而作赋的；二是思想，赋家的职守是张扬礼乐，但是又身为内廷侍从，既要献赋来取悦君王，又要以乐的"象德"理念来讽喻君王，这就是"虚辞滥说"与曲终奏雅的矛盾。赋家喜欢驰骋辞章，达到闳衍博丽的效果，所谓"大奢侈"，然后于赋的结束处又常归之于"节俭""民本"，束以雅正语，表明赋家写作不能丢失礼德观念。

第三个方面就是明《诗》志，感通诗人之心，所谓"赋者，古诗之流"，这个"诗"当然是指《诗》三百篇。汉人要求赋体符合"古诗"之义，取效《诗经》，却在"用"而不在"体"，汉人不讲《诗》之"体"，而讲《诗》之"志"，重视的是《诗》"志"，这一点我在前面关于讽谏说的讨论中已经谈过，这里只是提供给大家进一步思考，没有结论。值得注意的是，这个《诗》"志"，恰恰成了赋体曲终奏雅理论的发轫或者说对接点，因为扬雄是承续司马迁说相如赋与"《诗》之风谏"没有根本的差别，而且说明赋文"归引之节俭"，这是曲终奏雅的由来。这都是一些小课题。小课题实际上是大问题，如果讨论起来还是很有意思的，你们可以就这些问题做些切实的文献调查，可能写出更好的文章。我写的是小文章，期待你们写出大文章。

由于是因汉大赋谈曲终奏雅，所以这一方法又与赋的长篇铺陈描绘相关，这就牵扯到一个很少人讨论的问题，即写赋像写剧本，曲终奏雅就是剧情的煞尾。在第四届国际辞赋学学术研讨会上，日本学者清水茂先生，他现在不在了，当时他提交的论文是《辞赋与戏剧》，会议论文集是我编的，收录了这篇论文，后来又收在蔡毅先生翻译的《清水茂汉学论集》[1] 里面，大家可以看看。那次赋学国际会是在南京大学开的，清水先生给我留下印象很深，一个是提交了这篇有一定开创性的文章，一个是到扬州去玩，回程他在车上即兴成诗三首。当年南京大学中文系开古典文学学术会，有两个固定项目，一个是去扬州吃富春包子，一个是听昆剧折子戏。记得有次开会，当时在香港中文大学任教的吴宏一说，如果还是去扬州，我下次就不来了。那次赋学会是我操办的，两件老传统没变，扬州富春包子还是蛮好吃的，听昆剧有点变化，就是请一位年轻的昆剧演员临时去苏州向一位老先生学诵读赋，结果在折子戏中插读了一篇《黄门赋》，成为那次赋学会的一个亮点。记得从扬州吃包子回来，车过长江大桥，清水茂先生写了绝句，交给了我。日本老学者还是有点雅趣的，能吟诗作赋。当时很惭愧，车上就他一个人作了诗，中国学者没有应和。后来编会议论文集，我在编后记中特别记述了这件事，包括清水先生当年的即兴诗作[2]。

清水先生那篇《辞赋与戏剧》文章是具有开创性的，但内容是非常浅显的介绍，是冯沅君《汉赋与古优》写作思想的一点延伸。这

---

[1] 〔日〕清水茂《清水茂汉学论集》，蔡毅译，中华书局 2003 年版，第 248—252 页。

[2] 清水先生的三首绝句，其一，《瘦西湖》："千载风流今奈何，瘦西湖畔好逑多。牧之曾做扬州梦，我敢追随薄幸歌。"其二，《大明寺》："宝塔九层高涌丘，真师遗德抵今流。古人欣赏平山景，只惜新楼遮远眸。"其三，《长江大桥落日》："跨过长江日正西，平原千里紫霞齐。步虚烟霭游天界，虎踞金陵偏觉低。"（《辞赋文学论集》，江苏教育出版社 1999 年版，第 796—797 页）

篇文章引起我们的思考，汉大赋的写作就像编写剧本，一幕一幕的，一个场景接着一个场景，赋家的曲终奏雅同这样的写作方式是有关系的，而戏剧也是乐，这是赋与乐的另一翼的省思。

古优与表演也是个问题，古优是有表演性的，属于表演的艺术，落实到文本上，就是一个个场景、一个个片段的描绘，煞尾或者是乐调的止符，或者是舞蹈的停顿，或者是文本的收束，最后来个曲终奏雅，这是一个方面。另一方面从写作来讲，汉大赋就是编织剧本，这也是有学者谈到的，真正大赋就是一个个场景，你读赋的时候囫囵一读是读不通的，读赋最好是首先"玄览"一番，因为太大太长，要明其章节、结构，再细读一遍，把字句弄清楚，再分段、分块来读，最后又"玄览"一番。你兴致来了，自己也创作一篇，多快活呀！当然别忘了曲终奏雅哟。再者就是赋的对问形式和剧情的冲突问题，这很有趣。因为大赋多用对问体，假托人物嘛。比较诸子的对问，比较《战国策》中的对问，赋家更虚幻一点，虚幻的对问，假托的人物，不管是子虚、乌有，还是子墨客卿、翰林主人，后来假托古人，什么曹植问、王粲对，都是假托人物。假托人物是为什么？搞戏剧冲突嘛，我一个人讲话，讲两个小时了，有什么意思，如果你上台跟我对问，哪怕争吵，就有意思得多了。一个人演讲，口干舌燥，审美疲劳，要论辩才好玩，大学生论辩，那才有意思，真理是越辩越明。为什么要辩？产生冲突嘛。所以对问就是一种剧情冲突，通过对问来冲突，冲突过后把好的东西激发出来，把坏的东西撕揭出来，既起了娱乐的作用，也有着教化的作用。论辩也很不同，哲学的论辩是以辞见理，赋家的论辩是以辞体物，是用大量的物象来说明问题，理是含于物态之中的。戏剧冲突再激烈，也要来个收官吧？你看戏剧都是这样，尤其是正剧，大团圆就是另一种曲终奏雅。从戏剧的煞尾看辞赋的收尾，讨论戏剧的大结局与辞赋的曲终奏雅，好像还没有人很详细地研究过，也就可以进一步探讨了。

回到我们这堂课的原点，曲终奏雅和赋的讽谏说关系最为密切。文学的讽谏在赋文表现形式上的体现，还是可以深入探究的。对于相关的知识，已经出版的各种赋史，你们都可以翻一翻，赋论史也可以看看。我的两卷赋论史刚印出来[1]，这次去湖北开会[2]，首发一百四十套已经寄到武汉了，出版社的社长要去开首发式。该书出得很漂亮，样子很经典，尤其是套封打开来，里面的布面封面更典雅，只是颜色有粉红色、有红色，有点情色，好在书的内容应该能为赋学研究"奏雅"吧。这些书只需要翻翻，关键还是要读原典，去发现，去探寻。

---

[1] 拙著《中国辞赋理论通史》，凤凰出版社 2016 年版。

[2] 指第十二届国际辞赋学学术研讨会，会议由中国赋学会主办，湖北大学、三峡大学联合承办，2016 年 10 月份举行。

古诗之流

上周停了一次课，因为去武汉的湖北大学参加第十二届国际辞赋学学术研讨会，在开幕式的致辞中，我为会议题赠了一首小诗。开会前去了趟黄鹤楼，凭高眺望，倍觉神清。到第二天会议开幕，兴犹未尽，所以题赠小诗就从黄鹤楼谈起。诗是这样写的："黄鹤觅仙踪，宾朋兴味浓。凌云编赋迹，锦绣织芳容。佛郭三千界，巫山十二峰。赓歌神女曲，体物豁心胸。"[1] 其中的"十二峰"正喻指这次会议是第十二届。到闭幕式的时候，因这次是湖北大学办，下届是湖南大学办，我说赋学到了"走江湖"的时代，一个在洞庭湖之北，一个在洞庭湖之南。我们桐城人吴汝纶写的一副非常好的对联，上联是"泛洞庭湖八百里秋波，挂席来游，三楚风涛携袖底"，下联是"邀太白楼一千年明月，凭栏远眺，六朝烟景落樽前"[2]，这是何等气象。中

---

[1]　诗中"凌云编赋迹，锦绣织芳容"两句所指，参见拙文《"凌云笔"与"锦绣堆"》，《古典文学知识》2018 年第 1 期。

[2]　按，吴汝纶此联相传是题金陵某名楼而作。太白楼，在安徽当涂采石矶，离金陵甚近。

国文学若没有两湖，谈什么文学啊！中国文学修辞的发源地就在两湖，楚臣屈原以及宋玉等是最初的署名文人，没有他们，哪来楚国精彩的文学？辞赋也就没有了。楚地文学到汉初才慢慢传到北方。楚地的文化比较优胜，文字比较浪漫，因此到湖北、湖南就是"走江湖"，我说希望大家不要"相忘江湖"，而应"记住江湖"。

这次会议还是我赋学研究成果的一次展示，我的《中国辞赋理论通史》刚出版，凤凰出版社姜小青社长和几位编辑去开了个首发式，一下子送给会议一百四十套，每位参会代表都有一套。这套书两册，近百万字，太贵，定价二百八十块钱，不能每位同学都送，送不起。你们也千万别买，到图书馆找到翻翻就行了。你们要买《文选》《唐文粹》《文苑英华》这些原典，有钱把二十四史买了，把十三经买了，把《清经解》什么的买了，这才有用处嘛。本来是想和我的《历代赋汇》校点本十二册一起出来的，一个理论，一个文献，可是做文献工作太麻烦了，反复校对，不知明年能不能印出来，这是我做了十几年的一项赋学工作，眼睛都弄坏了，但收获是很丰盛的。

今天下午喉咙有点哑。上午赶来学校，在政府管理学院开了个讲座，他们先前为我排了一次讲座，学员是省监狱干警班，要我为他们讲"经典阅读与人文情境"，这讲座是《光明日报》讲坛走进南大时讲的，后来也在该报刊登的[1]。谁知上月十六号给他们讲过后，他这个班办了一个月，还没结束，又突然打电话给我，说他们强烈要求这位老师再给他们讲一讲。他们欣欣鼓舞地要求再讲一次，因此今天一大早就在那边讲了两个半小时，讲老子，这次给他们讲"老子人生哲学

---

[1] 许结《经典阅读与人文情境》，《光明日报》2016 年 9 月 29 日第 11 版。《新华文摘》2017 年第 1 期转载。

与智慧"[1]，不能重复呀。你们以后做老师的时候，就晓得上课难了，一次演讲好说，你吹吧，天花乱坠，讲完拍屁股走人。上课不同了，你今天精彩，明天怎么办？要细水长流。上课也需要跑野马，但缰绳不能丢，缰绳丢了，你这课就失败了。你放野马跑了一圈，缰绳一拽就回来才行。上课不容易，每节课都要花费心血，哪那么容易？人生笑话没那么多，蒲松龄也没办法，开了茶馆，等人家来讲故事，讲故事的喝茶不收钱，他再把听到的故事写进小说，才有那么多古里古怪的东西。现在可以在手机上搞段子，大量的段子收集起来，是不是对你创作也有用处？我看电视剧里经常出现的就是段子，它的原材料就是手机里网上传的段子，这里面有的是丰富的智慧。做学问也是这样子，集腋成裘，厚积薄发。你们以后当老师，一门课的第一讲，千万不要把精彩的东西一起都讲了，要慢慢抖，这是上课的艺术，不过你们找工作试讲的时候，一定尽其所能，精彩展示，那可是一锤定音，讲得不精彩，学校不要你，还谈得上以后的课怎么上吗？

　　言归正传，今天是第六讲，也是老生常谈，叫作"古诗之流"说。我打算从四个方面做些简单的介绍。自班固《两都赋序》引述"赋者，古诗之流也"，这已成赋学的老生常谈了，相关文献和知识，大家可以参读，我不多讲，这里我集中谈谈四点想法：第一，对"古诗之流"的解读；第二，"大汉继周"，由周诗到汉赋，与"古诗之流"的关系；第三，从祭祝到辞赋的修辞传统；第四，"古诗之流"又归于六义，这与六义入赋相关，可参见前面说过的内容。这四个问题，我略做疏解。

　　首先说第一个问题，对"古诗之流"的解读。这句话最初的文本就一个，也是最重要的文本，班固《两都赋序》。这篇序内含很多

---

[1]　有关这次讲座的文本，参见拙撰《老子人生哲学与智慧》，《中国德育》2017年第8期。

了不起的思想，如果说文献价值是"实"，当然很重要，理论价值为"虚"，"虚"的内容有时内涵反而丰富，也非常重要。我们写书是前有序、后有记，古人也常这样，一般后记的文献价值高些，前序则更多些批评价值。班固这篇赋序也成为我国古代早期赋学批评的极重要的论述。这是大家很熟悉的文献了，序从"或曰"开始，应该是引述成语，"赋者，古诗之流也"，"古诗之流"就从这里来的。序文接着从历史叙述起："昔成、康没而颂声寝，王泽竭而诗不作。大汉初定，日不暇给。至于武、宣之世，乃崇礼官，考文章，内设金马、石渠之署，外兴乐府协律之事，以兴废继绝，润色鸿业。"从周朝到汉朝，从《诗经》到辞赋，从辞赋旁及乐府。然后落实到作家，属于"言语侍从之臣"，除了司马相如类的文士，献赋的还有"公卿大臣"："故言语侍从之臣，若司马相如、虞丘寿王、东方朔、枚皋、王褒、刘向之属，朝夕论思，日月献纳；而公卿大臣，御史大夫倪宽、太常孔臧、太中大夫董仲舒、宗正刘德、太子太傅萧望之等，时时间作。或以抒下情而通讽谕，或以宣上德而尽忠孝，雍容揄扬，著于后嗣，抑亦雅颂之亚也。"前面讲过了，确定赋是"雅颂之亚"，这跟东汉的学术风气有关，但班固写的主要是西汉之世，所以继武、宣之后，接着说"故孝成之世，论而录之，盖奏御者千有余篇，而后大汉之文章，炳焉与三代同风"。[1] "古诗之流"的"诗"，毫无疑问指的是《诗经》，这次我一位学生写论文提出这"诗"专指《颂》诗，然后用"清华简"中的一则文献论证，我说胆子大也有些道理，但是立论不稳。《文学遗产》编辑来约稿，我将这篇文章推荐给他们，结果看后说了些文章的不足之处。各种简真假难辨，其实传世文献能研究好也不错了。

---

[1]　班固《两都赋序》，引录自萧统编，李善注《文选》，中华书局1977年版，第21、22页。

研究古史，出土的简是很重要，要是真的话。因此用简一定要知道哪个地方出土的，引用简更要注明从哪里来的。现在的造假技术也太高了。我有位书法家朋友，他说他的字被造假，赝品充斥市场，他自己也没法辨认，都是复印造假的。他还说如要辨认，将宣纸撕开来，看墨色渗透情况，或许能辨别一些。现代人的东西被造假，自己都辨别不出来，何况无名氏的上古的东西呢。我也不是反对引用简文，就是怕靠不住，我们没有亲历，不知道它的来龙去脉，只能写引自某杂志如《文物》某期，这是掌握资料的人刊发的文献，如果他们来源不正，或者被骗，那我们也被骗了。所以仅依据"清华简"中的一则文献来证明"古诗之流"的"诗"专指《颂》诗，恐怕难以说服人。

我想，"古诗之流"的"诗"指的是《诗经》，应该是没错的。关于这一点，当代治赋学者讲得最多的就是陈韵竹。她是位女学者，是台北政治大学简宗梧先生的学生。她原来在台湾是学文科的，硕士论文是《欧阳修、苏轼辞赋之比较研究》，后来到美国学电脑，兼修数学，研治的是统计学，获得统计学的硕士学位，再回到台北攻读赋学博士，博士论文写的就是赋的缘起。她的统计学水平高，对赋学研究采取科学的态度，首先是穷尽文献，穷尽后再把所有文献统计，再加以说明与阐释。这种方法不敢说绝对正确，因为历史缺失的文献就没有办法统计，但用现存文献的统计，相对说明问题，还是有道理的。她的博士论文题目叫《论赋之缘起》，我看到消息去年正式出版了，遗憾的是这次赋学会她没有来参加，否则是肯定要送我的。我看的还是她答辩时用的博士论文的印刷本。自从我上世纪到台北参加赋学研讨会认识简先生后，他所指导的博士生的论文都寄给我看，因为我不能去参加答辩，他就寄给我看，对我的赋学研究比较器重。一般都是学生自己寄，因为简先生交代他们寄给南大许老师看，所以他们都寄给我。其中也包括陈韵竹的论文，所以我是先睹为快的。她的博士论文于 2015 年由文津出版社正式刊行，简宗梧先生在该书序言中对其采用的以统计研讨赋学的方法，给予了较高的评价 [1]。

在这本书的案例中，通过对《史记》《汉书》进行统计，考论"诗人"的所指，结论是皆为《诗经》作者。我前面讲的，汉乐府歌诗是采集的，作者不称"诗人"。而《史记》中说"诗人道西伯"，从《史记·周本纪》来的，是《大雅·文王》作者；又推论出《小雅·采薇》作者称"诗人"例；又一句话是"诗人美而颂之曰"，是《商颂·玄鸟》作者；"诗人美而颂之曰：'厥初生民'"，"诗人"是《大雅·生民》作者；"周道缺"这个话是指《周南·关雎》和《小雅·鹿鸣》作者。又比如《汉书》，她列了十一例，比如《五行志》"皇甫、三桓，诗人所刺，《春秋》所讥"，颜师古注"皇甫，周卿士之字也。用后嬖宠，而处职位，诗人刺之。事见《小雅·十月之交》篇"，"诗人"指《小雅·十月之交》作者；"诗人疾而忧之曰：'民之无良，相怨一方'"，《楚元王传》里面的，这是指《小雅·角弓》的作者；"遵衰周之轨迹，循诗人之所刺"，这是泛指《诗经》作者；"诗人美之，《斯干》之诗是也"，"诗人"指《小雅·斯干》的作者；"至于宣王，思昔先王之德，兴滞补弊，明文、武之功业，周道粲然复兴，诗人美之而作"，见于《董仲舒传》。"诗人"有泛指，有专指。但是相对多的是《雅》《颂》，《风》诗也有。其泛指就是《诗经》，有些是专指篇目的，无一不与《诗》三百篇有关。她依据汉史

---

[1]　简宗梧《论赋之缘起·序》："披览《论赋之缘起》，便可发现它跟传统的论述很不一样。它运用数量统计，概率概念，逻辑推理，集合架构，解析论辩语料中所呈现的现象，以解决一个文学史的问题。不但为文史研究开了一道门，点了一盏灯，甚至建立了一个可以依循的案例。"引自陈韵竹《论赋之缘起》卷首，文津出版社 2015 年版。

统计得来的结论，应该能充分说明问题。而"诗人"这个词不指《诗经》作者的情况，现存汉史没有。到"清华简"出现的"诗人"，好像是一种颂体的诗，是《诗经》中没有的诗，这也是传世文献没有的，倘若简文可靠，又另当别论了。而陈韵竹这篇论文就现有文献的统计，能够说明汉代"诗人"是指《诗经》作者的问题。

我想这也是一个重要的问题，《诗赋略》的"诗"是指歌诗，而汉人称的"诗人"指的是《诗经》的作者，这就印证了"赋者，古诗之流也"应该是《诗经》之流。既然指《诗经》，是不是包括《风》《雅》《颂》全部，又开始争议了。我前面讲的有人认为就是《颂》诗，赋从《颂》而来，又衍启出颂体，由于赋、颂关系密切，汉人常同称[1]，班固说赋是"雅颂之亚"，也有一定道理在其中。如何再做细微的辨析，需要你把文献做细、坐实。论文写作，尤其是考据文章，忌讳孤证，要有详细的论证，要对这个问题提出新的想法，还要等待更深的研究。前面说的那位学生的文章，写得有创意，但期刊编辑不敢用，就是缺少详细的论证。

什么叫"古诗之流"？有两种解释出现了，一个叫"流裔"，一个叫"流亚"。虽然有关"古诗之流"的说法很多，但从历史上的主流意识来看，古诗之流裔、古诗之流亚这两种说法，比较有代表性。"流裔"，就是余音袅袅，《诗》为本，赋是《诗》的后续产品，后来很多文学批评家都把赋摆在诗域里面了，赋成了诗的分支。赋的批评独立

---

[1]　按，汉人赋颂互称甚多，以《汉书》为例，如《楚元王传》记刘向"献赋颂凡数十篇"，《淮南衡山济北王传》记淮南王安"谈说得失及方技赋颂，昏莫然后罢"，《贾邹枚路传》记枚皋"为赋颂，好嫚戏"，《严朱吾丘主父徐严终王贾传》记严助"作赋颂数十篇"，《叙传下》记司马相如"蔚为辞宗，赋颂之首"等。

较迟，在刘勰撰《文心雕龙》的时候，是把它分开了，有《明诗》，有《诠赋》，分类，分体，可多数人还是混在一起，到现在还是归诗或散文，诗学把赋摆进去，散文又把赋抢过去。比如傅璇琮先生当年主编《中国古典散文基础文库》，就要我做一本《抒情小赋卷》[1]，如果编《中国古代诗选》，抒情小赋更能放进去，赋是韵文嘛。于是韵文也找辞赋，散文也找辞赋，中国散文和诗歌两大块都在抢赋。

赋被称为"亦诗亦文"，是中间地带，从批评来讲更早是靠近诗的，比如诗话出现，大量诗话里面就夹杂了赋论。文话稍微后出，南宋以后文话才兴起，赋论也进去了，赋话也就介乎诗话、文话之间。到了清代才真正有了赋话，就是浦铣的《历代赋话》和李调元的《雨村赋话》，这是到了乾隆年间才相对地独立起来。在这之前相对独立的赋论，就是那些教人写闱场赋的《赋谱》《赋格》类的东西，属于技术化的读物。从理论上来看，赋话独立很迟，赋在文学史与批评史上，常处于一种尴尬的位置。实际上赋是我国早期一种非常了不起的文体，是代表汉语修辞传统的一种文体，但是后来渐渐衰退，因为中国毕竟是个诗的国度，再加上韩愈大声疾呼古文，韩、柳兴起了唐宋古文运动，这影响了整个后面几个世纪，散文或古文又占了一大山头，赋就渐渐地被掩盖了。唐宋以后文人又留意于科举考试这些东西，赋成了闱场竞技的玩艺，离王朝高层的献赋制度远了，这也造成了赋的身份跌落。"诗赋取士"，赋也伴诗而行，其与诗的关系更加密切，所以把它作为古诗之流裔，不仅是在探寻源头，而且是具有文学史意义

---

[1] 傅璇琮主编，许结选注《中国古典散文基础文库·抒情小赋卷》，广西师范大学出版社1999年版。后作为《清华古典文献研究丛刊》中的《中国古典散文精选注译·抒情小赋卷》，于2009年由清华大学出版社重版。

的。在古人的解释中，如皇甫谧、李善等都是这么认为的。晁补之《离骚新序》也讲："自《风》《雅》变而为《离骚》，至《离骚》变而为赋。……传曰：'赋者，古诗之流也。'"[1] 说《诗》之流到了楚为《离骚》，流到汉而为赋，"流"就是流动的意思，或者叫流变，就是顺流而下，这是一种解释，也是比较权威的解释。

还有另外一种解释是"流亚"。流亚的意思就是类别，或称文类。赋不一定是《诗》的袅袅余音，它是诗的类别，跟诗同一类型的东西。"古诗之流"这两种说法，一个是赋继承《诗》，一个是赋跟诗同类。依据这流亚的意思，说法也很多，汉人有相关的论述，比如《汉书·艺文志》里面就讲"儒家者流""道家者流""法家者流"，这个"流"，章太炎在《新方言·释词》里面对"者流"做过解释，这个"者"是怎么回事？他引《说文》与《汉书·艺文志》，《说文》"者，别事词也"，把事别开来，另外就是一类，所以"者"训为"此"；《汉书·艺文志》"者流"的"者"就是"此"，"儒家者流"就是儒家之流，儒家这一类的[2]。这种解释在文学批评中间不太多，在其他的论述中则有一些旁证。比如北周的和尚释道安在《二教论》里面，对于"儒家者流，盖出于司徒之官"，就干脆写成"儒家之流，盖出于司徒之官"，所以这又有一些变化。

那么我们经过分析，班固讲"古诗之流"，特别提到"雅颂之亚"，这个"亚"字就有"流亚"的意思了，所以现在大家恐怕更多地往"流亚"这个方面来考虑，就是同类，赋与诗为同类，赋是一类，不一定

---

[1] 引自晁补之《鸡肋集》卷三十六《离骚序·离骚新序上》，《四部丛刊》影明本。

[2] 章炳麟《新方言·释词》："《说文》：'者，别事词也。'《汉书·艺文志》曰：'儒家者流''道家者流'，'者'训为'此'。"

是《诗》的尾巴，它是类诗崛起的一种重要的文献，既然有了诗，也就有了赋，就是这样一个意思。从班固的赋序原文来看，这种解释或许有一点道理，就是类的继承。"雅颂之亚"，六臣注中的吕向注说"亚，次也。言讽谕之事著于后代，亦为雅颂之次"[1]，赋就是类似《雅》《颂》的创作，作用是讽喻的，或者歌颂的，讽、颂都跟《雅》《颂》有关。在《三国志》里面有一句话叫作"吕乂临郡则垂称，处朝则被损，亦黄、薛之流亚矣"，他在地方名声很好，到了朝廷就被人攻击，这个人就是"黄、薛之流亚"，跟西汉的黄霸、薛宣是一类的人物，能吏。《三国志》里歌颂吕乂这个人，用"流亚"一词指同类的人物。

赋的功用，据古人解说，也是《诗》的功用。汉儒解释《诗》的功用，程廷祚《青溪集·诗论》讲得非常清楚，就是"美刺二端"。"美刺二端"作为诗人的宗旨，应该是符合班固引证"赋者，古诗之流"的意思。班固引的是前人的话，就是"或曰"，也不知道原来的出处在哪里，找不到原文了。班固引过这话后的阐发，与程廷祚的思想是一致的，因为他说"雅颂之亚"，前面有两句最经典的，"或以抒下情而通讽谕，或以宣上德而尽忠孝"，这就是"美刺二端"嘛。所以赋跟诗是同类的，这是一种解释。

"古诗之流"的两种解释，一个是考源的理论，赋是《诗》的流变；一个是比较阐述，赋跟诗一样，都起到某种实际的功用，对王教政治起到巨大的作用。有作用就有价值，所以我想这是值得启发大家思考的问题，是一个有启发的问题。通过上述两类解释，我觉得不管赋是

---

[1] 引自萧统编，李善等注《六臣注文选》，上海古籍出版社 1993 年《四库文学总集选刊》本，第 9 页。

诗的流变，还是诗的同类或者叫"流亚"，班固的这段话都隶属于经义思想，不是纯文学批评。"古诗之流"一直带着经义的思想，这也是探讨它的一个聚焦点，汉人论文都跟经义有关。

赋与经义的关系，构成了一个很大的批评范畴，或者说是一个传统。经义对赋的影响或制约，可以从几方面来进行讨论，从本源到引述再到批评，这是一个历史的线索。看赋跟经义的关系，也等于《诗》跟经义的关系，《诗》被经义化了的时代，也是赋产生的时代，赋蔚然大国的时代也正是《诗》被强力经义化的时代，所以《诗》、赋贴合于经义，就构成了这个情况。

从本源来讲，大家都知道赋经历了这么几个阶段，一个阶段是《国语·周语》里面讲的，赋无非是通讽喻的作用，对吧？"蒙诵""瞍赋"，刘熙载《赋概》讲，那就是讽谏之义[1]。赋诗也好，赋作也好，功用都有一条通讽喻，为什么呢？王者观政，通于王者政治，赋的早期都有这样一个功用，讽喻是它最早的功用，什么献书、献曲、献赋、献颂啊，都是通于王政的。接下来的阶段是春秋过后天子失官，说诗也好，论史也好，或者其他文本也好，都开始游离于王政。天子失官还有什么王政呢？那是诸侯之政，霸政，对吧？王道转向霸道，王政转向了诸侯王国的霸政，这就开始变化了。天子失官的时期，赋也只有言志的功用了，抒发自己的志，没有办法通于王政了。不能兼济天下，那就独善其身。当然言志的作用也在于邦国之间交流，赋诗言志是在这样一个阶段。到了战国年间，赋诗言志也衰落了，渐渐没有了市场。赋的政教功用的衰落，也导致赋诗言志之"志"的差异。

---

[1]　刘熙载《艺概·赋概》："古人赋诗与后世作赋，事异而意同。意之所取，大抵有二：一以讽谏，《周语》'瞍赋蒙诵'是也；一以言志，《左传》赵孟曰……是也。"

早期言志，是聘问之礼的言志，代表国家意识；后期的言志，真是抒发个性了，这就又有了一个阶段的特色，即《汉书·艺文志》讲的"贤人失志之赋作"[1]，出现了楚臣贤人之赋。贤人之赋抒发情怀，对政治的不满、对现实的讽喻，但与王政是远离了，渐渐变成公卿大臣也好，文人、文士也好，落魄文人也好，都开始抒发情怀了，跟真正的天子王政是远离了，顶多跟诸侯王政有一定的关系。于是到了汉代，又开辟了一个新阶段，大汉之天声，所谓"蕞尔小邦，蔚然大国"，尤其到汉武帝时代，司马相如献赋，汉宣帝时代，王褒献赋，这种类型化的创作成了一种制度化的产物，"言语侍从"，制度化文人，从某种意义上，它超越了贤人失志之赋和赋诗言志，也就是天子失官后的春秋末期到战国连接的时代，而归复了周朝政治，构建了汉朝的政治，一种王政。《周语》里讲的"蒙诵""瞍赋"这样的天子听政的状态，又得到某种意义上的回归，赋的功用又跟王朝政治结合起来，所以我把它称为代行王言。王言与王政相关，没有王政，何来王言？诏奏是最典型的王言，由上而下谓之诏，由下而上谓之奏[2]。诏奏是最直接的王言，而诗赋就是婉转的王言，有点文学化的王言。因此赋论家倡导的是谲谏，而不是抗谏。赋在汉代回到王政、叙代王言，这一点我想是非常明确的。这是从"赋"到"赋作"产生与发展的一个长时段的过程。

那么如何表现王言呢？通过谲谏或者吟讽来表现赋家的经义思

---

[1]　《汉书·艺文志·诗赋略后序》："春秋之后，周道浸坏，聘问歌咏不行于列国，学《诗》之士逸在布衣，而贤人失志之赋作矣。"

[2]　古人谓诏令之文为"谕下之辞"，奏议之文为"告君之辞"，汉人诏奏文极盛，刘勰《文心雕龙》谓"文景以前，诏体浮新；武帝崇儒，选言弘奥。策封三王，文同训典，劝戒渊雅，垂范后代"（《诏策》），"自汉以来，奏事或称上疏，儒雅继踵，殊采可观"（《奏启》）。

想，渐渐出现了一种新方法，就是引述，经义思想变成了一种语言的游戏。这就是我曾经与王思豪合写的两篇文章，《汉赋用〈诗〉的文学传统》和《汉赋用经考》的主旨。依据这样的一个思路，赋与经义的关系已由本原转向引述，赋家引《诗》或者引《左传》，《左传》到东汉以后引得多一点，而西汉早期是引《春秋经》，尤其是《尚书》《诗经》引得更多一些。就《诗经》言，早期引的《风》诗比较多，到了东汉的时候《雅》《颂》诗引得更多些，这是根据统计方法进行统计得来的结论。汉赋引经，一条条梳理，有的是直引，有的是隐曲地引，有的是直接把诗的语言摆进去，有的是通过赋家的改装，就是经的赋语化，实际上用的还是经义。

经义走向了引述，赋家开始引述六经，尤其是《诗》《春秋》和《礼》这三经是引述最多的。由此也就引起了后代学者对这个问题的思考，比如探寻本源、六义取向、赋史价值、作品分析、讽谏辍淫等等一起来了。他们认为从王政萌发出来的赋，也应该追到天子听政，这是一个本源。就像"六经皆史"一样，把所有经都归于史，也是一种追求史官文化本源的方法。诗赋与六经关系密切，都和天子听政相关，属于一种本源探讨，例证很多。后人对汉赋的文本进行讨论，包括赋中引经的词语与典故，于是又出现了诸如"赋类"的说法，说汉大赋就像类书一样，也就是赋代志书、赋代类书，或者讥为"字林"。比如清人陆次云、袁枚的说法就是代表，当然这样的看法也不止他们两人，可以说是其来有渐的。章学诚《文史通义·文集》说"两汉文章渐富"，汉赋"即文为学"（《〈文学〉叙例》），其中寓含了赋体驳杂的缘故。志书与类书说是一种具体的批评，当然也有反驳这种意见的，比如我前面讲过的程先甲《金陵赋序》，他就批判这种说法，认为赋代类书丢失了赋的根本，赋的根本就是"诗人之旨"，经义思想[1]。这循环批评又出现了，"古诗之流"与讽谏说、六义入赋又可结合起来，成为这一大课题的一个面向。

正因为有了经义的思想，在中国文学批评传统中间，赋才确立了某种价值。中国文学批评中，教化是最重要的，重政教意识，要言之有物，到桐城的方苞倡"义法"，还讲"言有物"和"言有序"，光有序没有什么用，中间要有物啊，言之有物。什么物啊？人文教化为大本，修身、齐家、治国、平天下，这是中国古代一以贯之的批评，这种批评在纯文学来讲，好像是干扰了文学的批评，但实际上在中国传统文学批评来讲，它承担着这样一个最重要的任务。往往评价作品在淡化文学性、提升政教功能的同时，实际上也提升了文本的价值。只是比较聪明的人，还会说这种政教思想都本于情，还是要"发乎情"；而对于礼，主要是止于此，合礼才有所谓情、理、辞并重。比如祝尧《古赋辩体》就特别强调情、理、辞并重的思想。很明显，祝尧认为这就是赋的价值，于是他选了作品，然后对每个作品进行分析，其中有大量的经义思想，到明清时代也是这样的。早在刘义庆《世说新语》里面记录有"《三都》《二京》，五经鼓吹"[2]的话语。后代相关的评价，比较丰富的如何焯《义门读书记》，其中就有大量的有关赋的评点，他评点《两都赋》怎么样，《二京赋》如何，《三都赋》如何，其中《蜀都赋》如何，《吴都赋》如何，始终牵扯到经义的批评。于是一篇辞赋作品的价值，常常同"古诗之流"思想有着密切的关系。

---

[1]　对此，可详参拙撰《论汉赋"类书说"及其文学史意义》，《社会科学研究》2008 年第 5 期。

[2]　刘义庆《世说新语·文学》："孙兴公云：'《三都》《二京》，五经鼓吹。'"刘孝标注："言此五赋是经典之羽翼。"

论赋为什么要强调经义呢？自当与所谓的本经作古的思路有关。本于经，而反对过度，还是回到孔子诗论的中和思想，要"无邪"，要"中正"，到汉代自与经义关系密切，这也正是"赋者，古诗之流"的一个重要的解读。换句话说，在具体批评中，离开了经义，是没办法解读赋是"古诗之流"的。我们常讲诗与赋属一类，多是从文学上来讲，比如用辞铺藻、协韵成文等，这也不错，但古人不是这么想的，古代的赋学批评最重的是政教思想。

赋归诗类，也就是"雅颂之亚"，意思是赋与《雅》《颂》有同样的价值。正因为如此，才引发了诸多批评，产生诸多思想。我们从赋家来看，经义助成其创作。我们从整个历史来看"古诗之流"，有两大变化值得关注。赋首先是从宫廷赋到文人赋，赋开始在宫廷，到东汉以后越来越走向文人赋，这是一个走向。第二个走向是由文人赋走向闱场赋，魏晋以后到唐宋，变成考试赋了。而其中有一个跌宕，又有一个回归。如果说宫廷赋更多地是这种"雅颂之亚"的思想，那么跟宫廷赋相比，文人赋则相对自由，可"随物赋形"，写出各种各样的东西，但显然还是受到前者的影响。这种影响一直存在，比如魏晋的时候，赋家与汉代比，汉代赋家直接面对皇帝，献赋宫廷，写的都是大事，包括《两都》《二京》，讨论都城建立的问题，是大问题，对不？这种思想延续下来，是不是到后来文人赋断绝了呢？不是这样，只是到魏晋变成面对大家族的一种"美"和"刺"。赋家还是重"美刺"的。最典型的是袁宏作《东征赋》，陶侃的儿子陶范、桓彝的儿子桓温就责问作者，你为什么不写我父亲的功绩，甚至威逼赋家[1]。你看赋就要

---

[1] 分别见《世说新语·文学》"袁宏始作《东征赋》"条与刘孝标注引《续晋阳秋》，详参拙文《赋可称人亦罪人》，《古典文学知识》2016 年第 6 期。

展现这种东西，起到这个作用，只不过与朝廷疏远了，变成围绕这些大家族。赋的创作下移，流向民间、流向私人，所以自由度是越来越大了。为什么我们喜欢魏晋小赋呢？因为它是文人赋，自由度大了。从文学史来讲，个性化、文人化是一个重要的阶段，是一种文学发展的必然趋势。但从中国文学传统来看，从赋学传统来看，你再看唐人的言说方针，在《晋书》里面，在《隋书》里面，包括王勃等人的批评，说这种文人性的东西的出现，就造成了赋的衰落，以致淫风大振，甚至将这淫风一直追到屈、宋，就是屈原和宋玉，然后勉强附加司马相如、班固他们的赋，说还有一点政教意识。这样批判难道是文学的自觉？不是的，还是回到了经义思想。所以王勃是很好玩的一个人，自己创作了一些小东西，也很得意，但是他对前人的苛刻批评有点过分了。他自己也写了《春思赋》，写了很多很好的小赋，但是他对赋的批评，什么"淫风"、祸国[1]，简直是苛刻之极。究其本质，是说赋游离了经义思想。

那么赋在唐代又怎么恢复王言呢？科举考试。一直延续多代的科举考试延续了王言。说科举考试代表王言，只是形而下了，是就王朝选才而言。考赋是为了选才，当然不需直接面对皇帝了，只有到殿试的时候才能面见皇帝。考赋幸进，取决于考官对你的态度，属于知识阶层最基层的择才，而不是皇帝跟文学侍从的关系。但从对王朝的功用来说，科举制度催生的赋一直与文人创作的赋并列。唐宋考律赋，辽金考律赋，元朝考古赋。考古赋的很多文献丢失了，在《青云梯》

---

[1] 王勃《上吏部裴侍郎启》："文章之道，自古称难。圣人以开物成务，君子以立言见志。遗雅背训，孟子不为；劝百讽一，扬雄所耻。……屈、宋导浇源于前，枚、马张淫风于后，谈人主者，以宫室苑囿为雄；叙名流者，以沉酗骄奢为达。故魏文用之而中国衰，宋武贵之而江东乱。虽沈、谢争鹜，适先兆齐、梁之危；徐、庾并驰，不能止周、陈之祸。"

里面少量地存在，还有《铁崖赋稿》里面保存了一些个人的考试古赋。我的一位学生，现在是华中师大的教授，最近到日本访学，把日本文部省还保留的元朝考古赋的文献带回来，还复印了一本送给我[1]。我晓得这个书，但没看过，这就是域外文献的贡献了，我们掉了，域外还保留着，包括这本元代闱场古赋集。我们丢失的东西不少，存留在海外不少，这是域外汉籍研究的意义，一旦把掉的东西一起找到了，域外汉籍的价值我看就没多少了。外国人创作的赋也不能比我们好多少，对吧？主要是文献的价值。这本元朝的古赋集，与王朝关系密切，多少科考试古赋的重现，是值得研究的。这种科举考赋，一直到清代翰林院考试，也是围绕制度展开的，讽谏与王政、王言相关。

所以从传统来讲，从赋家的变迁来看，一直存在着对经义的游离与归复。一回到王朝，就是经义的归复；一到文人渐渐游离，这种关联就疏远了些，但是文人又自觉和不自觉地对"诗人之旨"进行推崇，也不是说他游离了，他就没有经义思想了。在经学占主导思想的时代，从小读书就烙下了深深的印记，这种潜在意识你怎么也游离不了，所以我想这也是赋与经义难以分割的一个原因。

从考赋的视角看这个问题，也就出现了很多有趣的现象，多半跟经义有关，例如以文试士、取人以言等等。我在《文学遗产》的2015年第1期发表的《论考赋"取人以言"的批评意义》，是到香港大学中文学院开"科举与辞赋"国际赋学研讨会提交的论文，你们可以参考一下。这几年《文学遗产》隔一年发我的一篇文章，2015年第1期发了，2017年第1期又有一篇，编辑约稿，当然也要外审，但作为老作者，发起来比较顺当。大家都知道，做古代文学的人总要在《文学

---

[1] 指元代刘仁初编的《新刊类编历举三场文选》。按，该编《庚集》皆为考试古体赋。

遗产》经常出现，这很重要，《文学评论》倒不一定，虽被奉为"一流"期刊，级别高，有奖励，《文学遗产》屈居"二流"，发了一分钱不奖励，但是大家还想在上面发，因为是我们古典文学的期刊。只奖励《中国社会科学》《文学评论》《文艺研究》，还有《外国文学评论》等，是"第一流"，《文学遗产》就不算了。实际上《文学遗产》的古典文学研究能比《文学评论》差吗？能比《文艺研究》差吗？我看还是比较有权威性的。所以经常要在这上面发一发，一方面证明你还没有离开古典文学研究，不要整天到处讲课，到处写赋，变成文化混子了，这不行，不能完全"走江湖"，要有研究成果。展示成果，《文学遗产》比较好，让人家晓得你没有脱离古典文学，晓得你这个人还在，对吧？要保持自我，在学术界的自我保持很重要。我那篇《论考赋"取人以言"的批评意义》讲了很多，从历史层面、制度层面、创作层面进行了讨论，这些都跟经义有关。赋作引经也罢，后来考赋的经义题也罢，都跟经义有关，这是"赋者，古诗之流"极宜重视的历史与方面。

赋体构建起的依经立义的批评传统，谁的说法最明显呢？王逸。王逸《楚辞章句》就是依经立义，所以《离骚》被称为《离骚经》。《离骚》的作用之大，往往代表了楚辞。因为它变成经，那《九歌》《九章》也只算是《离骚经》的传了，《离骚》之外的篇章都是传。你看朱熹的《楚辞集注》，《离骚经》摆第一篇，很清楚的，这是经，其他的作为传，这样的编排源自经义思想。我们要讨论"赋者，古诗之流"，不管是"流裔"还是"流亚"，经义思想都是明显的。正因此，我们要选择"流亚"，偏重这一点做说解，为什么？那就是我讲的第二个问题，"大汉继周"。

这是这次课所讲的第二个问题，"大汉继周"的思路从哪里来？由周诗到汉赋来，二者有同样的功用。一代有一代的文学思想，实际上在汉人已经有了，那就是"大汉继周"的思想在文学的体现，衍替到后来，汉赋成为有汉"一代之文学"[1]。由于《诗》被政教化、经学化了，所以王国维他们后来不讲"周之诗"，只从楚骚开始讲，用文学这个"文"强化了文学的自觉意识。实际上，为什么不能讲"周之诗""楚之骚""汉之赋"呢？也可以，对吧？你们可以写个文章反驳王国维，可以从文学的角度把"周之诗"树立起来，怎么漏得了"周之诗"？这是荒唐的，还是合理的？都可以写，写篇文章讨论"一代之文学"说把这个"周之诗"漏了是为什么？就一代文学来说，有明清之小说，那民国是什么？当代是什么？白话文，民国以前就有了。白话诗，够呛。现当代文学，我看网络段子就是"一代之文学"。汉赋继承周诗，引出了"大汉继周"的思考，这是一个值得重视的问题。马积高先生也讲过的，《两都赋序》是从诗赋的社会作用来说明二者的继承关系、社会作用[2]，这话讲得非常对，刘向（歆）和班固论赋与诗的关系，不及诗之六义是很自然的，把赋体之"赋"与六义之一牵扯起来，是到魏晋以后的事，所以"之流"作"之类"解，马积高先生在《历代辞赋研究史料概述》里头这么讲的，我也比较同意这个观点。

结合相关文献，我们来看看"大汉继周"是怎么回事，这里面有历史、有内涵。首先看《汉书·礼乐志》里怎么说的，我说过赋与礼乐的关系极为密切，所以汉赋继周礼的问题还宜回到礼乐观来讨论。班固在《礼乐志》里说："今大汉继周，久旷大仪，未有立礼成乐，

---

[1]　王国维《宋元戏曲史序》："凡一代有一代之文学：楚之骚，汉之赋，六代之骈语，唐之诗，宋之词，元之曲，皆所谓一代之文学，而后世莫能继焉者也。"

[2]　详见马积高《历代辞赋研究史料概述》（中华书局 2001 年版）上篇《历代辞赋及研究概述》二《先秦两汉辞赋的兴盛、存佚与研究》之六《汉人论辞赋·辞赋的审美理想和社会作用》。

此贾谊、仲舒、王吉、刘向之徒所为发愤而增叹也。"[1] "大汉继周"是到东汉的时候明确提出的，为什么？我们知道汉初的政治是继秦政，文化上重视周礼，但其制度不是真正的周礼传统，是重霸道的秦政，所以汉武帝才那么飞扬跋扈，他继承的是秦汉帝国的飞扬跋扈，政治上雄强广大，这是秦政，对不？汉代的文学基础是楚国文学，不管是汉高祖也好，汉武帝也好，都好楚声。于是秦政与楚声成为西汉帝国文化的基本特点，并不是效仿周礼与周诗的。汉初最突出的是两大学派，一个是黄老之学，一个是墨家的侠义之学，就是游侠。游侠极盛，到了汉武帝的时候发现这种情形对政治不好，于是在其改制过后，才开始"罢黜百家，表章六经"。这时候继承周朝的传统才渐渐变成了一种象征，武帝想改变无为而治，他要有所作为，削藩、打匈奴都是作为，要找理论依据，于是作为儒家经典的《春秋》学受到重视，"大一统"与"报仇"的说法都与他的大政方针有关。可是开始难以实行，如何变革？他搞政治变革搞不了，先从后宫开始，首先要休掉老婆，把陈皇后废掉，结果也废不掉，想废哪那么容易？第一夫人，母仪天下，能废吗？内官主父偃出来讲话了，说这是陛下的家事，不必由外廷讨论，皇帝听到这句话，我家事，我做主，这就好了，废掉，于是接回了一个舞女卫子夫。后来卫子夫做了皇后，也死了，他们的儿子戾太子也吊死了，就是汉史上的"巫蛊之祸"。内官搞定了，再搞外政，因为祖母窦太后死了，武帝拿到了权力，开始改制了。武帝多用内官，用朱买臣、主父偃等为他说话，为他张扬气象，这些内

---

[1] 引自《汉书·礼乐志》。按，班氏所言"大汉继周"，依循的是《论语》中孔子答子张问："殷因于夏礼，所损益，可知也；周因于殷礼，所损益，可知也，其或继周者，虽百世可知也。"

官善文辞，又会讲话，把外官如丞相公孙弘驳得体无完肤，于是外政也开始改了。汉武帝建元六年（前135）开始改制，就把黄老无为之学排除掉，把侠客打击掉，你看汉史中《游侠列传》里的游侠，虽有司马迁的褒奖，却是社会不安定的因素，专制帝国强大，就会有对这些自由行为的扼杀。一连串的打击，连当时颇为兴盛的墨家也一并打击掉。这之后黄老之学转向老庄之学，一直到魏晋时期才由三玄之学复起，一切学问都成了儒法思想的附庸。墨学也是一蹶不振，人说墨学亡于汉，是有道理的。一直到二十世纪墨学有了复兴，叫"新墨学"运动，"新墨学"运动和"新佛学"运动是二十世纪初期的重要文化现象。"新佛学"运动就是爱国主义的和尚，叫和尚下山，不要再躲在山上，到社会中间，走进革命的洪流、抗日的洪流。"新墨学"运动与新基督教的"上帝面前，人人平等"相契合，墨子讲"天志"嘛，讲"兼爱"嘛，这与平等社会思潮结合起来了，新墨学运动成了现代学术史上重要的一笔，在上个世纪二三十年代，墨学成就是很大的。

在整个漫长的帝制社会中，儒家是最重要的，但是要回过头来讲，"表章六经"的汉武帝真听儒家吗？根本没有，他只是要排除异端思想罢了。他用的是法家思想、铁腕的法家手段，就是"汉家自有制度，本以霸王道杂之"，霸道是实质；王道是虚饰，用儒家做外表的涂饰，蒙骗百姓，这就是汉武帝的作为。汉宣帝就说破了这个道理，汉家制度就是霸王之道[1]。霸王之道先法后儒，所以说儒家是个涂饰。

汉朝由法到儒的转折，发生在那个没有用的汉元帝时，就是那个

---

[1] 《汉书·元帝纪》："孝元皇帝……柔仁好儒，见宣帝所用多文法吏，以刑名绳下。……尝侍燕，从容言：'陛下持刑太深，宜用儒生。'宣帝作色曰：'汉家自有制度，本以霸王道杂之，奈何纯任德教，用周政乎？'"

曾经得了忧郁症要听王褒《洞箫赋》的太子，他用纯儒，依靠重儒术的大臣了。中央权力失控，皇帝权力削弱，是用纯儒的结果。儒家可以带来短暂的繁荣，但是时间长了，就像用文人执政一样的，一浪漫，玩艺术，都到歌舞厅去了，整歇了。在专制社会玩政治，还是要那些铁腕政治家，搞法家的人，公孙弘之流才能执政，而不是董仲舒之流。所以汉武帝用董仲舒的思想，根本不用董仲舒其人，冷落他，这是大帝王的思想，一切均被我所用。

到汉元帝的时候就不同了。首先是从庙制开始的，大家要看《汉书·韦贤传》，这篇文献太重要了，就是儒术开始当政了，儒术进入了政枢，用儒术代政术，因为帝制跟儒没关系，但是儒术思想来了，道义思想来了，开始造成后来的变化。这个变化有几点，一个是因为废庙问题牵扯到庙议，对汉武帝的评价，对历代汉帝的评价，这个就是大事了。因为天子五庙、七庙，多出的庙要不断地废，高祖不能废，其他就要废，废哪个？废惠帝，文帝不能废，景帝废掉，武帝能不能废？后来慢慢都要废，高祖不动，其他都有选择地废掉。要废庙，废到武帝的时候怎么办？就讨论武帝能不能废。文帝也不能废，武帝也不能废，结果就这样子围绕宗法统绪争论来争论去。宗法统绪就是旧的周礼啦，因为汉代初年不搞宗法统绪、天道正统，高祖一个流氓地痞，他哪来什么高贵血统？没有高贵血统，他推翻了前朝，掀翻整个旧世界，于是就造神啦，什么"赤帝子""白帝子"，都是造神嘛，后来神越造越多，比如武帝时推尊"太一"神，以天命所授说明自己所坐大位的合法性。这时间长了，形成了刘汉的皇统，为保持自己政权，不能老革命呀，早在景帝时就忌讳"汤武革命"了，到武帝后更是如此，革自己的命，不能了。政权就是这样，时间长了，它越来越保守，以维护政权为最高目标。于是宗法统绪又取代了天道圣统，庙祭就是在树立他刘汉的宗法统绪，在树立的过程中间就形成了对周礼的直接衔接。这种文化现象对赋创作也产生了影响[1]。

由于用儒生治国，重礼制而轻法术，国家衰落了，出现了长时间的外戚干政。西汉后期外戚权力越来越大了，王莽之祸，腰斩汉代。有意思的是，这王莽斩汉后，汉朝不死，刘秀光复，还是刘汉，在中国历史上是罕见的事情。恢复了刘汉，立统绪时王莽不算，"莽皇帝""新皇帝"这个乱臣贼子要去掉的。东汉从光武帝到明帝，这两代皇帝比较厉害，有所作为。这个依靠强大的家族力量重新建构的汉统，需要保持与稳定，汉明帝永平制汉礼是很著名的，不是简单地造作，而是全方位地制礼，建立汉朝的统绪。由于建立汉朝的统绪，要废除王莽，再考虑到前面短暂的秦朝的暴政，又否认了秦朝，汉礼直接继承周礼，这就是"大汉继周"的由来。

"大汉继周"思想的突出呈现是在东汉时期，班固赋序由"古诗之流"引出的议论正与此相关。处于这个时代，"大汉继周"是一个非常重要的命题。我们看看清初人李光地的一段有关"大汉继周"的话。我上个月初到福建，特别跑到安溪李光地故居看看，破破烂烂不成样了。他这个人有两个功绩，一个是用施琅，解放了台湾；一个是救我们桐城的方苞，不救方苞，就没有桐城派，所以说"荐施琅，救方苞"，有一副对联记了这两件事，可惜我记不得了。李光地《榕村语录》说："秦恶毒流万世……莽后仍为汉，秦后不为周耳。实即以汉继周，有何不可。"[2] 这一历史观落实到赋的书写，最典型的就是杜笃《论都

---

[1] 参见蒋晓光、许结《元成庙议与〈长杨赋〉的结构及影响》，《浙江大学学报》2011年第6期。

[2] 李光地《榕村语录》卷二十一，中华书局1995年版，第381页。

赋》的汉统与汉德之论："昔在强秦……大汉开基，高祖有勋……太宗承流……是时孝武因其余财府帑之蓄，始有钩深图远之意……故创业于高祖，嗣传于孝惠，德隆于太宗，财衍于孝景，威盛于圣武，政行于宣、元，侈极于成、哀，祚缺于孝平。传世十一，历载三百，德衰而复盈，道微而复章，皆莫能迁于雍州，而背于咸阳。"而杜笃赋中继此倡言"今国家躬修道德，吐惠含仁，湛恩沾洽，时风显宣"，已点破"大汉继周"的建德观根基于两个历史节点，即秦亡教训与王莽篡统。同时清人何焯评张衡的《东京赋》说："东京之本于周，犹西京之本于秦也，所以推周制以为发端。"[1] 西京是继秦政，而东京已经继周了，所谓"大汉继周"，实际上是用强大的权力和军事力量来建构周礼，这一实践在东汉前期是比较成功的，班固正好在这个时候。"大汉继周"，"古诗之流"，诗之"流亚"，可联系起来思考。换句话说，"古诗之流"是"大汉继周"思想在赋域的体现，没有这样的背景与变革，怎么会冒出个"古诗之流"？要从历史背景、政治情形来进行解读，也许更好。

周诗与汉赋的传承，就是周德与汉德的传承。周诗显示的是周德，汉赋显示的是汉德，人说大汉文章"与三代同风"[2]，没有讲跟秦、莽同道吧？秦朝跟王莽，在历史的圣统中被革除掉，其中又嵌入了汉人惯用的五行与"五德"的学术，这一点可参看顾颉刚的书。顾颉刚在《汉代学术史略》中写得非常清楚，汉代是阴阳之学，阴阳之学里又编造了什么"三统""三正"，以及"五德终始"的内容。这"五德终

---

[1]　引自于光华辑《重订文选集评》，国家图书馆出版社 2012 年影印乾隆四十三年锡山启秀堂重刻本，第 211 页。

[2]　阮元《与友人论古文书》曾说"大汉之文章，炳焉与三代同风"。引自阮元《揅经室集》，邓经元点校，中华书局 1993 年版，第 609 页。

始"是依据天统对人统的推衍，比如旧说黄帝是土德，然后被夏朝木德克了；商朝继夏，是金克木；周朝继商，是火克金；然后秦朝是水克火，汉朝是土克水，对吧？这越说到后来越复杂，所以顾颉刚讲历史是累层起来的。你看孔子删《书》，断自唐、虞，到了司马迁《五帝本纪》，上溯到了五帝。继后又出现了"前三皇""后三皇"，早期是伏羲为开创神，后来又来了盘古开天地，再后来我们发现了仰韶文化、河姆渡文化等，越来越古，越追越远，古史的逐层堆积使问题也越发复杂了。从旧"五德"说，又来了新"五德"说，都在堆积与推衍，一直推到不仅是黄帝为祖了，是太昊为祖，太昊是木德。比较来看，旧说是以相克为主，新说就以相生为主。有位学者叫金克木，这个名字太精彩了，你找不到第二个，在"五德终始"里头再找一个名字，找不出来，木生火、水生木可以，没得金克木好。新说从太昊开始算起，太昊是木德，然后生出火，炎帝是火德，然后到黄帝是土德，然后到少昊是金德，颛顼是水德，到帝喾是木德，到唐尧是火德，再到舜是土德，依次相推，到夏是金德，到商是水德，到周是木德，汉是火德。秦朝被忽略掉了，这是故意的，不是疏忽，是"大汉继周"的思路。

东汉衔接东周，都城洛阳。洛阳早期又称为"中国"，"惠此中国，以绥四方"（《诗经·大雅·民劳》）指的就是东周的洛阳。这里面也包含了一个新的"五德终始"，非常明显的就是周是木德，生汉之火德，汉的火德是接周的木德相生而来的，而汉承尧后，有传国之运，这是《汉书》里面讲的 [1]。因为尧是火德，汉又变成火德，所以

---

[1]　《汉书·高帝纪·赞》："由是推之，汉承尧运，德祚已盛，断蛇著符，旗帜上赤，协于火德，自然之应，得天统矣。"又，《汉纪》记述眭弘对昭帝问："汉家承尧之后，有传国之运。"

汉继承尧之后，尧舜的地位高了，同时汉又是由周而生的，东周亡于洛阳，是周木，那么汉火兴于洛阳，东汉木生火的相生法再次兴起，于是赋家描述当时关于定都的意见，都赞成不要迁回长安，班固《两都赋》就是赞成定都洛阳、反对迁都的典型，《两都》《二京》两赋都是赞美东都。你想，因为周木烧了，这把火点在了东汉洛阳，木衰在那个地方，火德就兴在那里。很简单的道理，通过这些东西来看是非常有意思的，所谓"木生火，赤代苍，故帝都洛阳"（《东观汉记》），过去的谚语有这话。汉人继承了周人，越过了秦朝而直接继承周德，这才是《两都赋》的思想重点。

"大汉继周"，指政治，指礼制，指国运，也指文学。"大汉继周"这期间的历史空间，必然在文学史上有一种文学要掩盖另一种文学，比如楚骚直接着周诗，楚骚、"贤人失志之赋"又衰落了，谁继其后？应该是汉赋。但我们会发现，扬雄、班固等人经常会批评屈原，为什么？人家是有政治目的、有文化背景的。当然要贬屈原啦，你"贤人失志"，发发牢骚有什么用？失意了就跳水，你有本事承担起国家之大任，承担不了，跳水有什么稀奇？所以就贬屈原其人，但美其辞，这是有道理的。他的褒贬有他的背景，你忽略了他的背景，是无法理解的，所以不能抽掉文学的背景。人们对楚骚的态度，由变于《诗》而归于《诗》。楚骚变《诗》，然后骚怎么样？即使承认骚的价值，也归于周诗，这就是后世文人一脉相承的诗骚传统了嘛。这又不同于"一代之文学"的理路，不是"楚之骚""汉之赋"，因为汉人认为《诗》、骚是连在一起的，骚也不过是周诗的一个分支而已。于是我们发现，在政治上"大汉继周"，把秦给去掉了，而在文学上"大汉继周"，同时把楚也去掉了。楚国再了不起也是个蛮荒之地，你看《诗经》，"戎狄是膺，荆舒是惩"（《鲁颂·閟宫》），周人总是欺负楚国。

北方都是大文化，南方小嚣张了一下，然后接到北方文化又席卷而来，中国从来就是北高南低，政治上也是北高南低，建都在北方的政权都比较强大，建都在南方大多是短命的。而楚国又是个诸侯邦国，与大汉帝国如何可比？在汉人看来，周诗过后就是汉赋，而不是"楚之骚""汉之赋"，楚骚只是夹在中间的一个过渡，这是特别重要的。骚辞回归赋域，骚人也被归为赋家，在相关文献中，汉人基本上都称骚为赋。汉初的拟骚赋，也只能是"体国经野""体物写志"的汉大赋的一个前奏而已。在《艺文志·诗赋略》中，屈原赋、陆贾赋、荀卿赋都归于赋，骚没有自为一体。而赋当然以汉赋为重心，为集大成。汉人对屈原与楚骚的态度，决定于对其定位，个中的缘由，还是在于"大汉继周"。这时候我们就越发感到"古诗之流"还有这样的丰富内涵。

再说说第三个问题，就是赋之本义，有着从祭祝到辞赋的修辞传统[1]。我们要考虑这样一个大传统，就是"赋"的本义为什么跟诗能够对接？这不仅在于它在汉代起的作用相当于周诗在周朝起的作用，而且在于诗与赋都属于礼乐的建构，诗也附于礼。没有礼乐，社会是架空的，古人讲"四政"，"礼乐刑政"，礼乐之用为首。古代健全的社会，就是要建立一个礼制的社会。礼制社会的重要性未必仅属于历代史书中《礼乐志》的"礼乐"，而是涵盖面广的社会制度，其中这个"礼"也能涵盖诗、赋类的文学创作。我们又可以通过赋和诗追溯到礼，赋的本义、诗的本义都跟礼切切相关。诗本身就与祭祝相关，早期的祭祀祝辞多为韵文，是种诗性的创作，又由祝辞演变为诗体

---

[1]　对此，可详参拙文《祭歌与乐教——公元前诗赋文学之批评与"礼"的关系考论》，原载《古代文学理论研究》第 25 辑，后收入拙著《赋学：制度与批评》，中华书局 2013 年版。

的创作。应该说，早期的诗不是那么整饬的四言，慢慢演变为整饬四言，《颂》里面很多是杂言的，类似于祝祷之辞。而赋本身跟祝辞也是有关系的。我前面就讲过，"赋"的本义是赋敛之物，铺、敛、颂等等，本义跟田赋有关，所谓纳田赋，就叫"赋"。"赋"本义跟礼制切切相关，宾礼和祭礼就跟赋的渊源有关，几年前我同一位读博期间的学生合写了篇《宾祭之礼与赋体文本的构建及演变》，刊发在《中国社会科学》上，讨论的就是赋与宾礼、祭礼的关系[1]。祭祝属于宗庙之事，也是礼仪的事情，周家天下也好，汉家天下也好，都是宗法制度，内含宗庙之事，这种与宗庙之事相关的仪式就渐渐演变成礼仪，包括赋物、赋辞、赋乐等等，其中的赋辞就是求神的祝辞。铺排的祝辞与后起的辞赋在文本的相似性方面有了关联，这也是探寻赋源的一个课题。由于探源的问题太复杂，有时候无法探源，大家都觉得是多源的，但是哪个比重多一点？肯定是有的，从师承关系来讨论，从人员构成及变动来讨论，可以从文体的地域变迁来讨论，各种办法讨论。当然，更重要的还是回到文本、对照文本，古代文本中哪些跟赋更接近？于是我们发现祝辞很接近了，从文化大背景考虑，显然都与礼有关。就周诗与汉赋比较，《风》诗是远一点，而《雅》《颂》是比较近的，长篇的诗如《大雅》和《颂》诗，铺陈描写，就与赋相似了。同时还值得注意，我曾提出赋"可以观"，赋是要"观"的，观才学、观风采、观德，最重要的是观德。诗和赋都是观德，周诗是观德，汉赋也是观德。你看赋里面的一些描写或陈辞，经常围绕一个

---

[1] 详见蒋晓光、许结《宾祭之礼与赋体文本的构建及演变》，《中国社会科学》2014年第5期。

"德"字[1]。与周诗比较,汉赋更多骋辞炫才,但你不要只看到它花里胡哨的描写,其中始终内含批判的内容,而赋的最后曲终奏雅,都是符合时代特征的政教思想,那就是观德。

孔子说《诗》可以兴、观、群、怨,赋当然也可以,如果比较其特点,诗重兴而赋重观,不仅是观风采、观才学,还要观德,这就是它的一个基本的特点。如果作家过度地表现观德,批评家唯观德是论,也就造成了赋学研究的一些偏向,其中一个偏向就是太重经而忽视辞。汉赋被称为辞赋,汉赋之史被称为"辞赋时代"[2],所以要了解汉赋、认识汉赋,就必须关注其修辞的艺术,或者说极度修辞的艺术。因为你要表达经义,也要清晰地表达你的思想呀,文辞本身也是非常重要的。《易传》说"圣人之情见乎辞",这是为文者的共性特征。但赋家尤其重辞,我们从辞来看,它的渊承是什么? 可以同祝辞进行比较,同战国纵横说辞进行比较,就可以看出它的发展脉络。正因如此,后来一些赋选就发生了些变化。有的赋选是纯因"赋"名而收,有的在总集中收录辞赋类的时候,就未见得仅仅收赋,不名"赋"但类似赋的铺陈的文章,他也收。比如姚鼐《古文辞类纂》辞赋类就很

---

[1]　我们可以列举出大量的汉赋观德例句,试举几则如次:"忍夗啬夫,何寡德矣。既已生之,不与福矣。"(贾谊《旱云赋》)"今足下不称楚王之德厚,而盛推云梦以为骄,奢言淫乐而显侈靡,窃为足下不取也。必若所言,固非楚国之美也。有而言之,是章君之恶也。"(司马相如《子虚赋》)"天子芒然而思,似若有亡。……悲《伐檀》,乐乐胥;修容乎礼园,翱翔乎书圃……德隆于三皇,功羡于五帝。……费府库之财,而无德厚之恩。"(司马相如《上林赋》)"(诸大夫)喟然并称曰:'允哉汉德,此鄙人之所愿闻也。'"(司马相如《难蜀父老》)"大夫曰……被有德之君,则不为害。今君荒于游猎,莫恤国政,驱民入山林,格虎于其廷。妨害农业,残夭民命。国政其必乱,民命其必散。国乱民散,君谁与处。"(孔臧《谏格虎赋》)"在德为祥,弃常为妖。"(孔臧《鸮赋》)"遵大路而裴回兮,履孔德之窈冥。"(冯衍《显志赋》)

[2]　按,日本学者铃木虎雄《赋史大要》第三篇《辞赋时代》,即为汉赋之史的研究。

典型，《战国策》里的收了，《史记》里的也收了^[1]，他觉得这些就是赋文，所重的是文本，是赋的辞章表现。这种情况也出现在当代人编的赋选里，这些年出版有两部规模比较大的辞赋选集，一个是东北的毕万忱等先生主编的四卷本《中国历代赋选》，以命名"赋"篇为主，另一个就是西北的赵逵夫先生主编的七卷本《历代赋评注》，干脆将一些先秦散文收录了，因为他认为这些文章的写法就是赋体。前一种赋选走的是《古赋辩体》那条路子，后一种赋选走的就是姚鼐《古文辞类纂》的路子^[2]，狭、广之分，各有各的道理。所以从这样一个角度再来分析"古诗之流"，回到文本来探讨，也许是比较有意义的。

最后一个问题，诗、赋归于六义，实际上是跟"古诗之流"说密切相关的，或者说"古诗之流"最后归于六义。我在前面讲过的，"古诗之流"说开始跟六义没有任何关系。班固的思想很明显，就是汉德继承周德，汉赋继承周诗，其中只从功用上与"风"（讽）与"颂"有间接的关系，而与整个六义尤其是"赋"之体的认知是没有关系的。我们看古代文献，常觉得一个口号出来过后，一个思想出来过后，就会发现它周边的一些材料丢失，也不知道它讲的什么。什么是"不歌而诵谓之赋"？讨论纷纷，这在后面我们就要讨论，但这说法是有丰富内涵的，我们无法很清晰地说明，原因在于相关文献的匮乏，也就是说肯定有很多丢失的东西，使我们往往不能给以很明确的界定。如果对某则重要的文献能很好而明确地加以界定，那当然是上

---

[1]　姚鼐《古文辞类纂》辞赋类收录有《淳于髡讽齐威王》《楚人以弋说顷襄王》《庄辛说襄王》。

[2]　有关两部赋选的特色与价值，详参撰文《融鸿裁片玉·撷赋苑芬芳——〈中国历代赋选〉品读》（《社会科学战线》1999 年第 6 期）、《跨世纪的赋学工程——七卷本〈历代赋评注〉评介》（《博览群书》2010 年第 8 期）。

上策。只有找到充足的文献，才能给予明确的界定。如果在没有充足文献的情况下做明确的界定，那也只能是相对的推论，让前人的说法变得更为合理一些。"古诗之流"也好，"不歌而诵"也好，都是这样子。

从整个大背景来看，班固的"古诗之流"说，或者他借用的这句话，好在他的《两都赋序》给我们提供了很多的线索，使我们能够较清晰地了解。这些线索就是刚才我讲的，其中有一个历史的变迁，从王政到赋诗言志，再到"贤人失志"，再到归复王政、赋代王言，汉赋与天子礼构建的关系，汉赋对天子礼事、礼仪与礼义的描写，这是他提供给我们的一些思路。再者，他还有一个非常清晰的思路，就是他说赋是"雅颂之亚"。他在赋序的第一句就用了成语"古诗之流"，在后面又做了解读，"雅颂之亚"毫无疑问跟《诗》的《雅》《颂》有关，其中的"雅"更多是指《大雅》。在《大雅》与《颂》诗中存录很多的祝辞，这就延伸出汉代文学一个重要的问题，就是赋、颂不分，赋也称颂，颂也称赋，这引起了学界的诸多讨论。可以说，赋与颂在创作上的相对分离是在东汉时期，而在批评意识中的分离，是到了魏晋时期文类比较自觉的时候才明确，也包括楚骚开始独立为一体了。比如阮孝绪的《七录》才开始著录楚辞体，《文选序》明确了其选文的一大特征，就是"骚人之文"别为一体 [1]。颂也是这样，颂与赋由混称到专立颂体，也经历了汉晋文学批评的演进，当然颂体批评明确独立，

---

[1] 萧统《文选序》："楚人屈原，含忠履洁，君匪从流，臣进逆耳，深思远虑，遂放湘南。耿介之意既伤，壹郁之怀靡诉。临渊有怀沙之志，吟泽有憔悴之容。骚人之文，自兹而作。"相关论述，详参拙撰《〈文选〉"赋篇"批评三题》（《东北师大学报》2018 年第 1 期）之三"别'骚'一体：赋学史之意义"。

是以创作相对独立为前提的。

颂如何与赋创作分离？当在东汉京都大赋兴起的同时或稍后，这时出现了大量的"颂"名的作品，比如《大将军西第颂》《东巡颂》等等，表明东汉时颂体大量出现。而这种颂体在创作上，实际与赋体也很难分，但是它为后代的批评提供了一种借鉴。所以在班固强调赋是诗的"流亚"的同时，也就是赋跟颂对接的同时，又开辟了颂体创作的新潮。同赋体并列的一批颂体，为后来颂在文学批评上的独立提供了创作的前景，如果我们把文本拿出来，把批评摆下来慢慢地分离，慢慢地辩驳，这里头还是能发现一些很有趣的现象，可做进一步的探讨。当然，我们脱离不了《汉书》，《汉书》是最可靠的文本，有关西汉赋创作以及赋与颂的关系，要从中梳理、辨析，这是很重要的。至于东汉的赋、颂分离，我们再看《后汉书》，其中文类就大量出现，数量远远超过了西汉，其间又有很多问题值得讨论。

假如我们再思考论赋"古诗之流"与"雅颂之亚"，汉人写作的赋与颂又是从"古诗之流"派生的，同源而不即不离、又即又离。但是，这时的"古诗之流"说与《诗》之六义没有直接的关系，也正是伴随着颂体（包括骚体）批评的相对独立，赋体意识也因之强化，才把六义引入赋体，与"古诗之流"遥协，这就是前面我们讲的从皇甫谧、左思、挚虞、萧统、刘勰这批学者开始才有的理论现象。批评总要落实，"古诗之流"已经失去了东汉时代那种"大汉继周"的思想，后人的批评自然就会脱离那个氛围，做一些跟踪文本和历史线索的批评。生在当时的人对横向的了解更多，而到后代的人则纵向的批评更多。正因纵向的批评，刘勰《文心雕龙·诠赋》那第一段文字，这也是我们前面与大家分析过的一段话，前人的各种说法一起烩进刘勰的这口"大锅"里去，不管是"瞍赋"也好，"不歌而诵"也好，"古诗之流"

也好，六义之一也好，都融合到一起去了，而且把"赋"是六义之一放在开篇的最前面，成了具有引领作用的批评思想。因为他有当代意识，"赋"是六义之一的这种思想已经影响了当时的创作，当时人的这种批评直接影响到自己的创作，所以往往后起的东西在批评家眼中的位置更为重要，这就是文学批评应该注重的当代文献和当代意识。相同的道理，班固也是以当代意识为前提，他写《两都赋》就是要阐扬东汉的经典、东汉的礼德，这就是班固的思想，他的某些理论跟后起的赋与六义的批评无关，也就是说从"古诗之流"本身来看，它应该跟什么"不歌而诵"、六义之一是没有太大关系的，只是有连带的关系，而不是直接的关系。

根据当时的创作背景，根据对相关历史问题的反思，我认为"古诗之流"说中既有经义因素，又有辞章呈现。辞章本身是一个创作传统，我们可以从文本看辞章，辞章不因朝代的隔绝而隔绝，不因当代的一些思想充斥其中而变化，而批评家就不同了，偏重经义的就向义理方面发展，偏重辞章的就向修辞方面发展，这又引起了赋论中义理跟辞章的矛盾。这个矛盾发展到后来，又与古文创作、骈文创作的对立相类同。这次的第十二届国际辞赋学学术研讨会上，有位学者提交了一篇专论赋的义理的论文，论文题目叫《赋学批评"义理"维度之发覆》。赋体也用义理，这是自然的，而如何从主观上重义理，以及构成重理赋对赋体产生的正负影响，又另当别论了。我看他讲到赋用义理的问题，尤其到宋代赋怎么重义理。当时在会场，我就提到一个意见，你用"理"跟专门的论理赋不一定相同，因为后来用理题来写赋了，那叫论理赋，这又要区分开来，当然跟赋的义理有关，但是不能混为一谈。所以学术讨论还是有用处的，会上听听别人的意见会有启发，然后你再回应一下，大家听了也有好处。独学无友是不行的，不要看赋这陈腐的东西，现在还越讨论越兴盛，讨论得大家都高兴了。所以我们研究赋也蛮有意思的，我想现在研究赋的人越来越多，也算是对古典的一种归复或者回归。那么怎么归复？人总是处在不断的变迁和归复中，中国文学批评大趋势也是以复古为蜕变，不断地复古，实际在变革。

那么试问，"古诗之流"难道就是政治诗的模板吗？显然不是的。这一点我们可以再看看周诗的写法，《大雅·生民》也好，《周颂·清庙》也好，所谓"四始"嘛，《关雎》为《风》始，《鹿鸣》为《小雅》始，《文王》为《大雅》始，《清庙》为《颂》始，这些诗篇的写作与班固的《两都赋》相同吗？不相同，他们的创作都有自己丰富的内涵、自己所处时代的文化、自己所采取的书写方式，所以赋既有传承，又是一种变革。我们的研究就在传承和变革间来探讨某个问题，用一个个个案、一种种范畴来讨论它，或者都会牵扯到赋源、赋体、赋用、赋辞的方方面面，"古诗之流"就是这样的包蕴极广的课题。我们的研究又不能浑然一体，总是有选择的，我可以从赋源角度来看，可以从赋体角度来看，也可以从赋辞角度来看，更可以从赋用角度来讲，或者我都不用这些角度去审视，我偏偏用怎么产生"古诗之流"这个说法的根源来看，基于产生这一说法的时代背景，都会有收获的。不仅这个命题，我看其他的一些命题，也都是差不多的，所以研究是在不断地探讨问题。

这次赋学会，《文学遗产》编辑想从九十多篇文章中选几篇，让我推荐。结果我与编辑孙少华先生眼光相同，提出几篇较好的，都是"小题大做"的。比如一篇讨论马融《广成颂》的论文，从一篇颂文着眼，拓展视野，深入发掘，非常有意思。另一篇是前面我说的讨论辞赋义理问题的，文章虽不成熟，但有内涵、有思想，后来经过反复修改，被《文学遗产》接受了[1]。这两篇都是年轻人写的。还有一篇讨论辞赋中联绵词的，比较精彩，为赋学研究打开了语用学的视域，只是这篇我已安排在《南京大学学报》的"辞赋研究"专栏，并且采用了[2]。还有一篇从王延寿《鲁灵光殿赋》来讨论赋学的一种变迁，也比较有新义。我们写文章有时要小中见大，麻雀虽小，五脏俱全，也有经纬交错的脉络，需要把握，小麻雀也有热血沸腾，也有珍贵的羽毛，不一定非要得逮个孔雀来研究，微小平凡中见义理就好。比如代表魏晋时期辞赋比较精彩的东西，所谓能体物言志，什么叫体物言志？就像张华《鹪鹩赋》，写的是极平凡的小鸟雀，却反映了极有时代特征的思想。他在该赋的序言中说的"言有浅而可以托深，类有微而可以喻大"，其描写是极为有趣的，其学理是极为深刻的[3]。赋家写序，非常有意思，常给我们一个思路，让我们知道作者的写作心态。我总说文章有几种写法，大题大写，那是中央文件，大社论，能够写得好也很好；"小题大做"，这是我们最喜欢的，透视小问题；还有大题小做，最没意思，一个老大的题目看得吓死人，结果里头什么内容也没有，空讲一通做什么？在这次赋学会议的闭幕式上，最后由我总结陈辞，我就讲到我们不要忘记前辈学者的研究，列了一些老先生和一些赋学研究经典著作，接着我就说他们给我们开辟了道路，树立了丰碑，但是也给我们带来一个锦套头，对吧？老觉得挣脱不了他们，这不完蛋了。锦套头也是一种束缚，美丽的束缚。你们一定要掀翻这种崇拜，

---

[1]　详见孙福轩《赋学义理批评谫论》，《文学遗产》2018 年第 2 期。

[2]　参见易闻晓《辞赋联绵字语用考述》，《南京大学学报》2016 年第 1 期。

[3]　参见拙撰《明心物与通人禽——对魏晋动物赋的文化思考》，原载《古典文献研究（1993—1994）》，南京大学出版社 1995 年版；后收入拙著《中国赋学历史与批评》，江苏教育出版社 2001 年版。

脱开这种美丽的束缚。现在我们的研究成果也来做美丽的锦套头束缚害人了，年轻些的学者现在看到我的书，说像神一样。我说什么神啊，也变成锦套头了。从锦套头里面，你们要挣脱出来，再看外面世界的万花筒，还有很多东西。还有一种束缚是自己造成的，也是制度造成的，为了写论文而写论文，低水平的重复，虽不是剽窃，却是学术垃圾。长期这样会把自己的学问搞坏、思维搞坏，要是简单的东西老重复写，写油了，就完了。年轻人开始写论文的时候，也不要刻意求深，但是要找到问题切入点来写。赋学研究也是这样，你就一点展开讨论，能够使你的思维往深处走。人就是这样，走浅了就浅了，走深了就深了。你们以后毕业应聘做教师，都要试讲，试讲是叩开你学术之门的声音，要宁深勿浅，你要准备多一点内容，有点自己的想法，往深处讲，也许人家没完全听懂，但是比讲得平浅要好得多。写文章也是如此。

我这次看了九十多篇会议论文，还是蛮高兴，也颇有收获。会议论文是最新鲜出炉的成果，是当代学者心声的现实书写，等它公之于世也就是发表出来，有的文章可能会在几年后了。虽然像"赋者，古诗之流"类的老生常谈，写这样论文的少了，但不能证明这个问题就没有探讨余地了。每个人都容易故步自封，所以我怕自己的研究固化，赋学讲演十讲后，又十讲，再十讲，这次赋学会上又赠送了两大册《中国辞赋理论通史》，我和郭维森先生写的《中国辞赋发展史》又有出版社催着我修订再版。我研究赋，这辞赋史有了，理论史也有了，作为文献工作的《历代赋汇》点校也有了，赋学论文集也出了三本 [1]，

---

[1]　许结主编《历代赋汇（校订本）》，凤凰出版社 2018 年版。三种赋学论文集指《中国赋学历史与批评》（江苏教育出版社 2001 年版）、《赋体文学的文化阐释》（中华书局 2005 年版）、《赋学：制度与批评》（中华书局 2013 年版）。

赋学论文一百多篇了，最近开始写赋话，打算写四十篇赋话，在《古典文学知识》上连载，到 2022 年我退休时结束，出一本《解之赋话》。研究多了，成果多了，又茫然了，只能寄希望于同学们的学业与学术。写文章做学问是凭乐趣，快乐才有意思，要"游于艺"，不要空自苦。当然有时候考核没过关，掉下来了，有些苦恼，忧心忡忡，坐这个地方听课也不安生，恨不得赶快回去读书、考核、过关。但是没办法，你不读书怎么办？逼大家读书毕竟是被动的。如果转换心态，快乐地读，考核也过关了，人也健康了，顺便听听我的课，与我一道思考些赋学问题，比如"古诗之流"。

　　好，今天就讲到这里。

不歌而诵

今天讲第七讲，谈谈《汉书·艺文志》中引《毛传》之语，"不歌而诵谓之赋"的"不歌而诵"，有关的内涵、意义与价值。

"不歌而诵"，无论是考源还是论体，这些年大家都在讨论这个问题[1]。比如从近几次赋学研讨会来看，赋的考源是永恒的话题。对于一些文类或文体的讨论，考源是永远的话题，永远讲不完，可以从各个不同的角度去讲，可以对前人的说法采用驳论的方式去讲。当然，新发现的材料不多，新的思路也很难得，重复研究较多。像"不歌而诵"这样的问题，一直在讨论，也有另辟蹊径的，日本东京大学的谷口洋，通过三个阶段来讨论赋的源起与发展，首先人和天的关系，起初天神为主，比如楚辞，然后是走向了帝神，然后再走向了人神。他用这个方法来写，认为赋到东汉以后基本上都是人神，有点意思。日

---

[1]　相关讨论可参见骆玉明《论"不歌而诵谓之赋"》（《文学遗产》1983 年第 2 期）、曹虹《"不歌而诵谓之赋"考论——关于赋体定义的一点厘清》（收入曹虹《中国辞赋源流综论》，中华书局 2005 年版）。

本学者的思路有的蛮奇特，我记得谷口洋写过一篇文章，谈赋体的"游行"说，人家讨论赋神女，他谈什么"游行"说，也具有探源的意义[1]。探源是一个最基本的问题，一直在讨论，不是说今天讲过就没有了，以后还会有讨论。另一个就是论体，你研究一个文本必须要了解这是什么体。

"不歌而诵"既是考源，又是论体，当然要落实到作家作品的文本去分析，同时还要考虑交叉的问题，比如小说中的赋、戏剧中的赋，各种交叉创作决定其交叉研究也比较多。此外，还能通过其他的渠道来讨论，如通过天文学来看天文赋的描绘，通过地理学看地理赋的描绘，通过医药学看医学赋的描绘，近几年这类研究渐渐多起来。但怎么变来变去，考源和论体仍是永远的话题，只要辞赋研究在，你都要讲赋体是什么，赋的功用是什么，必然牵扯到考源，它到底怎么产生的，"不歌而诵"就成了一个重要课题。今天的话题实际上也和前面说的"古诗之流"一样，是考源与论体兼而有之。

汉代赋论有两大文本很重要，一个是《汉书·艺文志》的《诗赋略》，一个是《两都赋序》。虽然《汉志》对于汉赋的论述，学者往往把它归于班固，但实际上可以看出来，这与班固《两都赋序》的批评观点大不相同，肯定是二刘遗意比较多。前者重"贤人失志"，后者重"雅颂之亚"。也正因为这二者有很多不同点，才是一个值得探讨的现象。不管是二刘遗意，还是经过班固整理，文本现在是在的。

这是《诗赋略》的《后序》，文字很长，我把它分成四小段。第一

---

[1]　详见〔日〕谷口洋《试论早期辞赋中的神怪与悲哀——从"游行"主题看战国秦汉宗教情感的蜕变》，载南京大学中文系主编《辞赋文学论集》，江苏教育出版社 1999 年版，第 102—111 页。

段开篇就是"传曰"，用"传曰"，应该是引述前人的说法。接着是"不歌而诵谓之赋，登高能赋，可以为大夫"，再说"言感物造耑，材知深美，可与图事，故可以为列大夫也"。"登高能赋"是引《诗》的《毛传》，"升高能赋"是《毛诗·鄘风·定之方中》传里面的，"不歌而诵"从哪来的？找不到渊源，只有《国语·周语》里面的"矇诵""瞍赋"，找不到其他依据和旁证。做文献学的就要进行考论，于是类似考论也就多得不得了，也没有定准。举一个例子，程千帆先生和徐有富老师的《校雠广义·目录编》里面就讲到这一点，是推测，没有实证，他们推测说，"传曰"是错简，应该是"不歌而诵谓之赋。传曰：登高能赋，可以为大夫"[1]。这样一调就讲通了，"不歌而诵谓之赋"是二刘遗意也好，班固的说法也好，确实引证了一个《毛传》"传曰"。这样子就容易讲得通了，也就是"不歌而诵"是汉人讲的，然后引了一个"登高能赋，可以为大夫"。诵赋就是诵诗，就是诵诗跟歌诗的分离。诵诗是外交礼或者宾礼，都要登堂而歌，这是后面我们要看到的。因为两句话在一起就有点纠缠，解决"传曰"的位置是一种处理方法。这是一种说法，但是也没被人完全承认，就文本来看是讲通了，别人不一定就认，只是一说而已。这个说法大家不太注意，实际上我写相关问题时，觉得这一说法还是蛮有意思的，所以就把它作为一说引证下来。这一段主要引《诗》的《毛传》来说，是说《诗》。

第二段接着就讲了："古者诸侯卿大夫交接邻国，以微言相感，当揖让之时，必称《诗》以谕其志，盖以别贤不肖而观盛衰焉。故孔子曰'不学《诗》，无以言'也。"这一段用孔子"不学《诗》，无以言"，追

---

[1]　详见程千帆、徐有富《校雠广义·目录编》，《程千帆全集》第三卷，河北教育出版社 2001 年版，第 32 页注①。

溯古代聘礼称《诗》谕志，那叫赋诗言志，只是追溯。这也构成中国古人的常见思想模式，由某一中心意识展开，成于对文化盛景的追慕。

然后接到第三段，"春秋之后，周道浸坏，聘问歌咏不行于列国，学《诗》之士逸在布衣，而贤人失志之赋作矣。大儒孙卿及楚臣屈原离谗忧国，皆作赋以风，咸有恻隐古诗之义"。聘问废而失志赋兴，这里头形成了一个暗接，也是考赋源最麻烦的一个暗接，或称为隐形的逗引，就是从赋诗言志到创作赋篇的联系。赋诗言志是赋诗的一种方法，这"赋"只是动词而已，到作赋、贤人失志赋，这"赋"就是名词，由动词转向名词，古人都没讲清楚，这个问题一直是一个中间地带，也是我们研究的一个"动感地带"，大家都在震动中动脑筋，怎么联想，怎么跳跃，怎么把这两个"赋"联结起来，再去追溯"赋"本身是个什么东西。然后又由赋作回头看赋诗，这是一个动词的"赋"，但是《诗》中间有"赋"呀，这不后来六义又掺和进去了吗？《诗》本身就有赋体嘛。就像后来的三体三用说、六诗说、六用说、六体说，其中六体说很显然就是风、雅、颂是体，存在于《诗》中，赋、比、兴的体则丢失了。风、雅、颂里面是不是也有赋、比、兴呢？有的体就是兴体，有的体就是赋体，"氓之蚩蚩，抱布贸丝。匪来贸丝，来即我谋"（《诗经·卫风·氓》），这就是赋体，对吧？是赋法还是赋体，又有了争论。于是又追溯，为什么会有这么多的讨论？就是我讲的"赋"从动词到名词，从赋诗到"贤人失志之赋作"，这里头有段跳跃性的联结，所以这第三段的文本空间是极大的，而讨论也是最多的。这也影响到对"不歌而诵"的讨论，里面形成了很多的空白。从追源来讲，大多认为《诗》就是赋的渊源，这赋诗言志就是"诵"；如果说《诗》中就有"赋"，则又是另一种渊源探讨。所以"不歌而诵"的"诵"，究竟是方法还是体，还是一个体的根源？围绕这些问题，有不少讨论或歧义就出现了。

第四段就是从"贤人失志之赋"向汉赋的过渡，其中显然有赞美楚辞之处，尤其是有以《诗》为本位的写文思路。看看文本："其后宋玉、唐勒，汉兴枚乘、司马相如，下及扬子云，竞为侈丽闳衍之词，没其风谕之义。"这是对楚汉骋辞赋的讨论，那么从楚到汉的骋辞赋失去的是什么？是《诗》的道。西汉赋家和赋论家最重的一个东西就是谲谏，或者叫作讽，用"美刺"说或谓之"刺"，这是《诗》道的传统，赋在不断地丧失。这又生长或滋长了另一方面创作，就是闳衍博丽之词，辞章开始泛滥了。这一段提到这个问题，也就构成了赋写作的两极：从职守来讲，讽；从文本来讲，侈。奢侈之事用奢侈之文来写，如何讽？如何保持"诗人之旨"？这就发生了矛盾。很显然，文本中对战国、西汉侈丽之赋是带有一种贬义的，这跟《两都赋序》所述赋的颂汉精神大不相同。班固《两都赋序》最后归于"雅颂之亚"，是颂汉的精神。当年美国学者康达维教授写过一篇文章，提交给首届国际赋学会，他特别用一个题目，就叫《汉颂》[1]。汉大赋颂汉虽兼涉整个汉代，实际上是以东汉赋为主的。东汉赋的精神形成了一种颂的精神，颂汉的精神。正因为如此，"不歌而诵"这个说法也写成"不歌而颂"，在后世不断地演化和变迁。

这是四段文字的一个解读，基本内涵已非常明确，这也是近年有关赋体、赋源欢喜讨论的问题。既然是一个热点问题，或者说是一个批评焦点，我就在《中国辞赋理论通史》中间特别用一节来讨论"不

---

[1]　详见康达维《汉颂——论班固〈东都赋〉和同时代的京都赋》，《文史哲》1990 年第 5 期《首届国际赋学术讨论会论文专辑》。

歌而诵谓之赋",并在汉代赋论的历史叙述中再次做了些探讨[1]。这里头有很多的问题值得考虑。

有的人认为"不歌而诵"就是赋体,赋体就是可诵、不歌。声诗和诵诗,赋属于诵诗传统,因此说这句话指的是赋体的本质。对这个问题,学者的讨论太多了,从中找些代表性的研究,比如郭绍虞早年写的《赋在中国文学史上的位置》这篇文章,他是有主旨意向的,他讨论的是赋体。因为他在文中讨论赋在中国文学史上的位置,就必以赋体为主,由此构成其文的主要部分。这文章在1927年发表的,比较早。他讨论了历代的赋体,甚至于讨论到当代赋体也就是语体赋,或者叫白话文赋。郭先生思想很先进,我们现在研究思想,有时候还没有那些老先生先进,因为他们年轻时身处二十世纪初期,虽然现在看来都是老得不得了的,孰不知当时实学大开、西学大进,这批人可时髦呢,比我们现在时髦多了,他们不是新月派诗人就是某派的诗人,一个个创作都来得激情澎湃。相比起来,我们现在的同学老成多了,老得有点沉闷,不敢讲一句大话、空话。他们处在一个风云激荡的时代,就说陈梦家吧,搞那么多考据文章,可那诗情才华,了不起的。郭绍虞这篇文章就写得很时髦,虽不很谨肃,却有开创性啊,他提出的"语体赋",到现在还没有别人提出,其创作样式就像是杨朔的《茶花赋》,用不押韵的散文铺排,郭绍虞讲这就应该是赋,是白话赋。他认为什么时代就有什么时代的赋,楚声的时候有楚赋,到了讲究辞章的时候,出现了"侈丽闳衍"的辞赋,汉赋类的辞赋;再到后来语言走向了对仗,到了骈对兴盛的时候,四六文兴

---

[1]　详参拙撰《中国辞赋理论通史》第一章第一节《"不歌而诵谓之赋"考述》、第六章第五节《从〈诗赋略后序〉到〈两都赋序〉》的有关材料与论述。

起，就出现了骈赋；继此以往，到了律赋的时候开始限韵了，那就出现了律赋，科举考试采用了律赋。到了宋人又出现了受古文运动影响的赋，也就是所谓的文赋，掀起赋的散文化。铃木虎雄《赋史大要》说八股文兴盛过后，清代的律赋是股赋，清人律赋的股对方式是用长句对偶，有些类似八股文的股对形式了。那么到了白话文的时代，包括我们的时代，解构了文言，"语"和"文"合二为一，进入白话时代，写赋就应该是白话赋了，因口语化，又称语体赋。我们可以结合万曼谈赋体是"从语言时代到文字时代的桥"的那篇文章，到了现代，是不是有从文字时代回到语言时代的桥呢？大白话了嘛。这也是一个值得思考的问题[1]。要回到源头，这是一种进步，或者是一个更大的轮回。从这个思路考虑，郭绍虞的文章是很有意思的，但他这种变迁怎么讨论都没有脱离一个"体"字。他讲的是赋体，所以"不歌而诵谓之赋"，在这里他也把赋作为一种诵诗、诵体看待的。

　　继承这种说法的，就是马积高先生的《赋史》。马先生《赋史》在第一章就讲，"不歌而诵"才是赋的本质，这是一种见解[2]。但在讨论中，不同的声音也很多，有的认为这与赋体没有关系，它只是一种诵诗的特点，其中有较为复杂的渊源，也就是说，这诵的赋并不能转变

---

　　[1]　按，当年我们编《中国古代文学研究导引》（许结等编著，南京大学出版社 2006 年版），要在二十世纪的赋学文章中选两篇，就选了郭绍虞的《赋在中国文学史上的位置》和万曼的《辞赋起源：从语言时代到文字时代的桥》。

　　[2]　马积高《赋史》第一章《导言》一《赋与赋的形成》列举赋的起源四种说法，即"原于诗的不歌而诵"，"出于诗的六义之一"，"原本《诗》《骚》，出入战国诸子"，"本于纵横家言"，认为"比较四说，以《汉志》之论为长。赋篇之'赋'，应是由'不歌而诵谓之赋'的'赋'转变而来"。

为体，不认为"不歌而诵"是论赋体，顶多只是作为一种考源的思考；或者怀疑这本身就是汉人的误读，汉人提出"不歌而诵谓之赋"，是对诵赋或者"蒙诵"以及后来赋诗言志的一种误读。因为汉人的文体概念还不成熟，对文体的清晰认知是到魏晋时代才确立的。东汉以后，各类文章的形态开始明显多起来，继后的批评家才能总结这些创作，明确提出文类或文体的思想。

前面我说很多学者对此有了很好的研究，也发表了很多相关的文章，比如《文学遗产》早年发表的复旦大学的骆玉明的文章，他不研究赋，但他写了《论"不歌而诵谓之赋"》，应该是研讨文学史现象时的一点感想，却很有见解。研究工作是很奇怪的，大家不要严守壁垒，就说你是研究赋的，其他就不涉及，是不妥的。他山之石，可以攻玉，有研究诗的人忽然对赋有感觉，有时候一篇文章写得好得很，所以不要陷在一个圈子里面，陷进去反而出不来，为什么人要博通一点，就这个道理。你有时候要站到外面看看自己，再来反观自身，也许研究更好一些。

这些研究都是围绕《汉书·艺文志》这句话来的。这句话究竟是过去人讲的，还是汉人的话？有的讨论好像更偏重渊源探讨，有的讨论可能更偏重是汉人的误读。如果是汉人的误读，我想按程千帆先生那么标点更好，就把"传曰"摆到后头来，干脆"传曰"也就是指《毛传》，前面的"不歌而诵"在《传》里面找不到，如果是《传》丢失了，那么后面那句"登高能赋"怎么又在《毛传》里面了呢？也许这句话是别处的一句话，古人把它掺杂进来的。于是这种杂糅，这种无可奈何的调协，也是研究的一种思路。

我们做考源研究，有一种叫排除法。研究需要排除法，考源也要靠排除法，把混淆视线的杂物去掉，剩下的那一点，边边角角，是不是能说明问题？这是采用排除的方法。另一个就是综汇法，把各种东西都汇聚起来讨论，古人往往在排除法实行不了的时候，就用综汇法。我们看刘勰《文心雕龙·诠赋》的那段话，就是典型的综汇法，他采纳的文献散见于各处，是不同渠道的先人见解，不知道他是从哪里汇来的，而且汇集得很全面。这几句话就把六义、"瞍赋"、"登高能赋"、"不歌而诵"全收罗进去，就是一个大杂烩。刘勰看来像是个厨师了，不像是和尚。他在定林寺不是敲钟，是炒菜哟！他这个杂烩也太有意思了，将这杂烩慢慢分剥，又成了层层脆了。

我们再来看看《诠赋》这段话有几层。首先突出赋的铺陈特征，就是"《诗》有六义，其二曰赋。赋者，铺也，铺采摛文，体物写志也"，这一下子把六义的"赋"转向了一种文本形态，这是一个大变化，把《诗》大序的六义引入赋域，这是第一点。然后接到又讲《国语·周语》所述的"天子听政"范畴的"师箴""瞍赋""蒙诵"，将这则文献引入，再杂烩进来，强化政教的功用。王政嘛，"天子听政"就是王政，没有"天子听政"，何来王政？没有王政，何来王言？赋体在某种意义上，是不是围绕王政而发声的王言？这里面特别强调的，实际上就是政教的作用。接着继续往第三个层面开解，又引"传云：'登高能赋，可为大夫'"，就是《毛诗·鄘风·定之方中》的传，"九能"中间选了一个"升高能赋"，或者叫"登高能赋"，"可以为大夫"的说法，再次强化赋的功用性。这样一来，使有的学者认为《汉书·艺文志》的"传曰"二字就是刚才讲的"登高能赋"。于是又是结合，又是嫁接、杂糅，来了个"《诗序》则同义，传说则异体"这两句话，最后与刘向"不歌而诵"、班固"古诗之流"又杂糅到一起来了。曹学诠评"同义"就是重风骨，"异体"就是重华靡，也就是辞章，风骨就是精神，这两句话才是刘勰的一篇之案首[1]。刘勰前面引的全是人家的话，就这两句话属于自己，所以特别重要。后人对此多有讨论，刘勰以"同义""异体"承六义和"能赋"，再下启刘向、班固之说，把这些东西都绾合了一个历史背景，那就是汉代的价值取向，就是经义思想。在这段文字的最后，刘勰引用《汉书·艺文志》即刘向的"不歌而诵"（《文心雕龙》引作"颂"，"颂"等同于"诵"），也是古代赋论非常值得关注的一个问题。"不歌而颂"，然后"颂"跟言字边的"诵"又通合起来，人们往往一会写"颂"，一会写"诵"，在后人的笔下是常见的现象。我觉得这既是值得注意的现象，也需要做些文本解读。我们读一下刘勰《文心雕龙·诠赋》开篇的这几句话，就是一个大杂烩，曹学诠认为有两句是刘勰的精神，就是"《诗序》则同义，传说则异体"，这两句话怎么插在这个中间的，也是蛮有意思的。我想，对这段话做些仔细分析或个案讨论的话，既能总结前人，又可启迪后昆。

这么一大段话，四五块东西往一起拼接起来，构成了这么一个非常有意思的整体，于是"不歌而诵"也就跟"古诗之流"一样，承载了辞赋的考源责任、论体原则。但是我讲的这些实际上都不是实论，这是还值得大家进一步讨论的问题，比如"诵"与"颂"的问题就是其中之一。古人用字时是专指还是随意，我们不太清楚，但作为赋学的批评，这方面讨论越往后越多起来。"不歌而诵"又写作"不歌而颂"，这个"诵"是"蒙诵"的"诵"，是诵读的意思，而那个"颂"到东汉以后成了一个体，颂赞体，是文体的范畴了。在赋体的交叉研究中间，这似乎又承负了一个重大的作用，那就是"古诗之流"只有

---

[1]　刘勰著，周振甫注《文心雕龙注释》引曹评："同义则重风骨，异体则流华靡，此是一篇之案。"（人民文学出版社 1981 年版，第 82 页）

诗与赋的关系，而"不歌而诵"不仅与《诗》的《颂》诗有关系，还跟后来的与赋并列的颂体有关系，人们的讨论又由此衍展开来。在这层意义上，我觉得这个问题的研究空间显然又比"古诗之流"要大一些了，后世对"不歌而诵"的反复探讨是有道理的。就考论文本说，比如刘勰用了这个"颂"，刘勰是跟谁学的？他也不是信手而来，他效法的对象是前人，比如皇甫谧的《三都赋序》在取录这句话的时候就用了"不歌而颂"，也就是"歌颂"的"颂"[1]。后代混用情况非常之多，混用多了把自己混昏了，混昏之后有时忽然冷静下来一想，到底是这个"颂"，还是那个"诵"？到底是描写容貌的"颂"，还是主张语言的"诵"？"诵"肯定是语言；"颂"部首是头，是容貌。究竟是容貌还是语言，争论又多起来了。

如果按段玉裁的说法，取《周礼注》"颂之言诵"[2]，则"颂"与"诵"互释，所以人们还是这样混用，习以为常。文学创作也好，文学批评也好，都有一个强大的惯性，有时候我们在随着惯性的演进中，也是茫然地随波逐流，习以为常地看到眼前流逝的一切，但是有"偶遇"二字者，会突然一下让你停住目光，一想这里头有点问题，有了思考，就能进行讨论，发现问题是解决问题的前提。当然，行舟水上，比如强大的长江洪波，你很难用一个小小的船只来调转再逆流而上，"偶遇"就生出了些偶发之论。在没有考源、没有梳理、被强大力量冲击的情况下，你有时候也就只有偶发之论。偶

---

[1]　《文选》卷四十五录皇甫谧《三都赋序》引前说谓"古人称不歌而颂谓之赋"，李善注引《汉书》亦作"不歌而颂"。

[2]　许慎《说文解字》释"颂"作"皃"，段玉裁注："古作颂皃，今作容皃。……六诗，一曰颂，《周礼》注云：颂之言诵也，容也，诵今之德广以美之。"

发之论到底有没有根据？古人啊，对这个也头疼得很，或者他就是一时兴起，偶发之论却保留下来了，变成了水中的一块礁石，然后你或者靠近它聆听，或者站在上面观望，或者一旦水浪激泼过来又把礁石淹没，什么也没有了，一切归于茫茫然。这个"颂"与"诵"的问题，有《周礼注》，有《说文解字》，有皇甫谧说，有刘勰引录，有段玉裁注语，已然一块块礁石，谁还管它，也没什么人讨论了。现在人为了写论文，讨论的声音不少，过去人根本不讨论，也许就是这么一回事，"颂""诵"互通得了。

这种同声假借，这种互通，本无所谓，多数人也没把它当回事，但是就有个别人在运用的时候把它当回事了。比如元代的郝经，在他的《续后汉书》里面写了这么两句话："不歌而颂谓之赋，既诵而歌谓之颂。"这两句我一直没想通，也许这里面有他的道理，但是我还没仔细考虑，究竟是他把"颂""诵"再次混在一起，还是试图把这二者辨别个清清楚楚？当然，有一点值得注意，文学批评发展到宋元时代，进入了一个喜欢辨体的阶段，论文要辨体，论诗要辨体，论赋要辨体，一辨，自然也要辨明什么是颂体。在这样的形势下，又出于这样的思路，郝经的两句话并列了两种体，一是赋，一是颂，对不对？他好像把问题解决了，实际上把其间的关系搞得更混乱了，什么是"而颂"？什么是"既诵"？"颂"与"诵"的关系有区别吗？怎么区别？搞得我们更昏头昏脑了。我时常想，古人创造了非常多的财富，同时也给我们留下了一大堆垃圾，害得我们慢慢排除垃圾，寻找精华。当然，这也是给你饭吃，要不是古人，你研究古典的吃什么饭？一个杜甫养活多少人？他自己都养活不了自己，却养活了这么多学者，不得了呀。对待古典，大家要在字眼里面抠字眼，咬文嚼字固然有时候很讨厌，但是也蛮有意思的，包括理论问题，也值得咬文嚼字，这句话讲不通，是不是再找些旁证材料做些印证？至少我们通过郝经解读的"不歌而颂"，说明他又区分赋与颂为两体，那"颂"字很显然由动词变成了名词。

我们再看何焯《义门读书记》对这个问题的解读。在该书的卷四十五中，他认为古人赋、颂通为一名，一名两字，就是"不歌而颂谓之赋，故亦名颂"，你看，"颂"也是"赋"，"赋"也是"颂"。与郝经的说法相比，何焯是对汉人赋、颂互称的回应，是考源、辨词，而非明体。这两种说法虽旨趣归一，思路却分道扬镳。你从体或者说文体论的角度谈"赋"与"颂"，元朝人可以区分，或者魏晋人可以区分，可是汉代人不要区分，更古的说法根本不要区分什么体的。体的意识是慢慢形成的，所以郝经的说法或是一种偶发之论，或者是有着历史的必然。后人的一些说法，推敲语言的奥妙处，真是蛮好玩的，我想大家可以慢慢思考。

从《诗经》学的角度研究，有的东西要旁证于我们的辞赋研究。有的是追源之论，比如我前面讲过的"古诗之流"说，是明确的追源之论，汉人虽从赋用观看待这一点，然其间的渊源意识还是很明显的。古人研究哪还分我研究诗、你研究赋？古代重会通，诗、赋有什么分头，不就是古典文学吗？与政治、历史都应该会通，对吧？为什么要壁垒森严？今天人为了写论文，没办法，你文史哲全都写的话，发表不了，不专业，于是你就写一小块，专精一点，一亩三分地，别的不用会通。我们的饭碗很小，我们的研究很窄，我们的成果很细，小、窄、细，很可怜的，却仍沾沾自喜。于是为了超越自我，你看选课题，一搞都是重大攻关，看起来是大而化之，实际上也小得可怜，所谓重大，也是很专门的小课题。古人就不同啦，一谈就是天人之学，不通天人，何通古今？不通古今，安成其言呀？[1] 你读读董仲舒的《天人三策》，一篇策文，包举天人，好大的学问，好大的口气，好大的气象。现在学问做得技术化了，专题化了，越做越细，这彰显了专业的优势，却约束了人的智慧。所以我们做学问还是要懂得会通，至少要借助一些外力。比如在研究辞赋的时候，你把赋选挹一遍，把赋论挹一遍，还搞不通的时候，就要看有关其他文体的论述了，比如诗论等。从其他文体中发现问题，从其他文本中发现问题，甚至从其他学科中发现问题。

赋与《诗经》的交叉研究，有很多可关注之处，比如朱熹的《诗集传》是个非常重要的文本，它不仅仅是对《诗经》的研究，对赋研究，至少元明以来的赋研究影响也极大。其中最典型的是他在区分赋、比、兴方面做的工作，每一篇落实到这个是赋、这个是比、这个是兴、这个是风、这个是雅、这个是颂，又"赋而比""赋而兴"，等等。这个对后来祝尧的《古赋辩体》论赋的方法有着巨大的影响。特别是朱熹分赋法于《诗》篇，大量地体现在三《颂》（《周颂》《鲁颂》《商颂》）的作品中，尤其是《周颂》，大都是赋体，赋的方法跟颂的关系密切了[2]。这是通过《诗经》的研究文本，对我们研究赋和颂的关系起到一些积极的旁证作用。研究《诗经》的撰述没讲汉赋，但《诗》与赋属于一个大传统，是一体化的，就像人类的繁衍一样，分成了各个家族，开始不都属于一大统绪？遗传工程是一个大组合，然后才是分类，文体也是如此，你非要用分得非常细的观念再来观照大组合，

---

[1]　按，司马迁自述《太史公书》，是"究天人之际，通古今之变，成一家之言"。

[2]　据朱熹《诗集传》统计，三《颂》中，赋法六十四处，比法无，兴法九处，而《周颂》诗篇多为赋法。按，孔颖达疏《毛诗序》"颂者，美盛德之形容，以其成功，告于神明者也"句云："《颂》诗直述祭祀之状，不言得神之力，但美其祭祀，是报德可知，此解《颂》者，唯《周颂》耳。"朱熹继孔疏，当有所鉴取。

当然成问题了。

"赋"与"颂"的关系这个问题，我想借朱熹《诗集传》的《诗》学研究而衍展于赋域，获得一些启发。当然，在研究赋汲取《诗经》研究成果的同时，人们在研究《诗经》的时候又引证了一些赋体也就是赋创作，来印证《诗》的赋法，这就是互为借鉴了，尤其是明清以后，这类研究渐渐多起来，又构成了后来者居上的一种互为研究。我前面提到过，顾颉刚讲古史是累积起来的，这个话很有启发。历史是累积起来的，不一定接近的人才能够得到本真，也许我们处于越后的人反而见得越多。比如地下发现，一般讲田野发现，古代也有，我们发现的东西更多，尤其是近百年来田野发现数量之多、影响之大，是亘古未有的。于是我们反观历史，从伏羲推到了盘古，开始是唐尧虞舜，后来推到了五帝，又推到三皇，还有前三皇、后三皇，现在推到了仰韶文化，推到了河姆渡文化了，历史推得越久远，累积起来的知识也越多。我们研究古代文学的也是这样，为什么现在人都热衷于清人的研究？有两种原因，一个是明清人的东西多，一个是清代文人多、文献多，也具有总结性的特征。我们就第一点来看，你钻进清代文学之海，随便捞一下，一篇论文就出来了，如果要开个清代文学的会议，写篇论文去参会比较容易，如果参加个先秦文学的会议，你去试试看，马上写一篇先秦文学的论文，给你一个礼拜或者一个月的时间，恐怕很难写出来吧？如写个清代的，你扎到图书馆，找个题目，搜罗一番材料，写一篇应付的文章，如写不出来，我都不信了。你匆忙地写篇先秦两汉的文章试试，你没得平日的功底，没有相关的基础，你写不出来的。清代的文献确实是浩如烟海，但从研究的角度看，实际上先秦才浩如"烟海"的，因为这"烟海"是一个漂流的烟海，那"烟海"是个凝固不动的大池子。先秦研究如漂流的烟海，从唐宋元明清一直漂流到今天，多少研究文献你要了解，在其中有一点小发现、一点小创见，都很难的；清代文献如大池子中的鱼，虽然极多，却有不少人家没摸过，只要愿意下手，其中的鱼可以说任你逮。这文献多，会使人眼花缭乱，可是选择也多，研究、写作都很方便。清代的文人真多，文献更多。最近江苏在编《江苏文库》，要我参与其中的子部的编选[1]。我浏览了一下清代的文集，简直多得吓人，明清时期文人多，大多要编文集，所以数量极大。问题在于，我编选子部，人说子书到汉魏就衰落了，明清更没有什么了，哪有什么子书，顶多就是笔记，对吧？还有章回小说，子部的小说类还是不少的，现在都归于文学类了，按四库分类却是子部。战国诸子最盛，那是子学的时代，到汉魏就衰了，到唐宋以后更乏善可陈了。到这个时代，文章进入史部、集部的最多，经部次之，子书可能最不起眼，因为专制社会越来越厉害，只有共学之方，没了"一家之言"，中国人不"立言"了，也就"子"不起来了。你什么"子"？"子不语"了。袁枚有部小说叫《子不语》，他的意思是孔子不讲的话，我看是"子"们都闭嘴了。清代子学也有精妙处，妙就妙在咸、同以后有大量子书复兴，像今天博士论文样的子书，一看全是翻译，翻译的什么孟德斯鸠，什么笛卡尔，晚清子书的复兴是翻译文学的兴起，这是一个突出的现象，也印证了我们桐城吴汝纶讲的话，中国过去是一家之学，后来都是集录之学，而国外学者却兴起了一家之学。汉魏以前多是一家之学，汉魏以后，尤其是到唐宋以后，那多是集录之学，帮古人的著作汇材料、做注释了。注释的学问也很大，可是都属于集录之学了，重复别人的东西，

---

[1]　指江苏省委宣传部主持的"江苏文脉"研究工程，其中编纂《江苏文库》，分有目录编、文献编、精华编、研究编等，我参加的是精华编，负责子部的编选。

再不断地汇集这些注释，没有了自己独到的见解。这是有道理的。西方学者的《天演论》，也就是《进化论》，早先由严复翻译、名为《天演论》而传入中国，吴汝纶说这就是真正的过去的子学了吧[1]。一家之学又出现了。晚清有大量这类子书，翻译文学的兴起是子学的复兴，这正印证了吴汝纶的话。当年我编选《桐城文选》[2]的时候，特别选了吴汝纶为严复翻译《天演论》题写的序，我觉得这是个大文章，章学诚曾有类似的说法。这个话讲远了，就是想讲，要用我们其他的学问旁衍来研究我们主体的学问，所以说朱熹等人的《诗经》研究，对我们辞赋研究的参考价值还是应该重视的。

因为"不歌而诵"，"诵"在考源这条路上很困难，文献不集中，然后在整个批评领域，"诵"跟"颂"的关系这种讨论越来越多了。由于"诵"与"颂"关系的讨论内含了一个从汉代到晋代赋体认知的大变迁，这就构成了赋体的研究，这又是一个旁衍出来的路向。可以说西汉的时候，颂体基本上依附于赋，作家的作品或称"赋"，或称"颂"，如王褒的《洞箫赋》或称《洞箫颂》，其写法都是赋体，至少是以赋法为主的，这是一个明显的特征。东汉时候，赋、颂大兴，在创作上，赋也罢、颂也罢，都非常兴盛。由于赋本身具备了这种颂的作用，赋作为"雅颂之亚"，又回到了《颂》诗的《周颂》类型中去，我上堂课讲的从周诗到汉赋，是东汉时期最突出的赋的批评特征。正因如此，赋的"颂"声大起，所谓的颂汉，对汉礼、汉制开始歌颂，

---

[1]　吴汝纶《天演论序》："晚周以来，诸子各自名家，其文多可喜，其大要有集录之书，有自著之言。……汉之士争以撰著相高，其尤者，《太史公书》继《春秋》而作，人治以著；扬子《太玄》拟《易》为之，天行以阐。……及唐中叶，而韩退之氏出，源本《诗》《书》，一变而为集录之体，宋以来宗之。是故汉氏多撰著之编，唐宋多集录之文，其大略也。"

[2]　许结编选《桐城文选》（《中国历代文学流派作品选》丛书），凤凰出版社 2012 年版。

在这歌颂的风气中，颂体的写作和独立命名也就多起来了。比如班固就写了《东巡颂》等一批颂文，崔氏家族写颂文也很多，外戚马融也写了不少颂文。有的颂跟大将军有关，有的跟外戚政治有关，有的是围绕皇权展开的。这一时期大量颂体文的出现，引起了后来魏晋确立颂体的文体意识。评文中开始确立颂的意识，那是渐渐而来的，到了刘勰《文心雕龙》，毫无疑问是出现了颂赞体，颂已经是作为一体了。

这又牵涉一个老问题，就是从周诗到汉赋，颂"德之形容"的相关论述就多起来了。于是我们就回到前面提及的《毛诗序》，将"颂者，美盛德之形容"引入赋的相关讨论，"不歌而诵谓之赋"在旁衍意义上跟这个又联系起来了。大家可以再看看孔颖达对《毛诗序》说法的解释："王者政有兴废，未尝不祭群神，但政未太平则神无恩力，故太平德洽，始报神功。《颂》诗直述祭祀之状，不言得神之力，但美其祭祀，是报德可知。此解《颂》者，唯《周颂》耳。"也就是说"颂者，美盛德之形容。"在三《颂》中间，《周颂》是最要紧的，这也是我们前面说的从周诗到汉赋的一个传统。前面讲了赋跟过去的宾祭之礼都有关系，宾祭之礼都要起到娱神或娱宾的作用，都要赞美神力、护佑国家。诗歌赞美的是太平德洽，大报神功，而礼制社会兴起了，国家太平了，本身就报到神功了，所以《颂》诗直述祭祀之状，不需要再言神之力，这里面就已经包含了天神之力或者祖神之力。到了颂作为文体出现的时代，"美盛德之形容"还是一以贯之，内在的赞美神力的功能也在，但是娱神的言辞不必多表述，因为颂已独立为体了。就算类颂的汉赋也是这样，全篇都是颂盛德的。汉大赋本身就是一种"形容"的东西，大规模的"形容"，所以跟颂又有了关系。孔颖达这个解释也许对论赋有很多的帮助，对赋颂做文献考察，我们可以从祭祝到赋颂这个传统来考察，孔颖达的这个话是有启发的。如果从字义解释，就是"颂者，容也"，清人阮元就专门有一篇文章叫《释颂》，他通过《说文解字》加以论述，后来王国维也讨论过相关内容，大量学者都在讨论这个问题。《说文》段注讲"古作颂皃，今作容皃"，这就是"颂"，容貌，这类例证很多[1]。

这又回到了我刚才的话，朱熹谈到《颂》诗的时候，用赋的手法特别多，不再是更多地用隐晦的比兴了。因为国家太平就不需要讲神力了，我们描述现在的太平盛世，直白地写就是了，要是批判就需讽喻，要用隐曲之笔，你直接歌颂现实，为什么要用隐曲之笔呢？历史到了东汉时候，也进入一个以颂为主的时代，文人好为形容盛德，已不像西汉早期作品多含讽喻的东西了，一些固守讽喻派的学者总是说赋这种东西实际上也是以颂为本，所以认识汉赋要用两重心态来看，分别是讽谏与歌颂。

这又牵扯到一点，就是刚才讲的《毛传》的问题，《汉书·艺文志》"传曰"是从"不歌而诵"开始，实际上"登高能赋"是《传》文，"不歌而诵"则不是，把这两个连到一起去，是有点跨度的。当然这里面又有内在的联系，首先就是赋诗言志，那就是"诵"，这"登高能赋"也是"诵"了。《汉书·艺文志》讲的"不歌而诵"本义同赋诗言志，也是"诵"，根源就在于"古者诸侯卿大夫交接邻国""称《诗》以谕其志"的聘问制度，而"不歌而诵"衔接的是《毛传》对《鄘风·定之方中》"卜云其吉，终然允臧"一句的笺注，都跟卜神、祭祀神有关，这也许是个根本性的问题，值得注意。我多次提到的曾经与一位学生

---

[1]　相关论述，参见拙撰《赋颂与赋心——论赋的宗教质性、内涵与衍化》，原载《古典文献研究》第 7 辑，凤凰出版社 2004 年版；后收入拙著《赋体文学的文化阐释》，中华书局 2005 年版。

第七讲　不歌而诵 | 241

共写的一篇文章,《宾祭之礼与赋体文本的构建及演变》,就考论了这个问题。读书就是这样,在不断地读书中,你想到某一问题,又在不断地读书过程中得到印证,你就很开心,觉得你有点预见性。

我们再看《毛传》的笺注语:"建邦能命龟,田能施命,作器能铭,使能造命,升高能赋,师旅能誓,山川能说,丧纪能诔,祭祀能语,君子能此九者,可谓有德音,可以为大夫。"这就是"九能",都与"卜"有关[1]。"登高能赋"的"登"也叫作"升",两字是相通的。《汉书·艺文志》记述的"登高能赋",到章太炎的《国故论衡·辨诗》里就有了非常明确的解释,指的是聘问之礼登坛揖让之时的对话赋诗。虽然章太炎话讲得比较明确,其原义就是从《汉书·艺文志》来的[2]。这话内含的制度与知识非常明确,也已经成了常识。现在有些人的研究,新见经常掩盖常识,害得别人还要剥去这些迷茫的新见,然后才看到常识,把常识当成重大发现,如获至宝,其实古人根本不要新发现的东西,就要常识。不久前有家杂志约我审一篇稿子,作者在文中谈到"登高能赋"的时候,作为解读的文献依据,引的是赵逵夫先生的文章。赵逵夫先生文章写得很好,这没话说,但是这位作者居然说,有一种说法是登坛赋诗,然后文字叙述与文献引录就只有赵逵夫先生的文章,还说赵先生这么认为的,《汉书·艺文志》也不引,章太炎的话也不引,一下就跳到赵逵夫先生了。我们也赞成赵逵夫先生文章的说法,但那是演绎前人的东西,这不能混淆。当然,这篇稿子诸如此类的问题很多,只能给"毙"了。我很尊敬赵先生的,但是你这么引用,

---

[1] 孔疏:"卜者,大卜。国大迁,大师则贞龟,是建国必卜之。"引自王先谦《诗三家义集疏》卷三中《定之方中》,中华书局 1987 年版,第 241、242 页。

[2] 章太炎《国故论衡·辨诗》:"登高孰谓?谓坛堂之上,揖让之时。赋者孰谓?谓微言相感,歌诗必类。是故'九能'有赋无诗,明其互见。"

就是数典忘祖，有点开玩笑了，是以常识为发现。

由于研究者很多，关于"升高能赋"跟"不歌而诵"的衔接，也就构成了非常有趣的一种现象。一个赋诗言志，是"诵"，一个"升高能赋"，是"九能"之一。行人外交为什么要赋诗？这很简单，就是《汉书·艺文志》里面讲的要"谕其志"，谕诵诗人的志，谕自己的志，通过"诵"来"谕"。坛堂之上、行人用赋，目的就是"谕其志"而"观盛衰"。这"诵"的人，或由外交使臣自诵，或由身边的人来诵，有时候就像表演艺术一样，比如王褒写《洞箫赋》，谁来诵？宫女来诵。这个人承担诵的任务，比如戏剧中间，尤其是明朝的一些戏剧，在剧情间忽然来一段赋，就要一个角色来诵，一般这种角色叫末，是比较有文化的角色，末诵。小生不会诵，旦角不会诵，花旦、老旦都不会诵，要末角来诵，因为他是一个杂家，博学多才的人，"赋兼才学"，需要这样的人来诵。诵诗与诵赋是相通的，春秋时，有的是陪同外交使臣的人站上台诵诗，为什么要他诵？记忆力好，诵起诗来流利啊。做官的人未见得诗能背很多，要有专业人才嘛。有的人口吃，如何诵诗诵赋？像司马相如是诵不好的，他的赋由别人诵读。扬雄根本没办法诵，他口吃，要准备半天，一个字蹦出来，才能联出几个字来，当然大才子口吃的人特别多，比如韩非子、扬雄，都是口吃，肯定不是好教师，但可以是个好文人、好学者。所以这"不歌而诵"，可能还有点专业特征，如果是专业人才诵读，他的思想固然是代表想以诗明志的主人，如果是使臣或什么人为了表达思想自己诵，那也一定是要"谕其志"。

"诗言志"、赋诗言志，也是"谕其志"。"谕其志"做什么呢？假如拿诵赋言志与《诗》中的《风》诗比较，其一大不同点在于，孔子讲"《诗》可以兴、可以观、可以群、可以怨"，《风》诗更多"兴"

与"怨"，诵诗及赋恐怕更多地是"可以观"，"谕其志"以"观盛衰"，观你到底是大国风范还是小家气量。如果一国的外交部长，因记者问几句话不投机，就跟人家红脸吵架，就不太像话了。大国风范要有一种雍容大雅的气象，因此，"观盛衰"跟气象有关。诵诗如此，赋家也是如此，都要"观盛衰"。国之盛、国之衰，其间有一个重要的内容就是观礼仪，观礼的根本是什么？观德呀。观礼的核心是观德，礼是外在的，德是礼的核心，所以叫礼德思想。

"不歌而诵"回到发轫的原点，就是赋诗言志。其中重要的一点就是刘师培《论文杂记》讲的，"诗赋之学，亦出行人之官"，对此，我发表在《南京师大文学院学报》上的那篇《从"行人之官"看赋之缘起暨外交文化内涵》文章中引证材料比较多，后来收在中华书局2005年版的《赋体文学的文化阐释》里，学术界引证这篇文章的也比较多。我这本讨论赋体文化的论文集，应该是我由赋创作到赋批评再到赋文化研究的一个转折，有的学者很喜欢这本书，比如伏俊琏教授说在我的几本赋学论著中，他最欢喜的就是这一本，认为对赋的研究有开创性。我想，人们做学问要从基础做起，不要好高骛远，比如写一篇书评，你得把这个书读懂，可是你又得站得高，才能写好书评，包括写一些学术综述，首先是梳理资材，然后是立论批评。做了这些工作，你就知道了这项研究中的行情，有哪些地方比较薄弱，还有必要去探究。当时我觉得赋体的文化与制度，就是值得进一步探讨的领域。当然也要有一点机遇，比如我是教古代文学的，可是在上世纪九十年代缺人教文化史，卞孝萱先生曾教过文化史，还有一位老师教了很短的时间，然后我接手，从本科到研究生，一教教了一二十年，硕士生的课程叫"中国古代文化史专题研究"，边教学，边写教材，先是出了本《中国文化史论纲》，连续有三个版本，后来写《古典文学知识》连载多年的"文化常识"栏目，又出了本《中国文化制度述略》，还是卞先生写的序。后来应广州花城出版社的邀请，又在这基础上改编了本《插图本中国文化史》，读图观文嘛，很时髦的。这书花城出版社卖得很好，又重版，多年后又被北京师范大学出版社拿去重出了[1]。好几个系列出来了，结果昏头昏脑地变成文化大家了。整天讲文化，有点不务正业了，后来思想一反转，用文化的观点来开发赋学研究，《赋体文学的文化阐释》就由此产生了，旁衍有时就是开拓。我在上世纪末写的《二十世纪赋学研究的回顾与瞻望》[2]一文里，就预测新世纪的赋学研究，有向两个方面进一步衍展的空间，一个方面是从语言学研究辞赋，运用语言学理论探究赋理，因为赋本身就是修辞的艺术。辞赋修辞学还没有很好地构建，也没有太好的研究成果出来，我查看了近年的研究，有五篇博士论文写这方面的内容，但题目相同、内容相近，描述多而深入少，有很多不足，所以也就有很大的研究空间。这不仅是用音韵学、语言学来诠解辞赋，还可以从辞赋中发现对音韵学、语言学的贡献。就像我们研究汉赋用经的时候，不仅是用经学做比对，看赋引经多少，而且能够通过赋文的创造对经学本身有补益。赋的研究对经学本身有影响了，这就有价值了。你看清代的《皇清经解》大量引赋，比如扬雄《甘泉赋》，包括赋中的经学文献，使赋作变成后来《诗经》学和《周易》学的研究文本，这本身就有价

---

[1] 有关我的文化史论著，分别有《中国文化史论纲》（广西师范大学出版社初版、二版，江苏教育出版社新版），《中国文化制度述略》（凤凰出版社），《插图本中国文化史》（花城出版社初版、二版，北京师范大学出版社新版），《新编中国文化史》（江苏教育出版社），《中国文化史二十二讲》（高等教育出版社）。

[2] 原载《文学评论》1998 年第 6 期，后收入拙著《中国赋学历史与批评》，江苏教育出版社 2001 年版。

值了。另一个方面就是用文化学去研究辞赋，研究其产生的制度与赋作的内涵。其实，真正的研究没有无效的功，只有无效的人，你做的功课都是有效的，都能为你服务。

回到文化的思考，"不歌而诵"与早期的行人制度相关，我前面所引举的那篇文章，《从"行人之官"看赋之缘起暨外交文化内涵》，重点就在讨论这一点。文章的第一部分比较重要，写的是"行人之官"用诗"能赋"考，就是演绎刘师培讲的"诗赋之学，亦出行人之官"的说法，他在《论文杂记》里讲的，还列举了《左传》中记载的大量赋诗言志的例证，并做分类解析。我对这个问题又做了一点细致的考辨，比如我认为刘师培书中对"行人""遒人""迓人"没弄清楚，混淆了春官与秋官的职守。这一纠正，与近年的出土文献有关，是出土文献提供了新材料。汤炳正、赵逵夫先生的文章对这些出土文献都有所引证。汤炳正的《"左徒"与"登徒"》[1]，认为屈原之所以欢喜辞令，是与他的职守"左徒"有关。"左徒"也属于外交使臣，而古代所称的"登徒"是同类职守，这个"登"与"升"相通，"登高能赋"也作"升高能赋"，通过对出土文献的考察，又有一种"垄徒"的说法，应该也是外交职守。对此，我们可以看赵逵夫先生的那篇文章，名叫《左徒·征尹·行人·辞赋》，收录在他的《屈原与他的时代》那本书里[2]。这两篇文章都立足行人职守谈辞赋，加上采用曾侯乙墓中出土的文献[3]，所以很有意思，也很有价值。关于行人之官是用诗还是采诗，又发生

---

[1] 汤炳正《"左徒"与"登徒"》，载《屈赋新探》，齐鲁书社1984年版。

[2] 赵逵夫《左徒·征尹·行人·辞赋》，载《屈原与他的时代》，人民文学出版社1996年版。

[3] 相关出土文献，参见裘锡圭《谈谈随县曾侯乙墓的文字材料》，《文物》1979年第7期。

了争论。"行人"还是"遒人",清人王引之依据《说文》,认为"行人"之"行"是"遒"之异体[1],至于"行人"或"遒人"皆为秋官,与《周礼》大师掌诗为春官不侔,所以采诗用诗到底是秋官还是春官?我觉得主要跟春官关系比较大。刘师培也不一定讲得完全清楚,现在有了出土文献,有些东西可以参照研究,或许有些进益。至于刘师培说的行人流为纵横家,也是非常重要的话题,不少学者把赋的渊源归于纵横家,章太炎也是这么说的,只是没有完全的实证。至少从行人到纵横家,有一个非常重要的转变过程,我们不一定说纵横家就是赋的渊源。在之前与赋有关者很多,比如祭祀祝辞,纵横说辞,楚地的文辞即楚辞。比楚辞文本更早的还有楚地的祝辞,这与纵横家的说辞恐怕还有些隔膜。

我从"谕其志"而"观盛衰"说赋的社会功能,自然联系到了行人和赋的密切关联,这也说明赋与外交礼仪、宾祭礼仪都有源流的关系。"美盛德之形容","谕其志"、"观盛衰"、观礼德,有着千丝万缕的关系,把它考辨清楚,能为"不歌而诵"说的解释做一些必要的旁证。当然"不歌而诵"这个问题,究其源还是没有讲得太清楚。古人没有文献,大家可以参照各种各样的研究,对这个问题你们也可以做新的讨论。但是我觉得考源既然不能究竟或穷尽,于是对相关问题的旁衍倒是学问了,刚才讲的都跟旁衍有关。旁衍式的研究也内含了一定的追源意识,比如前面讲的赋跟《诗》之《颂》的关系,以及班固讲的"雅颂之亚",都证明赋与颂关系最密切;跟颂的关系密切,也就

---

[1]　王引之《经义述闻》卷十八《春秋左传中·遒人》:"《说文》'遒人'当作'迒人',许君所据《左传》作'迒人',故于'迒'下述之如此。……《玉篇》引《说文》已作'遒人',则其误久矣。"

跟"盛德之形容"密切，跟社会的盛衰密切，也就跟"观"更密切了。

赋的"观"的作用占据着重要的位置。由观礼德、"观盛衰"来看，从"不歌而诵"的"诵"再到颂体、赋体的形成，尤其是由"蕞尔小邦"而"蔚然大国"，也就有了赋体的存在价值。其中赋的"形容"非常重要。从一个人的描写来讲，从一个物件的描写来讲，从整个场景的描写来讲，赋所展示的一切效果，都需加以形容。再从整个以京都赋为代表的汉大赋来看，它就是对国家的一个形容。比如宋人程大昌讲司马相如所描写的"上林"，就不仅仅是皇家的上林苑，而是"该四海言之"[1]，具有一种包容四海的气象。这也与我们讲的赋"观"有关。我们要观上林，不仅仅是个上林苑，而且是一个国家的形象。汉大赋作为国家形象的展示，这一转折当以司马相如的功劳为大，所以他被后人称为"赋圣"。任何一个人被封成一个非常了不起的封号或者谥号，当然跟他划时代的作为有关。司马相如应运而生的契机在于逢上了一个汉武帝，我前面讲过的，他的赋是三惊汉主，《子虚》一惊，《天子游猎》一惊，《大人赋》再一惊，不得了，哪个文人能够三惊皇帝啊？在这三惊汉主现象的背后，我讲的是辞赋怎么由邦国走进天子朝堂，这才是最重要的。在这之前的楚国，是"贤人失志之赋"，属于地方的，属于汉初的淮南王、吴王濞和梁孝王的封国，都是邦国的文学。这对应于学术，也叫作"道术将为天下裂"，"礼失而求诸野"吧。文学也是这样，"礼失而求诸野"，相如的赋是从"野"又回到了天子

---

[1]　程大昌《演繁露》卷十一评《上林赋》："亡是公赋上林，盖该四海言之。其叙分界，则曰'左苍梧，右西极'；其举四方，则曰'日出东沼，入乎西陂，南则隆冬生长，涌水跃波，北则盛夏含冻裂地，涉水揭河'。至论猎之所及，则曰'江河为阹，泰山为橹'。此言环四海皆天子园囿，使齐、楚所夸，俱在包笼中。"

朝堂，这是个大变革。如果认识赋体不了解这样一个大变革，没有办法把握其大要，以后不管王褒、扬雄、班固、张衡，他们这些大赋作手创作的都是朝堂赋、廊庙文学，可观的气象是大不相同的。

我曾经把汉大赋的描写及气象，归于汉代的制度性建设，因为辞赋文学创作与制度性建设有关。山东师范大学曾经开了一个叫作"制度与文学"的会议，与《文学遗产》《文史哲》编辑部合办的，也邀请了我，因事没有去，可是倒准备了一篇论文，谈汉赋与制度的[1]。赋与制度关系非常密切，早期的献赋和后来的考赋，一个在朝堂，一个在闱场，一个是散体大赋，一个是律体短篇，都是制度化的产物，也都属于围绕王政而书写的王言。在这篇文章中，我谈到汉大赋的内涵，谈到汉大赋的兴盛，着重列举了构成其形成原因的三大制度，分别是中官制度、京都制度和乐府制度。是这三大制度的支撑，造就了"蔚然大国"的汉赋，也决定了赋体成为"一代之文学"，因为它表现了天子朝堂以及由此涵盖整个农耕经济区的统一之风的特点。有这样的气象，班固才讲"大汉之文章，炳焉与三代同风"。他绝对没有讲跟齐楚同风，对吧？齐、楚，邦国游戏；"大汉之文章"要"与三代同风"，是王朝的承续，是正统的衔接。当然，三代是虚晃的，他对秦帝国的态度是"秦世不文"，把它超越掉了。我前面讲"五德终始"就把秦德去掉了。在中国古代，有制度保障的文学才能兴盛，正是三大制度的支撑，才有了汉大赋的完型。由此来看，所谓"美盛德之形容"，它是有一个背景的，是有史学支撑的，我们的研究就必须回到史学的支撑来看汉赋兴盛的原因。考虑从汉史的角度来讨论汉赋，你们如果有兴

---

[1] 参见拙撰《汉赋与制度》，载张本义主编《大连图书馆百年纪念学术论文集》，万卷出版公司 2007 年版。

趣，研究思路可向这个方面发展。

就汉史来看，我说的这几大制度，实际上是支撑汉大赋的历史背景，没有这些制度是不行的。没有一点史学基础，你的研究想有所深入也是不可能的。也正因为有了这样的制度，形成了这样一种文本，再加上有这样的一批作家在某种历史的机遇下走入宫廷，展现了一代的文学风采，这也是非常值得歌颂的。这跟颂又有关系了。所以从"不歌而诵"到"颂"，就有一种衍生的关系了，为什么？这就回到我的老话题，大赋是做什么的？不就是观礼德吗？观礼，观什么礼？天子礼，天子的礼仪，他们描写的都是天子的礼仪制度，不管是郊猎也好，郊祀也好，外交也好，京都也好，籍田也好，不都是天子礼吗？天子礼在文学中的最初展示，就是汉大赋文本。而后人整理这些文本，将大赋视为一代文学的代表。萧统编《文选》就是个典型，他就把京都赋摆在最前面了，这就是展示一个国家的大的"盛德之形容"。他把东汉的京都赋居首，被后人批评得很多，章学诚《文史通义》所载一段话就是典型[1]。如果我们立足于萧统所处的时代，他对文学的总结，实际上迎合了汉代的辞赋传统，有一种颂德的观念在其中。这里有一种心胸，也有一种惆怅，如果说汉大赋写的时候是一种心胸的话，萧统这么编的时候更多地是一种惆怅。身处南朝偏安的人，你到萧氏的陵园看看，再到西安看看那些墓葬，对于南方政权的惆怅就更加剧了，好可怜。丹阳萧氏皇陵跟个小地主坟差不多，小小山包，没有大山大丘，皇室的东西都是破破烂烂的。你到西安周边去看看，看

---

[1]　章学诚《文史通义·永清县志文征序例》："萧统选文，用赋冠首；后代撰辑诸家，奉为一定科律，亦失所以重轻之义矣。如谓彼固辞章家言，本无当于史例，则赋乃六义附庸，而列于诗前；骚为赋之鼻祖，而别居诗后，其任情颠倒，亦复难以自解。"

看乾陵，得了啊？那是何等的气象！如果说那种大墓就是大赋的话，那么萧统的《文选》编制，实际上就是站在小山丘上编大家伙。

萧统这种以小观大叫什么呢？用现在时髦的话，它是一种大帝国的重新书写，就像后来没有边塞的边塞诗一样，都是对记忆的书写，这既是一种雄心的追慕，也是一种无可奈何的自解。所以我说，汉大赋特别是那几篇京都大赋有一种雄张的气象，到萧统编汉大赋的时候，就有了几分惆怅。把这二者叠加起来研究，是非常有意思的。萧统身处偏安的南朝，如何通过文集的编撰来书写大汉天声？你想想创作于北方的东西跟他有什么关系？北方都不在他国家的版图之内了，他还要把京都大赋收来，摆在最前面，这是何等的意义？这是种虚幻的书写也好，是真实的描写也好，难道不都是"谕其志""观盛衰"吗？难道不都是观礼德吗？是的。所以这很有意思，赋写天子礼，编辑这些作品，无非就是述德传统，虽然大胸襟有大气象，小胸襟有小气象，但述德传统是一样的。人们把梁朝的这次文学整理称为帝国的书写，证明的正是赋家所有的帝国雄心。

回到为什么"不歌而诵"，这"诵"与"颂"的结合，在批评领域越来越昌盛，尤其是东汉的赋颂兴盛时期，对后世批评的影响尤其值得注意。我们可以再结合《汉书·艺文志》的《诗赋略后序》的说法，同班固《两都赋序》比较，二者大不相同。前者论赋还是主讽，后者是主颂。但是这二者的衔接以及这种"诵""颂"的融会贯通，以及到魏晋时期的杂糅一体，这种批评观念的形成当然跟班固的说法有关，这就是"雅颂之亚"，"与三代同风"，他要树立一个雅颂的传统，为赋指出向上一路。这也是后来赋家创作以及赋学批评都力争做到的，要雍容大雅。于是人们又反过来讲，《颂》里面的雍容大篇都是赋。那种雍容大篇的《颂》诗都是赋，赋也就是颂了，就构成了一个雅颂传统。

而赋创作尤其是汉赋创作所构成的历史性的功用，为自己选择了文学史上的位置。

我想雅颂传统在中国整个文学的发展中还是很重要的。因为新文学运动的开端是上世纪初，那个时候两种文学线路取得最大的作用，一个是救亡，晚清过后民族衰落，一个是济贫，人们处于贫穷中挣扎，这是两个文学传统。正是在这样的一个大的背景、大的变革下，迎来了新文学运动。新文学运动是在那一片贫瘠的土壤上生长起来的。不是那样贫瘠的土壤，生长不出来那一帮现代文学、当代文学。他们丢去了中国的贵族传统，要推翻贵族的文学，抱着救亡和济贫的目的去创作，于是乎乡土文学、救亡文学、口号文学都出现了，这是历史的痕迹。是在这样的变革中间，中国进入了一个文学的新时代，这个新时代既是一个伟大的创举，也有一个悲凉的出身。从现在看新文学当然了不起，你要从更长远的观点看，毫不客气地说，也只是文学发展中的一个过程，在这个过程中，雅文学衰败了，正因为这种衰败，文学中的讽喻之风兴起，抒写个性的"《风》诗"强大了，人们对《诗》的传统，尤其重《风》诗的传统，这变成了中国传统文学在新时代崛起的一个号角。

在二十世纪前期，对《诗》三百篇的重视主要在《风》诗，奉之为抒情的文学，出现了闻一多、朱自清一大批诗人兼学者，对《诗》之《雅》《颂》总体上取贬抑态度，因为那是贵族的文学、死亡的文学、雕琢的文学。对于这一点，大家可以看两个人的著作，一个是胡适的《白话文学史》，一个是郑振铎的《中国俗文学史》，几乎把雅颂文学全然抛弃了。在现代文学史上，有两个我们安徽的人把整个中国新文学构建起来了，把整个中国雅颂文学搞乱了，那就是胡适之和陈独秀。陈独秀还得了，文学革命嘛，要推翻贵族文学，推翻古典文学，把雅颂传统整个推翻了[1]。好，揭去了华丽的外衣，穿衣服不如赤大膊。但如果今天还赤大膊，结果构成了什么？不悲凉吗？不惆怅吗？不想我们曾经也有汉大赋的辉煌吗？中国的风雅传统要恢复啦，不要整天还济贫、救亡啊，为什么？"衣食足而知荣辱"，该"知荣辱"了，同学们。

从一个大背景来看，就像朱熹讲的，"不信人间有古今"呀，哪来的古今？现在把文学分为古代、现代、当代，真是好笑，把好好的文学之流斩截得一段一段的，殊不知一切文学只要有用于世，都是可以的，都是可以存在的，何辨什么古与今。举一个小例子，你看现在名山大川刻碑，都还要刻我们的赋，谁刻个现代文学的白话文？没有啊。白话文太浪费纸张、浪费碑石了，语言太啰唆了，还是精练一点好。中国过去是语、文相分，讲话是白话，写文要典雅；现代文学是语、文合一，讲话不典雅，写文也不典雅，这是值得我们思考的问题。这些问题都是存在的，一直影响到我们今天的现实，我们的现实不仅仅是研究，也包含着创作，创作与研究都是一条动态的时光长河，一百天、一百年、五百年，太短了，要用更长远的观点来看。五四时期与司马相如"献赋"，离我们的时间都不算远，就隔了一两千年算什么？一两千年也是弹指一挥间，对不？所谓"自其不变者而观之"，你就觉得时间很长，"自其变者而观之，则天地曾不能以一瞬"。这是苏东坡《赤壁赋》的话，对我们的人生、创作与批评都是有用的。

---

[1] 陈独秀《文学革命论》（载 1917 年 2 月《新青年》第 2 卷第 6 号）堪称新文学的宣言："曰，推倒雕琢的阿谀的贵族文学，建设平易的抒情的国民文学；曰，推倒陈腐的铺张的古典文学，建设新鲜的立诚的写实文学；曰，推倒迂晦的艰涩的山林文学，建设明了的通俗的社会文学。……际兹文学革新之时代，凡属贵族文学、古典文学、山林文学，均在排斥之列。"

所以大家要展望未来。我总讲文学有意思，我们中文系同学，尤其你们读了博士更要有信心，我们制定的不是五年计划，那是他们工科生的事，我们制定的是五百年计划、五千年计划。你到安徽滁州的小琅琊山，有个醉翁亭，门票可贵啦，我多少年前去就是九十五块钱一张门票，凭什么？因为有醉翁亭吧，但那也是后来盖的，假的。关键是欧阳修写了篇《醉翁亭记》，就是这篇文章到现在还不断地为当地财政创收。你说多好，我们为什么不能为以后的人创收呢？为后人造福是我们的责任，人家讲文科没出息，不实用，我们出息大呢，"体国经野，义尚光大"，是赋家的专利，是文科的价值。对这些财富，我们应好好研究，也可就题发挥。今天又发挥了一下，从"不歌而诵"谈到"诵"与"颂"，再谈到赋、颂，一连串的问题，一连串的思考，供大家研究中参考。

体物浏亮

今天我想讲一讲"体物浏亮"说，它的文本来自陆机的《文赋》，大家耳熟能详，就是赋中"体有万殊，物无一量。纷纭挥霍，形难为状"那一段的文字。作者谈到各种文类，或者叫文体吧，"诗缘情而绮靡，赋体物而浏亮"，碑如何、诔如何、铭如何、箴如何、颂如何、论如何、奏如何、说如何，这时的文体批评清晰化了。过去在曹丕的时候提到"四科"[1]，这里论及十体，说明了这一时代文体论的成熟。在这里面，陆机将"赋"提出来，他的描述是"体物而浏亮"，这也成为后世论赋的一个重要的界定。"浏亮"是形容词，而"体物"是实义，所以这句话或者说这一批评范畴，其核心就是"体物"说。"体物"说很有特色，也很有内涵，《文选》李善注诠解说："诗以言志，故曰缘情；赋以陈事，故曰体物。"一个是要"言志"，所以要缘情，情怀、志向、情志；一个是要"陈事"，我前面反复强调赋家极重这个

---

[1]　曹丕《典论·论文》："夫文本同而末异。盖奏议宜雅，书论宜理，铭诔尚实，诗赋欲丽。此四科不同，故能之者偏也，唯通才能备其体。"

"事"，无论物事还是礼事都需要"陈事"，所以要"体物"，物态、事象、体类。就像我们前面讲的赋与礼的关系，首先有礼事，才谈得上礼仪，才谈得上礼义。赋重事物，描写事项、物品比较多，物与事都是散态的，要通过思想把这个事物串联起来，这才是大赋的一个写作特点。到了魏晋时候，赋风已发生变化，总结前朝作品，有更多批评的意识。于是诗也好，赋也好，批评观渐渐形成，也逐渐强化了文体的意识。

从汉到晋，是文学由功用论到文体论转变的时期，赋体的批评体现得最为明显。由于重文体了，魏晋南北朝时期的人对此多提出各自的体系性的讨论，最典型的就是与诗之"缘情"相对照的赋的"体物"论。陆机为什么提出这样一个问题？可以说是他对历史的一个回顾，对前朝创作的总结。因为到了这个时代，前面已经有很多创作了，没有创作是不可能有很好的理论批评的，已经有了很多创作在那里，所以他就要回顾，做些总结性的研讨。与之相似，刘勰的《诠赋》很明显是回顾了战国到汉代再到魏晋时代的创作，才提出了他的系统的批评。只有当这些创作的体验和经验被他们掌握，他们才能提炼出一些像"体物"这样的理论命题。任何批评概念的提出，尤其是我们现在看来在批评史上有价值的口号的提出，比如后人的"唐无赋"说，连带的"汉无骚""宋无诗"说等等 [1]，这类概念或者口号往往都带着特定的时代特征。所以我们要回到文本，就是《文赋》为什么提出这样一个"体物"说，必有其内涵与特征。

我们先看看《文赋》开篇的话，"余每观才士之所作……可谓曲尽

---

[1]　参见拙撰《明代"唐无赋"说辨析——兼论明赋创作与复古思潮》，《文学遗产》1994 年第 4 期。

其妙"。陆机是看了很多才士的创作，而做一个文体的总结，内含的是一个时代的大变迁。我们知道，自东汉以后，宫廷的"言语侍从"地位衰落，而在野的文人创作开始兴盛，这也影响到赋创作的变迁。在汉代，宫廷大赋的创作，最初是献赋，献给皇帝的，那种写作规模、风采、气象，才被总结为"体国经野，义尚光大"，"铺采摛文，体物写志"，对吧？这大赋是献给皇帝的，到"言语侍从"地位衰落后，献赋虽有，但献赋制度衰落了，献赋自然也渐渐衰落了。从社会发展的趋势来看，从东汉到魏晋时期，赋是从宫廷文学主流开始向士族文学主流变迁，因门阀制度而产生与世家大族相关的文学，赋也是如此。你们可以比照一下《汉书·司马相如传》的赋本事记载，和《世说新语》里一些赋事、赋评的记载，非常有趣。比如司马相如写了篇赋，汉武帝惊动一次，再写一篇，再惊动一次，又写一篇，又惊动一次，"三惊汉主"，赋好，他才被惊动，赋不好，他就讨厌，这就是帝王对赋的需求，司马相如的创作就是典型的宫廷的文学 [1]。你再看《世说新语》里面的记载，就很少有什么帝王对赋的关注，相对而言，社会上对赋的重视更多地转向一些权势豪门。最典型的例子就是袁宏《东征赋》的创作，桓温读后就质疑为什么赋中没写他父亲桓彝。还有陶范，逮到袁宏问为什么没写他的先人陶侃，并威胁说不写上就杀了你，所谓"临以白刃"，结果吓得作赋人袁宏慌忙在赋中找文字，说这八个字写你父亲的，说这一段就是描写你先人功绩的 [2]。那时的士人相互推挹，任意褒贬，在某种程度上把赋看成是彰显家族荣耀的工具，这里

---

[1]　参见拙撰《诵赋而惊汉主——司马相如与汉宫廷赋考述》，《四川师范大学学报》2008 年第 4 期。

[2]　参见本书第二讲，第 48 页注 [2]。

包含了一个明显的变化，就是从宫廷向士族的转变。

还有一个变化，也是伴随时代的发展自然形成的，那就是赋作者由主要出于言语文学侍从转变为文人或称文士，也可以说"才士"，就是陆机说的"余每观才士之所作"的"才士"。这里包含了一重关联，是"体物"赋与文人化创作的关联。陆机说的"才士"是什么人？是要能"放言遣辞"的人，会"放言遣辞"方称"才士"。"放言"似清谈，"遣辞"则落实于文本。"才士"语言流利，文辞快捷，不能那么磨蹭，而是要骋放才华的。一篇文章写下来，不一定长篇大论是才，也可以很敏捷、很简练、很精彩，这都是才华的表现。写作既然要表现，就会有妍有媸，有褒有贬，会遭致不同的评论或质疑。所以陆机在《文赋》里面讲，为文之道在于"能之难"，我们说这个人能文呀、能武呀，文章要"能"，知音固然重要，那是外在的，内在的要自己"能"，因此说"非知之难"，而是"能之难"！过去重的是作家，而不是批评家、理论家，我们做学问的很苦恼，一本书写出来，很快就被扔掉了。记得多年前出了本书，到处送人，后来在地摊上看到，扉页上还写着"某先生教正"，一定是扔掉了，被地摊捡到卖呢。而作家就不同了，作家的东西，它代表这个时代，就算以后有人研究我，也没人看我的什么辞赋理论通史，可能会有人研究我的《栖霞山赋》吧。文学是适应时代的，适合时代的文学才有建树，才会受到重视。《文赋》里讲得明白，"能之难"，创作难啊，不是"知之难"，"知"在"能"后，"能"在"知"前。不过批评也是一种写作，尤其是陆机以赋体述批评，就更有趣了。虽然讲"能之难""非知之难"，但他是批评文人创作的"能"嘛，这就在文学的时代性之外，还有一种规范创作的意味了。

"赋体物而浏亮"，或者"体物写志"，既是总结赋体，也是规范创作，但与唐宋以后出现的那些赋格或者赋谱——也包括大量的诗谱、诗格类的编撰，特别是对赋写作句法或用字上的那种规范——不甚相同。因为"体物"说在规范创作的同时，更重赋体特征的提炼，具有更为广泛的赋学批评意义，所以对后世的影响也更大。换句话说，"体物"说的这种规范，更具有审美价值或者批评意义；赋格类的编撰，更多是一些示范写作的技术化的东西。但同时又应注意，从《文赋》的内涵来看，跟汉人批评文学的那种笼统的道德文章、笼统的"美刺"思想是不相同的，它细密到了规范写作的层面。陆机是在总结"先士之盛藻"，比较其创作中的繁盛辞藻，然后落实到创作来讨论"体物浏亮"的。这一点是我们应该首先关注的，他总结的就是"先士之盛藻"，"因论作文之利害"，何谓之"利"，何谓之"害"？这是他特别讨论的。他提出了一系列的创作规范，尤其是"赋体物而浏亮"，自然与创作有关，属于创作论的范畴。

这又牵扯到一个关键的问题了，在这段文字中间他就讲，"体有万殊，物无一量"，这是他的所谓的文体论，关于这一点大家可以看相关文献，讨论太多了。对陆机《文赋》讨论最多的就是这两句，争议最多的也是这两句。关于这两句话，《文选》李善注说，"文章之体有万变之殊，中众物之形无一定之量。"指物态是没有一定标准的，而诗赋诸体则有各自的表现方法或形态 [1]。根据很多学者对"体有万殊，物无一量"的解释，可以发现陆机这段讲话说明了一个很重要的问题，关注不同文体对物态或情状的描写方法，也说明这个时代开始出现一些与汉代大不相同的批评观念。

---

[1] 张怀瑾《文赋译注》注"体有万殊，物无一量"："体，文体，指下文诗、赋等文体。殊，不同、差别。量，度量、标准。曹丕《典论·论文》：'文非一体，鲜能备善。'李善《文选》注：'文章之体有万变之殊，众物之形无一定之量也。'"（北京出版社1984年，第29页）

汉代赋论有一个重要的批评思想，就是我们前面讲过的，班固《两都赋序》的"赋者，古诗之流"，是诗、赋相同，而《文赋》是明确地区分诗、赋的不同，这是从创作来看的，汉人谈的却是功用，由功用看渊源，所以说"古诗之流"，重的是"美刺"，是"抒下情"，是"宣上德"，是"雅颂之亚"。《文赋》是对作品的讨论，专注的是辞赋文本，于是区分赋更偏重"体物"，诗更偏重言情。这是晋人与汉人思想的大不相同处。晋人的批评，就大体而论，重在文体，如果细论，就有了诗、赋等等区分。文体是个大概念，诗、赋等是细分的产物。《文赋》继曹丕"四科"而为"十类"，这是细分的结果。随着时代的发展，创作品类的多样化，后世分得更细，文类越分越多。到了徐师曾《文体明辨》的时候，已分到了一百二十多种，越分越多，也就越来越琐屑了，你看姚鼐《古文辞类纂》又做汇总工作，区分文章为十三类 [1]。

中国古代的文类和文体问题是很复杂的，也是必须了解的，"体物"论正是建筑在这样一个基础上来谈的。比如刘勰的文体论，有些就是从陆机《文赋》思想发展而来，《文心雕龙》有《明诗》与《诠赋》，这是明显的分而论之。但那个时代的人不一定都是这样分而论之的，要看他如何立论，针对什么，是用什么视角对待这类问题的批评。又比如说钟嵘的《诗品》，他又把赋跟诗合为一体，显然与陆机、刘勰观点不同。那么钟嵘《诗品》为什么把赋归于诗呢？因为他对作家的"品

---

[1] 按，《文体明辨》从"古歌谣辞"到"法堂疏"共分一百二十一种文类，其中还有可细分的，比如"古歌谣辞"又分"歌""谣""讴""诵""诗""辞""谚"等；"奏疏"又分"奏""奏疏""奏对""奏启""奏状""奏札""封事""弹事"等。《古文辞类纂》分文章十三类，分别是："论辨""序跋""奏议""书说""赠序""诏令""传状""碑志""杂记""箴铭""颂赞""辞赋""哀祭"。

第"采用一种溯源法，就是把每一个作家都归到出于哪一篇、出于哪一个，或出于《小雅》，或出于《国风》，等等。这是一种溯源法，就是考源。由于考源，他在追溯当代诗人或者汉代到魏晋诗人的源头的时候，把《小雅》做一个源头，把《风》做一个源头，把骚做一个源头，对吧？有的作品来自楚骚，骚就变成一个源头了。所以他重的是把骚作为某些诗人创作的源头，就是我们后来讲的诗骚传统，这时候他就必然把汉人称骚为"赋"的赋，以及汉代继承楚骚又远离楚辞的赋归于诗。从表面上看，他和陆机、刘勰的论述是不同的，但也仅是批评视角的不同，导致其批评观点的不同。

回到《文赋》，它是针对作家的创作以及创作呈现出的形态，来区分诗与赋，把一个归为"缘情"，一个归为"体物"。就赋域而言，必然指向对"体物"说的思考。"体物"是文体论的一个个相呈现，那么"体物"落实于赋创作有什么特点呢？它叫作"穷形而尽相"。赋跟诗不同，诗比较婉转，赋就要穷形尽相，把各种各样的形态写得非常清晰。外在的相，在赋中能展现无遗，就像绘画般的。刘熙载写《赋概》时就说："赋起于情事杂沓，诗不能驭，故为赋以铺陈之。"外在物态太多了，一首诗没有办法写清楚，不如用赋来铺陈。赋的功用也就和赋之体切合了。

虽然"体物"说既能从文体论出发，又能从创作论去理解，但陆机的说法源自汉晋以来"才士"所展现的创作形态，这有丰富历史内涵和创作经验的概念化的命题，是非常有意味的。既是整个历史的回顾，也是陆机当时从一个文人或者一个批评者的眼光来考虑的问题，又有着明显的时代特征，这样的一个时代特征要求作家写赋既要像我们刚才讲的"穷形而尽相"，还要能够"辞达而理举"。"穷形而尽相"与"辞达而理举"是对应的，也就是说要辞章能够使大家感到明畅，明畅到其中的义理能够自然地表达出来，这才是赋的功力。如果我们对照一下汉大赋，大量堆砌的"玮字"被后世讥为"字林"，那就显然可见赋风的变化。这个"辞达而理举"，后来对祝尧也有启发，祝尧在《古赋辩体》中论赋，极明显的特点是对情、辞、理的兼融，这是赋的三大要素。他的观点是"本于情""形于辞""合于理"，这应是祝尧赋论的一个重要的思想[1]。实际上在《文赋》里已经暗含了这一点，辞与理的对应关系是缺一不可的。

那么如何穷形尽相、辞达理举呢？赋体是有它的特点的，从赋体本身来讲，区分诗、赋，赋已经很狭了，是一个狭义的批评，但从历史的眼光来看，赋体的发展从汉赋到魏晋的赋又有变迁，赋本身又是很宽的一个讨论，又内含着某种广义的诗赋批评。显然，汉赋尤其是汉大赋，跟魏晋小赋创作是大不相同了。所以有人说这时候出现了赋的诗化，或者有人说诗的赋化，比如杜甫的《北征》，就是诗的赋化，用赋的方法写诗了[2]。很多小赋，特别是抒情小赋，都是赋的诗化吧。相关讨论多了，问题在于汉晋赋家怎么展现，是大不相同的，怎么讲？汉人怎么展现？"古诗之流""雅颂之亚"，"大汉之文章，炳焉与三代同风"，这后来影响到刘勰的赋论，就是"体国经野，义尚光大"，是一种笼统的批评。而陆机讲"体物"，体察其物，那就比较细微了。这适不适合评价汉大赋呢？又有人就此问题有了不少的讨论。

"体物浏亮"，实际上是一种更切合魏晋赋的总结。当然你也可以和汉赋联系起来考虑，陆机的赋论和魏晋时代赋风创作的关系更密

---

[1]　对此，可详见下一讲"祖骚宗汉"说。

[2]　相关问题的代表性论文如：胡小石《杜甫〈北征〉小笺》，《江海学刊》1962 年第 4 期；徐公持《诗的赋化与赋的诗化——两汉魏晋诗赋关系之寻踪》，《文学遗产》1992 年第 1 期。

切，就又联想到赋体发展的整体性变迁。对这一点，明朝人讲了很多话，很有意味。你别看明代好像没什么创造，是一个模拟的时代，是一个庸俗的时代，是一个帝王不像帝王的时代，朱元璋开国过后，确实有点乱七八糟，这一时代的学问也被后人骂作空疏、抄袭甚至作伪，对吧？但是明人复古，在文学批评的撰述中，内涵很丰富，有非常值得注意的东西。也正因为明人好复古，对古代的东西毕竟要了解，了解就会有批评，所以明代复古家的文学批评还是值得重视的。比如前、后七子的一些文学理论就值得关注，以诗文为主，也兼涉赋，也讨论到赋的相关问题。

评价陆机的"体物"论，我举两个明人论述的例子，一个谢榛《四溟诗话》，又名《诗家直说》，他是这样认为的："陆机《文赋》曰：'诗缘情而绮靡，赋体物而浏亮。'夫'绮靡'重六朝之弊，'浏亮'非两汉之体。"[1]这话有点道理。"绮靡"，六朝后来创作太"绮靡"了。不仅人心不振、士气不争，甚至国家衰败，后来都归结到这里。大家可以看看初唐四杰的王勃，对魏晋以来文风的批评直接上溯到汉代，甚至上溯到屈、宋，一起骂倒，起因就在魏晋以后的"绮靡"之风。"绮靡"之风确实跟当时的创作是切切相关的。"浏亮"也不是两汉之体，作为一批评观，说的是魏晋赋，与汉代以大赋为主的创作是大不相同的。胡应麟《诗薮》也讲："《文赋》云'诗缘情而绮靡'，六朝之诗所自出也，汉以前无有也；'赋体物而溜（浏）亮'，六朝之赋所自出也，汉以前无有也。"[2]讲得很干脆，什么"绮靡"的诗、"体物"的赋，就是六朝的创作，可称之为六朝体。这也是辞赋研究一个值得关注的问题。

---

[1] 谢榛著，李庆立、孙慎之笺注《诗家直说笺注》卷一，齐鲁书社1987年版，第92页。
[2] 胡应麟《诗薮》外篇卷二，上海古籍出版社1979年版，第146页。

陆机这个批评产生于这个时代，后来到萧梁的时候，大家老谈"古体""今体"，再后来是古赋、律赋，那么在古赋、律赋之前是"古体""今体"，当时的创作就是"今体"，这个"今体"值得思考，魏晋时代的"今体"辞赋特别注重"尽相"与"理举"，对这一点我们还可以参看陆机的一些赋序。陆机除了《文赋》的批评观，还可读与他的《文赋》相关的理论，比如"赋体物而浏亮"应该结合他的很多批评话语来看，其中一些赋序中的批评是很有意思的。比如他的《遂志赋序》，可以说是最早的一个言志赋传统的小史。这赋序不可轻忽，是古代最早的对言志赋创作的总结，你要了解言志赋，就应该读这篇赋序，它从汉代一直讲到晋代，清晰而明了。关于"赋体物而浏亮"的批评，我们可以再参考他别的赋序，例如《怀土赋序》讲得就非常好："方思之殷，何物不感。曲街委巷，罔不兴咏，水泉草木，咸足悲焉，故述斯赋。"中间有情，这是六朝体。又如《豪士赋序》："夫立德之基有常，而建功之路不一。何则？循心以为量者存乎我；因物以成务者系乎彼。存夫我者，隆杀止乎其域；系乎物者，丰约唯所遭遇。"比较而言，《怀土赋序》更重的是赋情，《豪士赋序》更重的是赋理，由此而基于情、成于理，这就是陆机"体物"赋论的一个非常重要的基本特征。这样，我们回到"体物浏亮"，它又不是单纯的"体物"而已，实际上里头有着非常重要的内涵，也包括他的创作体验。"体物"论是对当时"才士"创作的一个概括或者一个提升，才有了它的生命力。陆机的说法与汉代人的论说不同，但是它必然受到汉赋创作的一些影响，他对汉赋的论述也不同，又必然掺和一些当时创作的内在因素，这才是要考虑的一个问题，也是认知陆机"体物"说的一个基本的内容。

接下来的问题是，"体物"是怎么产生的？这个"体"是怎么产生的？"体物"的"体"肯定不是文体的"体"吧？"体物而浏亮"，如何"体"？我们常讲"体会"，对人、对事、对物都要有体会，这是"体"的一种概念。我们不时讲文章要体味，"体"又是体察细微的意思。"体"在这个地方作为动词用，也是很有意思的。同时，我们还应注意到"体物"说产生的学术背景，这就与"体道"有关了。从东汉到魏晋，老、庄、易所谓"三玄"之学兴盛，"物"和"道"的关系被大家特别关注，结合这个"体"字，需要拓展到超出赋域的思考，就是"体物"与"体道"。中国人都讲道，道是一个至高的状态或一种境界，《老子》所谓的"道生一，一生二，二生三，三生万物"，以道为体构成了宇宙的派生体系。道家学者把道提得很高，孔门也把道提得很高，只是孔门实事求是，更重现实的人事，将道纳入很现实的社会伦理范畴，这个道就变成了一种政教的道，这也是从《易传》而来的所谓"有天地然后有万物，有万物然后有男女，有男女然后有夫妇，有夫妇然后有父子，有父子然后有君臣，有君臣然后有上下，有上下然后礼义有所错"[1]的派生模式。只是在社会的发展中，这样的道德原始往往被君臣礼仪所掩盖，反过来说，君臣礼仪应该也来自原始的天地之道了，这就是所谓天人合一。天人合一是人与自然的关系，人们对大自然力量的一种推崇。究其根本，我们的文章也来自自然，要天然出锦绣，这里头就包含着一种道。特别是到魏晋时期，"三玄"之学兴起，对《易》和老、庄根本学理的认知，"体道"之风也随之兴盛，有了对"体物浏亮"的思想有着明显的促成作用。

对这一点，我们可以对应汉晋文风与汉晋赋论，做进一步思考。

---

[1]　此段话引自《周易·序卦》。明人来知德《周易集注·原序》："乾坤者，万物之男女也；男女者，一物之乾坤也。"按，这是天人合一的根意识。

很显然，汉晋赋对物态的描绘是一致的，因为赋都是要写物的，没有物态不好写赋，有丰富的物态才能写出大赋来。没有大量的物态你怎么写赋？写不起来，所以写物是赋的共性特征。那么汉代的物叫作"感物造端，材知深美"，这是《诗赋略》里面讲的话，而晋代的物怎么样？叫"体物而浏亮"，一个"感物"，一个"体物"，是不相同的。"感物"者，天、人是对应关系，由此及彼地"感物"，感于外物而发乎内情。这种对应关系，在汉赋中间体现出来的是一个什么样的字？我说是"类"。汉赋特别重类，你读汉赋作品，一序列的排比都是类，鸟什么什么，鱼什么什么，晋人赋作也有仿作，如左思《三都赋》也这样，在这一方面他是模仿汉大赋的，很显然都是这样排比，其东、其南、其西、其北，其上、其下，其左、其右，这就是类。所以汉代叫作类的时代，冯友兰讲汉代人有了一定的科学精神，其科学精神就是类的观点。这是他在《新事论》里面讲的，收入《贞元六书》中。赋类也就变成一个非常重要的批评内容了，我在《赋学讲演录（二编）》里面就专门有一讲叫作"赋类"，以说明其重要性 [1]。因为赋与类书有极大关联，后人又转过来以赋体写类书，比如《事类赋》《春秋类对赋》《广事类赋》《续事类赋》，等等。这种用赋体编写类书的意识，当然源自赋文重类的渊源，而这个现象呈现得最为显明的朝代就是汉代，汉代展开了一个外在的世界，各种物类充分在这里表现出来，赋家予以展现，标明的仍是类的观点。

与汉人相比，魏晋时好为"物"的探究，在文学领域则重"物理"与"情本"，所以汉人重类，晋人重体。这个"体"当然可以是文体的

---

[1]　详见《赋学讲演录（二编）》第八讲《赋类》，北京大学出版社 2018 年版，第 229—264 页。

"体"、赋体的"体",也可以是"体物"的"体",这个"体"特别受到重视。由于重类,汉大赋以铺陈为主;由于重体,魏晋赋兼有了体察细微的言志之风。这个时期抒情赋多了,咏物赋也很多,大多是小咏物赋,不是分类咏物,而是单一咏物。为什么分类咏物?因为是比附,不仅在汉赋中是这样的,在汉代散文中间也是这样子的,比如董仲舒的策文对事项都是排类,甚至《过秦论》也是排一大堆东西,再看前此李斯的《谏逐客书》也是,都是类的时代。到了魏晋就大不相同,他们的赋多是个物专事的探讨,物态减少了排类,转向专物的探究,咏物也不是广泛地咏了,咏的多是某一个物。由此也产生了风格的变化。那种广大的排类是为了"体国经野,义尚光大",展现出一种整体的气象;而细微到某一个物或者某一种情的描绘的时候,赋家的思路就改变了,不再是向面的展开,开始向纵深发展了,也不再是类的概括,而是真正的"体物"了。

"体物"体什么?体察其中的道理。我们说"体物"是源于"体道",也就是体察万事万物中的道理的意思。所以汉人"感物",以类比附,比如董仲舒的《山川颂》,你们读一读这篇作品,山则如何如何,水则如何如何,为什么要这么"比类"呢?实质上就是"知者乐水,仁者乐山"思想的自然图像化,山水表明的是一种君子之德、君子之风。物性不重要,德性才要紧。魏晋时期就大不相同了,到王弼注《周易》的时候,极重"物"字,他在《周易略例·明象》里就讲了一句极重要的话,"物无妄然,必由其理"[1],每个物,没有妄然的,其中必有道理。任何一个物都有一物之理,这直接影响到玄学思想的形成,也间接影响到后来佛教的华严宗,我指的是华严宗所倡导的"四

---

[1] 王弼著,楼宇烈校释《王弼集校释》,中华书局 1980 年版,第 591 页。

法界"观，就是事法界、理法界、理事无碍法界、事事无碍法界[1]。物与物之间没有障碍的这种"四法界"思想，又对后来程朱理学的"天理"论有影响，应该说程朱的"存天理，灭人欲"的思想是人伦观对华严宗"四法界"的接受。所谓"存天理"，就是寻找天理，天理在哪里？一物一理，万物一理，天下只是一个理。这把华严宗的思想引回到了儒家的道德伦理的轨道，里头有一脉相承的学术思想，因为勘究其源，我想玄学思想对宋代理学思想的影响是非常大的，所以饶宗颐曾经讲过一句话，他说玄学就是"前理学"，我觉得非常有道理。玄学虽然在中国没有取得什么大的影响，但作为"前理学"，老庄思想中对自然的崇拜、对自然的追寻，到了魏晋的时候，更突出地落实到具体的层面上来了，用一事一物来讨论道与理，这是非常有意思的一个现象。所以继王弼的说法，荀粲在解释《周易·系辞》的时候提出驳议："理之微者，非物象之所举也。"[2] 奥妙的道理，卦象不一定能呈现，需要细微地去体察。

所以陆机在《演连珠》里面也讲："臣闻积实虽微，必动于物；崇虚虽广，不能移心。"这两句讲得多好！"积实"，积很多实实在在的东西，这积的是非常微细的东西，但必然要形于物，实实在在。就像我们孝敬老人一样，讲孝道你首先就要孝养，你讲你对你妈孝，怎么孝？你买化妆品给她，对不对？你对爸爸孝，你买瓶好酒给他，必显于物，不显于物怎么孝？空讲。祭祖宗为什么要摆那么多祭品？那就

---

[1]　按，法藏《华严发菩提心章》："能遍之理，性无分限；所遍之事，分位差别。——事中，理皆全遍，非是分遍。何以故？以彼真理，不可分故。"又，《注华严法界观门》："心融万有，便成四种法界。"

[2]　陈寿《三国志》卷十《魏书·荀彧传》注引何劭《荀粲传》。

是必显于物，这是我们实实在在的感情，没有物是不可能的。"崇虚虽广"，好像虚无得很，但是里头有一个内在的东西是不变的，就像今天讲的"不忘初心"呀。"人心惟危，道心惟微"，这是古文《尚书·大禹谟》中的话，宋儒就拼命地倡导这个，什么叫"道心惟微"？"不易其心"，君子不易其德，是吧？这里头都有丰富的内涵在，正是这样的一些内涵融入了创作之中，值得透过辞而明其理、探寻其义。

赋体的"体物"论的形成，跟"体道"切切相关。那么"体物"是什么呢？是象数和义理在赋域的展现。如果说汉赋更多地是象数的话，那魏晋时候开始偏重义理，所以陆机重理，"理举"是这个道理。这时候的赋作与赋论开始发生变化了，在这种变化中来看"体物"的命题，就有了更丰富的内涵，可以看到很多的例证。我们曾经讲过汉晋赋风的变迁，以及对相关赋作的理解，这里再重复一下。汉大赋的构篇就像西方学者讲的"格式塔"一样，是一个宏大的书写，一个宏大的结构。到了魏晋时候，这个大结构随着大帝国的衰亡，崩裂了。崩裂过后，大赋中的每一个部件或物象，都变成一篇完整的赋了。魏晋小赋的兴起，就是源于大赋的散落，当然不仅仅是一个配饰、碎片，不是所谓七宝楼台拆下来不成片段，它拆卸下来过后，因其对物理的追究，却成了一个整体[1]。我们在《上林赋》或者《洞箫赋》中，看赋家所叙的物态，比如叙鸟雀，就罗列了一大批鸟雀，其他物态也一样，都是类的会聚。到了魏晋时候不同了，开始出现一系列的有关

---

[1] 有关论述详见拙文《论小品赋》第四部分，"小品赋的理论价值"之一"小品赋生存的文化特征"，原载《文学评论》1994年第3期，后收入拙著《中国赋学历史与批评》，江苏教育出版社2001年版，第64页。

赋创作的讨论，比如有关陆云《逸民赋》的论争[1]，仕隐问题在诗赋中常见，有人说要隐，有人赞出仕，当时人写了《逸民赋》《嘉遁赋》，又写了《反逸民赋》，这跟当时的"本无"论和"本有"论的讨论应该有些关系，也就是说和玄学思想的发生相关。

这些讨论具有探究本体的意味，落实到赋创作，强求对一个具体物的探讨，而不是像汉大赋罗列一大堆物来探讨，当然，在探讨物性的时候呈现了形而下的意义，是某种神圣性的堕落。如果说汉代的文士歌颂的多是像凤凰一样的神物，到唐人也喜欢写如大鹏这样的巨型物态，那么在魏晋时期，歌颂凤凰也有，歌颂大鹏也有，但更多地是对微细小物的描写。这就产生了一种争论，到底写大物还是写小物的争论。比如贾彪写的《大鹏赋》就是大物，他说要写就写大鹏，写小了过后自己就没出息了，写大物表现出大的理想。我们讲取法乎上、仅得乎中，取法乎中、仅得乎下，如果你取法乎下就没出息了。所以一篇文章写了过后，首先要投最好的杂志，你一开始就想着投小杂志好发表，混点稿费，格局就小了，只能每况愈下。古人说要立大志，有时还要说大话、咏大物，为表达大胸襟，也不无道理。这是一个方面。

从另一方面看，咏小物却不乏深度呀，况且大与小是相对的，站在一定的高度，大小不是一回事吗？张华《鹪鹩赋》写"安知大小之所如"，庄子的《齐物论》都读过吧？小大是一回事，这是相对性的思

---

[1]　关于《逸民赋》的论争，详见陆云《逸民箴序》："余昔为《逸民赋》，大将军掾何道彦，大府之俊才也，作《反逸民赋》，盛赞官人之美，宠禄之华靡，伟名位之大宝，斐然其可观也。夫名者实之宾，位者物之寄。穷高有必颠之吝，溢美有大恶之尤，可不慎哉！故为《逸民箴》，以戒反正焉。"

维，任何一个小物也都是一个整体，所谓麻雀虽小、五脏俱全，"体道""体性"也都是全的，道、性也全，本性也全，动物性也有的，于是小大之辨体现于写赋，和写大鹏相对应的，最典型的就是张华的《鹪鹩赋》。这可以视为魏晋赋创作的一个符号。如果你读张华的《鹪鹩赋》，对应陆机的"体物浏亮"，再从中生发思考，就有深度了。这《鹪鹩赋》就是一个典型，为什么《鹪鹩赋》写一个小鸟？这小鸟就是《庄子·逍遥游》中的"鹪鹩"，它一饮即止，一食即饱，筑巢于林不过一枝[1]，这么个小鸟，为什么赋家钟情于它？这既是对现实的一只小鸟的歌咏，也是借庄子的寓言来阐发一种思想，于是咏物赋实际上也就具有了言志的特征。赋家咏物必言志，纯粹咏物是很少的，大部分都在言志，所以这个《鹪鹩赋》就变成一个非常有特色的体物的典范。我们看张华《鹪鹩赋》的序：

> 鹪鹩，小鸟也，生于蒿莱之间，长于藩篱之下，翔集寻常之内，而生生之理足矣。色浅体陋，不为人用，形微处卑，物莫之害，繁滋族类，乘居匹游，翩翩然有以自乐也。彼鹫鹗鹍鸿，孔雀翡翠，或凌赤霄之际，或托绝垠之外，翰举足以冲天，觜距足以自卫，然皆负矰婴缴，羽毛入贡。何者？有用于人也。夫言有浅而可以托深，类有微而可以喻大，故赋之云尔。[2]

鹪鹩身体很小，但生理与大鸟是一样的。它色又浅，体又陋，不为人

---

[1] 《庄子》卷一《逍遥游》："鹪鹩巢于深林，不过一枝。"王先谦《庄子集解》注引："李云，鹪鹩，小鸟。郭璞云，桃雀。"

[2] 引自萧统《文选》卷十三《赋·鸟兽上》。

用，又不能像鱼鹰那样逮鱼，又不能像鹦鹉那样供人欣赏，是越看越丑，没什么意思，但它不受他物之害，自得其乐。那些大鸟被人逮到了，要驯服它，因为毛羽漂亮，成为贡物，比如孔雀就被作为进贡之物，结果被人玩弄，反遭到了祸害。为什么呢？庄子的思想，无用之为大用，有用并不好。该赋最后两句"言有浅而可以托深，类有微而可以喻大"，非常清浅的语言，但是有深邃的道理，这能给我们很大启发。比如你们写论文千万不要整天动脑筋，把语言搞得深刻，真正好的是大白话而能讲出深刻的道理，就像大科学家写科普读物一样。你一定要知道科普读物不是人人能写的，一定要非常平常的语言，娓娓道来，清淡如水，可是你顺着它走的时候，里头有很多深邃的道理，真是光怪陆离，处处风景。有一次某出版社要我们写思想家评传，写了学术的，然后要改写成简明读本，一人分一本，我分到了汉武帝，出版社拿钱来引诱我们，写一万字一万块钱，由你承包，但是要求通俗易懂。有位老师写好后读给他上初中的儿子听，如能听懂就可以了，就像过去白居易写诗读给市井老太太听，对不？写这类小书，虽然没有什么学术含量，但还是要有点功夫的，要写得非常亲切，而且有点道理，所以不容易。张华这句话讲得就是好，言浅可以托深，如果你是真浅，肤浅、浅陋，你这个论文写不好，要能托深，这是最重要的。言浅而能托深，类微可以喻大，如果你真是只写了这么一个麻雀，写了一个小鹡鸰，写了一个丑态，也没多大意思了。

他为什么这么写？其中正包含着一个思想，"体物"就是"体道"。讲鸟性就是讲一种人性、一种天性，这个鸟性能讲到人性天性，就达到了一个高度。这篇赋就是这样一个道理，我觉得非常有意思。这是一个个案，落实到具体作品，用《鹡鸰赋》对应"体物"论是比较生动的。你们研究理论问题的时候，一定要结合具体作品来讨论。我在上世纪九十年代的时候写过一篇文章，写得比较用功，后来在《古典文献研究》上登载了，就是《明心物与通人禽——对魏晋动物赋的文化思考》[1]，没有什么影响，因为当时开了魏晋南北朝文学的学术研讨会，本校参会的人将论文汇集起来，发了个专栏。还记得上世纪九十年代有一次在韩国开会，提交的论文在韩国发表了，发表过后没人知道，写的是关于许学夷的《诗源辨体》[2]，我对此的论述较早，发表了又不好在国内刊物上再发，结果也是没人知道。当时复旦一位博士，博士论文写许学夷的，居然没有引用我的文章，后来来南大，到张伯伟老师那里做博士后，张老师才告诉他，你这博士论文怎么没引某人的那一篇，并告知刊发在韩国的《诗话学》上面。该博士后看后，后来出书的时候就引了我文章的一大段，并给予极好的评价。所以很遗憾，这篇文章也是没有影响。前面那篇魏晋动物赋的文章，其中有一重点就是讲这个《鹪鹩赋》的。我为了写论文，要做些文献调查与统计，首先辨明魏晋赋与动物形象，以及跟先秦动物形象的不同，跟两汉动物形象的不同。魏晋时候动物形象很多了，我看这些年来写魏晋动物文学的论文多起来，甚至写动物赋的论文也没有一个人引我这篇文章，其实到今天他们还不一定超过我当时的想法。就像我研究扬雄，四川师范大学一位教授说，今天研究扬雄赋的老师，还没超过许老师发表在《中国社会科学》上那篇文章的[3]，你看多遗憾，

---

[1]　详见拙撰《明心物与通人禽——对魏晋动物赋的文化思考》，《古典文献研究（1993—1994）》，南京大学出版社 1995 年版；后收入拙著《中国赋学历史与批评》，江苏教育出版社 2001 年版。

[2]　指的是拙撰《中国明清诗话中辨体观分析——以许学夷〈诗源辨体〉为中心》，原载东方诗话学会编《诗话学》第 2 辑，韩国梨花社 1999 年版。

[3]　指的是拙撰《论扬雄与东汉文学思潮》，《中国社会科学》1988 年第 1 期。

几十年过去了，白过了。为什么白过了？我们写的文章他们看都不看，直接从你肩膀上跨过去了。

当时我写魏晋动物赋的论文，在会议期间，研究钟嵘《诗品》的曹旭教授从上海来，他一看这文章说，多好，我只听过这一次赞美，而且只是口头上的，后来我收到书中，也没人看了，所以我要认真介绍一下。这篇文章第二部分写了"辨物理：魏晋动物赋的思想基础"，辨物理就是"体道"。那年岁还较早啊，那时候我还有点青春焕发的意思，敢想，敢写。第三部分"通禽性：魏晋动物赋的伦理内涵"，谈禽性，《鹪鹩赋》中鹪鹩的性！这一段其实是我在此文中最得意的一段，"人之异于禽兽者几希"，"禽兽"并列，但是一谈到这种天性的时候，为什么都拿"禽"说事，拿"兽"说事的少？这个很有意思，你们要注意，古人一谈到"人禽之辨"的时候，虽然兼括禽、兽，却没有说"人兽之辨"，"人禽之辨"成了一个常见语言了。对这个问题，我也没有全部调查，为什么一提到人性与动物性区别的时候，"禽"超过"兽"，飞禽超过走兽？这是个非常值得思考的问题，我在文章里提到了，没有多讲。我写得最得意的就是"通禽性"这一段，从"人禽之辨"发掘其中的伦理内涵，是有点深意的。文章的最后一段敷衍其事了，就是"寓情境：魏晋动物赋的人生意识"那一段，这是这篇文章写得一般化的地方。最好的就是第三部分"通禽性"，因为这里探究了一个很重要的问题，至今学界还没有深入地探究。

大家可以阅读一下这段文字，张华为什么用鹪鹩来说事？可以视为"体物"论在咏物方面的一种体现。就咏物而言，大鹏跟鹪鹩是一样的，都是平等的，它们都五脏俱全，都具有自己的特性，而它们的特性也都能够"体道"，都得天机，得之于天成。这种思想根源于庄子的《齐物论》。《齐物论》的思想核心是"小大之辩"，等视万物，对不对？我曾经在选注《庄子》时[1]，选了《齐物论》中的很多文字，还曾作诗一首概述"齐物"的思想。在这首诗中，我说了"何须物化自天然"[2]，实际上内含了对庄子"物化"观的质疑。联系到魏晋玄学思想，我们质疑的问题就是，庄子他贯彻了《齐物论》吗？没有贯彻。战国时候是英雄的时代，你看屈原讲什么？我要像千里马一样，别人都是驽马跛驴，众人皆醉我独醒，众人皆浊我独清！庄子跟屈原是一样地自吹，自己是像小凤凰一样的，人家是只猫头鹰，对吧？说惠施就是猫头鹰，宋国的宰相就是个死老鼠[3]，死老鼠有什么不好？老鼠也伟大嘛，这个道理才是"齐物"嘛。所以庄子自身的矛盾，大家都没有考虑到。

魏晋玄学在解释《庄子》的时候，就超越了《庄子》。就这一点而言，我没有读过哲学，我就是读《鵩鸟赋》得出的一点体悟，于是对庄学的"齐物"观的不彻底性就有了一个新的解读。我们可以参照各种注《庄》撰述，其中成于晋朝郭象的《庄子注》倡导"独化"论，就是这个道理。你们看郭象注《庄》，他就超越了《庄子》，真正在贯彻庄子《齐物论》的思想。庄子是怎么在具体事项上贯彻"齐物"的呢？他只是一个对比的观察，彭祖跟殇子是同寿，泰山跟毫末是同样

---

[1]　许结、黄卓颖注评《庄子》，凤凰出版社 2010 年版。

[2]　拙撰《读〈齐物论〉》："奇文读罢未成篇，哈勃观星宇宙旋。殇子彭聃齐命寿，泰山毫末一坤乾。形形色色终非色，岁岁年年不计年。蝶梦庄周周梦蝶，何须物化自天然。"

[3]　《庄子·秋水》："惠子相梁，庄子往见之。或谓惠子曰：'庄子来，欲代子相。'于是惠子恐，搜于国中三日三夜。庄子往见之，曰：'南方有鸟，其名为鹓雏，子知之乎？夫鹓雏发于南海而飞于北海，非梧桐不止，非练实不食，非醴泉不饮。于是鸱得腐鼠，鹓雏过之，仰而视之曰："吓！"今子欲以子之梁国而吓我邪？'"

大小。但是一旦形容到人格，他就变成凤凰了，人家就是猫头鹰，就是死老鼠，这完全跟屈原思维模式一样，对不对？所以只是那个时代的产物，在战国、汉代不会出现《鵩鸟赋》这样的作品，只有在魏晋时代才能写出。一个作品在一个时代产生，就有了特定的价值，你们可以好好研究一下。这个作品换一个时代，我们把它搬迁，搬到汉代不行，写不起来，没有思想基础，没有这种思维，没有这种透视能力。你这样一搬运，格格不入，你就晓得了，它有特定的价值。也因如此，我才觉得《鵩鸟赋》的"体物"有典范意义。

郭象注《庄子》的"独化"论思想，有两处可以体现，一处是注释"去以六月息者也"一句的："夫大鸟一去半岁，至天池而息；小鸟一飞半朝，抢榆枋而止。此比所能则有间矣，其于适性一也。"能力它们是不同的，但"适性一也"，这飞的本性是一样的，只是一个飞得太远，能力强，一个飞得太短，能力弱，功能是有不同的，但是它们的心力是一致的，这就是"适性一也"。再看第二个，注"蜩与学鸠笑之曰"："苟足于其性，则虽大鹏无以自贵于小鸟。"就本性来讲是一致的，凭什么大鹏贵于小鸟？所以我们讲，在法律面前人人平等，我们都是人，应该一样的，对吧？我们都要做好人，凭什么他大人物才能做好人，我们小人物就不能做好人了？一样做，做善人一样的，照样光辉万丈，甚至千万年过后仍然光辉万丈，历代的皇帝谁记得几个？而一个小穷酸杜甫，还这么多人都晓得他，你看看，他比一般的皇帝不知道要闻名多少。所以郭象说"苟足于其性，则虽大鹏无以自贵于小鸟，小鸟无羡于天池"，要什么天池？我看这个小阳沟好得很。一般人望月亮，不必非要到《春江花月夜》那个境界中去，和尚往往就放一个小脸盆，摆在院子里，注进水，望水中月亮，也能参悟，也能得道。据说前几天的月亮是最近一段时间里最大最亮的，人们都跑出去在广场上瞻仰最大月亮，我就在窗口伸个头，到九点五十八分的时候准时伸了个头，给自己满足了，窗口看的月亮跟他们在广场上看的是一样的。人们立足点有广有狭，望月是一样的，这就是"小鸟无羡于天池，而荣愿有余矣，故小大虽殊，逍遥一也"。

从"适性一也"，到"逍遥一也"，你看《庄子》第一篇就是《逍遥游》，第二篇就是《齐物论》，第三篇就是《养生主》，这三篇是最重要的。如何能逍遥？只有齐物才能逍遥，齐物是方法论，没有齐物的方法论，你逍遥不了。要怎么逍遥呢？你地位很高，作为很大，是逍遥；我地位很低，作为很小，自得其乐，也是逍遥，就是"穷则独善其身，达则兼善天下"[1]，都是很好的。这是儒家的逍遥，重伦理。道家的逍遥重自然，大鹏鸟是逍遥，小鹪鹩也是逍遥。正是这样的思想给魏晋咏物赋带来了从"体物"到"体性"的一种探讨。而这个"体性"，"性"本身就是天道，这里头有很多学问，一篇小小的咏物赋，深入进去，实际上展开了一个非常重要的学术史问题。讲老实话，至今还没人这么讲过，现在研究庄子还这么讲齐物，庄子他齐物个鬼，根本没齐物，他脱离不了特定时代的思维方式。我们要考虑人类的自身的发展和知识的变迁。到佛教进来后，又大不相同了，很多东西又开始变迁了。你要不从这方面来研究，就看不出来彼鹪鹩跟此鹪鹩的不同。《鹪鹩赋》是受到《庄子》寓言的影响，但是绝对跟庄子的鹪鹩不同，他已经有了新内涵。因为张华已处在一个新的学术背景，自然讨论了这些新问题。张华也被人骂了很多，说他没出息，写这个东

---

[1]　语见《孟子·尽心上》："士穷不失义，达不离道。穷不失义，故士得己焉；达不离道，故民不失望焉。古之人得志泽加于民，不得志修身见于世。穷则独善其身，达则兼善天下。"

西，而自己一直身居高官、享厚禄，他一生也没有逍遥，这又是另外的课题了。但通过这个课题，写一个小小鹪鹩，从中探寻晋人的"体物"之论和从"体物"到"体道"的关系，是有极大意义的。文风的变迁伴随着时代的变迁，这种变迁常在自然而然中，是不经意中发生的变迁。

辞是为了表情，文学到了魏晋时代更重情，更重赋的情，所以抒情小赋就多起来了。我前面说过，有人认为是诗化了，实际上赋本身也有情，只是赋的表情方式跟诗歌的表情方式有不同，一个是"体物"，一个是"缘情"。通过物来表达，这也是一种表情方式，如张华写的《鹪鹩赋》，就写了他自己的心态，是一种心灵情愫的外现。从汉代到魏晋南北朝，文学的表情方式也发生了变化。汉大赋也有情，但它是用罗列的排比，最后写到一个高潮的时候体现情，比如王褒写《洞箫赋》，最后的高潮是感悟人性，那也是情感的力量。采用宏大的书写，能起到一种大心境、大波澜的作用，虽是大量的描写，也跟情有关，因为都是人创作。

表情方式在赋中的变化，我再举一个例子，王粲《登楼赋》，他是咏物表情，表情方式就发生了大的变化。王粲写《登楼赋》干什么呢？是"销忧"啊，销去忧思之情。赋本身是叙事，实际上却是抒情，把这篇赋归属于抒情小赋，也是没有错的。他要"销忧"，通过赋来"销忧"，为什么忧呢？他是三公之后，官二代、官三代什么的，却生不逢时，遇上了汉末乱世，他所依附的政权发生了问题，如果没得本事，靠祖宗荫庇就没法过了。王粲还是有本事的，却没人理，结果只得投靠荆州的刘表，刘表因为他"貌寝"，就是很丑，不重视他，一直搁在旁边。王粲从长安逃出来十二年了，没找到好工作，很郁闷，所以要销愁呀。很好玩，中国历史上一大批才子都是"貌寝"，很少像潘安，比如王粲是个典型，还有汤显祖，我们纪念他，常把他与莎士比亚比美，因为他写的剧本美呀，美的柳梦梅，美的杜丽娘，个个搞得像梦中的情人，结果作者自己丑得很。传说当时一个女孩追星，终于见到了汤显祖，心中偶像形象破灭，自杀了。这女子和刘表一样，都是太以貌取人了。王粲他是登楼"销忧"，过去人登山、登高，多数是为了"销忧"。古人最大的牢骚就是不得志，士不遇，或者遭谪贬，无所事事，就往高处跑，跑到上山去看，到处"销忧"，结果"销忧"又销不掉，谪贬的人登高望乡，结果山峰太高，挡住了眼光，柳宗元就来了个奇特的"销忧"方法，他在诗中突然冒出一句奇语："若为化得身千亿，散上峰头望故乡。"[1] 我要把自己化身成千千万万个柳宗元，每一个挡我眼睛的峰头上面站一个柳宗元，还看不到故乡？这样的诗句，魏晋人能写出来吗？写不出来，因为这是受到佛教的化生之法影响之后才有的想法。这就是一个时代的特征，如果你将其搬置到另一时代，肯定是行不通的。所以一个时代有一个时代的文学，王粲也只能登楼"销忧"。

王粲在《登楼赋》的开篇就说："登兹楼以四望兮，聊暇日以销忧。"当然登楼过后，你把忧愁销掉一点，人就快乐一点。哪个没有忧愁？你们也会有忧愁，你们怎么解决忧愁我不知道，我是两个办法，一个读书，一个散步。忧愁来得猛一点，我就走路走快一点，让汗淌得更多一点，累得要死，就什么忧愁都没有了。一觉睡过来，太阳照样升起，对吧？好得很。然后读书。读书就大声读，读得自己都烦了，歇下来后也就快活了。你烦恼的时候，把个唐诗《春江花月夜》唱一通，

---

[1] 柳宗元《与浩初上人同看山寄京华亲故》："海畔尖山似剑铓，秋来处处割愁肠。若为化得身千亿，散上峰头望故乡。"

吟一下，就高兴起来了，或者把自己的诗拿起来吟一吟，那就更快活了，什么忧愁都忘掉了。人人都要学会一些"销忧"之法，登高也是一种"销忧"，一登上高处，比窝在低湿地方肯定舒服多了。我们读《登楼赋》，他写道"览斯宇之所处兮，实显敞而寡仇"，这个地方风景漂亮，景象美丽，因为他心情变好了，这景象马上就随之而变。你看，"挟清漳之通浦兮，倚曲沮之长洲"，"通浦""长洲"，都有一种非常空大、邈远的快感，完全是快感。"背坟衍之广陆兮，临皋隰之沃流"，高大的陆地，好多水流。"北弥陶牧，西接昭丘"，有典故了，讲到楚昭王的故事。"华实蔽野，黍稷盈畴"，一片繁华，万紫千红，丰收景象。

接着赋笔一转，本来"销忧"，开始登高了，忧愁就少了，看到的景象马上就是美的，这就是魏晋时期写小赋的特点，它随着景象、物象而变，汉代的排比转不到那么快，小赋转得就很快。心情好的时候物象就好，情人眼里出西施，是越看越好看，心情不好，这景物就越看越丑。该赋情感的转折在下一句，就是"虽信美而非吾土兮，曾何足以少留"，忽然悲从中来，这么美的地方不是我的家乡，我在这有什么意思呢？我还是个漂泊者，大地的漂泊者。先锋书店的老板曾听过我的课，他有本书名叫《大地的异乡者》。人生如飘蓬，这飘来飘去，不就是"虽信美而非吾土"吗？王粲遇上浑浊的世道，十二年来漂泊异乡，只能"情眷眷而怀归兮，孰忧思之可任"，承担不了忧愁，结果"凭轩槛以遥望兮，向北风而开襟"。于是情变而景变，"平原远而极目兮，蔽荆山之高岑"，把远望的地方全部挡起来了；"路逶迤以修迥兮"，路也不是广路了，"道阻且长"了吧？"川既漾而济深"，水多深啊，走都走不过去，"悲旧乡之壅隔兮，涕横坠而弗禁"。

然后一段，景物完全跟着感情走，作者想到自己像"匏瓜之徒悬""井渫之莫食"一样，越销越愁。这时候看到什么景色呢？太阳掉下去了，"白日忽其将匿"，又是"风萧瑟而并兴兮，天惨惨而无色。曾狂顾以求群兮，鸟相鸣而举翼。原野阒其无人兮，征夫行而未息。心凄怆以感发兮，意忉怛而憯恻"，到了最后的景象，一片混乱。如此因情变景的写法是怎么来的？又是怎么"体物"的？完全依据自己的情绪，形成情景的对应，写法与汉大赋是大不一样的[1]。我讲这叫作"体物"而影响到"体情"，抒情而改变了外景，主观性非常强，这与由"体物"到"体道"的思路也有相应之处。

通过这一个案，你看到了在汉大赋中看不到的写法，发展到魏晋以后，这种写法越来越多了。《鹏鹊赋》《登楼赋》都是用当时的写法，具有时代的特色。《文心雕龙·诠赋》说王粲属"魏晋之赋首"，大概也说明了赋风的变化。我想用这两篇作品，强化对"体物"论的理解。一切理论，都有一些创作参与其中，由于有创作的参与，我们就要多读作品。你研究理论，要读理论文本，也要读创作文本，不熟读作品是不行的。认识一个时代的文学，不仅要读理论批评的作品，还要读那个时代的创作。

我写辞赋史、辞赋理论史，是分开来写的。其实这都是事后划分造成的，当时何尝分开来过？古人是不分的，分什么分啊？分开来，没事找事做。就像一大堆学科一样，分得既好又不好。记得我有一次在湖南大学演讲，忽然信口说了当今学术的三大弊端，乖乖，高兴起

---

[1]　拙编《中国古典散文精选注译·抒情小赋卷》评《登楼赋》："该赋分三段铺展登楼思归之情，先写登楼消忧，次写思归情状，再述壮志未酬，忧思慷慨，悲壮苍凉"，其"艺术审美价值，有两点值得注意：一是状物抒情，改变了汉大赋四方铺写描绘的方法，而仅侧重登楼所'望'，以骋放怀归之情，开魏晋抒情小赋格式"，"二是引领起魏晋时代一批登高抒情赋章"。（清华大学出版社 2009 年版，第 52、55 页）

来，讲起来，不管他了，讲过就走了，又没人逮你，对吧？也没人再跟你较真。对这一说法，我没写成文章，只是口述而已。

我说的当今三大学术弊端，第一大弊端就是文学史的建立。二十世纪文学研究的最大成就就是建立文学史体系，到二十世纪后期又开始重写文学史。我们专业当时也要预流，集合力量重写文学史，也叫我们写，因为复旦有章培恒先生的《中国文学史》，北大有袁行霈先生的《中国文学史》，我们这边也应来一套周勋初先生的《中国文学史》。结果开了个会，由周先生来领头，各人分工，我被分配写明代的，幸好这事没弄成，因为我发现写文学史是最糟糕的。文学史推动了二十世纪乃至二十一世纪的文学研究，但是也窒息了文学的性灵。文学凭什么跟史学裹在一起？文学有时候是"千载一时"啊，是"心有灵犀一点通"，是临去回眸那一转，这才是文学！为什么要把它史学化？所以我曾讲，当今很多优秀的文学博士论文，都成了历史考据学的附庸[1]。你要多弄些文献，就容易得优秀论文，对吧？你找九十九种，我找一百种，就了不得了，全是引来的东西，这就变成大学问家了，中国的诸子之学这种"一家之言"到哪里去了？没有了，堆砌材料，窒息性灵，文学的史学化是一大弊端。

第二个就是学科建设带来的弊端。今天的学科是科学化了，也会窒息文学的性灵，因为文学本来是宏整的，结果被分得支离破碎。我也在做这类事情，我也在分，我们的论文很多都在支离破碎地分啊。这一块切了归我，其他的不问、不讲，也讲不清，做学问像割肉

---

[1] 拙撰《桐城文选·前言》："古人所言'圣人之情见乎辞'，'修辞立其诚'，皆为桐城文法所本，而其于文学修辞之功的重视，即使对当今文学论文常流为历史考据学之附庸，也不无启迪与警醒作用。"（凤凰出版社 2012 年版，第5—6页）

做菜，把好好的活猪分解成一块块的肉，好做菜，整体没了，生机没了。没有了活猪，都是死猪。今天城市的孩子画鸭子，画的经常是烤鸭，画鸡，就画个肯德基，真好笑。我儿子小时候画鸡，就画肯德基，他没看过活鸡，然后我带他到乡下去玩，带他回到我插队的地方去玩，你猜他最感兴趣的是什么？他就扒在猪圈边上看，又臭又脏又丑，还喜欢得很，一看几个小时都不动，就欣赏两个黑猪拱啊拱，兴奋之极，为什么？因为长期住在大城市，见不到活猪。我们的学科体系有点像城市功能的划分，科学、僵化，人们想返回自然了，返归自然才有活泼泼的生机。学科划分，在学术专业化方面有了建树，但却各成壁垒，失去了会通的精神。我们生在新学术的时代，也是"坑"学术的时代，各自挖坑，自种其苗、不顾其余。

第三个是理论先行。理论地位高啊，那文艺理论只研究理论问题，不就跟创作隔膜了嘛。研究诗的人会作诗吗？研究赋的人会写赋吗？教公文的人会写公文吗？大多都不会，当然也有会写的，大部分都是不会写了，失去了创作的土壤。当然不是要求研究必须要通创作，但反过来，创作都不通，研究是不是有点驾空行危？这叫隔靴搔痒。我们看过去时候，包括民国时期的人，先是文人，而后成为学者，哪个不是小时候都会创作，然后在学校读书、教书、教研，是先文人而后学者。现在倒过来，是先学者而后文人，治学到一定年龄了，也不求精深了，就开始反转搞搞创作了，写点小散文，写些回忆录，俨然文人了。可是这种创作不是与研究融织在一起的，是兴之所至，敷衍成文。研究与创作确实有相辅相成的关系，你做研究，做批评，一定要读作品，理解作品中的技法，这是我讲的一个非常重要的问题，部分融通于整体，"体物"实际上就是"体道"。

那么"体物"怎么样实现？跟汉赋的铺陈不同，"体物"的说法又可以同另外一个词结合起来，"清省"。玄学很注重"清省"，这个词在这一时期大量地出现，当是从自然的道体来看文章的"清省"，具有了玄学的意味。王弼注《老子》的"玄"："玄，物之极也，言能涤除邪饰，至于极览。"这跟"体物浏亮"有关，为什么"体物浏亮"要"涤除邪饰"？"清省"才"浏亮"，如果有杂质，怎么"浏亮"呢？所以"体物浏亮"跟"清省"有关。要有"清省"的创作思想，赋固然要辞章繁杂一些，但不能过度，魏晋时人反省汉赋的繁缛，才提出反对"冗长"的"清省"。陆机本人的创作怎么样呢？他自己创作的时候也有堆砌辞藻的现象，谁批评他呢？他弟弟陆云，这兄弟两个的书信很多，其中赋论也不少，可以看一下。陆云说他哥哥某篇赋好，某篇赋词太烦费了，批评说这叫掉书袋。学者作文写诗有一大毛病，就是掉书袋，他要显示有学问，必然要用典故，用典故弄不好就是掉书袋，因为文学的最高境界是自然而然的，把典故融会在非常"清省"、美丽的语言中，才是高手。等而下之才掉书袋，用一堆典故，疙疙瘩瘩，就像钱谦益的诗，不算最高境界。最高境界也不是大白话，什么典故都不会用，就像现在的"老干体"诗，有点像同音节的顺口溜，这样一来，文也不成文，诗也不成诗了。文学的高境界是用平常的语，藏丰富的典，用典故不是寻章摘句，而是你揣摩的时候融会贯通。陆云有时不满意陆机的赋作，批评他，关键也在"体物"如何得"体"，其中也包括了"清省"的思想。比如他批评陆机的《扇赋》有"不体"之弊，赞扬其《漏赋》"清工"[1]。

---

[1] 陆云《与兄平原书》："省诸赋，皆有高言绝典。……兄文自为雄，非累日精拔，卒不可得言。《文赋》甚有辞，绮语颇多，文适多体，便欲不清，不审兄呼尔不？……《扇赋》腹中愈首尾，发头一而不快，言'乌云龙见'，如有不体。《感逝赋》愈前，恐故当小不？然一至不复减。《漏赋》可谓清工。"

当然，批评哥哥的文章不能尽讲坏话，总要讲些好话，再挑点问题，又如出于另一篇《与兄平原书》中说的："云今意视文，乃好清省，欲无以尚，意之至此，乃出自然。"将"自然"与"清省"结合来赞美其兄的赋作，既是他个人的见解，也是一时的风尚。

说到"清省"与"体物"的关联，还可以看阮籍的《清思赋》，很有玄言意味。这时候特别重视一个"清"字，我们说"体物浏亮"跟"清"有关，又应联想到《老子》的话："天得一以清，地得一以宁。"从这"清"字，又可与"体道"联系起来了。"清"落实到文本上，就是一种清简。怎么才能清简？要"涤除"。我们的生活太复杂了，我们的思想太复杂了，就像居家，新房子刚住时还好，住时间久了，家中物件就又多又杂了，乱七八糟的东西太多，都没地方放脚。于是我发现有件极有快感的事，就是甩东西，记得有个大桌子舍不得甩，犹豫很长时间，后来一甩，屋子空旷了，人也高兴了，这也叫清简。老子就讲要"涤除"，你们要学会"涤除"，只有经过"涤除"的功用，才有"玄览"的境界[1]。

文章包括赋的"清省"，是要经"涤除"才能达到的。我曾在课堂说，你们书不是读少了，而是读多了，往往学习学不好，工作做不好，就是韩愈《进学解》讲的"贪多务得，细大不捐"，这是做学问最大的毛病。不要以为"贪多务得，细大不捐"满足了占有欲，即使是"焚膏油以继晷，恒兀兀以穷年"也没有用，"涤除"杂书、杂事、杂念，才好。魏晋玄学确实给了我们智慧，"体物浏亮"隐含着一种"涤除"的力量，才达到了"清省"的境地。我们今天讲学生读书要减负担，

---

[1]　按，《老子》"涤除玄览"之"览"，一作"鉴"，帛书甲本作"蓝"，乙本作"监"，即古"鉴"字。《淮南子·修务训》："执玄鉴于心，照物明白。"

这是从陆九渊来的，陆九渊谈治学，就明确提出"减担"。学问就要"减担"，负担太重了，什么圣人贤人，把我们压得要死，还怎么做学问，还怎么做人？我本身就是圣人，我本身就是贤人，我要那么多孔夫子压在头上做什么？满眼看去，街上都是圣人，"涤除"了，心结解了，你就愉快前行了。只要你尽量做好事、不做坏事就行了，很简单，何必下多大决心、花多大精力去修炼。外在的累赘"涤除"了，内在的自我得以重现，很好，很快乐，就这么回事，很简单的道理。陆九渊的伟大就在这个"减担"。他自己学问做了不少，但他叫大家"减担"，也是良言哟。

让我们还是看看阮籍的《清思赋》，他以"清虚寥廓"阐体道之义，以"泰志适情"明言志之旨[1]，同样内含了"体物"的义理。因为"体物浏亮"，不仅在"体物"，还要"浏亮"，这就与文章技法有关系了。大家要注意，在"体物"的同时，人们对文章技法的强调开始出现，汉以前，包括汉代，是不谈什么技法的，主要谈功用。就是被大多数人认同为汉末的《古诗十九首》，也只是情真意深，不考虑多少技法问题。到魏晋时候就不同了，人们开始讲究技法，可以从技法层面谈怎么"清省"，怎么"浏亮"。陆机《文赋》里面有一句话，叫作"立片言而居要，乃一篇之警策"，"片言"就"警策"，太神奇了。据说王勃当年写《滕王阁序》，是自己凑上去写的，主人不高兴，认为他太年轻了，那开篇写的"豫章故郡，洪都新府"，这不重复吗？什么"豫章""洪都"，不都是今天的南昌吗？就像我们写个"白下"，再写个"金陵"，还写个"建业"呢，不都一回事？接着"星分翼轸，地接衡庐。襟三

---

[1]　阮籍《清思赋》："微妙无形，寂寞无听，然后乃可以睹窈窕而淑清。……夫清虚寥廓，则神物来集；飘飘恍忽，则洞幽贯冥；冰心玉质，则皭洁思存；恬淡无欲，则泰志适情。"

江而带五湖，控蛮荆而引瓯越。物华天宝，龙光射牛斗之墟；人杰地灵，徐孺下陈蕃之榻"，主人都不稀奇，直到"片言""居要"出现了："落霞与孤鹜齐飞，秋水共长天一色。"主人才拍案叫绝。这就是所谓的"警策"。

陆云曾讲陆机赋"不见出语"，"出语"是那时候的一个术语，其实陆机也重视这一点，刘勰《文心雕龙》也有类似说法"秀句"[1]，这与当时提倡"警策"切合。你写的文章没有精彩的句子，叫作"不见出语"，写得好，需要"出语"。就像你找工作一样，你试用期没给人看到本事，我要用你做什么？你总要给我一些亮点。文章"出语"就是亮点，用现在的话叫"秀句"，就像贾岛讲的"二句三年得，一吟双泪流"（《题诗后》），"秀句"出现了。陆机《文赋》里面讲的"立片言而居要，乃一篇之警策"，这才是"浏亮"的特点，闪亮，给大家一看就是好文章。有"出语"，要"警策"，是针对比如汉大赋的繁芜之病，所以特别强调这一点。我们今天写论文也是的，你一开篇就写得极繁杂，堆砌文献，看得人乌头糟脑，谁还用？有的文章蛮好玩的，文字写得不错，却都是废话，这样的论文也不好改；有思想的论文，即使写乱一点，好改，因为它毕竟有"警策"的东西在。你的文字再流畅，写得很平整，缺少思想，等于一句话没讲。这说明"警策"也好，"出语"也好，"秀句"也好，是有内涵的。

魏晋人反对赋写得太过繁芜，是对汉赋的一些写法的放弃，才强调"出语""警策""秀句"。这"秀句""出语"后来影响了诗歌创作

---

[1] 刘勰《文心雕龙·隐秀》："凡文集胜篇，不盈十一，篇章秀句，裁可百二。"范文澜《文心雕龙注》引录"出语"云："陆士龙《与兄平原书》云：'《祠堂颂》已得省，然了不见出语，意谓非兄文之休者。'……所谓'出语'，即秀句也。"

领域，在赋的领域中间反而少了。赋创作再次强调"秀句"，要算唐宋时代的科举闱场赋了，说某句特别好，因为批卷子都要圈点。到明朝大量的评点出现，从哪里来的呢？可能就是从唐宋批卷子来的。可惜批卷的东西丢失了，如果找到，评点学应该是从考官开始的，评点考生的考文，然后引申为评点司马迁的文章，五色圈点成了大学问，实际上不是个学问，就是批点。当然，这闱场程文的批点也会影响外围的创作，或者说是同步发展的。比如诗歌，唐人就极重"秀句"，杜甫也是"读书破万卷，下笔如有神"（《奉赠韦左丞丈二十二韵》），下笔怎么如神呢？"毫发无遗憾，波澜独老成"（《敬赠郑谏议十韵》），"花蕊上蜂须"（《徐步》），花的小叶片掉到蜜蜂的胡须上，你看多细多微啊，真是"秀句"，杜诗的伟大不一定非要看"波澜独老成"，还要看"毫发无遗憾"[1]。我想，每一个理论的"出语"都与整个文学史的演变有联系，"体物浏亮"是与文学发展同步的，其中有关"出语""警策"的问题，实与创作论密切相关。

最后谈谈"体物"与"征实"的关系。"体物"要求实，求实当然先有物，而"征实"是这个时期的文学的基本要求。大家可以从诸多文献材料中参照阅读，进一步认识《文赋》的"体物"。为什么"体物"与"征实"相关？只有从实体中才能"体"出道理来。通过物来认知其中的道理，和通过情来认知其中的道理，是一样的，都是通过一个对象反观心灵。状物的比如《鹡鸰赋》《大鹏赋》，专咏物；专咏情的

---

[1]　蔡梦弼《杜工部草堂诗话》引《吕氏童蒙训》云："陆士衡《文赋》：'立片言以居要，乃一篇之警策。'此要论也。文章无警策，则不足以传世，盖不能竦动世人。如杜子美及唐人诸诗，无不如此。但晋、宋间人专致力于此，故失于绮靡，而无高古气味。子美诗云：'语不惊人死不休，'所谓惊人语，即警策也。"（载张忠纲编注《杜甫诗话六种校注》，齐鲁书社 2002 年版，第 113 页）

呢，江淹有《别赋》《恨赋》，《别赋》开篇写"黯然销魂者，唯别而已矣"，然后写怎么"别"，夫妻别、情人别、君臣别等等，铺展开来，说明道理。一个物体可以写赋，一种情绪或一点情感也能写赋，后人不仅写别与恨，还写《愁赋》《悲赋》《怨赋》，清代的袁枚还写了篇《笑赋》，各种各样的笑，情不自禁的笑、微微一笑、张口大笑，都能作赋了！因为这是真真实实的东西，不是仅仅为了写赋，而是透过辞章来谈人情物理，这才是魏晋赋的功用。到左思，他虽然模仿汉大赋写出排比的作品，但是他在赋序中讲，汉大赋排比是比较虚的，我是"征实"的，我要作品能够"稽之地图""验之方志"（《三都赋序》）。

不管"稽之地图"还是"验之方志"，是不是赋创作的高境界或者高水平，难讲，但"征实"是当时的求实文风，可参看顾觊之评张融《海赋》，说这《海赋》怎么样？可惜没写盐[1]。《海赋》要写盐，是"征实"的特点，这虽然只是一个话头，可话中有它的含意，"征实"也显现于其中。"体物"与"征实"相关，不同于汉人的致用型传统，汉人也求实，但是他们没有将物理渗透其间，到魏晋时候显然渗透了。除了进一步地渗透到物理，魏晋人唯恐大家不能够理解他写的东西的真实性，赋注也应运而生。有注他人的赋，有自己注自己的赋，构成一批评形态。过去没有赋注，到魏晋才出现赋注，自注有谢灵运的《山居赋》，他这个赋注本身也是很有价值的。我曾有一讲就专门讲赋注[2]，也写过专门的文章[3]。当时人注前人的赋，比如有注《五都赋》的，

---

[1]　《南齐书·张融传》载："（张融）于海中作《海赋》……文辞诡激，独与众异。后还京师，以示镇军将军顾觊之。觊之曰：'卿此赋实超玄虚，但恨不道盐耳。'融即求笔注之曰：'漉沙构白，熬波出素。积雪中春，飞霜暑路。'此四句，后所足也。"

[2]　详参《赋学讲演录（二编）》第七讲《赋注》。

[3]　参见拙撰《论赋注批评及其章句学意义》，《中国韵文学刊》2011年第4期。

虽然多半文献丢失了，可是赋加注是做什么？是"征实"。这个时代的求实，这一点是与"体物"相关的。

陆机的"体物浏亮"说，是赋学批评史上值得思考的一个理论节点。我想特别强调一下，这是一个非常有意思的转折点。我们今天特别重视刘勰的《文心雕龙》，这实际上是个大杂烩，虽然这书非常了不起，甚至被称为前无古人、后无来者，但我却有两种怀疑。一个是有很大量的赋集、文集在他的编著前面，甚至已有提要类的文字，可惜丢失了，比如赋集，当时梁武帝就编有《历代赋》，掉了，谢灵运有《赋集》，也没了。另一个是它每一篇文字都很了不起，如《诠赋》，理论性很强，但却有点综合别人的味道，是杂烩。当然他不失为大家。什么是大家？一是开天辟地，还没人讲，你突然发明一个"论"出来了，成了大家，就像爱因斯坦的相对论；一是总汇或总结前人，这综合能力也很重要，《诠赋》就是这样的。所以我在《中国辞赋理论通史》里有关刘勰那一段，写得比较慎重，不能把他拔得太高，也不能贬得太低。据我的分析，刘勰以《诠赋》篇为中心的赋论，受到晋人赋论的三条线索的影响：第一条线索就是陆机的"体物"论，这是刘勰的第一个资源，《诠赋》的"体物写志"由此而来；第二个就是皇甫谧的六义说，皇甫谧把六义说引入赋域，刘勰承其说也非常明显；第三个就是皇甫谧的学生挚虞的"古诗之流"以及"今赋"的说法，出现了"古赋"和"今赋"的对应，这也被《诠赋》所容纳。后来我把这个思路理了一下，写了一篇文章，在四川的《社会科学研究》杂志上发表[1]。刘勰是大家，不容易写，我只写过这一篇，还是重点梳理他赋论思想的来源，力求客观一点，而"体物"论确实是他赋论的重要

---

[1]　详见拙文《刘勰赋论及其赋学史意义》，《社会科学研究》2016年第2期。

支柱之一。

随着时代的发展，"体物"越体越细，到元人陈绎曾的《文筌》，提出了七种"体物"的方法，包括"实体""虚体""象体""比体""量体""连体""影体"等[1]。这都与科举考赋有关，更趋向技术化了。由于科举考赋，对"体物"要求的精细化也值得注意，清人说唐人的赋作"体物最工"[2]，指的是唐人的律体小赋极精细的"体物"方法。唐人诗也可以说"体物最工"，注意"秀句"，讲究"警策"。如果说前天那大月亮能够通过文本展示，写得比我们看到的或者相片拍的要好，那该怎么写呢？写一缕月光、一轮明月，是不行的，要想写得精彩，得按律赋的写法，要细腻，要微妙，要可见、可触、可感，还要烘托、比兴，才好。晚清的时候，一位叫李元度的，编了一本《赋学正鹄》，里面就有专门一类叫"细切类"，写赋怎么"细切"？"细切"特指一类，是风格，也是技巧，要精微而妙。赋怎么写得精微而妙？不仅要写得细小，而且要小中见大、物中生情，这才是"体物"论的一个基本特征。当然，魏晋创作者未必就能真正贯彻"体物"论，就像庄子未必能真正贯彻他的"齐物"论，到唐代以后对"体物"论的贯彻，恐怕更加细密且精彩了。这就是赋史的变迁和发展，也是赋创作与赋批评的交替与衍化。

好，这是第八讲，就讲到这里。

---

[1]　相关论述，详见拙撰《汉赋"象体"论》，《文学评论》2020 年第 1 期。

[2]　清人汤稼堂《律赋衡裁·余论》："唐人体物最工，么麽小题，却能穿穴经史。林滋《木人赋》云：'来同避地，举趾而根柢则无；动必从绳，结舌而语言何有。'……陈章《艾人赋》云：'当户而居，恶莠言兮结舌；负墙而立，甘菜色以安身。'……字字典则，精妙无双。"

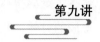

祖骚宗汉

这是第九讲，今天讲一讲"祖骚宗汉"。关于这个话题，很多人讨论过，我自己就发表过两篇文章，一篇收在 2013 年中华书局出的《赋学：制度与批评》里面，文章名叫《元人"祖骚宗汉"说考述》。这篇文章是因要出周勋初先生八十诞辰纪念文集，我们专业每人要写文章，当时就写了这篇文章，周先生八十诞辰的纪念会比较有纪念意义。记得那年还写了一幅字送给周先生，写了八首诗，叫《八咏歌》，写了周先生八部著作。因为是八十寿辰，所以总共写了八首五律，当时在《南京大学报》上发表的，后来广州《诗词》报上也发表了，记得是分两期发的。周先生刚刚出了一本治学经验谈，装帧很漂亮，书中谈到我的时候，他就把《八咏歌》附在了后面[1]，证明他对这八首

---

[1]　详见周勋初《艰辛与欢乐相随：周勋初治学经验谈》，凤凰出版社 2016 年版。附拙撰《八咏歌》，一咏《九歌新考》："华章生楚国，解说更相亲。三姓多恩泽，九歌一曲新。东皇云雾散，河伯故名申。读罢明心志，南庠又是春。"二咏《〈韩非子〉札记》："儒法争锋日，群贤竞辩才。泊兮其未兆，隐秀待春开。昭昧申韩义，钩玄解老材。东方三国志，西帝望仙台。"三咏《中国文学批评小史》："道小何须大，家肥国自肥。文心崇简妙，史笔破幽微。（转下页）

诗还是首肯的。我还记得当时卞孝萱先生看到说，这八首歌真好，我说八十寿辰写八首，九十寿辰九首，百岁寿辰就十首，卞先生您一百寿辰的时候，我一定写十首贺诗。言犹在耳，卞先生八十六岁那年就返归道山了，很遗憾。这是第一篇文章的故事。第二篇文章刊发在《社会科学战线》2012年第7期，名叫《元明辨体思潮与赋学批评》。历史的学问也随着现实的制度转，虽然写的是历史，却与现实关系密切。今天的话题就是由这两篇文章生发的。

"祖骚宗汉"是从元朝到明朝出现的一个非常明确的赋学批评话语，这也是赋学批评史上的一个理论节点，有着比较深刻的内涵。我常想，在学术研究过程中看到某一观点或思想出现，你就要把它当作一个节点，认真研读，把握住。所以我在《中国辞赋理论通史》的结项报告里就讲到关注文学发展的历史节点问题，这也是我撰写赋论史的重要的理论依据之一[1]。这个节点在这个时代出现，但不仅仅属于这个时代，要通过这个节点上溯下达，才能做出比较系统的认知。当然首先是在这个节点切入，我们写论文一定要从某个问题切入，切入了以后你再进行思考。我们可以先看看相关批评文献，比较明确提出

（接下页）片语常居要，千秋尽入围。外邦争译介，异域竞芳菲。"四咏《文史探微》："汉唐称盛世，魏晋亦多文。三派成新论，折衷逐暗云。咏怀明阮志，立贱述曹君。更有刘公梦，重言自解纷。"五咏《诗仙李白之谜》："诗坛奇崛境，太白谪仙人。侠骨通夷夏，悲风起外姻。微茫思坠绪，奥妙出艰辛。若问其中味，一支笔有神。"六咏《当代学术研究思辨》："开卷馨香至，如观翰墨林。显彰明本位，考镜说诗心。一代文章胜，千年雅颂音。通才缘博识，安辨古与今。"七咏《唐诗大辞典》："禹域称诗国，唐音大典成。条分工具用，品藻匠心衡。古调群贤奏，新编一卷精。欣然予亦在，附骥得彰名。"八咏《册府元龟（校定本）》："忆昔辛勤甚，同怀共济情。十年磨利剑，千卷曜书城。捷报频传至，奖居特等名。元龟呈盛世，美誉寿先生。"

[1] 有关论述，详见拙撰《对几个赋论范畴的历史思考》，载《中外文化与文论》第42辑，四川大学出版社2019年版。

这个问题的是祝尧《古赋辩体》。在中国古代赋学论著中，祝尧的《古赋辩体》非常重要，它的出现和一些主张是一个历史节点。

从大体上看，中国赋论经历了早期的"明体"，比如魏晋南北朝时候，文学批评应处于总结前人创作而明确体式的状态，刘勰讲"曲昭文体"，那就是要把体搞清楚，什么叫赋，什么叫诗，是诗我就《明诗》，是赋我就《诠赋》，都是为了"明体"，彰显这个"体"。随着体的意识的发展，文人创作大量出现，文人有创作的自由，你想我们写东西，也不可能只写赋，不写诗，又不写词，对不？当然你的知识含量有你的特点，比如我研究赋肯定多一点，但是我也还喜欢写别的体呀，文学的面是很广的，也不可能限于某一个体。你在创作的时候，如果你研究赋多一点，或者喜欢赋多一点，也许你运用赋法比较多，你写诗的时候也许意境不够婉转，但是你能铺陈，就像杜甫早期好赋，然后他就写了一些擅长铺陈的古诗，铺陈对他一生的诗歌创作都有影响。再比如写词要"要眇宜修"，但是我用赋笔写，那就写慢词好一些，有时候你看人家喜欢写慢词，可能是与赋有关。我有一次去福州讲学，有很多学友伴随游观，回程写了首《莺啼序》记事[1]，张宏生老师见了很赞美。《莺啼序》是四阕，他是词学大家，但他说他都不大敢写。我说用赋笔就铺嘛，只不过不重复字就

_____

[1] 此指拙撰《莺啼序·闽中行纪》："初寒豁蒙简澹，踏云天雾路。闽中去、飞入榕城，福建师大谈赋。晚灯暗，空灵婉丽，虹光透雨朦胧布。对群生、弦荡春情，笑颜心素。　话说相如，渴疾病魔，却琴音际会。卓王氏、新寡文君，夜奔宵遁寥赖。极穷时，当炉佣杂，运转至、千金安泰。又逢迎、惊帝宏篇，伴从华盖。　三坊七巷，则徐林公，禁烟行一伟汉。尽目处、觉民妻子，涕泪阑干，梦接飘鸿，羽轻声断。孤山石刻，绵延衢傍，商家清告，风流全被蹉跎掉，蓦欣然、国货行坡赞。围楼耸立，歪斜顺裕村头，静观半月峨粲。　亲朋把酒，校友同欢，燕语腾席上。莫怅望、昆仑虽远，泰岱盈秋，柳岸青溪，几人邀赏。平常度岁，何曾羁客，西江东海神怪逐，品诗词、荒忽精魂爽。年年新树葱葱，应约晴川，镜前白颔。"

是了。赋可以重复字，词不能重复字，检查重复字的时候很困难，看着看着又看漏了，再检查一次，仔细推敲。能写《莺啼序》，应该有些赋法吧。一个写作人的知识含量是和他的研究有关的，我们研究古人也要做这些考量。

到唐宋时代，我们进入了一个文人化时代，中国文学史讲文人化，连绘画史也讲，唐宋进入了文人的绘画时代[1]，题画诗也应运而生，文人占驻了文本写作的主导地位。到了宋代，文房四宝登上了舞台，题画作品也多起来了，各类文人画的鉴赏也多起来，因为没有文人画，哪谈得上题画的趣味？所以这又跟书斋有关系。文学到宋代以后，你们一定要关注书斋文化、书斋文学，文学进入书斋了，跟唐代又不同了。唐代为了科举考试，士子要漫游，要到大自然去找创作的灵感，因为他们要投行卷、纳省卷。宋代科举考试就不要漫游了，是一锤定音的考试，这时又出现了考官们（出题人）圈在一起的锁院文学，就是把考官"锁"在一起，像我们出高考卷子关到黄山、庐山一样，这一关就关出了唱和诗，关出了锁院文学，互相比才、斗巧，到后来斗巧越来越厉害，就是闲得没事。要是整天饭都吃不饱，还斗什么巧？只能"朱门酒肉臭，路有冻死骨"，怎么可能慢慢斗巧？文人化，斗巧就越来越多了。顺着这样发展下去，文人是多方位的，他什么都写，祝寿的时候就要写祝寿诗，庆贺时就写庆贺诗，丧吊时就写丧吊诗，写碑铭还要诔墓，韩愈就尽做这种事，拿人家钱不就要讲好话，所以都得写。文人是多方位的，虽然只是个文学，却全面得很，牵扯到方方面面。于

---

[1] 按，《中国画学全史·自序》将中国古代绘画分为四大阶段，汉代属于"礼教时期"，而自魏晋以迄明清，以"唐朝"为交界点，区分为"宗教化时期"与"文学化时期"。详见郑午昌编著，黄保戊校阅《中国画学全史》，上海书画出版社1985年版，第3—5页。

是我们发现文人要有基本的素养，知识面要广，他要写方方面面的东西，就要从方方面面汲取，方面一多，就容易交通，诗就有了赋的因素，赋就有了词的趣味，这就构成了一个交互的问题。

有关交互，如以诗为赋、以赋为词，是"破体"[1]，也是跨界了。比如我喜欢赋，我写词喜欢写慢词、喜欢铺，结果也必然出现这类现象。"破体"为文，是从唐代到宋代最常见的现象，开始是为了创新，大家都喜欢"破体"，杜甫"以诗为文"，韩愈"以文为诗"，后来"破体"就变成一种风尚了，也成为一种变革，更是一种创新了。科技界的创新，有时也只不过类似我们说的"破体"而已，把人家别的东西挪过来，改变一下，一个新公司新创造就出来了，创新未必都是原创。"破体"给大家带来很大的启发，也推动着文学史的发展。这种"破体"为文，到了科举考试的时候，又出现了程文互通。程文就是格式化的文，科举考试有时候重策，有时候重说，有时候重论，有时候重诗赋，比如说宋代的时候，科举考试早期重策，策论，然后又维护"诗赋取士"方式，结果诗赋的策论化现象就非常明显了。你看宋代的诗赋擅长议论吧？他为什么会议论？再结合唐代试赋，已经"破体"为文了，但唐代的律赋还比较芊绵，比较抒情。宋代试赋大不相同了，抒情少了，比如描写小青草的"青青河畔草"，这种少了，宋人是要从草里头生发出什么力量来议论一番，这种议论，从某种程度上看，就是以策论为赋，是"破体"。考官喜欢这些议论，从议论中来看你有没

---

[1]　"破体"原是书法术语，徐浩《书法论》："钟善正书，张称草圣，右军行法，大令破体，皆一时之妙。"戴叔伦《怀素上人草书歌》："始从破体变风姿。"唐人已好以"破体"谈诗文，如李商隐《韩碑》"文成破体书在纸"，李颀《咏张諲山水》"小王破体闲文策"，韩偓《无题》"情通破体新"。宋人陈善《扪虱新话》："以文体为诗，自退之始；以文体为四六，自欧阳公始。"

有思想观点等等，或者通过议论看你有没有"器识"，这样"破体"就形成了。"破体"为文也形成了一个时段的文学书写，唐宋时候既有遵循文体的书写，也是一个"破体"的时代。"破体"到中唐以后风气尤甚，比如韩愈等倡导古文运动，很多创作都是"破体"的，韩愈的《南山诗》就是典型。杜、韩到宋代被推尊、被歌颂，实际上他们好多文章是"破体"而为，并不纯粹。"破体"时间长了，又变成体的发展，所以到了宋代，因"破体"而产生了辨体的思想，"破体"破得太乱，也就无所适从了。

其实文人创作也不需要有所适从，从文学批评来看，却需要规范，创作与理论往往是矛盾的。说句老实话，创作就该自由挥洒，什么赋不赋，我用诗来写赋有什么不好？用婉转词心来写赋也行呀。我用写论文的方式来写赋，比如写赋开头老套了，忽然我要来个论文式开篇，也能创新。有一天，一位八十多岁的黄姓老先生跑到我办公室来，说要我为栖霞中学写篇赋，这中学的前身是他父亲创办的。长者相请，不好意思呀，就写了，无非是歌颂一番，学校怎么有历史，领导怎么有方，应承文章，没什么创新，但组织辞章就可以变体了。于是我在开篇改变惯用的骈对形式，用论文方式写，"破体"为赋了，不再是什么"豫章故郡""洪都新府"了，不要这样老套的对仗，来它个突兀而起，就是"《易》云'观乎人文，以化成天下'，《礼》曰'建国君民，教学为先'"，然后再铺陈什么"昔尼父设杏坛授徒，振衰起废；亚圣养浩气育才，继绝赓前"等等，[1]一气呵成，自己写得很畅快。我这是创作，随心所欲，但从批评来看，麻烦了，这算什么

[1] 详见《赋学讲演录（二编）》附录二《讲述人辞赋创作选辑》，北京大学出版社 2018 年版，第 359 页。

赋？是什么体？是文赋、律赋、俳赋？批评有模式、有套路，不形成模式，批评就无所定准。大家做研究，有时候很辛苦的，你要把它模式化，做个模子往里套。我在农村盖过房子，砖头买不起，就用泥掺些碎稻草，搅和得硬软适度，咚咚咚往木制模子里压，一压再一脱，就成了一块土坯，那叫模子套砖，土砖，然后就盖房子了。这些我做过，木工也做过，什么形状，什么要求，你必须遵循，很类似写文之体的范式。

批评是一个规范。怎么规范？"破体"力量特别强大的宋代，恰恰是关注辨体问题的时期，祝尧说宋代诸公多辨体，就是讲宋人开始辨体批评了。这辨体到南宋时候更明显，从晁补之到朱熹，对楚辞的辨体，对《诗经》的辨体，那是很系统的了。宋人多辨体，却没有形成真正的辨体著作，真正形成辨体著作、到今天还保存下来的，最早的就是祝尧的《古赋辩体》。赋的辨体理论在赋域的体现，代表文学的一种辨体思潮的总结，或者是一种新的开启，这是很有意思的现象。赋的批评在文学批评史的前期很重要，中间衰落了，而在元明时候又变得很重要。我经常讲赋的批评是马鞍式的，唐宋时候是比较衰弱的，因为那是诗歌的时代，纯粹文人才情的时代。赋论从汉代到魏晋南朝是个高峰，然后到元明清再来一个高峰，而在元明时代这个节点上，其批评的主旨就是辨体。《古赋辩体》是这一阶段的标志性成果，辨体中的核心赋论史观，就是"祖骚宗汉"。

"祖骚宗汉"作为一个标志性的口号的提出，当然属于祝尧，但这种命题的出处又源于宋人，是祝尧把它确立而固化了。他在《古赋辩体》中论及这一理论时，第一则就引录了宋人宋景文公也就是宋祁的话："《离骚》为词赋祖，后人为之，如至方不能加矩，至圆不能过规，则赋家可不祖楚骚乎！"这是"祖骚"之说，然后他又赓续提出"宗汉"："自汉以来，赋家体制大抵皆祖原意。"当然"祖骚"是最重要的。然后讲到"两汉体"的时候阐述了"宗汉"的重要性，他把《诗经》的义理融织进来，把汉人的辞赋创作融织进来，然后再把六义的思想彰显出来，最后再下了个断语："心乎古赋者，诚当祖骚而宗汉。"[1]这就讲得很明显了，古赋必须"祖骚而宗汉"。这个口号提出来过后，我们从文学史的大思维来看，汉代以前尤其是汉代，文章是做什么的？赋是做什么的？是"讽"或是"美"，对吧？"美刺二端"都是做什么的？到了皇甫谧、挚虞、刘勰、萧统他们编赋论赋的时候，他们也要考虑赋是什么，为什么《文选》前几卷都是赋，后面才是诗？有了体，再看作家的具体创作，他们分类列举了很多的作家，也具体评述了主要作家的创作。比如刘勰《诠赋》讲到汉代"十家"，又讲到"魏晋之赋首"的王粲等[2]；用八个字或者四个字、五个字概括那些创作的文本，什么"品物毕图"，什么"繁类以成艳"，评点赋家作品的风格或技巧，有些见解，但不细致，笼统得很，比如讲扬雄的《甘泉赋》是"构深玮之风"，为什么？刘勰没说，评论很不全面，只是概括性的。这说明什么？说明品鉴赋作并不是他们批评的重点，而是想通过这些作品让读者知道：赋是什么？他们强调赋体是什么的时候，才把这些作家列出来作为一个样板，都是出于"明体"的需要。

---

[1]　《古赋辩体》卷三《两汉体序》："古今言赋，自骚之外，咸以两汉为古，已非魏晋以还所及，心乎古赋者，诚当祖骚而宗汉，去其所以淫而取其所以则可也。"

[2]　刘勰《文心雕龙·诠赋》："观夫荀结隐语，事数自环，宋发巧谈，实始淫丽。枚乘《兔园》，举要以会新；相如《上林》，繁类以成艳；贾谊《鹏鸟》，致辨于情理；子渊《洞箫》，穷变于声貌；孟坚《两都》，明绚以雅赡；张衡《二京》，迅发以宏富；子云《甘泉》，构深玮之风；延寿《灵光》，含飞动之势；凡此十家，并辞赋之英杰也。及仲宣靡密，发端必遒，伟长博通，时逢壮采；太冲安仁，策勋于鸿规，士衡子安，底绩于流制；景纯绮巧，缛理有余；彦伯梗概，情韵不匮；亦魏晋之赋首也。"

随着文人化进程，效仿的创作多起来，就模式化了。扬雄曾经讲过怎么写赋，要先读千赋，然后为赋，读了一千篇赋，你自然就能写赋了。道理很简单，就是要熟悉赋的模式，熟悉赋的结构，熟悉赋的章句，熟悉赋家的创作方法，在模仿中创造，在创造中模仿。在批评史上，复古与革新只是在理论上对文学创作的模仿和创造的一种书写而已，复古中间也有革新，革新中间也有复古。说复古派，往往就是革新派，要将其置放于文学的时代背景下，加以具体的分析。随着文人化的进程，文集、赋集的编纂也多起来了。早期是以史载文，后来文集自成，为什么《后汉书》不选张衡的《二京赋》，而只录《思玄赋》？《二京赋》文字太多史书载不了，是一个原因；还有一个原因，它是模仿班固的《两都赋》，而《思玄赋》更有创造价值。这就不是落实到张衡一个人，也不是落实到班固一个人，而是落实到这篇作品了，落实到这篇作品的价值。我们要跟哪个学？不是说我学班固，不是的，你要学班固，可以学他为人，学文你就要学他具体的作品，你究竟学他的《幽通赋》，还是学《东都赋》，还是《西都赋》？要落实到作品，我们学习作赋要落实到名家名作。这样一来，赋不能满足创作的需要了，不管是文人赋也好，科举赋也好，我们关注的一个焦点出现了，就是赋怎么写。

赋究竟怎么写？要树立赋的作品为样板。到唐代以后，作品的样板性更强，甚至于赋中这句话怎么写、偶句怎么对，于是赋谱就出现了。你看唐代无名氏《赋谱》中就有三字句、五字句，短句、长句，还有隔句，轻隔还好写些，重隔那可是长句了，难度较大。赋怎么写的思想进入唐宋时代，是一个非常明显的创作的规范，在技术层面上的示范。这种规范是很琐碎的，就像教小学生做作文，从字句做起，然后再谋篇，如何用华丽的语言，如何突出中心思想。于是很多赋论都被归入童蒙读物里面去了，比如陈绎曾《文章欧冶》，现在我们把它视为一部重要的文话，实际上就是教人写东西的，甚至是教小孩写文的规范教材。你看那些童蒙读物，里面教人怎么写诗、怎么写赋，文学的批评都到这里面去了，非常形而下，赋的"体国经野，义尚光大"到哪里去了？赋的宏阔的精神到哪里去了？赋家的自以为是到哪里去了？没有啦！

文学的批评走到这一步，似乎穷途末路了，于是有学者为之警醒，到总结前人创作的时候，又回过头来考虑，在琐碎中理出批评的头绪，其中就包括辨体理论，而元明时期的辨体思潮，正对应着由赋怎么写再回到赋是什么、赋做什么的理论思考。读一篇赋的作品，它必须首先是赋，然后再考虑赋要做什么。汉人的那种经世致用思想又回归到具体的创作中，过去"体国经野"有点形而上，后来赋成了考试文体，是形而下，或者一篇文人的赋作就是自得其乐，没有什么很强烈的理论建树欲望。但对作品解析，又必然牵涉赋是什么的问题。首先，赋是赋体。是好赋还是差赋？赋写得怎么样？够不够我们做样板？而后再回归，他写赋有没有什么功用？功用怎么样？在这一连串思想的指导下，再反观赋怎么写，很显然，这个示范就跟《赋谱》式的示范不同了。于是乎就出现了辨体，辨古赋体，辨律赋体，辨非古非律体，辨出了一个理论思想，"祖骚宗汉"。这就很简单了，什么是好赋？它必须要"祖骚""宗汉"。如何达到这样的创作标准？以情为本的情、辞、理合璧的三位一体理论出现了 [1]。过去就重汉赋的情、

---

[1] 祝尧《古赋辩体》卷八《宋体序》："愚考唐宋间文章，其弊有二：曰俳体，曰文体。为方语而切对者，此俳体也。……后山谓欧公以文体为四六。但四六对属之文也，可以文体为之，至于赋，若以文体为之，则专尚于理而遂略于辞、昧于情矣。"

骚体的情，后来汉赋铺开来，把这个情散漫掉了。刘勰分《诠赋》《明诗》，而钟嵘《诗品》把骚归于诗。这两人的观点不同，因为钟嵘是为了追源头，是由流溯源，就是立品，所谓"其源出于《国风》""其源出于《小雅》""其源出于楚辞"，所以骚必然归于诗体。而刘勰把《诠赋》与《明诗》分开，明确赋是什么，必然使赋游离于诗，而骚又是赋的前身，那么骚也就介乎诗、赋之间，有时分离，有时被纳入赋域。所以从赋来讲，到了提出"祖骚宗汉"的时候，这个命题就不是简单的一说，而是有系列论述为之支撑的理论现象。

"祖骚宗汉"这一理论现象联系着一系列的批评话语，是立足于辨体的角度再来明体，再来看赋的功用，由此构建赋的经典。比如说他们开始了一系列批评，品评汉赋多"虚辞滥说"，晋人赋过于细微，唐人赋太拘泥于声病，这一系列的批评就是以"祖骚宗汉"为目的，他们批评作家与作品，树立赋家与赋作的典范，都是以此为中心而展开的。元、明两朝，持辨体批评观者甚多，但较早且最典型的还是祝尧，明人就反复引他的话，动辄"祝氏曰"或"君泽曰"，祝尧是江西人，字君泽。明人用他的评赋语用得很多，比如吴讷、徐师曾，都在引他的话，然后自己再加点新见解而已[1]。还有一个许学夷，论诗也以辨体为名，都继踵祝尧。什么《文章辨体》《文体明辨》《诗源辨体》，构成了一个较为完整的系列，形成了在此前少见的批评风气，而这种批评正是从宋人好为辨体的思维方式慢慢而来的。一旦形成风气，就成了一个重要的批评节点。

---

[1]　如吴讷《文章辨体序说》论"赋"，于"两汉"，引"祝氏曰"，后以"附录"陈己见；于"三国六朝"，全引"祝氏曰"；于"唐"，引"祝氏曰"一段话语，仅末加"学赋者其致思焉"七字；于"宋"，引"祝氏曰"一段文字，后加"观于此言，则宋赋可知矣"一语。

"祖骚宗汉"的批评风气的形成，我们可以从两方面来考虑，一个从现实的层面考虑，一个从历史的演变考虑。现实的层面是最强大的层面，有些类似我们讲的文学背景，而这个背景里最强大的莫过于制度，人创造制度，制度反过来约制了人，制度决定我们的很多行为和思想。你们选修我的课，要拿这个学分，也是制度吧？还不够，要写个作业交给我，好给你们分数，好毕业，就是制度吧？你们发文章也是制度要求的，写博士论文也是制度，你能逃脱制度吗？好了，元朝的制度是什么呢？这里头牵扯到一个非常重要的考赋制度，详细情况我在以前讲"考赋"时已说过[1]，这里就不多强调了。这考试赋制度就要有一个规范性，从唐代到宋辽金，闱场都是律赋考试的传统，元人反对闱场考赋太重声病而忽略了情感和思想，元朝就改变制度，先不施行科举考试，后来恢复了，又不考律赋，改考古赋，所谓元人"变律为古"，这就是制度。为什么复古的文学产品多起来，复古理论也兴盛起来？元朝像祝尧《古赋辩体》持复古赋论的很多，如吴莱的《楚汉正声》、杨维桢的《丽则遗音》等，都是持复古赋学观的。他们论赋都用楚汉的赋作为样板，可是考赋你用楚汉古赋做样板，不是害人吗？律赋简短规范，便于应试，而古赋如长篇铺叙，如何在闱场极短时间完成？况且改卷官标准也不好掌握。网上传某著名教授在中学讲课不受欢迎，你对高考没用，谁要你来啰唆？我看到相关报道，大家都为他鸣不平，他也发牢骚。但反过来想，学生要应试高考，你讲的无益于此，他当然不欢迎，他连高考都通过不了，以后怎么成为像你一样的学者呢？不能怪学生，学生很功利，制度决定的功利，这是他必须走的一条路。连唐代的韩愈也叫学生先功利一点，精工时文，

---

　　[1]　详见《赋学讲演录（二编）》第九讲《考赋》。

考得了功名，或做官，或为学，再精心于古文也不迟。发牢骚有什么用？你违背了制度。

元朝是到仁宗的时候恢复了科举考试制度，接着又实行南人考赋的方式，也就是恢复了考赋传统，如果还是用律赋作为考试文体，他要"祖骚宗汉"做什么？至少不用那么强调了。像《两都赋》，拿来闱场怎么写？律赋押韵、合律，才便于考试呀，只有八韵赋，才能"惊破侍郎之胆"，又因"三条烛烬"的时间，才会"烧残举子之心"哟。虽然闱场考古赋也只有元朝短暂地实行，并不成功，但却催生了古赋的理论，"祖骚宗汉"是与这个制度相关的。

古赋考得怎么样？另当别论。祝尧他确实是赋论高手，《古赋辩体》这部书编得不错，可是看他的赋作，尤其是闱场的赋，真没看头，写得不好，有些返古、造古，一点意思没有，连自己赋论强调的情韵都没了，唐人的情韵、宋人的议论都没了。元人考赋，考得究竟怎么样？留下来的材料很少，在日本还保留了一些文献，复旦大学的黄仁生教授曾在日本整理了一些材料，写在他的一本书中 [1]，我写相关文章，还转引了他搜集的材料。这次到湖北参加赋学研讨会，我的学生林岩刚从日本回来，把日本国立公文书馆收藏的《新刊类编历举三场文选》复印一份送给我，其中就有不少元朝所考古赋的作品。论文献价值，这是很重要的，也是域外汉籍研究的一部分，但要是论赋创作的艺术价值，就很难说了。古赋考试本身就是失败的。从我个人来看，古赋是不能用时间限制来考的，《离骚》《九歌》，长篇抒情、多幕呈现才好，关在考场，一下子是写不出来的。还有汉赋，那么大规模的书写，有的作家憋了十年才完成，一下子怎么写得出来？闱场用一

---

[1] 黄仁生《日本现藏稀见元明文集考证与提要》，岳麓书社 2004 年版。

种小体来写古赋，能达到献赋文本的辞采和气象吗？能起到经世致用的效果吗？未见得。这种小体古赋用于考试，也是针对前朝文弊的一种制度化的调和。但有一点非常明显，复古理论出现和兴盛，与这种制度是切切相关的，不可忽略。

我们再说第二个层面，就是历史的层面。从宋元明渐渐出现并形成的"祖骚宗汉"理论，汇集了慢慢积累起来的批评话语和现象，就属于历史层面的思考。把这种理论落实到具体的作家，就出现了屈原是"骚祖"，宋玉介乎其间，或称是"赋祖"，也有人不待见他，从汉赋作家中选择一个人，就是司马相如，骚是屈原、赋是司马相如。到了宋代才开始提出一个口号，"赋圣"，经过元明，已习以为常了。"赋圣"是林艾轩（光朝）提出来的，林艾轩是经学家，他在策论里面提出来的，他对赋的文本没有什么研究，只是这么一提，提出来就是一个很重要的标志。因为在古代学者的心目中，任何文人之所以能"成圣"，都跟经学、经义有关。追查一下，司马相如也是有经义思想的，据说他东受七经，然后把经学传到云贵四川，文学被经学化了。宋人正是在经学思想指导下，把"赋圣"的口号提出来了，这与班固在《汉书》里面讲司马相如是"辞宗"就大不相同了，"辞宗"只是说辞章特好、创作特好，我一个诗人，我写散文特好也能称"辞宗"，但"赋圣"就不同了，赋已是一种成型的文体了，而在这体中成为圣人，就是某一领域的最高权威和荣誉了，这同画圣、诗圣、书圣一样。"赋圣"这样的高度是宋人林光朝提出来的，只是灵光一现，出现了一下，又销声匿迹，没有多少人应和。

待"祖骚宗汉"思想兴起以后，在明朝人的言传和发扬中，"赋圣"这个说法又再次被提起，而且真正落实到了赋的领域，成为赋学"宗汉"的一个标志，司马相如被捧成赋创作的典范了。具体怎么捧的，大家可以读作品，也可看元明人对其作品的解读，比如祝尧《古赋辩体》对《子虚赋》做了一个解题式的说明，写得很精彩，说辞章壮丽，全因对外在物象的描绘得来[1]。他是通过一篇作品来讲，是"宗汉"思想的具体而微的阐发，这种"宗汉"观演变到明代，就出现了"唐无赋"说。明人提出"唐无赋"，是与"汉无骚""宋无诗"并列的，而这种绝对化的提法，正说明了赋论中"宗汉"思想的强大或者说是膨胀。

"宗汉"思想的强大，恰恰形成对元朝的赋论思想的一种否定之否定的继承。你看明朝人就明确讲过一句很奇怪的话，说怎么"祖骚宗汉"这样的好提法，被元朝人讲去了，成了原创，成了冠名者？元人是"胡元之陋"呀，这"祖骚宗汉"的赋论正统观凭什么被他说了，没留给明人呢？明朝开国皇帝朱元璋立国之初就有了"诏复唐制"的文化政策，为什么？一是要追承盛唐气象，一是要树立汉族正统，就是夷夏之大防，目的就是要荡除"胡元之陋"。正因如此，我们才看到吴讷、徐师曾所说的，明人要去"胡元之陋"，而论赋的精彩话语让元人讲了，真是令人惊讶叹息[2]。其实明人说的"胡元陋习"是带有强烈民族性的愤激之词，元代自忽必烈进入中原以后，反对过去蒙古旧贵族的见解，立即起用儒生，走汉化的文治道路，宋代理学在元代也极为昌明，这是非常明显的。明人说其"陋习"，是对其否定，

---

[1]　祝尧《古赋辩体》卷三《两汉体上》评《子虚赋》："一埽山林草野之气习，全仿冠冕佩玉之步骤。取天地百神之奇怪，使其词夸；取风云山川之形态，使其词媚；取鸟兽草木之名物，使其词赡；取金璧彩缯之容色，使其词藻；取宫室城阙之制度，使其词壮。"

[2]　吴讷《文章辨体序说》论"赋"至"国朝"时说："圣明统御，一洗胡元陋习，以复中国先王之治。"又，徐师曾《文体明辨序说》论"赋"述前朝赋风之弊，并引祝尧语谓："呜呼，极矣！数代之习，乃令元人洗之，岂不痛哉！"

但对其理论思想又多有传承，如赋论之"祖骚宗汉"就是一脉相承的，这是对其否定之否定。

当然，明人的继承也有发展，如由"宗汉"到"唐无赋"，潜引出汉赋作为一代文学之胜的观点，从屈原为"赋祖"到司马相如"赋圣"地位的确立，都是这一理论的发展与演进。明人称颂相如为"赋圣"，最典型的就是王世贞《艺苑卮言》中明确"长卿之赋，赋之圣也"的地位，并认为读赋应该全然以相如赋为榜样，还借用《西京杂记》中"相如曰"几句论赋的话，认为是最美善的言说。这就是把赋迹赋心说借过来了，成为"宗汉"理论的支撑。可以说，司马相如的"赋圣"地位，是到明代复古派才真正确立的。

这里头包含了一个变迁，这个变迁有制度的原因，又有历史的衍化，我想这是非常重要的。这个重要性在哪里？很显然，一个思想的提出，一个样板的树起，必然是有针对性的，我曾经在一篇文章里面讲过，经典的树立就是一种纠正。那"祖骚宗汉"纠正什么呢？无非纠六朝迄唐以来的俳、律赋和宋代的文赋。祝尧明确地说："愚考唐宋间文章，其弊有二：曰俳体，曰文体。"这是泛论文章，而落实到赋域，他接着说："为方语而切对者，此俳体也，自汉至隋，文人率用之，中间变而为双关体，为四六体，为声律体。"他把骈赋和律赋归到一起了，是由骈到律的发展过程，这或许还是就赋体而论。再接着他话锋一转，说"至唐而变深，至宋而变极，进士赋体又其甚焉"，这考试的"进士赋体"就是到顶了，糟透了。这是第一个纠正，就是俳体，尤其经过俳而到律，最后进入科举考试，称为"进士赋体"。这是祝尧认为必须排除的。

第二个纠正的是文赋。祝尧说："后山谓欧公以文体为四六，但四六对属之文也。"意思是四六还可以用文体为之，所以宋四六是比较特殊的，跟过去李商隐的樊南四六大不相同，宋人的四六那是议论风发，被很多人赞美的。在祝尧看来，四六反正是文，以文体为之还可以，赋是韵文，或为诗属，"以文为赋"而出现的宋代文赋就不伦不类了。欧阳修《秋声赋》、苏东坡《赤壁赋》是典型的文赋。文赋在这之前就有了，比如唐代的杨敬之《华山赋》，其中不少散文写法，杜牧《阿房宫赋》是一半俳一半文。如果再追源，有人说荀卿的"五赋"就是文赋了，那讨论得太远了。具体地看，唐宋文赋的出现应该与古文运动有关，实际上也属于一种"破体"。文赋是"破体"为赋，到了辨体而尊体的时候，人们又反对"破体"了，虽然反对这种写法，可是对一些了不起的人，批评者也不太敢撼动，连祝尧也讲，像苏东坡这种大才写写还差不多，你不是这个才，你再写文赋，那就赋不成赋了。我们时常要给一些大人物留面子，没办法，苏东坡是大才，随便写什么都行。你要研究苏东坡，也要掂量掂量有没有这个才能，你没有东坡之才，研究东坡之文还想来点批评，胆量不够吧？祝尧就是这样的。为什么现在研究小家的人很多，因为研究要掂量自己。怎么研究苏轼？你能真理解他的"小舟从此逝，江海寄余生"吗？你也能在人生困顿的时候写出像《赤壁赋》那样的文吗？这当然是开玩笑的，也不是绝对的，大家还是可以研究的，站在巨人的肩膀上，比压趴一个侏儒好。

既然俳赋也反对，文赋也反对，那赋要怎么样呢？在祝尧看来，是要以情为本，回归诗的传统，诗的传统就是抒情的传统，中国诗就是中国的抒情传统。祝尧《古赋辩体》就借用了这样一个传统思想，进行了一种理论的革新，形成了一个传统思想理论的革新。你看他批评文赋："至于赋，若以文体为之，则专尚于理而遂略于辞，昧于情矣。"文体太重义理，结果也没有汉赋的辞了，也没有楚骚的情了，关键是违背了"祖骚宗汉"的宗旨。很显然,"祖骚宗汉"就是要在某种意义上赓续楚人的情怀,光复大汉的辞章。这很明显是对赋学观的一种纠正,没有纠正就不能树立经典。

我们研究这一问题,不能只局限于一本《古赋辩体》,还应旁涉其他的讨论,去看更多的相关批评。自金、元以来这类批评确实已大量出现,比如对闱场律赋的批评,宋人就已经很多了,金、元学者相关批评就更多了,对这种闱场考律赋的现象多持厌倦的态度,例如王若虚曾讲:"科举律赋,不得预文章之数。"根本不能算文,他认为这类作品"虽工不足道也,而唐宋诸名公集往往有之",唐宋名公集子中往往收这些东西,这不能算好文章,只是因为那些"编录者多爱不忍,因而附入,此适足为累而已"。[1] 文集中为什么要选考试的作品?这只是士子仕途的敲门砖而已,可是许多唐宋名公的集子里却多有存录,这是为什么?王若虚的解答是,编文集的人舍不得,觉得毕竟是名公手泽,所以要把它保留下来,结果反而成了累赘。我们读书,出版的书不过瘾了,要看手抄本,要寻找名人的笔迹,名人的一个小学作文要是找到,那都不得了啦,可以考查他的童年心理、文笔等等,有价值呀,还能卖大价钱。其实这些东西不得预于文章之列,找到了,只是考证学的问题,对文学本身来说没有影响,甚至害了学者的名声。一个学者的水平,看他一两篇文章就够了,一个人有几篇像样的文章就不错了,削尖脑袋找佚文做什么?那是考据学家的事情,掉书袋的事情。当然还有一种价值,就是名人发表的文章与他的草稿不同,草稿上的涂改很重要,看他涂改的墨团,甚至还要透过光亮看,发现其中的秘密,找到被改的是什么字。沈卫威老师研究现代文学,极重视

---

[1]　引见王若虚《滹南遗老集》卷三十七《文辨四》。

文献的整理与发现，他研究一个大作家，就在一个个墨团里面发现了该作家的阴暗心理，像破案似的，很好玩。我们看书，看到墨团盖了字会很沮丧的，而他一见手稿中的墨团就兴奋了，可能就有重大发现了。真是"黑团团里墨团团，黑墨团中天地宽"（石涛论画语）。回到刚才王若虚的话，你想，从名家的考试文章中也可以看到文笔、文风和思想的，但他认为这些东西收到名公文集里，只是因为舍不得扔，反而败坏名声，这是因为他持批判考试文章的态度，尤其贬斥闱场律赋，觉得这都不能算文章，更谈不上什么好文章。

持类似见解的在元代更多了，如刘祁《归潜志》卷九说，"金朝律赋之弊不可言"，是指闱场考试律赋一塌糊涂，为什么呢？究其原因，是考官"惟以格律痛绳之，洗垢求瘢，苛甚"，也决定了"其一时士子趋学，模题画影，至不成语言"。元好问在为郝经撰写的《郝先生墓铭》中也引录郑天挺语："今人学词赋，以速售为功，六经百氏分裂补缀外，或篇题句读之不知。幸而得之，且不免为庸人，况一败涂地者乎。"[1] 你看，句读不懂，篇题抓不准，即使抓住题目写得还可以，也是庸才一个，况且有的连庸才也不算，文章糟糕了，人生也糟糕了。按这个话来看，我们有些文章自以为以经义论赋，其实抓的也不过就是"六经百氏、分裂补缀"的东西而已，找些经书中的句子分析一下含义，再提出什么赋语改变经语，这个地方用个《小雅》，那个地方用个《礼记》，又用个《考工记》，就是拿经学来贴脸嘛，文章贴得到处都是疤痕。疤痕好呀，就像墨团，又可以发现秘密了。从文章学来讲，这到处补缀，就是一身疤痕，难看得很。而从批评来看是宝贝了，从结瘢与缝隙间考出大学问，好多大杂志都喜欢这样的论

---

[1]　元好问《遗山先生文集》卷二十三。

文，如果是纯文人，做这种补缀的事就太蠢了。文章以气为主，要一气贯注才好，整天搞这些补丁，意思不大。我也在矛盾中徘徊，有时候觉得发现个小问题蛮得意的，一转念又想到，这有什么用？所以看到古人批评古人时，有时自己也冒汗了。又比如赵孟頫批评说："宋之末年，文体大坏。……作赋者不以破碎纤靡为异，而以缀缉新巧为得。有司以是取士，以是应程文之变，至此尽矣。"[1]文体坏极于程文，批评科举。李祁也讲："古之赋未有律也。而律赋自唐始，朝廷以此取士，乡老以此训子，兢兢焉较一字于毫忽之间，以为进退予夺之机。组织虽工，俳偶虽切，而牵制局促，磔裂以尽人之才。"[2]"磔裂"人才是指科举，而"兢兢焉较一字于毫忽之间"指律赋，又内含创作与文体的意味，从另一个层面与扬雄的"雕虫篆刻"的评赋语可谓隔空喊话，有了历史性的衔接。我们研究雕虫小技还好一点，研究有时就是雕虫小技，小中才能见大嘛，从事创作的人就不同了，要有文气，要"气韵生动"，辞章流畅。

所以我们看前面引录的批评，他们主要是针对文学创作、辞赋创作的，严格地说，都属于创作论范畴。这一系列的批评都是对某种创作的纠正，一个是对从俳赋到"进士赋体"的纠正，一个是对从古赋到文赋的纠正，这才是"祖骚宗汉"思想真正形成而蔚然大国的重要原因。

从以上两个方面的纠正来考虑这个问题，我们能进一步看到"祖骚宗汉"的赋论主旨是什么。这一赋学话语是典型的理论构建，在两重批判的基础上的构建，在某种意义上，这批判与构建是同步的，由

---

[1]　赵孟頫《第一山人文集序》。

[2]　李祁《周德清乐府韵序》。

正反互证就能发现这一理论的构建究竟在哪里。我曾经在一篇文章里提出了三个问题 [1]，第一个就是诗骚文学传统的树立。不要小看"祖骚宗汉"，它是把骚追奉于《诗》，如果说过去论《诗》更多地是重"美刺"的话，那么到了宋元时代的这些学者对诗、骚的衔接，更重的是诗人的情怀。由此延伸，赋创作的以情为主的观念也就出现了。这"情"字是很难讲的，什么都有情，言志也是情，"缘情"也是情，但"祖骚"的赋"情"同汉儒对《诗》的见解、那种强烈的针对性与功用性相比，显然发生了具体内涵的变化，更具有一种普遍的意思，那就是诗人的情怀。有时候理论要明确，要鲜明，要果断，要有斩截之力，但有时候理论具有模糊性，泛化了反而更多地包容。在这里，诗骚之情就已经泛化，构成了一种情怀。所以我说诗骚传统构成"祖骚宗汉"说成立的第一条线索。诗骚文学是个大传统，或者称风骚传统，此外还有骚与庄的结合，称为庄骚传统。《庄子》跟楚骚，都具有南方文学的特点，庄骚传统到了钱澄之，出现一个标志性的集子，叫《庄屈合诂》，把《庄子》和《楚辞》合编在一起，对应的正是历史形成的庄骚传统。这是个小传统，大传统应该是诗骚传统，中国是北方文化占主流，北方的《诗》与南方的骚的结合，形成诗骚传统，影响一直很大。中国古代的大帝国，多是以黄河流域为中心，建都在北方，到了明初，朱元璋好歹在南京建了个都城，算大帝国，到儿子朱棣又拉跑了，拉到燕京去了，还是在北方。自古政治的中心都是在北方，南方几个偏安王朝也自称中心，但毕竟是"直把杭州作汴州"吧。诗骚传统的确立跟"祖骚宗汉"思想相关，或者可以换过来说，"祖骚宗汉"进一步确立了诗骚传统的历史价值。于是我们读元明时期人的相关论

---

[1]　指的是拙撰《元人"祖骚宗汉"说考述》，收载《赋学：制度与批评》。

述，诗、骚、赋是一体化的，是由文体论走向历史论，是文学史的雏形，"祖骚宗汉"可视为诗骚传统的代言。到了清代，这类论述也是很多的，但由于清人经学思想较浓厚，所以赋论在某种意义上又呈现出向《诗》的回归。比如纳兰性德写了一篇叫《赋论》的文章，在他的《通志堂集》中，他就说赋是什么呢？如何能够回到传统去？赋的价值在哪里呢？最后是回归《诗》，他认为如果不以《诗经》为标准的话，赋的价值就不存在了[1]。再比如以赋家著称的张惠言，编有《七十家赋钞》，该编选录古赋是比较著名的，在该编的自序中，他说："赋乌乎统？曰：统乎志。"[2] "诗言志"，这是情怀，这就是赋的本源。这些说法又在某种程度上有纠正元明赋论之旨，但论其大要，仍属诗骚文学传统的体系，与"祖骚宗汉"有着历史的衔接与关联。

第二个问题是形成了"祖骚"创作的文学谱系。"祖骚"创作过去没有什么讨论，骚到底属于诗，属于赋？都在争论，而到了宋、元时代，人们就理出了一个谱系，这是极重要的。我们一定要晓得，这个理论之所以又在这时提出，在元朝有着群体性的影响，就是因为有这样一个谱系出现。过去各种谱系多了，比如《汉书·艺文志》就是立谱系的，对吧？他立了儒家是什么谱系、道家是什么谱系，诗赋就有了三家，屈原、荀卿、陆贾，已有一点谱系的意思。此后论赋，这种

---

[1]　纳兰性德《赋论》："赋之心本一原，而其体制递换，亦可缕数……本赋之心，正赋之体，吾谓非尽出于三百篇不可也。"

[2]　张惠言《七十家赋钞目录序》："论曰：赋乌乎统？曰：统乎志。志乌乎归？曰：归乎正。……言，象也，象必有所寓。其在物之变化：天之渺渺，地之器器；日出月入，一幽一昭；山川之崔崒杳伏，畏佳林木，振破溪谷；风云雾霢，霆震寒暑；雨则为雪，霜则为露；生杀之代，新而嬗故；鸟兽与鱼，草木之华，虫走蚁趋；陵变谷易，震动薄蚀；人事老少，生死倾植；礼乐战斗，号令之纪；悲愁劳苦，忠臣孝子；羁士寡妇，愉佚愕骇。有动于中，久而不去，然后形而为言。"

现象也很少有，到了祝尧《古赋辩体》以及相关的很多批评理论，汇集起来一看，确实有了建构骚体谱系的意义。一个家族、一个民族都有着它的传统，一个家族传统靠谱系，家谱、族谱，对吧？过去一段时间家谱不让搞了，也就不要了，我们自己都不晓得家族是从哪里来的。这几年编家谱又火了，老家都成立家谱编纂办公室了，经常有人打电话来说要收我们入谱，实际上我也不知道家谱怎么回事，我说这一代早就像是脱离轨道的星球了，早就被抛出了老家桐城的轨道了。我祖籍桐城，生在南京，对家乡与家族的事确实搞不清，最近发生两件事，使我对许姓及家谱有了些了解，一是北京有人弄个百家姓赋，许姓找了许嘉璐，他不会写，就来找我，回掉了，又找，还是写了，查资料，知道了不少。另一件是家乡来人，说家谱要修好了，要我题写序，可能这个家族就我文名大一点，不好回掉，于是又读家谱，查资料，研究一番，才写篇千字文言交差。你看，没有一个谱系，什么也搞不清，必须要有这样一个谱系，才使你知道一个根。文学也是这样，要有谱系的建立，如"祖骚"的谱系，内含了创作的传统。谱系是中国文化渊源的表述，其思想基础是尊祖敬宗，包括古代天子的庙祭，有天子七庙或者天子五庙、诸侯三庙、大夫一庙的说法，都跟谱系有关，这是中国传统的一个谱系。但是这个谱系只是一个延续的传统，有大宗、有小宗，有嫡、有庶，《尚书大传》里面讲："别子为祖，继别为大宗。"又有什么"庶子不祭"的说法，是制度，又是传统。

谱系就是一种传统的呈现，但是这个传统到了魏晋以后，我们经常说"五胡乱华"，从政治上来看，华已经被乱了。没乱的时候，华就是华、夷就是夷，夷进入过后，主导华了，华就乱了。这也影响到学术的传统，佛教进入中国，也乱了正宗，这是从学理来讲的。我们可以引述苏东坡的一句很大的话，他在《潮州韩文公庙碑》中说，韩文公是干什么的？最大的功绩是什么？是"文起八代之衰，而道济天下之溺"，更重要的是"道济天下之溺"。由此我们可以印证韩愈的《原道》、李翱的《复性书》等文章。这一系列的东西出现了，文只是次要，核心还是归复到什么道：归复到中华之道、孔子之道、孟子之道。"荀与扬，大醇而小疵"，已等而下之了。所以韩愈最大的学术思想落实到行动上，就是辟佛，对唐宪宗迎佛骨深恶痛绝，居然讲佛主张无后，信佛就绝后，不承担社会的责任了，这还行吗？这不行，是不孝，"不孝有三，无后为大"，这个不得了，于是韩文公奋笔疾书，批佛批得很厉害，结果把自己批倒霉了，你看他写的《左迁至蓝关示侄孙湘》那首诗："一封朝奏九重天，夕贬潮州路八千。欲为圣明除弊事，肯将衰朽惜残年！云横秦岭家何在？雪拥蓝关马不前。知汝远来应有意，好收吾骨瘴江边。"这是写给韩湘的诗，"好收吾骨"，境遇那么惨，但是他不屈服，还要批佛，所以苏东坡就讲他"道济天下之溺"。我们要对照前面说的谱系问题，到唐宋以后学者大谈"文以明道""文以载道"，就是这个意思。

那么试问韩愈的《原道》跟刘勰的《原道》同不同？大不相同。刘勰的《原道》是"三才"之道，天文、地文、人文，跟汉儒讲的一样，类似《天人三策》，谈的都是天人关系。韩愈《原道》就不同了，韩愈《原道》的前提是批佛，是在特定的否定基础上的建构，这是非常明显的。这种在否定基础上的建构，就是排除异己、树立正宗，这一方法是从哪来的？从佛教来的嘛。佛教搞宗派，中国文化从来都是"和而不同"，没有原则分歧就你好我好，你存在我也存在，大家都听皇帝的话就好了，什么儒释道，都应该杂糅在一块，混在一起就行了。但是佛教初进入中国的时候，不仅挑战政权，出现了佛尊还是王尊的争论，更有甚者，佛教内部的争锋更厉害，这种争锋是排他的。

这与魏晋时候佛教传入早期的什么"本无""本无异""即色"等是不同的，那是"格义"之法，属于翻译问题。到了隋唐时期，佛教的宗派化就大不相同了，天台宗就是天台宗，法相宗就是法相宗，华严宗就是华严宗，净土宗就是净土宗，禅宗到了六祖的时候还排除一个神秀、确立一个慧能，慧能的弟子神会还要借助文人王维的大手笔，为他的老师写了一篇《六祖能禅师碑铭》，在中国文化界确立了慧能的六祖地位，神秀就被排除掉了。隋唐佛学有两大建构，一个是佛性论，一个是宗派化，而宗派化就是排他的。我不讲过嘛，任何东西都是可以"和"的，但宗教不能"和"，爱情不能"和"，宗教和爱情是排他的。你看那东晋的大将军桓温，征伐蜀地，带了个四川女孩来，害怕夫人知道，就藏于别馆，这还得了，夫人知道过后，第一个反应就是磨刀。她没有想到"和而不同"，也不做什么比较研究，这怎么比？她那么年轻漂亮，我这么老丑，不能比，比得信心都没了，直接磨刀，这第一个反应，就叫作排他性。谢安作为宰相，想续娶一房，也被夫人阻止，还借用了《诗经》调笑[1]，也算是以正说反了。排他性是天生的，宗教的排他性是很明确的，韩愈的《原道》带有宗教性的排他，如果没有辟佛，谈不上韩氏《原道》。

正因为排他性，我们把宗教的宗派化称为判教，判别排异，而这判教思想融入了我们的学术传统中间，融入了我们的文学传统中间，便成了"祖骚宗汉"说提出的一个大的前提。回到前面的问题，律赋不能算赋，文赋也不能算赋，魏晋时期琐碎小赋也不能算赋，只有楚

---

[1] 《艺文类聚》卷三十五引《妒记》："谢太傅刘夫人，不令公有别房。公既深好声乐，后遂颇欲立妓妾。兄子外生等微达此旨，共问讯刘夫人，因方便称《关雎》《螽斯》有不忌之德。夫人知以讽己，乃问：'谁撰此诗？'答云：'周公。'夫人曰：'周公是男子，相为尔，若使周姥撰诗，当无此也。'"

骚和汉赋才能算真正的或者正宗的赋，这下我们研究早期文学的人得意啊，唐代律赋都不能算什么文学了，清代更不算什么文学了，开玩笑的。这不一定正确，但也不无道理，是个明摆着的问题。根据这些说法，我才觉得这第二个问题是个大问题，就是"祖骚宗汉"创作的文学谱系，"祖骚"是个谱系，加上"宗汉"也构成了一个谱系，这个文学谱系的排他性，决定了"祖骚宗汉"批评传统建立的历史性与合理性。我曾有篇文章专门讨论过这一问题[1]。与"祖骚宗汉"相关的"骚赋"说，清人程廷祚写了三篇《骚赋论》，其中讨论了诗与赋、"古诗之流"、诗赋传统等，这些更多地体现强烈的功用性，而骚赋传统却更多地是文学性，其中虽然也有功用性，但其中的文学性非常明显地呈现为重情、重辞以及重理，以情为本，构成情、理、辞的三位一体。其间"宗汉"固然重要，可从这一理论的树立及其内涵来看，"祖骚"尤其要紧，是以情为本的根据，"祖骚"创作的文学谱系的建立，也起着这样极重要的作用。

第三个问题就是前面"六义入赋"那一讲说过的六义衡赋法则的运用，赋、比、兴、风、雅、颂法则的运用，这一点我特别强调，与宋代的古赋批评相关。宋代赋的批评分两块，一个进士体，一个古赋。进士体律赋在宋代处于考废之间，究竟考不考、怎么考，有褒有贬，比如苏东坡就赞美进士体，以为不能不考，唐代多少名公大人都是考赋考出来的，有什么不好。王安石就坚决反对考赋，司马光介乎其中，认为考赋与否并无大碍，但他强调闱场考文策论的重要性。苏东坡跟王安石观点是完全相反的，到了元祐复科，苏东坡欢欣鼓舞，

---

[1]　指的是拙撰《从"诗赋"到"骚赋"——赋论传统之传法定祖新说》，《四川师范大学学报》2010 年第 6 期。

写了个《复改科赋》，这篇赋很有意思。我常说唐宋有两位老先生南方情怀比较重，都重视闱场考赋，一个是白居易，那一个就是苏东坡。这南方情怀体现在哪里呢？我们到杭州西湖，中间有两道堤，一道是苏堤，一道是白堤，西湖怎么没得别人的堤，就他们两个的堤？西湖的南方情怀体现更典型的，"暖风熏得游人醉"（林升《题临安邸》），是典型的南方的文气与文采。正好是西湖两个堤，苏堤和白堤的主人，又正好在赋史上留下两篇赋为科举考试张目，一篇是白居易的《赋赋》，一篇是苏东坡的《复改科赋》，这两篇赋摆在一起蛮好玩的，很有意思。《赋赋》人们提得比较多，《复改科赋》提的人就比较少了，实际上都是欢欣鼓舞地鼓吹考赋的作品，属于进士体的一种批评 [1]。与进士体律赋批评相对应的是古赋批评，尤其到南宋的时候，虽然科举考赋一直存在，但是文人更重的是古赋批评，或者说批评的重心开始转向古赋了。古赋的批评就非常明显地体现在"祖骚"的思想层面上，其代表作品就是从晁补之到洪兴祖再到朱熹这三大楚辞研究家编纂的楚辞，分别是《重编楚辞》《续楚辞》《变离骚》，《楚辞补注》，《楚辞集注》。

宋代楚辞研究家众多，这三家太明显太突出了。他们把楚辞既看成诗的传统，又看成一种古赋，你要对照他们的批评跟当时对汉赋、宋律赋、所谓的古赋也就是俳律之前的赋的一些批评，你就可以发现，这又是宋代一个重要的批评领域，而这个批评领域直接对元明以来"祖骚宗汉"思想起到积极的影响或者说先导作用。我前面讲过的，最典型的就是朱熹的《楚辞集注》，可与他的《诗集传》对读。对读《楚辞集注》和《诗集传》，《离骚》是经，其他篇章都是传，这就确立了《离

---

[1]　详参拙撰《白、苏作赋赞考赋》，《古典文学知识》2018 年第 3 期。

骚》的经的地位。然后我们再看他在《诗集传》中，怎样把六义落实到一个个具体的篇章，说每一篇都有赋、比、兴在里面。祝尧的《古赋辩体》就采用同样的方法，说每一篇赋中都有赋、比、兴[1]。篇篇作品都用赋、比、兴来衡量，唯独一篇没有衡量，就是扬雄的《反骚》（即《反离骚》），不太清楚是什么意思，可能因为朱熹讲扬雄是"莽大夫"，他的《楚辞集注》不选《反离骚》，就影响了祝尧的判断吧。朱熹没选，祝尧选了，朱熹咒骂扬雄，祝尧碍于朱熹，所以没有用六义这样在他们看来的高标准衡量《反骚》。这是一个小悬案，是一个小题目，可以了解一下，写篇小文章考查就可以了。祝尧《古赋辩体》具化了六义入赋，是依经立义的问题，而由此构成了诗骚赋传统，则与"祖骚宗汉"理论更密切。

"祖骚宗汉"是一个大的抒情传统的符号，这个符号落实到文本，在元朝就多起来了，比如吴莱的《楚汉正声》等，这些编撰大多都丢失了。《古赋辩体》好在《四库全书》收录而保留下来了，该书版本也不多，总共就两个系统[2]。《古赋辩体》因为存世，价值也就体现出来了，理论批评跟创作是不能割裂的，理论就是一个规范，指导当代的创作，《古赋辩体》和当时辞赋的创作自然是密切联系的。这种理论指导在元朝有两方面，既有文人创作赋，也有科举考试赋，科举考试赋的价值不高，但文人创作比如杨维桢的《铁崖赋稿》，在元朝赋坛是

---

[1] 考查《古赋辩体》收录作品一百三十八篇，除《反骚》一篇，一百三十七篇都标上六义，具体情况是：单标赋者五十九篇，其余或标"赋比"，或标"赋兴"，或标"赋比兴"，或标"赋风"，或标"赋颂"，或标"赋雅颂"，或标"赋比风"，或标"比赋"，或标"兴赋"，或标"比赋兴"，或六义全标，即"风雅颂赋比兴"。

[2] 有关《古赋辩体》的存世与版本，详参踪凡《〈古赋辩体〉版本研究》，《南京大学学报》2012 年第 5 期。

极有成就的。杨维桢是一个大赋家，也有他的理论思想，他的《丽则遗音》就是典型，是主张"祖骚宗汉"的。如果对照祝尧的理论和杨维桢的创作，来讨论元朝赋的复古倾向，显然是一个不错的选题。

到了明朝的时候，对文学创作影响最大的就是复古派。这复古对赋的影响，既有创作的，也有理论的。我们点校《历代赋汇》的时候，点校汉赋已经很困难了，比如点校扬雄的《蜀都赋》，怪字太多，校稿时红了一片，很多字电脑一般输入法打不出来。我们研究赋的人有时候觉得很麻烦，我明明要引这一段赋文，看难字怪字太多，不引算了，拉倒了，也就影响了论文的说服力与理论性。汉赋的"玮字"已经太多了，也不能怪人家，那时是口语多、方音多、象声字多、联绵字多，算是语言文字发展到一定时代的产物。你再校点明赋试试，如果说汉赋是星星点点的红的话，你校点那些明代复古家笔下的赋的时候，真是"祖国山河一片红"了，他们不是因为时代发展的阶段特征，而是故意复古，用怪字，用难字，甚至生造假古字，害人呀。从这点看，明人复古是可恶透顶，极致地可恶。校明赋的时候还有一大难，因为很多明赋缺少参校本，汉赋还能找到各种参校本，明赋好多就是孤本，连参校本都没有，所以一篇明赋校下来累死人，明朝大赋校下来要人命。况且明朝又是大赋复兴的时代，开始就是大量的京都赋，《两京赋》《北京赋》《燕山八景赋》等等，哪有什么"体国经野"，只是令人眼花缭乱。最可恶的还有一个人，就是王世贞。王世贞的理论文字写得蛮漂亮的，我们读他的《艺苑卮言》是件愉快的事，很顺达，很精到，可是读他的赋作，尤其是那些复古大赋，简直恨不得把他起而鞭之，根本看不懂。特别是那篇《玄岳太和山赋》，又长又乱，怪字连篇，他写得宏大，你读得厌倦，那些怪字奇字异字，看不懂，认不得，查《康熙字典》，半天只能查出几个字，你说要命不要命。这创作的复古，或者说造古，真可恶。明朝人的文学创作，科举考赋基本没有，只有像投行卷一样，有时候写律赋，有时候写古赋。《明史》里面也记载一二考赋现象，但是没成气候。明朝考赋现象还是有的，地方考试审查人的学识的时候，有时也考赋，中央礼部考试是没有考赋例证的，进翰林院的时候或许要交一些赋作，大多是古赋，方法类似唐人的纳省卷，不像清朝翰林院是有系统的考赋制度的。如果说在元朝，祝尧的理论更重"祖骚"的话，那么明人的"唐无赋"说的提出，从创作论的意义来看，更多地是"宗汉"，这又与其创作风气相辅相成。到了清代，那些正规的考试多不考赋了，但学政视学，生员考文，书院课作，特别是翰林院入馆，都考赋，也以律赋为主[1]。清人论赋是个融会期，也没有什么特殊的理论建树，尤其是没有什么理论口号出现。而在元、明这两朝，"祖骚宗汉"是有规范意义的，是对创作有直接指导的，这与辨体意识相关，并且直接推导出了一个新的理论现象，就是一代有一代特色创作的文学史观，这二者之间有着重要的理论关联。

这个文学史观就是大家耳熟能详的"一代有一代之文学"。一般我们常引王国维的话，说他这样讲。但这不是无源之水，这一思想是慢慢演变而来的，我刚才讲的那种判教精神，融织于文学批评中就有所判别，讨论什么才是尊体，为什么要辨体，什么是这个时代的正宗，什么是这个时代的偏锋等等问题。出于这些考虑，才渐渐有了"一代有一代之文学"观念的完成。关于这一点的论述很多，我们可以看几则文献，这一思想在金朝末年到元朝时期就已经出现了，而在这之前，好像还没看到这一观点的表述。比如我现在所看到的较早的说法，就是元朝孔奇引录了金末元初虞集的话："尝论一代之兴，必有一

---

[1]　相关论述，详参《赋学讲演录（二编）》第九讲《考赋》。

代之绝艺，足称于后世者。汉之文章，唐之律诗，宋之道学，国朝之今乐府。"（《至正直记》卷三《虞邵庵论》）到了明清时代，这种观点就多了，比如艾南英讲："汉之赋，唐之诗，宋之文。"（《答杨澹云书》）焦循讲："一代有一代之所胜。""汉之赋为周、秦所无，故司马相如、杨（扬）雄、班固、张衡为四百年作者，而东方朔、刘向、王逸之骚，仍未脱周、楚之窠臼矣。其魏、晋以后之赋，则汉赋之余气游魂也。"（《易余籥录》）在赋跟骚区分的同时，楚骚、汉赋各自的时代地位被确定了。到了近代的王国维，大家都熟悉了，《宋元戏曲史序》明确地提出了这"一代之文学"的文学史观[1]，为近现代文学史学的开辟起到了重大的启迪作用，可是追溯其源，是绵延了几百年的思想，这中间还有很多类似的说法。但王国维说"一代之文学"如"汉之赋"，也是"后世莫能继"的，其中就包含了尊体与辨体，从历史的绵延来看，这"祖骚宗汉"就是"一代有一代之文学"思想的一种体现、一种肇端。"楚之骚，汉之赋"，如果照道理上推，我们应该讲还有"周之诗"吧？他们把周诗排除了，更重有名姓的文人创作，更重抒情的文学传统，这使重文的历史开始凸显，因为他们都是在谈文章，《诗》三百篇早被经义化了，这种文章的传统，就是楚骚、汉赋、六朝骈语与唐诗、宋词、元曲等等。

这样一个传统完型之后，你再回过头来看"祖骚宗汉"的思想，与"一代之文学"的文学史观几乎可以画等号，"祖骚"与"宗汉"不就是"楚之骚""汉之赋"吗？这一理论思想对文学史观起的巨大作用，是我们应该思考的问题，比如一代文学之胜的文学史观与"祖骚宗汉"

---

[1] 王国维《宋元戏曲史序》："楚之骚，汉之赋，六代之骈语，唐之诗，宋之词，元之曲，皆所谓一代之文学，而后世莫能继焉者也。"

关系确立后，又如何构成一种文学史的实践？

我们要注意到一些文学创作的理论或者史观都是一种实践，我们谈文学史的时候不能忽略创作实践，必须与实践紧密联系。现在大家已经开始关心，写文学史不要过分地历史化，而要更多地彰显文学的生动性、主动性，考虑文学作品的重要性，要从作品来看，要从作家心态来讲，于是批评史、心灵史、思想史纷纷出来了，弥补以往文学史的不足。我想文学史上这种"一代有一代之文学"的思想建构，肯定有一种实践的意味在里面。这种实践的意义首先是重铸经典，"一代有一代之文学"的思想出现了，它本身就是一种重铸经典的实践，把汉赋树立为一个时代的典范，于是就把汉代好多别的文学排斥掉了，汉代骚体确实写得很好，刘向、王逸他们的作品也不错，但这都是周秦之遗，而我们把握的是一种引领时代的意义。我们对历代的文学创作都应该关注，对历代的文学批评也应该思考，总览全局，把握节点，可以总结，可以发现。做学问有两种比较明显的成功，一个是引领时代的作用，你要开天辟地，写出人家没写过的东西，人家没研究过，你第一个研究，你研究得虽然还粗糙，只要说得过去，毕竟是被你发现的；第二种是成就比较大的一些集成成果，在前人的基础上，站在巨人肩上重新来规划而取得的。我们今天所说的话题，"祖骚宗汉"也是这样子的，是一个重铸经典的成果。

在重铸经典中落实到"祖骚宗汉"，也就是"楚之骚，汉之赋"这样的"一代有一代之文学"的文学史观，最重的是什么？就是"骚情"和"汉势"[1]。在大的赋域中，我觉得楚辞之优，关键在骚之情，

---

[1] 有关赋势的讨论，详参拙撰《赋体"势"论考述》，《湖南科技大学学报》2018 年第 1 期。

情是最重要的；汉代的赋擅长骈辞，辞章是重要的，然辞章散漫，中必有主，这就是势，气势撑起了"汉势"，汉代的气势。古代论书法的人特别重势，兵法也最重势，所谓形势、审时度势。那么赋中间，势后来跟气结合起来，就是气势。明清时代的文人大谈造势，赋怎么造势？势有自然之势，有营造之势，你既然是文学，你就有人造势与自然势。文人需要辞与势，科学也需要，我们要创造一个学部的话，那就要用文辞来展现，你还要造势，有必胜信心才能营造成功的态势。势，必然需要气，要生气郁勃。汉赋气比较盛，汉人气是蛮盛的，毕竟生在大帝国的人气盛。大国态势需要气，所以明清人论赋讲造势就叫"行气"，又由汉代散体大赋影响到对律赋创作的要求[1]。赋极重行气，一个小文章气短一点可以，一篇大赋要是气短，怎么办？一篇《天子游猎赋》你能气短？一短，根本不行，不要讲写赋了，你念都念不下去，你把汉大赋念一遍，就看出你有没有气了，没有气读赋都不行，何况创作赋了。

作为一代文学，汉赋特别重造势和"行气"。骚之情、汉之势，是一代文学在创作意义上的贯彻和指导，也是后人把握其创作精神而提炼出如"祖骚宗汉"理论思想的内在灵魂。另一方面就是因文而立体。元明复古，还注重因文而立体，甚至于因人而立体，比如以司马相如为代表确定汉体，以《天子游猎赋》为代表确立汉赋的经典之体。这在前代很少，到了宋元以后大量出现，你们可以看一看，明清赋的选本特别多，而且都有评点、有眉批、有尾评，有的片言只语，有的一

---

[1]　清人缪润绂《律赋准绳》附《律赋要言十二则》之六《行气》："赋顺气而后有洋溢之机。作赋而不能行气，则板滞平庸，与泥车瓦狗何异？……养气一道，全在平日，若读赋时不能极高下抑扬之致，则气无由积，到作赋时，又乌能有气？欲行气者，亦还于吟讽诵习间求之也可。"

段话，精彩得很，评论的人很能把握赋的气韵，关注节点，点得到位。就像针灸，它就是击其小点，对准穴位一针进去，你马上浑身都酸胀，过后是浑身舒泰。你看何焯的《义门读书记》对汉赋的评点就非常精彩，当然不止他一家了，大量的评点家的话语都是非常精辟的，因为他们懂得因文立体，因体评文。我们看一些评点，将这些评点汇集起来看，反过来再读赋来体会一下，就会发现"祖骚"和"宗汉"具体而微的价值了。当然，这些评点家对赋内容的解读还有他的时代精神在，到了明清时代，这些人对汉赋气象的鼓吹是一个非常明显的特点，汉赋气盛，汉大赋尤其气盛，不管游猎赋还是京都赋，都是气盛。这到东汉以后就渐渐衰了，因为气不盛，就写不出那感天动地之文了，还因为没工资给"言语侍从"了，"言语侍从"东汉后就衰落了。于是读东汉以后的赋，越来越规整，在文字上面注重对偶技巧了，气不盛了，到班、张以后，气越来越不盛了。明朝人想振振气，于是很多人模仿汉大赋，可惜多数都只是一种模仿，缺乏那种"行气"与生机。当然，明赋也讲究气象，可与汉赋相比，还是没有办法同日而语，因为汉代是赋的开创时代。从批评的角度来看，"骚情""汉势"成为文学史观关注的一个特点，背后隐示的是因文立体与因体范文。

　　所谓"祖骚宗汉"，就是对一种文学谱系的尊崇，是一代文学之胜的印迹，如果没有对这谱系的推崇，我们就看不到一代之胜。文学史作为一个大的谱系，赋史又是其中一个支流或者支谱，在这支流或支谱中的历程，可观的是谱系中的一些人物或话语，形成一个个节点，值得把握与玩味。讲老实话，把自己的家谱看一看，也有几个闪光点，一个家族的谱系中有几个闪光点就不错了，大部分都庸庸碌碌的，登录在谱，只不过知道来龙去脉罢了。我许家的谱追根溯源在河南，战国时期有一闪光点就是许结公，居然与我名字一模一样，我都不知道，这滑稽了，父亲为我起名时大概也没想到，没查谱系，现在有百度，一点就出来了，不知不觉间"犯上"了。因为写《许姓赋》，我自己查的，一查怎么查到自己了？他是个家族的伟人呢！然后经几次变迁，谱系越来越多，越来越杂，小宗多变，大宗不变。文学的谱系也是如此。我曾略有涉及桐城文学的研究，我看姚家家谱，姚家两系，一系是婺源过来的姚，一系是浙江余姚过来的姚，这两系是不同的。要认知相关人物与成就，就要摸透这个脉络，方能思路清晰、把握重点。文学史也是一样，赋史也是一样，衍绪流长，要打通使之流畅，要停顿听其回响，才能获取其中的精神要质。

由此我们再看看"祖骚宗汉"在明清的回响，也是衍流很广，只能把握其要点，从中得到一定的领悟与启迪。"祖骚宗汉"在明朝的回响，我认为最典型的就是"唐无赋"说。这是反衬文学一代有一代之胜的说法，是对"祖骚宗汉"的直接继承，我在上个世纪九十年代发过一篇文章，就是《明代"唐无赋"说辨析——兼论明赋创作与复古思潮》[1]。像这种题目，"唐无赋"说就是个批评的节点，人们耳熟能详，一查，却偏偏没有人认真写过相关的论文，发现没人写，你就抓紧研究一下，写篇文章，保证好刊发。古人讲的一句话很精到，却没人研究，你把握住，深入研究了，就是好文章。比如周勋初先生写《从"唐人七律第一"之争看文学观念的演变》，最初刊发在《文学评论》上，这题目拎得特好，"唐人七律第一"是前人讲的，可是没有研究原因。你们读书时，比如读古人的笔记，发现一些有批评内涵的警句，赶快把它拎出来，看看有没有人写过，没写过，你就有了写

---

[1]　指拙撰《明代"唐无赋"说辨析——兼论明赋创作与复古思潮》，《文学遗产》1994年第 4 期。

篇好文章的机会了。"唐无赋"这种太熟的题目，就没有人好好讨论过，我写的还是第一篇有针对性的文章。读书有时会视而不见，匆忙走过，所以大家一定要做有心人，写论文就靠有心，读书的时候你要有心，就自然能写出很好的论文。我对"唐无赋"说的考述，一个重要观点就是明人对"祖骚宗汉"说的一种回应，是从反面来看待一代有一代文学之胜的命题。"唐无赋"说在反证中确立汉赋地位，这就像《老子》中喜欢用否定的词，其智慧就在于否定词，从否定看正面，以反彰正，最为精彩[1]。凭什么说"唐无赋"？唐代有那么多赋家、那么多赋作，这一说法能成立吗？很多人怀疑甚至质疑，如果要确立个标准，就知道"祖骚宗汉"的思想是"唐无赋"的理论基础，一代有一代文学之胜是它的理论延展，忽略这一点，"唐无赋"当然偏颇了。

"唐无赋"是以反彰正，到了马积高先生写《赋史》，提出了唐赋高峰论，又是对"唐无赋"说的反正。在历史上，明朝人讲"唐无赋"，今人马积高先生讲唐赋高峰论，虽然我曾撰文不赞成，虽然马先生在重版《赋史》时看法有所改变，但这种反正历史的鲜明观点所构成的理论批评节点，还是令人钦佩的。当然，这类话语也是其来有渐的，你看清人王芑孙《读赋卮言》的话，他说唐赋汇通八代，开启三朝[2]。不过这是他在《审体》篇中说的，而他在《导源》篇里又说"赋家极轨，要当盛汉之隆"，赋家真正的极轨就是盛汉，就是西汉赋，这

---

[1]　详见许结、黄卓颖《〈老子〉的文学史意义考论——从"信言不美"谈起》，原载韩国《中国研究》第46卷，2009年7月；后发表于《复旦学报》2011年第3期。

[2]　王芑孙《读赋卮言·审体》："诗莫盛于唐，赋亦莫盛于唐，总魏、晋、宋、齐、梁、周、陈、隋八朝之众轨，启宋、元、明三代之支流，踵武姬、汉，蔚然翔跃，百体争开，昌其盈矣。"

也是"宗汉"说与"赋圣"说的一种延展。如果仅依《审体》，唐代赋各种体都盛行，由此推衍，到清代更不得了，什么体都有了。拿数字来讲，今天的赋创作更多，网络上赋一写一大串，电脑操作，下笔就是一百篇，汇集就是一千篇，古人根本写不到那么多，说是今天"高峰"，不敢吧？学者往往抓住一个点，展现特点，有时候也很难成为定论。做学问，学术性强一点，所以主张大家写东西要稳妥一点。但同时也应看到，治学往往又是歪打正着，写得不稳妥，名声更大，你要等把什么都搞懂了，就不敢写了，呵呵！有时候甚至幼稚一点，反而得大名、享大名。就像胡适，有些早期作品幼稚一点，有的东西也不一定正确，他就胆大，敢想敢写，反而享大名。廖季平学问好，想法多，可是局限在求稳妥，犹豫来犹豫去，结果康有为听到他的想法，立即就写成了破天荒的大著作，比如《新学伪经考》《孔子改制考》，名声多大。康有为是广东人，灵活些，四川与两湖人，执着些。你看谭嗣同，清廷逮他，他说变法要死人，就从他开始，傻到没想逃命，梁启超、康有为早就跑到东瀛去了。廖季平犹豫是稳妥，康南海果敢是灵活，结果廖的学术影响远不及康大。我想说，清人对"祖骚宗汉"说的态度往往在找一种平衡，因为"祖骚宗汉"说，所谓"心乎古赋者"，它是对古赋而论的，是古赋理论的一个特点，并以之代替整个赋史。到了清代，尤其是康熙皇帝的《御制历代赋汇序》的一段话太重要了，奠定了整个清代人的赋论思想。皇帝怎么讲，你就怎么听，不敢反正的，好多有骨气的人只是没有得到赏识，他骨气硬，一赏识马上就让步了、听话了。康熙这段话的大意是，考赋有什么不好？唐宋名人都考赋，考律赋，好得很。所以清代翰林院考律赋，鸿词科也考律赋，这律赋就兴盛了。同时，他又赞美古赋，也主张复古，清代还特别要复三代之古，甚至连秦汉都看不起，这复古思潮与尚时思潮同起并兴，也就构成了一种融会古律的赋论批评特征。融会古律是清代一个最基本的赋论特点，把古赋跟律赋融合起来，他们说古赋是古，但律赋从唐贤作起，到清代也算古赋了，五十步与百步而已。我曾对清代的赋论做一概括，就是尊古、尚律与趋时 [1]，其中的"尊古"也没有超出"祖骚宗汉"的思想，至少他们对古赋的批评是由这条思路演进而来的。

好，今天介绍了赋论史上的"祖骚宗汉"说，也就说到这里。

---

[1]　指拙撰《论清代科制与律赋批评》，《古代文学理论研究》第 21 辑，华东师范大学出版社 2003 年版。

赋兼才学

　　我们今天讲最后一课，谈一下古人常说的一句话，"赋兼才学"。我曾经在一篇论文里面，从章实斋的赋论谈起，讲过一句也许比较绝对的话：诗重才情，赋重才学。在另外一篇文章《从京都赋到田园诗》里面也讲过这句话[1]。后来又在《赋学讲演录》中说了，学生笔录，编辑成书，书的封背特别挑出了这句话，成为"经典语言"。这句话是说明诗与赋创作的不同点，一个比较重才情，一个比较重才学，也就是"赋兼才学"。古人谈赋重才学的内容很多，我们可从刘熙载的《艺概》看起，《艺概》中的《赋概》篇堪称近代赋论比较权威的话语，从中体味，确实可以看出他品赋的精到和体贴。关于赋的"才学"，他说了一些话，很具代表性。我写探讨刘师培赋论的论文，叫《赋学：从晚清到民国——刘师培赋学批评简论》[2]，讲过中国赋学

---

　　[1]　分别见拙作《论赋的学术化倾向——从章学诚赋论谈起》，《四川师范大学学报》2005 年第 1 期，《从京都赋到田园诗——对诗赋文学创作传统的思考》，《南京大学学报》2005年第 4 期。

　　[2]　拙撰《赋学：从晚清到民国——刘师培赋学批评简论》，《东方丛刊》2008 年第 1 期。

史上的"三刘现象"，就是刘勰、刘熙载和刘师培。我同时也讲了"二叔现象"，章太炎叫枚叔，刘师培叫申叔，这两人学问做得比较好，文章也写得比较好，于赋又都有非凡的见解，所以称"二叔"。其中"三刘"最有趣，就是虽"萧条异代"，却是同一个区域的人，我们现在开车子把他们家乡兜一圈，一个小时就够了，时髦的话叫"一小时都市圈"，集中在我们江苏这一块。刘熙载是兴化人，刘师培是仪征人，而刘勰在定林寺写成《文心雕龙》，都很近，都是江南这一小区域内。

"赋兼才学"在刘熙载《赋概》中被强调，所谓"才学"，他引述了以下内容：论"才"，如《汉书·艺文志》论赋云"感物造端，材知深美"，《北史·魏收传》云"会须作赋，始成大才士"，这句话有的版本叫"会须能作赋"，这无所谓，不影响意思；论"学"，引扬雄的话"能读赋千首，则善为之"。这"善为之"，我前面跟你们讲的，我之所以还能写几篇赋，就在于赋读得多，点校一部《历代赋汇》，四千多篇我都要看，最后审稿的时候又通看一遍，读了四千篇，写个四篇赋应该是没问题了，我算超额了，现在写了十篇赋了。这里面包含一个字，就是"学"。我们接着看刘熙载怎么说："相如一切文，皆善于'架虚行危'。其赋既会造出奇怪，又会撇入窅冥，所谓'似不从人间来者'，此也。至'模山范水'，犹其末事。"在体物的同时还能达到一个非常高的境界。

所以"体物写志"正好分成两个系谱，"体物"也许更多地是知识系统，"写志"更多地是抒情系谱。如果我们讲诗，言志或许多一点，但是赋必须首先体物，然后才谈到言志，这是一个知识系谱跟抒情系谱的交接和互为，古人说的赋代类书，当与体物的知识系谱有关。台湾学者对谱录多感兴趣，他们有时语言很有趣味，什么谱录与辞赋"合体共舞"[1]，很新鲜，也有些道理。又比如刘熙载说，"相如之渊雅，邹阳、枚乘不及；然邹、枚雄奇之气，相如亦当避谢"，"赋欲纵横自在，系乎知类"。大家注意了，袁枚、陆次云都讲赋代类书，后人又在反对，说赋跟类书不同，赋与谱也不同，谱归谱，赋归赋，谱是言他人之物，赋是谈自己之事。

对照刘熙载的话，可知赋与谱不同，可是其间也不无关联，辞赋为什么与谱志相关？因为大量的知识系统，谈赋必须要有大量知识系统，读赋也是如此，这就是刘熙载说的"知类"。什么是"知类"？他又引录了《太史公书》的《屈原传》曰："举类迩而见义远。"《汉书·叙传》又曰："连类以争义。"司马相如《封禅书》曰："依类托寓。"枚乘《七发》曰："离辞连类。"皇甫士安叙《三都赋》曰："触类而长之。""类"就是知识系谱，以此说事，可见赋的一个重要的特点，落实到实际的创作，又是"赋起于情事杂沓，诗不能驭，故为赋以铺陈之"，刘熙载这段话是典型的讲赋的创作以及赋的体态的批评话语，"斯于千态万状、层见迭出者，吐无不畅，畅无或竭"，赋与诗的创作特征划出了疆界。讲了这么一大通，然后归结到，"古人一生之志，往往于赋寓之"。这个话讲得绝对了一点，但也确是一种现象。唐宋考赋，就是要考察你的才学，一首小诗或者灵感来了，写得好一点，灵感去了，写得差一点，一篇赋灵感来了，不一定写得好到哪里去，灵感去了，吭哧吭哧也能写不少字，要靠平时的积累，因为里面多含知识和学问，要铺陈，可不是刹那间的事情，所以赋跟诗是有所不同的。赋要铺陈，内含大量知识，所以说寓一生之志，这是就创作来说的。

---

[1] 参见许东海《辞赋·类书·谱录——汉赋的诗学知识系谱与宋代荔枝辞赋、谱录之合体共舞》，《第十届汉代文学与思想国际学术研讨会论文集》，2017 年 8 月台北政治大学编印。

还有编排，我们会发现，至少在宋代，或者说宋元明的时期，人们编文集都习惯把赋摆在最前面，我们翻翻大量的集部编撰，往往是赋在前面，诗居其后，这叫作先展现才学，后隐现文心。谈批评也是先粗后精，赋粗一点，诗精一点。这是一个非常重要的现象，是一个值得继续探讨的现象。赋居文集之首，也就叫作"赋首"，这是一种赋观才学的表现，因为文人就是要讲才学。而赋能寓人生之志，我想关键还在"学"。一个文人的成长历程，也常常是早年就作赋，你看杜甫干禄朝廷，上《三大礼赋》，这是他早年得意的东西，他后来在诗中追述平生所学，说"赋料扬雄敌，诗看子建亲"（《奉赠韦左丞丈二十二韵》），他没有先讲"诗看子建亲"、再说"赋料扬雄敌"，对吧？这有个时序问题，作为文人创作，应当赋在诗前，文人诗是后起的，文人赋是先在的。其中最重要的还是赋作为一种才学的表现，文人都希望有更多的才学展现，一个人能兼得才与学，当然得意，由赋观其才学，则能读其赋即知其人，也就信而不诬了。班固算是文史大家了，他的《咏史》诗"质木无文"（钟嵘语），你把他的《咏史》摆在文集的前面，能看出他水平吗？如果把《两都赋》放在最前面，这就不得了，连萧统编总集《文选》都把这篇放在全书第一篇，不仅能见班固的大才学，还属于"国家制作"[1]，这水平还了得？班固的史学与赋学水平之高，为人所公认，"诗才"看不出来。文人"诗才"的显露是到魏晋以后了，唐宋大篇的诗作也可观其才学，尤其杜甫的诗，兼得才学。人们认为才学于杜诗，在于以赋为诗，这是有一定道理的，否则怎么写得出那样汪洋宏肆的长篇大作？重才学是与赋有关

---

[1] 于光华辑《重订文选集评》班固《两都赋》引何义门语："赋学之盛，关系国家制作。"（国家图书馆出版社 2012 年版，第 156 页）

系的。刘熙载说"赋取穷物之变",如何穷尽物象的变态,他归于"如山川草木,虽各具本等意态,而随时异观,则存乎阴阳晦明风雨也"。天象与人象、人象与赋象融为一体。《赋概》可以好好读一读,一段段的像赋话一样,虽不成体系,但里头还是很有一些见解,非常精彩,是光耀赋论史的精彩见解。

我们看了刘熙载《赋概》中的这么几段话,谈赋的创作、赋的体类以及上升到赋的特征。这里头都隐含着一个传统,"赋兼才学"。我们还可以把这一比较笼统的概念做一些细化和区分,自然发现刘熙载在强调"赋兼才学"的同时,还有其他论点值得参考,他谈到赋体自成,却应以诗为心("诗为赋心"),又强调了诗心。这样一来,如果结合我们有关赋源的探讨,就能理解他虽区分诗与赋,讲"赋兼才学",但他的赋的诗源论思想是非常明显的。他的诗源论思想的表现是诗心、诗情,然后由诗体到赋体,就进入了前面一堂课讲的两个面向,也是对刘熙载赋论的两则影响,一个面向就是"祖骚",一个面向就是"宗汉"。由此来看他说的"赋兼才学",也主要是属于古赋批评体系的。在刘熙载所处的中晚清时期,古赋批评仍是正统的赋批评体系,古赋跟律赋相比,二者虽各有千秋,但正统还是以古赋为本,"祖骚""宗汉"就是它的价值所在。所以刘熙载在讲"赋兼才学"的时候,也是重诗骚的启发,由诗心而为赋心。在"宗汉"的方面,与"才学"相关的是对汉人宏辞阔境的赞赏,比如对司马相如赋的赞赏等等,那就是由诗法而转向赋法。所以我觉得从刘熙载这些话,就能看到由诗体怎么到赋体,由诗心怎么到赋心,由诗法怎么到赋法,绾合起来看这几个方面的讨论,刘熙载《赋概》是写出了一定的新意的。往前推溯,明代人喜欢用托名司马相如的话,就是《西京杂记》中所记载的,一方面强调赋迹是"一经一纬,一宫一商",一方面又强调赋心是"苞括宇宙，总览人物"，其中也有大才学、大气象在。赋，尤其是长篇大赋，是需要呈现一种气象的，不是大而化之，而往往可以通过知识的系统达到大中见小的艺术效果。

在谈知识体系的时候，也会出现一种对赋的误读。有时候误读是合理的，也有时候不合理。"赋兼才学"的"学"被误读后，一下子都归于以物态为代表的知识体系，就是孔子讲的《诗》可以兴、观、群、怨，还能识"鸟兽草木之名"这一方面[1]，这是误读，但是合理。把"才学"视为赋"体物"的物态，构成一种知识体系，这在赋创作中是非常清楚的，但不全面。我们还要注意，作为赋的创作，"才学"要彰显内在的功力、活的学问，赋要用经、用史，作为后代的赋之创作，更要用前人的诗赋传统中的很多典故和学问，赋家要用典和用学，而且要活用，这才是隐蕴之才。这些典故、学问所存在的经也好，史也好，子也好，集也好，本身就构成了知识体系。不仅物态的知识体系，还要关注文学中的典章制度与文化内涵，或者说是用古人之义、古人之心的知识体系。"赋兼才学"与赋所包含的知识体系有关，却不仅是"穷物之变"，而是融织了大量的前人学问，加以文学化的处理或者叫赋学化的处理，这才是我们读赋、研究赋都必须注重的一个问题。

"赋兼才学"，"才"也是文人必备。在讲考赋的时候我们说过，权德舆知贡举，与举子调笑的对联，"三条烛烬，烧残举子之心"，"八韵赋成，惊破侍郎之胆"，举子试赋的敏捷也是才的表现。过去学者要"骋才"，文人要"骋才"，在哪里骋呢？到闱场里去骋，到文人雅会去骋，这叫"骋才"，要找到适合"骋才"的地方。过去闱场考文，称为文

---

[1]　《论语·阳货》："子曰：'小子，何莫学夫《诗》？《诗》可以兴，可以观，可以群，可以怨；迩之事父，远之事君；多识于鸟兽草木之名。'"

战，文战斗文，过去我的家乡桐城人斗文据说特别厉害，实在找不到场合斗文，结果人家的红白喜事也要斗文。比如某老前辈死了，这些文人少不了送挽联，挽联讲究呀，都挂起来了，比呀，斗啊，你的挽联写怎么样，我这个挽联怎么样，看谁写的是压卷之作。这真是化悲为乐，把悲惨的场景变成一种"骋才"的地方。古代很多文人卖大钱的文章就是墓志铭，文人想捞点外快，要学会写墓志铭，而且要写得好。中国人往往重死厚葬，喜欢请人来题碑、题铭、题志，遇上这个机会，你就别跟他客气，要大价格，价格低不代他写，价格不满意，写的时候要表面好话中暗寓些讽喻之辞，如果钱给得足够，就全写好话，谀墓是要代价的。唐代的韩愈就这样，靠写谀墓文发了不少财，结果他的那些碑铭还被后世奉为范本，选入经典的文学总集中。这类文章有时候是靠不住的，也许行文的章法还可以，气势也还可以，但是内容你千万不要相信，他是拿了人家钱讲好话，有极大的虚夸成分。不过这样的虚夸也是需要才华的。直到今天，我们写些"假古董"，你也不能相信它的内容的真实性，文人多有吹捧与虚夸的成分，就像我写《光雾山赋》一样，光什么光？光秃秃的光；雾什么雾？雾蒙蒙的雾。你说怎么弄？你要把它写成发扬光大的光，光大之意；写成雾隐仙踪的趣味。这样一写，对方高兴了，又要我给这座山写一段促进旅游发展的广告词，这广告词也不好写，要准确也要虚夸，有实货又要漂亮，这也是文人"骋才"的地方。赋是讲究"骋才"的，从古到今都是一个道理。

当然，赋家"骋才"，要有一种学术蕴含于中，就是华丽辞章外表的里面要有些学术的内涵，这又涉及前人论赋的一个方面，一个值得思考的问题，就是赋与史的关系。我们知道，史学是极讲究才与学的，我们论学之道，牵涉到史学家或史论家时，经常讲到从刘知几到章学诚，过去人讲"兼才学"的是史学，史学是需要才学的，于是刘知几《史通》倡"史才""史学""史识"，章学诚《文史通义》又加了个"史德"。谈史学理论总要寻找写作的范本吧，《太史公书》虽然曾引起史学有关真实及价值的争论，但仍不失为一重要的史书范本，被后世推尊。这又使我们看到，与《太史公书》时代差不多的司马相如的赋，也受到了后世赋论家的推尊，对这两者的推尊构成了中国历史上罕见的一句话，"大汉文章两司马"。赋学与史学在特定的时空联结起来，因为他们属于大汉那个时代，属于中国古代特有的一种文化传统。大家一定要注意，某一个概念在某一个时间出现，实际上就构成了一种传统，这是非常重要的。我们每个人都是个体，都有个性，是独立的，但是你千万不要忽略了由一个一个人建构的传统，你个人稍微萎靡不振，沉湎于玩弄手机什么的，就把一个伟大的传统玩掉了。我喜欢学宋儒，宋儒就用今事证古事，用今文证古文，于个性见共性。司马迁是一个人，司马相如是一个人，这两位的个性就建构起了一种伟大的传统，赋与史合璧的大汉文章的传统。这里面又有学理存在，说明史家之学与赋家之学是有相通之处的。汉代是个史学的时代，叙事的时代，是文章进行大书写的时代。有人认为中国的诗歌跟西方的诗歌不同，就是我们抒情诗发达，而他们叙事诗也就是史诗发达，比如《荷马史诗》就是叙事诗或史诗的代表。后来又有人认为，汉大赋的书写方式就是一种史诗，擅长的就是叙事，这也填补了中国叙事诗的不足。这是一种说法，或许有点绝对，但其中也有一定的道理，至少在学理上，赋与史是有相通之处的。

从创作的手法来看，赋与史是有所不同的，比如章学诚曾经讲过的，史家是纵才，"通古今之变"的纵才，赋家是横才，所以才有了赋代类书和志书的说法。类书怎么编？横过来编，人摆在一起、物摆在一起，物类又把动物摆一起、植物摆一起，这种分类法都是横分。方志也一样，比如南京的地方志要告诉我们城南有什么、城北有什么。我们旧河西是龙江，新河西在奥体那边，龙江房价顶多两万，新河西的地方房价已经到四万了，这是区域的不同，是志的功用。我们如果写今天的《南京经济志》，你就要这样讲，江北原来房价比较低，三号线过江了，又抬起来了，国务院发了文，搞江北新区，开发大江北，这房价又涨起来了，可是怎么涨也涨不过江南，因为我们南京永远是以江南为主的。南京的地域有特点，大家买房叫"宜东不宜西"，因为紫金山一带是南京的肺，可惜现在附近有了化学工业，成了石化城，科学干扰了地域原生态，连我们仙林校园都常闻到刺鼻的怪味道，又害怕化学爆炸，这河西反而安全些了，房价又随之发生了变化。大家知道，在古代，至少是明朝以来，南京人安家又有一句话，叫"宜北不宜南"，这就奇怪了，一般城市是宜南不宜北，为什么老南京人不喜欢南边呢？因为南边的风水宝地都被死人占了，全是坟墓。江宁开发区那边过去全是坟，我小时候到城南就害怕，一出中华门就不寒而栗，到那边就闭着眼睛不敢走。这种方位的宜与不宜，都是横向的关注，是地方志的呈现。章学诚为方志大家，他就明确区分志书与史书，史书是纵向的，方志是横向的[1]。那么赋是什么体？是以横体为主，所以类似志书和类书。于是我们发现，史学的才学是纵向表现的，而编纂志书、类书的才学是横向表现的，赋创作类似后者。

赋的创作方法是横体，先明方位，再分层次，物态展现是多面向的，呈现的几乎都是横面，可谓横体描写。像班固的京都大赋，你看

---

[1]　叶瑛《文史通义校注·题记》论章学诚学术贡献时说："吾国方志学之成立，自先生始。"按，章氏《答甄秀才论修志第二书》云："史体纵看，志体横看，其为综核一也。"

《西都赋》，先写三辅之地，然后讲到宫殿，宫殿又是多方位顺着讲，然后再讲游猎，再讲美人，再讲顾命大臣，再讲著作之府，都是横过来描写，结果展示出一幅宏大的画面，你说是一篇形象的帝国志也可以。就连小赋的写法也大多如此，你看欧阳修写"秋声"，也采取分类书写的方法，如"秋之为状"如何，又分"其色""其容""其气""其意"等等，再归于"秋声"如何[1]，而不是说过去的秋色如何、今天的秋色如何、将来的秋色如何，因为赋家的常规写法都是横体的，这是章法上的特点。在义理上，横体、纵体是相同的，都讲究"学"的重要性。所以文才、史才，文学、史学，落实到赋创作，于中又是共存的。既然有这种存在，就有了一种连接，我们可以从两个角度来研究这个问题，从横体、纵体的方面来研究，我们可以看到志与史的不同，赋与史传散文的不同，对吧？尤其是赋与编年体史书的不同。我们从不同来看，能写出文章；我们从相同来看，也能写出文章。比如赋与史的同在于"学"，从这个角度进去观察它们相同之处，同样能写出文章来。这个文章可以这么写，也可以那么写，视角不同，内容却是相通的。比如赋与史的关系，或者说汉赋的历史学研究，我曾经想认真写一篇，始终没有写出预想的文章，顶多只是写了像《论东汉赋的历史化倾向》这样的具有时段性的题目[2]，提交某届赋学研讨会，没有触及史学与赋学的根本。

写文章要积累，指积累文献材料；又要触发，指触发写作灵感。有一个偶然的机会，让我正面考虑到赋与史的问题，并通过"赋兼才

---

[1] 欧阳修《秋声赋》："盖夫秋之为状也：其色惨淡，烟霏云敛，其容清明，天高日晶；其气栗冽，砭人肌骨；其意萧条，山川寂寥。故其为声也，凄凄切切，呼号愤发。"

[2] 详见拙撰《论东汉赋的历史化倾向》，《文史哲》2016 年第 3 期。

学"论及赋才跟史才的关系。这是我下面要介绍的一篇文章，《赋与传：从本原到书写》[1]。这个文章你们也许看不到，因为发在一个极小众的以书代刊的杂志上，是我的老朋友杨正润先生主编的。他原先是我校比较文学专业负责人，退休后应聘到上海交通大学，成立了闻名海内外的上海交通大学传记中心，是研究全世界的传记文学的。他还申请到国家社科基金重大项目，为了配合中心的工作，进行重大攻关项目的研究，杨老师主编了这份现代传记的研究型杂志，《现代传记研究》。他说这是精品杂志，上面登的文章，作者是该领域国际知名的，是最高级的规格。他每年过年从上海回来，我们都要在一块喝酒，喝酒的时候他就找我要稿了，最高规格的老朋友，要提交最高规格的文章，为了迎合传记的需要，我就整理材料，写了这篇赋与传记的文章。传记固然有文学性，但其根本是史学的，所以我这文章也算是赋与史的讨论了。文章写好后，很快就给我排上了，还排在这期杂志除了纯洋文之外的第一篇，相当于把这一辑的首篇给了我，荣莫大焉。研究古典文学的人研究传记，牵涉到史学问题，有点外行，但做古典的有一个优点，就是重视文献。比如我因赵宪章老师的邀约，参加了"中国文学图像关系史"的研究工作，有次赵老师看到我和王思豪写的有关赋与图像的文章，大加赞赏，说这么多文献，他们写不出来。就是说研究图像艺术的，有他们分析画面构成的优势，我们研究古典的，有文献优势。我审读《中国文学图像关系史·汉代卷》的时候，他们做艺术的用古典文献比较头疼，用白话本《史记》，我说统一用中华书局标点本吧。引经书，随意用版本，一章一节中都不统一，我说

---

[1] 指拙撰《赋与传：从本原到书写》，上海交通大学传记中心主办，杨正润主编《现代传记研究》第 4 辑，2015 年春季号，商务印书馆 2015 年版。

用阮刻《十三经注疏》就好了。对这些问题，我建议赵老师找我们读古典的博士通校一遍就解决了。隔行如隔山，你看他们的文献引得叫人好笑，我们分析图像可能也会让他们耻笑。

赋与传的关系中，隐含着辞赋的才学与历史的才学的关联。具体地谈，我在文章的第一部分就以"经传：赋体源起与功用"为题，首先讨论经和传的问题。我们都知道，汉代就有《离骚传》的说法，说的是汉武帝喜欢骚辞，于是淮南王刘安上《离骚传》给朝廷的故事[1]。有人说"传"就是"傅"，"傅"又与"赋"古文互通[2]。所以汉简《神乌傅》发掘出来，实际上是《神乌赋》，"赋"写作"傅"，与"传"是相通的。有关这个问题一直有很多说法，大多认为"赋"与"传"是相通的，而经与传的关系，传就是讲经解经的，毫无疑问吧？比如《春秋》三传都是解释《春秋经》的，那么"赋"为什么有时候就写成"传"了？传一"体物"就变成"傅"，"傅"又通"赋"，从学理来讲也有一定的道理，因为赋就是"古诗之流"，讲的是经义。这"古诗"是《诗经》，经义就是解释《诗》，对《诗》进行阐发，无非是要隐喻那些讽谏之义，所以说"赋"与《诗》的功用"无异"，与《风》诗之旨有关。这样一来，就统括了赋与史的关系，为进一步阐发赋与传的相类及功用奠定了论述基础。

该文的第二部分讨论史传，落实到赋家的载史与论事方面。这是很有意思的现象，早期的赋文，那时没有文集，都是由史家所撰的

---

[1] 《汉书·淮南王传》："（刘）安入朝，献所作《内篇》，新出，上爱秘之，使为《离骚传》。"颜师古注："传，谓解说之，若《毛诗传》。"

[2] 王念孙《读书杂志》："传当为傅，傅与赋古字通。'使为《离骚傅》'者，使约其大旨而为之赋也。"注曰："《皋陶谟》'敷纳以言'.《文纪》敷作傅，僖二十七年《左传》作赋。"

史书录载，尤其是汉史，载文多载辞赋，其他文体记载得反而相对少些，比如《史记》和《汉书》都有载赋的传统。同样，赋家的作品中也大量承载着历史的故事和当代史学的价值。因为赋与史有关，存在另一端的叙述与价值，就是论事。赋也论事，史也论事，扬雄的《法言》里面讲过"事"与"赋"的关联[1]，值得参考。这是文章第二个部分的主要内容，从创作上看赋所承负的史的叙写功能。这里头有些内容我不细讲了。

接着该文的第三部分讨论"赋颂"以及与史书的相近的特征。史是做什么？实录。赋是做什么？虚构。可只是情节的虚构，适当的虚构，其中也有极大的实际功用在。举一最鲜明的方面，那就是史家也好，赋家也好，都在实践着一种述德传统。班固说赋是"雅颂之亚"，我前面讲过了，周诗、汉赋，无非都是述德传统，后世的辞赋也是一直保持着这一传统的。中国的学问也不是空洞的学问，不是知识的堆砌，那样就变类书了，变成字典词典了。词典解读词语的时候也有思想性，当然可以稍微简单一点，不那么重要。作为文学传统、文学创作，它必须有深刻的思想性，而这种具有思想性的学问寄托在哪里？述德传统。明德和败德，是一个政教文学观最典型的展现，由于德又包括了个人的修养，我们不要仅仅把它看成政教，一种僵化的维护统治利益的政治意识，不是的，个人情志也能表现于德教，比如孝道，孝敬父母就是自己的德，自我的东西本身也是一种情志，这种情志蕴含于德教中。当然，有时个人情志与国家情志是结合的，比如写《两

---

[1]　扬雄《法言·吾子》："君子事之为尚。事胜辞则伉，辞胜事则赋，事辞称则经。"宋人赵鼎臣《邺都赋序》将扬雄的话合观于孔子的"质胜文则野，文胜质则史"，认为："盖赋者，古诗之流也。其感物造端，主文而辨事，因事以陈辞，则近于史。"

都赋》做什么？写《天子游猎赋》做什么？赋家无非是想述帝王之德。讽喻是在帝王失德时，颂赞是述帝王之有德，无非是述帝王之德。汉代的赋家是宫廷文人，"言语侍从"，述帝王之德；到魏晋以后就不完全一样了，有述家族之德，有述个人之德，也可以自述其德，显得更为广泛了。赋家赋作在更加个人化后，述一己之德，述社会之德，都可以，只是在位势上不断地下移而已。所以述德传统是非常明显的，与史书相比较，这一种述德的共性以及随着时代发生的变迁，都有一定的道理。

《赋与传：从本原到书写》这篇文章，我通过三个方面来谈辞赋与传记的关系。第一个方面是考本原，就是赋体源起于经传功用。第二个方面是谈史赋，就是史跟传的关系，因为中国史书编纂有几大传统，一个是纪传传统，一个是编年传统，一个是本末传统，或以人为主，或以时为主，或以事为主。几大传统中核心的核心，还是以二十四史为标志的正史，正宗的正宗，是纪传传统。这纪传体与赋的关联归结于述德传统，从而完成其大义，这是第三个方面。话说回来，如果不是杨正润老师主编这个杂志，向我约稿，可能这篇文章到现在都没写。现在写了，发表了，又觉得有点意思。这就是与"赋兼才学"相关，赋学与史学的相同与不同。这是我通过解释这篇文章谈到的一个方面，也是值得继续思考的一个方面。

有关"赋兼才学"，可以从多面向展开，前面说的赋与史传的关系，我就不多讲了，但其中确实有很多问题值得进一步探讨。"赋兼才学"可以细致化，也可以宏大化，可以"退藏于密"，又可"充之而弥六合"。如果扩而大之，赋家的才学就是一种胸襟气象。你没有才学就没有胸襟气象。一讲这个人雍容大雅，主要指的就是气象，不是管你鼻子多大、单双眼皮，观人不在观容，而是通过容貌看其气象如何，这很重要的。过去老辈说故事，讲有一个人很有风度，一看就气度非凡，另一位懂相貌的在旁，认为此人将来必有大成，地位很高，甚至能成帝王，看的就是气象，是气度非凡。结果对坐了一会，此气度非凡的人去上厕所，一出门转身时这观相的发现，他就是个戏子，会演戏而已。因为他坐那里时非常端庄，有帝王气象，当他出门的时候，身体一溜就出去了，那一侧身过门，已望之不似人君，一个动作就毁了气象。过去看相不仅仅是观面容，还要观察行为，比如有人纵理纹入口，不好，现在可以改了，开刀整容就是了。这纵理纹入口是饿死相，汉代的邓通就是纵理纹入口，文帝的时候他为皇帝吮吸病痈，身居高位，待老皇帝死后，小皇帝就恼火他过度邀宠，最后把他饿死了。《三言二拍》里面这类故事很多，说有一个人也是纵理纹入口，相师说他今后要饿死，有一次他在破庙里捡到一包银子，拾金不昧，在那里苦等失主，一直等到天黑，哪晓得失主是个妇女，是要救家人命的钱，丢钱后正无奈要自杀，结果回头走到破庙时得到了失金，救了全家性命。过了些时日，这相师又见到这人，发现相貌变了，纵理纹咋从入口又长出来了，于是说他不会饿死了。原来做了好事还能改变相貌，可见人的胸襟气度又决定了气象。看一个人的相貌，不仅是看眉毛、看眼睛、看鼻子、看五官身材等，还需要看配搭，所谓"倾国宜通体，谁来独赏眉"，观人要讲风度，观画要讲气韵，读文要有气象。说句老实话，学问做多一点，胸襟要开阔一点，你气韵就不同了。汉大赋之所以能够"体国经野，义尚光大"，就是要观气象。

由此我们看辞赋的历史，早期的赋学问大，后来的赋学问差些了，我们的读后感是从气象走向技巧，赋的衰落也是这样子，气象越来越不行了，人们愈发追求章句与技巧了。不过，我们从文学自身的变迁来看，技法或技巧也是种了不起的学问。我们过去只注意中国文学的言志的传统，或者体物的传统，或者抒情的传统，多以气象为主。如果我们讨论中国文学的辞章传统，关注语言辞章学，这技巧也就很重要了。辞章学的学理是近代学者开始关注的，其中更多是技法，所以我觉得在看"赋兼才学"的时候，是从气象到技巧，要看清这一点。这种变迁非常明显，我觉得从赋论载体本身就能看出来，赋论载体本身就有着这种变迁[1]。对一个学问，如果要想做得稍微全面一点，敢讲话一点，就得做通史的工作。当然，通史只是比较浅近的了解，学问还没有真正进入，要深透，要发微。但发微是在全面了解的基础上的，因此首先是要了解通史。过去做学问也不容易，就是从头到尾地读嘛，十三经、二十四史先读，这些都读一遍过后，你就有些通了，也不能讲通才，可以说基本上通了。所以研究某一文体的通史是有好处的。我写辞赋理论的通史，好处就是对赋学有一整体的、全盘的了解，了解过后就能够在某些问题上把握一个大概，因为相关载体都掌握了，相关文献都整理过了，比如辞赋的文献，尤其是赋论的文献，我至少掌握百分之八十吧，这掌握得多了，也就能够讲得大致不差了。

早期赋论的载体是史传；到魏晋以后就多了专论，有了专集；再到了唐宋时代，主要是散论和赋格；到了明清时代，赋集和赋话占了赋论文献的多数。通过全面了解赋论的载体和文献，就能形成你的思理传统，明了从宏大的气象往技术化的转型。相较而言，历史上唐宋时期的赋论最不发达，多是散论，可是我们要关注赋学文献，赋

---

[1]　详见拙文《赋论文献时代变迁述略》，载《古代文学特色文献研究》第 3 辑，上海古籍出版社 2018 年版。

论文献兴盛的时期要辨认，要重视一些，赋论松散的区域或时段也要关注。我的经验是，赋论密集的区域，东西太多了，关注时反而会茫然一片，眼花缭乱，而一些时期零散的赋论看似荒芜，东西很少，你却能把握一点，揣摩出是什么原因和内涵，也很有意思。比如唐宋时期文学理论不发达，因为唐宋是文人化的时代，从唐代的浪漫文人到宋代比较谨严的书斋文人，那时文房四宝开始兴起，成就了书斋文学。在从自然文学向书斋文学转变的这个阶段中间，例如文人画就是个符号，有人说唐宋时代是绘画的文人化时代，就是这个道理。而这个时代确实理论不深，所以我在有一次演讲的时候讲了一个有趣味的比喻，后来就写在我一位博士生的论文的序言里面。我开玩笑说，治唐宋的人把唐宋搞搞好也差不多，前后当然要了解，也不要做多深，这文人化时代是肥沃的中段文学土地。做早期文学的人要了解尾巴，明清尤其清人的那些东西，你如果搞不清，只做一个郑玄注，不晓得惠栋他们怎么讲的，戴震又怎么讲的，就麻烦了。做明清的人，不了解源头也很麻烦，因为明清的学者往往越唐宋而过之，做学问有时候不谈唐宋，唐宋不就李白、杜甫、苏东坡的文才嘛，而往往追到了先秦。我的这个比喻就是：治唐宋之学是抓黄鳝，治先秦两汉之学和明清之学是抓蛇[1]。我有这个形象的说法，关键是黄鳝和蛇我都抓过的，你没抓过，根本搞不清。我当时在农村插队，整天想逮野兔子吃，结果跑不过野兔，后来发现，野兔前腿短、后腿长，所以上升特

---

[1]　参见《清代翰林院与文学研究·序》："我曾戏言习中国古典文学者，治唐宋者如抓'鳝'，以中指执其中身，旁两指助力扣住即可；而治先秦两汉或明清者则如捉'蛇'，或击头部'七寸'，或执尾部速拎起而抖动之，以松其骨。执尾抖动，骨节尽松，力必达于首，此新'捕蛇者说'。"载潘务正《清代翰林院与文学研究》卷首，人民出版社 2014 年版。

快，上山时你跑不过它，而在下山的时候就能追到，我开始往山上追，累得要命，它还是一溜烟地上去了。我有追兔子的经验，黄鳝与蛇的比喻也是从生活中来的。

学问未必都来自生活，但生活可以带来学术的灵感。现在年龄长的有个群体叫插队知青，谈起革命精神，除了老革命，就算知青比较有气象了。我插队时在稻田里劳动，逮过黄鳝，逮过蛇。一看一个水洞冒泡泡了，你就逮逮看，是蛇还是黄鳝，手腕一伸进去，冰凉的，你赶快出来，那就是蛇，温暖的，就是黄鳝。黄鳝你难抓住的，太滑，一溜就跑了，怎么办？你就这么当中一抠，往上夹，头尾特高，这就是逮黄鳝。治唐宋之学的人，抓住了文学史的中断，就是这个意思。治明清之学的怕蛇可不行，我开始逮蛇有点害怕，后来经常有毒蛇在我脚边爬过去，就无所谓了，现在久不逮蛇，又开始害怕了。村庄的狗也很可怕，夜晚过一个庄子的时候，一群狗跟后头扑，你不能同它打斗，只能蹲下作拾砖块状，它就不敢上来，然后你就手持物件边退边走，狗以为你要砸它，但你千万不要把手上东西砸掉，那样恶狗就扑上来了。你看到那些鬼叫的狗，根本不要怕，因为叫狗不咬人，闷在那个地方哼的狗最可怕，闷狗咬人最厉害，它呼一下上来你就完了。你们没有这经历，我有这种经验。前面说逮蛇，蛇来了怎么办？两种逮法，一个把它头打到，击中七寸，不打头它就咬你。一个拎尾巴，拎着赶快抖，直抖，不要抖得太重，它会卷上来咬你，把骨节抖散了，就解决了。捉蛇，一个击头，一个拎尾，扣其两端；抓鳝，得其中段。合起来就是舜嘛，舜"执其中"而"扣其两端"，国家就大治了。老子说"治大国若烹小鲜"，我说就是逮黄鳝和逮蛇，简单得很，我们为民服务就像逮黄鳝，打贪官就是逮蛇。当然，用之谈学问是我的发明，所以写在序文里，以明确其著作权。

做学问也是这样，要顾头观尾，抓住节点。整个赋论的历史是个大的变迁，"赋兼才学"的内涵也随着变迁而有所更化。我前面讲的，赋论史的大变迁也符合文献载体的变迁，从史传到专论，到唐宋文人化的散论，然后为了科举考试闱场写赋出现了围绕创作技术化的赋格、赋谱，再到后来明清时代大量赋集和赋话出现，这是相对独立的赋学批评文献，其中就包含了一个大的变迁。

除了所谓的载体文献，从体类批评也可以看到不同。我前面讲过《汉书·艺文志》的诸家，那就是笼统的诸家。到后来刘勰的《诠赋》讲汉赋"十家"，就是名家，然后又讲"鸿裁""小制"，什么叫"鸿裁"？"体物写志"的大篇。"随物赋形"是"小制"。赋的体类直到唐宋以后才渐渐成熟，骈体、散体、律体，还有文体赋。明清时代以体类为赋学的批评方法，已是常见的了。所以这也是一个变迁，在这个变迁中，还有对修辞的态度问题，批评家对赋家修辞经常带着偏见，尽管汉赋家那么铺张扬厉，那么辞采纷呈，但是他们总是批评这个东西是"虚辞滥说"，因为其中始终有一种经义思想。而随着时代的发展，伴随赋论的变迁，这种批评也发生了变化，从批评"虚辞"到渐渐容受，辞章也是美丽的，甚至于到后来就对用词铺陈有所赞扬了。你看，到后来赋话里面对前贤创作的评论，和赋集评点里面以美丽的语言来评点赋家美丽的语言。赋是一种语言的艺术、修辞的艺术，得到了相对的承认，这也是赋论的一种进步，其中自然也包括了"赋兼才学"的发展。

这样的一个变迁，正构成了由气象到技巧的变迁，气象是才学，技巧也是才学。读汉大赋是"体国经野"，以京都赋为重镇，其语言艺术多是围绕气象而展开的。汉大赋固然语言非常复杂，非常老到，甚至非常错综，司马相如在《上林赋》中描写"八川分流"的时候，那些动词的运用是非常讲究的。他写了水的流向和声音，每四个字里，前两个字写流向，后两个字就必然写声音；反过来接着写四个字，先写声音，然后必然写流向 [1]。这是很讲究的，否则怎么叫修辞的艺术？这些细微的描绘，重点不在技巧，而是将技巧蕴含于大赋的场景与气象中。那一段直贯而下的词语表现的声音和流向，构成了宏大的气象，就像黄河壶口瀑布一样，到壶口瀑布才晓得黄河的那种气象。我曾因中央党校学习，随队伍去了壶口瀑布，列队站在那里唱《黄河大合唱》，黄河瀑布的声音那么大，再多人唱也听不见，这时才感受到自然力的强大，才联想到赋家摹写自然力的强大。《上林赋》是宏大的气象中融织进了一些技巧，技巧都体现在大的气象中的动作与呈现。这是汉大赋所呈现出的明显的才学，在"赋圣"司马相如的作品中非常突出。

用司马相如赋的描写和唐诗进行比照，唐诗很多是仿效赋体的写法，在技巧方面就非常明显。你只要对应一下相如赋写"汹涌彭湃"一段的场面，看到一个是视觉的流向，一个是听觉的水声的描写方式，你就会理解王维的《山居秋暝》诗的描写方法了。王维诗写的是："空山新雨后，天气晚来秋。明月松间照，清泉石上流。竹喧归浣女，莲动下渔舟。随意春芳歇，王孙自可留。"中间两联，"明月松间照"，

---

[1]　司马相如《上林赋》"丹水更其南，紫渊径其北。终始灞浐，出入泾渭。酆镐潦潏，纡余委蛇，经营乎其内。荡荡乎八川分流，相背而异态。东西南北，驰骛往来。出乎椒丘之阙，行乎洲淤之浦，经乎桂林之中，过乎泱漭之野。汩乎混流，顺阿而下，赴隘狭之口，触穹石，激堆埼，沸乎暴怒，汹涌彭湃，滭弗宓汩，逼侧泌㳽，横流逆折，转腾潎洌，滂濞沆溉，穹隆云桡，宛潬胶盭，逾波趋浥，莅莅下濑，批岩冲拥，奔扬滞沛，临坻注壑，瀺灂霣坠，沉沉隐隐，砰磅訇礚，潏潏淈淈，湁潗鼎沸，驰波跳沫，汩㶁漂疾，悠远长怀，寂漻无声，肆乎永归。然后灏溔潢漾，安翔徐回，翯乎滈滈，东注太湖。"

视觉，马上接着"清泉石上流"，听觉，然后不是再用视觉、听觉这个模式，而是变成了由听觉而视觉，"竹喧"，听觉，"归浣女"，视觉，"莲动"，又是视觉，这就是错综法。杜甫也多以赋法写诗，他说"毫发无遗憾，波澜独老成"（《敬赠郑谏议十韵》）。你凭什么"波澜独老成"？没有胸襟，顶多就是一个工匠，那是不行的。凭什么说"毫发无遗憾"？这又有技术在其中，是精心酝酿、下笔出神的。我们说诗与赋的才学要看汉唐，汉大赋是在气象中观技巧，唐人诗多从技巧中观气象，有才学是他们的一个共同的特点。我们接着再看唐以后的赋作，有文人写赋，有闱场考赋，"随物赋形"的小赋大量出现。于是我们看赋写作文本的变化，从中又可发现一个问题了，小赋有点类似唐人诗了，可以说是由技巧观气象。

赋家从技巧观气象，也是才学，魏晋以后渐次多了，这与诗、赋鉴赏趋同的大势有关。我们先看个评诗的例子，《世说新语》的《文学》篇里记述了有关《诗经》中何句最佳的故事："谢公因子弟集聚，问：'《毛诗》何句最佳？'遏称曰：'昔我往矣，杨柳依依；今我来思，雨雪霏霏。'公曰：'讦谟定命，远犹辰告。'谓此句偏有雅人深致。""遏"指的是谢玄，谢玄认为"杨柳依依"最好，"公"是谢安，他也讲一个更典雅的诗句，但是传到后来，还是谢玄的说法更出名。"杨柳依依"，他用一句话论《诗》之佳处，而这一句话实际上就用了一个形象，杨柳。我们都知道，柳永的《雨霖铃》写到杨柳，很出名，词写"寒蝉凄切。对长亭晚，骤雨初歇。都门帐饮无绪，留恋处、兰舟催发。执手相看泪眼，竟无语凝噎。念去去、千里烟波，暮霭沉沉楚天阔。　　多情自古伤离别。更那堪、冷落清秋节"，到这里都不稀奇，到什么时候最稀奇？到该词的高潮，"今宵酒醒何处？杨柳岸、晓风残月"，这就精彩了，这也就是宗白华讲的艺术的境界，形象变为象征了[1]。我在给大学生开文化讲座的时候，就劝他们不要树立一大堆的形象，你们导师变成形象，把你压得要死，你的领导是形象，把你压得要死，你们把他们都看成象征，把他们虚化一下，导师不要看着他，眯着眼睛，看得朦胧一点，他只是一个学习的师表，你看他已经两鬓白发了，还在孜孜不倦地做学问，这就变成一个象征了，他也就不会给你太大的压力。宗白华这话讲得特别好，化形象为象征，这才是艺术。女孩子照镜子，"照花前后镜，花面交相映"（温庭筠《菩萨蛮》），就是把真实的美的形象虚化一下，变成象征才好，美的象征。所以"杨柳"这句为什么那么好？既是一个形象，更是一种象征。我以前讲过一个故事，某人得一幅名画，据说是唐伯虎的作品，于是大宴宾客求题诗，画的主题是杨柳岸送别，一条河流，两岸杨柳，一码头，一木船，一个男孩要走，一个女孩送别，杨柳树枝上有鹧鸪鸟、杜鹃鸟在东西两边啼叫。这时有位年轻人上去就题诗，前四句是"东边大柳树，西边大柳树，南边大柳树，北边大柳树"，你说杨柳再美，这四面树枝，一堆形象，还有美感吗？但第五句极佳，是"千丝万缕难系兰舟住"，杨柳丝变成守住时光的链条，万缕千丝也系不住，时光留不住啊，最后是："这边啼鹧鸪，那边唤杜宇，一声声行不得也哥哥！一声声不如归去！"前四句是形象，第五句转为象征，这就美丽了。汉代大赋不会这么写，说起山来是一大串山的形容词，说起水来是一大串水的形容词，山水比德是最重要的。到文人化后的辞赋创作

---

[1]　宗白华《中国艺术意境之诞生》说人生有功利、伦理、政治、学术、宗教五境界："功利境界主于利，伦理境界主于爱，政治境界主于权，学术境界主于真，宗教境界主于神。但介乎后二者的中间，以宇宙人生底具体为对象……化实景而为虚境，创形象以为象征，使人类最高的心灵具体化、肉身化，这就是'艺术境界'。艺术境界主于美。"

才开始变化，鉴赏趣味也发生了变化，对赋中内含的情志、物象、人情、道德，往往是通过某个形象去表现、去转化、去审美的，这就是从技术化的层表来考虑的。无独有偶，我们再看《世说新语·文学》有关一则赋作鉴赏的记载："孙兴公作《天台赋》成，以示范荣期，云：'卿试掷地，要作金石声。'范曰：'恐子之金石，非宫商中声。'然每至佳句，辄云：'应是我辈语。'"孙绰写成《天台山赋》给范荣期看，说，你摔到地下看看，有金石掷地的声音。范荣期回答说，好像不怎么样，但读到赋中的某一句却非常好，很合我的心，说是"我辈语"，难道仅是这么一句话好吗？不是的，这是以个体解读整体，里面有很大的技术含量。这里面也有才学与胸襟在，从一句话看出胸襟，这就是从技术看气象。《世说新语·文学》还记载了另一则鉴赏赋的故事："庾子嵩作《意赋》成，从子文康见，问曰：'若有意邪，非赋之所尽；若无意邪，复何所赋？'答曰：'正在有意无意之间。'"这是去掉了赋语的质实，而寄托某种象征的空灵。

评赋的技术化，沈约的故事就更明显了。沈约写好了《郊居赋》，请好友王筠来品评与欣赏，先叫王筠读赋，他不说，要你自己读。这王筠一遍读过来，读到其中的四个字，就是"雌霓连蜷"四字，沈约讲，你真是知音，什么知音？霓虹灯的"霓"王筠读作入声，一个字读对了音，沈约就说太懂了，知音 [1]。沈约论诗赋极重四声，讲声病的时代到了，也许受到佛教的影响，诗赋也重视声韵了。通过声律的

---

[1]　《梁书·王筠传》："（沈）约制《郊居赋》，构思积时，犹未都毕，乃要筠示其草，筠读至'雌霓（五激反）连蜷'，约抚掌欣抃曰：'仆尝恐人呼为霓（五鸡反）。'次至'坠石磓星'，及'冰悬坎而带坻'，筠皆击节称赞。约曰：'知音者希，真赏殆绝，所以相要，政在此数句耳。'"

技巧说明文学欣赏的知音，既彰显了时代的特征，也喻示了审美的变迁。你想，一篇赋作，难道他就为了这个字写的？绝不是。还有他的气象，还有他的宏整的东西，但却常通过一个字、一个韵来彰显，这是赋风的非常大的转变，是一种极为典型性的转变。比如我们再看最没意思的赋，闱场的考试赋，唐宋的科举考试赋都是律赋，都是重技巧的，写赋与评赋的也都讲什么气象、胸襟，讲内容、思想，但是在改卷的时候肯定是要看技巧，因为改卷的老师只能看你的技巧用得怎么样，甚至一些技巧有时候也不太好评论，于是就在技巧中选择最易批改的来处理优劣，如押韵对否。你一韵不对，一出韵，就否了；韵可通就通了，不可通，你通了就不允许。有时候音读起来应该相通，礼部韵书却不能通，技术化过度了也很头疼。当然考生通韵后也会带来一些变革，比如礼部大臣经常上言，说这几个字是不是以能通为好，于是开始改韵书，在这一点上，有时作家还是了不起，他在写作的时候改变历史，比如杜甫喜欢"破体"，结果后代不断效仿，变成正格了。后来的理论家、批评家也就根据创作在不断地修改，以致赋韵每个时代都有所不同，"一代有一代之文学"，一代也有一代文学之韵，这也是值得注意的一个现象。

在重技巧的大背景下，声韵和辞章是特别讲究的，尤其是句法，考试赋特别重句法，于是人们又从赋的句法来看你有没有气象，这种例证太多了，我举唐人一个例子，宋人一个例子。赵璘《因话录》里面讲，裴晋公裴度的《铸剑戟为农器赋》，有两句写得特别有气象，评论的人就说"观其辞赋气概，岂得无异日之事乎"，意思是这裴度后来不得了，做了宰相，地位那么高，况且还很有作为，这一点在他早年写的赋中间就能看出来了。从一个赋作中的一句话看出他的胸襟气象，宋代的范仲淹也是被人如此称赞的，他的考试赋被后代反复地推崇，都说这里头就有宰相的气象。南宋郑起潜的《声律关键》，就把范仲淹的《金在镕赋》中的佳句摘出来作为示范，还认为"知其出将入相"，读他的赋就晓得他出将入相，有气象，还有气数。我经常开玩笑说，你们写文章的时候也不要太拘谨，偶尔可以讲一点有学术内涵的大话。你文章整天发牢骚，学屈原，满纸怨诽，一股衰杀之气，毕业都成问题，就没有指望了。过去考官往往从赋的技巧看气度，由此决定给你的分数高低，分数高低也决定你未来的命运，这可不得了，一点马虎不得。唐宋以后大量的赋谱和赋格就是搞摘句，一句句地摘，渐渐形成了通过句法看全篇、通过技巧看气象的批评模式。

观气象也好，观句法也好，无非都是从气象到句法或者到技巧，气象中观技巧或者技巧中观气象，都与"赋兼才学"相关。从赋史来看，早期更多是从气象中见技巧，后期更多地从技巧中观气象，其内容是述礼德，其素养是观才学。古人说"赋兼才学"，无非是观才学，诗重才情，赋重才学，回到刚才的话就是观才学。因此，"《诗》可以观"，赋更"可以观"。诗更重要的是兴，兴、观、群、怨，孔子把兴摆在第一位；赋更重要的倒是观，因为观物、观象，观风、观德，与早期的礼仪有关。例如观风，春秋时的外交使臣赋诗言志，一在应对，一在观风，彰显其气象。这应对很重要，看你应对得怎么样，你要应对得不行的话，那就有失国体，有失国格，也就失去风范了。赋诗要观，作赋也要观，一在观人，一在观文。现在开一个OPEC会议、G20会议，领导人都要弄个主办国的服装或者披肩往身上一搭，要展示，要观气象，关键是这些人物登场，呈示国家的气象。

过去的赋家也讲求风范，所以要观才学，今天我们写赋，也要观才学，甚至评赋、研究赋，都要重才学，因为我们已经把赋变成一种赋学了。最近为了追时髦，我的学生们弄了个公众号，以后大家即使不聚集开会，也可以通过这个公众号发表文章、讨论问题了。在这次赋学会议的闭幕式上，他们把群的二维码放到大屏幕上，与会代表一百多人，在会场用手机一扫，就都上群了，真是庞大的一群，无声无息就集结在一起了。这个我也不会，还是年轻人厉害，他们毫不费事地就建群了，我这个外行还被他们奉为群主。由此可以看到，所谓才学也要与时俱进，我老了，不敢讲"才"，也不敢讲"学"，只敢讲一点"德"了，人家讲赋才、赋学，我就讲赋德吧！有了群，有了公众号，要有新材料上去呀，于是我回来后，就把刚写的一篇有关赋学的文章，请学生帮助发上去了，这篇文章是《简宗梧赋论及其学术史意义》[1]。

简宗梧先生在台湾的赋学研究领域堪称一枝独秀。当年台湾大学的何寄澎教授到南京大学来演讲，谈到台湾的赋学，说简宗梧先生是一枝独秀，现在台湾主要做赋学的越来越少了，有成就的多半是简先生的学生。谈到台湾赋学，简先生对我也有知遇之恩，我们在赋学研究方面特别投契。那是 1996 年的冬季，台北政治大学召开赋学会议，由简先生主办，当时他任职文学院院长，他到桃园机场接我们，第一次见面就非常有缘。那时候我还很年轻，他就非常看重我，还把他那一本经典的赋学论著找出一本送我。这本书是上世纪八十年代初在台湾出版的，大陆看不到，他自己还有五本在家里，于是拿出一本赠我[2]。自此以后，简先生只要出版著作，甚至发表论文，都要赠

---

[1] 详见拙撰《简宗梧赋论及其学术史意义》，曾提交台南大学主办的辞赋学学术研讨会，载《2016 赋学国际研讨会论辑》上册第一篇，后刊载《文学研究》2016 年第 2 期，又收入《赋甲天下：简宗梧教授八十寿庆文集》，台北五南图书出版股份有限公司 2019 年版。

[2] 指的是简宗梧《汉赋源流与价值之商榷》，台北文史哲出版社 1980 年版。

送我，特别是把他在政治大学档案馆的没出版的铅印本博士论文抽出来，也送给我保存 [1]。这是通过唐翼明——写《曾国藩》小说的唐浩明的弟弟唐翼明，来到南京大学演讲"魏晋清谈"时带给我的。所以在我书柜里，简先生的论著基本上是全的，包括没出版的。也因如此，我就一直想写篇讨论他赋学研究及其成就的文章。2015年我又应邀到政治大学，作为"潘黄雅仙"人文讲座的主讲教授待了半个月，简先生自己身体不好，还要把我接到他家中，拿出珍藏二十年的陈酿老酒给我喝，后来又赶到政治大学来设宴送别。又有一个机缘，台南大学要开赋学会，邀请我参加，于是我就将写简先生赋学的文章提交，尽管因某种原因，我和多数大陆学者未能成行，但这篇文章还是放在了这次会议的论文集的卷首。

这篇《简宗梧赋论及其学术史意义》既是一篇论文，也算一种书评，基本是持赞美的态度，是歌颂性的，担心没有刊物能发表，就投给了我们文学院自己办的集刊《文学研究》，很快就排版刊发了。这篇文章从学术史的意义谈简先生的赋学成就，材料比较丰富，学理比较深邃，写得也比较得意。我很善于写书评，年轻时常写书评，买本书都要写个书评。由于我的书评写得有点名气了，有学者出书后就送我，顺便请我写个书评，比如程千帆先生出了本论诗撰述，送我时叫我写篇书评，后来刊发在徐中玉先生主编的《文艺理论研究》上 [2]。后来年岁渐长，请托的书评不写了，而对简先生的书，因是赋学同

---

[1]　指简宗梧《司马相如、扬雄及其赋之研究》，台湾大学中国文学研究所博士论文，自印本，1976年。

[2]　分别指拙撰《博观约取　濯旧来新——严迪昌先生学述》，《古典文学知识》1991年第4期；《读〈程千帆诗论选集〉》，《文艺理论研究》1991年第6期。

行，读后搔着痒处，是满心情愿要写的。早些年我曾写过一篇简先生的赋学书评，但很简单，不甚满意[1]。这次重新写文，除了我自己拥有的材料，还特别请简先生的博士生王欣慧教授整理相关材料，以求全为是，全部提供给我，为我写这篇文章帮了大忙。

这篇文章虽然也可算是书评，但立意比较高，"兼才学"，简先生的书我认为好，也是"兼才学"，赋本身就"兼才学"，研究赋学也应该"兼才学"。研究辞赋要有学问，但各自又有自己的学术背景和学术个性，比如看简先生的学术出身，他早年硕士读的是古汉语、文字音韵学，研究赋可谓得天独厚了。我们的文学研究跟语言研究分家了，他是合在一起的。到博士论文的阶段，他又成为中国人最早一个以赋研究来拿博士学位的，他的博士论文就是后来从政治大学档案馆里抽出来送我的《司马相如、扬雄及其赋之研究》。这本论文没有正式出版，有位学生提醒我，说把他这本论文在大陆出版，作为简先生八十岁生日的献礼，后来因多种原因，没有完成这项预计的工作。由于简先生研究辞赋是从小学入手，所以我把它切入学术史来讨论，以彰显他的赋学研究之特色，其中有关"赋兼才学"的内涵，以及对今后赋学研究的启迪，是非常重要的，所以我把书评文章名之曰"学术史意义"。这个文章我是按台湾学者的模式写的，前有"绪论"，导引几句话，后有"结语"，重复几句话。具体的是"一、绪论"，然后"二、诠字辨音：语言基础与学术背景"，"三、考镜源流：历史视野与汉唐赋学"，"四、立赋大体：文类辨析与典律构建"，台湾叫"典律"，我们叫"经典"，"五、征文考献：文本批评与赋论延展"，最

---

[1]　指拙撰《从说字诠音到赋学辨体——简宗梧教授汉赋研究的思路与价值》，《古典文学知识》1997 年第 3 期。

后是"六、结语"。我把简先生的赋学研究归成四个方面：一个叫赋语，辞赋语言学；一个叫赋史，辞赋历史学；一个叫赋体，就是辞赋文体论；一个叫赋辞，辞赋章句学。用这四个部分概括简先生的赋学成就，并说明他怎么建构文学史的传统以及学术史的传统。这篇文章有三个重要切入点，不仅仅是治赋的问题了。去年我到湖南师范大学参加纪念马积高先生九十周年诞辰的会议，湖南大学文学院顺便叫我演讲一下赋学，那天演讲有些信口开河，就着重讲了这三点，后来觉得讲得不错，就把这内容写进了这篇文章，成为论简先生赋学的开篇导入语了[1]。

我说二十世纪文学研究包括赋学研究的最大成就在三个方面，这三个方面同时也是三个短板，有些东西是两面刃，你看怎么认识它，用孔子的方法认识，用老子的方法认识，又不同。孔子经世致用，老子以反彰正。具体地说，二十世纪最大的一个了不起的文学研究的贡献，就是文学史的建构，辞赋研究被作为文学史的一部分，于中起到重要的作用。所以郭绍虞那篇著名的赋论文章就叫《论赋在中国文学史上的位置》，这典型地体现了文学史的出现，也是新史观的出现，带来了对赋的历史定位的思考，这是一大成就。第二个成就就是学科的建设。新教育最重要的就是学科建设，建设学科就必须要有专业的人才来，要建设什么样的学科，就要培养什么样的专业人才，反之亦然。专业人才建构学科，所以我们古代文学教研室、现代文学教研室、文艺理论教研室，各守其职，各尽其用。这就是一个学科的力

---

[1] 　详见拙撰《简宗梧赋论及其学术史意义·绪论》："（20世纪赋学研究）新成就的取得，又受制（或'得益'）于百年来学术研究的历史化、学科化与理论化。"按，历史化、学科化、理论化，就是我说的三个切入点，或文学研究的得失所在。

量，专门人才容易出，学术研究易于专。第三点就是理论化。大陆学者的理论水平真高，我们写出一个大论文，台湾学者说，你们怎么能面面俱到？我想他们没读马克思主义，我们从小浸染于马克思主义，辩驳思想特别强，尤其是大批判文章，那个年代真锻炼人，结果理论构建得特别厉害，这二十世纪就是个理论构建的时代。现在一个学者的成就在于论文，他不需要创作，比如我也不需要写赋，照样被人称为赋学专家，而那些写赋的，一写写了几百篇、几千篇，堆满了网页，谁也不认得他，既不知道也不认为他是赋学家。所以从学术研究来讲，这是个理论的时代，理论的功绩在于建构。

这三个切入点促进了赋学的变迁和发展，而且简先生跟这三大发展趋势都有关。但是，他的了不起的地方，就是自觉或不自觉地对这三点做出了以反彰正的工作，弥补了这一大势造成的文学研究之弊端与不足。因为文学史的建构导致了文学论文变成历史考据学的附庸，就是我在《桐城文选·序言》里讲的，博士论文都沉浸在浩如烟海的文献里，甚至要找孤本，找到了论文马上就是优秀，一百种文献就比九十九种了不起，就炫耀，思想已退居其次。处于这种状况，中文系的博士生拿起笔写不成像样的文章，写一篇文言文看看，写封短笺、小八行试试，现在很多教授写不出来，学生当然也写不出来了。这就是长期形成的模式造成的。如何才能改变呢？孔子说"游于艺"，等到国家富裕了，家庭富裕了，你来读书根本不考虑找什么工作，我就是玩，游心山水，游心文字，就像苏东坡一样，那文章就像"万斛泉源"了 [1]。

---

[1]　苏轼《文说》："吾文如万斛泉源，不择地皆可出。在平地，滔滔汩汩，虽一日千里无难。及其与山石曲折，随物赋形，而不可知也。所可知者，常行于所当行，常止于不可不止，如是而已矣。"

你读书整天想的是要得奖金，整天想的是怎么混毕业，整天想的是要找份好些的工作，你怎么可能与文学结缘，成就文学的人生呢？文学的史学化丢失了文学本身，而这一点正是我们现在要反省的。简先生在写赋学论文的过程中，最强调的是回到文本，在一定程度上能够济补这一点的不足。第二个问题就是学科建设导致语言跟文学分离，研究文学的人即使引证些小学著作，也是套人家的研究成果来比照而已，不是真正对小学有贡献，而简先生不同，他是从小学出身的，所以你读他研究赋学的《汉赋玮字源流考》[1]，那就是经典，他用音韵辨伪，在他研究汉赋史的那本书中也是这样[2]，这种价值的呈现是无疑的。学科划分造成没有通科之才，导致了学问的狭隘。第三个问题就是理论化，文学研究过分强调理论，往往脱离了文本，也失去了对文本的分析能力。过去重文本也出现些问题，比如写鉴赏辞典，早期的《唐诗鉴赏辞典》编得水平还很高，后来是越来越差，有些研究或书写已经堕落到你抄我、我抄你的地步，败坏了文本的鉴赏价值，导致了对文本的研究似乎不算研究的局面，现在谁管你什么作品分析，都不算研究，研究要有理论、有思想。理论固然重要，但是太抽象、意念性太强了，反而摧毁了文学作为文本的本身，文学最重要的就是文本。正有鉴于此，简先生很多研究都是征文考献，不仅有理论建构的文章。他做了《全唐赋》与《全台赋》的编纂工作，《全台赋》原来不是他编的，是许俊雅编的，那人不通赋学，结果文本、文献错误太多，简先生就以其中一个作家为例，写了一篇纠正的文章，指出了其中惊人的错误，所以该书重版时，由简先生审读，他也作为主编之一

---

[1] 详见简宗梧《汉赋源流与价值之商榷》第二篇《汉赋玮字源流考》。

[2] 简宗梧《汉赋史论》，台北东大图书公司 1993 年版。

了。他从事这项编撰工作，是对人家的文本解读不通的情况的一个改变，所以一定要回到文本。他的赋学研究在这些方面都有极大的贡献和自身的价值。

一个学者有他的经历、他的过往，必然带有时代的印记。但是你在平庸的时代，或许能成为英才，你在英雄的时代，也许就是个庸才。人人都是这个时代的，你能反思这个时代，也许你就是个英才。所以学术的反思是很重要的。我们有好的建构，能改变过去、弥补不足，但是过去的东西也能济补今天的不足，纠正偏颇。就像用语言学来研究文学，这是一个根本，过去的学者都是如此，比如刘师培，比如我们桐城的姚永朴，他的《文学研究法》就是从语言、音韵、文字开始，而进于辞章的研究的。刘师培曾编有几本教科书，有《文学研究法》《史学研究法》等等，都具有通博之才。趋新与守旧是相对的，趋新可以改变旧貌，守旧往往回归传统，一味趋新有时丢掉了旧学中的非常有价值的东西与一些基本而重要的治学方式，甚至丢失了传统，这是很遗憾的。从语言到文学，就是传统研究方法之一例。

我特别提出简先生从语言学入手研究辞赋的方法，实际与"赋兼才学"是紧密相关的，治赋也要"兼才学"。这是现代赋学研究的一个案例，却也具有普遍的意义。这篇文章写好后送给简先生，他非常开心，所以收入了他八十寿辰的纪念文集。他拿着文章的样刊对我说，过夸了，过奖了。我说这不仅是为您写的，也是为了中国学术写的。

汉赋讲座

（喜马拉雅音频讲座）

喜马拉雅的朋友，你好，我是南京大学的许结，今天同大家谈谈汉赋。

一、起源

汉赋是中国文学史发展过程中一段辉煌的记忆，是文体史上赋体创作的巅峰。清人焦循《易余籥录》认为"一代有一代之所胜"，举例说："汉之赋为周秦所无，故司马相如、杨（扬）雄、班固、张衡为四百年作者。……魏、晋以后之赋，则汉赋之余气游魂。"近代学者王国维在《宋元戏曲史序》中也认为："凡一代有一代之文学：楚之骚，汉之赋，六代之骈语，唐之诗，宋之词，元之曲，皆所谓一代之文学，而后世莫能继焉者也。"而作为"一代之文学"的汉赋，又是中国文苑的一朵"奇葩"，其由楚辞到汉赋的演进，从"蕞尔小邦"而"蔚然大国"，完成了中国历史上第一代署名"文士"的文学创作，并以独特的语言表现，堪称中国特色的文类，西方社会没有可与之相应的文体形式。汉赋文体的独特性有两大显著特征：一是"赋家之心，苞括宇宙"，自然"总览人物"，所以汉赋体式包罗万象，气象恢宏，意蕴深厚；二是"铺采摛文，体物写志"，由于赋家有很强的物类意识，比如陆机《文赋》说的"赋体物而浏亮"，因此汉赋能昭物取象，以夸饰描绘见长。有人问我"赋是什么？"，我说首先要阅读汉赋。又问"汉赋是什么？"，我曾以古人的三句论赋语作答：第一句是班固在《汉书·叙传》中评司马相如赋说的"多识博物，有可观采"，意思取广征博采，厚积薄发；第二句是刘勰《文心雕龙·诠赋》说的"体国经野，义尚光大"，意思取胸襟开阔，气象雄伟；第三句是《北史·魏收传》所载魏收自诩作赋时说的"会须能作赋，始成大才士"，意思取因才辨学，驾驭群文。其中"博物"、包容与才学在汉赋创作中的呈现，为其他文体所不及。我们阅读汉赋作品，其中描写游猎、籍田、朝会、祭祀等一系列的典礼，彰显的都是天子礼仪，可以说是当时的"中国形象"。所以又有人问我，千百年来中国人为什么钟情于写赋？由汉赋奠定的赋体为什么到今天仍有生命力？我戏说：这是中国人的脸面。有趣的是，这一汉代的"脸书"如何成为经世不衰而历久弥新的独立文体，并形成中国文学史与批评史上一专门的学问？这首先应该探寻汉赋的发生渊源。

在最初的目录学著述中，《汉书·艺文志》设《诗赋略》，著录有"屈原赋""陆贾赋""荀卿赋"与"杂赋"。这里牵涉到两个问题。一个问题是赋体由楚、秦到汉的发展，创作面很广，汉赋是一种广义的创作概念。例如除了"杂赋"，刘师培解释三家赋说："屈平以下二十家，均缘情托兴之作也，体兼比兴，情为里而物为表。陆贾以下二十一家，均骋辞之作也，聚事征材，旨诡而词肆。荀卿以下二十五家，均指物类情之作也，侔色揣称，品物毕图，舍文而从质。"以"托兴""骋辞""类情"指代三家特征。马积高《赋史》据此提出汉赋由楚歌演变而来的"骚体赋"、由诸子和游士说辞演变而来的"文赋"与由《诗》三百篇演变而来的"诗体赋",其中"骚体赋"与"文赋"又称最常见的汉赋二体。除此之外,还可从结构来区分汉赋中的体物、述事大赋与咏物、抒情小赋,这就是刘勰《文心雕龙·诠赋》分别叙述的"京殿苑猎,述行序志"的"雅文",与"言务纤密,象其物宜"的"小制"。而从文学的雅与俗两大传统来看,汉赋也有雅与俗的区分,汉代文人所献的"京殿苑猎"大赋为雅篇,上世纪出土的汉简《神乌傅(赋)》就是典型的俗赋。这是汉赋内涵丰富的一面。另一个问题是,在汉赋各类创作中,能被奉为"一代之所胜"的仍是体物述志的骋辞大赋,这就是以司马相如《子虚》《上林》赋、扬雄《羽猎》《长杨》赋、班固《两都赋》、张衡《二京赋》为代表的鸿篇巨制。因此,我们探讨汉赋的渊源,当以骋辞大赋为中心来追寻,才更有历史与学术的价值。

概括地说,汉代以骋辞大篇为主构的汉赋的渊源与完型,有着两条生成的路径。

一条生成路径是由南往北,就是由战国时代僻处南方的楚地变移到作为汉帝国政权中心的北方。这又因时代的变迁构成某种互为的关联,即一方面从汉初到西汉盛世的赋家创作多受楚赋影响,例如《史记·屈原贾生列传》记述贾谊居长沙"为赋以吊屈原",以及"为赋以自广",《汉书·淮南王传》记载淮南王刘安入朝,汉武帝"使为《离骚传》",都说明汉代赋作与楚人文辞有着不可分割的渊源,所以后代比如宋人晁补之说"汉而下赋皆祖屈原"。而另一方面更为重要,就是辞赋在汉代的传播是由南人入北后才成就其新体。比如汉初的赋家陆贾和朱建,陆贾由北楚随刘邦入长安,而后开辟新赋体,所以刘勰在《文心雕龙·才略》中称"汉室陆贾,首案奇采,赋孟春而选典诰,其辩之富矣"。陆赋虽亡佚,但其赋作在汉代的首造之功,则有史事可考。朱建也是北楚人，因受刘邦赐号"平原君"迁徙到长安，也算是汉初的著名赋家。而作为"赋圣"的司马相如，也是由蜀入秦到长安而成就他的辞赋创作伟业的，也就是《汉书·地理志》所说的"司马相如游宦京师诸侯，以文辞显于世，乡党慕循其迹。后有王褒、严遵、扬雄之徒，文章冠天下"。关于这一点，日本学者冈村繁《周汉文学史考》认为，楚赋"向汉赋演变过渡的出发点"在楚王室"东迁"以后，而江淮一带流传的辞赋文学"是由附从于汉高祖的北楚出生的陆贾、朱建等，将一种与中原歌谣形式相混合的变形了的北楚系辞赋带入了长安宫廷"，汉赋新体于是蔚然成风。

另一条生成路径是由区域入中央，这既使赋家成为大汉帝国的宫廷"言语侍从"而崛起，也使宫廷的"献赋"成为中国第一代署名文士的专职而光耀当时、衣被后来。我们先看一则历史记载，就是司马迁《史记·司马相如列传》有关相如创作《子虚赋》后又作《天子游猎赋》的记述，说的是汉武帝读到相如的《子虚赋》极为欣赏，后因宫廷养狗的官员杨得意推荐，受到武帝的召见。后人怀才不遇，都习惯用遇不上狗官杨得意说事，比如王勃《滕王阁序》所谓"杨意不逢，抚凌云而自惜"，"凌云"又指相如上《大人赋》，武帝读后"飘飘有凌云之气"。回到刚才所说的，相如受到武帝召见，却说《子虚赋》写的是诸侯王的事，他要为皇帝上奏新的创作《天子游猎赋》，这就是《文选》收录的《上林赋》，主旨是"明天子之义"。司马相如将这篇赋上奏后，武帝大为高兴，给他做了身边的郎官。通过这一则史料，我们可以发现相如被后人称为"赋圣"，不仅在于他对赋体创作具有草创性的贡献，更重要的是汉大赋的崛起正反映了当时由藩国区域文学向宫廷统一文学的变化路径。

这可以相如赋为个案，从两方面来看这个问题。第一点是，相如写《子虚赋》是在诸侯国梁孝王兔园所写，而他之前也曾任职朝廷，担任武骑常侍，但因为汉景帝不好辞赋，所以他才辞去宫廷的职务到了梁国。而他现在又被召入宫廷，是因为汉武帝建立了一种宫廷制度，建立起宫廷"言语侍从"队伍。对此，《汉书·严助传》有明确的记载，而近代学者钱穆《秦汉史》又列举《严助传》中所提到的严助、朱买臣、司马相如、吾丘寿王、东方朔、枚皋等人，说这些人"尽长于辞赋，盖皆文学之士也。武帝兼好此数人者，亦在其文学辞赋。故武帝外廷所立博士，虽独尊经术，而内朝所用之侍从，则尽贵辞赋"。也就是说，这些人都是由藩国汇入宫廷，组成武帝朝第一代"言语侍从"队伍。或者说，汉大赋形成期的赋家都是内官，或称"中官"，即天子宾客，以"献赋"食禄，这才是汉赋作者由区域进入中央的实际意义和制度保障。

第二点是，司马相如创作的《天子游猎赋》的本事，首次虚构了三个人物，分别是子虚、乌有先生与亡是公。这里仿效先秦诸子尤其是庄子寓言虚构人物的方法，所谓"子虚"指虚无其人，"乌有"指没有其事，"亡是公"之"亡"通"无"，同是虚无其人。后世只要说虚无的人与事，都习惯地称"子虚乌有"。而在赋中，子虚代表楚国的使臣，夸耀的是楚国的云梦之泽；乌有先生代表齐国的使臣，夸耀的是齐国所处的东海之滨；两者皆是藩国（区域）的代表。而亡是公却代表天子的使者，夸耀的是天子上林苑的气派，赋中写的上林之水是"左苍梧，右西极，丹水更其南，紫渊径其北"，其他写山石，写草木，写鸟兽，写人物，写宫室，写游猎，写歌舞，写宴会，写制度，可谓无所不包，这些却都是真实的存在。宋朝人程大昌在《演繁露》中说相如赋中的"上林"是"该四海言之"，说明赋中通过虚构人物展现的实际存在，是朝气蓬勃的君临四海的帝国气象。正因如此，这篇赋中亡是公的出现，子虚、乌有的臣服，所谓"楚则失矣，而齐亦未为得"，正与当时文化大一统的形势、汉武帝本人的政治胸襟完全吻合。这也是宫廷天子文化压倒藩国诸侯文化的思想折射，是与汉武帝朝抗匈和削藩政治紧密相关的。虽然相如赋作的最终设想还是曲终奏雅，意在讽谏君王要勤政恤民，但作为辞赋鉴赏者的汉武帝，却往往忽略最后的讽意，沉醉于伟大帝国盛况的描写之中。这可以看作是汉赋由区域进入中央的文本书写的典型例证。

二、分类与审美

汉赋的分类有很多说法，有从作者分的，如班固《汉书·艺文志》秉承刘歆《七略》的方法，分为"屈原赋""陆贾赋""荀卿赋"与"杂赋"。有从风格分的，如扬雄在《法言》中提出"诗人之赋"与"辞人之赋"。有从语言分的，如诗体赋、骚体赋与散体赋，扬雄的四言体《逐贫赋》属于诗体赋，贾谊《吊屈原赋》属于骚体赋，司马相如、扬雄、班固、张衡的京殿游猎大赋都是散体赋。有从文学的雅与俗来分的，即雅赋与俗赋，作为汉代宫廷"言语侍从"所献之赋大都属雅赋，而上世纪在东海尹湾村出土汉简《神乌傅（赋）》就是俗赋的典型。有从结构分的，如骋辞大赋与咏物、抒情小赋，比如张衡的《二京赋》属于前者，《归田赋》属于后者，刘勰《文心雕龙·诠赋》划分"京殿苑猎，述行序志"的"雅文"与"草区禽族，庶品杂类"的"小制"也是这个意思。

在众多汉赋的分类中，真正代表一代文学之胜的首推以"京殿苑猎"为代表的散体大赋，它是汉赋之所以名彰当朝而衣被后世的象征。考察以骋辞大赋为主要形态的汉赋创作，其思想主旨与艺术风格根源于"赋"本义的展开。我们先看"赋"的本义，有一种对立统一的解释，就是既可解释为"敛"，也可解释为"铺"，如许慎《说文解字》说"赋，敛也"，段玉裁注引《周礼》并阐释说"敛之曰赋，班之亦曰赋"。清代朴学大家王念孙《广雅疏证》指出："赋、布、敷、铺，并声近而义同。"由"赋"的本义看汉赋的创作风格，也正在于铺张与敛藏之间。汉赋是汉帝国形态的书写，最突出的内涵就是对天子礼的呈现，所以读汉赋作品，其中的铺张，多在礼仪的描写，其中的敛藏，又是礼义的显现。观"仪"在于"宣威"，论"义"在于"昭德"，而"礼义"之"德"在赋家笔下又多通过"礼仪"之"威"彰显，这也决定了汉赋铺张扬厉的第一观感。清人刘熙载《艺概·赋概》比较诗、赋创作艺术时说"赋别于诗者，诗辞情少而声情多，赋声情少而辞情多"，而汉赋何以多用"辞"？从某种意义上来看，赋堪称修辞的艺术，正在于作者对外部世界之物态和仪式的描绘与再现，所以出现了"赋起于情事杂沓，诗不能驭，故为赋以铺陈之。斯于千态万状、层见迭出者，吐无不畅，畅无或竭"的创作现象。我曾经讲过，诗人重才情，赋家重才学，古人将汉赋看成类书，正是指其中的学问。近代学者也多类似的看法，比如闻一多曾评相如《上林赋》说"它的境界极大"，"凡大必美"，是以汉赋之大为美。

提摄汉赋的以大为美，以"图貌"为美，我想归纳为三大特征：结构美、图像美与修辞美。

首先说说结构美。如果说诗歌更重意境美，则辞赋更重结构美，汉赋创作就是一种典范。初学汉赋作品，先要宏观地了解整体结构，进而细读文本，再把握其内涵主旨。比如枚乘的《七发》，虽然后人将其归入"七"体，但观其描绘，却是典型的汉大赋的早期书写。读这篇作品，先要了解赋中通过假托人物"吴客"叙述听琴、饮食、车马、游观、田猎、观涛、奏方士之术七件事构篇，这是全赋的结构，由此再细观其中的描绘，如"观涛"一节写"观涛乎广陵之曲江"中"其始起也""其少进也""其旁作""观其两傍"等精彩片段，以欣赏其构思、用笔与修辞。又如相如的《子虚》《上林》赋，可视为一整体结构，由楚之云梦、齐之东海、天子之上林成篇，细节描写都在此结构美中展开。读班固《西都赋》，是由地理位置、城市建构、京畿环境、宫室建筑、重点殿宇（昭阳殿）、狩猎、游乐等部分构成，而其写昭阳殿一节，又由装饰、美人、佐命、典籍、著述、职司等构成，结构极为整饬，描写极度精美。汉赋为什么都重视结构？读汉赋为什么要首先了解其构篇？这与冯友兰在《新事论》中说"汉人知类"有关，指的是汉代形成的象数哲学及其"知类"的思想体系。比如董仲舒《春秋繁露》的春秋学、京房《易》学，皆以象数构篇。如果把汉赋的空间叙事模式与《易》学对照，就是所谓"上卦""下卦""得中""得正"，也与《说卦》对八卦的方位排列相类似：震，东方；巽，东南；离，南方；坤，西南；兑，西方；乾，西北；坎，北方；艮，东北。《西京杂记》卷二"百日成赋"条记述司马相如所谓"控引天地，错综古今"，"几百日而后成"《子虚》《上林》赋，复引"相如曰"一段话语："合綦组以成文，列锦绣而为质，一经一纬，一宫一商，此赋之迹也。赋家之心，苞括宇宙，总览人物，斯乃得之于内，不可得而传。"其中"赋之迹"就是结构，而"赋家之心"则兼有时空的审美意识。

接着再谈图像美。对照诗与赋，如果说诗歌更多音乐美，则辞赋更多绘画美，这源于赋的空间描写方式。关于这一方面，刘勰《文心雕龙·诠赋》最早提出汉赋是"写物图貌，蔚似雕画"。而刘勰的"雕画"说又应结合他的赋体论来看，也就是他说的"立赋之大体"的"如组织之品朱紫，绘画之著玄黄"，对此，近人黄侃《文心雕龙札记》认为是"本司马相如语意"，也就是《西京杂记》所引"相如曰"中的"合纂组以成文，列锦绣而为质"的一段话，这也很自然地将汉赋的图像美与结构美联系起来。近代学者朱光潜在他的《诗论》第十一章《赋对于诗的影响》中总结前人说法而提出了新看法，认为"诗本是'时间艺术'，赋则有几分是'空间艺术'"。图画是空间艺术，诗与赋作为语象的呈现，都属时间艺术，所以朱光潜说的赋"有几分是'空间艺术'"只是喻词，指用"时间上绵延的语言"来表现"空间上并存的物态"，是语象通过描绘而转换为画面的空间想象。

所以说赋是"空间艺术"，就是采用"空间叙事"的方法而形成鉴赏过程中的图像美。这又决定于汉赋创作的两种最基本的描写方式。

第一种方式是通过"构象"展现赋作写物与"图貌"的特征。读汉大赋的美，在构象，其构象法又在由无数"个像"组成宏大的画面。先看汉赋的"个像""图貌"，都是由形象加动作来营构。我们举班婕妤《捣素赋》、傅毅《七激》、马融《琴赋》三节赋文为例：

若乃盼睐生姿，动容多制，弱态含羞，妖风靡丽。皎若明魄之升崖，焕若荷华之昭晰。调铅无以玉其貌，凝朱不能异其唇。胜云霞之迹日，似桃李之向春。红黛相媚，绮组流光，笑笑移妍，步步生芳。两靥如点，双眉如张，颊肌柔液，音性闲良。

骥骆之乘，龙骧超摅，腾虚鸟踊，莫能执御。于是乃使王良理辔，操以术教，践路促节，机登飙驱。前不可先，后不可追。逾埃绝影，倏忽若飞。

昔师旷三奏，而神物下降，玄鹤二八，轩舞于庭，何琴德之深哉！

第一节文字的描绘堪称一幅完整的美人图,由于隶属于幽怨题材,所以取静态貌,与傅毅《舞赋》中的"郑女"动态形象不同。第二节描写骏马风采,所述"骥"指赤骥,"骠"指骠骅,皆良马,名列周穆王八骏中,此以神物(神话传说)彰凡像(出行或狩猎之马),也是汉赋形象书写惯例。第三节写师旷奏乐,以"玄鹤""轩舞"衬托,使形象更具画面感。

第二种方式是以"设色"之法呈现赋的场域与景观。比如枚乘《七发》和马融《长笛赋》的两段描写:

> 其始起也,洪淋淋焉,若白鹭之下翔。其少进也,浩浩瀱瀱,如素车白马帷盖之张。其波涌而云乱,扰扰焉如三军之腾装。其旁作而奔起也,飘飘焉如轻车之勒兵。

> 观夫曲胤之繁会丛杂,何其富也。纷葩烂漫,诚可喜也。波散广衍,实可异也。……尔乃听声类形,状似流水,又象飞鸿,泛滥溥漠,浩浩洋洋,长矕远引,旋复回皇。

第一则写"水"的动态,赋家通过拟物与拟人使之形象化,以取得可"观"的审美效果。第二则写悠扬波荡的笛声,以"纷葩""波散""流水""飞鸿"加以拟象,使难以捉摸的时间艺术转换为空间的景观。

继此再看汉赋的修辞美。汉赋从某种意义上来讲,就是修辞的艺术。因为赋体的"体物"特征,赋家修辞着力于形容美;因为赋体的构篇方式,赋家修辞着力于程式美;因为汉赋是一种宏大的书写,赋家修辞又着力于体势美。具体而论,汉赋修辞极重夸张,比如扬雄《甘泉赋》形容甘泉宫之崇高,在具体刻画之后,又写道:"列宿乃施于上荣兮，日月才经于棳栌，雷郁律于岩突兮，电倏忽于墙藩。鬼魅不能自逮兮，半长途而下颠。"星星在梁间穿梭，明月挂在檐边，雷在房屋中滚动，电在墙内闪耀，尤其是鬼魅爬到房屋的一半就坠摔下来。又有趣，又可笑。又如比喻，扬雄《羽猎赋》写扬鞭催马是"霹雳烈缺，吐火施鞭"，形容鞭身像电闪雷鸣一样。崔骃《七依》写舞女，从人的观感落笔："孔子倾于阿谷，柳下忽而更婚，老聃遗其虚静，扬雄失其太玄。"你看舞女的魅力有多大？再如错综，《上林赋》写狩猎时行车"徒车之所辚轹，步骑之所蹂若，人臣之所蹈籍"，其中"辚轹""蹂若""蹈籍"都是践踏的意思，句意相同、说法不同，错落有致，可以极尽能事地刻画事物。

三、创作特色

汉赋的创作特色，尤其是汉大赋的写作特征，决定于题材的类型化，或者说在类型化的题材中呈现的形象化与仪式化的艺术，这是我们读汉赋作品时最直接的感受。我曾在中国国家图书馆"文津讲坛"开设讲座，题目是"汉赋创作与国家形象"，虽然因为汉赋体裁与题材都很广泛，汉赋展示的国家形象不是其创作内涵的全部，但如果择取其要，以彰显一代文学之胜，这或许是其真正的特色所在。从某种意义上讲，汉大赋是对京都制度的最初的文学书写，这不仅反映在京都赋，同样体现于游猎赋与祭祀赋的题材。这又可从两方面考虑。其一，汉赋展示京都制度以创造其文学形象。比如天子狩猎，司马相如《上林赋》写道："蹶石阙，历封峦。过鳷鹊，望露寒。下棠梨，息宜春。西驰宣曲，濯鹢牛首。登龙台，掩细柳。"班固《西都赋》写道："于是天子乃登属玉之馆，历长杨之榭，览山川之体势，观三军之杀获。"

马融《广成颂》写道："方涉冬节，农事间隙，宜幸广成，览原隰，观宿麦，劝收藏，因讲武校猎。"李尤《平乐观赋》写道："习禁武以讲捷，厌不羁之遐邻。"说明汉代天子游猎地点分别是上林苑、长杨榭、广成苑与平乐观，对应汉代制度，应该是切实可考的。其二，汉廷尊京都的制度催生了赋体创作的热点，包括郊祀、狩猎、都城、宫室、乐舞、百戏等，仅就狩猎一端，又有貙膢、大阅、校猎的区分。比如东汉都城赋的兴起，就是制度变迁引起的文学热点。于是有了杜笃《论都赋》、傅毅《反都赋》《洛都赋》、崔骃《反都赋》、班固《两都赋》、张衡《二京赋》等创作。班固《西都赋》描写的"隆上都而观万国"，张衡《东京赋》说的"惠风广被，泽洎幽荒"，典型地展示了赋家的雄心与意志，我们观赏其中的内涵，自然与以汉廷为中心的朝贡制度相关联。

品读汉代赋家，最能展现大一统帝国形象的是骋辞大篇，其由物象、事象的描绘而勾画出的形象，凸显于祭祀宴飨、畋猎弋射、乐舞百戏、宫室建筑等方面，而其形象带有直观性的呈现，又源自赋家的语象所形成的语言图像。中国古代社会，虽历经夏、商、周三代而到秦汉时期，但社会礼制的建立则始于周朝，所谓的周公制礼作乐。而其中最重要的国家大礼，就是《左传》所说的"国之大事，在祀与戎"，指的是国家"吉礼"（祭祀）与"军礼"（军事）。古人说"大汉继周"，体现在文学创作方面，就是汉赋对祭祀与畋猎礼两方面的描绘。我们看张衡《东京赋》中有关天子郊祭祀天的情景再现，从"祀天郊，报地功"祈福上天落笔，再写"肃肃""穆穆"的仪仗与场景，继而描写天子出场，祭祀典司及众皇族、大臣等"整法服，正冕带"的情形，以及"树翠羽之高盖""齐腾骧而沛艾"的气象，既肃穆庄严，又热闹非凡。赋中说的"祀天郊，报地功"，指的是祭祀天地。对此，《文选》

李善注引："《白虎通》曰：'祭天必在郊者，天体至清，故祭必于郊，取其清洁也。'《周礼》：'以正月上辛，郊祀。告于上帝，祭天而郊，以报去年土地之功。'"《东京赋》中又写到"奉禋祀"，取意《周礼·春官·大宗伯》"以禋祀祀昊天上帝"，这既写周朝制度，又是汉代天子祭祀大典的实录，更重要的是作者通过文学的书写，展示了汉代天子礼的形象。

在汉赋对天子礼仪的描写中，最能彰显帝国形象的是朝正礼，又称元会礼、朝贡礼。这种礼仪源于周朝的诸侯朝天子礼，后来与外国使臣朝见中国皇帝的礼节相叠合，成了场面宏大的外交礼仪。再如张衡《二京赋》的叙述，赋中所言"夏正三朝"指的就是朝正礼，所谓"藩国奉聘，要荒来质"，指的是外国使臣来朝，"胪人列，崇牙张，镛鼓设"是接待仪式，"撞洪钟，伐灵鼓，旁震八鄙"是接待场景，而皇帝南面受朝拜，其仪态是"冠通天，佩玉玺"，仪仗是"要干将，负斧扆"，特别是接见外宾后还有百戏表演，其中包括"乌获扛鼎"（举重表演）、"都卢寻橦"（爬竿）、"冲狭"（钻刀圈）、"燕濯"（翻筋斗）、"胸突铦锋"（硬气功）、"跳丸剑之挥霍"（手技）、"走索上而相逢"（双人走绳）、"总会仙倡，戏豹舞罴。白虎鼓瑟，苍龙吹篪。女娥坐而长歌，声清畅而蜲蛇。洪涯立而指麾，被毛羽之襳襹"（化装歌舞幻术）、"巨兽百寻，是为曼延"（大型多幕歌舞、杂技等）、"奇幻倏忽，易貌分形；吞刀吐火，云雾杳冥；画地成川，流渭通泾"（魔术、幻术）、"东海黄公，赤刀粤祝"（驯兽）、"建戏车，树修旃，侲僮程材，上下翩翻。突倒投而跟絓，譬陨绝而复联。百马同辔，骋足并驰"（马戏）等等，这既是张衡赋的真实描写，也是朝会礼为"天下之壮观"的情景再现。与汉代不同，今天国家一些重大活动与仪典，比如 G20 峰会、奥运会等，是用电视影像记录并再现其场景，但其中一幕幕精彩仪式的呈现，与汉赋有着同样的实际功用与艺术手法，只是汉人用文学语言加以表现，更具有文学史的价值。

再看汉赋中有关畋猎景观的描写。帝王的狩猎弋射，原本与祭祀、宾客的礼节相关。而考察汉代帝王狩猎，却多耀武扬威之志，以显达天子的气派，所以赋家如扬雄在《羽猎赋》中批评"武帝广开上林"的天子游猎行为，不是"尧、舜、成汤、文王三驱之意"，也就是说超越了古制，丧失了勤政爱民的根本。也正因为畋猎内含国家的军事意义，所以班固《白虎通》解释"田猎"是因为"简集士众"的需要，汉赋家书写畋猎时除了逞强与尚武，还需要通过场景的夸张描绘，以呈示其宏整的画面。譬如相如《上林赋》写"天子校猎"一节文字，先铺其状（"乘镂象，六玉虬，拖霓旌，靡云旗，前皮轩，后道游"），再张其势（"扈从横行，出乎四校之中"），复列其方（"河江为阹，泰山为橹……追怪物，出宇宙"），叠陈其事（"于是乘舆弭节徘徊……于是乎游戏懈怠……于是乎酒中乐酣"），终喻教训（"忘国家之政，贪雉兔之获"），即由诸多物象的展示，梳理出事象的秩序，以呈现游猎者的完整形象，并归于赋家创作的德教心理。而在具体的描写中，那种矢戟纵横、禽兽惊魂的场面，却能给人以震撼的视觉冲击力。《上林赋》是写日猎也就是白天狩猎的状况，而《子虚赋》又有写夜猎也就是夜晚狩猎的事情，两赋相缀，同台演示，极为生动而精彩。如写夜猎"乃相与獠于蕙圃，婺姗勃窣，上乎金堤。掩翡翠，射骏䴊。微矰出，纤缴施。弋白鹄，连驾鹅。双鸧下，玄鹤加"，"獠"，李善注"猎也"，颜师古引文颖曰"宵猎为獠"，即夜间射猎捕鸟。如此写法，使行猎过程中的物象更为丰富多彩，如弋射之禽鸟，日则有昆鸡、孔鸾、鷖鸟、焦明等，夜复有如翡翠之乌、五彩骏䴊、白鹄、野鹅、鸧鸹、黑鹤等，种类繁多，形象丰满，有利于营构藏"富"于"赋"的风范。

汉赋展示国家形象，写大题材，所以以大为美，但容易大而无当，易假、易空、易虚，所以到晋人反思汉大赋创作，批评意见接踵而至，比如挚虞《文章流别论》就批评汉赋"假象过大""逸辞过壮""辩言过理""丽靡过美"。我曾说读唐诗要小中见大，读汉赋要大中见小。而汉大赋的"见小"，又多藏于大题材中。如写游猎，赋事之细，莫过如司马相如写"楚王之猎"与"天子校猎"两段文字。以"楚王之猎"为例，赋先述"云梦"之地，以"其山""其土""其石""其东""其南""其高""其埤""其西""其中""其北""其上""其下"，先大后细，逐层见小。而赋文又由"其下则有白虎玄豹"引出"楚王之猎"，所谓："楚王乃驾驯驳之驷，乘雕玉之舆，靡鱼须之桡旃，曳明月之珠旗，建干将之雄戟，左乌号之雕弓，右夏服之劲箭。阳子骖乘，孅阿为御，案节未舒，即陵狡兽。"此写行猎前的仪仗，寥寥数语却用事细密。而在行猎过程中，诸如"轔距虚""轶野马""掩翡翠""射骏鼹""弋白鹄""连驾鹅"等，也是赋事与物合见于文辞铺陈间。同样表现天子礼的汉代京都大赋，除了赋中大量有关都城与宫室的描写体察入微、引人入胜外，其中诸如元会礼、大傩仪类礼节仪式的呈现，也是具体生动、精彩纷呈。如张衡《西京赋》中对天子迎宾仪之百戏表演的描述，所谓"大驾幸乎平乐，张甲乙而袭翠被"一段，气象恢宏，然写到具体表演，又是分擘细密、因微见著。汉大赋的"见小"也是作者修辞的功夫。比如司马相如《上林赋》描述"八川分流"时谓"出于椒丘之阙，行乎洲淤之浦，经乎桂林之中，过乎泱漭之野"，即采用"出""行""经""过"不同动词，以变幻读者（听者）的感受。再如《上林赋》写水一段文字，典型的是"沸（水声）乎暴怒（流向），汹涌（流向）彭湃（水声）"的书写模式，如果对读王维的《山居秋暝》诗中两联"明月松间照（视觉），清泉石上流（听觉）。竹喧（听觉）归浣女，莲动（视觉）下渔舟"的写法，其间艺心传递，是可以妙机其微的。

四、名篇欣赏

汉赋艺术是由大量的名家与名篇组成的。在诸多名家中，最值得推介的是汉赋四大家，就是西汉的司马相如、扬雄与东汉的班固、张衡，文学史简称"马扬班张"。

司马相如在历史上被称为"赋圣"，而他在辞赋创作的过程中有着三惊汉主的辉煌经历。据《史记·司马相如列传》记载，一惊汉主指的是汉武帝读到他写的《子虚赋》，所谓"上惊，乃召问相如"；二惊汉主指的是相如上《上林赋》，赋成"奏之天子，天子大说（悦）"；三惊汉主指武帝好仙道，相如上《大人赋》，结果"天子大说（悦），飘飘有凌云之气，似游天地之间意"。后世多称有才华的妙文说"凌云之笔"。由此三惊，可知相如赋以《子虚》《上林》《大人》三赋为代表。同时传说他为被打入冷宫的陈皇后写的宫怨之作《长门赋》，喻示兴亡教训的《哀二世赋》，以戒淫为主旨的《美人赋》，都是名篇。《长门赋》是司马相如抒情小赋的代表作，其中隐藏着一个"金屋藏娇"的故事。据历史记载，汉武帝刘彻六岁时，他的姑妈即长公主抱着他问想娶妻吧，又问自己的女儿阿娇好不好，刘彻回答是："好！若得阿娇作妇，当作金屋贮之。"后来阿娇就成了陈皇后。谁知好景不长，武帝登基后不久，就在姐姐平阳公主处见到了歌女卫子夫，于是移情别恋，将陈皇后打入冷宫，终身幽居在长门宫。而根据《文选》所录赋前小序称，陈阿娇失宠后幽居长门宫，遂用百金请相如代为赋，希望打动武帝，后武帝读后感动，复宠阿娇。这固然与历史事实不符，但这一愿望却成就了包括《长门赋》在内的一段佳话。正因为这篇赋描写了一位佳人的孤独与惆怅，真实感人，才赢得了后人的称赞，宋代词人辛弃疾《摸鱼儿》词说"长门事，准拟佳期又误。蛾眉曾有人妒。千金纵买相如赋，脉脉此情谁诉"。又据《梅妃传》的记述，唐明皇宠幸杨贵妃，梅妃被打入冷宫，曾请高力士找如相如这样的文才，买篇新《长门赋》以打动明皇的心，结果高力士惧怕贵妃，不敢答应，于是梅妃对着窗外冷月，自己写了篇《楼东赋》，抒发顾影自怜、满腹幽怨之情。这虽然是后世文人的虚构，但读相如赋中的怜悯、落寞与痛苦，确实隐含了对失志贤人的深切同情与哀怨，以致朱熹《楚辞后语》评谓"此文古妙，最近楚辞"，并对后代宫怨闺情文学产生了巨大的影响。

扬雄以模拟相如赋创作著称，据《汉书·扬雄传》记载，他羡慕汉代"辞莫丽于相如，作四赋"，分别是《甘泉赋》《河东赋》《羽猎赋》与《长杨赋》。这四篇赋又可分为祭祀与游猎两类，是西汉大赋创作的代表。扬雄赋效仿相如赋的华美辞章，却更多地提倡赋的讽谏功能，尤其是在大量华辞的铺陈后，强化了曲终奏雅的赋法。除了"四赋"，扬雄还创作了《反离骚》《逐贫赋》等短篇赋作，前者是骚体赋，开启了赋史以"反"为名并取意的创作先河；后者是篇四言体诗体赋，也具有俗赋的特征，对后世文章如韩愈的《送穷文》等同类题材的创作也有肇始之功。

班固和张衡都是东汉著名学者，班固是大历史学家，著有《汉书》，张衡是大天文学家，著有《灵宪》和《浑天仪》系列篇目，而两人又是相承并起的大辞赋家。他们分别创作的《两都赋》与《二京赋》，堪称汉代骈辞大赋之最，也深刻地影响了后世京都赋的写作传统。班固今存赋作九篇，其中以《两都赋》（西都、东都）为京都大赋创制的代表，其《幽通赋》为抒发个人心志的作品，而《终南山赋》则是较早的山岳赋创作，均具有较高的开创意义与艺术审美价值。值得注意的是，我们鉴赏汉代的大赋，首先要把握它的结构美，这可以班固的《两都赋》为例。该赋分为两篇，即《西都赋》与《东都赋》，既独自成篇，又合为一体。从思想、结构来看，《西都赋》可分为三部分：一是从开头到"至于三万里"，叙写长安的地理位置、山川险阻、都市宏丽、士女游侠之欢乐、封畿郊野之富庶等；二是从"其宫室也"至"非吾人之所宁"，写宫室台榭的高崇、壮大、豪华，由群体建筑到集中于昭阳殿的描绘；三是从"尔乃盛娱游之壮观"到最后，写天子田猎之盛大、游览之欢娱。《东都赋》可分为四部分：一是从开头到"以变子之惑志"，上承前篇，批评西都宾矜夸而不知"汉德"，概述汉自高祖开创基业，引起下文；二是从"往者，王莽作逆"到"而帝王之道备矣"，叙写汉光武帝创业之功，于危难之际重建东汉王朝，勋绩可追前圣；三是从"至乎永平之际"到"盛哉乎斯世"，赞述明帝永平制礼，法度完备；四是从"今论者但知诵虞夏之书"到赋末，论王政之得失，以及长治久安的道理。而合观两篇，则《西都赋》重在讽喻，即"抒下情"之意，《东都赋》重在颂赞，即"宣上德"之意，而由讽到颂，方成完璧，即赋家的建德观的呈现。

张衡存赋十余篇，其中三篇作品可以说展开了他辞赋创作的三个世界，分别是"物"的世界，即《二京赋》（西京、东京）展示京都赋的风采；"玄"的世界，即《思玄赋》展示言志赋的哲理；"情"的世界，即《归田赋》展示田园赋的趣味。特别是他创作的《归田赋》，成为汉代抒情小赋的开端，深刻地影响了魏晋时代赋风的变迁与发展。关于《归田赋》的作意，《文选》李周翰注："衡游京师，四十不仕。顺帝时阉官用事，欲归田里，故作是赋。"从张衡这篇赋的创作内容来看，其叙归田缘由、田园之美、游钓之乐、读书之愉，既抒发了作者对宦官干政、朝事紊乱的忧患心绪，又表现出一种希望退隐田园的理想与乐趣。而从文学价值来看，这篇赋首开田园文学创作题材，值得注意。赋中首先描绘春日如画，风和气清，草木繁茂，飞鸟欢翔，展现出大自然的美景。继写仰射云中逸禽，俯钓深渊游鱼，虚实互映，动静相渲，极尽隐居之乐趣。转写日落月升，灯下弹琴、读书、写作，恬静闲适，有悠然自得之情，又潜伏于隐居者的心境，给人以既活泼又清静、既淡雅又诚挚的审美感受。后代赋家如仲长统赋体文《乐志论》、张华《归田赋》、谢灵运《归途赋》，皆受其影响。至于陶、谢、王、孟的山水田园诗歌，也不乏与张衡这篇赋创作的精神投契与艺术联系。

刘勰在《文心雕龙·诠赋》中曾列举战国到两汉辞赋作者十家，分别是荀卿、宋玉、枚乘、司马相如、贾谊、王褒、班固、张衡、扬雄、王延寿，并用"致辨于情理"评贾谊的《鹏鸟赋》，用"举要以会新"评枚乘《兔园赋》，用"繁类以成艳"评相如《上林赋》，用"穷变于声貌"评王褒《洞箫赋》，用"构深玮之风"评扬雄《甘泉赋》，用"明绚以雅赡"评班固《两都赋》，用"迅发以宏富"评张衡《二京赋》，用"含飞动之势"评王延寿《鲁灵光殿赋》。可见，除了汉赋四大家，还有很多名家名篇。列举其要，如贾谊的《鹏鸟赋》《吊屈原赋》、枚乘的《兔园赋》《七发》、王褒的《洞箫赋》、班彪的《览海赋》、刘歆的《遂初赋》、马融的《长笛赋》、王延寿的《鲁灵光殿赋》、赵壹的《刺世疾邪赋》、蔡邕的《述行赋》等。在这些赋作中，贾谊《吊屈原赋》开启"吊屈"文学传统，枚乘《七发》"观涛"一节开启描写水势的文学传统，王褒《洞箫》与马融《长笛》开启音乐赋写作传统，班彪《览海赋》开启观海文学传统，刘歆《遂初赋》开启贬谪文学传统，王延寿《鲁灵光殿赋》

为题图创作，赵壹《刺世疾邪赋》为讽刺小赋，蔡邕《述行赋》开启"述行"主题，这不仅在辞赋史上具有开创意义，在整个文学史上也有极为重要的价值。

晋人葛洪在《抱朴子·钧世》中曾比较汉赋与《诗经》创作，认为《诗经》的描写与修辞远不及汉赋"汪濊博富"，但同时，汉人又自称"赋者，古诗之流"，这也构成了汉赋主旨节俭与用词造境"博富"的矛盾。如前所述，刘勰说汉赋"蔚似雕画"，在这里我们也不妨借鉴古代的绘画理论来解析一下汉赋创作模式，并观察其技法与风格。比如李衍《竹谱》论画重"位置""描墨""承染""设色""笼套"，于"笼套"则谓"此是画之结裹，尤须缜密"。倘若对应国画布局的构成"引首""画心"与"拖尾"，其宾主之主位如"画心"，"笼套"与"拖尾"有相近的意涵。由此我们再看汉大赋篇幅，无论片段还是整体，"画心"即为主位，构成赋文的主题（如游猎、宫室等），"拖尾"即似"笼套"，以点破赋旨，或谓曲终奏雅。于是聚焦汉赋画面的主题与"笼套"，最典型的就是《汉书·司马相如传》"赞曰"中，司马迁与扬雄对司马相如赋的批评，扬雄的批评是"靡丽之赋，劝百而风一，犹骋郑卫之声，曲终而奏雅，不已戏乎"。这是基于经学化的义理批评。倘若转换视角，从"雕画"艺术来看汉赋的语象构图，那些"虚辞滥说"与"靡丽之赋"的批评所贬抑之处，恰是赋家纵情用笔处，是创作主题的呈现，而"引之节俭""曲终而奏雅"的创作旨归，则是赋文似画的"笼套"，其所表现的教化思想难有景观可赏。所以汉赋创作主旨与修辞的矛盾，正是教化观念与审美眼光的矛盾，它不仅存在于汉赋创作的那个历史的空间，也制约着后世的汉赋批评与研究。但汉赋作为大汉气象的书写，在那个空间留下的美丽的记忆，却是永恒而值得鉴赏的。

五、汉赋的影响

赋体文学起源于战国楚地，由屈原、宋玉肇其端，到汉代始由"蕞尔小邦"而"蔚然大国"，成为一代文学的代表，所以后人论赋多尊奉"祖骚宗汉"的批评原则，其中"宗汉"于赋体尤为重要，所以明人王世贞在《艺苑卮言》中说"长卿之赋，赋之圣也"。也因此，汉赋不仅成为辞赋史的创作榜样，而且对整个文学史的发展也有着巨大的影响力。就赋史发展来看，汉代以后又有很多新体出现，譬如六朝的骈赋、唐代的律赋、宋代的文赋，以及清人模仿八股文创作的股赋，追溯其源，均源发于汉赋的对偶、韵律、铺张与结构。就文学史发展来看，六朝骈文的对偶句式，唐代长诗如古风与排律的铺张气势，宋人慢词的长篇铺排，明清戏剧与小说对辞赋的运用，也同样可以追溯到汉大赋的"铺张扬厉"的创作风格。特别是自二十世纪八十年代以来，中国古典文学领域辞赋研究复兴，尤其是进入二十一世纪的近二十年间，辞赋创作骤然兴盛，又成为当前文坛以古体创新篇的一道亮丽的风景，其中如《光明日报》开设"百城赋"专栏，2017年江苏省《群众》杂志又举办了"江苏城市赋"征选活动，创制出一批辞赋新篇，这既使人耳目一新，又给人似曾相识的感觉。而奠定赋体创作格调的汉赋，其影响力固然潜存其间，但如果从文学史的发展乃迨当今新文化建设的意义加以考察，汉赋创作的三个视点值得关注。

第一个视点是都邑赋与城市文化的建设。如果说汉大赋是赋体的正宗，那么有关都市描写的作品应该是正宗中的正宗。南朝梁昭明太子萧统编《文选》，首选赋体，而赋体又首选"京都"类，正是通过帝国图式的文学书写来展现赋体的宏博之象以及"体国经野，义尚光大"的意义。后世文选、赋选，因城市赋并不限于京城，所以多以"都邑"

赋归纳这类赋作，比如清代的翰林大学士陈元龙奉康熙皇帝诏命编纂《历代赋汇》，收录自汉迄明"都邑"赋十卷，计七十篇，洋洋洒洒，蔚然大观。这类赋的书写内容，包括城市建设、商业贸易、宗教礼仪、物态风俗、市场社会、游艺表演等方方面面。而随着整个社会不断走向城市化的大趋势，由汉赋京都赋启导的城市文学传统也越来越受到重视，其对文学创作题材与风格的影响力也越来越明显。宋代学者吴处厚《青箱杂记》曾论文章有两类："有山林草野之文，有朝廷台阁之文。山林草野之文，则其气枯槁憔悴……朝廷台阁之文，则其气温润丰缛。"清人章学诚《文史通义·诗教》又将诗骚文学传统区分为"廊庙"（"魏阙"）与"山林"（"江湖"）两类。如果再比较一下汉代的都邑赋与魏晋以后的田园诗，正可看到赋与诗对后世影响的主要差异。比如从语言角度看，都邑赋最擅修辞，读这类赋，不仅要注意赋的"口诵"效果，更应重视其文辞的修饰作用。与之不同，田园诗崇尚平淡远逸，以取意造境为高，咏物而不说破，所以无须雕镂刻画，这是诗的本质。又比如从创作论看，都邑赋以描绘见长，代表了赋的文体特征，所以清代的王芑孙在《读赋卮言》中说"诗有清虚之赏，赋惟博丽为能"。而田园诗的妙处，清人贺裳《载酒园诗话》认为"用意不穷便佳，不在雕饰字句"，这是田园诗与都邑赋的不同，也是诗与赋对后世创作的不同启示。再比如从时空艺术看，都邑赋表现的是一种丰缛充实的结构美，田园诗表现出一种简妙空灵的意境美，这也是诗、赋体式的差异，同样决定了二者对后世文学不同的影响面向。

第二个视点是汉赋的"体物"功用所呈现的形容美。陆机《文赋》论文体，比较诗与赋说"诗缘情而绮靡，赋体物而浏亮"。对物态美的描写、呈现与赞美，是汉赋留给后世文学书写的法宝，也是其立足于文学史册的根本所在。由于要表现众物之态，赋体因描绘夸饰所呈示的形容美，确实不是其他文体所能比较的。比如汉赋写宫殿建筑，张衡《西京赋》对未央宫的一段叙写，先是"正紫宫于未央"的正面描述，又以群体建筑之美陪衬，起到烘云托月的艺术效果。而其对后世的影响，即如讽刺赋如杜牧《阿房宫赋》所写的宫室建筑，所谓"五步一楼，十步一阁，廊腰缦回，檐牙高啄，各抱地势，钩心斗角"，以及"长桥卧波""复道行空"的描写，形容物态也是美轮美奂。这种对物态的关注，本质是对物质文明的肯定，也因此，汉赋以雄张的气势描绘社会物质文明的进步，也构成了与诗歌创作不尽相同的进化观。比如张衡写《二京赋》是模仿班固《两都赋》，但其创作主旨是要超越前者。后来晋朝的左思写《三都赋》，就特别批评汉赋"于义则虚而无征"。到了唐代李白写《大鹏赋》《大猎赋》，对汉晋赋家的创作是"鄙心陋之"，批评前人创作"龌龊之甚"。再看元朝的黄文仲写《大都赋》，开篇说讲"大元之盛，两汉万不及也"。历代赋家批评前人创作的底气在哪里？其实就在于汉赋所构建的以物态为中心的形容美，在于物质文明进化的必然。今天赋学复兴，写赋的人越来越多，一则因盛世作赋的传统，一则又脱离不了汉赋以物态为中心之描写所展示的物质文明，与新时代结合而焕发的新精神。

第三个视点是"赋兼才学"对人文素养的考量。文学创作需要才学，但相比之下，写诗更重才情，写赋就更重才学了。探究其原因，在于汉赋创作的"博物""知类"，而前人对唐诗的评点，就以灵妙趣味为主。由于重才学，从汉代开始，历朝都有宫廷"献赋"传统，"献赋"就是向皇帝展示才学。到了唐宋科举考试，所谓的"诗赋取士"制度，其中考赋无非也是观考生的才学。宋人孙何《论诗赋取士》就说考赋"非学优才高，不能当也"。而由汉赋启导的"骋才""炫学"的创作对后世的影响又向两方面衍展。第一是外交用赋。古代出访国外的使臣多擅赋，以表现自己才学，展示大国风范。比如《明史》记载，明朝时高丽使臣到北京要购买本朝《两都赋》，一时无人写，文士桑悦感到羞愧，赶快写好卖给了高丽使臣。又如明代宗景泰元年倪谦作为使臣出使朝鲜，仿效汉末王粲的《登楼赋》创作了《雪霁登楼赋》，引出朝鲜文臣大量和作，这不仅彰显了明朝文治气象，也使汉赋《登楼赋》成为走出国门的经典。而同是明代出使朝鲜的董越，在朝鲜期间仿效汉大赋写下了鸿篇巨制《朝鲜赋》，不仅以详尽的资料与非凡的文采记录下三千里江山的物产、风土、人情，以备返国后交付使命，而且同样成为外交使臣以才学展国威的典型例证。第二是提升修辞水平。学术大家饶宗颐先生在《辞赋大辞典序》中说，"赋以夸饰为写作特技"，类似"西方修辞术"，赋家"著辞之虚滥，构想之奇幻"，并"益以文字、词汇之递增，遂肆为侈丽闳衍之辞"，可以说，是汉赋创作促进了中国古代文字学、辞章学的发展，所以对后世文学修辞艺术的影响也非其他文体可与媲美。也因此，赋家最重一"观"字，不仅要观风采，还要观文采，清人刘熙载《赋概》说"赋起于情事杂沓，诗不能驭，故为赋以铺陈之"，汉赋作为修辞艺术的特性，对后世文学创作的影响正与它的存在价值一样，具有永恒的魅力。

今天就到这里。我是许结，希望通过对汉赋的讲述，使短暂的相识成为喜马拉雅留给你的永恒记忆。

赋讲读五篇

（凤凰书苑音频讲座）

一、王延寿《鲁灵光殿赋》

汉赋俊才王延寿

王延寿《鲁灵光殿赋》是篇描绘宫室殿宇的作品，在内容上，该赋通过对大汉开国圣史的回溯，对殿内雕刻与壁画的流观、摹写，营构出殿宇雄奇瑰丽的神圣感；在形式上，改变汉大赋繁类穷变与对称叙列的特征，代之以移步换景的时间结构，给人如身历其境的阅读感受。赋家以天纵之才，挥灵动之笔，雕画图貌，赋予鲁灵光殿以"圣显"的文化符号，并塑造了汉室正统性的象征。

在阅读这篇赋之前，首先要了解两点。一是作者王延寿，字文考，一字子山，东汉南郡宜城人，就是今天湖北襄阳宜城，他是著名楚辞学家、《楚辞章句》的作者王逸的儿子，后因渡湘水溺死，只有二十几岁。范晔《后汉书》称他"有俊才"，据说汉末蔡邕读了他的文章，为之"辍翰"，就是放下笔不敢写了；晋代的皇甫谧称赞他是"近代辞赋之伟"，南朝的刘勰在《文心雕龙》中说他是"辞赋之英杰"。

可以说，在古代，他算是位神童式的少年作家，这篇赋就是他的代表作。二是宫殿赋写作，在汉代，刘歆写有《甘泉宫赋》，李尤写有《德阳殿赋》，但都是残篇，只有王延寿的赋是全帙，所以可以称已知存世的第一篇完整的宫殿赋，继后则有魏朝何晏的《景福殿赋》、唐代李华的《含元殿赋》等名篇。在汉赋中，有关宫殿的描写多出现在京都赋中，如班固《两都赋》对昭阳殿的描绘，而专写一殿的赋是从京都赋中分流而独立的题材，所以王延寿赋是具有开创意义的。

宫殿赋的象征

品读这篇赋作，首先要看王延寿写宫殿赋的意义。作者在赋序的开篇就说："鲁灵光殿者，盖景帝程姬之子恭王馀之所立也。"指的是恭王刘馀，是汉景帝刘启的儿子，其母程姬，初封淮南，后迁徙到鲁地，谥号为"恭"。赋序接着说："初恭王始都下国，好治宫室，遂因鲁僖基兆而营焉。"这里有两层意思：一层是春秋时鲁僖公使公子奚斯，上新姜嫄的庙宇，下治文公的宫室，称赞其追尊祖德；另一层是说恭王刘馀在鲁宫室的地域营建新的宫殿，但因汉代已是大一统的国家，鲁地所封的诸侯国只是地方小王国，所以称"下国"。又接着说鲁灵光殿是"配紫微而为辅""承明堂于少阳"，"紫微"指天宫的紫微垣，是中宫所在，"明堂"是天子或称皇帝施政的处所，所以合起来，指是都是"下国"要围绕中央朝廷，阐明了赋中尊天子而抑诸侯的主旨。

于是，作者从两方面开拓，通过写宫殿来尊天子。一方面是回顾历史，特别提到汉室"中微"，指的是王莽篡汉，改为新朝，以致西汉朝廷的未央宫、建章殿等著名宫室都被毁坏，而鲁灵光殿虽是诸侯王国的宫室，但毕竟是西汉宫室的遗存，作为汉宫的象征，所以弥足珍贵。如果我们对照东汉的京都赋创作，会发现汉人作赋有两大历史视点，就是"亡秦"和"非莽"，因"亡秦"教训而尊奉周德，因"非莽"乱政而尊奉汉德。清人李光地《榕村语录》说："秦恶流毒万世……莽后仍为汉，秦后不为周耳。实即以汉继周，有何不可。"这种历史观早在汉赋的书写中就有呈现，最典型的就是杜笃《论都赋》的汉统汉德论："昔在强秦……大汉开基，高祖有勋……太宗承流……是时孝武因其余财府帑之蓄，始有钩深图远之意……故创业于高祖，嗣传于孝惠，德隆于太宗，财衍于孝景，威盛于圣武，政行于宣、元，侈极于成、哀，祚缺于孝平。传世十一，历载三百，德衰而复盈，道微而复章，皆莫能迁于雍州，而背于咸阳。"杜笃赋中继此倡言"今国家躬修道德，吐惠含仁，湛恩沾洽，时风显宣"，已点破"大汉继周"的建德观中两个历史节点，就是秦亡教训与王莽篡统。"过秦"是汉人继周建德的历史前提，表现于赋文中，除了司马相如《哀二世赋》明确批评"亡秦"，其他作品如班彪《北征赋》中写道："越安定以容与兮，遵长城之漫漫。剧蒙公之疲民兮，为强秦乎筑怨。舍高亥之切忧兮，事蛮狄之辽患。不耀德以绥远兮，顾厚固而缮藩。身首分而不寤兮，犹数功而辞愆。"其中批判蒙恬修长城劳民伤财，赵高与胡亥荒淫乱政的行为。张衡《东京赋》中写道："秦政利觜长距，终得擅场。思专其侈，以莫己若。乃构阿房，起甘泉，结云阁，冠南山，征税尽，人力殚。……百姓弗能忍，是用息肩于大汉。"写秦始皇耗天下之财力建阿房宫以满足私欲，都是典型的例证。同样，对待王莽篡汉以及"莽后仍为汉"的历史现实，东汉赋家如班固《东都赋》说"王莽作逆，汉祚中缺"，张衡《东京赋》说"世祖（光武帝）忿之……共工（指王莽）是除"，也就是说，赋家重建东汉之"德"，都是通过"过秦"与"非莽"两大历史教训展开的。由此再看王延寿赋叙述的奚斯治文公宫室，包括对西汉宫殿衰毁的悲悯，与这样的创作背景切切相关。

所以从另一方面来看，该赋所针对的现实，就是通过西汉宫室的毁坏，批判王莽篡政，反过来赞美汉室中兴，也就是赞美汉光武帝刘秀扫除群凶、衔接西汉政权、重建东汉王朝的功德。只是作者的视点在西汉的鲁宫，所以他通过对汉统的讴歌来表达尊王的态度。这就是赋文开篇所颂扬的"粤若稽古，帝汉祖宗，浚哲钦明"，"敷皇极以创业，协神道而大宁"；并希望"百姓昭明，九族敦序"，"永安宁以祉福，长与大汉而久存；实至尊之所御，保延寿而宜子孙"。为了强调"瑞我汉室，永不朽兮"，作者又在赋中穿插大量的祥瑞描写，这也是当时的流行思维，具有以祥瑞颂德、以灾异讽喻的"天人感应"的时代烙印。例如赋中写祥瑞，则有"锡介珪以作瑞""据坤灵之宝势""承苍昊之纯殷""包阴阳之变化""含元气之烟煴""玄醴腾""甘露被宇而下臻""朱桂黝儵""兰芝阿那""祥风翕习"等等，都是汉人常提到的祥瑞征兆。又如赋中写到"天人感应"，说"其规矩制度，上应星宿，亦所以永安"，"荷天衢以元亨"，"协神道而大宁"，"规矩应天，上宪觜陬"，"神灵扶其栋宇，历千载而弥坚"，把汉王朝的兴衰与上天意志紧密结合，这也是人们常批评的王延寿的思想局限。但是，如果我们对照王延寿赋"汉遭中微，盗贼奔突"，与班固在《东都赋》中说的"王莽作逆，汉祚中缺"，再看班固赋中对汉光武帝的歌颂，例如赋中描述的"上帝怀而降监，乃致命乎圣皇"，"圣皇乃握乾符，阐坤珍，披皇图，稽帝文，赫然发愤，应若兴云，霆击昆阳，凭怒雷震"，"立号高邑，建都河洛"，"绍百王之荒屯，因造化之荡涤"，就可以理解王延寿赋对祥瑞的描写，不过是烘托对汉统与汉德的讴歌，只是借助了赋体的铺陈手法罢了。

图画天地的佳作

这篇赋的另一重要价值在于赋中对图像的描写，这就是王延寿赋中说的"图画天地，品类群生"。我们先读一下这段文字：

> 图画天地，品类群生。杂物奇怪，山神海灵。写载其状，托之丹青。千变万化，事各缪形。随色象类，曲得其情。上纪开辟，遂古之初。五龙比翼，人皇九头。伏羲鳞身，女娲蛇躯。鸿荒朴略，厥状睢盱。焕炳可观，黄帝唐虞。轩冕以庸，衣裳有殊。下及三后，嬖（一作淫）妃乱主。忠臣孝子，烈士贞女。贤愚成败，靡不载叙。恶以诫世，善以示后。

这段描写不仅与赋的政教主旨相契合，而且其画面的展示，其中涉及神话人物、历史帝王等，都是灵光殿中的壁画呈现，赋文是对壁画图像的书写。如果追溯题图赋的源头，王延寿的父亲王逸《楚辞章句》的《天问序》说："屈原……见楚有先王之庙及公卿祠堂，图画天地山川神灵，琦玮谲诡，及古贤圣怪物行事……仰见图画，因书其壁。"这应该是目前所见有文献记载的最早的题图赋，比较屈原《天问》与王延寿《鲁灵光殿赋》中的壁画，又很类似，这体现了两篇赋题写宫室的相似性。明朝时人王绂《书画传习录》说："古人能事施于画壁为多……其作画幛，均属大幅，亦张素绢于壁间，立而下笔，故能腾掷跳荡，手足并用，挥洒如志，健笔独扛，如骏马之下坡，若铜丸之走阪。今人施纸案上，俯躬而为之，腕力运掉，仅及咫尺。"古代壁画气象宏大，不是后来文人纸画可比，而这种"大幅"又正好和汉赋构象的"巨丽"相类似。

这又可从王延寿这篇赋引出另一层思考，刘勰《文心雕龙·诠赋》认为赋"写物图貌，蔚似雕画"，说的是赋体的语象描绘本身就有构图摹绘的特色。近代学者张世禄《中国文艺变迁论》说"吾国文字衍形，实从图画出，其构造形式，特具美观。词赋宏丽之作，实利用此种美丽字形以缀成"，所取也是"图貌"的大观。读汉大赋的美，是由无数"个像"组成宏大的画面。例如班婕妤《捣素赋》："若乃盼睐生姿，动容多制，弱态含羞，妖风靡丽。皎若明魄之升崖，焕若荷华之昭晰。调铅无以玉其貌，凝朱不能异其唇。胜云霞之迩日，似桃李之向春。红黛相媚，绮组流光，笑笑移妍，步步生芳。两靥如点，双眉如张，颊肌柔液，音性闲良。"赋的描绘堪称一幅完整的美人图。又如马融《琴赋》："昔师旷三奏，而神物下降，玄鹤二八，轩舞于庭，何琴德之深哉！"赋写师旷奏乐，以"玄鹤""轩舞"衬托，使形象更具画面感。把马融赋文描写和汉画像石图像参读，例如四川雅安高颐阙的《师旷鼓琴图》，画面描写就很相近。

这种赋体的"写物图貌"与"随物赋形"，在王延寿赋中也得到尽情展示。如赋中对宫殿建筑的描写，擅长图物写貌，写建筑群组成部分有"崇墉""朱阙""高门""太阶""堂""阴夏""扉""室""房""西厢""东序""连阁""驰道""榭""楼""观""轩槛""台""池""高径""华盖""飞陛""门""户""朱桂""兰芝"等。写具体建筑部件有"壁""柱""楹""浮柱""飞梁""层栌""曲枅""芝栭""悬栋""天窗""方井""梲""桷""衡""橑""楣""椽""欂栌"等。由这些物象加以组合，并加以详细描述，构成宫室构造的整体画面。

又如对宫殿景观的描写，也采用绘画散点透视的方式，征实写物，却因时变景，突出表现赋体的空间特质。赋先写观览宫殿的感受，继写上阶登堂，观彤彩装饰，再写排扉北入，观"旋室""洞房""西厢""东序"，由此细察其栋宇结构与藻绘雕镂。于是移步换景，景随目移，感物生情，因之变化：从"睹斯而眙"到"嗟乎"的赞叹，到"感物而作"，引发出"吁，可畏乎，其骇人也"的惊呼声，再引出"彤彩之饰，徒何为乎"的疑问，到耳"失听"、目"丧精"，到"魂悚悚其惊斯，心惴惴而发悸"，由此再感发"非夫通神之俊才，谁能剋成乎此勋""苟可贵其若斯，孰亦有云而不珍"的反诘，归于"穷奇极妙，栋宇已来，未之有兮"的感慨。该赋已将光怪陆离的景观与激切奔放的情感绾合一体，给读者以神秘感、神奇感与神妙感。

有人说汉赋是"从语言时代到文字时代的桥"，由于诸多方言落实到文字，尤其是对大量物象的摹写，所以有很多异字与难字，甚至被后世讥笑为"字林"，王延寿的赋同样有此特点，难字怪字会给人以阅读的障碍；但同时，由于汉赋的口语特征，王延寿赋又保留了诸多清新通俗的口语与方言，比如"嗟乎！诗人之兴，感物而作"，"吁，可畏乎，其骇人也"，皆直抒胸臆，又给人以阅读的快感。

二、成公绥《天地赋》

天地如何赋说

成公绥《天地赋》是一篇敷演天地与阴阳的形而上的哲理赋，赋由宇宙混沌、阴阳并生、万物繁育总起，续以天宇星辰及祥瑞征兆，尔后按空间次序铺写山川树木、列国城邑，篇末以敬天事地、乾坤载生呼应前文。全赋辞采丰赡，多用四六成文铺写真实的物态，又时以神话传说映带其间，虽以天象为体，却有情有致，刘勰《文心雕龙》称赞其"吟咏所发，志惟深远"，又将他与左思、陆机等并称，誉为"魏晋之赋首"。

赋的作者成公绥，字子安，晋朝人，少有俊才，却有口吃病，但好音律，辞赋壮丽，为当世文坛大家张华推重，叹为绝伦之人，推荐给太常，征为博士。后又任秘书郎、秘书丞、中书郎诸职，并与贾充等参订本朝法律。他除了创作该赋，还有《啸赋》享名于世，据《晋书·成公绥传》记载，他"尝当暑承风而啸，泠然成曲，因为《啸赋》"。比较而言，成公绥的《啸赋》多情感的抒发，而《天地赋》则偏重自然的描绘，是篇赞美大自然的作品。

读这篇赋，先应看作者赋前的序。序文分三个层面。第一个层面是明确赋的功用，就是"赋者，贵能分赋物理，敷演无方，天地之盛，可以致思"，阐明赋的"体物""明理"的意义，选择写天地，只是便于"致思"，而达到"分赋物理"的效果。第二个层面是如何赋写天地，就是"体而言之，则曰两仪；假而言之，则曰乾坤；气而言之，则曰阴阳；性而言之，则曰柔刚；色而言之，则曰玄黄；名而言之，则曰天地"，进一步阐发赋物明理的意义。第三个层面是赋写前人之阙，就是"历观古人，未之有赋，岂独以至丽无文，难以辞赞？不然，何其阙哉"，说明赋写天地，以补前人之"阙"的原因。由序观赋，作者的创作思想不仅体现在赋作的实践中，而且昭示了魏晋时期的文学思潮，落实到赋的领域，同样呈现在三个方面。首先，赋创作的"征实"观。比如左思写《三都赋》，就反对汉代赋家"于辞则易为藻饰，于义则虚而无征"，强调自己的创作是：写"山川城邑"则"稽之地图"，写"鸟兽草木"则"验之方志"，因为"美物者，贵依其本；赞事者，宜本其实"。同样，挚虞在《文章流别论》中批评汉代作家有"四过"，分别是"假象过大""逸辞过壮""辩言过理""丽靡过美"，其致用求实的思想与左思一致。所以成公绥赋虽歌咏虚无缥缈的天地，却力求落到实处，以剖析自然奥妙。其次，赋创作的"明理"观。魏晋人与汉人不同，论自然好为本体探究，更重物自体的认知。陆机《文赋》说"赋体物而浏亮"，是对物理的关注与提升，挚虞说赋要"穷理尽性，以究万物之宜"也是这个道理。所以读魏晋时的赋篇，如嵇康的《琴赋》、张华的《鹪鹩赋》、潘岳的《闲居赋》、孙绰的《游天台山赋》，或咏物，或游观，无不象物以"明理"，假物以"写心"。成公绥赋写天地，关键也在通自然之象，明乾坤之理。再者，赋创作题材的扩大。萧统在《文选序》中说当时的创作现象，是"纪一事，咏一物，风云草木之兴，鱼虫禽兽之流，推而广之，不可胜载"，可见魏晋以后文学创作题材的扩大。刘勰《文心雕龙·诠赋》说"草区禽族，庶品杂类，则触兴致情，因变取会"，指的是魏晋时咏物赋之盛。成公绥赋虽是大篇，但他说的写天地是补前人之"阙"，正缘于这一文学思潮的推动。

征实与明理的时代精神

通过以上三个理论视点，再看《天地赋》的创作，同样具有"征实""明理"与拓展写作视域的特征。具体而论，首先在于对天地之大美的铺写与歌颂。闻一多曾谈司马相如及其汉赋创作，说"《上林赋》是司马相如所独创，它的境界极大"，又说"凡大必美……当时的人还懂得大就是美，所以那些大赋还能受到称赏"。汉代大赋之美，主要体现在游猎、郊祀、京都等题材，而成公绥赋写天地是他的独创，境界也很大，他对自然大美的描写也是值得称赏的。成公绥认为，天地为"至丽"而"难以辞赞"，所以想独创这一题材。因为与诗歌比较，赋体物的功能无比广大，清人刘熙载《赋概》就说"赋取穷物之变"，"赋起于情事杂沓，诗不能驭，故为赋以铺陈之"。《天地赋》就采用"铺"的方式展开。

全赋可分四段。第一段从"惟自然之初载"到"伟造化之至神"，叙写天地之形成。有关天地形成，《易经》已有天地人"三才"之道，《老子》有"道生一，一生二，二生三，三生万物"之说，汉代张衡的《灵宪》已有"太素始萌，萌而未兆"，"宇之表无极，宙之端无穷"的说法，成公绥亦承其说，认为"太素纷以溷涒兮，始有物而混成"，只是改以赋的语言加以形象的表述。如先写宇宙混沌，元一茫昧；继写清浊剖分，天地形成；复写阴阳并生，万物繁育，由此而宇宙运转不息，生命肇始，于是赞叹"何滋育之罔极兮，伟造化之至神"。这俨然似一曲对天地生命发端的赞美诗。

第二段从"若夫悬象成文"到"彗孛发而世所忌"，叙写天文，如自然的"悬象""列宿"，人事的祥瑞灾异，其中反映了人与自然的关系，也彰显了当时人以天相喻人相的认知方式。这段描写有关天象的知识含量极大，如"三辰""五纬"，指日月星辰与金木水火土五大行星；"九道""中黄"，指日月运行轨道，及古天文学想象的太阳绕地球运行的黄道；"白兽""青龙""玄龟""朱鸟"，分指四方星宿，而"帝皇""紫宫"，指天上帝星居紫微垣，与大地分野对应，象征朝廷中央的权力，极似司马迁《史记·天官书》的赋语书写。当然这里面也充满了神话，比如"望舒弥节""羲和正辔"，分别指古神话中为月亮、太阳驾车的神灵。

第三段从"尔乃旁观四极"到"处于巨海之滨"，叙写地理区划，由天地上下四方，全方位展示山川树木、列国城邑、昆仑悬圃、九州分野、奇人异事等，充分呈现了该赋"博物""知类"的描写特征。中国古代极重"取则天象"与"画野分州"，天人合一，突出政教的功能。

也因此，《周礼》论古代区域治理，首先就是"体国经野"，到了刘勰撰《文心雕龙》，在《诠赋》篇论赋，首先彰显的也是"体国经野，义尚光大"。由此再看该赋这段描写，正是这一思想传统的形象表述。赋中说"昆仑镇于阴隅，赤县据于辰巳"，"万国罗布，九州并列"，是早期世界观的中国说；"辩方正土，经略建邦。王圻九服，列国一同"，是大一统帝国的政治图像；至如"遐方外区，绝域殊邻。人首蛇躯，鸟翼龙身。衣毛被羽，或介或鳞。栖林浮水，若兽若人。居于大荒之外，处于巨海之滨"，既有摹写《山海经》的神话传说，又有帝国统治的真实书写。

第四段从"于是六合混一而同宅"到赋末，作者归纳六合同宅，敬天事地，追踪"万物之所宗"的本质，以骋放赋家"游万物而极思"的想象，以颂扬天道不息，宇宙无穷，讴歌大自然的伟大。这段文字中又有两个问题值得推敲。一是赋中忽然陡起一节，"若乃共工赫怒，天柱摧折"，引述自《淮南子·天文训》："共工与颛顼争为帝，怒而触不周之山，天柱折，地维绝，天倾西北，故日月星辰移焉，地不满东南，故水潦尘埃归焉。"但作者对此质疑道："岂斯事之有征，将言者之虚设？何阴阳之难测，伟二仪之夐阔。"这显然是通过对此传说的怀疑，以加强赞美大自然的伟力。二是赋的收束处所言"坤德厚以载物，乾资始而至大"。这句话是衍说《易》乾、坤卦辞"天行健，君子以自强不息""地势坤，君子以厚德载物"，这里包含了儒家学者的情愫，那就是将自然道德化。正因如此，古人将中国文化的个人伦理推扩到家庭伦理、国家伦理、人类伦理，乃至上升到宇宙伦理。这篇赋也正是在此思想中，衍化为有思想深度的"至丽"文章的。

赋作的三大特征

在辞赋创作史上，成公绥有一突出贡献，就是较大地拓展了晋赋的题材范围，除了书写《天地赋》与《啸赋》这样的名篇，他还择取黄河、木兰、蜘蛛、螳螂、神乌等为描写对象，是位既擅长写实又善夸饰的赋家。从《天地赋》的写作来看，又有三点值得强调。

一是"征实"。成公绥论赋，一方面认为"敷演无方"，如"天地之盛"，一方面又提倡"分赋物理"并以此为贵，所以从主要倾向来说，他赋天地还是以"征实"为主。如写天地之存在，则有"太极""两仪""昏明""盈亏""阴阳""寒暑""三才""五行""雷霆""庆云""八风""六气"等等；写星辰之状态，则有"三辰""五纬""招摇""文昌""紫宫""帝皇""三台""摄提""蓬容""老人""天矢""彗孛"等等；写地理之分布，则有"川渎""山岳""沧海""悬圃""昆吾""寻木"等等；写神居之名目，则有"烛龙""扶桑""旸谷""泰蒙""丹炮""空同"等等。大量的名词表实物，勾画出乾坤派生、星辰运行、地理方位、神灵居处等图式。这使我们读这篇赋，既看到天地知识系统的布局与展示，也看到作者采用大量的知识物件，构建起赋作的宏大空间。

二是隐喻。尽管全赋描绘天地自然，但却内含对人事的褒贬，采用的方法就是通过自然现象的正与反，寄寓隐喻之义。如叙写自然之正相，则谓"清浊剖分，玄黄判离"，"星辰焕列，日月重规"，"八风翱翔，六气氤氲"，"悬象成文，列宿有章"，"帝皇正坐于紫宫，辅臣列位于文昌"，类此等等，拟状人事之安详。叙写自然之反相，则谓"交会薄蚀，抱晕带珥"，"蓬容著而妖害生""彗孛发而世所忌"，"共工赫怒，天柱摧折"，"断鳌足而续毁，炼玉石而补缺"，类此等等，拟状人事之变异。老子说"人法地，地法天，天法道，道法自然"，成公绥于赋中将人事自然化，褒贬自然正是美刺政治，这是赋中隐含的深层意蕴。

三是纵情。该赋虽然写天象地貌，作者却能于辞章中纵放情感，气势磅礴，仪态万千。探究其因，又有两点。一是赋体自由，句式或四言、或六言、或七言，自由挥洒。如其中"尔乃旁观四极"一节文字多用四言，整饬而具排宕之力；"若夫悬象成文"一节文字则多用七言，句中采用虚字以呈顿挫之意。赋中句法随情绪而变化，所以生动活泼。二是赋文"征实"却穿插神话，极尽夸张之能事，虚实相生，使全赋描摹物态而不板滞，称颂自然，更多生机。

合此"征实"、隐喻与纵情，方成就其对天地之描绘的"至丽"之美，也使这篇作品成为历史上，尤其是辞赋史上，赞颂自然的大美篇章之一。

三、杜牧《阿房宫赋》

千古名赋阿房宫

唐人杜牧以诗闻名，与杜甫并称"大小杜"，与李商隐并称"小李杜"，他的赋创作仅存三篇，其中《阿房宫赋》在赋史上独标一帜，为世所重，被称为名篇。该赋运用典型化的艺术手法，将宫殿的恢宏壮观、后宫的充盈娇美、宝藏的珍贵丰奢揭示得层次分明而又具体形象。作者由描写上升到思想，得出秦始皇的败亡是由于暴民取财、不施仁义的结论，为当朝统治者提供了深刻的教训与警示。赋文融叙事、抒情、议论为一体，骈散相间，错落有致，以气贯通全篇，具有较高的艺术鉴赏价值。

赋的作者杜牧，因有"十年一觉扬州梦，赢得青楼薄幸名"的诗句，常被视为浪荡公子，其实历史上的杜牧是有政治抱负的人。他在唐大和二年（828）登进士第，又登制科，历任弘文馆校书郎、团练巡官等职，入朝任左补阙、史馆修撰等职，又曾外任黄州、池州、睦州刺史等，谙于史学，熟悉政事。据《唐书》记载，他"刚直有奇节"，"论列大事，指陈病利尤切至"，这也切合他本人在《上李中丞书》自称的，"治乱兴亡之迹，财赋兵甲之事，地形之险易远近"靡不毕究，表现出一种社会责任的担当。他创作的诗赋也多寄托历史兴亡的感慨，具有强烈针对性的现实价值。

奢侈的教训与俭德的倡导

品读《阿房宫赋》，可分为两大段：前一段从"六王毕，四海一"到"秦人视之，亦不甚惜"，写阿房宫的兴建与焚毁，寄兴衰之理；后一段从"嗟乎，一人之心，千万人之心也"到"亦使后人而复哀后人也"，发抒议论，寓伤古哀今之情。有关这篇赋的创作主旨，作者在《上知己文章启》中说，唐敬宗宝历年间，朝廷"大起宫室，广声色"，所以"作《阿房宫赋》"，很显然，这是一篇有针对性的警世之作。

赋的开篇就用四个短句，"六王毕，四海一，蜀山兀，阿房出"，霎那间将秦始皇扫灭六国、统一天下，又好大喜功，削平蜀山而兴建阿房宫的史实，风起云涌般地展现，令人触目惊心，应接不暇。继写阿房宫室，极力铺陈，尽情渲染，由山到水，由内而外，如"五步一楼，十步一阁"，全景俯瞰；"廊腰""檐牙"，细节刻画；"盘盘""囷囷"，描绘长桥如龙、复道如虹，譬喻极为形象；至于"蜂房水涡"的物象绘饰，"歌台暖响""舞殿冷袖""辞楼下殿""朝歌夜弦"的豪奢与情氛，都为了衬托"一日之内，一宫之间，而气候不齐"，宫殿的广袤深邃，人主的威权极势，尽现眼前。

作者极写阿房宫的广大瑰丽，为议论留下伏笔：六国被"剽掠其人"，导致国亡族灭，而取代六国的秦人又因"戍卒叫，函谷举，楚人一炬，可怜焦土"，重蹈六国覆辙，其亡于骄横敛怨，势所必然。"灭六国者，六国也，非秦也"，宋代的苏洵取其意而论《六国》，说明这一结论令人信服。至于"后人哀之而不鉴之，亦使后人而复哀后人"，既是这篇赋的思想主旨，也是作者提供给当代的一剂拯世良药。

赋体的新变

如何评价这篇赋，还应该关注其体，这又呈现于两方面。

一是唐人试赋，重视"素学"，就是平时的学问，唐代的闱场赋虽然与文人赋不同，但都是围绕制度出现。祝尧《古赋辩体》卷七《唐体》"杜牧之"条记载："牧之为举子时，崔郾试进士，东都吴武陵谓郾曰：'君方为天子求奇才，敢献所益。'因出《阿房宫赋》，辞既警拔，而武陵音吐鸿畅，坐客大惊。武陵谓曰：'牧方试有司，请以第一人处之？'郾谢已得其人，至第五，郾未对。武陵勃然曰：'不尔，宜以赋见还。'牧果异等。"唐代闱场试赋以律体，然投卷观"素学"则不拘于体，而以立意警拔为佳，可知《阿房宫赋》实与科试有关。

二是这篇赋多议论，与文赋体有关联。再看祝尧前书"阿房宫赋"条："赋也。前半篇造句，犹是赋，后半篇议论俊发，醒人心目，自是一段好文字，赋之本体恐不如此。以至宋朝诸家之赋，大抵皆用此格。潘子真载曾南丰曰：'牧之赋宏壮巨丽，驰骋上下，累数百言，至"楚人一炬，可怜焦土"，其论盛衰之变判于此。'然南丰亦只论其赋之文，而未及论其赋之体。"后来类似说法很多，如戴纶喆《汉魏六朝赋摘艳谱说》说"杜牧之《阿房宫赋》'明星荧荧，开妆镜也'等句，古赋变调"；徐文驹《松阴堂赋集序》说"小杜之《阿房》，大苏之《赤壁》，则又有所为文赋者"；方象瑛《与徐武令论赋书》说"《阿房》《赤壁》以记为赋，王、骆诸公以歌行为赋，虽才极横溢，揆之正体，必有未合"，都着眼于体，来说明唐宋文赋擅长议论的创作现象。

何以因议论而成文赋？这又可从杜牧《阿房宫赋》的立意观其变体，考察他对以往文本的拟效。论本事，杜赋是对汉史论秦政的拟效。据《史记·秦始皇本纪》记载，始皇三十五年，即公元前212年，因咸阳人多，先王宫小，所以"先作前殿阿房，东西五百步，南北五十丈，上可以坐万人，下可以建五丈旗，周驰为阁道，自殿下直抵南山，表南山之颠以为阙。为复道，自阿房渡渭，属之咸阳"。为建宫前后动用七十余万刑徒，以致"关中计宫三百，关外四百余"。杜赋咏史，有史据，写史事，继承前人"过秦"，针对现实反对奢侈。

拟效与创造

在赋史上，《阿房宫赋》又多仿效前人。如清人孙奎《春晖园赋苑卮言》卷上记述："或读《阿房宫赋》至'歌台暖响，春光融融。舞袖冷殿，风雨凄凄。一宫之间，而气候不齐'，击节叹赏，以为形容广大如此，不知牧之此意，盖体魏卞兰《许昌宫赋》也。其词曰：'其阴则望舒凉室，羲和温房；隆冬御绤，盛夏重裘。一宇之深邃，致寒暑于阴阳。'非出于此乎？"这就殿宇"广大"而言。当然，赋家夸饰其辞，重在讽谏，就杜赋说，实传承汉赋中的"亡秦"教训。可以说，汉赋家的建德观，以及"大汉继周"的德教传统，多与秦亡教训有关。比如班彪《北征赋》写道："剧蒙公之疲民兮，为强秦乎筑怨。舍高亥之切忧兮，事蛮狄之辽患。"张衡《东京赋》写道："秦政利觜长距，终得擅场。思专其侈，以莫己若。乃构阿房，起甘泉，结云阁，冠南山，征税尽，人力殚。……驱以就役，唯力是视。百姓弗能忍，是用息肩于大汉。"对照杜赋开篇之"六王毕，四海一，蜀山兀，阿房出"的形容，赋中对"秦爱纷奢，人亦念其家。奈何取之尽锱铢，用之如泥沙"的惩戒，与汉赋中以阿房为例批评强秦，是一脉相承的。

前人又有杜牧赋取效杨敬之赋的说法，比如刘克庄《后村诗话》说："《阿房宫赋》中间数语，特脱换杨敬之《华山赋》尔。"如《华山赋》中"小星奕奕，焚咸阳矣"句式，极似杜赋之法，尤其该赋末段议论，取"圣人抚天下"与秦皇、汉武迷信祀神对比，以前朝训诫当世，与杜赋末段议论也是相同的。刘克庄又说贾谊《过秦论》中"陈涉锄耰棘矜，不铦于钩戟长铩，谪戍之众，非抗九国之师；深谋远虑，行军用兵之道，非及曩时之士"几句话，是模仿《吕氏春秋》"驱市人而战之，可以胜人之厚禄教卒；老弱疲民，可以胜人之精士练才；离散系累，可以胜人之行阵整齐；锄耰白梃，可以胜人之长铫利兵"，只是"贾生可谓善融化者"。又论枚乘《七发》"出舆入辇，命曰蹶痿之机；洞房清宫，命曰寒热之媒；皓齿娥眉，命曰伐性之斧；甘脆肥脓，命曰腐肠之药"，是仿效《吕氏春秋》的"出则以车，入则以辇……命之曰招蹶之机；肥肉厚酒……命之曰烂肠之食；靡曼皓齿，郑卫之音……命之曰伐性之斧"，刘克庄以为只是"增损一两字"。所以他举杜牧赋取效杨敬之赋，认为"未至若枚乘之纯犯前作"，是有创意的。这里又有文体互通现象，《阿房宫赋》诫秦以讽唐，而在赋中阐发议论，实有着"破体"为文的拟效途径。

"亡秦"的历史摹写

我们再读一读《阿房宫赋》有关宫室的描写和对"亡秦"的议论：

五步一楼，十步一阁；廊腰缦回，檐牙高啄；各抱地势，钩心斗角。盘盘焉，囷囷焉，蜂房水涡，矗不知其几千万落。长桥卧波，未云何龙？复道行空，不霁何虹？高低冥迷，不知西东。歌台暖响，春光融融；舞殿冷袖，风雨凄凄。一日之内，一宫之间，而气候不齐。

使负栋之柱，多于南亩之农夫；架梁之椽，多于机上之工女；钉头磷磷，多于在庾之粟粒；瓦缝参差，多于周身之帛缕；直栏横槛，多于九土之城郭；管弦呕哑，多于市人之言语。使天下之人，不敢言而敢怒！独夫之心，日益骄固。戍卒叫，函谷举，楚人一炬，可怜焦土。

根据《三辅黄图》记载，阿房宫"规恢三百余里"，"阁道通骊山八百余里"，可知赋中的夸饰是有前朝文献依据的。但是，赋家写阿房宫的规制，是拟状大秦帝国的声势，以其胜极比照衰毁，所以全赋中心在后半部分的议论，以陈涉起事大泽与项羽火烧阿房宫故事喻示兴亡教训。比照赋中的议论，我们再看贾谊《过秦论》中"秦以区区之地，千乘之权，招八州而朝同列，百有余年矣，然后以六合为家，崤函为宫。一夫作难而七庙隳，身死人手，为天下笑，何也？仁义不施，而攻守之势异也"等说法，前后相承，显而易见。如果再拓开视域，品读汉史，班固《汉书·贾邹枚路传》引贾山《至言》中的话语，更接近杜赋的描写。不妨引其中一段文字：

> （秦）贵为天子，富有天下，赋敛重数，百姓任罢（疲），
> 赭衣半道，群盗满山，使天下之人戴目而视，倾耳而听。一夫大
> 呼，天下响应者，陈胜是也。秦非徒如此也，起咸阳而西至雍，
> 离宫三百，钟鼓帷帐，不移而具。又为阿房之殿，殿高数十仞，
> 东西五里，南北千步，从车罗骑，四马鹜驰，旌旗不桡。为宫室
> 之丽至于此，使其后世曾不得聚庐而托处焉。

贾山在汉文帝朝进言俭德，以"亡秦"为教训，写阿房宫的壮丽，
写驰道的广袤，所谓"为驰道于天下，东穷燕齐，南极吴楚，江湖之
上，濒海之观毕至。道广五十步，三丈而树，厚筑其外，隐以金椎，
树以青松。为驰道之丽至于此，使其后世曾不得邪径而托足"，又写秦
皇死葬骊山之豪奢，感叹"使其后世曾不得蓬颗蔽冢而托葬焉"，最
后束以"秦以熊罴之力，虎狼之心，蚕食诸侯，并吞海内，而不笃礼
义，故天殃已加矣"的议论。虽然贾山不拘于阿房宫而发论，但对比
杜赋的书写，其描述、句式、感慨无不毕肖，这是赋史研究者没有注
意的，应该加以补益。

概括地说，杜牧《阿房宫赋》兼得抒情散文的情韵和历史论文的
深邃，从其内容与形式来看，有两点值得注意：一是摆脱以往宫殿赋
以颂为主的创作蹊径，而变之以暴露批判，拓宽和深化了这类题材；
二是赋的语言前半兼散于律，后半纯用散体，这与中唐古文运动的影
响有关，可视为从唐代律赋向宋代文赋转变过程中的一篇重要作品。
《说郛》摘录《道山清话》一则文字，说苏东坡在雪堂，每读一遍《阿
房宫赋》，就咨嗟叹息，至夜分不能寐，阶下二老兵听得最深刻的句子

是"天下之人不敢言而敢怒"。这既说明苏轼对杜赋的挚爱，又透露出苏轼写《赤壁赋》采用文体、好为议论，与此是有关联的。因议论而成文赋，又与唐宋时期"破体"为文的风气相关，所谓"文成破体书在纸"（李商隐《韩碑》）、"情通破体新"（韩偓《无题》），从杜甫"以诗为文"、韩愈"以文为诗"到杜牧、苏轼等以文体为赋，都是欲打破"文各有体"的藩篱，有着共时的特征。同时，一种新体的形成，必然和作者文本的拟效有关，杜牧《阿房宫赋》为强化警世的思想主旨，多重拟效，尤其是拟效汉文中的"过秦"说，引议论入赋，构建新体是一方面，而文本书写的需求与效果，或许才是更为重要的。

四、苏轼《赤壁赋》

天才的写意赋

苏轼在中国历史上是位全才式的人物，他不仅诗、书、画均有建树，就文学一端来说，他的诗、词、文、赋各体创作都成就不凡，而且具有开创性的意义。苏轼写有两篇《赤壁赋》，一般称前、后《赤壁赋》，两篇赋是作者在宋神宗元丰五年（1082）七月和十月，两次游览黄州赤壁矶所作，当时作者刚经历"乌台诗案"（元丰二年）不久，正被贬谪在黄州团练副使任上，当时他的人生是困顿的，但他的赋作却是旷逸的，这也成为后世追慕苏轼其人及文的重要原因。有关《前赤壁赋》，据历史记载，是苏轼在阴历秋七月与道士杨世昌同游赤壁矶，追忆三国故事，感慨系之，而成此名篇。苏轼在写作的第二年，就将这篇赋寄给朋友傅尧俞，并在赋的跋语中透露情怀："轼去岁作此赋，未尝轻出以示人，见者盖一二人而已。钦之有使至，求近文，遂亲书以寄。多难畏事，钦之爱我，必深藏之不出也。"写赋秘而不宣，其中忧患，定有难言之隐。

我们先读几节文字，也是赋的几个重要层次：

> 壬戌之秋，七月既望，苏子与客泛舟，游于赤壁之下。清风徐来，水波不兴。举酒属客，诵明月之诗，歌窈窕之章……

> 于是饮酒乐甚……客有吹洞箫者，倚歌而和之，其声呜呜然，如怨如慕，如泣如诉……

> 客曰："'月明星稀，乌鹊南飞'，此非曹孟德之诗乎？西望夏口，东望武昌。山川相缪，郁乎苍苍。此非孟德之困于周郎者乎？……况吾与子渔樵于江渚之上，侣鱼虾而友麋鹿，驾一叶之扁舟，举匏尊以相属……

> 苏子曰："客亦知夫水与月乎？逝者如斯，而未尝往也。盈虚者如彼，而卒莫消长也。盖将自其变者而观之，则天地曾不能以一瞬。自其不变者而观之，则物与我皆无尽也，而又何羡乎？……"

先说明时间、地点，再转入情景、作为（饮酒、诵诗），继而写吹箫客，引发悲声，再由客的问话来追溯三国故事，引出主与客的现实境遇，最后结束以苏子回答客的话语，抒发人生的感慨。

通观全赋，显然赋体所重之物与事，在这里只是引发或虚拟，而其实写，是由情与景生发出的理与意。尤其是赋中有关变与不变的言说，据考证源自《庄子》与《楞严经》，比如宋人林子良《林下偶谈》引《庄子·德充符》"自其异者视之，肝胆楚越也；自其同者视之，万物皆一也"语，说苏轼"赋祖庄子"；又如周密《浩然斋雅谈》卷上引述《楞严经》"佛告波斯匿王言：'汝今自伤发白面皱，其面必定皱于童年，则汝今时观此恒河，与昔童时观河之见，有童耄不？'王言：'不也。世尊。'佛言：'汝面虽皱，而此见精，性未尝皱，皱者为变，不皱非变，变者受生灭，不变者元无生灭'"一段话，认为苏赋"用《楞严经》意"。所以从这篇赋的写作内容来看，说是写景赋、写情赋、写意赋，都可以，或者说，苏赋是通过景与情来喻理取意，寄托人生。

例如写景，作者以时间为顺序，由清风与水波过渡到明月与山峦，再过渡到水天之际，视角由下往上，由近而远，历历如绘。又如写情，从两方面展开：一写幽伤之情，如赋中由"客有吹洞箫者"引起，依声画形，以"呜呜然"的箫声，构画出"如怨如慕，如泣如诉"的"孤舟之嫠妇"；一写旷达之情，如赋中写三国英豪，当年功勋已消逝于历史烟云中，反转写自己与客"渔樵于江渚"，"侣鱼虾而友麋鹿"，驾一叶扁舟，举匏樽相属，虽以"哀吾生之须臾""托遗响于悲风"衬托，然其宽阔的胸怀，已与"清风徐来，水波不兴"的自然景象融为一体。

再说写意，赋中相对突显于主与客的对话，也就是"客曰"和"苏子曰"的两段文字。客以三国英雄如曹操"破荆州，下江陵"时"酾酒临江，横槊赋诗"的气象，对应"困于周郎"的赤壁之败，感叹吾生须臾、长江无穷，是人生短暂而宇宙永恒，乃至历史无情的惆怅。苏子则以水和月的比喻，以变与不变的自然喻示人生的哲理，得出"吾与子之所共适"的短暂享受和类似"物吾与也"的永恒思考。而作者通过这样的自然意趣，告诫人们不要一味沉溺于感伤与悲哀，而是用自然或宇宙的眼光加以思索，得到超脱。这也赋予了这篇赋作超妙的哲学意趣、自由旷达的情怀和耐人寻味的义理。

物象与意趣

作者在赋中为了尚意造境，采用了借物传意的手法，所以融织了大量的物象于书写过程中，构成了特有的语象系统。我们阅读《赤壁赋》，其中的物象极为丰富，举其要者，有"苏子""客""舟""赤壁""清风""水波""酒""月""东山""斗牛""白露""水光""一苇""桂棹""兰桨""洞箫""乌鹊""曹孟德""夏口""武昌""周郎""荆州""江陵""舳舻""旌旗""江渚""扁舟""匏尊""盏""肴核""杯盘"等。这又可引申出动作语象，如"泛舟""酾酒"等；引申出时间语象，如"壬戌""七月"等；引申出声音语象，如"歌""吹洞箫"等；引申出象征语象，如"幽壑之潜蛟""羽化而登仙"等。

在作者继写《后赤壁赋》时，也采用了这种方法，虽然后赋写得较前赋更加空灵，但物象亦甚繁多，例如"雪堂""临皋""二客""黄泥之坂""霜露""木叶""人影""明月""赤壁""江流""断岸""巉岩""草木""山谷""舟""孤鹤""道士""羽衣"等，同样可以引申出动作语象，如"步""归""行歌"等；引申出时间语象，如"是岁""十月""良夜"等；引申出声音语象，如"长啸""山鸣谷应"等；引申出象征语象，如"栖鹘之危巢""冯夷之幽宫"等。与前赋记述作者与道士杨世昌游赤壁不同，《后赤壁赋》记述与两友（一是杨世昌）同游，且转写实游为写梦境，我们读几段文字：

> 是岁十月之望，步自雪堂，将归于临皋。二客从予，过黄泥之坂。霜露既降，木叶尽脱。人影在地，仰见明月。……
>
> 于是携酒与鱼，复游于赤壁之下。江流有声，断岸千尺，山高月小，水落石出。……予乃摄衣而上……二客不能从焉。……

予亦悄然而悲，肃然而恐，凛乎其不可久留也。……

时夜将半，四顾寂寥，适有孤鹤，横江东来……须臾客去，予亦就睡，梦一道士，羽衣翩跹，过临皋之下，揖予而言曰："赤壁之游乐乎？"问其姓名，俯而不答。呜呼噫嘻，我知之矣，畴昔之夜，飞鸣而过我者，非子也耶？

在赋中，作者写时、地、景、情，尤其是携酒与观月，同样也以情、景来明理述意，这些写法几乎和前赋相同，但两篇赋不同的地方，主要在后赋结束时托一梦境，显得更为空灵。《赤壁赋》按题材说，属于纪游赋的创作，但作者却写得如此惝恍迷离，确实与前人同类赋作不尽相同。所以宋人唐子西《文录》说，历代的赋作，只有"东坡《赤壁》二赋，一洗万古，欲仿佛其一语，毕世不可得也"。清人浦起龙《读杜心解》评杜甫《谒文公上方》说"诗有似偈处，为坡公佛门文字之祖"，所取的也是如"大珠脱翳""白月当空"类的超越"世谛"而入"空谛"的意思。

"赤壁"的图画书写

在辞赋创作史上，苏轼的《赤壁赋》和曹植的《洛神赋》特别受到历代画师的关注，其赋图绘制极多，这也是一个非常突出的艺术现象。曹植的赋因为顾恺之《洛神赋图》而增大了知名度，后续绘作极多，成为绘画史关注的重点，而苏轼的赋在写好后不久，就有了同是北宋人的乔仲常画的《后赤壁赋图》，继续的绘作数量远超过《洛神赋图》。据不完全统计，从北宋到晚清，现存相关《赤壁图》约有一百二十余幅，而后世拟效的文字作品（赋作）数量之多，也是其他作品罕与比较的。于是综观围绕苏轼前、后《赤壁赋》的图像绘制与语象拟效，其中包含的写意赋与文人画的创造，不仅是中国绘画史的一个聚焦点，也是辞赋创作中值得思考的问题。

我们可以通过历代画师在《赤壁图》的画面构设与意象聚焦，增添对苏轼赋作本身的审美认识。历代《赤壁赋》图，较著名的如传北宋乔仲常的《后赤壁赋图》（或认为明人作），南宋李嵩的《赤壁赋图》、马和之的《后赤壁赋图》，金朝武元直的《赤壁图》，元朝赵孟𫖯的《前后赤壁赋图》，明朝文徵明、董其昌的《赤壁图卷及楷书》，文嘉的《赤壁图并书赋》，清朝任颐的《赤壁赋诗意图》等。图画多对应赋作语象，以择取具体物象而呈示全幅意境，比较诸图，大同小异，如《前赤壁赋》图多以舟、人为中心，山、水、树为背景，于画幅上端绘月轮，上云影纹，下水波纹；或突出峭壁、急流，以壮其势；所不同者在舟中人或有不同，如武元直的《赤壁图》仅四人，而明人仇英的《赤壁图》则绘有五人，包括艄公一人、童子一人、主客三人。《后赤壁赋》图与前图相同处在月、舟、人等物象，如乔图所绘月光下的赤壁矶，舟、人饮酒之状可见；又如马图，舟占中心画面，计六人，分别是主客三人、艄公一人、船头二人（或为童子）。后图与前图不同的地方，在于画幅上突出"雪堂"（庭院）、"孤鹤"（飞凤），以及入梦情境的图案化（人伏雪堂入梦状），这也是依据赋文描述的绘制。就《后赤壁赋》图而言，也有繁简不一。乔图几乎是全面摹写赋文，只是将故事的时序变为连环式的空间展示。该图从右到左分成几节画面：先是水边五人（主客、童仆、船夫），次则桥、水、石、柳诸景，复则庭院、主、妇、童子及马厩；又山石与水流，岸石上坐客三人，旁立一僮仆，水边摄衣而上者一人（为主人）；又转一画，即赤壁矶边行舟，计五人，遥观孤鹤天来；又"雪堂"景象，三人居内，摹写入梦状；门外独立一人，对应孤鹤，具象征意义。从简者如元人吴镇的《后赤壁图》，竖幅，赤壁矶巨石占半幅，下绘舟、人诸景，巉岩壁立，给人以突兀而耸目的感受。又如清人钱杜的《后赤壁赋图》，画图是三面环山，一面临水，有船泊岸，一人独立石上，水上飞鹤突显，简笔勾画，仅用少数几个物态表现赋的意旨。

对照赋文与赋图，意象的聚焦都是通过物象的描绘或呈示来实现的。品读赋文中大量的物象，画家取之于图幅，又有着自己的呈现方式，例如择取法，就是选择重点物象绘于画幅，例如《前赤壁赋图》中的月、舟、人、酒与石壁、树木，是以几个典型的物态展示全幅画的动态，也就是以"应物象形"的方式聚焦意象而构设画面。这种方式的优点是重点突出，形成视觉的冲击力，然无法展示的则是赋文中物象因时序变迁的流动性。例如赋中的"举酒属客""饮酒乐甚""举匏尊以相属"到"相与枕藉乎舟中"，都离不开酒的物象，经历了由"清风徐来，水波不兴"的初游，到渐有"遗世独立"感受而伴以舷歌的情境，再到对曹孟德"酾酒临江，横槊赋诗"的历史回顾，最终用水与月之喻达致人生哲理的思考，而这些赋文描写的酒的变化，在诸图中只能通过人物的形态做定格式的表达，很难看到故事的演变与情感的起伏。因此，我们读赋文与看赋图，对理解苏赋的意境是相得益彰的。

影响与魅力

《赤壁赋》的拟效，不仅在赋图书写，还有很多围绕《赤壁赋》的文字摹写。这又表现在两方面。一是后人写赋模仿苏赋，例如金人赵秉文的《游悬泉赋》，赋题似与赤壁无关，然观其开篇谓"庚午之岁，九月既望，赵子与客游于承天之废关，置酒乎妒女祠之侧"，继后描写"千山暮苍，素月如拭"，"既而叹曰""少焉""二客"等语象，模仿甚至套用苏轼《前赤壁赋》的词语、情境，历历在目，至于赋末的"赵子曰"所述，完全是摹写《赤壁赋》中"苏子曰"而成，只是将水与月之喻变换成"见"与"闻"之理而已。二是用赋体题写《赤壁赋图》，例如清人沈治泰的律体《赤壁图赋》，以"得意江山在眼中"为韵，其中赤壁景观、苏赋情境、图写物象、读图韵致，以及赋者的人生感慨，尽显多层次的阅读趣味。这类赋中有自然之"赤壁"、历史之"赤壁"、苏赋之"赤壁"、赋图之"赤壁"与读图赋中之"赤壁"的多重组合，这也许正是以"赤壁"为母题的赋与图重复拟效所溢射出的艺术魅力。

五、许结《栖霞山赋》

第一金陵明秀山

栖霞山是南京地区的名山，因为清朝乾隆皇帝《游栖霞山》诗所说"第一金陵明秀山，所欣初遇足空前"，所以被称为金陵第一"明秀山"。又因为这座山存载着古代金陵的文化记忆，又有人说"一座栖霞山，半部金陵史"。这座山历代题咏极多，唯独罕有赋作。该篇《栖霞山赋》以赋体敷陈栖霞山、栖霞寺的悠久历史，着重于气象与神韵的描写，取事用典含蓄明洽，一字一句精练整饬，尤以"有情之笔"茹英吐华，成此名山赋章。

全赋以四大段文字构篇。首段写天象、地舆，点明栖霞山所在龙盘虎踞之地、人文荟萃之都。第二段写历史胜事，包括帝王之迹、名士之游、高僧之居、文人之咏，引出唐高宗《明征君碑》、千佛岩的大势至菩萨、舍利塔的"栖霞三宝"。第三段着重写栖霞寺，历述高僧大德，并阐明其三论宗祖庭的意义与价值。第四段写栖霞名胜，以东峰龙起、西峰虎踞、中峰凤翔起势，归于"万壑枫红"的秋栖霞神韵。最后以当今盛世"宏图再展"作结，并有赞语："金陵锦秀，六代名蓝。怡红拾翠，春水秋岚。三峰并起，佛国东南。摄生养性，精气神涵。抽思作颂，贻世美谈。"

江山锦绣，栖霞山虽属一地，自为一代表，而《栖霞山赋》描写江山锦秀，也离不开山水赋写作的文学传统。古代文学有山水比德与山水畅情的说法，赋家一则以"体国经野"的心胸关注军国大事，一则又以"随物赋形"的体性，对大千世界有着具体而微的铺陈描绘，于是山水赋成为历代赋家创作的一大宗。在山水赋中，山类或为赋家更多关注，这不仅在于中国古代的山岳文化气象，也与孔子的"仁者乐山"之仁德观有密切联系。至于山水赋与山水诗的区分，还是借用刘熙载《艺概·赋概》的话："赋起于情事杂沓，诗不能驭，故为赋以铺陈之。斯于千态万状，层见迭出者，吐无不畅，畅无或竭。"赋的感发与诗不同，有着独特的法则与呈现，而赋家对名山记忆的书写，当作如是观。

名山记忆与辞赋书写

在辞赋史上，较早独立写山的作品当推班固的《终南山赋》，如"伊彼终南，岧巀嶙囷"，以壮其势；"唯至德之为美，我皇应福以来臻"，以比德颂圣；"荣期绮季，此焉恬心"，"彭祖宅以蝉蜕，安期飨以延年"，则用高士荣启期等事迹和《列仙传》安期生仙化等故事，书写了终南作为高士隐处地的名山记忆。继后，诗赋创作如张衡"终南太一，隆崛崔崒"，孙楚"青石连冈，终南嵯峨"，李白"出门见南山，引领意无限……何当造幽人，灭迹栖绝巘"等，显然有着班赋叙述的记忆传承。有趣的是，辞赋书写了名山记忆，构成山赋系谱，而名山因辞赋书写留下的记忆，又有着赋山系谱的创造性。如班赋终南，用虚构的形式将众高士仙侣汇聚于此间，虽影写终南仙栖传说，却更多地因赋的创作强化了这座名山的幽隐趣味。

同样，晋人孙绰以《游天台山赋》彰显赋坛，赋写山间名物与气象并形成由玄入佛的意境，如"太虚辽廓而无阂，运自然之妙有，融而为川渎，结而为山阜"，"仍羽人于丹丘，寻不死之福庭"，"追羲农之绝轨，蹑二老之玄踪"，"悟遣有之不尽，觉涉无之有间；泯色空以合迹，忽即有而得玄；释二名之同出，消一无于三幡"。其中"二名"指《老子》的"有名""无名"；"三幡"，《文选》李善注谓"色一也，空二也，观三也"，是佛教用语。隋、唐以后，天台山的诗赋书写多与佛教天台宗有关，考查天台宗传法世系，虽有始祖龙树及"东土九祖"之说，然合其名实，则在陈、隋时期智颛大师住持天台山而得名。由此来看孙赋的玄佛记忆，显然早于天台宗的佛宇记忆，其中名山记忆的书写，赋家是有创作的先导性与创造性的。

景观·史迹·佛道

辞赋是辞章的艺术，以摹写见功力，所以赋家尤为擅长形象地书写名山已有的记忆。举凡三山如黄山、庐山、雁荡山，五岳如东岳泰山、西岳华山、南岳衡山、北岳恒山、中岳嵩山，佛教四大名山如五台山、峨眉山、九华山、普陀山，无不有赋，赋又无不彰显这座山的特色。孔子论《诗》，有兴、观、群、怨的情志与"多识于鸟兽草木之名"的知识，如果说诗之趣更多地体现于"兴"与"怨"，则赋之文尤宜于"群"与"观"，赋写名山之"观"在于群像，而群像之记忆，又由多面向展开。

一是观景致。名山景致各有不同，如峨眉之秀、青城之幽、黄山之奇、华山之险、武陵之怪，皆赋家所观，赋文所传。如唐人达奚珣之《华山赋》开篇即写其险峻之势："华山惟岳，群岳之雄，天开厥状，神致其功。"至于具体描述，如"直上者五千余仞"，"旁望群山兮尽为幽侧"，"偏近日月，高谢纷蒙，通天之气，成天之功"等，皆由观险而书险，险也成为虽未亲历兹山者的景象记忆。又如"燕山八景"，即卢沟晓月、金台夕照、蓟门烟树、居庸叠翠、西山积雪、玉泉垂虹、琼岛春云、太液晴波，多为明清赋家所铺写，此虽不是指一山一峰，而是对当时京都周边景观的综合铺写，如清人张九钺《燕山八景赋》中描写西山积雪的"寒门凝涸，关塞舄奕，香山霰堆，玉泉冰缬"一段，形象逼真，堪称典范。他如明人谢廷赞与清人张惠言的同题《黄山赋》，写景出神，体物之工正切合山景之奇。

二是观史迹。名山之"名"，不仅在景，还在史，是由历史的文化积淀而成就名山。如唐初王绩《游北山赋》，写至"信兹山之奥域，昔吾兄之所止。许由避地，张超成市，察俗删诗，依经正史。康成负笈而相继，根矩抠衣而未已。……阶庭礼乐，生徒杞梓，山似尼丘，泉疑洙泗"，以古代许由、张超、郑玄、邴原以及孔子讲学洙泗的旧史，书写与拟状他的兄长王通隐处北山治经授徒的新史。正是多重历史记忆的叠加，凸现了赋写北山的隐逸性与学术性。又如宋人黄表卿的《九疑山赋》，全篇影写《史记·五帝本纪》"（舜）南巡狩，崩于苍梧之野，葬于江南九疑"故事，赋的开头"龙驾不还，万世衣冠之在"

点题，赋中写"古者得道，帝之有虞，浮湘江而溯潇浦，登疑岭而望苍梧。洒西江之泪兮，斑斑之文竹千亩；奏南风之琴兮，戛戛之古松数株"，这既是赋家的选择，更是山灵的记忆。

三是观佛道。我国山水文学兴盛于魏晋以后，而山作为意象被文士鉴赏，又与佛道之兴起相关，名山古刹与道观也成了赋家观览与书写的对象。这不仅体现于佛教四大名山的描绘中，其他名山的书写也多如此。如支昙谛、王彪之、孙放的同题《庐山赋》，对庐山佛寺及其僧侣集团的活动多有记述。唐人李德裕《望匡庐赋》中说"想远公之平昔"，书写的是东晋高僧慧远住持庐山东林寺的记忆，其谓"谈精义于松间"，古本有作者自注"东林寺有远公与殷仲堪说《易》松犹在"，对比遁形空门如慧远和热衷仕宦如殷仲堪，暗喻作者自己仕宦、谪贬的复杂心态。与佛事相类，仙道与名山也为赋家所钟情。如吴均的《八公山赋》"维英王兮好仙，会八公兮小山"，记述了这座山与淮南王刘安的仙道因缘。他如罗浮山被称为道教第七洞天，宋代李南仲的《罗浮赋》对山势做全景式描写后，紧扣道教宗旨，层层推演，所谓"青谷阒邃，列仙下临"，"黄精白芷，蛾眉龙骨"，"投金龙与玉版，指道路以交驰"，"翔鸾舞鹤，绕殿紫芝，仙坛祭讫，宣室受釐"，对罗浮山雄伟壮丽与奇诡多姿的描绘，都蕴含于浓郁的道教文化氛围中。

赋写名山的集体记忆

赋写名山，涵括甚广，然名山之中，亦有被赋家尤加推崇者，如昆仑山与泰山。记得有一年我在韩国庆州东国大学演讲，谈中韩文化中的山岳观念，讲题就是从"神山"到"人（仁）山"。昆仑是名山中之神山，泰岱则是名山中之仁山。明人黄谏作《昆仑山赋》，开宗明义："瞻彼西域，猗欤昆仑，擘地势以特起，指太清而高蹲。控玉门以设险，涌朝宗之河源。"此山为何"特起"而傲视群岳，即在于"河源"，就是中华文明之源。据《山海经·海内西经》记载："昆仑之墟"，"帝之下都"，"百神之所在"。诸如大神伏羲、西王母皆居于此，周穆王西行与屈原放逐，亦往昆仑之墟。如《离骚》"邅吾道夫昆仑兮，路修远以周流"，李贺《马诗》"忽忆周天子，驱车上玉昆"，追寻的正是一种神秘的生命之源。在辞赋创作领域，唐人乔潭《群玉山赋》与宋人田锡《群玉峰赋》均为律赋，前者以"廓功峻登，适招外游"为韵，后者以"玉峰耸峭，鲜洁新明"为韵，都是以穆天子西行说事。乔赋书写"穆王与偓佺之伦，为玉山之会"，通篇仙游，归于王化；田赋末尾托穆王之言"吾愿益求贤哲，比群玉之嶙峋"以束篇，已归神氛于人伦。

于是我们发现，在诸多名山中，泰山之于五岳何以独尊？读元人郝经《泰山赋》或许能找到答案："孰如兹山，中华正朔，建极启元，衣冠礼乐。"明人陈琏《登泰山赋》又将这种"建极"之崇高通过自身的游观加以形象展示："巍乎高哉，岱宗之为山也。……纪名载籍，为群山之宗。……巍巍之高，四万余尺；齐州九点，视犹蚁蛭；阴阳缪辖，日月出没；烟霞岚霭，吞吐郁勃；神奇灵异，变化莫测。""岱宗"之"宗"又使我想起一则传说，清乾隆皇帝某年登泰山，有感于诗圣杜甫《望岳》诗"岱宗夫如何？齐鲁青未了。……会当凌绝顶，一览众山小"，想题横幅"一览众山小"，不料"一"字写得上了些，"览"又长体，于是踟蹰不下笔，文臣纪晓岚即刻解围，说"陛下登泰山而小天下"，结果乾隆改"一"为"而"，写下"而小天下"四字。孟子说孔子"登泰山而小天下"，其中蕴含了泰山之尊在孔子，孔子之尊在"梦周公"，周公之尊在制礼乐，构建起以德教为中心的礼仪制度，这也就是郝经赋说的"建极启元，衣冠礼乐"。明人苏志乾《岱山赋》形容其峻极之势，谓"握震旦于弹丸，吞云梦者八九，瞰青畴于获麟之野，连翠屺于辨马之峰"，已暗用孔子叹麟的典故。唐人丁春泽与明人唐肃都有律体《日观赋》，丁赋歌咏汉武帝封禅泰山，所谓"帝王御宇，立极垂统，封禅及此"，"日象一人之德，岳是三公之名"；唐赋系歌曰"登日观兮民乐康，帝之德兮如陵如冈"，孔子、礼乐、汉武帝"罢黜百家，表章六经"与今王帝德又融织在一起，形成泰山因是中华正朔所以为尊的集体记忆。

由"神山"到"人山"，赋家之心，在观景、述史、论道的同时，也始终贯穿着一种"尊德性"的思想宗旨。从历时的视点来看，也有时序的变迁。如西汉初董仲舒《春秋繁露·山川颂》所言"山则巃嵸嵓崔，摧嵬嶵巍，久不崩陁，似夫仁人志士。……水则……得之而生，失之而死，既似有德者"，是典型的山水比德思维。到了汉末，仲长统《乐志论》描写的"蹰躇畦苑，游戏平林，濯清水，追凉风，钓游鲤，弋高鸿。……消摇一世之上，睥睨天地之间"的情志，与张衡《归田赋》描写的"仰飞纤缴，俯钓长流……极般游之至乐，虽日夕而忘劬"的趣味相类，已有了较为明显的山水畅情的审美。从某种意义讲，从汉末到魏晋山水畅情审美意趣的发展，决定了山水文学的繁盛，但同样不能忽略，从整个中国文学史的意义来看，山水文学之游观与畅情的描述中，却又始终存有比德的意味。赋家无论是观景致、观史迹还是观佛道，无不内含德性，或曲终奏雅式地观德性，或隐述"尊德性"于情景间。由此，名山记忆才能得其全貌。

回到《栖霞山赋》的创作，2016 年 3 月间，我应南京市栖霞区政府所邀撰写的《栖霞山赋》建亭立碑于栖霞胜境。然而《栖霞山赋》的创作，实赖这座文化名山的记忆。赋中所写"万壑枫红，霜醉丹霞神韵"，是南京秋栖霞观红叶的景观记忆；"隋帝修文，诏修舍利之塔"是"栖霞三宝"之一舍利塔建造的历史记忆；"四大丛林，三论宗学"，是栖霞寺作为三论宗祖庭的宗教记忆；至于"地志开辟，宏图再展"，抒写的则是当今人文生态与心灵生态建设的时代精神。